BASTEI
LÜBBE

Über die Autorin:

Valeria Montaldi lebt in Mailand, wo sie als freie Journalistin und Kunstkritikerin arbeitet. »Der Traum des Tuchhändlers« ist ihr erster Roman.

VALERIA MONTALDI

Der Traum des Tuchhändlers

Historischer Roman

Aus dem Italienischen
von Rita Seuß

BASTEI
LÜBBE

BASTEI LÜBBE TASCHENBUCH
Band 15094

1. Auflage: Februar 2004

Bastei Lübbe Taschenbücher ist ein Imprint
der Verlagsgruppe Lübbe

Deutsche Erstveröffentlichung
Titel der italienischen Originalausgabe: Il Mercante di Lana

Lektorat: Dr. Arno Hoven
Einbandgestaltung: Coverdesign Uhlig GmbH
Titelbild: Artothek, Weilheim – Ausschnitt aus dem Gemälde
von Bruegel d.Ä – »Fischmarkt am Ufer des Flusses«, 1605
Satz: KCS GmbH, Buchholz/Hamburg
Druck und Verarbeitung: Nørhaven Paperback A. S., Viborg
Printed in Denmark
ISBN 3-404-15094-5

Sie finden uns im Internet unter
www.luebbe.de

Der Preis dieses Bandes versteht sich einschließlich
der gesetzlichen Mehrwertsteuer.

Ducunt fata volentem
nolentem trahunt

Den Willigen führt das Schicksal,
den Widerstrebenden schleppt es mit.
Seneca

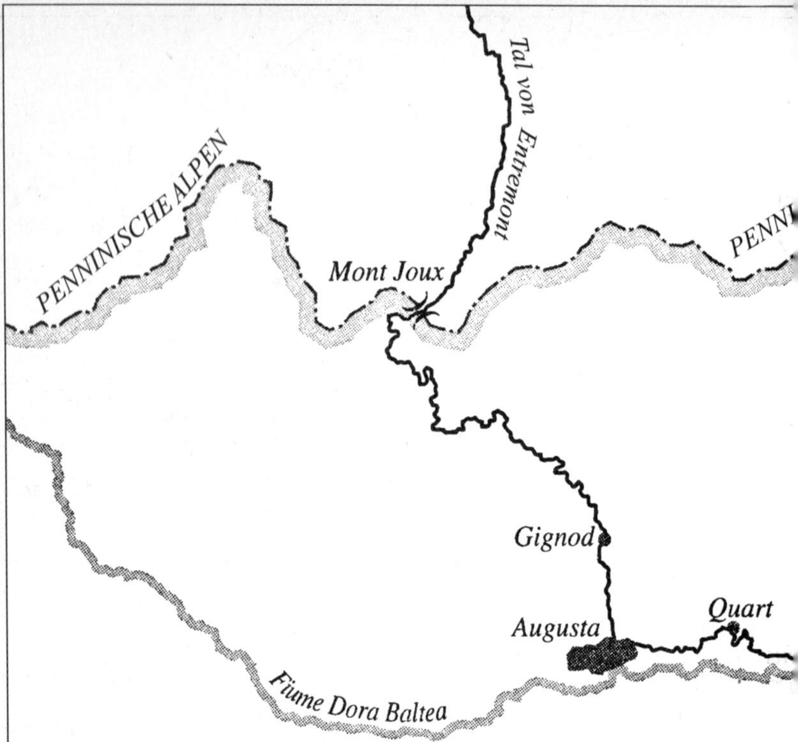

Ortsnamen

Augusta: Aosta

Conton des Allemands: Champoluc (Gemeinde St. Jacques)

Mont Jou: San-Bernardino-Pass

Praborno: Zermatt

San Vincenzo: Saint Vincent

Ussima: Issime

Verretio: Verrès

Praborno
SCHE ALPEN
Monte Moro
Colle del Teodulo
Macugnaga
Bätt-Pass
Canton des Allemands
FELIK
Alagna
San Vincenzo
Chatillon
Col du Joux
Alpenzu
Verrayes
Cly
Jus
Colle di Ranzola
Chambave
Graines
Gettaz
Champdepraz
Ussima
Verretio
Arnad
Bard

KAPITEL 1

Sibilla sah auf ihre Mutter: Das aschfahle, von grauem Haar umrahmte Gesicht glich dem der steinernen Madonna in der Kirche neben dem Altar. Die Decke aus grober Wolle klebte ihr auf der schweißnassen Haut, ihr Atem ging immer flacher und in immer kürzeren Stößen. Trotz der Holzscheite im Feuer, das die Stube erwärmte, schlotterte ihr Körper in heftigem Schüttelfrost.

Sibilla hatte ihre Mutter aus dem Obergeschoss hierher nach unten gebracht, wo es wärmer war. Auch die Tiere im Stall nebenan schirmten mit ihrem warmen Atem die Kälte von draußen ab. Marcabrù strich um Karolas Lager und schnupperte unruhig, mit aufgerichteten Ohren und hängendem Schwanz. Hin und wieder legte er die Vorderpfoten auf die Decke und leckte der Sterbenden die schlaff am Rande des Bettes liegende knochige Hand. Dann verzog er sich wieder in seine Ecke neben dem Feuer. Von dort beobachtete er wachsam die Gestalt, die reglos auf dem Strohsack lag.

Karola röchelte und riss die Augen weit auf, ohne sie wieder zu schließen.

Wie erstarrt hielt Sibilla den Atem an. Ihr schien, als wäre die Zeit stehen geblieben. Lange blickte sie in die erloschenen Augen ihrer Mutter, unfähig, sich zu bewegen, zu schreien oder zu weinen. Dann, ganz langsam, schloss sie ihr die Augen und faltete ihr die Hände über der Brust.

Marcabrù sprang auf das Lager, kauerte sich zu Karolas Füßen nieder und versuchte, sie mit kleinen Stupsern seiner Schnauze aufzuwecken – ohne Erfolg. Daraufhin fing er an zu winseln, zuerst leise, dann immer lauter. Die Ziege, die Kuh und die Schafe stimmten meckernd, muhend und blökend in sein Wehklagen ein. Als hätte Sibilla auf dieses Zeichen gewartet, ließ jetzt auch sie endlich ihren Tränen freien Lauf. Es war ein herzzerreißendes, verzweifeltes und wütendes Weinen. In ihre Schluchzer mischten sich die Laute der Tiere, stiegen in dem Stadel nach oben, erfüllten die stickige Luft und drangen aus dem offenen Fenster hinaus auf die Straßen des Dorfes. So erfuhren die Bewohner von Felik, dass Karola gestorben war. Es war die Stunde der Komplet. Die Nachbarsfrauen traten hinaus in die dunkle Nacht und begaben sich zu Sibillas Haus. Die Totenriten mussten vollzogen werden. Die vierzigjährige Gertrud war Karolas Base. Als vor achtzehn Jahren Sibilla geboren wurde, hatte sie bei der schweren Geburt Hebammendienste geleistet, und vor sechs Jahren hatte sie Karola getröstet, als ihr Mann an einem merkwürdigen Fieber, das ihm den Bauch aufgetrieben hatte, viel zu früh gestorben war. Gern hätte Gertrud bei Karolas Todeskampf, der einen ganzen Monat lang gedauert hatte, Sibilla zur Seite gestanden, aber das Mädchen wollte seinen Schmerz mit niemandem teilen. Nun blieb Gertrud nur noch, Totenwache zu halten. Sibilla empfing die Frauen auf der Türschwelle. Ihr schlanker, geschmeidiger Körper wirkte nunmehr buckelig und formlos. Ihre langen schwarzen Haare fielen ihr in schmutzigen Strähnen über das grobe Wollkleid. In dem eingefallenen Gesicht mit der fahlen, durchscheinenden Haut lagen die Augen in tiefen Höhlen. Die Augen selbst jedoch waren blau und klar, und ihr Blick war durchdringend wie immer, auch wenn er momentan von Angst und fiebriger Unruhe gezeichnet war.

Gertrud umarmte sie stumm und drückte Sibillas schmalen, zitternden Körper fest an sich. Aber rasch entwand sich das Mädchen dieser Bekundung mütterlichen Mitgefühls und kehrte an

Karolas Bett zurück, wo die Frauen bereits mit der Totenklage begonnen hatten. Marcabrù hatte sich hinter einem Sack Roggen verschanzt; wachsam, mit eingezogenem Schwanz und gesträubtem Fell saß er auf seinen Hinterpfoten.

Während der litaneiartige Singsang der Frauen ertönte, vollzogen Gertrud und Sibilla die letzten Dienste an der Toten innerhalb des Hauses. Mit einem in Wasser getauchten Leinenlappen wuschen sie ihr das Gesicht und schnitten ihr die Finger- und Fußnägel, die sie anschließend in ein Holzkästchen legten. Danach kürzten sie ihr das Haar um eine Spanne; Sibilla band die abgeschnittenen Strähnen mit einer Hanfschnur zusammen und legte sie zu den Nägeln. Aus der Tannenholztruhe, die ihr Vater vor vielen Jahren mit großem Geschick gezimmert hatte, holte sie das feine Leinentuch hervor, das Gertrud ihnen erst diesen Sommer bei einem Kaufmann beschafft hatte, der, aus Flandern kommend, nach Pavia unterwegs gewesen war. Karola hatte Gertrud gebeten, es in ihrem Auftrag als Teil von Sibillas Aussteuer zu kaufen.

Dieses Tuch war jetzt Karolas Leichentuch. Sibilla strich es sorgfältig glatt, dann wickelte sie mithilfe der Frauen die Tote hinein und stellte am Fuß des Bettes die Totenkerze auf, die sie mit einem brennenden Holzspan entzündete. Schließlich kniete sie vor dem Lager nieder. Während sie den bleichen, leblosen Körper auf dem Strohbett betrachtete, fragte sie sich, welchen Sinn ihr Leben noch haben könnte.

Ihre Mutter hatte sie allein großgezogen. Durch die frühe Witwenschaft war Karola von der Dorfgemeinschaft isoliert und von der rechtmäßigen Teilnahme am sozialen Leben ausgeschlossen gewesen. Doch sie hatte nicht aufgegeben. Sie, die wohlhabende Frau eines Wollhändlers, hatte nicht gezögert, am Webstuhl zu arbeiten, um ihrer einzigen Tochter eine würdige Zukunft zu sichern. Sie besaßen ein paar Schafe, die auf einer kleinen Landparzelle weideten, die ihnen gehörte; und mit den ersten Einkünften aus ihrer Arbeit als Weberin kaufte Karola ein paar neue Schafe hinzu, um sich auf diese Weise die Wolle zu beschaffen, die sie für ihre Arbeit benötigte. Einmal im Jahr, im Juni, kamen zwei erfahrene Scherer, die gegen Bezahlung das wertvolle Fell der Schafe schoren. Unterstützt von einer treuen Magd und von Sibilla, spann Karola die Wolle. Das rhythmische Schlagen des Webstuhls, der in einem kleinen Raum neben der Stube stand, begleitete Sibilla durch ihre Kindheit. Wenn sie vom Spielen draußen auf der Tenne hereinkam, verriet ihr dieses Geräusch, dass die Mutter zu Hause war, noch bevor sie sie erblickte. Zunächst bot Karola ihre gewebten Stoffe nur auf dem dörflichen Markt an; später, als sie eine geschickte Weberin geworden war und bei der Verarbeitung der gesponnenen Wolle eine beachtliche Routine und Fantasie entwickelt hatte, gelang es ihr, ihre Stoffe auch auf den Märkten jenseits der Alpen zu verkaufen. Zweimal im Jahr kamen Maultiertreiber, die die Webwaren gegen Bezahlung dorthin brachten.

Alles, was sie konnte und wusste, hatte Sibilla von ihrer Mutter gelernt. Als Kind hatte sie die Tiere auf die Weide geführt und später – zunächst nur zum Spaß – selbst angefangen, Wolle zu weben. Was sie aber vor allem von ihrer Mutter gelernt hatte, waren Zähigkeit und Beharrlichkeit. Mutter und Tochter bildeten eine enge, verschworene Gemeinschaft, und Karola wusste, dass sie ihre Aufgabe als Mutter erfüllt hatte: Sibilla würde eine starke Frau werden, die in der Lage war, für sich selbst zu sorgen.

Jedenfalls hatte Karola das bis vor einem Jahr geglaubt – bis sie entdeckte, dass Sibilla in Leonhardt verliebt war, den ältesten Sohn von Hermann Wiesel, einem der mächtigsten Kaufleute des Dorfes. Karola tat alles, um Sibilla von dieser aussichtslosen Beziehung abzubringen. Leonhardt war der einzige Erbe der Familie Wiesel, er würde in die Fußstapfen seines Vaters treten und innerhalb der Dorfgemeinschaft eine herausragende Stellung einnehmen. Keiner seiner Verwandten würde es jemals zulassen, dass die Tochter einer Witwe – so wohlhabend sie auch immer sein mochte – in die Familie einheiratete. Karola hatte geschrien, geweint, ihrer Tochter gut zugeredet, aber Sibilla hatte keine Vernunft annehmen wollen und vielerlei Vorwände und Schliche gefunden, um sich weiterhin heimlich mit Leonhardt zu treffen. Schließlich hatten sogar Leonhardts Eltern von der Beziehung erfahren und gegen eine eventuelle Ehe sofort Einspruch eingelegt.

Hermann hatte seinem Sohn klar und deutlich gesagt, er könne dieses Mädchen zwar als seine Geliebte behalten, ja sogar ein paar Bälger mit ihr zeugen; niemals und unter keinen Umständen aber würde er, der Vater, es zulassen, dass dieses Mädchen in die Familie einheiratete. Und um die beiden voneinander zu trennen, hatte er dem Sohn befohlen, ihn auf seinen Reisen durch die Alpen, jenseits des St.-Teodulo-Passes, zu begleiten. Auf den Märkten des Wallis kaufte Hermann vor allem wertvolle Stoffe, aber auch Salz und andere Gewürze, sofern sie zu besonders günstigen Preisen angeboten wurden. Die Waren brachte er sodann in großen Säcken auf dem Rücken von Maultieren ins Dorf, begab sich jedoch gelegentlich auch in die Ebene hinunter, nach Vercelli oder Novara, um die Handelsgüter zu verkaufen und neue einzukaufen. Diese Reisen waren lang und beschwerlich und dauerten mehrere Tage. Oft machten die Kaufleute unterwegs Rast, um sich auszuruhen und die Tiere zu wechseln. Die Herbergen, in denen sie übernachteten, boten ihnen Essen und Trinken – und zudem Prostituierte. Hermann hoffte, durch die Gesellschaft der Dirnen und ein wenig Welterfahrung würde Leonhardt Sibilla bald vergessen. Bisher hatte Leonhardt seinen Vater schon zweimal nach Vercelli begleitet; und als Karola im Sterben lag, kehrten die beiden von den Dörfern um Praborno nach Hause zurück.

Gertrud trat zu Sibilla, legte ihr den Arm um die Schulter und flüsterte ihr zu: »Wir müssen die *seelabalga* schließen, es ist höchste Zeit!«

Das Mädchen sah ihre Verwandte geistesabwesend an, aber schon im nächsten Moment hatte es sich wieder gefangen und schickte sich an, das kleine quadratische, von einem Kreuz gekrönte Fenster zu schließen, das oberhalb der Tür offen stand.

Die Mutter hatte Sibilla einmal erklärt, wozu dieses merkwürdige Fenster diente: Wenn ein Mitglied der Familie starb, musste man es öffnen, damit die Seele des Toten ungehindert entweichen konnte; doch dann musste es sofort wieder geschlossen werden, um zu verhindern, dass der Geist des Toten zurückkehrte und unter den Lebenden weilte. Das hatte Karola getan, als ihr Mann gestorben war, und Sibilla musste es jetzt für ihre Mutter tun.

Sibilla stellte einen Schemel an die Wand und stieg hinauf. Mit einer schnellen Handbewegung schloss sie das Fenster. Von diesem unerwarteten Geräusch aufgeschreckt, fing Marcabrù an zu bellen. Sibilla ging zu ihm und kraulte ihm zärtlich das Fell.

Marcabrù war seit vier Jahren bei ihnen. Eines Morgens im Sommer hatte er plötzlich auf der Türschwelle gelegen. Niemand wusste, woher dieser Welpe mit dem langen schwarzen kotverschmierten Fell kam. Sibilla und ihre Mutter gaben dem leicht hinkenden Jungtier etwas zu fressen. Sie dachten, er würde verschwinden, sobald er satt war. Aber er blieb, und wenn sie von den Feldern oder vom Markt zurückkamen, saß er geduldig wartend vor der Tür – jeden Tag, eine ganze Woche lang. Am Ende beschlossen sie, ihn zu behalten, nicht zuletzt, weil sie ihn als Hirtenhund gut gebrauchen konnten.

Sie nannten ihn Marcabrù – nach einem Troubadour, von dem Karola ein paar Verse hersagen konnte, die sie von ihrem Vater gelernt hatte. Der Hund wurde schnell groß, stark und unerschrocken. Er war vor allem eng mit Sibilla verbunden; mit ihr teilte er die Mahlzeiten und das Lager. Keinen Augenblick wich er von ihrer Seite, nicht einmal, wenn sie sich heimlich mit Leonhardt traf. Er folgte ihr dann diskret und in einem gewissen Abstand, als wolle er die traute Zweisamkeit der Liebenden nicht stören. Nur einmal war er aufgeregt bellend näher gekommen, als sich ein Wolf in bedrohlicher Weise aus dem Wald gewagt hatte, wo Sibilla und Leonhardt sich versteckt und über eine Möglichkeit für ihre Liebe gesprochen hatten.

Das Mädchen weinte und benetzte mit seinen Tränen auch Marcabrùs Ohren. Sibilla fühlte sich allein, schuldig und nutzlos, voll Wut über das trostlose Leben, das sie vor sich sah. Gertrud ging zu ihr hin und umarmte sie stumm. Der Schmerz schnürte ihr die Kehle zu, sodass sie kein Wort des Trostes herausbrachte.

Sie hätte gern etwas für Sibilla getan, aber sie wusste, dass die Situation für das Mädchen in der Dorfgemeinschaft alles andere als einfach war. Die Kaufleute waren hartherzig und viel zu reich, als dass sie für die Einsamkeit anderer Menschen Mitgefühl und Verständnis gehabt hätten. Sibilla würde von nun an ein Leben am Rande der Gemeinschaft führen; und die Geschichte mit Leonhardt war ihrer Situation ganz gewiss nicht zuträglich.

Gertrud erinnerte sich an den Feiertag vor zwei Jahren, als ein Heilkundiger aus der Ebene Felik aufgesucht hatte, um seine Arzneien zu verkaufen. Mit ihm waren zwei Bänkelsänger gekommen, die die Dorfbewohner mit Musik und Zauberkunststückchen unterhalten hatten. Auf dem Dorfplatz waren alle zusammengeströmt, die Kaufleute mit ihren Frauen und Kindern, die Bauern, die Wirtin, ja sogar der Priester. Alle waren von der Darbietung ganz verzaubert. Unter den jungen Leuten befanden sich auch Sibilla und Leonhardt. Leonhardt hatte das junge, hoch gewachsene und schlanke Mädchen mit den blauen Augen, dem willensstarken Blick und den rabenschwarzen Haaren schon ein paar Mal in der Sonntagsmesse bemerkt und sich bei seinen

Freunden nach Sibilla erkundigt. Diese, allesamt Kaufmannssöhne, hatten sich über ihn lustig gemacht, zuerst in gutmütigem, dann in immer rüderem Ton, und ihm gesagt, das Mädchen sei nichts für ihn, denn es sei die Tochter der Witwe Karola. Sibillas Vater, so wussten sie zu berichten, hatte hoch hinausgewollt. Auf Grund seines Reichtums wäre es ihm gewiss bald gelungen, sich bei einem der Lehnsherren unten im Tal einzuschmeicheln, der ihm vermutlich binnen kurzem einen Adelstitel verliehen hätte. Leonhardt täte besser daran, seine Aufmerksamkeit auf ein anderes Mädchen zu richten, das besser gestellt und daher eine lohnendere Partie war.

Aber Leonhardt ging dieses Mädchen nicht mehr aus dem Kopf, und an jenem Tag auf dem Dorfplatz nutzte er den allgemeinen Trubel und sprach es an. Gemeinsam lachten sie über die Kunststückchen und Zaubertricks der Gaukler. Sibilla erlebte einen fröhlichen Tag. Bis dahin hatte sie sich selbst nicht eingestehen wollen, wie sehr sie sich zu Leonhardt hingezogen fühlte, denn sie wusste, dass sie sich nicht in ihn verlieben durfte. Aber die Glut, die sie in den dunklen Augen des jungen Mannes entdeckte, die Erregung, die sie in seiner Stimme spürte, als sie miteinander sprachen, weckten in ihr die Hoffnung, dass ihre Liebe vielleicht doch eine Chance hatte.

Gertrud hatte die beiden von weitem bemerkt – zitternd und bangend, dass diesem Mädchen, das sie liebte wie eine eigene Tochter, die sie nie gehabt hatte, eine schmerzliche Enttäuschung bevorstand. Aber sie hatte Karola nichts davon gesagt, um sie nicht zu beunruhigen. Im Grunde ihres Herzens wünschte Gertrud doch, dass Sibilla endlich einmal unbeschwert jung sein durfte. Inzwischen bereute sie es, dass sie damals geschwiegen hatte, auch wenn sie sehr genau wusste, dass ihre Worte nicht viel gefruchtet hätten. Sibilla und Leonhardt hätten sich trotzdem weiter heimlich getroffen. Und auch Karola hatte schon bald erfahren, dass ihrer Familie neuer Kummer bevorstand. Vielleicht hatten Sorge und körperliche Entbehrungen Karola krank gemacht, vielleicht hatte es ihr an Kraft gefehlt, dieses freudlose Leben länger zu ertragen. Ja, vielleicht hatte sie sich gewünscht zu sterben, um endlich Frieden zu finden.

Das Wachs der Kerze verzehrte sich langsam im Feuer. Marcabrù hatte sich am Fußende des Lagers niedergelegt, den Kopf zwischen die Pfoten vergraben, und döste vor sich hin.

Es war schon weit nach Mitternacht. Im Kloster unten im Tal stimmten die Mönche die Matutin an. In wenigen Stunden würde der Hahn krähen, und dann war es an der Zeit, den Priester zu rufen, damit er die Tote aussegnete und mit dem in Weihwasser getauchten Wacholderzweig besprengte, bevor er sie zu ihrer letzten Ruhestätte auf dem kleinen Friedhof neben der Kirche mitten im Dorf Felik begleitete.

KAPITEL 2

Es versprach ein wunderschöner Tag zu werden. Der Himmel war wolkenlos, und das Grün der Matten rings um das Hospiz bildete einen lebhaften Kontrast zum dunklen Gehölz der Macchia, die das ganze Tal überzog.

Pater Matthew hob seinen Reisesack vom Boden auf und begab sich zum *Hospitalar*, um sich für die Gastfreundschaft zu bedanken, die er ihm zwei Tage lang gewährt hatte. Pater Edmondo umarmte ihn, gab ihm seinen Segen und ermahnte ihn zur Besonnenheit für den restlichen Teil seiner Reise.

»Sei vorsichtig! Überall lauern Straßenräuber und Wegelagerer, die die Pilger überfallen und ihnen ihr Hab und Gut rauben. Versuche, niemals allein unterwegs zu sein. Am besten, du schließt dich einer Handelskarawane an und trägst das Kreuz, das ich dir gegeben habe, gut sichtbar auf deiner Kutte. Aber vor allem: Vertraue auf Gott, denn mit seinem Willen wirst du deine Pilgerreise zu einem glücklichen Ende bringen. Er wird dich beschützen.«

Matthew machte sich auf, den Pfad entlang, der ins Tal hinunterführte. Der Schnee auf den umliegenden Bergen glitzerte in den ersten Strahlen der Sonne, die bitterkalte Morgenluft schnitt ihm ins Gesicht, und das taufeuchte Gras nässte seine nackten Füße in den Sandalen.

Weiter unten zog eine Maultierkarawane ins Tal hinunter: Gewiss handelte es sich um eine Gruppe von Kaufleuten. Matthew schätzte, dass er sie in einer Stunde einholen könnte, wenn er sich etwas beeilte. Zum Glück war Pater Edmondo großzügig gewesen. Er hatte ihm die Kutte und ein Paar Sandalen eines alten Mitbruders geschenkt, der vor kurzem gestorben war, außerdem das Kreuz und zwei Roggenbrote sowie ein Stück getrocknetes Hirschfleisch. Matthew wusste nicht, ob er diese Güte wirklich verdient hatte, aber ohne die Hilfe des Hospitalars vom Hospiz am Mont Joux hätte er seine Reise nicht fortsetzen können.

Während er ins Tal hinabstieg und dabei versuchte, den noch immer schneebedeckten Flächen auszuweichen, dachte er an seine bisherige lange und mühevolle Reise zurück. Voller Wehmut erinnerte er sich an sein Kloster, das inzwischen in weiter Ferne lag, für immer unerreichbar.

Sein beschauliches Leben als Mönch war vor knapp einem Jahr abrupt beendet, als zur Zeit der Morgenvesper in der Herberge des Klosters St. Albans unweit von London eine junge Frau mit zerzaustem Haar und zu Tode erschrockenem Blick aufgetaucht war.

Pater Matthew kannte sie vom Sehen, er hatte sie ein paar Mal auf dem Markt des Dorfes bemerkt. Es musste eine Bäuerin sein; ein schwarzes Hündchen folgte ihr wie ein Schatten.

Als sie im Kloster auftauchte, herrschte dort ein großes Durcheinander. Die Renovierungsarbeiten an der Fassade der Abteikirche, die vor fünfundzwanzig Jahren begonnen worden waren und nun unter Abt William von Trumpington fortgeführt wurden, waren in vollem Gange; überall sah man emsige Arbeiter und Zimmerleute. Der Frau oder einem ihrer Angehörigen musste Gewalt angetan worden sein, und deshalb beschloss Pater Matthew, sich sofort Zeit für sie zu nehmen und sie anzuhören. Er setzte ihr Brot und Bier vor, bereit, sie in ihrer Verzweiflung zu trösten.

Doch bald erfuhr er, worum es sich tatsächlich handelte.

Das schwarze Hündchen saß auf ihrem Schoß, während die

Frau, am Fußboden kauernd, unter Tränen erzählte, dass die Frau eines mächtigen Kaufmanns aus dem Dorf sie beschuldigte, eine Hexe zu sein, und sie auch schon beim Sheriff der Grafschaft angezeigt hatte. Matthew fühlte, wie ihm ein kalter Schauder über den Rücken lief. Sein erster Impuls war, die junge Bäuerin aus dem Kloster hinauszuwerfen. Doch dann rief er sich in Erinnerung, dass Gottes Wille unerforschlich und sein Erbarmen groß ist und dass er als Mönch, der Almosen verteilte, die Pflicht der Nächstenliebe und Mildtätigkeit zu erfüllen hatte. Und er bat sie, ihm alles genau zu erzählen.

Sie hieß Mary Bychance und baute auf ihrem kleinen Stück Land Gemüse und Gerste an. Oft ging sie in den Wald, um Heilkräuter zu sammeln – wie es ihre Mutter in dem Wissen, dass man damit zahlreiche Krankheiten heilen konnte, ihr beigebracht hatte. Deshalb wurde sie auch von den Dorfbewohnern zu Hilfe gerufen, um Fieberkrankheiten und Hautausschläge zu heilen. Mit Kräutern und Wurzeln bereitete Mary Tee, Aufgüsse und Umschläge, die nicht selten den gewünschten Erfolg brachten. Wenn ein Kranker genas, bekam Mary zum Dank ein paar Geldmünzen oder eine Henne. Nur ein einziges Mal hatte sie etwas Wertvolleres erhalten – ein Stück Wollstoff, das ihr eine Kaufmannsfrau geschenkt hatte. Deren Sohn war mit schwerem Fieber darniedergelegen, der ganze Körper mit Bläschen bedeckt. Mary war es gelungen, ihn zu heilen, obwohl man ihn schon aufgegeben hatte.

Vor vier Monaten hatte Mary mithilfe der Hebamme Marthine ein Baby zur Welt gebracht, aber das Kind war gleich nach der Geburt gestorben. Mary trauerte in tiefem Schmerz, doch ganz allmählich fand sie sich damit ab und betrachtete den Tod des Kindes schließlich als Sühne für ihre Schuld: Ein Graf, der Anspruch auf Ländereien in der Gegend erhob, hatte ihr Dorf überfallen, und einer der Soldaten hatte Mary vergewaltigt, woraufhin sie schwanger geworden war. Da die junge Frau ihre Schwangerschaft geheim hielt, merkte auch niemand, dass sie und Marthine in der zweiten Nacht nach der Entbindung das arme Geschöpf unter einer Eiche im Wald begruben. Danach ging ihr Leben weiter wie zuvor – bis zu dem Tag, an dem der Kaufmannssohn, den sie im Jahr zuvor geheilt hatte, starb. Das Fieber war plötzlich mit großer Heftigkeit wiedergekehrt und hatte ihn innerhalb weniger Stunden dahingerafft.

Ein paar Tage nach dem Begräbnis erschien die Mutter des Jungen vor Marys Hütte, gehüllt in ein prächtiges Trauerkleid und begleitet von einem unbekannten, hochmütigen und strengen Priester, der ein Kreuz vor sich hertrug. Kaum hatte die Frau die Türschwelle überschritten, fing sie an zu schreien, Mary sei eine Hexe, die ihren einzigen Sohn vergiftet habe. Anschließend schleuderte sie ein brennendes Holzscheit aus dem Kamin gegen Marys schwarzes Hündchen, das erschrocken bellte. »So stirbt der Hund des Teufels, und so wirst auch du sterben, Tochter des Teufels!« Obgleich Mary völlig überrascht war, gelang es ihr, einen Schlag mit den Armen abzuwehren, während das Hündchen in den Stall flüchtete. »Du hast deinen Gehilfen gerettet, aber dich wirst du nicht retten: Du bist eine Hexe, Mary Bychance, du hast meinen Sohn vergiftet, du hast dein neugeborenes Kind getötet und verschlungen. Du wirst alles gestehen müssen, bevor du gehängt wirst!« Bevor sie ging, spuckte die Frau des Kaufmanns Mary ins Gesicht, und unter unverständlichem Gemurmel lateinischer Litaneien holte der Priester eine tote Maus aus seinem Sack und warf sie ins Feuer: »So wirst auch du enden, Mary Bychance, in den Flammen der Hölle!«

Gelähmt vor Entsetzen, begriff Mary zunächst gar nicht, was geschehen war; als aber das Hündchen verstört und hinkend auf sie zurannte, wusste sie plötzlich, dass sie in großer Gefahr schwebte. Jemand im Dorf hatte von ihrer Schwangerschaft erfahren und ihr nachspioniert, als sie ihr Baby begraben hatte. Auch Marthine drohte ein Prozess wegen Hexerei. Mary war zu ihr gelaufen, um sie zu warnen, bevor sie mit ihrem Hündchen und ihren wenigen Habseligkeiten, verstaut in einer Tasche, zum Kloster flüchtete.

Pater Matthew hatte schon durch Mitbrüder von solchen unheilvollen und verdorbenen Frauen gehört, die Hexen genannt wurden, aber er selbst hatte nie eine kennen gelernt. Er wusste, dass man sie als Gehilfinnen des Teufels betrachtete, die sich dreimal im Jahr an einem verlassenen Ort versammelten, um sich ihrem teuflischen Geliebten hinzugeben, und dass sie bei ihren Riten immer von kleinen schwarzen Hunden begleitet wurden. Sie brachten, so hieß es, Krankheit und Tod und aßen Menschenfleisch, vor allem Neugeborene. Trotzdem konnte Matthew nicht glauben, dass diese schmächtige Frau, der das blanke Entsetzen ins Gesicht geschrieben stand, eine Hexe sein sollte. Er war sich der großen Verantwortung bewusst, die er auf sich geladen hatte, und befragte daher die junge Frau in aller Eindringlichkeit. Mit aus Angst geborener Aufrichtigkeit breitete sie ihre ganze Lebensgeschichte vor ihm aus.

Matthew war überzeugt, dass das Mädchen ein Opfer der Wut und des unsäglichen Schmerzes der Kaufmannsfrau geworden war, einer Raserei, die zusätzlich vom Aberglauben der anderen Dorfbewohner angestachelt wurde. Und er beschloss, Mary zu helfen. Zwei Tage gelang es ihm, sie in der Herberge des Klosters vor den Augen der Mitbrüder versteckt zu halten.

Am dritten Tag wurde sie von einem Knecht, der auf dem Getreidespeicher arbeitete und frisch gebackenes Brot in die Klosterküche brachte, gesehen und erkannt. Und weil er wie alle von den Verwünschungen der Kaufmannsfrau wusste, lief er ins Dorf und berichtete, die Hexe habe im Kloster Unterschlupf gefunden. Wie ein Lauffeuer verbreitete sich die Neuigkeit und gelangte mit einem Novizen, der von der Mühle zurückkehrte, auch ins Kloster.

Matthew wusste, dass Mary in höchster Lebensgefahr schwebte, falls man sie aufspürte. Deshalb gab er ihr ein Stück Brot und getrockneten Fisch und drängte sie, unverzüglich in Richtung Süden aufzubrechen. Wenn sie es bis nach Fareham schaffte, konnte sie mit einem Schiff nach Frankreich gelangen oder sich in einem nahe gelegenen Fischerdorf verstecken, wo sie ganz gewiss niemand suchen würde.

Unter Tränen verabschiedete sich Mary und umarmte Matthew mit einer Innigkeit, die den Mönch in Verwirrung brachte und ihn einen kurzen Augenblick denken ließ, sie habe ihm seine Mildtätigkeit in unangemessener Weise vergolten. Doch dann machte er sich Vorwürfe wegen seines schwachen Glaubens und betete in der Klosterkapelle, Gott möge ihm verzeihen und Marys Leben schützen.

Unterdessen hatte sich die Nachricht des Novizen auch im Kloster verbreitet. Sie war gleichfalls Abt William zu Ohren gekommen, der Matthew am nächsten Tag in den Kapitelsaal rief und ihn aufforderte, den Vorfall zu erklären. Matthew musste die Wahrheit eingestehen, rechtfertigte aber sein Verhalten mit der Pflicht zur Gastfreundschaft und Barmherzigkeit, die ihm durch die Klosterregel auferlegt war.

Der Abt schätzte Matthew sehr. Er wusste, mit welchem Eifer der Mönch seine karitative Aufgabe erfüllte, und kannte den großen Wissensdurst des jungen Mönchs. Als Oblate war der Bauernsohn ins Kloster gekommen. Hier hatte er seine Ausbildung erhalten und einen scharfen Verstand und unermüdlichen Fleiß an den Tag gelegt. Außer der lateinischen hatte er auch die deutsche Sprache gelernt; und von Pater Cosimo, einem Buchmaler, den man eigens aus Pavia geholt hatte, damit er die Handschriften des Klosters ausschmückte, hatte er sogar ein paar

Brocken des in der Lombardei gesprochenen Dialekts aufgeschnappt.

Der Abt, ein Mann von großer Weisheit und Lebenserfahrung, kannte die Nöte der Menschen und war geneigt, Matthews Urteil über die vermeintliche Hexe Glauben zu schenken. Doch er wusste, dass er sich die Behörden der Grafschaft nicht zum Feind machen durfte, insbesondere nicht in der gegenwärtigen Lage, da das Kloster wieder zu neuer Blüte gekommen war – nicht zuletzt durch die finanzielle Unterstützung der reichen Kaufleute im Dorf. Daher beschloss er abzuwarten, wie sich die Dinge nach Mary Bychance' Flucht weiterentwickelten, und erlegte Matthew einen Monat Buße in Abgeschiedenheit und stillem Gebet auf.

Pater Matthew musste sich fügen.

Etwa drei Wochen nach Verhängung dieser Strafe erreichte das Kloster die Kunde, die Hexe sei gefasst worden. Man hatte sie in einer Hütte am Rand eines Dorfes unweit des Ärmelkanals aufgespürt, als sie in einem Kessel Bärlapp und Belladonna kochte – gefährliche Giftkräuter, die für Mensch und Tier tödlich waren. Die bewaffneten Männer des Sheriffs hatten sie ins Dorf gebracht, damit sie verurteilt und gehängt würde.

Abt William war selbst in Matthews Zelle gekommen, um ihm die Nachricht mitzuteilen. Der Klostervorsteher machte ihm seine Leichtgläubigkeit zum Vorwurf und kündigte ihm an, falls die Frau der Hexerei für schuldig befunden werde, müsse er das Kloster verlassen, zu Fuß nach Vézelay pilgern und vor den Reliquien der heiligen Magdalena beten, die dort aufbewahrt wurden. Zudem fügte der Abt hinzu, es wäre in diesem Fall besser, er käme nicht wieder ins Kloster zurück.

Neun Tage später – Matthew hatte einen Monat in Abgeschiedenheit und Gebet verbracht – brachte man Mary Bychance ins Dorf. Der Prozess sollte noch am selben Tag auf dem Platz vor den Mauern des Dorfes stattfinden, und Abt William hatte Matthew befohlen, daran teilzunehmen und Zeugnis abzulegen.

Mary war nicht wiederzuerkennen. Ihr Kleid war zerrissen, ihr Gesicht ausgemergelt und das Haar zerzaust. Sie drückte ihr schwarzes Hündchen an die Brust, das mager und beinahe kahl war.

Das Urteil war rasch gefällt. Schließlich hatte man die Hexe in flagranti ertappt, als sie ihren tödlichen Zaubertrank zubereitete. Marys Erklärungen und Matthews Zeugnis hatten nichts genutzt. Auch Marthines Flucht betrachtete man als Eingeständnis ihrer Schuld und als einen weiteren Beleg für die Zugehörigkeit der beiden Frauen zu einer Hexenbande.

Gleich nach der Verurteilung lud man Mary auf einen Karren und brachte sie zum Galgen auf dem Platz unterhalb des Hauptturms. Ein Soldat des Sheriffs riss ihr das Hündchen aus den Armen und enthauptete es mit einem einzigen Schwerthieb. Den blutenden Kadaver band man ihr unter das Kleid, eine obszöne Anspielung auf ihre einstige Schwangerschaft. Dann legte man ihr die Schlinge um den Hals. Während der Abt und die Mönche Litaneien beteten, schob man den Karren unter ihren Füßen weg, und mit einem knackenden Geräusch brach Marys Genick. Nachdem sich die Mönche auf den Rückweg ins Kloster gemacht hatten, schichteten die Dorfbewohner, angeführt von der Kaufmannsfrau, unter Marys baumelndem Körper Reisig und Holz aufeinander und zündeten es an. Während sich der Geruch nach verbranntem Fleisch ausbreitete, brachen die Bauern und Kaufleute in ein wildes Jubelgeschrei aus.

Verwirrt und zutiefst erschüttert, verabschiedete sich Pater Matthew von seinen Mitbrüdern. Als Dank für seine Tätigkeit im Kloster gab ihm der Abt ein Maultier mit, das ihm auf der beschwerlichen Reise zu Fuß gute Dienste tun würde.

Sein erstes Ziel war London.

Während Matthew nunmehr zügig ins Tal hinunterschritt, dachte er daran, wie glimpflich doch letztlich der erste Teil seiner Reise verlaufen war. Nach einer Zwischenstation in London, wo er die beiden Extreme des menschlichen Lebens – das bitterste Elend und die zügelloseste Ausschweifung – mit eigenen Augen hatte beobachten können, war er nach Rochester gekommen, wo ihm die Mönche des Klosters St. Andrew einige Tage Unterkunft gewährt hatten. Auch dort wurde die Kathedrale neu aufgebaut, in dem neuen, aus Frankreich kommenden, in die Höhe strebenden Baustil. In der ganzen Stadt wimmelte es von Arbeitern und Kaufleuten, Bauern und Prostituierten.

Auf seinem Weg nach Dover begegnete Matthew einer dieser Frauen, und groß war sein Erstaunen, als er in der Gestalt mit dem geschminkten Gesicht und den bunten Kleidern die Hebamme Marthine wiedererkannte. Die Prostituierte erkannte ihn gleichfalls und wollte in blankem Entsetzen fliehen. Matthew jedoch hielt sie zurück und sagte ihr, dass sie ihn nicht zu fürchten brauche. Genau wie sie habe auch er St. Albans verlassen müssen.

Marthine erzählte ihm von ihrer Flucht nach Rochester. Dort beschloss sie zu bleiben, denn in einer so großen Stadt, so dachte sie, sei sie vor den Häschern sicher. Nachdem sie zehn Tage lang nichts gegessen hatte, war ihr schließlich nichts anderes übrig geblieben, als sich dem verwerflichen Gewerbe der Prostitution zuzuwenden. Eine allein stehende, schutzlose und hilflose Frau hatte gar keine andere Wahl. Matthew berichtete ihr, dass Mary gehängt und auf dem Scheiterhaufen verbrannt worden war, und als er Marthines Verzweiflung sah, fühlte er sich noch nutzloser und schuldiger. Er ermahnte Marthine zur Vorsicht und empfahl ihr, sich noch weiter von St. Albans zu entfernen und in einem abgelegenen Dorf weiter westlich, außerhalb der Grafschaft, Zuflucht zu suchen. Marthine bat um seinen priesterlichen Segen, den ihr Matthew gern erteilte, obwohl er starke Zweifel hegte, ob er noch im Namen Gottes wirkte.

Eine Woche später war er in Dover eingetroffen. Dort hatte er sein Maultier an einen Gewürzhändler verkauft und sich nach Calais eingeschifft.

KAPITEL 3

Die Sonne stand bereits hoch am Himmel, als Pater Matthew den bewaffneten Mann einholte, der den Schluss der Karawane bildete. Der Geleitmann, vom Bischof von Sion beauftragt, die durchreisenden Kaufleute zu schützen, sah eher wie ein Straßenräuber denn wie ein Soldat aus. Als Matthew ihn überholte, musterte ihn der Mann scharf, hielt ihn aber nicht an.

Die Reisenden machten am Fluss Rast, damit sich die Tiere ausruhen und sie selbst etwas essen konnten. Matthew ging auf einen älteren Mann zu, der seinem gebieterischen Verhalten nach der Anführer der Gruppe war, und erkundigte sich, wohin sie unterwegs seien. Bevor er antwortete, fragte ihn der Mann seinerseits, wer er sei und woher er komme, denn die eigentümliche Aussprache hatte seine Neugier geweckt.

»Ich bin Matthew Willingtham, ein Benediktinermönch, und komme aus dem fernen England. Mein Ziel ist ein Dorf weit oben in den Bergen, östlich dieser Gipfel. Den genauen Namen des Dorfes kenne ich nicht; ich weiß nur, dass es sich im Lehnsbereich des Bischofs von Sion befindet und in einer weiten, von Wäldern und ewigem Eis umschlossenen Ebene liegt. Man hat mir gesagt, dass man auch durch dieses Tal dorthin gelangt, aber ich kenne den Weg nicht und wäre dir dankbar, wenn du mich mitnehmen und mir den Weg zeigen könntest.«

Bevor der Kaufmann antwortete, musterte er den Mönch aufmerksam. Die hagere Gestalt und das schmutzige Gewand ließen darauf schließen, dass er es mit keinem jener wohl genährten

Mönche zu tun hatte, denen er auf den Märkten der Klöster entlang der Straßen des Wallis zu begegnen pflegte, die er mehrmals im Jahr besuchte. Andererseits kündete der wachsame und fiebrige Blick des Mönchs von einer Verzweiflung und einer Entschlossenheit, die den Kaufmann bewogen, eine vorsichtige Antwort zu geben, ohne sich festzulegen.

»Ich heiße Otto Biener und handle mit wertvollen Stoffen und feiner Wolle. Ich werde dir sagen, wohin wir unterwegs sind, aber zuerst musst du mir erklären, wie du hierher gekommen bist und was du hier zu tun hast. Du bist doch nicht etwa einer jener vermaledeiten Bettelmönche, die durch die Täler ziehen und die Irrlehre und den Antichrist predigen?«

Matthew griff nach dem Kreuz auf seiner Brust, küsste es und erwiderte:

»In der Regel des heiligen Benedikt heißt es: ›Man halte sich an das Wort der Schrift: Jedem wurde so viel zugeteilt, wie er nötig hatte. Wer weniger braucht, danke Gott und sei nicht traurig. Wer mehr braucht, werde demütig wegen seiner Schwäche und nicht überheblich wegen der ihm erwiesenen Barmherzigkeit.‹ Dieselbe Mildtätigkeit, die ich in meinem Kloster viele Jahre lang den Armen und Bedürftigen erwiesen habe, erbitte ich heute von dir. Wenn dich dieses Kreuz nicht zu überzeugen vermag, dann werden es auch meine Worte nicht können. Wenn ihr mich nicht mit euch reisen lasst, so werde ich meinen Weg allein fortsetzen. So Gott will, wird er mir den rechten Weg weisen und mich beschützen oder mich in eine Schlucht stürzen lassen.«

Der Kaufmann, der von dieser Bekundung tiefen Glaubens und von der entschlossenen Haltung des Mönchs beeindruckt war, legte sein Misstrauen ab und schenkte dem Fremden ein freundliches Lächeln.

»Nun denn, Mönch, so schließe dich uns an, und segne uns auf der Reise, denn wir sind genau in die Richtung unterwegs, die du zum Ziel hast. Einige von uns reisen bis Canton des Allemands, andere durchqueren nur das Gebiet des Grafen Challant oder ziehen weiter bis zu den Dörfern jenseits von Alagna. Es ist noch ein weiter und beschwerlicher Weg bis dahin. Vor uns liegen steile Gipfel, Pfade, die kaum ein Maultier passieren kann, schmale Brücken über reißende Gebirgsströme. Auch im Wald gibt es zahlreiche Gefahren: Der Wolf und der Bär lauern darauf, uns anzugreifen, wenn wir nicht entschlossen sind, uns zu verteidigen. Sogar einsame Wegelagerer, gierig auf Beute, halten sich hier versteckt. Man braucht das Gehör einer Katze und die Witterung eines Hundes, um diese Berge unbeschadet zu durchqueren. Aber wir müssen nicht nur für uns selbst, sondern auch für unsere Waren Sorge tragen. Eine unbeschwerte Reise können wir dir also nicht garantieren. Willst du trotzdem mit uns reisen, Mönch?«

»Gott hat mich bis hierher geführt, er hat mich die Straßen Frankreichs durchschreiten und Pässe überqueren lassen; er hat mich geprüft, indem er mich von Banditen angreifen und mich alles verlieren ließ, was ich besaß. Von Pater Edmondo habe ich diese Kutte bekommen, die das, was ich bisher durchgemacht habe, Lügen straft, denn ich bin in elenden Lumpen im Hospiz angekommen! Ich kann mich recht gut um mich selbst kümmern. Es reicht mir, wenn ich mich euch anschließen darf.«

Zufrieden mit Matthews Antwort, lud Otto ihn ein, das Mahl mit ihnen zu teilen, bevor sie erneut aufbrachen. Sie aßen Hartkäse und Roggenbrot, und der Kaufmann beobachtete den Mönch mit großer Aufmerksamkeit. Das ehemals blonde Haar war ausgebleicht, und der kurze rötliche Bart war von grauen Strähnen durchzogen. Seine markanten Gesichtszüge glichen mehr denen der Bauern im Norden, die Otto auf einer seiner Reisen in die Normandie getroffen hatte. Dennoch hatten die Züge des Mönchs etwas Edles und Sanftes.

Während Matthew auf Lateinisch das Tischgebet sprach, fragte sich Otto mit wachsender Neugier, aus welchen Gründen der Mönch diese lange und beschwerliche Reise wohl auf sich genommen hatte. Da er ein praktischer Mann war, hätte er ihn am liebsten freiheraus um Auskunft gefragt, aber der Respekt gebot ihm, sich zu gedulden. Zumindest konnte er nun sicher sein, dass dieser Mann kein als Mönch verkleideter Straßenräuber war. Mit großem Unbehagen erinnerte er sich an eine Begebenheit, die schon zwei Jahre zurücklag. Damals hatte er mit dem Abt eines Klosters unweit von Praborno über den Preis eines Stoffballens verhandelt. Der Mönch versuchte, ihn über die dem Kloster zustehende Menge zu täuschen, aber als Otto den Betrug entdeckte und die Stoffballen zurückforderte, bedrohte ihn der Abt und prophezeite ihm einen baldigen Tod in den Flammen der Hölle. Erschrocken hatte der Kaufmann darauf verzichtet, auf seinen Forderungen zu bestehen, und war voll Angst und Entsetzen aus dem Kloster geflohen. Die Angst vor diesem Fluch hatte ihn monatelang verfolgt. Otto beschloss daher, eine geeignetere Gelegenheit abzuwarten, um das Geheimnis von Pater Matthew zu ergründen.

Als sie erneut aufbrachen, ballten sich dunkle Wolken am Himmel zusammen. Otto trieb seine Begleiter zur Eile an, damit sie noch vor Ausbruch des herannahenden Sturms die Schutzhütte erreichten, wo sie in Sicherheit waren.

Doch schon bald fielen die ersten Regentropfen, und um die neunte Stunde wütete ein heftiges Unwetter. Der Wind peitschte Menschen und Tiere, der Schneeregen durchnässte Kleidung und Gepäck, der Fluss schwoll an und erreichte an manchen Stellen bereits den Weg.

Otto warf sich einen mit Pelz gefütterten Umhang über die Schultern, und auch die anderen Kaufleute hüllten sich in ihre dicken Mäntel. Matthew, der am Ende der Karawane ging, war bald schon bis auf die Haut durchnässt, und der heftige Wind zerrte an seiner Kutte. Als Otto den vor Kälte zitternden Mönch sah, reichte er ihm einen alten Mantel aus Wolfspelz.

So setzten sie bis zur Vesper ihren Weg fort. Allmählich ließ der Sturm nach, und sie erreichten endlich eine Holzhütte. Hier stellten sie die Lasttiere unter und zündeten ein Feuer an. Nachdem sie noch etwas gegessen hatten, schlugen sie ihr Nachtlager auf.

Otto bot dem Mönch einen Becher Wein an, und Matthew dankte Gott im Stillen, dass ihm nach all den langen und beschwerlichen Abenteuern endlich ein großzügiger Mann begegnet war.

Der Kaufmann wiederum hoffte, dass die wohlige Wärme des Feuers und die körperliche Entspannung dem Mönch die Zunge lösen würde. Der Mann gefiel ihm, er schien mutig und entschlossen zu sein. Obwohl er ein Fremder war, konnte er sich klar und verständlich ausdrücken, was auf gute Bildung schließen ließ. Zwar lernten die Kaufleute auf ihren Reisen von Süden nach Norden die unterschiedlichsten Sprachen kennen und sprechen, aber es gab kaum einen Geistlichen, der neben seiner Muttersprache und dem Lateinischen eine weitere Sprache beherrschte. Otto vermutete, dass der Mönch aus einem bedeutenden Kloster in England stammte und dass der Grund, der ihn hierher geführt hatte, schwer wiegend sein musste.

Vom Wind genährt, der durch die Ritzen des Stalls pfiff, flammte das Feuer auf. Während der Wein ein Gefühl wohliger innerer Wärme verbreitete, wurde Matthew bewusst, dass er dem Kaufmann den wahren Grund für seine Reise nicht verhehlen durfte, wenn er weiterhin mit ihm ziehen wollte. Auf Gottes Beistand vertrauend, beschloss er, seine Lebensgeschichte wahrheitsgetreu zu erzählen, ohne irgendetwas zu verheimlichen.

Je länger Otto der Erzählung des Mönchs lauschte, desto mehr wuchsen Sympathie und Bewunderung für diesen entschlossenen und unerschrockenen Mann, der die Tugend der Nächstenliebe praktizierte, die so viele seiner Mitbrüder zwar auf den Lippen, aber nicht im Herzen trugen.

Otto kannte die Welt und die Menschen gut genug, um zu wissen, wie dumm jener weit verbreitete Aberglaube war. Auch er hatte in der Normandie, ja sogar hier, in den Tälern der Umgebung, von Hexen reden hören; doch er schenkte diesen Gerüchten keinen Glauben. Vielmehr war er überzeugt, dass die Burgherren, unterstützt von den Äbten der Klöster, ein eigennütziges Interesse daran hatten, heidnische Ängste zu schüren. Denn Angst und Unsicherheit erleichterten es ihnen, ihre Herrschaft über das einfache Volk auszuüben.

Nachdem Matthew den Grund für seine Abreise aus dem Kloster St. Albans dargelegt und vom Beginn seiner Reise nach Frankreich berichtet hatte, fuhr er in seiner Erzählung fort.

»In Calais bin ich zwei Tage geblieben und dann weiter nach St.-Omer gezogen, wo mich die Mitbrüder des Klosters Notre-Dame aufgenommen und mir den Weg nach Vézelay gewiesen haben. Über Arras, das voll von Kaufleuten, Schmieden und Zimmerleuten gewesen ist, habe ich meinen Weg fortgesetzt, ohne mich lange aufzuhalten. Nach fünf Tagen bin ich in der Nähe von Paris eingetroffen. Mit mir reisten Kaufleute so wie ihr, die nach Laon unterwegs waren. Nachdem sich unsere Wege trennten, bin ich allein weitergezogen.

Die Reise dauerte jedoch sehr viel länger, als ich geglaubt hatte, und überall lag bereits Schnee. Zur Vesperzeit des fünften Tages wurde ich im Wald von Compiègne von der Dunkelheit überrascht. Mir blieb nichts anderes übrig, als mir einen Unterschlupf für die Nacht zu suchen. Ich hatte eine Lichtung zwischen den Bäumen entdeckt, wo ein Bauernhaus stand. Dort wollte ich um ein Nachtlager bitten.

Aber Gott wollte mich erneut prüfen. Als ich aus dem Wald heraustrat, hörte ich hinter mir lautes Hufgeklapper. Im nächsten Augenblick tauchten auch schon zwei Räuber auf riesigen Streitrossen auf; gewiss hatten sie die Pferde ihren adeligen Herren geraubt. Einer der beiden schwang einen kurzen Dolch, der im Mondlicht funkelte, der andere eine Axt. Sie saßen ab und stürzten sich mit ihren Waffen auf mich. Ohne ein Wort zu sagen, riss mir der eine meinen Reisesack von den Schultern, während mich der andere zu Boden warf und in meinem Gewand nach der Geldbörse suchte.

Ich schrie und flehte, sie sollten mir wenigstens meine Spange aus Leder und Silber lassen, mit der ich meine Kapuze zusammenhielt. Es war die einzige Erinnerung an meine Mutter, die sie mir bei meinem Eintritt ins Kloster geschenkt hatte. Der Größere und Kräftigere der beiden riss sie mir jedoch herunter, brach in ein höhnisches Gelächter aus und rief:

›Was erwartest du von uns, Mönch? Etwa ein Almosen? Na gut, hier hast du gleich zwei!‹

Damit schlug er mir mit dem Griff seiner Axt auf den Kopf, während der andere mit dem Dolch auf meine Schulter einstach. Ich brach zusammen und sank in den nassen Schnee. In der nächtlichen Dunkelheit vernahm ich nur noch das freche Lachen der Banditen und das Hufgeklapper der Pferde, die sich im Galopp entfernten. Dann wurde ich ohnmächtig.

Als ich erwachte, fand ich mich auf einem Strohsack wieder. Neben mir kniete eine ältere Frau, die mir die Stirn benetzte und mich freundlich anblickte. Im Fieberwahn glaubte ich, sie sei meine Mutter. Ich ergriff ihre Hände, weinte und rief ihren Namen.

Ich muss mehrere Tage zwischen Leben und Tod geschwebt haben. Manchmal kam ich wieder zu Bewusstsein, aber nur für wenige Augenblicke. Ich erinnere mich undeutlich, dass man mir

Milch zu trinken gab, dass ich mich erbrechen musste und man mich wusch. In meinen Ohren dröhnte ein ständiges Geräusch, und erst jetzt weiß ich, dass es das Klappern meiner Zähne im fiebrigen Schüttelfrost war.

Nach einiger Zeit – wann, vermag ich nicht zu sagen – tauchte Mary auf.

Sie stand plötzlich neben meinem Lager, barfuß, mit dem Gewand bekleidet, das sie vor ihrem Tod trug und das zerrissen und blutbefleckt war. Ihr Hals war verdreht, aber ihr schönes rotblondes Haar schimmerte im schwachen Schein der Fackel. In einer Hand hielt sie das Halsband ihres Hundes, in der anderen ein Kreuz aus zwei Wacholderzweiglein. Ihre grünen Augen lächelten, aber ihre Miene war ernst, als sie zu mir sprach:

›Ich bin zurückgekehrt, Pater Matthew, um dir zu sagen, dass du dich nicht mit Schuldgefühlen zu quälen brauchst. Ich habe meinen Häschern den ungerechten Tod verziehen, doch du musst leben, denn du hast einen Auftrag zu erfüllen. Ich meine nicht die Bußwallfahrt, die Abt William dir auferlegt hat, vielmehr eine andere, sehr viel wichtigere Aufgabe. Du wirst nicht im Kloster St.-Madeleine in Vézelay bleiben, sondern deinen Weg fortsetzen: durch Frankreich und weiter hinauf in die Penninischen Alpen. Dort wirst du ein Dorf aufsuchen, das von reichen Kaufleuten bewohnt ist. Die Berge an jenem Ort sind so hoch, wie du es noch nie gesehen hast. Das Dorf heißt Felik und gehört zum Lehnsgebiet des Bischofs von Sion. Dort wirst du den Bewohnern verkünden, dass sie durch göttliche Strafe vernichtet werden, wenn sie ihre Herzenshärte, ihre Selbstsucht und ihren Geiz nicht ablegen. Der sanfte Schleier des Himmels wird sie begraben, nachdem er rote Tränen des Blutes über sie vergossen hat. Geh, Pater Matthew, und tu, was ich dir geheißen habe! Dies ist der Zweck meines Todes und deiner Bußwallfahrt.‹

Ich versuchte, mich von meinem Lager zu erheben, aber vor

Erschöpfung und Schwäche verlor ich erneut das Bewusstsein. Als ich aufwachte, war Mary verschwunden. Dort, wo sie gestanden hatte, stand jetzt eine ältere Frau, die mir einen Trunk bereitete. Neben dem Mörser, in dem die Bäuerin Beeren zerkleinerte, lagen zwei Wacholderzweiglein in Form eines Kreuzes.

An jenem Tag und an den folgenden trank ich dreimal diesen Trank. Allmählich verschwand das Fieber, die Wunden verheilten, und meine Kräfte kehrten zurück. Ich war, glaube ich, mehr als zwei Monate lang in dieser Hütte.

Als ich wieder bei Sinnen war, sagte mir die Bäuerin, ihr ältester Sohn hätte mich ohnmächtig am Waldrand liegend gefunden. Gemeinsam hätten sie mich hierher gebracht, wo sie mich versteckt gehalten und gesund gepflegt hatten.

Sie erzählte mir, dass auch sie vor Jahren, als ihr Mann noch gelebt hatte und sie wohlhabende Bauern gewesen waren, ihren dritten Sohn als Oblaten in ein nahe gelegenes Kloster geschickt hatte. Unter Tränen sagte sie, er sei gestorben. Während sie mich, einen Mitbruder, gesund gepflegt habe, habe sie das Gefühl gehabt, diesen Sohn, dessen Tod sie nur schwer überwunden hatte, wieder ein Weilchen bei sich zu haben. Ich hätte, so berichtete sie, in meiner Muttersprache, die sie nicht verstand, im Fieberwahn gesprochen. Nur einen Namen habe sie verstanden, den ich immer wieder gerufen hätte: Mary. Ich sagte ihr, dies sei der Name meiner Mutter, was ja schließlich auch stimmte.

Es war Frühling, als ich so weit wiederhergestellt war, dass ich meine Reise fortsetzen konnte. Agnès füllte mir den Sack mit Essensvorräten, gab mir ein Hemd und eine Hose und auch einen Geldbeutel mit ein paar Münzen. Der Abschied von der Frau ist mir sehr schwer gefallen. Ihr verdanke ich mein Leben, und mir ist klar gewesen, dass ich sie nie wiedersehen würde.

Ich hatte das Glück, schon bald einem Bauern zu begegnen, der mit einer Fuhre Holz nach Paris unterwegs war. Er lud mich ein, auf seinem Wagen mitzufahren, und so gelangte ich ohne große Anstrengung bequem in die Stadt.

In Paris bin ich nur einen einzigen Tag geblieben und dann sofort nach Sens aufgebrochen. Nach weiteren drei Tagen erreichte ich Auxerre, wo mich die Brüder des Klosters St.-Germain für zwei Nächte aufnahmen. Vézelay war jetzt nicht mehr weit.

Niemand fragte mich nach dem Grund meiner Reise, bis auf den Hospitalar von Auxerre, dem ich eine Lüge auftischte, für die ich noch heute Gott um Vergebung bitte. Ich sagte ihm, ich würde im Auftrag des Abts von St. Albans nach Vézelay reisen, um eine Wallfahrt zu den Reliquien der heiligen Maria Magdalena vorzubereiten.

Unterwegs nach Vézelay begegnete ich einer Büßerprozession, die dasselbe Ziel hatte wie ich. Ich schloss mich den frommen Pilgern an, und drei Tage später, zur neunten Stunde, standen wir vor den Mauern der Stadt.

Hoch ragte die Abteikirche in all ihrer Pracht empor. Obwohl von der Reise ermüdet, betrachtete ich mit Staunen und Bewunderung die großartigen Skulpturen, die das Hauptportal schmücken. Im Innern drang das gedämpfte Licht des Sonnenuntergangs durch die hohen Fenster und erleuchtete das lang gestreckte Hauptschiff und die Seitenschiffe. Im Untergeschoss befindet sich eine Krypta, in der die Reliquien der heiligen Magdalena aufbewahrt werden. Die Mönche bereiteten sich gerade auf das Vespergebet vor. Ich schloss mich ihnen an, bevor ich mich in die Herberge des Klosters begab, wo ich zusammen mit den anderen Pilgern die Nacht verbrachte.

Als am frühen Morgen die Sonne das Tal der Cure erhellte, das sich in üppigem Grün zu Füßen der Abtei erstreckt, ging ich in die Krypta, wo ich lange im Gebet verharrte.

Unterdessen versammelten sich die Pilger, um den Segen des Abts zu empfangen, bevor sie ihre Reise nach Spanien fortsetzten. Denn von Vézelay aus führt ein langer Pilgerweg zur Kirche des heiligen Jakobus in Compostela, dem – wie Ihr sicher wisst – meistbesuchten Wallfahrtsort des gesamten Abendlandes. In dem langen Zug von Büßern, in Kapuzen gehüllt, befanden sich Männer und Frauen, Adelige und Kaufleute, Bauern und Entrechtete. Ihre Mäntel und Pilgerstäbe machten sie ununterscheidbar. Sie waren einander gleich in der Demut und in der Gewissheit, mit dieser beschwerlichen Pilgerreise das ewige Seelenheil zu erlangen.

Begleitet von melodischen lateinischen Gesängen, setzte sich der Zug in Bewegung. Als ich den Pilgern nachblickte, ergriff mich eine brennende Sehnsucht, mich ihnen anzuschließen und mit ihnen nach Santiago de Compostela zu pilgern, um für das zurückliegende Jahr der Irrungen und Verfehlungen, die mich von meinem Apostolat entfernt hatten, Buße zu tun. Ich war unentschlossen und voller Angst, erneut in die Irre zu gehen. Die Vision, die ich gehabt hatte, war vielleicht nur eine durch Fieberwahn verursachte Halluzination, der ich leichtgläubig und einfältig Vertrauen schenkte.

So entschied ich, mich dem Pilgerzug anzuschließen, schulterte meinen Reisesack und verließ die Zitadelle. Kaum hatte ich die Mauern hinter mir gelassen, umkreiste mich ein schwarzes Hündchen, das wie aus dem Nichts aufgetaucht war, beschnupperte mein Gewand und wedelte aufgeregt mit dem Schwanz.

Ich war verstört. Das Hündchen sah Marys Hund zum Verwechseln ähnlich, es hatte genau denselben wachsamen Blick. Ich tat aber, als ginge es mich nichts an, und setzte meinen Weg fort. Das Hündchen jedoch strich mir zwischen den Beinen umher, als wolle es mich aufhalten. Nach einer Weile blieb ich schließlich stehen und beugte mich hinunter, um das Tier zu streicheln und zu beruhigen.

Als ich aber sein Fell berührte, stockte mir der Atem. Meine

Finger hatten eine große und harte Narbe ertastet, die rund um den Hals des Tieres führte.

Ich war wie versteinert. Der Hund sah mich an, leckte mir das Gesicht und schlug ohne einen Laut den Weg nach Süden ein. Nach ein paar Metern drehte er sich um, um zu sehen, ob ich ihm folgte.

Dies war vielleicht der einzige Augenblick in meinem Leben, in dem ich befürchtete, den Verstand zu verlieren. Mir wurde schwindlig. Ich setzte mich auf einen Stein und sah dem Pilgerzug nach, der Richtung Westen verschwand. Das Hündchen war zu mir gekommen, setzte sich mir zu Füßen und wartete.

Ich betete. Ich kann nicht sagen, wie lange ich so verharrte. Die Sonne stand bereits hoch am Himmel, als ich mich erhob.

Mein Entschluss stand fest. Der Pilgerzug war bereits hinter einem Hügelkamm verschwunden. Ich machte mich auf und stieg die gepflasterte Straße hinunter nach Chalon-sur-Saône. Sechs Tage lang war ich unterwegs. Der Hund ging mir voraus, immer ein Stück von mir entfernt. Mehr als einmal wurde er von Bauern mit Steinen beworfen, die auf Grund seines schwarzen Fells Angst vor ihm hatten, aber stets gelang es ihm zu fliehen. Mit Schrecken musste ich feststellen, dass Aberglaube und Unwissenheit nicht nur unter den Bewohnern von St. Albans verbreitet waren. Auch in Frankreich glaubte man also an Hexen und ihre Helfershelfer im Tierreich. Aber ich, der an Visionen und Gespenster glaubte, hatte kein Recht, andere zu verurteilen.

Auf Gott vertrauend, dass er mir wenigstens das Hündchen als Begleiter lassen würde, setzte ich meinen Weg fort. Es war mir ein Trost, zu wissen, dass in den Nächten, die ich im Schutz einer Eiche im Freien oder auf der Schwelle eines Stalls verbrachte, das Hündchen meinen Schlaf bewachte und mich weckte, wenn Gefahr drohte.

In einem furchtbaren Frühlingsgewitter kam ich in Chalon an.

Glas- und Schmiedewerkstätten drängten sich neben den Ständen der Weinhändler auf den Straßen des Dorfs, und auf den Türschwellen boten Prostituierte ihre Dienste an. Ich blieb nur wenige Stunden – so lange, bis meine Kleider trocken waren und ich mir den Magen gefüllt hatte. Am frühen Nachmittag brach ich erneut auf: über Hügel, die vom Regen aufgeweicht waren, und Straßen, die sich zwischen den Weinbergen entlangschlängelten.

Tags darauf erreichte ich Tournus, wo die Brüder der Abtei St.-Philibert mir zwei Nächte Unterschlupf gewährten. Das Dorf und das Kloster sind von einer dicken Mauer umgeben und von vier mächtigen Verteidigungstürmen bewehrt. In dem Ort selbst führen Mönche, Bauern und Kaufleute ein tätiges Leben.

Der Hospitalar von St.-Philibert nahm mich herzlich auf und erbot sich sogar, das Hündchen im Stall zu verstecken. Die Mönche, so erklärte er mir, dürften keine Tiere halten, die keinen Nutzen brächten. Doch dies missfiele ihm, weil ein Hund oder eine Katze doch dem Mönchsleben die Einsamkeit nähmen.

In den zwei Tagen, die ich in diesem Kloster verbrachte, fütterte der Mönch – Lambert war sein Name – das Hündchen und kümmerte sich um das Tier. Er gab ihm sogar einen Namen: Noir. Das Tier revanchierte sich für diese Freundlichkeit, indem es ihn zärtlich leckte und fröhlich mit dem Schwanz wedelte, sobald er auftauchte.

Pater Lambert fragte mich, wohin ich unterwegs sei. Ich sagte ihm, mein Ziel seien die Alpen, von wo aus ich zum Bistum Augusta ins Tal hinuntermüsse. Er drang nicht weiter in mich, sondern wies mir den kürzesten und gefahrlosesten Weg. Er empfahl mir, der Straße zu folgen, die unterhalb des Jura verläuft und an dem Bauerndorf Bresse vorbeiführt. Von dort aus sollte ich weiter nach Geneva am Austritt der Rhône und dann die südliche Seite des Lac Léman genannten großen Sees entlangwandern. So würde ich nach Agaune kommen, dessen bedeutendes Kloster einen wertvollen alten Schatz aufbewahrt. Von dort hätte ich eine lange und schwierige Strecke durch die Berge vor mir, bevor ich in das Hospiz am Mont Joux käme, von wo aus in südlicher Richtung ein Weg nach Augusta verläuft.

Lambert versicherte mir, es sei ein bequemer Weg durch flaches Gelände, zumindest bis Geneva; dort würde ich bestimmt Handelskarawanen begegnen, die ihre Waren auf die Märkte Frankreichs und des Mittelmeerraumes brächten. Ich sollte mich ihnen anschließen und vom Schutz der bewaffneten Geleitmänner profitieren.

Als ich am Tag darauf aufbrach, war das Hündchen verschwunden. Wir suchten es überall – im Stall, im Kreuzgang, ja sogar in der Abteikirche, jedoch ohne Erfolg. Ich musste also allein meinen Weg fortsetzen, darauf hoffend, dass mir kein schlimmes Unheil mehr begegnete. Pater Lambert bat ich, sich um das Hündchen zu kümmern, wenn es je wieder auftauchen sollte. Sichtlich erfreut über diese Aussicht, versicherte er mir, das Klostergelände sei weiträumig und verschachtelt genug, um einen Hund gefahrlos zu verstecken, und wenn es der Wille des Herrn sei, dass er als Mönch sein Leben der Sorge für die Entrechteten und Landstreicher widmete, so hätte Gott doch gewiss nichts dagegen, wenn sich unter ihnen auch ein schwarzes Hündchen befände.

Nach zehntägigem Fußmarsch kam ich in Geneva an. Genau wie der Mönch gesagt hatte, begegnete ich unterwegs zahlreichen Handelskarawanen, denen ich mich anschloss. Das Wetter war günstig, wir blieben von Räubern verschont, und so verlief die Reise ruhig.

Hinter Geneva veränderte sich plötzlich die Landschaft. Über dem Lac Léman ragten hohe Berge bedrohlich auf, zu deren Füßen der Weg verläuft. Bald schon fiel heftiger Regen. Ich war allein. Selbst die Vögel hatten sich in ihren Nestern versteckt und aufgehört zu singen, und der Wald zu meiner Rechten wirkte finster und gefährlich. Trotz meiner Angst und Müdigkeit gelangte ich nach zwei Tagen sicher nach Thonon, wo mich eine Bauernfamilie aufnahm und verpflegte, die direkt vor den Mauern der Burg wohnte. Ich sagte, mein Ziel sei Agaune, und sie zeigten mir den Weg und meinten, dass es bis dahin nicht mehr als fünf Tage dauerte.

Ich benötigte jedoch sechs Tage, denn ich musste von dem beschriebenen Weg abweichen, weil eine alte Holzbrücke unter den tosenden Wassermassen eingestürzt war. Durch das Gewitter war der Sturzbach, der von den Bergen herabschoss, angeschwollen, und auch der See trat an manchen Stellen bereits über die Ufer.

In Agaune wurde das Tal immer enger, und am Ausgang des Tals erhoben sich hohe Berge, auf denen noch Schnee lag. Zimmerleute und Arbeiter bevölkerten die Straße zum Dorf und transportierten Seilwinden und Karren. Sie bauten eine Burg, die sich auf dem Hügel erheben sollte und bereits bis weit über das Fundament hinaus errichtet war. Ich fand Unterkunft in der Herberge der Abtei, wie alle durchreisenden Pilger. Das Kloster zählte zu den reichsten, die ich jemals besucht habe.

Der Ort, so erfuhr ich, gilt als die Stätte, an der der heilige Mauritius sein Martyrium erlitten hatte und wo vor vielen Jahrhunderten Theodorus, der Bischof des Wallis, eine Kapelle hatte errichten lassen. Der burgundische König Sigismund hatte dort ein Kloster erbauen lassen. Seit dieser Zeit war die Anlage immer weiter gewachsen und unter die Herrschaft der Kaiser und Bischöfe des Rhônetals gelangt, die sie im Laufe der Jahre zur Blüte brachten. Pilger, die wie ich in der Klosterherberge übernachteten, sagten mir, das Bistum von Agaune besäße jenseits des Mont-Joux-Passes und auch noch über Augusta hinaus zahlreiche Ländereien und Dörfer. Der Reichtum des Klosters war deutlich erkennbar: Der für die Verpflegung Fremder, Bedürftiger und Pilger zuständige Mönch brachte uns Weichkäse, Obst und Wein statt des Dörrfleischs und des dunklen Brots, das Besuchern der Konvente gewöhnlich vorgesetzt wurde.

Ich kam mit einem Salzkaufmann ins Gespräch, der nach Visp weiter unten im Rhônetal unterwegs war und sich, wie es schien, in der Gegend gut auskannte. Ihn fragte ich nach dem Weg zum Alpenübergang Mont Joux. Er sagte es mir, empfahl aber, vorsorglich wärmere Kleidung mitzunehmen, weil das Tal von Entremont kalt und stürmisch sei. Außerdem müsse ich mich vor Wölfen und Bären in Acht nehmen. Das Beste sei, so meinte er, ich beschaffte mir einen dicken Stock und – falls es mir die Vorschriften meines Ordens erlaubten – auch ein Jagdmesser, wenn ich es denn zu benutzen wisse.

Ich brauchte also einen Mantel, aber im Kloster gab es niemanden, der bereit gewesen wäre, einem Pilger so etwas zu schenken. Offenbar galten in diesem Konvent, trotz seines großen Reichtums, lediglich Speise, Trank und ein Dach über dem Kopf als Almosen. Kaufen konnte ich mir keinen Mantel, denn das bisschen Geld, das mir noch verblieben war, musste ich mir aufsparen. Schließlich hatte ich noch einen langen Weg vor mir, und ich wusste ja nicht, was mich erwartete. Am Tag darauf machte ich mich, auf milde Witterung vertrauend, auf den Weg.

Wie du gewiss weißt, da du ja von dort kommst, ist der tief in den Wald eingeschnittene Weg durch das Tal von Entremont steil und abschüssig. Ich war zaghaft und voller Angst. Am zweiten Tag überholte mich eine Karawane von Kaufleuten wie der eurigen, aber ich vermochte mit ihnen nicht Schritt zu halten. Durch den Überfall im Wald von Compiègne war ich noch immer in sehr schlechter körperlicher Verfassung, und der lange Weg, der hinter mir lag, hatte an meinen Kräften gezehrt. Also musste ich allein weiter. Und je höher ich hinaufstieg, desto schlimmer war die Kälte und desto beschwerlicher der Weg.

Am Morgen des dritten Tages – ich hatte mich bei den Tieren in einem Stall, wo ich die Nacht verbracht hatte, etwas aufgewärmt – setzte ich meinen Weg fort. Der Baumbestand wurde immer spärlicher, Matten breiteten sich aus, hier und da noch schneebedeckt. Weit oben erahnte ich einen glitzernden See. Der Gedanke, dass ich bald schon am höchsten Punkt der Passstraße angelangt war, ließ mich unvorsichtig und sorglos werden. Und plötzlich, am Ende des letzten Waldstücks, versperrte mir die dunkle Silhouette eines Tieres den Weg.

Es war ein Wolf: Reglos stand er da, witternd und den Blick lauernd auf mich gerichtet.

Voller Angst ging ich so langsam wie möglich weiter, suchte auf dem Weg einen Stein, einen Ast – irgendetwas, das mir als Waffe zur Verteidigung dienen konnte. In dem Augenblick, in dem ich einen heruntergefallenen Ast vom Boden aufhob, machte der Wolf einen Sprung und stürzte sich mit weit aufgerissenem Maul auf mich. Er hat versucht, mich an der Kehle zu fassen. Mit der Kraft der Verzweiflung hab ich mich gewehrt und den Ast wie ein Schwert geschwungen. Mit einem Schlag ist es mir gelungen, den Kopf des Tieres von mir wegzustoßen: Und so hat es mich nicht am Hals verletzt, sondern nur meine Kutte zerrissen.

Wütend über die erlittene Niederlage, hat sich der Wolf ein zweites Mal auf mich gestürzt, aber diesmal bin ich auf seinen Angriff gefasst gewesen – bereit, mich zu verteidigen. Ich hab ihn an den Läufen und am Rücken mit heftigen Schlägen getroffen, die ich mir als Mönch und mit meinem schlechten Gesundheitszustand niemals zugetraut hätte. Verletzt und blutend hat das Tier die Flucht ergriffen und ist humpelnd im Dickicht der Bäume verschwunden.

Ich bin noch eine Weile lauernd stehen geblieben, in einer Stellung, die jeden Soldaten in schallendes Gelächter hätte ausbrechen lassen. Als ich schließlich sicher sein konnte, dass ich allein war, betrachtete ich mich. Mein zerfetztes Obergewand war mir von den Hüften geglitten, die Ärmel des Hemds waren zerrissen, ebenso an mehreren Stellen meine Hose, und meine Schenkel waren entblößt. Ich versuchte, meine Blöße zu bedecken, indem ich die Schöße meiner Kutte so gut es ging zusammenraffte, und ging weiter.

Keiner, der mich so gesehen hätte, hätte geglaubt, dass ich ein Mönch bin. Ich schämte mich, ich fühlte mich entwürdigt. Ich sah elender aus als ein Bettler. Bis zum Hospiz, wo ich zur sechsten Stunde ankam, begegnete ich jedoch niemandem mehr.

Pater Edmondo hat mir etwas zu essen gegeben und mir neue Kleider geschenkt. Er hat mir Trost zugesprochen und mir für zwei Nächte ein Dach über dem Kopf gewährt. Das ist meine ganze Geschichte, Kaufmann Otto. Wie du siehst, habe ich dir nichts verschwiegen. Ich vertraue auf dein Verständnis und deine Klugheit.«

KAPITEL 4

Es war inzwischen tiefe Nacht geworden; ein schwaches Feuer verströmte eine wohlige Wärme. Die anderen Männer hatten sich in ihre Mäntel gehüllt und schliefen.

Der Widerschein des Feuers zeichnete seltsame Figuren auf die Gesichter der beiden Männer. Während Matthew seine Geschichte erzählt hatte, hatte sein Blick immer wieder die Augen des Kaufmanns gesucht, fast als fürchte er, in ihnen ungläubige Ablehnung zu lesen. Erst als er am Ende angelangt war, wagte es Matthew, seinen aufmerksamen Zuhörer offen anzusehen. Es war, als suchte er in der Verständnisbereitschaft seines Zuhörers die Bestätigung dafür, dass er diese unglaublichen Begebenheiten tatsächlich erlebt hatte. Otto war von der Geschichte aufgewühlt, aber auch fasziniert von der ungewöhnlichen Persönlichkeit dieses Mönchs. Wenn die Geschichte falschen Ohren zu Gehör käme, würde es gefährlich für den Engländer werden, dessen war er sicher. Hexen, Visionen, Geistererscheinungen – all dies würde ihn in den Augen jedes Geistlichen, dem er den wahren Grund seiner Reise mitteilte, als Ketzer und als Gehilfen des Teufels brandmarken. Nachdem sich der Kaufmann vergewissert hatte, dass alle anderen schliefen, sagte er:

»Ich glaube dir, Mönch, und es schmeichelt mir, dass du mir ein solches Vertrauen entgegenbringst. Du bist ein unerschrockener Mann, aber die Gefahren sind keineswegs gebannt: Erzähle niemandem diese Geschichte, denn hier in diesen Tälern folgen die Leute den Grundsätzen der römischen Kirche und stellen jedem nach, der sich von ihnen entfernt. Überall kennt man Legenden, in denen nicht selten auch der Teufel eine Rolle spielt, und ich versichere dir, sehr viel weniger als das, was du mir erzählt hast, würde genügen, um sie davon zu überzeugen, dass du ein Engel der Finsternis bist! Selbst mir fällt es, offen gesagt, nicht leicht, dir Glauben zu schenken. Ich glaube an die Auferstehung der Toten, aber erst am Jüngsten Tag, nicht vorher! Auf der anderen Seite hättest du mir eine derart unglaubliche und gefährliche Geschichte bestimmt nicht erzählt, wenn du sie nicht tatsächlich erlebt hättest.

Ich bin alt, Mönch, und ich habe in meinem Leben gelernt, dass nichts so ist, wie es zu sein scheint. Man muss bisweilen aufgeschlossen sein für das, was man nicht versteht. Manchmal ergibt sich eine vernünftige Erklärung erst im Nachhinein, manchmal nie. Du bist vom Mysterium gezeichnet. Deshalb werde ich dir helfen. Aber ich bitte dich, bewahre Stillschweigen über das wahre Motiv, das dich hierher geführt hat. Morgen und an den weiteren Tagen, die wir gemeinsam unterwegs sein werden, werde ich dir erzählen, was die Bewohner von Felik für Leute sind und was sie tun. Zu ihnen bist du ja unterwegs, ihnen willst du deine düstere Prophezeiung verkünden. Du wirst es nicht leicht haben, auch dort nicht. Deshalb ist es gut, wenn du gewarnt bist. Lass uns jetzt schlafen. Der Weg hinunter in die Ebene ist noch weit und gefährlich, wir müssen uns ausruhen.«

Jetzt endlich konnte Matthew aufatmen. Er lächelte vertrauensvoll. Mit seinen rauen Händen nahm er die des Kaufmanns und drückte sie in großer Dankbarkeit, als schlösse er einen Pakt mit Otto. Dann hüllten die beiden Männer sich noch fester in ihre Mäntel und legten sich neben das Feuer. Unruhig bewegten sich die Tiere, wachsam den Geräuschen des Waldes lauschend. Der Geleitmann hielt in einiger Entfernung Wache. Am nächsten Tag würde ihn weiter unten im Tal ein anderer Soldat ablösen.

Noch im Morgengrauen brachen sie auf. Die Gewitterwolken hatten sich verzogen, und auch der Wind hatte sich gelegt. Der Himmel wurde vom Mondlicht schwach erhellt.

Nach ein paar Stunden Fußmarsch gelangten sie zu einem aus Stein gebauten Gebäude, das von einem dicken, rechteckigen Turm flankiert wurde. Unter dem Eingangsbogen standen zahlreiche Mönche. Auf dem freien Platz vor dem Gebäude machte die Karawane Halt. Neugierig wollte Matthew von Otto wissen, wo sie sich hier befanden.

»Wir sind in St.-Oyen, und dies ist das Kastell Verdun, das den Mönchen vom Mont Joux gehört. Vor hundert Jahren befand es sich im Besitz des Grafen von Savoyen, der es den Mönchen als Schenkung vermacht hat; vielleicht haben die Ländereien nicht die erwarteten Erträge erbracht, oder der Herr hatte wertvollere Besitztümer zu schützen. Jedenfalls ist es den Mönchen gelungen, das Land fruchtbar zu machen. Sie haben einen Großteil des Waldes gerodet und Getreide gesät. Siehst du die Felder da drüben? Bald wird man dort Gerste und Weizen ernten, und auf den Matten wird das Blöken von Schafen und das Muhen von Kühen zu hören sein. Komm, gehen wir, und begrüßen wir den Prior! Ich will ihn fragen, wie sicher die Straßen sind. Kaufleute, denen ich unterwegs begegnet bin, haben mir erzählt, dass zwischen zwei Lehnsherren unten im Tal ein Krieg ausgebrochen ist.«

Matthew folgte Otto in den Klosterhof. Ein dicker, rotwangiger Mönch trat ihnen entgegen und begrüßte sie herzlich. Überrascht von Matthews Aussprache, erkundigte er sich sogleich, woher er komme und was ihn hierher führe. Otto, der eine weitere Lüge Matthews verhindern wollte, antwortete rasch, der Mönch sei unterwegs nach Rom und würde eine Teilstrecke des Wegs mit seiner Karawane reisen.

Nachdem seine Neugier gestillt war, führte der Prior die beiden in sein Haus, einen ansehnlichen Holzbau unmittelbar neben der Kapelle.

Bei einem Becher Wein beantwortete der Prior Ottos Fragen: Es sei kein richtiger Krieg ausgebrochen, es komme nur immer wieder zu Scharmützeln und Reibereien zwischen dem Herrn von Bard und dem Visconte Gotofredo. Offenbar wolle der Visconte die Burg des Herrn von Bard in seinen Besitz bringen, da sie sich in einer strategisch günstigen Position befinde, um den Durchzug von Truppen und Kaufleuten am Eingang des Augusta-Tals zu überwachen. Im Augenblick halte sich der Herr von Bard noch mit zahlreichen Soldaten in seiner Burg verschanzt, aber es kursierten bereits Gerüchte, dass er sich früher oder später dem Visconte ergeben müsse, der seine Herrschaft immer weiter hinunter ins Tal ausweite.

»Wenn ich recht verstanden habe«, sagte Otto, »beschränken sich die Unruhen auf das Lehnsgebiet von Bard, das ja jenseits vom Tal des Flusses Evançon liegt, wohin wir unterwegs sind.«

»Das ist richtig«, erklärte der Prior, »aber seid trotzdem vorsichtig. Denn nur wenige Meilen vom Lehnsgebiet Verretios entfernt, wo dein Weg nach Canton des Allemands abzweigt, befindet sich die Festung Arnad, dessen Herr Guglielmo ist, der Bruder Ugos von Bard. Wie du ja weißt, Otto, haben die beiden Brüder vor fünfundzwanzig Jahren um den Besitz dieser Festung einen Krieg geführt, aus dem Guglielmo als Sieger hervorgegangen ist. Vor drei Jahren aber musste er auf Grund schwerer wirtschaftlicher Not die Hälfte der Festung an die Herren De Arnado abtreten. Jetzt besteht die Gefahr, dass sich Ugo im Zuge seines Krieges mit dem Visconte erneut gegen den Bruder stellt, den er stets als einen Feigling und Versager betrachtet hat. Was wäre eine günstigere Gelegenheit, um die Festung der Familie erneut an sich zu reißen? Die Folge all dieser Zwistigkeiten ist jedoch, dass es auf den Straßen des Tals von Soldaten nur so wimmelt. Und wir wissen ja, wo Bewaffnete sind, ist alles möglich … Ich habe von Angriffen, Raub und – Gott hab Erbarmen – überdies von der Vergewaltigung einer Dame aus dem Kastell Verretio gehört! Die größte Gefahr aber droht dir, Mönch, denn um nach Rom zu kommen, musst du das gesamte Augusta-Tal durchqueren, also auch das Gebiet des Herrn von Bard. Wie willst du das allein schaffen?«

»Ich vertraue auf die Hilfe Gottes, der mir bisher beigestanden hat«, erwiderte Matthew kurz angebunden. Der beleibte Prior mit seiner pragmatischen Aufmerksamkeit für alle weltlichen Angelegenheiten verstimmte ihn. Auch der verschlagene Blick aus seinen neugierig funkelnden Schweinsäuglein war ihm unbehaglich. Otto dagegen kannte den Prior von Verdun sehr genau und wusste, dass er gern seine Nase in alles hineinsteckte. Ihm und seinen Reisegefährten kam das gerade recht. Aber auf Grund dieser Eigenschaft musste man diesen Mann auch fürchten. Klatsch war sein täglich Brot, und so wie er Otto über die Vorkommnisse im Tal bereitwillig Auskunft gab, erzählte er gewiss auch anderen von diesem merkwürdigen fremden Mönch, von dem keiner etwas wusste. Da er Matthews Gedanken sowie dessen Unduldsamkeit gegenüber dem Prior ahnte und fürchtete, sein Reisegefährte könne sich zu einer unbedachten Äußerung hinreißen lassen, beeilte sich Otto, ihm erneut zuvorzukommen.

»Wenn wir feststellen, dass die Lage allzu gefährlich wird, werden wir Gott die Sache etwas erleichtern und Matthew empfehlen, den längeren Weg zu nehmen. Er könnte mit uns Kaufleuten bis nach Canton des Allemands kommen und dann bis ins benachbarte Tal hinuntersteigen, wo er bestimmt eine Karawane findet, die ihre Waren nach Macugnaga oder Vercelli bringt. Wenn er dann den höchsten Punkt der Penninischen Alpen überschritten hat, geht es hinunter in die Ebene. Auf diese Weise könnte er das Gebiet des Herrn von Bard umgehen … Was hältst du davon?«, wandte er sich an Matthew.

Der Mönch, der seine unangebrachte Äußerung bereits bereut hatte, lächelte seinen Begleiter an und nickte scheu. Erleichtert, dass die Gefahr gebannt war, dankte Otto dem Prior für seine Gastfreundschaft und verabschiedete sich.

Der Geistliche geleitete die beiden Männer zum Eingang und beobachtete die Vorbereitungen zum Aufbruch. Dieser Mönch war ihm nicht geheuer. Er würde bei den Mitbrüdern am Mont Joux Erkundigungen über ihn einholen. Womöglich war er einer jener Bettelmönche, die die Täler Frankreichs durchzogen und die Irrlehre der Katharer predigten. Die Tatsache, dass er mit Ottos Karawane reiste, besagte schließlich gar nichts. Der Kaufmann war zwar ein erfahrener Mann, aber die Ketzer waren bekannt für ihre Doppelzüngigkeit und ihre salbungsvollen Reden, die jedermann verwirrten. Während der Prior beschloss, einen seiner Mönche so bald wie möglich zum Hospiz zu schicken, um Informationen einzuholen, winkte er ihnen zum Abschied mit einem gekünstelten Lächeln zu.

Die Gruppe setzte ihren Weg fort. Allmählich ging die Straße bergab und wand sich zwischen den Bergrücken. Das Tosen des Flusses, der rechter Hand ins Tal hinunterstürzte, begleitete sie auf ihrem Marsch. Kurz nach St.-Oyen führte eine massive Holzbrücke auf die andere Seite des Tals hinüber. Um die neunte Stunde gelangten sie in Sichtweite einer kleinen Burg mit einem mächtigen eckigen Turm. Ihr nach Osten gelegener Eingang wurde von bewaffneten Männern bewacht. Hier, so beschloss Otto, würden sie anhalten und die Nacht verbringen. Sie versorgten die Tiere und schlugen unweit des Dorfes ihr Lager auf.

Während sich Otto zur Burg aufmachte, um dem Steuereintreiber den Wegezoll zu entrichten, trat ein Reiterzug aus dem Haupttor heraus.

Es war der Herr von Gignod. Vier Bewaffnete gingen ihm voraus; die Männer und Frauen seines Gefolges trugen kostbare Gewänder. Neben dem Lehnsherrn, der auf einem großen Streitross saß, ritt eine traurig aussehende Dame; sie war zwar nicht schön, aber ihr Blick wirkte sehnsuchtsvoll, ein Eindruck, der durch ihre elegante Aufmachung noch betont wurde. Sie trug einen Pelzmantel, unter dem ein langes Kleid aus blauer Seide und ein silberner Gürtel zu sehen waren. Die Stirn der Dame war mit einer Perlenkrone geschmückt, und sie trug das Haar zu einem raffinierten, unter einem langen weißen Schleier halb verborgenen Nackenknoten gebunden. Sie musste die Gemahlin des Burgherrn sein; und die beiden verließen ihre Burg wahrscheinlich, um an der Hochzeit eines anderen Adeligen der Gegend teilzunehmen.

Otto erkundigte sich bei einem der Wachsoldaten, den er seit vielen Jahren kannte und der ihm bestätigte, dass eine Hochzeit bevorstand, nämlich die des zweiten Sohns des Herrn La Tour de Valpelline, dessen Lehnsgebiet unweit der Burg Gignod lag. Die Feier sollte am übernächsten Tag auf der Burg des Herrn von La Tour stattfinden; und sein Herr würde eine ganze Woche dort verbringen. Deshalb wird der Turm von so vielen Soldaten bewacht, dachte Otto, die allgemeine Lage ist also alles andere als ruhig.

Sie würden mit äußerster Wachsamkeit bis nach Augusta weiterziehen. Dort, beim Visconte angelangt, würden sie einen Tag Rast machen und erfahren, wie sicher der Weg war, der sie nach Canton des Allemands führte.

KAPITEL 5

Leonhardt schlotterte trotz des dicken Mantels aus Eichhörnchenfell, der ihm bis zu den Füßen reichte. Es war bitterkalt, aber dies war nicht der einzige Grund, weshalb er am ganzen Körper zitterte. Er hatte Angst. Der Sturm, von dem sie am St.-Teodulo-Pass überrascht wurden, war von der Art, wie sich der junge Mann die Hölle vorstellte.

Zuerst war dichter Nebel aufgekommen, sodass man bald nicht einmal mehr die Hand vor den Augen sah. Es war, als watete man durch eine Milchsuppe.

Hermann war sehr beunruhigt und bemühte sich, seinem Sohn und den übrigen Männern seines Zuges Mut zuzusprechen: Bald werde die Wolkendecke aufreißen und die Sonne hervorbrechen. Doch nach einer halben Stunde in dichtem Nebel, der in weißen Schwaden vom Tal heraufzog, setzte ein eisiger Regen ein, der die Haut wie mit spitzen Nadeln peitschte, und der Wind toste mit ungeheurer Macht. Leonhardt hatte gehofft, der Sturm würde die Wolken vertreiben, aber er brachte nur neue, noch dunklere Gewitterwolken.

Menschen und Tieren gelang es kaum, sich in diesem Unwetter im Gleichgewicht zu halten. Doch sie konnten unmöglich hier Rast machen, denn die Passstraße war Wind und Wetter schutzlos ausgesetzt, und nirgendwo gab es eine Hütte. Sie mussten den gefährlichsten Teil des Weges, der noch vor ihnen lag, so rasch wie möglich hinter sich bringen – ein Pfad, der auf einem schmalen Berggrat entlang eines steilen Felsvorsprungs führte. Mit lauten Rufen trieben die Kaufleute ihre Tiere an, die sich sträubten weiterzugehen.

Hermann ließ den Zug anhalten und ging von einem Mann zum anderen, um ihnen Anweisungen für den Abstieg zu erteilen. Leonhardt, der mit seinem Vater die Gruppe anführte, blieb unterdessen bei den Tieren.

Auch der bewaffnete Geleitschutz, der an der Spitze des Zuges ging, war stehen geblieben: ein Soldat im Dienst des Herrn von Quart und fast noch ein Kind. Die Angst stand ihm ins Gesicht geschrieben. Er war kreidebleich und riss die Augen auf, um in dem tosenden Sturm den Weg zu finden. Bestimmt ist er es eher gewohnt, der Gewalt der Menschen zu trotzen als der Gewalt der Elemente, dachte Leonhardt. Auch er fürchtete sich, obwohl er auf seinen Vater vertraute, der schon oft diesen Berg überquert hatte und ganz gewiss wusste, was zu tun war. Doch ein Blick in dessen Gesicht ließ Leonhardt erahnen, dass sich sein Vater noch nie in einer so gefährlichen Lage befunden hatte. Das Selbstbewusstsein, das er sonst bei jeder Gelegenheit zur Schau stellte, war verschwunden, und seine Gesichtszüge zeigten zum ersten Mal Spuren des Alters. Tiefe Falten durchzogen Gesicht und Stirn, die blauen Augen waren fahl, der graue Bart vereist und die Lippen fest zusammengepresst.

Gegen den heftigen Wind ankämpfend, setzten sie ihren Weg fort. Sie kamen ein gutes Stück voran, bis sie an den Berggrat gelangten, dessen Übergang sie nur vage erahnen konnten. Der bewaffnete Soldat überquerte den Übergang als Erster und wartete dann auf der anderen Seite. Vorsichtig, die Maultiere am Halfter führend, folgten die Kaufleute. Hermann befahl Leonhardt, mit den eigenen Tieren zu warten, um seinem Freund Alart den Vortritt zu lassen. Alart brachte eine wertvolle Ladung Pelze ins Dorf, die er auf dem Markt von Piacenza verkaufen wollte.

Alart war ein kräftiger Kaufmann in den mittleren Jahren, der zusammen mit Hermann schon viele Reisen unternommen und zahlreiche Liebesabenteuer erlebt hatte. Sie waren einander wie Brüder zugetan. Vor vielen Jahren hatten sie gemeinsam das Dorf Felik gegründet, als der Bischof von Sion sein Land denen überließ, die es urbar machen und bewirtschaften wollten.

Sie hatten den Wald gerodet und hart auf den Feldern gearbeitet. Dann waren sie Kaufleute geworden und hatten es als tüchtige Händler zu schnellem Reichtum gebracht, weil sie die richtigen Märkte besucht und die einträglichsten Waren erworben hatten.

In Piacenza wollte Alart eine Ladung Seide und Gewürze aus Venedig in Empfang nehmen und dann wieder nach Norden aufbrechen, nicht ohne jedoch zuvor in Felik Halt zu machen. Dort erwarteten die reichen Kaufmannsfrauen voller Ungeduld die wertvollen Stoffe aus dem Orient, aus denen sie sich prächtige Kleider anfertigen ließen.

Hermann wiederum hatte zu einem guten Preis englischen Wollstoff gekauft, der seit ein paar Jahren äußerst gefragt war und den er gewiss mit Leichtigkeit und mit gutem Gewinn veräußern konnte. Während er im Geist überschlug, wie viel ihm der Verkauf einbringen würde, ging ihm durch den Kopf, dass Leonhardt so schnell wie möglich lernen musste, den Bauern und Handwerkern Befehle zu erteilen. Er selbst fühlte sich inzwischen für diese Aufgabe zu erschöpft. Ja, er musste dem Jungen alles beibringen, was er wusste, wenn die Mühe all dieser Jahre nicht vergeblich sein sollte.

Hermann ahnte sehr wohl, dass die Leidenschaft seines Sohnes für Sibilla keineswegs erloschen war. Seine Bemühungen, die beiden zu trennen, waren kläglich gescheitert. Obwohl er vorgab, von nichts zu wissen, berichteten ihm seine Zuträger regelmäßig, wo und wann sich die beiden jungen Leute trafen. Wenngleich der Kaufmann in gewisser Weise Verständnis für die Liebe seines Sohnes hatte, war er entschlossen, diese Verbindung mit allen Mitteln zu verhindern. Hermann war der reichste Kaufmann des Dorfes Felik und besaß viele Ländereien. Es würde nicht mehr lange dauern, bis ihm der Lehnsherr eine besondere Aufgabe übertragen und ihn so zu seinem Vasallen machen würde. Das wiederum würde ihm und seinem Sohn eine große Zukunft eröffnen, und deshalb musste Leonhardt die Erbin eines reichen Kaufmanns heiraten, um den Besitz und das Ansehen der Familie zu mehren.

Keinesfalls durfte er, Hermann, es zulassen, dass sein Sohn die in einem ganzen Leben angehäuften Reichtümer verschleuderte, indem er sein Blut mit dem einer einfachen Freien vermischte. Denn obwohl das Mädchen ein ansehnliches Vermögen besaß, existierte seine Familie nicht mehr. Zu den Honoratioren des Dorfes hatte Sibilla keinerlei Kontakt, und vor allem war sie eine allzu selbstständige junge Frau. Leonhardt brauchte jedoch eine begüterte, unterwürfige und folgsame Frau, die Kinder gebären, den Reichtum ihres Mannes zur Schau stellen konnte und über dessen Liebesabenteuer kein Wort verlieren würde: genau wie seine Frau Costanza.

Hermann verscheuchte seine Gedanken, verärgert über sich selbst, weil sein Geist in einem so unpassenden Augenblick abgeschweift war. Vielleicht war es die Angst vor dem Alter und dem Tod, die seine Träumereien beflügelte. Nun aber galt es, seiner Karawane Mut zuzusprechen.

Er stand bei seinen Tieren und wartete. Alart und sein Treiber passierten soeben den Übergang, vier störrische Tiere hinter sich herziehend. Der Sturm tobte mit unverminderter Heftigkeit, der Wind peitschte den Männern ins Gesicht und behinderte die Sicht.

Alart hatte die Hälfte des Grats bereits hinter sich, als das erste

Maultier von herabprasselndem Geröll und Eis getroffen wurde. Der Wind hatte eine Lawine aus Steinen und Erde ausgelöst, die jetzt auf den schmalen Grat herabregnete. Das an den Hinterfüßen getroffene Maultier versuchte, wieder auf die Beine zu kommen, glitt aber auf dem Eis aus und verlor das Gleichgewicht. Voller Panik wollte es seine Last abschütteln, während Alart es fest am Halfter hielt.

Plötzlich rutschte das Tier ab. Das lange Seil, mit dem die Tiere zusammengebunden waren, straffte sich, die drei nachfolgenden Maultiere wurden ebenfalls mitgerissen und zerrten den Lasttierführer, der den Zug abschloss, mit hinunter in den Abgrund.

Alart versuchte verzweifelt, sich an einem Felsen festzuklammern, aber vergebens. Mit einem heiseren Schrei stürzte auch er in die Schlucht.

Im Fallen konnte sich der Treiber vom Seil befreien. Er blieb etwas weiter unten auf einem Pfad liegen und war gerettet.

Hermann hörte den Schrei; und obwohl er so gut wie nichts sehen konnte, wusste er doch, dass etwas Furchtbares geschehen war. In heller Aufregung tastete er sich den Grat entlang. Alarts Reisesack war das Einzige, was er zwischen den Felsen entdecken konnte. Hermann kniete sich nieder und streckte den Kopf über den Abgrund: nichts als dunkler, dichter Nebel. Er rief Alarts Namen – ein, zwei, drei Mal. Der Sturm dämpfte seine Stimme, die von den Felswänden dumpf widerhallte.

Keine Antwort.

Verzweifelt stand er auf und ballte die Faust gegen den bedrohlichen Himmel. Ein Aufschrei des Schmerzes entrang sich seiner Kehle, dann brach er in ein klagendes und lang anhaltendes Schluchzen aus.

Leonhardt hörte die Stimme seines Vaters. Erschrocken übergab er die ihm anvertrauten Tiere seinem Treiber und tastete sich vorsichtig den gefährlichen Grat entlang. Was er sah, ließ ihn erstarren: Sein Vater kniete in tiefster Verzweiflung am Boden, den Kopf zwischen den Händen, und weinte. Ringsum kein Zeichen von Leben.

Zaghaft trat Leonhardt näher.

»Vater, was ist passiert? Vater, so antworte mir doch, Vater …«

Hermann aber sah und hörte nichts. Er weinte und klagte, wiegte den Körper hin und her und stieß unverständliche Laute aus. Sein Gesicht war schmerzverzerrt, seine Augen blind für die Welt um ihn herum.

Nach einer Weile legte Leonhardt ihm den Arm um die Schulter und wiegte ihn wie ein Kind. Allmählich beruhigte sich der alte Kaufmann und gelangte wieder zu vollem Bewusstsein. Und er schämte sich darüber, sich vor den Augen seines Sohnes so schwach und erschüttert gezeigt zu haben. Um seine Verstörung zu verbergen, hob Hermann Alarts Reisesack auf und lud ihn sich auf die Schulter. Dann warf er dem Sohn einen strengen Blick zu und sagte:

»Alart ist tot, wir können nichts mehr für ihn tun. Wenn wir in Canton des Allemands angelangt sind, werde ich jemanden schicken, den Leichnam zu bergen. Wir werden warten und ihn dann mit nach Felik nehmen. Jetzt geh zu deinen Maultieren, wir müssen weiter.«

Überrascht von dieser abrupten Verwandlung seines Vaters blieb Leonhardt nichts anderes übrig, als ihm zu folgen. Wortlos wandte er sich um und teilte den anderen mit, was für ein schreckliches Unglück geschehen war. Der Zug setzte seinen Weg fort.

Leonhardt hörte nicht auf zu zittern. Seine Kräfte waren erschöpft, er konnte nicht mehr.

Der Eissturm war einem Schneeregen gewichen, der sich

schwer auf die Kleidung legte. Der Nebel hatte sich aufgelöst. Allmählich verzogen sich die Wolken und ließen den blauen Himmel zum Vorschein kommen.

Der Junge schleppte sich nur mühsam weiter, obwohl es nun bergab ging. Angst und Schrecken lähmten seine Glieder. Was er soeben erlebt hatte, erschien ihm unwirklich. Er konnte nicht glauben, dass Alart dort unten in der Schlucht lag – tot. An der nächsten Wegbiegung würde er sicher wieder zu der Karawane stoßen.

Freilich war es nicht das erste Mal, dass Leonhardt dem Tod begegnet war. Als Kind hatte er seine Brüder sterben gesehen, aber damals war er noch so klein gewesen, dass er sie nicht vermisst hatte. Auch die Mutter seines Vaters war gestorben, doch sie war alt und krank gewesen, und ihr Tod war ihm wie der natürliche Abschluss eines langen Lebens erschienen. Dies hier war etwas anderes: Diesmal hatte der Tod einen Menschen mitten aus dem Leben gerissen, einen Menschen, der es wahrhaft verdient gehabt hätte, länger zu leben. Alart hatte das Leben von Hermanns Familie geteilt, und unter der rauen Schale des Kaufmanns hatte Leonhardt einen weichen Kern gespürt. Er erinnerte sich, dass ihn in seiner Kindheit Alarts starke Arme mehr als einmal vor dem wütenden Zorn des Vaters beschützt hatten, der jede Verfehlung des Kindes streng zu ahnden pflegte.

Doch noch größer und unerklärlicher war das Entsetzen über seinen Vater. Leonhardt hatte ihn noch nie in diesem Zustand gesehen, und er hätte nie geglaubt, dass dieser Mann zu solchen Leidensgefühlen fähig wäre. Das Jammern und Klagen passte so gar nicht zu diesem sonst so starken, entschlossenen und Furcht einflössenden Charakter.

In Leonhardt stritten Mitleid und Angst heftig miteinander. Wie gern hätte er sich jetzt, da er an seinem Vater diese neue Seite entdeckt hatte, als liebevoller Sohn gezeigt, statt wie bisher vor seinem Zorn zu zittern. Doch er wusste, dass Hermann diese Liebe niemals zulassen würde – im Gegenteil. Nach dieser für den Vater so schmachvollen Zurschaustellung von Ohnmacht und Schwäche würde er noch sehr viel strenger zu seinem Sohn sein. Außerdem fühlte sich Hermann schuldig, weil er Alart beim Passieren des unseligen Grats vorangeschickt hatte.

Das würde er sich sein Leben lang nicht verzeihen und sein schlechtes Gewissen hinter einer noch größeren Härte verstecken. Nach diesem Schmerz über den Tod seines besten Freundes würde sich auch seine Ablehnung Sibillas nicht abschwächen. Zwar wusste Leonhardt, wie sehr sich sein Vater wünschte, innerhalb der Gemeinschaft eine adelige Stellung einzunehmen, aber er, Leonhardt, war dennoch nicht bereit, auf seine Liebe zu verzichten. Sibilla war der einzige Mensch, der ihn so akzeptierte, wie er war – die Einzige, die mit ihm redete, statt nur Befehle zu erteilen, und ihm zuhörte. Stundenlang hing sie an seinen Lippen, wenn er ihr berichtete, wie anders die großen Städte in den Ebenen und die dort lebenden Menschen waren. Manchmal aber wurde die Wut auf seinen Vater übermächtig, und er verzweifelte angesichts der Aussichtslosigkeit seiner Liebe. Sibilla gelang es jedoch immer wieder, ihn zu beruhigen und zu trösten, und riet ihm, geduldig und tolerant zu sein.

Eines Nachts im vergangenen Sommer, als sie sich wieder einmal heimlich im Wald verabredet und sich zu einer geschützten Lichtung geschlichen hatten, waren sie einem Berghasen begegnet. Das Tier hatte sie gesehen, aber anstatt zu fliehen, war es wie versteinert stehen geblieben und hatte sie angeblickt. Nur die kurzen Ohren und die buschige Blume zitterten. Sibilla und Leonhardt hatten sich leise hinter einem Busch versteckt, um das Tier zu beobachten.

Es hatte noch kurze Zeit reglos verharrt, bevor es mit einem Satz im Gehölz verschwunden war.

Die beiden Liebenden hatten sich schweigend umarmt. Es war eine laue Nacht gewesen, und am Himmel hatte der Halbmond geschienen. Leonhardt erinnerte sich jetzt mit wohligem Schauder an Sibillas duftende, frische Haut.

Zum ersten Mal waren seine Hände unter ihr Kleid geglitten, hatten ihre runden Brüste und ihre weichen Hüften ertastet. Sibilla hatte sich der Berührung nicht entzogen, ja sie hatte ihn noch fester an sich gedrückt und ihm ihren Mund und ihren Körper dargeboten. Dort, inmitten der Brombeersträucher, hatten sie sich geliebt. Die vollkommene Stille war nur hin und wieder durch das Knistern eines kleinen nächtlichen Raubtiers unterbrochen worden. Dann hatten sie Tränen vergossen; sie hatten geflüstert, gelacht und sich ewige Liebe geschworen.

Leonhardt bemühte sich verzweifelt, seine verkrampften Muskeln zu beherrschen. Die Miene seines Vaters, der sich nach ihm umgewandt hatte, war eine undurchdringliche graue Maske. Hermann führte die eigenen Mulis am Zaum und zog das Tier eines anderen Kaufmanns hinter sich her, auf dem der verwundete Treiber lag. Auf dem Pfad, der sich um Berge und Bäche wand, kamen sie nur langsam voran. Der Himmel war nun beinahe wolkenlos. Niemand sprach ein Wort. Das Entsetzen und die Trauer waren mit Händen greifbar.

Um die sechste Stunde machten sie Halt, um einen anderen Zug passieren zu lassen, der bergauf zum Pass unterwegs war, und setzten dann den Abstieg fort.

Allmählich wurde der Weg breiter. Nachdem sie die rauen, felsigen und engen Schluchten hinter sich gelassen hatten, öffnete sich eine grüne Talmulde, in der man weit in der Ferne eine Gruppe von Holzhäusern erahnen konnte. Die Straße lag deutlich sichtbar vor ihnen.

Noch vor der neunten Stunde kamen sie an.

Bald versammelte sich eine kleine Menschenmenge um die Reisenden. Während die Kinder scheu und neugierig das Maultier umringten, auf dem der verwundete Treiber lag, bedrängten die Männer die Kaufleute und erkundigten sich, was geschehen war, befürchteten sie doch, die Karawane sei Räubern in die Hände gefallen.

Hermann schilderte, was vorgefallen war, und gab Anweisung, den Treiber sofort in die Herberge zu bringen, wo seine Wunden versorgt würden und er etwas zu essen bekäme. Sodann bat er einen Kaufmann des Dorfes, der entfernt mit seiner Frau verwandt war, drei kräftige und erfahrene Männer hinaufzuschicken, um den Leichnam Alarts zu bergen. Sie bräuchten, so sagte Hermann, lange Seile, um sich abzuseilen, denn es sei unmöglich, von unten in die Schlucht zu gelangen.

Dann lud er seine Lasten ab und führte die Tiere in den Stall, der ihm zusammen mit seinem Schwager Hans gehörte. Anschließend begab sich Hermann in die Herberge, wo die Kaufleute die Nacht verbrachten. Erst als er auf einer Bank saß und vor ihm eine dampfende Schüssel mit Fleisch und Gemüse auf dem Tisch stand, richtete er das Wort an seinen Sohn.

»Wir werden bis morgen hier bleiben. Da ich nicht ohne Alart in Felik ankommen möchte, werden wir warten, bis die Männer wieder zurück sind. Ich hoffe, sie bringen auch die Pelze mit, die Alart gekauft hat, damit ich sie bei meiner nächsten Reise in den Süden in Piacenza verkaufen kann. Hoffentlich bessert sich das Wetter. Bevor wir aber aufbrechen, werden wir in der Kapelle den heiligen Jakobus bitten, uns auf unserer restlichen Reise zu beschützen.«

Maida, die Herbergswirtin, trat mit einem großen Holzbrett ein, auf dem mit Kräutern gewürzter Käse lag.

Maida war eine schöne Frau, deren üppige Formen das dicke Wollkleid kaum zu verbergen vermochte. Das dichte kastanienbraune Haar fiel ihr auf die Schultern und wippte bei jeder ihrer Bewegungen. Nachdem sie das Holzbrett mit dem Käse vor die beiden Männer auf den Tisch gestellt hatte, nahm sie neben Leonhardt Platz. Ihre großen, weichen Brüste streiften wie zufällig den Arm des jungen Mannes. Mit schmachtendem und besitzergreifendem Blick wandte sie sich sodann an Hermann.

»Das also ist dein Sohn. Warum hast du ihn mir eigentlich nicht vorgestellt, als ihr auf dem Weg nach Praborno hier vorbeigekommen seid? Er ist schön und stark. Nach einer so anstrengenden Reise braucht er vielleicht etwas Gesellschaft ...«

Hermann war nicht in der Stimmung, auf Maidas Angebot einzugehen, und warf ihr einen Blick zu, der keiner Worte bedurfte. Er kannte die Wirtin seit zehn Jahren, und fast immer, wenn er in Canton des Allemands Rast machte, teilte er das Bett mit ihr – ein Vorrecht, das die Wirtin nur wenigen Kaufleuten gewährte. Seine Begleiter mussten sich mit den anderen Mädchen begnügen, die in der Herberge arbeiteten. Sie waren zwar meistens jünger, aber gewiss unerfahrener und unwilliger als Maida. Ihr hatte sich Hermann oft anvertraut, und bei ihr hatte er stets Verständnis und Trost gefunden. Die Nächte, die er mit ihr verbracht hatte, hatten seine Kräfte erneuert und ihm jenes Selbstbewusstsein gegeben, das er bei seiner Ehefrau Costanza nie gefunden hatte. Der laszive Blick, den sie jetzt auf seinen Sohn richtete, gefiel Hermann ganz und gar nicht. Während er spürte, dass sein Zorn anschwoll, beobachtete er seinen Sohn. Leonhardt war errötet, hielt die Lider gesenkt und saß stocksteif da.

Maidas Angebot blieb unerwidert.

Verdrossen über die unerwünschte Vertraulichkeit, die seinem Sohn deutlich zu erkennen gab, welches Band zwischen seinem Vater und der Wirtin bestand, wies Hermann die Frau wütend zurecht.

»Wie kannst du es wagen, so zu sprechen? Du hast wohl nicht

begriffen, dass wir – wir alle – dem Tod ins Auge geblickt haben: Alart, den du gut kennst und der für mich wie ein Bruder war, liegt zerschmettert in der Schlucht! Und du hast den Mut, meinem Sohn, den du heute zum ersten Mal siehst, deine schmutzigen Dienste anzubieten! Schäme dich, Frau, und verlasse diesen Tisch!«

Maida, für die eine solche Reaktion völlig unerwartet kam, starrte Hermann fassungslos mit offenem Mund an. Doch dann erahnte sie den Grund für seine Wut, blickte ihn bekümmert an, stand wortlos auf und entfernte sich. Auch Leonhardt hatte verstanden – weit mehr, als sein Vater befürchtet hatte –, aber statt Verachtung empfand er nur ein tiefes Mitleid für diesen Mann, der sich so entwürdigte. Hermanns Gesichtszüge waren vor Wut entstellt, die Wangen hingen schlaff herunter, der Mund zitterte und seine Augen funkelten böse.

Leonhardt beschloss, diesem peinlichen Zwischenspiel ein Ende zu setzen und seinen Vater durch ein Gespräch über die noch vor ihnen liegende Reise abzulenken.

»Ich weiß nicht mehr, welchen Weg wir auf der Hinreise genommen haben«, sagte er, bemüht, seiner Stimme einen gleichgültigen Ton zu geben. »Wir müssen noch ein Tal durchqueren, nicht wahr? Wann werden wir in unserem Dorf sein?«

»Wenn wir schon morgen aufbrechen können, ist es noch eine Tagesreise. Alles hängt davon ab, wann die Männer mit Alarts Leichnam zurückkehren. Erinnerst du dich an den Fluss im Fourca-Tal? Er wird inzwischen zu einem reißenden Strom angeschwollen sein, denn die Schneeschmelze hat bereits eingesetzt. Hoffen wir, dass die Holzbrücke noch steht. Nach dieser Senke geht es hinauf zum Bätt-Pass, der die beiden Täler trennt. Auf einem Pfad, der sich um den Berg herumschlängelt, kommen wir nach Felik. Versuche, dir den Weg genau einzuprägen. Es wird der Tag kommen, an dem du die Tiere führen und weniger erfahrenen Kaufleuten den Weg zeigen musst. Du bist mein Sohn, vergiss das nicht; man wird viel von dir erwarten.«

Leonhardt nickte und unterdrückte die Wut, die der strenge Ton des Vaters in ihm hervorrief. Diese Behandlung hatte er seiner Meinung nach nicht verdient. Er tröstete sich mit dem Gedanken, dass es ihm zumindest gelungen war, den Zorn seines Vaters über Maidas Worte zu besänftigen. Ihre Aufdringlichkeit schien dem Vater vertraut zu sein, doch diese fürchtete der Sohn sehr viel weniger als den väterlichen Zorn.

Schweigend beendeten sie das Mahl und begaben sich dann hinauf in den großen Saal im hinteren Teil der Herberge, wo sie zusammen mit den anderen Kaufleuten die Nacht verbrachten.

Der nächste Tag versprach wunderbares Wetter. Kein Wölkchen stand am Himmel, der Vollmond verschwand als blasse Scheibe hinter den höchsten Berggipfeln, und es wehte nur noch eine leichte frische Brise. Der Berg, dessen Spitze schon bald von der aufgehenden Sonne erleuchtet war, erhob sich dunkel und bedrohlich und scheinbar unpassierbar über dem Dorf. Ein Großteil von Hermanns Reisegefährten war bereits vor der Morgendämmerung aufgebrochen, während Hermann und ein paar andere in der Kapelle beteten und dann auf dem Dorfplatz warteten.

Die Männer, die ausgeschickt worden waren, um Alarts Leichnam zu bergen, kamen zurück, als die Sonne schon hoch am Himmel stand. Auf einem ihrer Mulis lag ein unförmiges Bündel, die beiden anderen Tiere waren mit den Waren beladen. Hermann, der ahnte, wie Alarts Körper durch den Sturz in den Abgrund verunstaltet worden war, wollte den Toten nicht den neugierigen Blicken der Dorfbewohner aussetzen. Er bezahlte die Männer, holte seine Tiere und brach unverzüglich auf. Sie waren jetzt ohne Schutz, denn der Soldat begleitete die Kaufleute, die bereits vorausgegangen waren. Leonhardt hoffte, dass ihnen zumindest räuberische Überfälle erspart blieben, aber in seinem Herzen hatte er große Angst.

Sie waren nun bereits zwei Stunden im Wald unterwegs. Der Weg, der die Bergflanke entlangführte, stieg immer steiler bergan. Dichte Bäume behinderten die Sicht. Nur der Himmel zwischen den Baumkronen schien immer heller zu werden. Nach einer letzten, beschwerlichen Kurve lichtete sich plötzlich der Wald, und vor ihnen öffnete sich ein breites, von einem Fluss durchzogenes Tal. Unweit der Brücke, die sich über den Fluss spannte, sahen sie aus der Ferne eine Ansammlung von Menschen. Einige saßen am Boden, andere standen unruhig am Wegrand. Die Maultiere, von denen viele keine Lasten mehr trugen, weideten auf den umliegenden Matten.

Sie beschleunigten ihren Schritt. Am Fuß der Brücke lag, mit dem Kopf im Wasser, der Leichnam des bewaffneten Geleitsoldaten. In seiner Brust steckte ein Pfeil, doch es floss kein Tropfen Blut. Weiter hinten, an der Uferböschung, versuchte sein lahmendes Pferd, seine Füße wie gewohnt zu bewegen, aber vergeblich.

Hermann überquerte die Brücke und eilte auf die Kaufleute zu. Einer von ihnen, dessen Kleidung zerrissen war und der eine tiefe Wunde am Rücken hatte, erzählte verstört, drei Banditen seien vom Flussufer her auf sie zugestürmt und hätten sie überfallen. Der erste, mit einer Armbrust bewaffnet, habe gedroht, sie umzubringen, wenn sie ihnen nicht all ihr Hab und Gut übergeben würden.

Der junge, mit einem Schwert bewaffnete Soldat war sofort von seinem Pferd gesprungen, um die Gruppe zu verteidigen, aber nach wenigen Schritten hatte ihn der dicke, kurze Pfeil der Armbrust getroffen. Daraufhin hasteten zwei der Banditen zu den Tieren, um die Waren an sich zu reißen. Währenddessen hielt der dritte mit seiner Armbrust die Gruppe in Schach.

Ein paar Augenblicke sahen die Kaufleute tatenlos zu. Doch dann stürzten sie sich, wie auf ein vereinbartes Signal hin, zu viert auf den bewaffneten Banditen. Es gelang ihnen, ihm die Armbrust zu entreißen. Sie zückten ihre Dolche und töteten ihn.

Die anderen Banditen, die mit einer solchen Kühnheit nicht gerechnet hatten, ließen die Lasten fallen und nahmen den Kampf auf. Mehrere Männer wurden verwundet, aber schließlich gaben die beiden überlebenden Banditen auf, sprangen auf ihre Pferde und suchten das Weite. Sie waren zwischen den dichten Bäumen in Richtung eines Seitentals verschwunden.

Während sich die Verwundeten im Fluss wuschen und ihre Wunden notdürftig verbanden, halfen Hermann und Leonhardt den Übrigen, die Maultiere zu beladen. Dann hoben sie den Leichnam des Soldaten aus dem Wasser, zogen den Pfeil aus seiner Brust und richteten sein Gewand. Unweit der Brücke, in einer Senke, hoben sie eine flache Grube aus und legten den Toten hinein. Nach einem kurzen Gebet für die Seele des Ermordeten bedeckten sie die Grube mit Erde und beschwerten sie mit Steinen, um den Leichnam vor wilden Tieren zu schützen.

Inzwischen war es später Nachmittag. Die Kaufleute beschlossen, ihren Weg noch ein Stück fortzusetzen, und zwar bis zu einer mit Steinen gekennzeichneten Wegkreuzung – eine Markierung dieser Art nannte man *Montjoie* –, die am Ende der Senke vor dem Aufstieg zum Bätt-Pass lag. Dort in der Nähe befand sich eine Schutzhütte, wo sie die Nacht verbringen konnten. Es blieb ihnen nichts anderes übrig, als abwechselnd Wache zu halten. Einen neuen Überfall und weitere Tote durften sie nicht riskieren, darüber waren sich alle einig. Daher war es ratsam, erst bei Tagesanbruch weiterzureisen.

KAPITEL 6

Gertruds Magd Olivia hatte soeben wilde Karden gesammelt, mit denen sie eine Suppe bereiten wollte. Die Hochgebirgsweide, wo sie die Pflanzen mit den stacheligen Stängeln gepflückt hatte, bot einen weiten Blick hinunter ins Tal. Es war ein wunderschöner Tag. Auf den Weiden rings um das Dorf grasten friedlich Kühe und Schafe, die von Hunden bewacht wurden. Unweit der Häuser, auf den Parzellen, die einen Stadel vom anderen trennten, pickten dicke Hühner gleichgültig im Gras. Bevor es dunkel wurde, musste Olivia auch noch im Hühnerstall die Eier sammeln, die es zur Suppe gab. Normalerweise übernahm diese Aufgabe ihre Herrin, die heute jedoch ihrem Mann im Stall helfen musste.

Olivia, die schon als kleines Mädchen ins Haus gekommen war, liebte Gertrud über alles. Sie hatte wie ihre Herrin mit ihrer Familie in einem kleinen Dorf in den Walliser Bergen gewohnt, bis eine Lawine auf den Stall niedergegangen war, in dem ihre Eltern und ihr Bruder die Tiere gefüttert hatten. Olivia war während des Unglücks zufällig bei Gertrud gewesen, der sie Heilkräuter für eine kalbende Kuh gebracht hatte. Gertruds Haus war als eines der wenigen von der Lawine verschont geblieben, und Olivia hatte als Einzige aus ihrer Familie überlebt. Gertrud hatte ihren Mann gebeten, die kleine Waise bei sich aufnehmen zu dürfen, und ihr mit viel Geduld beigebracht, den Haushalt zu führen, zu flicken und zu nähen. Später gestattete es ihnen der Bischof von Sion, zu dessen Ländereien auch ihr Dorf gehörte, sich jenseits der Penninischen Alpen, nach Augusta zu, anzusiedeln. Gertrud und ihr Mann, ein Viehhändler, beschlossen nach reiflicher Überlegung, umzusiedeln, hofften sie doch, den Handel in die Ebene hinein auszudehnen. Gertrud stellte es Olivia frei, im Dorf zu bleiben, in dem sie geboren war, aber das Mädchen zögerte keinen Augenblick. Sie wollte bei der einzigen Familie bleiben, die sie noch hatte. Nach einer langen und beschwerlichen Reise kamen sie in einer kleinen grünen Senke an, die inmitten dichter Wälder lag und von den schroffen Bergen überragt wurde, die sie soeben durchquert hatten. Dank der harten Arbeit der Männer war der Wald bald gerodet. Geduldig wurden Getreidefelder angelegt, und die saftigen Matten boten den Tieren frisches Futter. Aus dem Holz der gewaltigen Lärchenbäume bauten sich die Siedler stabile Häuser mit kräftigem, ineinander gefugtem Gebälk. In den folgenden Jahren trafen weitere Siedler ein, das Dorf wuchs, und bald gab es auch eine Kirche und eine Herberge. Rings um die Siedlung wurde zum Schutz und zur Verteidigung eine wehrhafte Palisade aus dicken, hohen Holzpfählen errichtet, und im Dorf selbst drängten sich alsbald die Läden von Gewerbetreibenden neben stattlichen Wohnhäusern. Die Straße nach Macugnaga wurde verbreitert und teilweise gepflastert, um den Handelszügen den Weg zu erleichtern. Auch dem Bau zweier Mühlen links vom Fluss stimmte der Lehnsherr zu – die eine zum Mahlen von Getreide, die andere zum Walken von Wolle. Dank der kühnen Konstruktion eines Kanalsystems aus ausgehöhlten Baumstämmen gelangte das Wasser von den Quellen oben in den Gletscherbergen hinunter ins Dorf. Unmittelbar neben einer Wasserleitung lag, eingebettet zwischen den auskragenden Dächern zweier Wohnhäuser, die Walkmühle. Sie war von den Familien der Wollhändler gebaut worden, um die rohe Schafwolle zu einem festen, filzigen Gewebe zu kneten. Der Lehnsherr hatte für seine Einwilligung zum Bau der Mühle ein großzügiges Entgelt erhalten. Schließlich wusste er, dass diese Siedler tüchtige, geschickte und unerschrockene Leute waren, die ihm halfen, seine eigenen Ziele zu verwirklichen: nämlich Wohlstand zu schaffen im ganzen Tal bis hinauf zum Bätt-Pass, und nicht – wie zuvor – nur im unteren Teil des Tals bis zur Römischen Straße. Auf diese Weise entstand eine neue, viel benutzte Handelsverbindung ins Wallis und zu den Märkten von Macugnaga, was wiederum zur Mehrung des Reichtums und der Macht des Lehnsherrn beitrug.

Olivia machte sich an den Abstieg ins Dorf. Die Stacheln der Karden piksten sie durch das Hemd hindurch in die nackten Arme. Es war warm geworden. Die Sonne stand bereits hoch am Himmel, und bald begann die schöne Jahreszeit. Weiter unten, auf den Roggenfeldern, setzte bald die Erntezeit ein, und dann kamen Saisonarbeiter auch aus anderen Tälern hierherauf und schnitten die Ähren. Olivia liebte den Sommer. Nach den langen Monaten, die sie am Spinnrad und am Webstuhl, mit dem Schälen von Walnüssen und dem Flechten von Körben im Haus verbracht hatte, freute sie sich, endlich wieder ins Freie zu können, ohne Furcht vor der Kälte, die im Winter in diesem Tal ganz besonders unangenehm war.

Olivia nahm den Weg zwischen Gertruds Anwesen und dem eines anderen Kaufmanns, Gustavs, der mit ihnen aus dem Wallis gekommen war, und gelangte zum Stadel. In der Küche begann sie, die Karden zu putzen und die Dornen und ungenießbaren Fasern zu entfernen. Das Haus war leer. Conrad, Gertruds Mann, war im Stall, um die Kühe auszuwählen, die in wenigen Monaten auf den Markt nach Macugnaga gebracht und verkauft werden mussten.

Während sie die als Felddünger genutzten Blätter und anderen Abfälle der Karden aufeinander häufte, ertappte sie sich dabei, wie sie über ihre Zukunft nachdachte. Sie war dreißig Jahre alt und unverheiratet; die Hoffnung, noch einen Ehemann zu finden, hatte sie bereits aufgegeben. Nicht dass ihr ein Mann gefehlt hätte! Die Zuneigung, die ihr Gertrud entgegenbrachte, genügte ihr, um sich wohl zu fühlen. Außerdem hatte sie Angst: Sie kannte viele Frauen, die ihren Mann verloren hatten, der krank geworden, verunglückt oder von Räubern überfallen und getötet worden war. Der Tod ihrer Eltern hatte ihr schon genügend Schmerz bereitet; einen weiteren Verlust würde sie, das spürte sie deutlich, nicht ertragen können.

Wonach sie sich jedoch sehnte, war ein Kind – ein eigenes Kind, dem sie ihre ganze Liebe schenken konnte und das ihr Freude und Fröhlichkeit gab.

Sie tröstete sich mit dem Gedanken, dass auch Gertrud keine Nachkommen hatte, was sie natürlich bedauerte. Obwohl sie eng mit ihrer Herrin verbunden war, würde die Geburt eines Kindes doch deren Neid und Groll wecken. Gertrud hatte alles versucht, um schwanger zu werden – sie hatte zu Gott gebetet und Zaubertränke getrunken, darunter auch ein bitteres, Ekel erregendes Gebräu, das die Hebamme des Dorfes für sie zubereitet hatte. Umsonst. Vor einem Jahr hatte sie sich schließlich damit abgefunden und schenkte seitdem den Kindern der Bauern, die im Sommer auf der Tenne ihres Gutshofes spielten, Liebe und Zuneigung. Seit Karolas Tod hing sie zudem sehr an Sibilla. Gertrud war stets bereit, die junge Frau gegen böse Zungen in Schutz zu nehmen, und gab ihr wertvolle Ratschläge für ihre noch wenig entwickelten Fähigkeiten als Weberin. Freilich war Sibilla nicht einfach. Ihre Zurückhaltung ließ sie hochmütig und stolz erscheinen, und ihre Schönheit weckte Neid und Missgunst der anderen Mädchen im Dorf, die schlecht über sie redeten. Zu allem Überfluss hatte sie sich auch noch in Leonhardt verliebt, den hübschesten jungen Mann von Felik, der reich war und eine große Zukunft vor sich hatte. Das war entschieden zu viel für die Dorfmädchen, die in ihrem Hass auf Sibilla kein Fünkchen Mitgefühl für das Unglück zeigten, das über ihre Familie gekommen war. Insbesondere Ingrid, die einzige Tochter von Daniel Sward, des Sprechers der Siedler, machte keinen Hehl aus ihrem Groll. Sie war zwei Jahre älter als Sibilla und hatte bereits vor geraumer Zeit ein Auge auf Leonhardt geworfen. Fast hätte sie ihr Ziel erreicht, doch dann war die Rivalin aufgetaucht, und Ingrid hatte augenblicklich gewusst, dass sie die Gunst des jungen Mannes verloren hatte.

Sibilla war zu schön, als dass ein anderes Mädchen im Wettstreit mit ihr hätte gewinnen können. Ingrid dagegen war zwar nicht ganz und gar hässlich, doch ihr einziger wirklicher Reiz lag in der Tatsache, dass ihr Vater innerhalb der Dorfgemeinschaft eine herausragende Stellung einnahm. Sie hatte dickes strohblondes Haar, runde blassblaue Augen und helle, fast unsichtbare Wimpern, die ihr gewiss keinen ausdrucksstarken Blick verliehen. Sie war klein, dicklich und von einer gewissen kindlichen Anmut. Allerdings war sie bemüht, ihre unvollkommene Figur durch raffinierte Kleidung zu verbergen. Ihr Vater besorgte ihr Brokat aus Lucca, orientalische Seidenstoffe und feinen Batist aus Frankreich. Und wenn ein Kaufmann mit Spezereien kam, kaufte Daniel für seine Tochter *nanfa*, ein wertvolles Parfüm aus Nelkenessenz, das die feinen Damen in Venedig benutzten.

Ingrid kompensierte ihr durchschnittliches Aussehen durch geistreiche Schläue, aber als sie die wachsende Liebe zwischen Sibilla und Leonhardt bemerkte, wusste sie, dass ihre Schlacht verloren war. Dennoch gab sie nicht auf, sondern verlegte sich auf einen unerbittlichen Grabenkrieg. Sie zog über Sibilla her und ersann Lügen über Lügen, insbesondere über ihre Mutter Karola, die als eine außergewöhnlich kluge Frau galt. Ausgehend von einem realen Sachverhalt, dachte sich Ingrid eine Geschichte aus, die Karola in ein schlechtes Licht rückte. Karolas Vater war ein fahrender Händler gewesen und hatte sich häufig Bänkelsängern auf ihren Zügen durch Frankreich angeschlossen. Auf diese Weise hatte er Höfe und Burgen besucht und sich den Ruf eines ungewöhnlichen, zwar etwas wunderlichen, aber durchaus gebildeten Kaufmanns erworben. Ingrid streute nun das Gerücht, Karola habe von ihrem Vater den Hang zum Wahnsinn geerbt. Da kein Bewohner von Felik Karolas Mutter kannte – sie war gestorben, als Sibillas Mutter noch ein Säugling war –, behauptete Ingrid kühn, Karola sei gar keine echte Walserin, sondern entstamme einem Liebesabenteuer des Vaters. Die Behauptung, Sibillas Mutter sei ein uneheliches Kind, war eine offensichtliche Lüge und so einfältig, dass sie sich nur das eifersüchtige Gehirn eines in der Welt unerfahrenen jungen Mädchens ausdenken konnte. Dennoch glaubten viele aus Ingrids Umkreis diese Lüge oder gaben es zumindest vor: die Mädchen, weil sie auf Sibilla genauso eifersüchtig waren wie Ingrid, und die jungen Männer, weil sie Leonhardt das schönste Mädchen im Tal neideten.

Daniel hatte als Sprecher der Siedler weder Zeit noch Lust, diesen böswilligen Klatschgeschichten seiner Tochter ein Ende zu setzen, die ihm durchaus bekannt waren. Er beschränkte sich darauf, Ingrid von Zeit zu Zeit wegen ihrer losen Zunge zu tadeln. Vor kurzem hatte ihn der Lehnsherr auch zum Ammann bestellt, der die Streitigkeiten zwischen den Dorfbewohnern zu schlichten hatte – ein verantwortungsvolles und angesehenes Amt, das er zu seinem großen Bedauern nicht weitervererben konnte, da er keinen Sohn hatte.

Zwei Mal im Jahr begab sich Daniel zur Burg des Herrn von Quart, der ihm eine Audienz gewährte. Dort musste er über seine Amtsführung in Felik Rechenschaft ablegen und anstehende Probleme erörtern. Da er seine Aufgabe als Vermittler zwischen den Dorfbewohnern und dem Lehnsherrn bisher ausgezeichnet erfüllt hatte, betrachtete es der Lehnsherr als das Natürlichste und Klügste, ihm auch die juristischen Angelegenheiten anzuvertrauen. Zum Glück handelte es sich bei den Streitigkeiten der Dorfbewohner um Lappalien – etwa wenn Vieh auf einer fremden Weide graste oder Bauern bei der Berechnung des Zehnten, den sie dem Lehnsherrn abzuliefern hatten, kleine Betrügereien versuchten.

Olivia ging hinaus an den Bach, der hinter dem Stadel vorbeifloss. Dort wusch sie sorgfältig die sauber geputzten Karden, die sie in einem Korb mitgebracht hatte. Nachdem sie in einem großen, schweren Holzeimer Wasser geschöpft hatte, das sie zum Kochen benötigte, kehrte sie atemlos keuchend in die Stube zurück. Sie schnitt die Karden klein und legte sie in den Topf aus Speckstein, in dem sie zuvor Fleischstückchen gekocht hatte. Sie entzündete das Feuer, hängte den Topf an den Haken über dem Feuer und goss das Wasser hinein. Bald zog ein intensiver aromatischer Duft durch das ganze Haus.

»Olivia! Wo steckst du bloß!«, rief Gertrud, die wie ein Blitz hereinschoss. Ihre Wangen hatten sich gerötet, sie war außer Atem und offensichtlich in heller Aufregung.

»Herrin«, antwortete Olivia erschrocken, »ich war auf der Alm und habe die Karden für die Suppe gesammelt. Ich dachte, das ist heute meine Aufgabe … Oder habe ich etwas falsch gemacht?«

Als Gertrud die Verstörung und Angst in den Augen ihrer Magd sah, bereute sie ihre scharfen Worte sofort, ließ sich auf die Bank fallen und stieß einen tiefen Seufzer aus.

»Nein, Olivia, du hast alles ganz richtig gemacht. Verzeih mir, aber ich habe dich überall gesucht, und ich bin sehr aufgeregt. Vom unteren Tal gibt es schlechte Nachrichten. Soldaten des Herrn von Verretio sollen zu uns unterwegs sein, ohne dass jemand den Grund dafür wüsste. Das Lehnsgebiet Verretio ist von dem Quart'schen Lehen weit entfernt, und ich kann mir gar nicht vorstellen, was ein anderer Lehnsherr hier bei uns zu suchen hat. Ach, Olivia, ich habe solche Angst! Es wird doch nicht zu einem dieser fürchterlichen Kriege kommen, wie ihn die Lehnsherren bisweilen gegeneinander führen? Die Nachricht hat ein Pilger gebracht, der aus dem Tal des Herren von Challant gekommen ist und zur Kapelle des heiligen Jakobus in Ussima wollte. Auf der Straße begegnete er einem Trupp Soldaten, die bis an die Zähne bewaffnet waren und nach zweistündigem Marsch in der Herberge von Brusson Rast machten. Neugierig geworden, trat der Pilger hinter ihnen in die Gaststube, und da sah er, dass sie alles plünderten, was zu essen und zu trinken da war. Natürlich betranken sie sich, wie es Soldaten in Tavernen immer tun! Und dann brüllten sie herum, ihr Herr habe sie beauftragt, nach Felik zu gehen, und verlangten noch mehr Speise und Wein als Reiseproviant. Der Pilger, der sich Sorgen um uns machte, schlich sich davon. Er beschloss, nicht nach Ussima zu pilgern, sondern zu uns hinaufzusteigen, um uns zu warnen – auf einem Weg, der sehr viel länger und beschwerlicher ist als der nach Ussima. Gott möge es ihm vergelten! Wie lange wird es wohl noch dauern, bis die Soldaten da sind? Und was werden sie hier machen? Conrad treibt schon die Tiere zusammen. Er will sofort zum Alpenübergang Monte Moro aufbrechen, solange die Straßen noch passierbar sind. Dann kommt er morgen in Macugnaga an. Auch wenn der große Markt noch nicht stattfindet, wird es ihm gelingen, die Kühe zu verkaufen. Es ist doch besser, zumindest ein wenig zu verdienen, als das gesamte Vieh zu verlieren!«

Olivia sah ihre Herrin mit vor Entsetzen geweiteten Augen an. Sie hatte Gertrud noch nie so erlebt, mit zitternden Händen und angstverzerrter Miene. Hier im Dorf erzählten immer wieder durchreisende Kaufleute grauenvolle Geschichten über das Wüten von Soldaten. Was sie im Auftrag ihrer Herren zu erfüllen hatten, war stets nur Verwüstung und Plünderung. So wie damals, als die Soldaten des Herrn von Montjovet das Dorf Gettaz in Schutt und Asche legten, weil dessen Bewohner sich geweigert hatten, den Zehnten zu entrichten. Die Soldaten hatten fast alle Dorfbewohner niedergemetzelt; die wenigen Überlebenden waren geflohen und hatten sich weit unterhalb des Dorfes versteckt, in Champdepraz, dessen Bevölkerung sie nur widerwillig aufgenommen hatte. Aber wo sollten sie, die Bewohner von Felik, hingehen?, überlegte Olivia. Das Dorf lag am Ausgang des Tals. Der Weg, der zur Römischen Straße führte, war nicht unmittelbar zugänglich; man musste auf langen Umwegen die Berge passieren, die sie zwar kannten, die aber eine schnelle und gefahrlose Flucht unmöglich machten.

Als Gertrud Olivias Entsetzen bemerkte, stand sie auf und bemühte sich, ihr Zittern zu unterdrücken. »Wir wollen tapfer sein«, sagte sie. »Es ist schließlich nicht das erste Mal, dass uns ein Unglück droht, und es wird auch nicht das letzte Mal sein. Du bleibst hier und bewachst das Haus, verriegelst die Tür und versteckst dich. Ich gehe und suche Sibilla, um sie zu warnen. Wenn ich nicht zurückkomme, heißt das, dass Gefahr droht und ich mich unterwegs verstecken musste.« Gertrud lächelte Olivia aufmunternd, aber gequält zu und verließ das Haus.

Sibilla stand in dem Gässchen beim Backofen und war in ein Gespräch mit dem Kaufmann Anselmo vertieft, der mit Spezereien handelte und soeben nach Mailand aufbrach. Sie bat ihn, ihr *koschenille* mitzubringen, die sie zum Färben ihrer Wollstoffe benötigte. Sie hatte Stoffe aus Deutschland gesehen, die in einem leuchtenden Rot gefärbt waren, und sie wollte ausprobieren, ob sich ihre Webarbeiten ebenso schön färben ließen. Bisher hatte sie alle ihre Stoffe ungefärbt verkauft, und sie rechnete sich einen höheren Gewinn aus, wenn die Gewebe in glänzenden Farben leuchteten. Anselmo erklärte ihr, dass die Farbe aus Schildläusen gewonnen wird, die auf Eichenbäumen nisten: Man trockne und zerstampfe diese Tiere und löse das daraus entstehende scharlachrote Pulver in Wasser auf. In diese Flüssigkeit werde der Stoff getaucht und anschließend in Urin gelegt, um die Farbe zu fixieren. Diese Technik des Fixierens sei übrigens erst vor kurzem von den florentinischen Färbern aus dem Orient mitgebracht worden. Allerdings sei Koschenille sündhaft teuer. Doch Anselmo stimmte Sibilla zu, dass gefärbte Stoffe viel gefragter seien.

Kaum waren sie handelseinig geworden, als sie sahen, wie auf dem Marktplatz am Ende des Gässchens aufgeregt schreiende Menschen zusammenliefen. Alle redeten durcheinander: die Wirtin, die Kaufmannsfrauen, der Priester und die Bauern. Sogar die kleinen Kinder brüllten, aber sie schienen entsetzt zu sein, nicht fröhlich und ausgelassen wie sonst.

Sibilla wollte nachsehen, was los sei, als sie plötzlich Gertrud entdeckte, die, wild mit den Armen fuchtelnd, auf sie zulief. Sie war außer sich. Ihre kastanienbraunen Haare, die sonst zu einem dicken Nackenknoten hochgesteckt waren, hingen ihr in Strähnen bis auf die Schultern herab, ihr Kleid war unordentlich und staubig. Die beiden Frauen umarmten sich, und Gertrud erzählte Sibilla mit weinerlicher, gepresster Stimme, welches Unheil drohte. Jetzt begriff Sibilla, warum die Leute auf dem Marktplatz so aufgeregt waren. Sie erkundigte sich bei der Wirtin nach dem letzten Stand der Dinge, die aber auch nichts Neues wusste. Und so überredete Sibilla Gertrud, mit ihr nach Hause zu gehen, da ihr Stadel etwas abseits an der Dorfmauer lag und deshalb sicherer und von allen vier Seiten leichter zu verteidigen war. Sie wollten zuerst die Tiere in den Stall führen und sich dann in dem verriegelten Haus selbst in Sicherheit bringen. Marcabrù würde sie bewachen. Gertrud war zwar in Sorge um ihren Mann, der mit seinen Kühen nach Macugnaga aufbrechen wollte, aber sie nahm Sibillas Vorschlag an, damit das Mädchen nicht allein war. Auch an ihre Magd dachte sie, aber sie wusste, wie stark und tapfer Olivia selbst in schwierigen Situationen sein konnte. Deshalb wischte sie ihre Bedenken beiseite und begleitete Sibilla.

»Die Herren von Verretio haben uns geschickt, um bekannt zu geben, dass von heute an eure Weiden in ihren Besitz übergehen, und dass ihr, Siedler von Felik, ihnen und nicht mehr dem Herrn von Quart den Zehnten zu entrichten habt. Der Herr von Quart besitzt nämlich bereits ausgedehnte Ländereien und möchte jetzt noch die Straße in seinen Besitz bringen, die in das Gebiet jenseits der Penninischen Alpen führt, um seinen Handel ins Wallis hinein auszudehnen. Giacomo von Quart hat neue Zölle erhoben. Unzufrieden mit seinen Reichtümern, mit seiner Macht entlang der Römischen Straße und mit dem Zehnten, den er erhält, möchte er nun auch unsere Burg in seine Gewalt bringen. Dadurch will er den Handel kontrollieren, die Durchreisenden erpressen und die Felder an sich reißen, die seit Generationen unseren Herren gehören! Aber jetzt ist das Maß voll! Wir, die Soldaten der Herren von Verretio, werden die Macht unserer Lehnsherren mit allen Mitteln verteidigen! Auf Befehl unserer Lehnsherren geben wir euch hiermit bekannt, dass diese Almen sowie die Straße nach Alpenzu von nun an den Herren von Verretio gehören. Die Quarts sollen wissen, dass sie, wenn sie unseren Besitz wollen, zuerst ihre eigenen Ländereien verteidigen müssen, angefangen mit dieser Hochalp namens Felik! Folgt also dem Befehl: Bezahlt sofort den Zehnten, und bringt Speisen und Wein für uns!«

Die Soldaten hatten sich in der Mitte des Platzes aufgestellt. Ihre Streitrosse, deren Fell nach der anstrengenden Reise dampfte, glänzten schweißnass. Derjenige, der gesprochen hatte, war der Anführer des Trupps. Er war stark wie ein Stier, und seine blonden Haare fielen ihm über die Schultern auf das Panzerhemd der Rüstung. Mit den Händen, an denen er Lederhandschuhe trug, hielt er sein Pferd fest an den Zügeln. Seine bernsteinfarbenen Augen blitzten die um ihn versammelte Menschenmenge bedrohlich an. In das erschrockene Schweigen hinein, das den

Worten des Soldaten folgte, erhob jetzt der Ammann seine Stimme.

»Soldat, wir haben großen Respekt vor Euren Herren, aber auf Grund der Entfernung, die zwischen ihrer Burg und diesem Dorf liegt, ist möglicherweise ihre Sicht der Dinge etwas verzerrt. Wahrscheinlich wissen sie nicht, dass der Herr von Quart unseren Zehnten für den Bischof von Sion einzieht, dem diese Ländereien gehören. Er hat uns vor vielen Jahren hierher geschickt, damit wir das Land fruchtbar machen. Wie wir jüngst gehört haben, wird uns diese Abgabenpflicht bald erlassen, denn der Bischof von Sion hat beschlossen, uns auf diese Weise für die große und mühevolle Arbeit der Urbarmachung zu belohnen. Ihr seht also, die Forderungen Eurer Herren entbehren jeder rechtlichen Grundlage …«

»Wie kannst du es wagen? Wer bist du, dass du es wagst, so mit Richard zu sprechen, einem Ritter aus dem Geschlecht La Font, das seit zwei Generationen in Waffen steht?«

»Ich bin Daniel, der Ammann, und wenn ich es wage, Euren Zorn auf mich zu ziehen, dann deshalb, weil ich der Sprecher der Siedler bin und die Verhältnisse im Dorf sehr genau kenne. Ich bin es, der zwei Mal im Jahr die Burg des Herrn von Quart aufsucht, und bisher habe ich nichts von einem Krieg zwischen den Lehnsherren gehört. Wir hier oben leben von unserer Hände Arbeit; wir bebauen die Felder, züchten Vieh und verkaufen unsere Waren. Wir haben stets den verlangten Wegezoll bezahlt, wenn wir Verretio passiert haben. Wir können Euch das Geld, das unserem Lehnsherrn zusteht, erst dann geben, wenn wir aus seinem Munde hören, dass es recht ist! Außerdem ist die zweite Rate des Zehnten erst zu Jakobi fällig; an diesem Tag suche ich den Herrn von Quart auf. Ich werde dann mit ihm sprechen und die Sache klären. Überbringt den Herren von Verretio also die folgende Botschaft: Sagt ihnen, sie sollen warten, bis ich von meinem Besuch in der Ebene zurückkehre. Wenn mich der Herr von Quart dazu berechtigt, werde ich persönlich zu Euren Herren gehen, um ihnen den Zehnten zu bezahlen.«

»Zu ›unseren‹ Herren!!! Du hast nichts verstanden, Ammann! Die Verretio sind meine Herren, aber sie sind auch die deinigen! Und zwar ab sofort, nicht erst ab dem Fest irgendeines Heiligen! Mich interessiert dein Geschwätz nicht. Her mit dem Geld, oder Felik wird bald ausgelöscht sein!«

Auf dem Platz rührte sich niemand. Vom Wind wurde Staub aufgewirbelt. Der Soldat warf den Umstehenden einen wütenden Blick zu. Er glühte vor Zorn. Die einzige Sprache, die er kannte, war die der Drohung, und bei den unwissenden Bauern, mit denen er es bisher zu tun hatte, war diese Sprache sofort verstanden worden. Er hatte sich eingebildet, dass es hier nicht anders sein würde, aber diese Leute waren offensichtlich ein anderer, hartnäckigerer Menschenschlag. Die besonnene Rede des Ammanns hatte den Soldaten nervös gemacht. Es wäre ihm lieber gewesen, auf den bewaffneten Widerstand der Bewohner zu stoßen, anstatt diesen kreidebleichen, aber verbissenen und störrischen Dörflern gegenüberzustehen. Keinesfalls würde er unverrichteter Dinge in die Burg zurückkehren können; das würde ihn das Leben kosten. Ihm blieb also nichts anderes übrig, als diesen verstockten Bergbewohnern eine Lektion zu erteilen. Er würde seinem Herrn berichten, er sei angegriffen worden und hätte sich, seine Soldaten und den guten Namen Verretios verteidigen müssen.

»Ich befehle dir zum letzten Mal, Ammann. Binnen einer Stunde will ich hier, vor meinem Pferd, den Beutel mit dem Geld liegen sehen. Sag deinen Bauern, sie sollen nach Hause gehen und das Geld holen, statt hier herumzustehen und Maulaffen feilzuhalten!«

»Nein«, erwiderte Daniel ruhig. »Wir werden Euch nichts

geben. Wenn Ihr wollt, kümmern wir uns um Eure erschöpften Pferde. Das Einzige, was wir Euch anbieten können, ist eine Unterkunft in der Herberge. Die Wirtin wird Euch etwas zu essen geben und Euch ein Bett für diese Nacht herrichten. Aber morgen werdet Ihr abreisen.«

Wutentbrannt zückte Richard seine Kriegsaxt, holte aus und traf Daniel an der Schulter. Ein gellender Schrei war aus der Menge zu hören, und eine junge Frau lief zu dem verwundet am Boden Liegenden. Wie auf ein vereinbartes Zeichen stürzten sich die anderen Soldaten auf die Menge, die schreiend auseinander stob. Die einen rannten auf die Felder, die anderen zu ihren Häusern. Ingrid gelang es, ihren Vater in die Kirche zu schleppen, gefolgt vom Priester, der das schwere Portal zwar schloss, jedoch bereit blieb, weiteren Dorfbewohnern Zuflucht zu bieten.

Gertruds Stadel lag am Ende einer langen schmalen Gasse, die parallel zum Marktplatz verlief. Von den beiden kleinen Küchenfenstern aus hatte Olivia so gut wie nichts von dem gesehen, was geschehen war. Sie legte den Kopf an die Tür und lauschte. Rufe und Hufgetrappel waren zu hören. Während sie sich zu beruhigen suchte, wurde ihr bewusst, dass Gertrud wohl zu Recht das Schlimmste befürchtet hatte. Im Haus verschanzt, hörte sie, wie Befehle gebrüllt wurden, und ohne die Worte zu verstehen, wusste sie, dass die Soldaten das Dorf angriffen. Die Sonne ging bereits hinter dem Bätt-Pass unter, und im Stadel wurde es allmählich dunkel; nur die verlöschende Glut im Kamin leuchtete orangerot. Plötzlich war da ein heller Schimmer. Zuerst drehte sich Olivia zum Kamin, weil sie glaubte, das Feuer sei erneut aufgeflammt, doch als sie sah, dass nur noch ein Häufchen Asche übrig war, wandte sie den Kopf zum Fenster. Ein rötlicher Feuerschein erleuchtete das Gässchen. Olivia rannte die steilen Stufen hinauf, die zum Getreidespeicher führten. Hier oben, zwischen den Holzbalken, sah sie das Feuer. Die Soldaten zündeten die Häuser an, die Palisade und die Felder. Ein scharfer, stechender Geruch nach verbranntem Gras und Harz aus dem brennenden Gebälk der Häuser verbreitete sich im ganzen Dorf. In Olivia stieg eine schreckliche Angst auf. Das Feuer hatte sich zwar noch nicht bis zu ihr ausgebreitet, weil das Haus etwas abgelegen war, aber es würde nicht mehr lange dauern, und die Soldaten würden auch zu ihrem Haus kommen. Was sollte sie tun? Sie saß in der Falle. Während sie noch dachte, wie klug Gertrud doch gewesen war, nicht nach Hause zurückzukommen, sah sie entsetzt, wie ein großer blonder Soldat in dem Gässchen vor dem Haus vom Pferd stieg.

Der Mann blickte sich um. Wie vom Donner gerührt, blieb Olivia am Fenster stehen. Richard schaute nach oben und sah ihr geradewegs in die Augen. Er verzog das Gesicht zu einer höhnischen Fratze und lachte zufrieden. Dann ergriff er seine Axt und stürzte sich auf die Haustür. Die immer lauter werdenden Axtschläge dröhnten Olivia in den Ohren. Sie war unfähig, sich zu bewegen, und hielt das Getöse für das Pochen ihres Herzens. Mit dem letzten Schlag sprang die Tür krachend auf. Schwere Schritte dröhnten auf dem Holzfußboden der Stube.

»Ah, hier gibt's was zu essen! Sieh mal an, wie gut es nach Suppe riecht! Komm runter, Frau, und serviere sie mir, aber schnell!«

Olivia rührte sich nicht vom Fleck.

»Los, Frau, worauf wartest du? Du wirst doch einen Ritter des Herrn von Verretio nicht warten lassen!«

Richard stieß ein schallendes Gelächter aus, dann stieg er die Treppe hoch. Sein Panzerhemd rasselte.

Plötzlich stand er ihr gegenüber. Er war nicht älter als fünfundzwanzig Jahre und wäre ein gut aussehender junger Mann gewesen, wenn nicht dieses höhnische Grinsen sein Gesicht entstellt hätte. Mit seinen bernsteinfarbenen Augen musterte er sie aufmerksam, als ginge ihm eine neue Idee durch den Kopf. Olivia hatte sich inzwischen gefasst und begann, sich entlang der Wand auf die Treppe zuzubewegen.

»Nein, nein, Frau, wo willst du hin? Jetzt bleibst du hier, die Suppe kann warten. Du bist kein Mädchen mehr, das steht fest, aber sei's drum. Seit drei Tagen habe ich keine Frau mehr gehabt, und, bei Gott, ich habe solche Lust! Los, los, zieh dich aus!«

Olivia starrte den Mann an. Ihre Arme hingen schlaff herab, nur ihre Füße bewegten sich wie von selbst über den Fußboden.

»Du hässliche Dirne, warum verstehst du nicht! Keiner in diesem verfluchten Dorf scheint etwas zu verstehen!«

Wutentbrannt machte der Soldat zwei Schritte auf Olivia zu, riss ihr das Kleid vom Leib und entblößte ihre runden, vollen Brüste. Dann warf er sie auf einen Haufen Hanfsäcke, schob ihr das Kleid bis zur Hüfte hoch, zerriss ihre Leinenunterhose und drang in sie ein.

»Du hast wohl noch nie mit einem Mann geschlafen, schmutzige Dirne? Ist ja unglaublich, in deinem Alter! Umso besser. Dann ist es für mich ein noch größerer Spaß, und du wirst immer an mich denken!«

Richard ließ ein widerliches Lachen hören. Olivia weinte. Der Schmerz war entsetzlich. Plötzlich fiel ihr ein Bild ein, das sie als Kind in ihren Träumen immer wieder verfolgt hatte: das Bild ihres Vaters, der ein Schwein ausweidete, das mit dem Kopf nach unten an einem Holzbalken im Stall hing und wie ein neugeborenes Kind kreischte. Olivia versuchte, sich dem Soldaten zu entwinden, aber er drückte sie mit dem ganzen Gewicht seines massigen Körpers nieder. Einen kurzen Moment sah er ihr ins Gesicht, dann biss er in ihre Brustwarzen und fing an, sich in ihr zu bewegen, zuerst langsam, dann immer schneller. Dabei stieß er ein wohliges Grunzen aus. Olivia, die vor Schmerz und Scham ohnmächtig zu werden glaubte, wehrte sich jetzt nicht mehr. Leblos lag sie da und atmete halb betäubt den unerträglichen Gestank des Soldaten ein, ein Gemisch aus Schweiß-, Wein- und Pferdegeruch.

Mit einem letzten wohligen Aufschrei ließ der Mann von ihr ab, stand auf, knöpfte sich die Hose zu und brachte seine Rüstung in Ordnung.

»Ich schenke dir dein Leben, Frau. Steh auf und flieh! Wir haben hier noch viel zu tun. Dieses Haus werden wir anzünden wie die anderen auch, aber ich will nicht, dass mein Samen vergeudet wird. Deshalb schenke ich dir dein Leben. Ich hoffe, ich hinterlasse hier in Felik einen Bastard! Wenn er groß ist, wirst du ihm sagen, dass er der Sohn eines tüchtigen Soldaten ist, der mit diesen störrischen, rüpelhaften Bergbauern nicht das Geringste zu tun hat! Wenn ich wiederkomme, werde ich dich besuchen: Mir gefällt dein Geruch, und mir gefällt dein Körper. Halte dich also bereit für mich!«

Damit stieg Richard die Stufen hinunter und verschwand. Es war inzwischen stockdunkel. Olivia stand auf und kleidete sich langsam an. Sie strich sich ihr Kleid die zitternden Beine entlang glatt und bedeckte ihre entblößte Brust. Ihre Gesten waren mechanisch, ihr Blick starr und leer. Ihr war speiübel. Sie rannte hinaus und übergab sich. Die frische Abendluft ließ sie erschaudern. Mit dem Bewusstsein, das allmählich zurückkehrte, kam auch das Entsetzen über das, was sie soeben erlitten hatte. Sie hätte am liebsten geweint, aber ihre Kehle war wie zugeschnürt. Ihr war schwindlig, und sie holte tief Luft. Dann endlich konnte sie weinen, krampfhaft, verzweifelt. Es war wie eine Befreiung. Auf dem Boden kauernd, weinte Olivia stundenlang, ohne auf das Feuer ringsumher zu achten – oder auf die Pferde, das Jammern und Wehklagen, das überall im Dorf zu hören war. Schließlich schlief sie ein.

KAPITEL 7

Richard stieg auf sein Pferd und führte es zum Marktplatz. Eigentümlicherweise hatte sich der Brand nicht, wie erwartet, auf alle Häuser des Dorfes ausgebreitet. Das Feuer schwelte lange, bis es schließlich erlosch. Mit großen Eimern Wasser liefen die Bewohner zu ihren Häusern, um die Flammen zu löschen. Von seinen Begleitern entdeckte er weit und breit keine Spur. Er war hungrig. Nun bereute er, diese einladend duftende Suppe nicht gegessen zu haben, und war schon im Begriff, zu jenem Stadel zurückzukehren, als er auf dem freien Platz vor dem Dorf das reiterlose Pferd eines seiner Soldaten entdeckte. Er stieg vom Sattel und machte ein paar vorsichtige Schritte auf die Palisade zu. In der Dunkelheit liefen Männer und Frauen an ihm vorbei, ohne ihn scheinbar wahrzunehmen. Sie waren viel zu sehr damit beschäftigt, keinen Tropfen des wertvollen Löschwassers zu vergießen.

Seine Verblüffung wuchs bei dem Gedanken, dass diese Leute keine Angst vor ihm hatten. Und überhaupt: Was war eigentlich mit seinen Männern geschehen? Plötzlich stolperte er in der Dunkelheit und wäre beinahe der Länge nach hingefallen. Neugierig, über welches Hindernis er gestrauchelt war, senkte er den Blick. Vor ihm lag ein unförmiges Etwas, der Körper eines Mannes. Er bückte sich zu ihm hinunter. Ein Kind lief an ihm vorbei, eine Fackel in der Hand. Im Schein des Lichts erkannte er das aufgedunsene Gesicht Henris, seines besten Kämpfers. Er röchelte und spuckte Blut, und aus seiner Brust ragte der dicke Pfeil einer Armbrust.

»Was ist geschehen? Henri, sprich! Wo sind die anderen? So sprich doch, Henri! Ich befehle dir zu sprechen!«

Der Soldat schlug gequält die blutverkrusteten Augen auf und öffnete den Mund, aber er brachte nur ein unverständliches Gurgeln zustande.

»Nicht sterben, Henri, du darfst jetzt nicht sterben. Du musst mir sagen ...« Aus dem Mund des am Boden Liegenden, dessen Gesicht der Schmerz entstellte, quoll ein Schwall Blut. Sein Mund blieb offen, seine Augen verdrehten sich.

»Was hätte er Euch sagen sollen, Soldat? Seht Ihr nicht, dass er tot ist?«

Richard wandte sich mit einem Ruck um. Vier bewaffnete Männer hatten ihn umstellt. Derjenige, der gerade gesprochen hatte, war ein groß gewachsener, kräftiger älterer Mann, der eine Armbrust mit eingelegtem Pfeil in der Hand hielt. Der blonde Jüngling neben ihm schwang eine Axt, während die beiden anderen Kurzdolche trugen. Hinter ihnen hatten sich weitere Menschen mit Fackeln in den Händen versammelt. Richard erhob sich. Er hatte das Spiel verloren, so viel stand fest, aber niemand würde ihn hindern, seinem Leben mit Würde ein Ende zu setzen.

»Wer seid ihr? Vorhin auf dem Marktplatz habe ich euch nicht gesehen. Wo sind meine Männer? Was habt ihr mit ihnen gemacht?«

Hermann, den Pfeil auf Richard gerichtet, antwortete mit eisiger, messerscharfer Stimme; seine Augen waren zu Schlitzen verengt:

»Ich bin Hermann, der Wollhändler, und ich lebe seit mehr als dreißig Jahren hier in Felik. Bevor wir hierher kamen und das Land urbar machten, existierte dieses Dorf nicht, hier war nichts als undurchdringlicher Wald. Ich habe meine ganze Jugend und all meine Kraft geopfert, um dieses Land zu roden, und mit mir all jene, die du hier siehst. Wir werden niemals zulassen, dass uns jemand vernichtet, sei es ein gieriger Lehnsherr oder eine versprengte Soldateska! Ich bedaure, dass Ihr Euren Herren meine Worte nicht mitteilen könnt, denn Ihr werdet sterben. Eure Männer sind tot; ihr Grab wird die Schlucht des Tals sein, das nach Verretio führt. Euren Leichnam aber wird man zur Burg bringen, damit Eure Herren wissen, dass es für sie hier nichts zu holen gibt. Und jetzt geht, verlasst das Dorf! Wir werden Euch außerhalb der Mauern töten, denn diese Steine sind schon mit zu viel Blut getränkt.«

Richard sagte kein Wort. Er schlug die Augen nieder. Mit unsicheren Schritten ging er ein Stück weit in die Dunkelheit. Es herrschte eisiges Schweigen. Der Wind fachte die Glut der letzten, noch nicht erloschenen Feuer neu an; hier und da zerbarst krachend ein verkohlter Holzbalken. In seiner schweren Rüstung ging der Soldat weiter. Er hätte versuchen können zu fliehen, aber er kannte die Wege nicht gut genug. Doch kein Ritter aus Verretio würde je kampflos den Rückzug antreten. Als er ein paar Schritte weitergegangen war, drehte er sich plötzlich um, zückte sein Schwert und stürzte sich brüllend auf seine Gegner. Die Fackeln, die sie in Händen hielten, zitterten. Im selben Augenblick schoss Hermann den Pfeil ab, mit dem er auf den Rücken des Soldaten gezielt hatte. Richards Schlachtgeheul erstarb in einem letzten Röcheln. Der Pfeil durchbohrte ihm die Kehle, und er fiel vornüber in den Staub. Die Spitze des Pfeils ragte aus seinem Nacken; unter dem Leichnam bildete sich rasch eine Pfütze aus Blut. Hermann ging zu ihm und drehte ihn auf den Rücken. Die erloschenen Augen starrten ihn an.

»Tragt ihn fort. Morgen laden wir ihn auf einen Esel und schicken ihn zurück nach Verretio; einer meiner Treiber wird ihn bis nach Canton des Allemands begleiten und dort um bewaffneten Geleitschutz bitten. Wenn er wahrheitsgemäß erzählt, was hier vorgefallen ist, wird niemand wagen, es abzustreiten. Jetzt aber lasst uns die letzten Flammen löschen. Morgen Früh werden wir in einer Prozession zur Kapelle des heiligen Peter und des heiligen Nikolaus pilgern, um für unsere Rettung zu danken und um Schutz für die Zukunft zu bitten.«

Die Bauern zerstreuten sich, jeder begab sich zu seinem Haus. Der Priester öffnete die Kirchentür. In dem allgemeinen Tumult lief Leonhardt zu Sibillas Stadel. Auf dem Platz vor der Palisade lag nur noch Richard La Font, dessen Blut den Staub tränkte.

KAPITEL 8

Im Audienzsaal war es düster, nur die Fackeln an den Querbalken der Wände erhellten den Raum. Zwei schmale Schießscharten ließen kaum Licht von draußen eindringen. Es dämmerte bereits.

Gotofredo saß auf dem mit einem großen grünen Seidenkissen gepolsterten hohen Holzstuhl. Das Kissen war beiderseits mit zwei von Silberfäden durchwirkten Quasten geschmückt. Neben ihm hatte auf einem niedrigeren Schemel seine Frau Beatrice Platz genommen. Ein weißer Schleier aus feinstem Leinen bedeckte ihr Haar und fiel auf den Bauch der Schwangeren, den das Kleid aus gelber Seide kaum verbarg. Eine lange, mehrfach gewundene Kette aus wertvollen Korallen schmückte ihren Hals; an den kleinen, geschwollenen Füßen trug sie perlenbestickte Pantoffeln. Während ihr Gemahl mit dem Prior der Kathedrale St. Orso sprach, musterte Beatrice die lange Reihe von Bittstellern, die eine Anhörung wünschten. Es war ein gutes Dutzend, und unter ihnen erkannte sie sogleich den Kaufmann Otto aus Canton des Allemands. Beatrice kannte ihn gut. Der starke und untadelige Mann hatte trotz seiner deutschen Herkunft die Gunst ihres Mannes erworben. Gotofredo misstraute im Allgemeinen den Walsern, die sich vor dreißig Jahren auf den Hochgebirgsweiden des Tals angesiedelt hatten. Otto aber war ein tüchtiger und umsichtiger Kaufmann. Für seinen guten Geschmack bei der Auswahl der wertvollsten Wolle aus dem Norden war er in der ganzen Gegend bekannt. Sie selbst erwartete stets mit Spannung seine Ankunft in Augusta, und gemeinsam wählten sie dann die raffiniertesten Stoffe aus.

Beatrice bemerkte, dass Otto mit einem unbekannten Mönch flüsterte. Der Geistliche wirkte recht ärmlich. Seine Kutte, die ihn als Benediktinermönch auswies, war zerrissen, und selbst aus der Entfernung entging ihr nicht, dass seine nackten, schwieligen Füßen in den Sandalen schon einen weiten Weg hinter sich hatten. Und da sie nun einmal neugierig war, nutzte Beatrice eine Gesprächspause zwischen Gotofredo und dem Prior, um ihren Gemahl auf Otto aufmerksam zu machen. Vielleicht konnte sie auch das Ende der Unterhaltung herbeizwingen. Doch Gotofredo warf seiner Gemahlin nur einen ärgerlichen Blick zu.

»Ich benötige noch nicht diese merkwürdigen Linsen, die sich die jüdischen Wucherer aus Novara vor die Augen halten! Ich sehe sehr genau, wer mich heute sprechen will, und wenn Otto an der Reihe ist, wird auch er zu mir vorgelassen werden. Zügle deine Ungeduld, Frau, du wirst noch genügend Zeit haben, seine Waren zu kaufen!«

Beatrice schwieg gekränkt und tastete nervös an ihrer Korallenkette.

»Wie gesagt, Visconte«, fuhr der Geistliche ehrerbietig fort, »haben wir von einem Goldschmied aus Lausanne gehört, der für die Kathedrale dieser Stadt ein wunderschönes Prozessionskreuz angefertigt hat. Pater Jean Baptiste hat es bei seiner letzten Reise dorthin gesehen und es mir mit begeisterten Worten beschrieben. Es ist aus Blattsilber verziert mit Edelsteinen, Email- und Filigranschmuck. Wenn es im Prozessionszug getragen wird, scheint es in geradezu himmlischem Licht zu erstrahlen! Ich möchte diesen tüchtigen Goldschmied hierher holen, damit er auch für uns ein solches Kreuz anfertigt. Die finanziellen Mittel der Kathedrale erlauben durchaus eine solche Anschaffung, und beim Besuch des Bischofs würde das Kreuz auch die Umzüge

Eures Hauses schmücken. Allein aus diesem Grund – und nicht, weil ich um Geld bitten will – bin ich gekommen, um Eure Zustimmung zu erwirken.«

»Ich bin einverstanden, Prior. Es wird Zeit, dass unsere Kathedrale endlich ein paar wertvolle Kultgeräte erhält. Die Mosaiken im Chor und die alten Deckenfresken reichen nicht mehr aus. Die Symbole der Christenheit müssen den Gläubigen strahlend vor Augen geführt werden; das Volk sollte sie nicht erst an den Wänden der Kathedrale suchen müssen. Wir brauchen nicht nur ein Kreuz, wir brauchen Reliquienschreine und Statuen. Mach dich also ans Werk, Prior, damit unsere Kirche des Bischofs Anselmo würdig wird, der sie vor zweihundert Jahren gegründet hat!«

Der Visconte Gotofredo wusste sehr genau, was er wollte. Seit vierzig Jahren hatte seine Familie die Herrschaft über das Tal. Sein Großvater und später sein Vater hatten den Grafen von Savoyen den Treueeid geschworen und dafür hohes Ansehen, Burgen und Ländereien erhalten. Seit zehn Jahren besaß sein Bruder Bosone die Burg Cly sowie ein großes Lehen, und seit kurzem war auch die Festung Chatillon in seiner Hand. Seine Gemahlin Beatrice wiederum hatte von ihrem Großvater väterlicherseits die Burg Villa St.-Victor am Ausgang des Tales geerbt, das sich von Verretio aus erstreckte. Gotofredos Absicht war, sein Lehen entlang der Straße zu vergrößern, die nach Canton des Allemands führte und von den ins Wallis reisenden Kaufmannskarawanen oft benutzt wurde. Darüber hinaus hatte ihm der Graf vor kurzem auch die Burg Fénis übereignet, die an der Römischen Straße lag. Damit beherrschten Gotofredo und Bosone ein riesiges Territorium, das sich entlang des Flusses Dora fast bis zum natürlichen Ausgang des unteren Tals, bis zur Ebene also, erstreckte. Das einzige Hindernis, das einer vollständigen Übertragung der Rechtsprechung entlang der Straße nach Verretio noch im Wege stand, war die Bergfestung Montjovet. Sie war im Besitz einer alteingesessenen Familie, die ein starkes Interesse daran hatte, die Burg zu halten: Denn die Schlucht von Montjovet war eine wichtige Durchgangsstelle, sodass der Wegzoll den Herren von Montjovet regelmäßige Einkünfte sicherte, die man nicht so leicht aufgab. Doch Gotofredo beabsichtigte, sich mithilfe des Grafen auch diese wichtige Burg zu sichern, und zwar ohne Blutvergießen. Von dem mit viel Fingerspitzengefühl und geduldig geknüpften Beziehungsnetz zum Haus Savoyen durfte auch die Kirche nicht ausgeschlossen bleiben: Die Beziehungen zwischen den Geistlichen der Kathedrale und der weltlich-politischen Macht waren seit jeher eng, nicht zuletzt weil die Geistlichen ein Interesse daran hatten, sich ihre Privilegien und Ländereien zu erhalten. Zwist und Uneinigkeit nutzten keinem von beiden. Deshalb musste sich Gotofredo auch gegenüber allen Wünschen der Kanoniker offen zeigen, die dem allgemeinen Wohl dienten. Die Unterstützung und Ehrenbezeugungen der Kirche würden den Aufstieg seiner Familie zu noch größerer Macht und noch mehr Reichtum erleichtern.

Zufrieden mit dem Ergebnis seiner Unterredung, entließ er den Prior. Anschließend hörte er sich das Anliegen des Herrn von St.-Pierre an, der Giacomo von Quart den Besitz seiner Burg streitig machte. Gotofredo riet ihm, zu warten, bis er ihm die Unterstützung geben könne, die ihm im Augenblick nicht möglich war. Nach dem Herrn von St.-Pierre empfing er den Anführer seiner Wachen, der ihm die militärische Lage im Krieg mit dem Herrn von Bard darlegte.

Schließlich kam Otto an die Reihe.

Der Kaufmann trat vor und verbeugte sich ehrerbietig vor dem Visconte und seiner Gemahlin. Matthew hielt sich im Hintergrund.

»Sei gegrüßt, Otto! Es ist lange her, seit du das letzte Mal in

Augusta warst. Meine Frau Beatrice kann es gar nicht erwarten, deine Waren in Augenschein zu nehmen! Was hast du diesmal mitgebracht? Weiche englische Wollstoffe? Hauchdünnes flandrisches Leinen? Konntest du für mich das wertvolle Goldgewebe aus dem Orient besorgen, worum ich dich gebeten habe?«

»Nein, Herr, auf den Märkten von Burgund, die ich besucht habe, hat es solche Stoffe nicht gegeben, aber dafür habe ich ein wunderschönes Zobelfell zu einem günstigen Preis gefunden. Der Hofschneider wird daraus gewiss einen prächtigen Mantel anfertigen, der, auf Euren edlen Schultern ruhend, Euch äußerlich eine Würde verleihen wird, die Eurer bedeutenden Aufgabe entspricht.«

»Otto, wir kennen uns schon viel zu lange, als dass du meinen Unmut fürchten müsstest. Du brauchst mir nicht zu schmeicheln, weil du nicht das gefunden hast, worum ich dich gebeten habe! Es war im Grunde genommen doch nur eine Laune, ich habe derzeit wirklich andere, dringlichere Probleme als ein golddurchwirktes Gewand! Der Anführer meiner Soldaten hat mir soeben gesagt, dass möglicherweise ein Angriff auf die Burg des Herrn von Bard bevorsteht. Kriege, Kriege, immer nur Kriege … Wann werde ich endlich in Ruhe und Frieden herrschen können? Wie glücklich bist du, Otto, dass du deiner Arbeit nachgehen und umherreisen kannst und nur für deine Familie und die Mehrung deines Besitzes Sorge zu tragen hast! Wie viel lieber würde ich an deiner Stelle sein, anstatt eine ganze Grafschaft regieren zu müssen!«

Otto, der den Ehrgeiz und die Machtgier Gotofredos nur allzu gut kannte, verbarg das ironische Lächeln, das bei den letzten Worten des Visconte seine Lippen umspielte. Sein Sinn für das Praktische und seine Klugheit sagten ihm, dass Gotofredo sich doch nur auf den Besitz einer Burg beschränken müsste, sollte ihm die Herrschaft über die Grafschaft tatsächlich zu viel werden. In Wahrheit war der Visconte ein politisch kluger Kopf, der seine Machtgier durch ein hervorragendes diplomatisches Geschick zu verbergen wusste.

Otto seinerseits nutzte die Wendung des Gesprächs, um sich nach Neuigkeiten über die Situation auf der Römischen Straße und in den Seitentälern zu erkundigen.

»Bei unserem Abstieg vom Mont Joux sind wir ungewöhnlich vielen Soldaten begegnet. Entlang des Buthier-Tals, das sonst recht ruhig ist, haben Soldaten im Umkreis der Burgen und Hospize Stellung bezogen. Auch hier in Augusta, gleich hinter der römischen Brücke, versperrte uns ein Trupp Soldaten den Weg. Außerhalb Eurer mit Türmen bewehrten Residenz sind mehr Soldaten als Bewohner unterwegs. Ist denn der Streit mit Ugo von Bard so erbittert? Wir haben noch einen weiten Weg vor uns. Werden wir mit unseren Waren unversehrt nach Hause zurückkommen?«

»Mach dir keine Sorgen, wir geben dir einen starken bewaffneten Geleitschutz. In der Tat ist es – nach einer Phase relativer Ruhe – in den letzten zwei Monaten zwischen den Burgherren im Tal erneut zu zahlreichen Zwistigkeiten gekommen. Nachdem Ugo seinen Bruder angegriffen hat, ist er zunehmend isoliert, und deshalb ist er wütend und macht seinen Vasallen das Leben zur Hölle. Wenn die Burg von Bard – was ich hoffe – in meinen Besitz übergeht, wird sich die Lage jedoch entspannen. Für mich ist das übrigens der einzige Grund, in diesen Konflikt einzugreifen, nicht jedoch, wie böse Zungen behaupten, der Wunsch, die Passage im Herrschaftsgebiet von Bard und damit einen wichtigen Knotenpunkt an der Handelsstraße im Tal unter meine Kontrolle zu bringen. Aber nicht Ugo allein gibt uns Anlass zur Sorge. Auch der Herr von St.-Pierre beansprucht das Recht auf die Burg Giacomos von Quart, der bereits die Herren von Verretio abzuwehren hat. Offenbar haben die Herren von Verretio ihren

Soldaten den Befehl erteilt, Quarts Territorien zu plündern und zu verwüsten. Erst gestern habe ich erfahren, dass das Dorf Felik im Paralleltal von Canton des Allemands überfallen wurde …«

Als Otto dies hörte, warf er Matthew einen besorgten Blick zu. Der Mönch, der alles mit angehört hatte, erbleichte. Gotofredo entging nicht Ottos Seitenblick, und ihm war sofort klar, dass sich der Mönch und der Kaufmann kannten. Er wollte sich eben nach dem Mönch erkundigen, als Otto hastig den Faden wieder aufnahm.

»Hoffentlich ist der Geleitschutz, den Ihr uns so großzügig zur Verfügung stellt, tatsächlich in der Lage, uns zu verteidigen. In jedem Fall wäre es doch wohl besser, die Nebenwege statt der Römischen Straße zu benutzen. Was meint Ihr?«

»Nein, ihr folgt der Straße entlang der Dora. Die Nebenwege sind sehr abgelegen, dort seid ihr für Straßenräuber und die plündernde Soldateska eine leichte Beute. Nehmt denselben Weg wie sonst bis zur Burg Cly, wo mein Bruder Bosone euch Unterkunft gewähren wird. Sein Territorium ist groß, wie du weißt, und wird von treuen Soldaten geschützt. Bosone wird dir sagen, wie du von dort aus am besten weiterkommst. Er befindet sich näher am Kriegsgebiet und hat aktuellere Nachrichten über das Geschehen. Aber sag mir doch, Otto, wer ist dieser Benediktinermönch hinter dir? Ich kenne ihn nicht. Irre ich mich, oder genießt er den Vorzug, dich begleiten zu dürfen?«

Otto machte Matthew ein Zeichen, näher zu kommen, dann stellte er ihn dem Grafen vor und erzählte von der Pilgerreise des Mönchs nach Rom. Er habe den Mönch bereitwillig in seiner Karawane mitgenommen, denn da er von weit her komme und die unwegsamen Orte nicht kenne, könne er sich leicht verirren oder Räubern in die Hände fallen. »Wenn er den gefährlichen Weg durch das Augusta-Tal erst einmal hinter sich gelassen hat, wird der Weg leichter, und es gibt mehr Herbergen und Klöster, wo er Unterkunft und Schutz findet.«

Die Auskunft genügte Gotofredo, und er entließ den Kaufmann und seinen Begleiter.

»Gut, Otto, morgen Früh wird ein Geleittrupp für dich bereitstehen. Wenn du willst, kannst du jetzt deine Waren meiner Frau zeigen, die, wie du siehst, schon ganz ungeduldig ist. Geh, Beatrice, du bist entschuldigt! Ich werde die Anliegen der anderen Bittsteller allein anhören.«

Beatrice war wirklich erleichtert. Sie erhob sich und schritt zur Treppe, die ins Obergeschoss hinaufführte. Otto und Matthew folgten ihr, begleitet von einem jungen Mann mit einem dicken, von Hanfschnüren zusammengehaltenen Bündel. Beatrices Zimmer war von Fackeln nur schwach erhellt. Ein langer Gobelinvorhang teilte den Raum in zwei Hälften. Das flackernde Feuer der Fackeln wurde von der abendlichen Brise genährt, die durch die Schießscharten strich. Es beleuchtete nur stellenweise die Jagd- und Kriegsszenen, mit denen die großen Gobelins bestickt waren. Ein riesiges, von einem Baldachin überwölbtes Bett, von dem breite, bemalte Lederfransen herabhingen, beherrschte den Raum. Beatrice sank erschöpft nieder, streifte ihre Pantoffeln ab und massierte sich die geschwollenen Füße. Nach einiger Zeit rang sie sich ein verschmitztes Lächeln ab, das ihrem Gesicht eine gewisse boshafte Anmut verlieh, und wandte sich ihren Gästen zu.

»Nun, Otto, jetzt zeig mir endlich etwas Schönes – nach all diesem Gerede über Krieg, Soldaten, Burgen und Machtansprüchen! Ich möchte nicht, dass das Kind in meinem Schoß mit Rüstung und Beinharnisch zur Welt kommt, nur weil es diesen Gesprächen ausgesetzt war!«

Otto erwiderte das Lächeln. Diese Frau gefiel ihm, nicht nur, weil sie seine Waren schätzte und kaufte. Unter dem zarten und unterwürfigen Äußeren verbarg sich eine starke, kluge und entschlossene Persönlichkeit. Seit fast zwanzig Jahren war sie die getreue Gemahlin des Visconte, und obwohl sie nicht mehr die Jüngste war, gebar sie Gotofredo noch immer weitere Erben und trug auf diese Weise dazu bei, die künftige Macht des Geschlechts zu mehren. Auch sie kämpfte ihre Schlacht, in Stille und mit großer Geduld.

Der junge Diener öffnete das Bündel auf dem Fußboden. Schweigend holte Otto nacheinander seine Schätze hervor: Stoffe aus weicher, ungefärbter Wolle, Hanffaserballen, schneeweißer Leinenbatist und orientalische Seidenstoffe in den schillerndsten Farben.

»Und was ist das hier?«, fragte Beatrice und hielt ein zartes, fast durchscheinendes, reich besticktes Gewebe in die Höhe.

»Das ist ein neuartiger Stoff aus Indien, der ›Baumwolle‹ heißt. Ich habe ihn zufällig auf dem Markt von Sion entdeckt, bei einem venezianischen Kaufmann, der ins ferne England unterwegs gewesen ist. Der Stoff scheint in den englischen Grafschaften sehr gefragt zu sein. Es ist ein ganz besonderes Gewebe, das den Körper kühlt, wenn es heiß ist, und wenn man es direkt auf der Haut trägt, kratzt es nicht so sehr wie Wolle …«

»Aber das ist ja wunderbar! Du musst mir mindestens drei Ballen davon dalassen. Daraus werde ich für mich und das Baby, das bald geboren wird, Kleider und Hosen nähen lassen! Wenn der Preis zu hoch ist, werden wir es dem Visconte verschweigen. Aber sei fair, Otto, und nutze meine Schwäche nicht aus!«

Otto lächelte. Er wusste, dass die Gemahlin des Visconte kaufen würde, dass sie dieser ungewöhnliche Stoff bezauberte und ihr Wunsch, ihn zu besitzen, ihm einen ansehnlichen Gewinn bescheren würde.

Während Beatrice die anderen Stoffe begutachtete und mit dem Kaufmann über den Preis verhandelte, hielt sich Matthew abseits und beobachtete, wie geschickt Otto seine Ware verkaufte und dabei den optimalen Gewinn erzielte. Nachdem der Handel abgeschlossen war, zog sich Beatrice ihre Pantoffeln an. Ihr Gesicht war hochrot vor Aufregung und Zufriedenheit. Die Hände in den Rücken gestützt, ging sie auf Matthew zu. Ihre Miene war ernst und bedeutungsvoll, als sie seine rechte Hand nahm und auf ihren Bauch legte.

»Segne mich, Pater, aber segne vor allem das kleine Wesen, das ich unter meinem Herzen trage und dessen Bewegungen du unter deiner Hand spürst. Eigentlich bin ich zu alt, um noch Kinder zu gebären, und obwohl alle meine Schwangerschaften bisher von Gott gesegnet waren, habe ich diesmal wirklich Angst. Ich fürchte um mein Leben und um das Leben dieses Kindes. Gib mir deinen Segen! Dein Gesicht gefällt mir, du siehst aus, als würdest du das menschliche Leid kennen. Ich bin hier stets von unterwürfigen, unaufrichtigen Geistlichen umgeben, deren einziges Bestreben darauf gerichtet ist, sich den Visconte nicht zum Feind zu machen und den Zehnten zu kassieren, um den Reichtum der Kathedrale zu mehren! Vielleicht dringt dein Gebet eher zu Gott als das ihre …«

Damit kniete sie vor dem Priester nieder und beugte das Haupt.

So viel Offenheit verblüffte Matthew, der Hilfe suchend zu Otto blickte. Der Kaufmann lächelte und nickte ihm aufmunternd zu. Daraufhin legte der Mönch Beatrice die Hände aufs Haupt und sprach sein Segensgebet. Als er geendet hatte, erhob sich die Frau, gestützt auf eine Zofe, die plötzlich hinter einem Vorhang erschienen war. Sie dankte dem Mönch und dem Kaufmann und entließ sie.

Während die beiden Männer die steilen Stufen zur Burgküche hinuntergingen, um mit anderen angesehenen Bittstellern das Abendessen einzunehmen, ertappte sich Matthew bei dem Gedanken, dass er im vergangenen Jahr immer nur gereist war und seinen Segen erteilt hatte. Vor allem Frauen waren es gewesen, die um seinen Segen gebeten hatten, sei es, weil sie besonders schwach und schutzlos gewesen waren, sei es, weil sie fester und unerschütterlicher im Glauben gestanden hatten als die Männer. Wie schon bei Marthine in Rochester fragte sich Matthew nun, ob seine Segensgebete tatsächlich von Gott erhört wurden. Er betrachtete sich als Sünder, und gewiss war er am allerwenigsten geeignet, die göttliche Gnade zu erflehen – bei all den Lügen, zu denen er hatte Zuflucht nehmen müssen.

Otto riss ihn aus seinen Gedanken und führte ihn an einen langen, mit flandrischem Leinen bedeckten Tisch. Auf großen, polierten Silberplatten stand dampfendes Wildbret. Dunkles Brot hatte man in großen Scheiben auf dem Tisch verteilt, und die Becher waren mit Wein gefüllt.

»So etwas hast du noch nie gesehen, stimmt's? Und du musst dir vorstellen: Das hier setzt man den Bittstellern vor! Wie wird erst das Bankett des Visconte aussehen, wenn er Gäste einlädt, die ihm gleichrangig sind? Essen wir, Mönch, füllen wir uns den Bauch. Wer weiß, wann wir wieder ein solches Mahl bekommen.«

Es war längst tiefe Nacht, als Otto und Matthew zu den Stallungen des Visconte gingen und sich zum Schlafen neben den Tieren und den Waren niederlegten. Ein langer und beschwerlicher Tag lag vor ihnen. Schlaf war in dieser Nacht besonders wichtig.

KAPITEL 9

Aus den Lärchenholzschindeln des Daches züngelten noch immer Flammen. Im Dunkeln achtete Leonhardt sehr genau auf seinen Weg. Bald erkannte er die Silhouette des Stadels und die unbewachsene Fläche vor dem Haus. Es war sehr still, nur der Wind rauschte, und in der Ferne weinte ein Säugling.

In der geschlossenen Tür klaffte ein tiefer Riss.

Leonhardt blieb stehen. Von innen drang kein Lichtschein nach draußen, das Haus schien wie tot. Unruhig und voller Ahnungen überlegte er, was er tun sollte, als er plötzlich ein Winseln und ein wildes Scharren an der Tür hörte.

Auf den Türklopfer gestützt, flüsterte er:

»Marcabrù, ich bin's! Sibilla, ich bin's, Leonhardt. Mach auf, ich bitte dich!«

Nach einer Weile, so lang wie die halbe Ewigkeit – das Winseln des Hundes war inzwischen ein klagendes Bellen und das Scharren ein heftiges Klopfen geworden –, öffnete sich die Tür einen winzigen Spaltbreit.

Marcabrù, der sich mit der ganzen Wucht seines Körpers gegen die Tür geworfen hatte, stürzte heraus und sprang voller Freude an Leonhardt hoch. Der Junge hätte beinahe das Gleichgewicht verloren und musste sich von dem Hund zur Begrüßung das Gesicht lecken lassen. Marcabrù wollte gar nicht mehr aufhören. Er winselte vor Freude, kehrte ins Haus zurück und kam wieder, noch aufgeregter als zuvor.

Während Leonhardt den Hund zu beruhigen versuchte,

indem er sich hinunterbeugte und ihn streichelte, erschien Sibilla auf der Türschwelle. In der Hand trug sie eine kleine Fackel, die sie soeben angezündet hatte, um den Bezirk vor ihrem Haus zu beleuchten. Die Erleichterung, Sibilla unverletzt zu sehen, war so groß, dass Leonhardt wie erstarrt dastand und den Atem anhielt. Die Arme hingen ihm herunter, und er sah Sibilla mit großen Augen an.

Marcabrù war erstaunt, dass er nicht mehr gestreichelt wurde. Er drehte sich zur Tür um und folgte dem Blick des jungen Mannes. Sibilla trat ein paar Schritte ins Freie. Der Feuerschein ihrer Fackel zeichnete dunkle Schatten auf ihr Gesicht und ihr Haar. Leonhardt nahm ihr die Fackel aus der Hand und löschte sie am Boden. Noch immer unfähig, ein Wort herauszubringen, nahm er sie in die Arme und küsste ungestüm ihr Gesicht, ihre Haare und ihren Mund.

Beleidigt, mit eingezogenem Schwanz, verschwand Marcabrù hinter dem Stadel.

Sibilla weinte und lachte zugleich. Nun, da Leonhardt bei ihr war, wichen Angst und Schrecken. Zu viel Furchtbares hatte sich ereignet, seit er fortgegangen war: zuerst die Krankheit und der Tod Karolas, dann die Last der neuen Verantwortung als Weberin, schließlich dieser grässliche und grundlose Angriff der Soldaten Verretios. Der Gedanke an die letzten Geschehnisse brachte sie in die Wirklichkeit zurück. Denn dort, wo sie standen, waren sie schutzlos der Dunkelheit ausgeliefert und eine leichte Beute für jeden Angreifer.

»Leonhardt, die Soldaten! Im Dorf sind Soldaten, du weißt nicht, was geschehen ist. Sie wollten uns alle töten! Sie haben die Häuser angezündet, den Ammann verwundet … Wir können nicht hier draußen bleiben, wir müssen ins Haus und die Tür verriegeln! Marcabrù, wo bist du, Marcabrù?«

»Ruhig, Sibilla, ganz ruhig. Ich weiß von dem Angriff, aber ich versichere dir, die Soldaten sind alle tot, und wir sind in Sicherheit. Schau, da ist Marcabrù. Gehen wir rein, dann erzähle ich dir alles.«

Der Hund huschte an ihnen vorbei ins Haus. Die beiden jungen Leute folgten ihm und schlossen hinter sich die Tür. Im Obergeschoss waren leise Schritte zu hören. Erschrocken hielt Leonhardt Sibilla am Arm fest und legte eine Hand auf das Messer, das er am Gürtel trug. Das Mädchen lächelte. Mit sanfter Stimme beschwichtigte sie Leonhardt:

»Das ist Gertrud! Conrad war mit den Kühen nach Macugnaga aufgebrochen, bevor die Soldaten kamen, und sie war allein. Sie hat mir geholfen, den Stadel und den Besitz zu verteidigen. Doch dann haben diese verfluchten Soldaten Feuer gelegt.«

»Und ich habe das Richtige getan!«, rief Gertrud, die unterdessen die Treppe heruntergekommen war und nun auf die beiden jungen Leute zutrat. Leonhardt machte ihre plötzliche Gegenwart ganz verlegen, aber Gertrud umarmte ihn freundlich. Und noch ehe der junge Mann sprechen konnte, fing sie an zu erzählen:

»Wenn du wüsstest, mein Sohn! Sie sind durchs ganze Dorf gelaufen und haben gebrüllt, sie würden uns alle töten. Dann haben sie brennende Fackeln auf die Dächer der Häuser und auf die Felder geworfen. Viele Tiere sind durchgegangen. Dann kamen die Soldaten auch hierher. Durch Marcabrùs wildes Gebell und das Blöken der Schafe im Stall waren wir vorgewarnt. Sie warfen eine brennende Fackel in den Dachstuhl, der sofort Feuer fing. Sie waren zu zweit und fingen an, die Tür mit Äxten zu bearbeiten, als wir andere aufgeregte Stimmen und Getrappel von Füßen hörten. Wir verstanden nicht, was vorging, und wir hatten auch gar keine Zeit, darüber nachzudenken, weil wir mit Eimern voller Wasser von der Stube ins Obergeschoss liefen, um das Feuer zu löschen. Sogar die leeren Getreidesäcke nahmen wir, um die

Flammen zu ersticken. Sie sind nicht mehr zu gebrauchen, aber auf diese Weise konnten wir wenigstens verhindern, dass die Flammen auf das Dach übergriffen. Dann ist es dunkel geworden, und bald haben wir nichts mehr gehört, weder Geschrei noch sonst irgendwelche Geräusche. Wir haben die Tür mit einem Balken verriegelt und uns oben ans Fenster gestellt, um etwas zu erkennen, aber die Nacht ist stockdunkel gewesen. Wir sind also hier geblieben und haben uns gegenseitig Mut gemacht. Dann bist du gekommen. Wir haben Schritte gehört und um unser Leben gefürchtet, aber Marcabrù hat hinter der Tür gewinselt, als ob er genau wüsste, wer vor der Tür gewesen ist. Aber wir sind nicht sicher gewesen und vorsichtig geblieben, und so haben wir zuerst nicht aufgemacht.«

»Aber du«, fragte Sibilla, »wann bist du angekommen? Seid ihr unterwegs nicht den Soldaten begegnet?«

»Ich, mein Vater und alle anderen sind um die neunte Stunde am Bätt-Pass gewesen. Auf dem Weg haben wir frische Pferdespuren entdeckt. Als wir sie untersucht haben, hat einer von den Knechten meines Vaters einen Dolch am Boden gefunden, der wahrscheinlich einem Soldaten gehörte. Leise banden wir die Maultiere zusammen und pirschten uns möglichst nah heran, immer im Schutz des Gesteins. Hinter Felsen versteckt, blickten wir auf Felik. Wir sahen hinter den Mauern Rauch aufsteigen, und der Wind roch nach verbranntem Holz. Es gab gedämpfte Schreie. Das musste das Schlimmste bedeuten! Wir nahmen die Lasttiere und kletterten tiefer hinunter, in der Hoffnung, dass hinter uns keine neuen Soldaten nachrückten. Je mehr wir uns dem Dorf näherten, desto stärker wurde der Rauch. Nicht lange, und wir sahen, wie die Flammen aus den Dächern der Häuser züngelten. Am Nordtor banden wir unsere Tiere außerhalb der Palisade fest und teilten uns in mehrere Gruppen auf. Die Sonne stand nicht mehr besonders hoch am Himmel, und die Schatten zwischen den Häusern wurden bereits länger. Vater und ich schlichen durch die schmalen Gässchen zum Marktplatz. Die Schreie wurden immer lauter, und überall rannten Männer und Frauen durcheinander und schleppten Gefäße mit Wasser, um den Brand zu löschen. Bei der Mühle lag ein verletzter Bauer, der uns von dem Angriff erzählte. Mein Vater nahm die Armbrust und befahl mir, die Axt zu nehmen. Vorsichtig drangen wir weiter vor. Auf dem Platz riss ein Soldat wie bei einem Turnier sein Pferd im Kreis herum und schwang dabei eine große Fackel. Er holte gerade aus, um sie gegen die Kirchentür zu werfen, als ein Pfeil seinen Rücken durchbohrte. Der Soldat fiel vom Pferd und blieb leblos liegen. Aus dem Stadel neben der Mühle drang Jubelgeschrei. Es war Franz, einer von Daniels Knechten, der mit dem Bogen in der Hand gegen die Soldaten kämpfte, ohne sich groß um das Feuer zu kümmern. Vater wollte wissen, woher der Pfeil gekommen war, drehte sich um und entdeckte den Schützen. Auch Franz erkannte meinen Vater und kam sofort zu uns herunter. Weitere Männer, so erzählte er uns aufgeregt, hielten sich versteckt und wären zum Kampf bereit. Insgesamt wären die Soldaten nur zu sechst, zudem gäbe es einen Anführer, der allerdings seit einer guten Stunde wie vom Erdboden verschwunden sei. Während wir mit ihm geredet haben, sind immer mehr Kaufleute von unserer Karawane und weitere bewaffnete Dorfbewohner gekommen. Gemeinsam haben wir uns durch alle Gassen gekämpft. Einige von uns sind sogar bis zu den ersten Feldern vorgedrungen. Schließlich haben alle Soldaten von Verretio besiegt am Boden gelegen …«

Während Leonhardts Schilderung zeichnete sich auf Sibillas Gesicht blankes Entsetzen.

»Hast du auch jemanden getötet?«

»Nein, Sibilla, aber ich war bereit, es zu tun, als wir den Anführer der Soldaten endlich gefunden hatten. Ich hatte furchtbare Angst, und meine Hände, die die Axt hielten, zitterten. Aber ich hätte es trotzdem getan, wenn mir mein Vater nicht zuvorgekommen wäre ...«

Sibilla forschte fieberhaft in Leonhardts Gesicht, ob er auch die Wahrheit sagte.

Der junge Mann wusste, was in ihr vorging. Er hielt ihrem Blick stand, nahm ihre Hände und erklärte:

»Ich bin weder ein Krieger noch ein Mörder. Doch wenn es gilt, mein Leben oder das Leben der Menschen, die ich liebe, gegen Willkür und Gewalt zu verteidigen, muss ich die Waffen gebrauchen. Ich habe niemandem das Leben genommen, aber nur deshalb, weil es andere an meiner Stelle getan haben. Hier oben sind wir allein, ganz auf uns gestellt. Mit eigenen Händen haben wir den Reichtum geschaffen, der die Begehrlichkeit vieler Menschen weckt. Es wird wieder geschehen, Sibilla, und das, was mir heute erspart geblieben ist, könnte schon morgen meine traurige Pflicht sein.«

Sibilla weinte. Sie wusste, dass Leonhardt Recht hatte, ebenso wusste sie jedoch, dass mit diesem Tag ein Abschnitt ihres Lebens unwiderruflich zu Ende ging. Es war nicht ihre große Liebe zu Leonhardt, die mühselige Arbeit oder der Tod ihrer Mutter. Doch sie hatte ihre Unschuld verloren, ihre Kindheit war jetzt unwiederbringlich vorüber. Auch Leonhardt war nach dieser letzten Reise mit seinem Vater ein anderer. Die Ereignisse dieses Tages hatten ihn zum Mann gemacht. Ein Schatten der Angst blitzte in Sibillas Augen auf, als sie das schöne Gesicht und die staubigen Haare ihres erschöpften Geliebten betrachtete, der vor ihr stand.

Er zeigte ein Lächeln, das allerdings mit Bitterkeit gemischt war.

»Karl, der Sohn des Tischlers, hat mir gesagt, dass deine Mutter gestorben ist. Es tut mir Leid, Sibilla. Auch wenn sie mich nicht mochte und nicht wollte, dass ich dich heirate, so tut es mir gleichwohl sehr Leid … Aber warum so plötzlich? Als wir aufbrachen, war sie doch noch bei bester Gesundheit. Was ist passiert? Hoffentlich hat sie nicht sehr gelitten …«

Sibilla ließ Leonhardts Hände los. Ihr Blick glitt durch die Stube, als würde sie die letzten Stunden im Leben ihrer Mutter noch einmal erleben.

»Sie hat sehr gelitten. Ihre Krankheit führte zu einem schnellen, aber qualvollen Tod. Eines Tages, als sie von der Mühle zurückkam, wo sie ein paar Bündel Wolle hatte walken lassen, fühlte sie sich nicht wohl. Sie musste erbrechen, spuckte Blut und konnte sich nicht mehr auf den Beinen halten. Ich bin sehr erschrocken gewesen und habe sofort Malvina geholt, die Hebamme, die ja, wie du weißt, als Einzige im Dorf Krankheiten heilen kann. Malvina hat ihr einen Trank aus Schafgarben und einer Wurzel gegeben, deren Namen ich nicht kenne. Nach zwei Tagen leichter Besserung hat sie wieder angefangen zu erbrechen. Ihr Körper war siedend heiß, und kalter Schweiß brach aus. Sie aß nichts, hatte aber quälenden Durst. Malvina kam jeden Tag, um nach ihr zu sehen; sie machte ihr neue Aufgüsse und versuchte, mir Mut zuzusprechen. Doch in den Augen der Hebamme las ich Ohnmacht und Mitleid. Nach etwa einem Monat – meine Mutter konnte nicht mehr aufstehen und magerte immer mehr ab – sagte mir Malvina, ich müsse mich mit dem Unvermeidlichen abfinden. Meine Mutter hätte Krebs, eine Krankheit, die von innen den Körper zerfresse. Eine Heilung sei nicht möglich. Die Hebamme erklärte mir, wie ich die Schmerzen lindern konnte. Sie gab mir einen Tee aus den Blättern einer Blume, die im fernen Orient wächst. Sie sagte mir, damit würde meine Mutter schlafen und weniger Schmerzen erleiden, und wenn der Augenblick des Todes käme, würde sie sanft entschlafen. Meine Mutter war nicht mehr die starke Frau, die sie einst gewesen war, sondern nur noch ein schmächtiger, blasser und zitternder Schatten ihrer selbst. Ab und zu, in lichten Momenten, hat sie mich angeschaut, ich weiß jedoch nicht, ob sie mich erkannt hat. Sie hat manchmal meine Hand genommen und sie gedrückt, aber im nächsten Moment hat sie dann wieder das Bewusstsein verloren und ist in einen unruhigen Dämmerschlaf geglitten. In den letzten Tagen ist sie nicht mehr aufgewacht. So ist sie gestorben, ohne ein Wort, ohne eine Umarmung …«

Gertrud, die auf der Bank neben dem Herd saß, weinte lautlos. Auch in Sibillas Augen standen Tränen, ihr Blick indes war unbeirrbar.

Leonhardt erkannte die junge Frau, die er vor wenigen Monaten verlassen hatte, kaum wieder. Erst jetzt ahnte er, wie eng sie mit ihrer Mutter verbunden gewesen war – trotz des mütterlichen Unverständnisses für ihre Liebe zu Leonhardt und trotz der schroffen Zurückweisung während der beiden vergangenen Jahre. Aus Sibillas Worten hatte er einen unendlichen Kummer herausgehört und die Bitterkeit darüber, dass ihr Unrecht widerfahren war. Wenn er an seinen eigenen Vater dachte – was würde sein Tod für ihn bedeuten? Schmerz vor allem, jedoch ebenso Angst: Angst vor der Zukunft, vor der Verantwortung, vor dem Urteil der anderen. Und dennoch, eines Tages würde auch sein Vater sterben, würde auch er diese Prüfung zu bestehen haben. Darauf musste er vorbereitet sein, um sein Leben selbstständig und aus eigener Kraft zu meistern. Er hoffte es zu schaffen. Denn sein Vater hatte ihn mit großer Härte erzogen, und längst war er ein starker und selbstständiger junger Mann geworden. Leonhardt wusste aber auch, dass er mehr Glück hatte als die meisten seiner Freunde, denn dank des Vaters harter Arbeit und kaufmännischen Geschicks war seine Familie außerordentlich reich. Auf diesem festen wirtschaftlichen Fundament würde er in größerer Ruhe und Gelassenheit Entschlüsse fassen können und weniger Fehler machen.

Leonhardt bemerkte, dass Sibillas Blick noch immer auf ihm ruhte. Er riss sich aus seinen Gedanken und drückte sie an sich. Als er den Duft ihrer Haare einatmete, waren Angst und Trauer verflogen. Vorn an der Tür sprang Marcabrù auf und kam, mit dem Schwanz wedelnd, Leonhardt entgegen.

Sibilla löste sich aus der Umarmung.

»Wann werde ich dich wiedersehen?«

»Ich weiß es nicht genau. Morgen werde ich mit den anderen Siedlern die Schäden im Dorf begutachten. Ich werde schon einen Weg finden, hier vorbeizukommen.«

Der junge Mann verabschiedete sich mit allem Anstand von Gertrud und ging. Marcabrù folgte ihm bis an den Rand des Anwesens, dann kehrte er, in der Nachtluft schnuppernd, in den Stadel zurück.

Der Trauerzug verließ den Friedhof hinter der Kirche. Alarts Ehefrau und seine drei Kinder, gefolgt von den Familien der anderen Kaufleute, von den Knechten und Mägden, begaben sich auf den Heimweg. Jene, die nicht am Begräbnis teilgenommen hatten, hatten für zwei Stunden die Arbeit niedergelegt – aus Respekt für Alart, der im Dorf allgemeine Zuneigung und Wertschätzung genoss. Auf den üblichen Leichenschmaus verzichtete man wegen des Überfalls zwei Tage zuvor. Die Kaufleute hatten Alarts Frau und Familie klar gemacht, dass die Ausbesserung der Schäden an den Häusern die Mithilfe aller erforderlich machte und die mit einem Festschmaus verbundene Zeitverzögerung in dieser Notsituation nicht zu verantworten wäre. Ida war nichts anderes übrig geblieben, als sich zu fügen. Ohnehin war sie durch die überraschende Nachricht vom Tod ihres Mannes wie gelähmt und vollkommen passiv. Ihre inzwischen erwachsenen Kinder waren es, die schweren Herzens dem Willen der Dorfgemeinschaft zustimmten. Schließlich war auch ihr eigenes Haus samt

Lagerraum und Stall vom Feuer verwüstet. Selbst wenn sich die Schäden in Grenzen hielten, mussten sie so schnell wie möglich behoben werden.

Hermann verfügte die Feier eines großen Dankfestes zu Ehren der Schutzpatrone und zum Gedenken an Alart, zu dem alle Bewohner von Felik eingeladen seien, sobald das Dorf zur Normalität zurückgekehrt sein würde.

Unter denen, die nun in ihre Häuser zurückkehrten, war auch Gertrud. Das Herz war ihr schwer. Als sie am Morgen nach dem Angriff in ihren Stadel gekommen war, hatte sie Olivia in einem erbarmungswürdigen Zustand vorgefunden. Ihre Magd hatte völlig verstört geblickt und war kaum in der Lage gewesen, auf ihre Fragen zu antworten. Es hatte eine ganze Weile gedauert, bis Gertrud begriffen hatte, was zuvor geschehen war.

Gertrud hätte sich gewünscht, diese Schilderung wäre ihr erspart geblieben. Entsetzen und Mitleid überwältigten sie, und es quälte sie das schlechte Gewissen, Olivia im Stich gelassen und nicht beschützt zu haben. Immerhin gelang es ihr, ihre Magd zu beruhigen. Olivias Gesicht zeigte wieder die Züge des wehrlosen kleinen Mädchens, dem sie vor so vielen Jahren Zuflucht gewährt hatte. Gertrud fragte sich, welche schwere Prüfungen dieser unglücklichen Frau wohl noch bevorstanden. Ob Olivia ein solch schreckliches Erlebnis jemals überwinden würde? Ein heißer Zorn auf diesen verfluchten Soldaten stieg in Gertrud hoch, eine Wut auf sich selbst, auf dieses mühselige, entbehrungsvolle Leben, das ihnen zwar Reichtum, aber kein Glück geschenkt hatte.

Auch Alart war auf entsetzliche Weise ums Leben gekommen – durch eine Laune des Schicksals ausgerechnet auf einer Reise, die er schon so viele Male unternommen hatte. Gertruds Gedanken gingen zu Conrad, der mit den Tieren und Knechten unterwegs nach Macugnaga war. Sie blickte zum klaren, wolkenlosen Himmel. Zumindest würde Conrad keinen Sturm haben. Gertrud hoffte, sie würden zügig vorwärts kommen, ohne Räubern in die Hände zu fallen. Erst wenn alle wohlbehalten wieder in Felik waren, würde ihre Sorge ein Ende nehmen. Und sie schickte ein Stoßgebet zum heiligen Jakobus, dem Schutzheiligen der Pilger und Wanderer, und bat um Schutz für ihren Mann.

Costanza saß auf dem Rand des großen Bettes in ihrem Gemach im Obergeschoss. Auf der Truhe, die alle ihre Kleider enthielt, stand ein großer Spiegel, dessen Rahmen mit aufwändigem Silberfiligran verziert war. Das Bild, das er im halbdunklen Raum zurückwarf, verblüffte und ärgerte sie: zwei kleine Augen mit schlaffen Lidern und umgeben von zahlreichen Fältchen, eine lange, gekrümmte Nase, ein schmaler, blasser Mund und dicke Wangen, die von unzähligen roten Äderchen durchzogen waren. Die Runzeln an ihrem Hals wurden von der dreireihigen Perlenkette kaum verdeckt. Die einst blonden, glänzenden langen Haare waren stumpf und grau geworden, hier und da hatte sich das Haar gelichtet und ließ die blanke Kopfhaut durchschimmern. Es war das Gesicht einer alten Frau. Wutentbrannt riss sich Costanza die Kette vom Hals und schleuderte sie aufs Bett. Die Perlen lösten sich von der Schnur, rollten über den Fußboden, hüpften über die Lärchenholzdielen und blieben in den Ritzen liegen.

Costanza beobachtete es, ohne sich zu rühren. Tränen kullerten ihre geröteten Wangen hinab. Die Angst, die seit dem Angriff der Soldaten nicht mehr von ihr gewichen war, hatte sich in Wut auf Hermann und seinen Lebensstil verwandelt, dem sie sich klaglos hatte fügen müssen.

Vor vielen Jahren war es ihr als junger Frau eines viel versprechenden Kaufmanns nur recht und billig erschienen, ihrem

Mann in dieses aufregende Abenteuer jenseits der Alpen zu folgen. Sie hatte sich nach Kräften bemüht, ihm eine gute Ehefrau zu sein, ihm die Kinder zu schenken, die er sich gewünscht hatte, und das Haus zu verschönern, damit alle im Dorf sahen, dass Hermann der tüchtigste Kaufmann und der reichste Siedler war. Ihr Stadel hatte als einziger in Felik richtige Fensterscheiben, die aus Venedig importiert waren. Sie selbst hatte sie vor sechs Jahren bei einem durchreisenden Kaufmann bestellt, der zu den Märkten der Champagne unterwegs gewesen war. Es waren schöne, in Grüntönen gefärbte Scheiben, die vor der winterlichen Kälte sehr viel besser schützten als die getrockneten Schafdärme, die die anderen Dorfbewohner vor die Fensteröffnungen spannten. Alle waren damals gekommen, um die Glasscheiben zu sehen und diesen Luxus zu bewundern, sogar der Priester. Er hatte gesagt, dass er sich für seine Kirche, deren Fenster eher Schießscharten glichen, die kaum Licht hineinließen, einen solchen Prunk niemals würde leisten können. Costanza war hingerissen von so viel Bewunderung für ihr Werk und hatte versprochen, Hermann würde der Kirche solche Glasfenster stiften.

Ihr Mann aber hatte sich nicht an das Versprechen gebunden gefühlt; ja er hatte seiner Frau heftige Vorwürfe gemacht, weil sie über Geld, das nicht ihr gehörte, so großzügig verfügt hätte. Costanza hatte sich gedemütigt gefühlt, denn es war doch ihre Absicht gewesen, dem Namen der Familie noch mehr Glanz zu geben. Zum Glück hatte der Priester, der Hermanns Charakter kannte, das versprochene Geschenk niemals eingefordert.

Costanza hatte Hermann ein Leben lang gefürchtet. Der Respekt, den sie ihm entgegenbrachte, und die Art, wie sie seinen Reichtum zur Schau trug, waren ihre Möglichkeit, sich zu schützen und ihre Angst zu bannen. Dessen wurde sie sich erst jetzt bewusst – jetzt, da die besten Jahre ihres Lebens vorüber waren und ihr Gesicht vom Alter gezeichnet war. Die wertvollen Kleider, der

Schmuck, das ansehnliche Mobiliar hatten sie in ihrer tiefen Einsamkeit getröstet und ihr die Illusion von Glück gegeben.

Selbst ihr Sohn hatte sie nie geliebt, vielleicht weil sie so verhärtet und verbittert war, dass sie keine Liebe empfangen konnte, vielleicht aber auch, weil die Angst vor ihrem Mann so übermächtig war, dass für andere Gefühle in ihrem Leben kein Platz mehr blieb. Die eigene Mutter war Leonhardt seit jeher eine Fremde geblieben. Schon direkt nach seiner Geburt hatten sich die alte Amme und die Mägde um ihn gekümmert. Abends freilich, vor dem Zu-Bett-Gehen, war er zu ihr gekommen und hatte sie artig auf beide Wangen geküsst. Mit den Erwachsenen hatte er die Sonntagsmesse und die anderen Gottesdienste besucht. Und wenn er manchmal etwas falsch gemacht hatte, war er von der Amme zur Mutter gebracht worden, um von ihr bestraft zu werden.

Das war alles. Leonhardt verbrachte sein ganzes Leben fern von ihr – an anderen Orten und in der Gesellschaft anderer Menschen. Oft beobachtete ihn seine Mutter, wenn er mit den Kindern der anderen Kaufleute in den Gassen des Dorfes spielte, wenn er zum Beispiel mit einem Stöckchen einem Ball nachlief oder beim Dreschen auf der Tenne mithalf und dabei den Knechten und Mägden bei ihrer Arbeit mehr im Weg stand als ihnen nützlich war. Leonhardt hatte nicht einmal das Glück, mit Geschwistern aufzuwachsen, denn Brigitta und Jacob, die nach ihm geboren wurden, starben an Knochenfieber.

Während Costanza mechanisch die Hände aneinander rieb, die von vielen kalten Wintermonaten rau waren, bemühte sie sich, die Schluchzer zu unterdrücken, die aus ihrer Brust emporstiegen. Die Dienstboten durften sie auf keinen Fall weinen hören. Keiner würde für ihre plötzliche Verzweiflung Verständnis aufbringen – nach all den Anstrengungen, die sie unternommen hatte, um sich als glückliche und zufriedene Ehefrau des reichsten Kaufmanns im Dorf zu zeigen. Sie würden sie bestimmt auslachen, wenn sie auch nur ahnten, was ihre Herrin in den vergangenen zwanzig Jahren alles hatte erdulden müssen.

Am schwersten war es Costanza aber gefallen, Hermanns ständige Untreue zu verkraften. Sie wusste sehr wohl, dass die Kaufleute auf ihren Reisen mit den Frauen in den Herbergen schliefen. Diese überaus verabscheuungswürdige Gewohnheit war allerdings für sie nicht weiter der Rede wert. Costanza verstand, dass die Gefahren und die Mühsal des ständigen Reisens durch die gelegentliche Gesellschaft von Prostituierten leichter zu ertragen waren.

Aber ihr Mann gab sich damit keineswegs zufrieden. Seit mehr als zwanzig Jahren – gleich nach der Geburt Leonhardts – hatte ihr Mann ein Liebesabenteuer nach dem anderen. Viele der Mägde hatten sein Bett geteilt und ohne triftigen Grund wieder räumen müssen. Eine von ihnen – Costanza war sich ganz sicher – war sogar schwanger geworden und ohne jede Erklärung fortgegangen.

Und dann war da noch Maida. Costanza wusste längst, dass die Wirtin der Herberge von Canton des Allemands in Hermanns Herz einen besonderen Platz einnahm. Schon vor Jahren hatte Ida, Alarts Frau, sie vor Maida gewarnt. Die Herbergswirtin war für ihre Schönheit und den Zauber, den sie auf Männer ausübte, bekannt. Costanza war ihr nur ein einziges Mal begegnet, nämlich als sie ihren Mann nach Augusta begleitet hatte, um dem Herrn von Challant ihre Reverenz zu erweisen. Maida, von wilder Schönheit und starker Sinnlichkeit, war zwar vor Costanza auf der Hut gewesen – die Herbergswirtin hatte sich ihr gegenüber freundlich und unterwürfig verhalten und darauf geachtet, nichts von ihrer engen Verbundenheit mit Hermann preiszugeben. Dennoch hatte es Costanza deutlich gespürt.

Damals war ihr schlagartig bewusst geworden, dass sie ihren

Mann unwiederbringlich verloren hatte. Er war behext von dieser Frau, die ihm gleichwohl das gab, was sie, Costanza, ihm vielleicht nie hatte geben können und was Hermann auch niemals von ihr verlangt hatte. Seiner Ehefrau gegenüber zeigte sich Hermann stets schroff, ihre Beziehung schien einzig und allein darauf ausgerichtet, Kinder zu zeugen. Zwischen ihnen gab es keine Zärtlichkeit, sie wechselten kaum ein Wort miteinander, und der Geschlechtsverkehr war eine eheliche Pflicht, die er nur dann erfüllte, wenn es ihm passte.

Costanza fühlte sich betrogen: von Hermann, vom Leben, das sie sich gewählt hatte, und von sich selbst. Sie hatte nicht gelernt zu kämpfen; sie hatte die besten Jahre ihres Lebens weggeworfen, ohne jemals stark und entschlossen zu sein. Jetzt war es zu spät. Sie konnte doch nicht plötzlich anfangen, offen und freimütig mit ihrem Mann zu reden, nachdem sie so viele Jahre seine gefügige und duldsame Ehefrau gewesen war. Das hätte er niemals verstanden.

Ihre einzige Hoffnung war Leonhardt. Der respektvolle und folgsame Junge hatte eine starke Persönlichkeit und wusste zwischen Gut und Böse zu unterscheiden. Insgeheim bewunderte Costanza die Entschlossenheit, mit der er trotz der väterlichen Drohungen an seiner Liebe zu Sibilla festhielt. Und obwohl auch sie anfangs geglaubt hatte, das Mädchen sei nicht die Richtige für ihren Sohn, wünschte sie sich jetzt, da sie alle Fehler ihres eigenen Lebens überdacht hatte, dass wenigstens Leonhardt glücklich würde. Was zählten schon die noblen Aufgaben, die Hermann so heiß ersehnte! Sie waren noch viel weniger wert als all der Prunk. Viel wichtiger waren Rechtschaffenheit, Ausgeglichenheit und der Wille, sich eine Zukunft aufzubauen. Sibilla war eine starke junge Frau, die in ihrem Leben bereits viel Leid erfahren hatte. Sie würde ihrem Sohn eine gute Ehefrau sein.

Ihr Schluchzen war leiser geworden, und auch ihre Hände zitterten jetzt nicht mehr. Costanza bückte sich, um die über den Fußboden verstreuten Perlen aufzuheben. Es war fast dunkel. Costanza sammelte die kleinen rosaroten Kügelchen in einem Ledersäckchen und legte es in die Truhe. Sie wischte sich die Tränen mit einem Leinentuch ab, kämmte mit einem Holzkamm behutsam ihr Haar nach hinten und steckte es dann zu einem Nackenknoten hoch, den sie mit einer silbernen, mit Emailglasur veredelten Spange fixierte.

Sodann öffnete sie das kleine Fenster und atmete die frische Abendluft ein. Ihr Blick ging hinauf zu den hohen Gletschern, die das Tal wie eine undurchdringliche Wand umschlossen. Zu dieser Tageszeit, kurz vor der völligen Dunkelheit, wirkten sie ebenso düster wie durchsichtig, belebt von den Schatten, die die letzten Schimmer des Abendrots verdrängten. Ein Schauder überkam sie. Es war nicht nur die Kälte. Costanza hatte sich vor diesen bedrohlich aufragenden, schroffen Bergen, die selbst den Himmel abschirmten, immer gefürchtet. Es überfiel sie ein Gefühl der Ohnmacht, und sie fühlte sich diesen unwegsamen Gletschern, die ein gestrenger Gott geschaffen hatte, auf Gedeih und Verderb ausgeliefert. »Wächter des Eises« wurden die Bewohner von Felik genannt. Diesen Beinamen hatten ihnen Salzkaufleute von der Biskaya gegeben, die vor Jahren auf ihrem Weg nach Mailand hier vorbeigekommen waren. Sie hatten Meersalz gebracht und sich gewundert, wie man in so großer Höhe, umgeben von diesen mächtigen Bergen, überleben konnte. Erschrocken und beunruhigt waren sie weitergezogen, ohne Rast zu machen.

Costanza schloss das Fenster. Das Zimmer lag nunmehr in völliger Dunkelheit. Sie ging auf den schwachen Lichtspalt unter der Tür zu, öffnete sie, stieg die Treppe hinunter und trat in den großen Saal neben der Stube.

KAPITEL 10

Es war die sechste Stunde. An jeder Biegung des reißenden Flusses wirbelte Gischt auf. Gewaltige Wellen schwappten über die Ufer und verliefen sich zwischen den Talrinnen. Von oben beobachtete Matthew dieses eindrucksvolle Schauspiel. Die Sonne hatte ihren höchsten Stand erreicht und erzeugte Lichtspiegelungen auf der unruhigen Wasseroberfläche. Sie blendeten die Augen so stark, dass man bald überhaupt nichts mehr sehen konnte.

»Heiß ist es, nicht wahr, Mönch?«, bemerkte Otto und keuchte heftig. »Merkwürdig, zu dieser Jahreszeit. Sonst ist auch um diese Zeit die Luft noch frisch ... Jedenfalls werden wir gleich in der Burg des Herrn von Quart ankommen. Wir legen dort eine kurze Rast ein, damit sich die Tiere ausruhen und wir etwas essen können.«

»Können wir uns dort in Sicherheit fühlen? Wem gehört eigentlich die Burg?«, fragte Matthew.

»Wo ist dein Mut geblieben, Mönch?«, erwiderte Otto, halb belustigt und halb verärgert. »Wie hast du eine so lange Reise allein geschafft, wenn du dich jetzt vor deinem eigenen Schatten fürchtest? Du wirst doch nicht glauben, dass ich es mit all den Waren, die ich bei mir habe, riskieren würde, an einem unsicheren Ort Rast zu machen?! Die Burg ist der Sitz des Herrn von Quart, dessen Herrschaftsgebiet sich in dieses Tal erstreckt. Giacomo von Quart ist unter anderem Lehnsherr der Bewohner von Felik, des Dorfes, zu dem du unterwegs bist. Ihm müssen sie ihren Zehnten entrichten; ihm müssen sie militärische Gefolgschaft leisten. Bisher allerdings haben sie offenbar noch nie an einem Kriegszug teilgenommen. Aber weißt du noch, was Gotofredo uns über den Angriff der Soldaten von Verretio gesagt hat? Vielleicht haben sie ja inzwischen ihre kämpferischen Tugenden unter Beweis gestellt.«

»Hast du nicht gesagt, sie seien Kaufleute? Wie können sie kämpfen, wenn sie nicht in der Reiterei bewandert sind?«

»Du darfst uns Kaufleute nicht unterschätzen! Wir Walser haben viele Fähigkeiten. Wir haben steil aufragende Berge überwunden, um neue Dörfer zu gründen; wir haben Wälder gerodet, Flussläufe umgeleitet und Häuser gebaut; wir haben gepflanzt und gesät; und wir haben robustes und fruchtbares Vieh gezüchtet. Und wir haben ein stabiles Handelsnetz geknüpft, das sich bis weit in den Norden erstreckt. Glaubst du etwa, wir könnten uns nicht verteidigen, wenn man uns angreift? Armbrust, Bogen, Axt und Dolch – das sind die Waffen, die jeder von uns im Haus hat; und wenn es nötig ist, wissen wir sie auch zu gebrauchen. Man muss schließlich kein Ritter sein, um einen Menschen zu töten!«

Otto hatte sich in Feuer geredet, sein Gesicht war flammend rot geworden, und er atmete schwer. Matthew befürchtete, den Stolz seines Begleiters allzu sehr herausgefordert zu haben, und schwieg. Er hoffte, die Beschwernisse des Wegs und die Hitze würden Otto davon abhalten, mit seinem Vortrag fortzufahren.

Die Landschaft wurde jetzt immer abwechslungsreicher. Rechter Hand, jenseits des Flusses, endeten zwei tiefe, enge Täler vor einem hohen Berg, dessen schneebedeckter Gipfel in der Sonne leuchtete. Auch auf den Matten lagen hier und da noch Schneereste. Linker Hand, etwa eine Meile oberhalb der Straße, die sie bereisten, konnte man bereits die Mauern eines Dorfes und einer Burg erblicken.

»Siehst du?«, keuchte Otto. »Das ist der Berg Emilius, und das dort drüben ist die Burg des Herrn von Quart. Wir werden mit unseren Tieren außerhalb der Mauern bleiben und ohnehin nur kurz Rast machen. Wir müssen vor der neunten Stunde in Cly sein, wo wir übernachten werden, denn nach Einbruch der Dunkelheit ist es gewiss nicht ratsam, noch auf der Straße nach Verretio und Arnad unterwegs zu sein. Es wimmelt von Soldaten, und obwohl wir einen guten Geleitschutz haben, habe ich keine Lust, bewaffneten Betrunkenen in die Hände zu fallen. Dies ist eine Weingegend, Mönch, und es ist keineswegs ein schlechter Wein, der hier produziert wird! Der Wein von Chambave ist ein einträgliches Handelsgut, aber er füllt auch die Bäuche der Soldaten!«

Und sogleich hatten sie eine Begegnung, die wie eine Bestätigung der Worte des Kaufmanns war. Die Karawane blieb plötzlich stehen, weil entlang der niedrigen Trockenmauer, die die Straße von dem schroffen Felsabhang trennte, sechs Pferde samt Reitern in Kriegsuniform kamen. Einer von ihnen rülpste laut und verströmte Weingeruch, der in der reglosen Mittagsluft hängen blieb. Matthew sah Otto an, der heimlich grinste und ihm zuzwinkerte.

Daraufhin setzten sie ihren Weg fort. Nach etwa einer halben Stunde überquerten sie eine kleine steinerne Brücke über einen angeschwollenen Bach. Gleich dahinter stieg der Weg steil auf, und dann endlich kündigten zwei kleine zylindrische Türme die Mauern und die ersten Häuser des Dörfchens an.

Otto und die anderen Kaufleute führten die Mulis in den offenen Stall, der sich an der Außenmauer unmittelbar neben einem der beiden Türme befand. Sie übergaben die Tiere den Knechten und gingen auf die Burg zu. Eindrucksvoll und mächtig stand sie auf dem höchsten Punkt des Berges. Hinter den niedrigeren Nebengebäuden der Festung war auch eine kleine Kapelle zu erkennen.

Über dem Türpfosten eines Hauseingangs hing ein Haselnusszweig – was in allen größeren Dörfern der Ebene ein Gasthaus anzeigte. Ein ähnliches Zeichen, so erklärte Otto dem Mönch, hatte er auch in Frankreich, ja sogar noch weiter nördlich gesehen. Müde und erhitzt folgten die Männer Otto in die Gaststube.

Die Kaufleute nahmen an den langen Bänken Platz, und die Wirtin trug ihnen Wein, Käse, Fleisch und dunkles Brot auf. Otto war bald gestärkt von dem üppigen Mahl und beflügelt durch den Wein. Er wollte der Wirtin gerade Vorhaltungen wegen der überhöhten Preise für das Essen machen, als von draußen Lärm hereindrang, zuerst gedämpft, dann immer lauter: Rufe, Beleidigungen und Gelächter. Neugierig traten die Männer zur Türschwelle und gingen hinaus.

Auf dem Vorplatz der Burg ritt inmitten der umstehenden Menge ein Mann auf einem Esel, jedoch verkehrt herum, mit dem Rücken nach vorn. Der Schwanz des Tieres schlug ihm ins Gesicht. Dem Mann waren die Hände zusammengebunden, und man sah seine tiefe Beschämung: Sein Gesicht war rot, und er hielt den Blick gesenkt. Er presste die Beine fest gegen die Flanken des Tieres, um nicht das Gleichgewicht zu verlieren. Eine Menschenmenge feuerte den Esel an, und jemand trieb das Tier mit einem Kastanienzweig vorwärts. Mit seinem unsicheren Reiter auf dem Rücken war es unschlüssig und zudem verwirrt von all dem Chaos. Es lief kurze Zeit im Kreis, stemmte dann aber die Vorderbeine in den Boden und blieb stehen. Danach drehte es wieder ein paar Runden und warf schließlich die menschliche Last ab. Kaum lag der Reiter auf der gestampften Erde, jubelte die Menge und stieß ein triumphierendes Gelächter aus. Der Esel wurde zu seinem Besitzer geführt; die Menschen verliefen sich, aber jeder spuckte im Vorbeigehen auf den Mann am Boden. Es war ihm nicht gelungen, das Seil von seinen Händen zu lösen.

Durch den Sturz war ein Fußknöchel verdreht, und der Mann befühlte das Bein mit schmerzverzerrtem Gesicht.

Jetzt trat auch die Wirtin heraus. Mit einem scharfen Messer durchschnitt sie das Seil, mit dem die Hände des Mannes zusammengebunden waren, und mit Hilfe einer Magd schleppte sie ihn in die Gaststube. Sie bahnte sich ihren Weg zwischen den belustigten Gästen, ließ den Mann sich auf eine Bank legen, gab ihm etwas zu trinken und untersuchte dann seinen Fußknöchel.

»Weg, weg, ihr alle! Ihr habt euren Spaß gehabt! Ein Arzt muss her. Der Knochen steht raus; mir scheint, der Fuß ist gebrochen!«

Während die Kaufleute die Gaststube verließen, ging Matthew zu dem Mann und besah sich den Fuß. Er war geschwollen und dunkelrot, und eine bizarre weißliche Wölbung verriet, dass sich der Knochen nach außen gestülpt hatte.

»Der Mann hat entsetzliche Schmerzen«, wandte sich Matthew an Otto. »Der Fuß muss geschient werden, wenn er nicht lahm werden soll. Und außerdem besteht die Gefahr eines Wundbrands …«

Otto hatte es eilig fortzukommen und gab Matthew mit einem Augenzwinkern zu verstehen, dass er sich nicht einmischen sollte. Aber die Wirtin, vom Sachverstand des zerlumpten Mönchs überrascht, fragte ihn schon, ob er zufällig Arzt sei.

»Nein, nein«, erwiderte Matthew verlegen, »aber die Regel des heiligen Benedikt verlangt, dass der Mönch, der im Kloster für die Verpflegung Fremder, Bedürftiger und Pilger zuständig ist, sich auch um die Krankheiten derjenigen kümmert, die im Kloster Unterkunft erbitten. Ich war im Kloster St. Albans in England in der Armenfürsorge tätig, und deswegen kenne ich mich ebenso …«

»Woher kommst du? Aus England?!«, rief die Frau und riss die Augen in ungläubigem Staunen auf. »Aber ist das nicht ganz weit weg, jenseits des Meeres? Guter Gott! Und was hat dich hierher verschlagen?«

Matthew blieb keine Zeit zu antworten. Denn Otto, der aufgebracht daneben stand, platzte heraus:

»Glaubst du wirklich, dies ist der rechte Moment für eine Unterhaltung? Hier liegt ein Verletzter, der vor Schmerzen stöhnt. Wir müssen so schnell wie möglich weiter, und du, Wirtin, stellst neugierige Fragen. Lass nur, Mönch, die Frau weiß schon, was sie zu tun hat, sie wird sich um den Kranken kümmern. Gehen wir, die anderen warten schon auf uns!«

Matthew warf dem Kaufmann einen strengen Blick zu, dann schüttelte er den Kopf:

»Geh nur, wenn du willst, Otto. Ich kann meine Pficht zur Nächstenliebe nicht vernachlässigen. Ich werde der Wirtin helfen, den Mann wieder auf die Beine zu bringen, dann komme ich nach.«

Damit nahm er einen hölzernen Schöpflöffel vom Tisch und legte ihn an das Bein des Verletzten. Behutsam bettete er die Ferse in den Hohlraum des Schöpflöffels, ließ sich von der Frau ein Tuch geben, riss es in Streifen und wickelte diese fest um den Holzstiel, um den Fuß ruhig zu stellen. Der Mann stieß einen Schrei aus und krümmte sich vor Schmerzen. Er wäre von der Bank gefallen, hätte ihn die Wirtin nicht fest gehalten. Matthew stellte eine merkwürdige Frage:

»Hast du altes Brot? Gut, dann tränke es mit Wein, bis es ganz aufgeweicht ist. Aber Vorsicht, es darf nicht schimmelig sein, sonst hat es keinen Sinn. Das tropfnasse Brot legst du auf den Knöchel und umwickelst ihn mit einem großen Tuch, möglichst aus Wolle. Damit wird verhindert, dass die Körpersäfte im Blut faulen; und mit Gottes Hilfe wird der Mann wieder laufen können.«

Die Frau war verblüfft von der Entschiedenheit des Mönchs

und wagte es nicht, weitere Fragen zu stellen. Sie tat, was er ihr aufgetragen hatte. Otto bemühte sich unterdessen, seinen aufwallenden Zorn zu unterdrücken. Er war wütend auf sich selbst, dass er diesen Mönch mitgenommen hatte, der ihm bestimmt noch mehr Scherereien machen würde. Was wusste Matthew, der von so weit her kam, über die Sitten und Gebräuche der Menschen im Tal?

Dieser Mann zum Beispiel mit dem gebrochenen Fuß … Wusste dieser einfältige Mönch denn überhaupt, dass der »Eselsritt« die Strafe für jemanden war, der öffentlich von seiner Frau betrogen wurde? Und dass das Dorf nach diesem grotesken Schauspiel auf dem Burgplatz mit dem gehörnten Ehemann nichts mehr zu schaffen haben wollte? Wohin sollte er jetzt gehen? Während Otto noch damit haderte, dass sie ausgerechnet in diesem Augenblick nach Quart gekommen waren, prüfte er den Sonnenstand. Sie würden gewiss nicht zur vorgesehenen Zeit in Cly ankommen. Wutentbrannt näherte er sich Matthew und flüsterte ihm ins Ohr:

»Ich gehe zu den anderen. Unser Zug kann nicht länger warten. Ich werde auf dich warten. Aber beeil dich!«

Matthew nickte nur und setzte seine Arbeit fort. Während er der Wirtin half, den geschwollenen Fuß zu verbinden, fragte er den Mann mit großer Liebenswürdigkeit, ohne ihn jedoch anzusehen:

»Und was willst du jetzt tun? Ich weiß nicht, warum man das mit dir gemacht hat, aber das ganze Dorf ist Zeuge deiner Schande geworden. Hier kannst du doch bestimmt nicht bleiben, oder?«

»Nein«, antwortete der Angesprochene mit einer Stimme, die vor Schmerz und Scham kaum zu verstehen war. »Ich muss fort von hier, so schnell wie möglich. Hier wird mir niemand mehr eine Arbeit geben, und in meinem Haus vergnügt sich meine

Frau mit ihrem Liebhaber vor den Augen aller … Mein Feld wird überwuchern, weil niemand es mehr bestellt, denn meine Frau hat jetzt anderes zu tun, als Buhlerin des Hauptmanns der Wachen von Quart! Ach, verflucht sei der Tag, an dem wir ihm Gastfreundschaft gewährt haben! Es herrschte ein schrecklicher Sturm, und das Wasser trat über die Ufer. Der Soldat, der im Auftrag seines Herrn eine Botschaft nach Augusta zu bringen hatte, konnte nicht weiter. Er blieb ein paar Stunden in unserem Haus, das gleich hinter dem Dorf liegt, unweit der Brücke. Seither sind sechs Monate vergangen, und erst jetzt begreife ich, wie dumm ich gewesen bin. Alle haben es gesehen, alle haben es gewusst … Nur ich war taub und blind! Ich habe diese Strafe verdient, der Himmel hat sie mir geschickt!«

Bei diesen letzten Worten zuckte Matthew zusammen. Seine Augen, die plötzlich kalt wie Eis waren, blickten den Mann streng an:

»Verwechsle nicht die göttliche Gerechtigkeit mit dem Urteil der Menschen! Gott wird uns richten, aber nicht in diesem Leben. Belohnung oder Strafe erwarten uns später, wenn wir vor seinem Richterstuhl stehen. Erst dann werden wir erfahren, wie groß seine Barmherzigkeit ist und wie groß unsere Schuld!«

Den Mann hatten die Worte des Mönchs erschreckt. Er fürchtete sogar, von ihm verflucht zu werden, rang die Hände und flehte um Vergebung für sein törichtes Gerede. Matthew bat ihn mild, er solle versuchen aufzustehen. Gestützt auf die Wirtin, machte der Bauer ein paar unsichere Schritte. Die Wirtin überließ den Mann der Obhut des Mönchs, lief nach hinten und kam gleich darauf mit einem großen, knorrigen Stock zurück, der an einem Ende gebogen war.

»Hier hast du eine Krücke. Ist zwar nichts Besonderes, aber damit kommst du zumindest von hier fort. Wirst schon jemanden finden, der dir hilft.«

Der Mann war vor Schmerzen noch halb betäubt und murmelte ein paar Dankesworte. Dann humpelte er, auf Matthews Arm gestützt, davon. Es war offensichtlich, dass er in seinem Zustand nicht weit kommen würde. Vor dem Gasthaus verfolgten ihn zwei Kinder mit Kastanienzweigen und stießen ihn damit in den Rücken, ganz wie sie es vorher bei den Erwachsenen und dem Esel gesehen hatten. Sie riefen unflätige Worte, lachten und sprangen herum. Matthew sah sich das grausame Spielchen eine Weile an und rief endlich, so laut er konnte:

»Das ist das Spiel, das der Teufel mit euch spielen wird. Aber statt eines Zweiges wird er eine Gabel aus glühendem Eisen nehmen und euch aufspießen! Und dann wird er euch im Feuer der Hölle rösten!«

Sofort schreckten die Kinder zusammen und starrten den seltsamen Mönch an. In ihre bösen Streiche vertieft, hatten sie ihn bisher gar nicht bemerkt. Dann begriffen sie den Sinn seiner Worte, waren völlig entsetzt darüber und flüchteten weinend ins Innere der Mauern.

Matthew merkte, dass er zu weit gegangen war. Es waren doch nur Kinder, wenn auch böse. Aber offenbar hatten andere ebenfalls seine Worte gehört, denn an den Fenstern der Häuser und auf den Türschwellen der Läden tauchten bedrohliche Gesichter auf. Der Mönch beschloss, schneller zu gehen, so gut das mit dieser schweren menschlichen Last an seiner Seite zu bewerkstelligen war.

Sie erreichten in dem Augenblick die Ställe, als der Kaufmannszug aufbrach. Der Wegezoll war bezahlt. Als Otto den Mönch kommen sah, freute er sich, ihn nicht in Quart zurücklassen zu müssen. Dann allerdings entdeckte er, dass Matthew nicht allein war. Im selben Moment begriff er, was der Mönch vorhatte. Wutentbrannt und kreidebleich ging er auf ihn zu.

»Das wirst du mir doch nicht antun, Matthew?! Nur das nicht!

Du wirst mir doch nicht diesen verdammten Idioten auf den Hals hetzen, der sich von dieser Hure, die seine Frau ist, zum Hahnrei hat machen lassen! Wo, denkst du, soll ich mit ihm hin? Und wie soll ich ihn mitnehmen? Soll ich ihn am Schwanz eines Maultiers anbinden?«

Matthew wurde rot. Er war von der Heftigkeit der Worte getroffen. Dessen ungeachtet hielt er seinen Begleiter noch entschlossener am Arm, als wolle er ihn vor den beleidigenden Worten Ottos in Schutz nehmen.

»Ich bitte dich um Entschuldigung, Otto, wenn ich vor deinen Augen gefehlt habe. Wenn auch ich eine Belastung für dich bin – was ich deinen Worten entnommen habe –, bist du keineswegs verpflichtet, meine Gesellschaft länger zu ertragen. Mag sein, ich habe deine Großzügigkeit, die du mir bisher erwiesen hast, zu sehr ausgenutzt. Du musst aber verstehen, dass man mich gelehrt hat, Nächstenliebe zu üben, und dass ich dieses Gebot nicht missachten kann, nur weil ich mein Kloster und meine Mitbrüder verlassen musste. Ich glaube nicht, dass Gott mit seinem niedrigen Knecht zufrieden wäre, wenn der es ablehnte, Hilfe zu leisten, wo immer sie notwendig ist. Ich weiß aber, dass ich das Gelübde des Gehorsams abgelegt habe – und nicht du. Wenn du es also für richtig befindest, uns hier zurückzulassen, werde ich dir nicht länger zur Last fallen. Wir werden es schon schaffen. Und ich werde schon irgendwie ans Ziel meiner Pilgerreise gelangen.«

Otto blickte Matthew eindringlich an. Er war aufgewühlt von diesen Worten. Er ahnte, dass der Mönch aufrichtig gesprochen hatte und es nicht nur seine Absicht gewesen war, an das schlechte Gewissen des Kaufmanns zu appellieren. Matthew hielt dem prüfenden Blick stand, und Otto erkannte, dass es ihm niemals gelingen würde, die Seele dieses Mönchs zu erforschen. Aber er wusste auch, dass er aus irgendeinem geheimnisvollen Grund diesen Mönch niemals loswerden würde. Das Schicksal – oder war es göttlicher Wille? – hatte sie zusammengeführt. Welches Recht hatte er, ein armseliger Kaufmann, sich dem entgegenzustellen, was ihm vorherbestimmt war? Welche Strafe würde er auf sich ziehen, wenn er gegen Gottes Willen aufbegehrte? Wer weiß, vielleicht konnte dieser eigenartige Mönch ihn sogar lehren, wie man sich das Paradies verdienen und dem Feuer der Hölle entgehen konnte …

Ottos Zweifel und Unentschlossenheit fanden ein Ende, als ein Soldat der Eskorte drängte, sofort aufzubrechen. Otto befahl unverzüglich, einen Teil der Waren von einem der Mulis zu nehmen und auf ein anderes Lasttier zu laden. Dann winkte er dem Mönch, ihm zu helfen, den Verletzten auf das freie Maultier zu heben. Der Bauer hörte gar nicht mehr auf, selbst unter größten Schmerzen dem Mönch und dem Kaufmann zu danken, bis Otto ihm endlich den Mund verbat.

Der Handelszug setzte seinen Weg fort.

Man verließ das Tal östlich der Burg Quart und schlug den Weg in das Herrschaftsgebiet von Cly ein. Er schlängelte sich den Berg entlang und war teils mit großen flachen, teils mit kleinen spitzen Steinen gepflastert. An den Hängen, die der Weg durchschnitt, wuchsen zumeist Reben in langen, dichten Zeilen; und zwischen den Weingärten lagen Hafer- und Roggenfelder.

Auf der anderen Seite des Tals, jenseits des Flusses, ragte zwischen den bewirtschafteten Feldern ein einzelner mächtiger Turm empor, den eine dicke Mauer umgab. Matthew hätte gern gewusst, was das für eine Burg war, aber er wagte nicht, Otto zu fragen. Der Kaufmann führte den Zug an, der Mönch schloss die Karawane mit dem Verwundeten und seinem Maultier ab. Seit ihrem Aufbruch hatten die beiden Männer kein Wort mehr miteinander gewechselt.

Inzwischen führte die Straße in großen Kurven bergab und wurde zunehmend breiter, je weiter es ins Tal hinunterging. Sie ließen einen aus wenigen Häusern und einer Kirche bestehenden Weiler hinter sich, den die Kaufleute Nus nannten.

Die neunte Stunde, die sie sich als Ankunftszeit in Cly gesetzt hatten, war bereits vorüber. Die Sonne strahlte zwar noch vom klaren Himmel, stand aber schon knapp über dem Horizont.

Die Soldaten der Eskorte ließen den Zug anhalten, denn zwei Ochsengespanne, die riesige Mühlsteine geladen hatten, passierten mit quietschenden Reifen. Sie kamen aus dem Steinbruch St. Marcel, aus dem alle Mühlen der Ebene bis hinunter nach Mailand und Pavia ihre Steine bezogen. Gewinnung und Transport von Mühlsteinen bildeten einen blühenden Erwerbszweig im gesamten Tal. Kaum waren die Gespanne hinter der Kurve verschwunden, kam aus der entgegengesetzten Richtung eine Gruppe von berittenen Kriegern, die nach Augusta unterwegs waren. Besorgt fragte Otto den Anführer der Bewaffneten, ob etwa Truppen in Richtung Cly vorrückten und ob eine Schlacht bevorstünde. Aber er wurde beruhigt: Dies sei nicht der Fall, es handle sich nur um eine normale Wachablösung. Daher beschloss Otto, in Chambave, das wenige Meilen von Cly entfernt war, eine erneute Rast einzulegen, damit sich die Tiere vor dem Aufstieg zur Burg Cly ausruhen konnten.

Nachdem sie eine Stunde zügig marschiert waren, erreichten sie Chambave. In Cly würden sie Wegezoll bezahlen müssen. Wenn sie zu spät ankämen, ließe man sie nicht mehr in die Burg hinein; dann müssten sie die Nacht vor den Mauern verbringen und wären leichte Beute für Wegelagerer und Räuber.

Sie machten also Rast auf dem Platz von Chambave an der Römischen Straße. Auf den Straßen und in den Häusern liefen die Bewohner geschäftig hin und her. Sie schleppten Waren aller Art. In den Läden wurden riesige, mit Wein gefüllte Schläuche aus Ziegenleder zum Verkauf angeboten. Runde Käseräder, frisch aus dem Wallis, lagen auf den Ständen, und in den Gassen boten Frauen kleine Schläuche mit Walnussöl feil. Andere Händler hatten ihre Stoffe sorgfältig auf Tischen ausgebreitet und lobten die Qualität der Wolle. Am Ende des Platzes boten die Bauern Eier, Gemüse, Esskastanien und gesalzenes Schaffleisch an. Zwischen den Läden streiften Prostituierte umher oder standen wartend auf der Türschwelle ihrer Häuser. Sie trugen Kleider in grellen Farben, und ihre Gesichter waren genauso auffallend geschminkt.

Während die Knechte die Maultiere tränkten, kauften einige Kaufleute aus Ottos Tross große Mengen Wein. Sie mieteten weitere Lasttiere, auf die sie die schweren und unförmigen Schläuche luden, die sie in den höher gelegenen Dörfern des Tals oder in den fernen Ebenen Mailands veräußern wollten.

Nachdem Otto mit einem Weinhändler handelseinig geworden war, ging er zu Matthew. Der Mönch hatte dem verletzten Bauern etwas zu trinken gereicht und saß auf dem niedrigen Mäuerchen, das einen Teil des Platzes abgrenzte. Er sah müde aus und erhitzt, seine staubige Kutte war über und über mit Schmutz bedeckt, und seine schwieligen Füße waren rot und geschwollen. Otto bot ihm einen Becher Wein an, den Matthew dankbar entgegennahm.

»Verzeih mir meine Worte von vorhin, Mönch. Du musst verstehen, unser Umgang ist hart, vor allem gegenüber Dummköpfen. Das Leben ist für uns alle schwer, und wir bemühen uns, es unseren Familien zumindest ein bisschen zu erleichtern. Wir bräuchten hundert Augen, um uns vor räuberischen Überfällen zu schützen und nicht in die sinnlosen Gemetzel zu geraten, mit denen sich die gierigen Lehnsherren unablässig befehden … Was schert uns da ein Einfaltspinsel, der nicht einmal sieht, was in seinem eigenen Hause geschieht! Versuch doch zu verstehen. Ein Dummkopf behindert das reibungslose Leben einer kleinen Dorfgemeinschaft: Es entstehen Gerüchte. Ehre und Respekt sind dahin …«

Otto war nicht imstande, seine kleine Rede, die mehr ein Gestammel war, zum Abschluss zu bringen, und das ärgerte ihn. Er wusste, wie sinnlos es war, vor einem Mönch ein Verhalten zu rechtfertigen, das ihm und seinen Begleitern ganz selbstverständlich war. Andererseits wollte er auch nicht mit falschen Augen gesehen werden, noch dazu von einem Mann, der ihm gegenüber Rechenschaft abgelegt hatte. Wut stieg in Otto auf, aber Matthew, der ihn unverwandt angeblickt hatte, unterbrach ihn:

»Es reicht, Otto, hören wir auf, uns gegenseitig zu quälen, als wären wir zwei Bienen auf derselben Blüte! Wir sind verschieden, du und ich, das wissen wir beide. Ich schleppe meine Gewohnheiten mit und diese zerrissene Kutte. Du bist ein starker Mann und ein tüchtiger Kaufmann, der Respekt verdient. Außerdem könnte man sagen, dass du mir das Leben gerettet hast. Denn du hast es mir ermöglicht, diese Pilgerreise fortzusetzen. Ich bin es also, der dir danken muss, und du brauchst nicht deine Lebensweise zu rechtfertigen, die mir fremd ist. Ich bin doch nur ein armer Klostermönch; meine Eltern waren einfache Bauern. Zwar habe ich in St. Albans viel gelernt; ich kann Latein, spreche mehr als eine Sprache, und die weltlichen Angelegenheiten wecken meine Neugier. Aber letzten Endes bleibe ich doch nur ein kleiner Benediktinermönch, dem der Herr eine viel zu schwere Last aufgebürdet hat … Hab also Verständnis, ich bitte dich, für meine Verwirrung und meine Unsicherheit. Hab Erbarmen, Otto, hab Erbarmen …«

Matthew senkte den Blick auf seine Sandalen, sein verschwitztes Gesicht war blass geworden, und der Mund zitterte. Tränen liefen ihm über die Wangen und verfingen sich in seinem kurzen rotblonden Bart.

Otto stand wie versteinert. Matthews Worte hatten ihn getroffen und eine Wärme entfacht, die ihm von der Brust zum

Kopf gestiegen war. Überdies hatten ihn Matthews Tränen verwirrt. Nun musste auch er weinen. Unfähig zu sprechen, machte er einen großen Schritt auf den Mönch zu und zog ihn von dem Mäuerchen hoch – so, wie man einen Sack Getreide hebt. Er umarmte Matthew und klopfte ihm mit seiner schwieligen Hand immer wieder tröstend auf den Rücken. Ein Vorübergehender blieb stehen, ganz verblüfft, einen Mönch und einen Kaufmann so rührselig beieinander zu sehen, ein anderer murmelte etwas Scherzhaftes.

Getröstet und lächelnd gingen die beiden Männer zu den Tieren, die die Kaufleute und Knechte schon zum Aufbruch angeschirrt hatten. Sie alle hatten von weitem die Versöhnungsszene beobachtet und warfen sich jetzt erleichterte Blicke zu. Die Spannung zwischen Otto, ihrem Anführer, und diesem starrköpfigen Mönch hatte sich gelöst. Die Reise würde friedlich fortgesetzt werden, und jeder konnte seine Gedanken ganz auf die Waren und die Herberge in Cly konzentrieren. Dort wurden sie wie immer von der Wirtin Bettiana und ihren Mädchen erwartet, die bereit waren, ihnen Zärtlichkeit und Liebe zu schenken.

KAPITEL 11

Es war die Zeit des Vespergebets, als nach einem beschwerlichen Aufstieg auf steilem und gewundenem Pfad endlich Cly am Horizont auftauchte. Die Maultiere, mit immer schwereren Lasten beladen, wollten nicht mehr weiter. Aber auch die Kaufleute und ihre Knechte waren erschöpft, und dass sie die störrischen Tiere antreiben, ja sogar ziehen mussten, machte alles nur schlimmer.

»Ihr gehört wirklich ins Flachland!«, rief Otto ärgerlich und gab einem Maultier einen kräftigen Schlag auf die Hinterhand. »Sobald der Weg ein kleines bisschen ansteigt, bleiben sie stehen; taugen zu nichts weiter, als Edelfräulein nach Augusta zu tragen! Hätte ich nur meine eigenen Tiere oder die aus meinem Dorf hier. Mit denen wären wir längst in Cly!«

Die anderen Kaufleute pflichteten ihm bei und schimpften über die Lasttiere, die sie gemietet hatten. Der Einzige, der sich nicht beklagte, war der Bauer aus Quart, der vor Schmerzen noch immer halb ohnmächtig auf dem Rücken eines Maultiers lag. Matthew ging neben ihm her und prüfte von Zeit zu Zeit, ob die Schiene nicht verrutscht war.

Der Mönch blickte sich um. Er war beeindruckt von der immer schroffer werdenden Landschaft. Die Straße verlief in steilen Serpentinen einen Felsabhang hinauf, auf dessen Rücken am höchsten Punkt ein Turm errichtet war. Unmittelbar dahinter befand sich eine rechteckige Kapelle mit kleiner Apsis. Die Abenddämmerung überzog den Felshang mit einem rötlichen Schimmer.

Matthew, der seit langer Zeit an keinem geweihten Ort mehr gebetet hatte, wurde von dem starken Verlangen ergriffen, sich im Gebet zu sammeln. Er vertraute das Maultier und den Verwundeten dem vor ihm gehenden Knecht an und lief mit großen Schritten an die Spitze des Zugs. Vorne bat er keuchend Otto um Erlaubnis, zur Kapelle vorausgehen zu dürfen, um zu beten.

Otto war die fiebrige Aufregung des Mönchs nicht entgangen. Selbstverständlich, erwiderte er, könne Matthew zur Kapelle vorausgehen. Aber er fügte hinzu:

»Bleib nicht zu lange. Denn hinter der Kapelle liegt schon die Zollstation. Wenn du dich beeilst, wirst du uns dort antreffen, denn wir müssen Wegezoll bezahlen. Kommst du zu spät, musst du allein die Zollstelle passieren. Mir wäre es allerdings lieber, du würdest mit uns zusammen die Burg betreten.«

Matthew versicherte, flink wie ein Hase zu laufen, und strebte mit kräftigen Schritten dem Berggipfel entgegen. Oben blieb er, völlig außer Atem, kurz stehen. Der Schweiß tropfte ihm von der Stirn und rann ihm in die Augen, auch seine Hose war schweißnass. Er wandte den Blick hinunter ins Tal. Düster und gewaltig erhob sich unmittelbar vor ihm ein hoher, bewaldeter Berg. Weit unten floss friedlich die Dora.

Der Mönch betrat das Kirchlein. Aus dem Chor drangen die Stimmen der Mönche, die das Vespergebet verrichteten. Matthew betrat das Kirchenschiff, das von den wenigen Kerzen nur schwach erleuchtet war. Die Wände waren bemalt, und es gab nur wenige kleine Fenster. Als Matthew näher an den Altar trat, staunte er: Auch die Apsis war vollständig mit Fresken bedeckt. Das hellere Licht der größeren Kerzen beiderseits des Altars ließ die Gestalt des segnenden Christus auf dem Thron erstrahlen, umgeben von Engeln und einem geflügelten Löwen.

Der Mönch kniete nieder und begann, leise ein lateinisches Gebet zu sprechen. Niemand schien Notiz von ihm zu nehmen.

Während sich die Worte auf seinen Lippen formten, verlor sich allmählich deren Bedeutung aus seinem Bewusstsein. Der gregorianische Gesang, der den Raum erfüllte, trug seinen Geist in die Vergangenheit. Ein paar Augenblicke lang schien ihm, als befände er sich in St. Albans: der Duft der Kerzen, die Stimmen der Mitbrüder, der harte Steinfußboden …

Der Gesang verstummte. In der nun folgenden Stille, unterbrochen nur von den geflüsterten Gebeten des Priesters, wurde Matthew gewahr, dass sich seine Lippen gar nicht bewegten. Das Gebet, das er aus alter Gewohnheit mechanisch gesprochen hatte, hatte sich verloren – aufgelöst, sein Geist war abgeschweift. Heimweh überflutete ihn wie eine gewaltige Meereswoge, die die Krebse am Ufer überrollt und dann mit sich fortspült. Er hätte sich am liebsten sofort aufgemacht, wäre geflohen und in sein Kloster zurückgekehrt, zu dem, was ihm vertraut war, und zu den Menschen, die er seit so langer Zeit kannte.

Er bemühte sich, seine Unruhe zu bezwingen, bat Gott um Verzeihung für seinen schwachen Glauben und flehte um die Kraft, seinen Auftrag zu Ende zu führen.

Dann stand er auf. Die Vesper war zwar noch nicht beendet, aber Matthew wusste, dass er keine Zeit mehr hatte. Leise verließ er die Kapelle und machte sich auf zur Burg. Inzwischen war die Dunkelheit hereingebrochen. Während er am Turm vorbei hinunterstieg, verfing sich seine Kutte in einem Strauch. Ärgerlich fasste der Mönch den Saum seines Gewandes, um es loszureißen. Im schwachen Schein des Mondes erkannte Matthew jedoch, dass es ein Wacholderstrauch war. Mit ungläubigem Staunen sah er genauer hin. Das Zweiglein, in dem sich seine Kutte verfangen hatte, wies – genau wie jenes, das er noch in seinem Reisesack aufbewahrte – die Form eines Kreuzes auf und trug zwischen den Nadeln sieben kleine schwarze Beeren.

Matthew erschauderte. Er blickte zur Kapelle hinauf und flüsterte:

»Danke, Herr. Wenn dies dein Wille ist, so soll er geschehen. Amen.«

Dann öffnete er seinen Reisesack und legte das Zweiglein vorsichtig zu dem anderen, das wunderbarerweise noch nicht vertrocknet war.

Ein Nachtvogel streifte im Tiefflug über die Landschaft und erschreckte den Mönch, der ohne weiteres Zögern seinen Weg zur Burg fortsetzte.

Die Kaufleute standen in Reih und Glied und warteten, bis sie drankamen. Das Zollhäuschen hatte einen rechteckigen Grundriss. Über einem niedrigen Mäuerchen erhob sich eine Palisade aus langen Holzpfählen. Darüber ragte ein Dach aus massiven Holzbalken. Der Steuereinnehmer ließ jeweils nur ein Lasttier passieren. Ein Helfer, der die Waren kontrollierte, gab ihm über deren Art und Menge Auskunft. Nach Inspektion und Zahlung der Gebühr durften die Maultiere die Zollstelle passieren. Gleich dahinter lagen Stallungen und Lagerräume, hinter denen die mächtige Befestigungsmauer emporragte. Dort befand sich auch das Tor, das in die Burg führte.

Der Zolleinnehmer verhehlte seinen Ärger nicht. Es war schon spät und bereits dunkel – ungünstige Bedingungen, um seine Aufgabe gewissenhaft zu erfüllen. Er hatte einen arbeitsreichen Tag hinter sich. Für das große Festbankett, das am folgenden Tag anlässlich des Belehnungszeremoniells gefeiert wurde, waren viele Waren abzufertigen gewesen. In der Luft hing noch der scharfe Geruch der Fische, die ein Kaufmann aus Venedig gebracht hatte. Sie würden den Gästen des Lehnsherrn gewiss besondere Gaumenfreuden bereiten, da man hier nur die einheimischen Fleisch- und Fischsorten kannte.

Beim Anblick dieses letzten Zuges hatte der Steuereinnehmer beschlossen, die Zollabfertigung auf den nächsten Morgen zu verschieben. Doch dann trat Otto Biener vor. Der Zöllner kannte ihn seit langem; von ihm hatte er den weichen Seidenstoff bekommen, aus dem im Vorjahr das prachtvolle Hochzeitskleid seiner Tochter genäht worden war. Otto entschuldigte seine späte Ankunft und bat, der Zolleinnehmer möge die gesamte Gruppe abfertigen, da die Waren, die sie mit sich führten, allzu wertvoll seien, um sie außerhalb der Mauern der Gefahr räuberischer Überfälle auszusetzen. Außerdem habe er für die Tochter des Zöllners ein kleines Geschenk mitgebracht.

Aber der Zolleinnehmer war noch immer unschlüssig. Er wollte das Geschenk sofort sehen. Ohne Zögern holte der Kaufmann eine Schließe aus feinstem Blattsilber hervor, die von einem dünnen Streifen rot gefärbten Leders umrandet wurde. Die Schönheit des Geschmeides überzeugte den Zöllner, und er erklärte sich bereit, eine Ausnahme zu machen. Seine Tochter würde sich über das unerwartete Geschenk freuen; und außerdem hätte er am nächsten Morgen keine lange Warteschlange vor der Burg stehen, wenn der Zugang frei sein musste, um die ersten, mit dem Tagesanbruch erwarteten Gäste zu empfangen.

Zum Zeichen seines Einverständnisses nickte der Zolleinnehmer Otto zu, ließ die Maultiere herein und begann mit dem Zählen der Waren.

»Also, sechs Ballen Wollstoff macht vierundzwanzig Wiener Denare, vier Scheffel Wein sechs Denare, drei Pfund Gewürze sechs Soldi … Und was ist denn das?«, fragte der Zöllner lachend, als er das Muli mit dem verletzten Bauern sah. »… etwa eine neuartige frische Ware? Obwohl sie, dem Gestank nach zu urteilen, so frisch auch wieder nicht zu sein scheint!«

Verlegen erklärte Otto, der Mann sei ein Pilger, der von Räubern überfallen worden sei; keiner aus der Karawane habe den

Mut gehabt, ihn wehr- und schutzlos auf der Straße liegen zu lassen. Sie wollten ihn bis zum nächsten Hospiz mitnehmen und ihn dann der Obhut der Mönche anvertrauen.

Der Zolleinnehmer schien dieser Lüge Glauben zu schenken und fuhr zügig mit der Arbeit fort. Als er das Geld des letzten Kaufmanns entgegennahm, fiel sein Blick auf den Eingang der Zollstation. Erschrocken zuckte er zusammen. Aus dem Dunkeln war unversehens eine schwarz gekleidete Gestalt mit einem Reisesack über der Schulter aufgetaucht.

»Mein Gott, der Teufel!«, stammelte er und schlug die Hände vors Gesicht, sodass das Geld zu Boden fiel. Matthew hatte diesen erschreckten Ausruf zum Glück nicht gehört. Er näherte sich keuchend dem Zöllner und erklärte, er sei ein Mönch und mit diesem Kaufmannszug unterwegs. Dabei blickte er sich Hilfe suchend nach Otto um. Der Kaufmann hatte soeben seine Maultiere in den Stall gebracht und trat nun an die hintere Tür des Zollhäuschens, um zu sehen, ob der Mönch noch rechtzeitig eintraf. Als er ihn mit dem Zolleinnehmer sprechen sah, rief er ihn mit lauter Stimme und schwenkte eine kleine Fackel, um sich in der Dunkelheit bemerkbar zu machen.

Der Zöllner, vor Schreck noch immer wie gelähmt, blickte Matthew mit weit aufgerissenem Mund an, ohne ein Wort herauszubringen. Dann machte er ihm das Zeichen zu passieren und bückte sich, um die am Boden verstreuten Münzen aufzuheben.

»Was ist das hier?«, murmelte er vor sich hin, wütend über seine Leichtgläubigkeit. »Etwa eine Wallfahrt nach Santiago de Compostela? Wie viele Pilger haben diese Kaufleute heute denn aufgesammelt? So menschenfreundlich habe ich sie ja noch nie erlebt. Tja, alles ändert sich, auch die Menschen ...«

Er verschnürte den Geldsack und begab sich schnaubend und murmelnd zur schweren Tür des Zollhäuschens. Nachdem er sich vergewissert hatte, dass niemand mehr drinnen war, sicherte er die Tür mit einem schweren Holzpfahl und machte sich zu seinem Haus zwischen den Unterkünften der Wachsoldaten auf.

Otto und Matthew gingen durch das Burgtor zur Herberge auf der Südseite der Anlage. Die anderen Kaufleute saßen bereits am Tisch und ließen sich das üppige Mahl schmecken. Die Wirtin empfahl ihnen, sich gut auszuruhen, denn am folgenden Tag fand eine bedeutende Zeremonie mit dem Burgherrn und seinen Gefolgsleuten statt. Niemandem war es gestattet, Cly zu verlassen, bevor die Belehnung nicht abgeschlossen war.

Es war bereits tiefe Nacht, als sich die Männer schlafen legten. Die Stille in der Herberge und der gesamten Burg wurde nur von den schweren, gleichmäßigen Schritten der Wachsoldaten unterbrochen, die entlang der Mauern ihre Runden drehten.

Als Bosone von Challant von der Ankunft der Kaufleute aus Canton des Allemands erfuhr, gab er Befehl, die wohlhabendsten von ihnen in den großen Saal vorzulassen, damit sie der Zeremonie beiwohnen konnten. Auf diese Weise würde man auch in den benachbarten Gebieten von seiner Machtfülle erfahren; die Tatsache, dass er Vasallen belehnte, zeugte schließlich von seiner politischen Bedeutung im Tal.

An den Wänden hingen Fackeln, die den Raum erleuchteten. Die schmalen Schießscharten des Turms reichten nicht aus, die Pracht des Raumes und der Festgäste in angemessenem Licht zu zeigen. Ganz hinten im Saal, unter einer steilen Holztreppe, die ins Obergeschoss führte, hing ein riesiger Gobelin. Er zeigte Szenen einer Bären- und Wildschweinjagd. Ritter und ihr Gesinde stellten mit Pfeil und Bogen den Tieren nach, während im Schatten eines Felsens eine reich gekleidete Dame auf einer Wiese saß. Ihre Hand ruhte auf dem Kopf eines Windhunds.

Vor dem Gobelin stand auf einem erhöhten Podest ein Stuhl, der für den Lehnsherrn bestimmt war. An den Längsseiten des

Saales hatte sich Bosones Leibwache in Paradeuniform postiert, und in einer Ecke waren drei Musikanten damit beschäftigt, ihre Instrumente zu stimmen. Die Adeligen und Honoratioren der Burg traten ein und nahmen in zwei geordneten Reihen vor dem Podest Aufstellung. Der Propst, der allen einen Schritt vorausging, hatte eine gewichtige Miene aufgesetzt, die der Feierlichkeit der Zeremonie angemessen war.

Otto und seine Begleiter standen dicht gedrängt in der Menge. Ab und zu reckten sie die Hälse, um über die anderen Köpfe hinweg den Burgherrn zu sehen, der gleich kommen und den festlichen Akt eröffnen würde. Matthew stand hinter den Kaufleuten. Er war auf Drängen Ottos, aber auch aus Neugier gekommen, wenngleich er sich für seine schäbige Kleidung schämte. Er hatte versucht, seine Kutte mit einer Bürste aus harten Wildschweinborsten, die ihm die Herbergswirtin gegeben hatte, etwas ansehnlicher zu machen. Aber das Ergebnis entsprach ganz und gar nicht seinen Erwartungen. Er lehnte sich an die Wand und hoffte, niemand würde ihn bemerken.

Mit einem Schlag verstummte das Gemurmel. Bosone war am oberen Treppenabsatz erschienen. Er hielt inne und warf einen zufriedenen Blick auf die Versammelten. Mit entschlossenen Schritten stieg er die Treppe hinunter und nahm auf dem für ihn bestimmten Stuhl Platz, nicht ohne zuvor dem Zeremonienmeister ein Zeichen gegeben zu haben. Dieser verkündete jetzt feierlich den Namen des Mannes, der zum Vasallen ernannt wurde.

Ein Wachsoldat drängte die Menge noch dichter zusammen, um dem Ritter und seinem Gefolge Platz zu machen. Alle Blicke waren auf die Tür gerichtet.

Der Ritter trat ein. Er trug ein knielanges Gewand und einen mit Silber beschlagenen Ledergürtel, an dem ein Kurzdolch in einem ledernen Futteral hing. Sein grüner Mantel, an den Schultern von einer Goldspange gehalten, wallte bis zu den Füßen. Er war vielleicht dreißig Jahre alt und hatte ein hübsches, markantes Gesicht. Sein lockiges Haar war an der Stirn kurz geschnitten, an den Seiten und im Nacken aber lang. Seine hellen Augen verrieten einen wachen Verstand. Ohne Furcht blickte er sich um.

Gefolgt von seinen Soldaten, schritt er zwischen zwei Reihen neugieriger Menschen hindurch. Vor Bosone kniete er nieder, verneigte sich, verschränkte die Hände und wartete.

Bosone erhob sich. Dann stieg er von seinem Podest, ging auf den Ritter zu, nahm dessen Hände in die seinen und sagte:

»Alfred Saluard, ich ernenne dich hiermit zum Vasall von Marseiller im Lehnsgebiet Verrayes. Du erhältst das Recht, eine Burg zu bauen, und verpflichtest dich dafür zur Treue gegenüber deinem Lehnsherrn, Bosone von Challant.«

Er hieß den Ritter aufstehen und küsste ihn auf beide Wangen. Dann wandte er sich an den Zeremonienmeister, nahm mit beiden Händen das Schwert, das dieser ihm entgegenhielt, und legte es in die Hände des Vasallen. Es war eine prachtvolle Waffe: fast drei Fuß lang, mit abgerundeter Klingenspitze und einer Blutrille in der Mitte der Klinge; oberhalb des Griffs verbreiterte sich die Klinge zu einem gewölbten Schutzblatt. Der Griff selbst war mit einem Spiralmuster aus Silber dekoriert.

Der Ritter drückte das Schwert an die Brust und wandte sich dann Bosone zu, um den Treueid zu schwören:

»Hiermit bin ich einer Eurer Mannen, Bosone von Challant, und ich schwöre Euch Treue und Beistand.«

Sodann übergab er das wertvolle Geschenk einem seiner Soldaten, trat drei Schritte zurück, verneigte sich ehrerbietig vor dem Lehnsherrn und blieb in der Mitte des Saales stehen.

Zufrieden mit der Huldigung, die ihm sein Vasall erwiesen hatte, wandte sich Bosone lächelnd an die Versammlung. Sein knöchellanges Gewand aus roter Seide wallte, als er einen feierlichen Schritt nach vorne machte.

»Und nun«, sagte er mit einer weit ausholenden Geste, »präsentieren wir den neuen Vasallen dem Volk! Auf dem Platz draußen erwartet uns ein festliches Bankett, zu dem alle eingeladen sind. Gehen wir! Lasst uns feiern!«

Er trat zu Saluard, nahm seine Hand und verließ mit ihm den Burgsaal, gefolgt von seinen Wachen, vom Propst und allen anderen, die der Belehnung beigewohnt hatten.

Draußen erhob sich Jubelgeschrei. Die Menge, die auf dem großen Platz vor der Burg gewartet hatte, bewarf die beiden Männer mit Blumen. Saluard fing eine auf und reichte sie Ambrosina, Bosones Frau, die inzwischen an die Seite ihres Gatten getreten war. Mit einem nachsichtigen Lächeln nahm sie die Blume entgegen. Ihr langes Kleid aus changierender Seide brachte ihren wohl geformten Körper gut zur Geltung, und anmutig begab sie sich an den Banketttisch.

»Sie haben allen Grund, begeistert zu sein«, flüsterte Otto dem Mönch zu, der ihm auf dem Fuß folgte. »Es wird ein Weilchen dauern, bis sie wieder einmal so gut verköstigt werden!«

»Wen meinst du?«, fragte Matthew verwirrt.

»Die Bewohner von Cly, wen sonst! Siehst du nicht, wie sie aus dem Häuschen sind? Du wirst doch nicht glauben, dass es sie kümmert, ob Bosone einen Vasall ernannt hat oder nicht! Sie denken einzig und allein ans Essen, obwohl ich, ehrlich gesagt, nicht glaube, dass sie das bekommen, was das Gesinde gerade aufträgt. Ihre Speisen sind bestimmt weniger erlesen; ich denke, man wird ihnen die Reste vorsetzen. Trotzdem ist es mehr, als sie sonst gewöhnlich in den Bauch bekommen …«

Während der Lehnsherr und die Burgbewohner auf den Bänken Platz nahmen, trugen die Bediensteten die Speisen auf. Zu beiden Seiten der Tafel wurde ein ganzer gebratener Hirsch bereitgestellt, und auf der blütenweißen Leinentischdecke standen bald silberne Platten mit großen rosaroten Forellen, kleinen Sardellen und schwarzen, in dicke Stücke geschnittenen Aalen. Mundschenke füllten unablässig die Krüge mit süßem Rotwein, andere Bedienstete waren damit beschäftigt, Brot in Scheiben zu schneiden.

Der Propst segnete die Speisen, dann begann das Mahl. Die Gäste ließen es sich schmecken, während die Dorfbewohner herandrängten, um auf ihren Anteil zu warten. Wachsoldaten hielten sie in Schach. Auf einen Wink Bosones kamen Diener mit großen Holzbrettern voller gebratener Hühner und Wildbret am Spieß. Man schaffte auch einen riesigen Weinschlauch herbei. Das alles lud man mitten in der Menschenmenge ab, die sich unverzüglich darauf stürzte, um so viel wie möglich zu ergattern. Als der Weinschlauch geöffnet wurde, drängten Hunderte mit Bechern in der Hand nach vorn, und das Geschubse war so wild, dass Unmengen von Wein verschüttet wurden.

Genüsslich kauend, bedachte Bosone seine Gäste mit zufriedenen Blicken und betrachtete gönnerhaft die ausgehungerte Menge. Überall standen die Leute mit den Stücken Fleisch, die sie ergattert hatten. Die Musikanten begannen zu spielen. Zur sanften Melodie einer Flöte gesellten sich bald das rhythmische Trommeln eines Tamburins und der volle Klang einer Laute.

Matthew betrachtete verstohlen die Gesichter der Tischgenossen. Es war das erste Mal, dass er so viele Burgbewohner auf einmal sah. In der friedlichen Abgeschiedenheit seines Klosters St. Albans hatte er nie die Gelegenheit gehabt, solche Menschen aus größerer Nähe zu beobachten. Zwar nahmen Adelige gelegentlich zusammen mit den Mönchen des Klosters an wichtigen liturgischen Festlichkeiten teil, aber bei derartigen Anlässen waren ihre Mienen viel zu gesetzt und feierlich, als dass sie menschliche Schwächen und Eigenheiten verrieten. Hier hingegen blitzten in ehrerbietigen und unterwürfigen Gesichtern Verschmitztheit und fröhliche Ausgelassenheit auf.

Die meisten von ihnen waren mittleren Alters, und es gab nur wenige junge Mädchen, offensichtlich die Töchter oder Enkelinnen des Burgadels. Die Ehefrauen waren zwar prächtig ausstaffiert und trugen aufwändige Haartrachten, doch ihre runden, derben Gesichtszüge hatten etwas Bäuerliches.

Der Mönch ertappte sich bei dem Gedanken, dass das Glück diese Frauen viel mehr begünstigt hatte als Mary Bychance. Sie waren wahrscheinlich auch nicht von besserer Herkunft als Mary, aber weil sie zur rechten Zeit am rechten Ort lebten, konnte ihr Schicksal eine andere Richtung nehmen. Matthew fühlte sich jenen anderen, die da hinten vor den Wachsoldaten standen und sich um Hühnerbeine oder Becher Wein stritten, inniger verbunden als den adeligen Burgbewohnern. Einzig aus Respekt und Dankbarkeit gegenüber Otto – und weil er einen Affront gegenüber dem Lehnsherrn vermeiden wollte – war er zum Bankett mitgekommen. Am liebsten wäre er aufgestanden und hätte diesen allzu üppig gedeckten Tisch verlassen, um sich unter das einfache Volk zu mischen, das laut und ausgelassen war.

Otto schreckte ihn aus seinen Gedanken und murmelte, schon etwas benebelt vom Wein, mit vollem Mund:

»Diese Plätzchen musst du unbedingt probieren, Mönch. Sie sind aus Haselnüssen und Honig gemacht und schmecken ausgezeichnet. Nur: Vorsicht, denn sie sind furchtbar hart, und ich möchte nicht, dass du dir die Zähne ausbeißt … Hahaha!«

In Ottos Lachen stimmten auch seine beiden Tischnachbarn ein. Matthew bemerkte, dass die Kaufleute leicht betrunken waren, und warf einen besorgten Blick auf Bosone. Ob er Ottos Bemerkung gehört hatte? Aber der Lehnsherr war in ein Gespräch mit seinen neuen Vasallen und dem Propst vertieft und achtete nicht auf das, was um ihn herum geschah.

Seine Gemahlin Ambrosina erläuterte soeben einer Hofdame, wie köstlich und selten diese außergewöhnlichen Früchte seien, die die Bediensteten in einem Körbchen hereinbrachten. Bedeutungsvoll erklärte sie, es handle sich um »Aprikosen«. Die kleinen Bäumchen, von Kreuzrittern vor Jahren aus dem Orient mitgebracht, würden erstaunlicherweise auch im Tiefland um Ravenna gedeihen und diese süßen goldgelben Früchte tragen. Bosone sei ganz versessen darauf und versäume es nie, sie bei den Händlern zu kaufen, die auf der Durchreise nach Frankreich hier vorbeikämen. Allerdings seien die Früchte so teuer, dass die Händler immer nur geringe Mengen davon mitbrächten.

Nach solcherart bedeutsamen Erklärungen ließ Ambrosina an alle Tischgäste jeweils eine Frucht verteilen und blickte den Beschenkten tief in die Augen, um darin Dankbarkeit und Erstaunen über eine solche Großzügigkeit zu finden. Auf diese Weise wurde sie auch auf Matthew aufmerksam. In dem allgemeinen Festtrubel hatte sie ihn bis dahin gar nicht bemerkt. Verwundert über seine Kleidung, die alles andere als festlich war, fragte sie sich, wer dieser Mönch sei und was er hier zu tun hätte. Sie wollte sich mit dieser Frage gerade an den Propst wenden, als sich Bosone erhob und nach einem kräftigen Rülpser den Gästen kundtat, dass das Bankett beendet sei. Er und Saluard zögen sich jetzt in die Burg zurück, um sich vom Notar das Dokument aufsetzen zu lassen, das die Einsetzung zum Vasallen schriftlich bestätigte. Er dankte allen Gästen für ihre Teilnahme an der Zeremonie und erlaubte ihnen, die Burg zu verlassen. Dann gab er seinen Bediensteten den Befehl, den Platz zu räumen, zuvor jedoch die übrig gebliebenen Speisen des Banketts – mit Ausnahme des Weins – an die Bewohner von Cly zu verteilen.

»Ich wünsche nicht, dass morgen alle betrunken sind!«, rief er lachend und wandte sich an Saluard: »Hier muss tüchtig gearbeitet werden, und keinesfalls soll der Schmied statt der Pferde seine Frau beschlagen oder der Schreiner mir eine Bank zimmern, deren Beine in die Luft ragen! Besser, deine Bauern schlagen sich den Bauch mit Fleisch voll als mit Wein. Merk dir das, Saluard!«

Dabei legte er seinem neuen Vasallen väterlich einen Arm um die Schulter, und zusammen stiegen sie die lange Holztreppe hinauf, die zu den Gemächern führte. Es folgten der Notar, Bosones Frau und die wichtigsten Adeligen. Die anderen Festgäste zerstreuten sich allmählich, bahnten sich einen Weg durch die Menge und traten vor die Burgmauer. Ihre Knechte warteten bereits mit den Pferden, um den Heimweg anzutreten.

Es war die neunte Stunde. Das Bankett war ungewöhnlich kurz gewesen; es hatte nur drei Stunden gedauert. Offensichtlich hatte es Bosone eilig, sich wieder den zahlreichen Verpflichtungen zuzuwenden, die ein Feudalherr zu erfüllen hat. Allein die Abfassung des Vasallenvertrags würde einige Zeit in Anspruch nehmen. Alle Rechte und Pflichten des Vasallen gegenüber seinem Lehnsherrn mussten auf Pergament festgehalten werden. Zwar legten keineswegs alle Lehnsherren Wert auf diesen notariellen Akt, die meisten gaben sich mit einem gesprochenen Lehnseid und mit mündlichen Treueversprechungen zufrieden. Bosone aber hatte alles lieber schwarz auf weiß, und außerdem handelte es sich in diesem Fall um einen ganz besonderen Vasallen: Alfred Saluard nämlich war ein ehemaliger Bandit. Obwohl er die Überzeugung hegte, Bosone eine durchaus glaubwürdige Geschichte von seiner ritterlichen Vergangenheit aufgetischt zu haben, hatte der Lehnsherr ausgezeichnete Informanten und wusste daher über Herkunft und Werdegang seines neuen Vasallen bestens Bescheid.

Seit frühester Jugend war Saluard Mitglied im Wachkorps des Herrn von Châtelard gewesen, wo er sich schon bald als tüchtiger Krieger hervorgetan hatte. Nach einigen Jahren des Soldatenlebens, während derer er eine kleine Schar von Getreuen um sich gesammelt hatte, fand er sich für seine Dienste nicht mehr angemessen bezahlt. Aber trotz seiner Forderungen wollte ihn der Lehnsherr auf Grund seiner bäuerlichen Herkunft nicht zum Ritter schlagen. Saluard beschloss also, sich mit seinen Getreuen aus dem Staub zu machen und einen Ort zu suchen, wo er seine militärischen Fähigkeiten vorteilhafter einsetzen konnte. Zwei Jahre hielt er sich versteckt, immer auf der Flucht vor den Nachstellungen von Châtelards Soldaten. Er hatte Meilen um Meilen zurückgelegt und viele Dörfer in den Ebenen und auf den Bergen besucht; und dabei hatte er stets darauf geachtet, nie länger als eine Nacht an einem Ort zu verweilen, um keine Spuren zu hinterlassen. Er hatte Wanderer und Kaufleute ausgeraubt und viele willfährige Prostituierte sowie einige widerspenstige Bäuerinnen gehabt. Schließlich war er ins Lehnsgebiet von Verrayes gekommen, wo er, angezogen vom Reichtum des Landes, zu bleiben beschloss. Er erfand für sich eine ruhmreiche, wenn auch etwas unwahrscheinliche Vergangenheit als Ritter und vermochte sich einen gewissen Respekt zu verschaffen. Zugute kam ihm dabei nicht zuletzt sein männliches, wildes Aussehen sowie das Geld, das er auf seinen Raubzügen erbeutet hatte.

In Marseiller baute er am Hang eines Berges eine kleine, steinerne Festung, in der er sich mit seinen Getreuen verschanzte. Die Bauern und die Kaufleute jener Gegend nahmen sein Angebot an, ihnen militärischen Schutz zu gewähren, und mehr als einmal erwies er sich ihnen als nützlich und wertvoll. Sein Ruf als unerschrockener und tüchtiger Ritter verbreitete sich rasch im ganzen Landstrich und weckte auch die Aufmerksamkeit Bosones.

Als er Saluard kennen lernte, ahnte er sofort, dass dieser Mann eine turbulente, abenteuerliche Vergangenheit hinter sich hatte. Das bestätigten später Bosones Informanten, aber als geschickter und erfahrener Taktiker beschloss der Lehnsherr, die neue Situation für seine Zwecke zu nutzen. Er stellte dem jungen Mann die

Vasallenschaft in Aussicht, wenn er ihm ab sofort militärische Unterstützung gegen die Angriffe anderer Lehnsherren des Tals zusicherte. Die Probezeit dauere zwei Jahre. Wenn er, Bosone, nach Ablauf dieser Frist zufrieden wäre, würde er Saluard zum Vasallen ernennen. Nunmehr lag in greifbarer Nähe, was sich der junge Mann stets erträumt hatte: ein adeliger Titel, ein befestigter Wohnsitz und Macht.

Er hatte die Herausforderung angenommen und sich bewährt. In den zwei Jahren hatte er sich zum perfekten Ritter gewandelt, seine Umgangsformen waren milder und seine finanziellen Verhältnisse besser geworden; und auf Grund seiner militärischen Tüchtigkeit hatte er zahlreiche Güter geschützt und Menschenleben gerettet. Bosone wiederum hatte sein Versprechen gehalten: Nun brauchte Saluard niemanden mehr zu fürchten. Sein ehemaliger Herr war gestorben, und dessen Erben hatten das dringende Problem der Nachfolge zu lösen. Bosone dagegen gewann ohne finanzielle Opfer und ohne lästige Intrigen einen wertvollen Krieger. Eine neue Burg würde darüber hinaus als sichtbares Zeichen von seiner Macht künden und die Sicherheit in seinem Herrschaftsgebiet erhöhen.

Einerseits vertraute Bosone auf die Klugheit seines Vasallen, andererseits blieb er auf der Hut vor dessen Machtgier und kriegerischer Gesinnung. Also hatte er entschieden, das Lehnsverhältnis schriftlich bestätigen zu lassen, um beide Seiten vor politischen Wechselfällen zu schützen.

Mit schweren Schritten schwankte Otto auf den Burggraben zu. Sein Gesicht war grünlich bleich. Ihm war speiübel, und all seine Kräfte musste er aufbieten, um nicht das ganze hastig hinuntergeschlungene Essen zu erbrechen. Als er nicht mehr an sich halten konnte, machte er dem Mönch und den anderen Kaufleuten ein Zeichen und verschwand hinter den Mauern.

Auch Matthew war so üppige Speisen nicht gewohnt und verspürte das Bedürfnis, eine Latrine aufzusuchen. Sicherlich gab es im Innern des Turms einen Abort, der freilich ausschließlich für den Burgherrn bestimmt war. Deshalb folgte Matthew seinem Weggefährten. Er erleichterte sich unter einem Haselnussstrauch und blickte sich anschließend nach dem Kaufmann um. Schließlich entdeckte er ihn. Otto stützte sich mit einer Hand auf einen Mauervorsprung und erbrach in den Burggraben. Da wollte der Mönch besser nicht stören und den Mann noch in Verlegenheit bringen! Lieber kehrte er zur Burg zurück und wartete in der Herberge auf den Kaufmann.

Er setzte sich auf eine Bank neben dem Eingang, um die letzten Sonnenstrahlen des Tages zu genießen. Die Dorfbewohner machten sich unterdessen mit den Essensresten auf den Heimweg.

Irgendwann, vielleicht nach einer halben Stunde, stand Matthew beunruhigt auf. Er sorgte sich um Otto und wollte nach ihm sehen, als aus der Herberge eine junge Magd zaghaft auf ihn zukam und ihn ansprach:

»Du bist doch der englische Mönch, nicht wahr?«

»Ja«, erwiderte Matthew verwundert. »Aber woher kennst du mich?«

»Ich kenne dich nicht, doch die Kaufleute haben von dir erzählt. Dich schickt der Himmel. Ich möchte dich um einen Gefallen bitten …«

»Mich?«, rief der Mönch erstaunt.

»Hör mich an, aber beeilen wir uns, denn es darf niemand wissen«, drängte das Mädchen aufgeregt. »Im Burgverlies sitzt ein Mann – ein Engländer. Er verbüßt seit zwei Jahren eine Strafe, und wahrscheinlich wird er gehängt werden, auch wenn Bosone das endgültige Urteil noch bestätigen muss. Leider spricht der Gefangene nur seine Muttersprache und konnte sich daher gegen die Anschuldigungen, die ihm zur Last gelegt werden, nicht verteidigen. Niemand versteht ihn, denn er spricht nicht einmal Lateinisch. Selbst der Priester konnte ihn nicht anhören.«

Matthew, der zu ahnen begann, was die junge Frau von ihm wollte, fragte, wessen man den Mann beschuldigte.

»Es heißt, er hat in der Burg Châtel-Argent einen Mann getötet und ist dann durch das Tal hierher geflüchtet, wo ihn Bosones Soldaten aufgegriffen haben. Auf seinen Kopf war eine Prämie ausgesetzt, und unsere Soldaten konnten es kaum glauben, als sie das Kopfgeld bekamen; der Herr von Châtel-Argent dagegen sprach unserem Herrn öffentlich seinen Dank aus. Aber keiner kennt den Hergang der Tat genau, vielleicht könntest du mit ihm sprechen ...«

»Einverstanden, das werde ich tun; aber sag mir – warum liegt dir der Mann eigentlich so sehr am Herzen?«

Die junge Magd errötete und wich seinem Blick aus. Dann erzählte sie, wie sie zufällig den Gefangenen gesehen hätte, als er von den Wachsoldaten herbeigeschleppt worden war, verdreckt, verwundet und durstig. Ehe ihn die Soldaten ins Burgverlies warfen, hätte sie ihm einen Becher Wasser gebracht – und dieser Moment hätte genügt: Ihre Blicke wären sich begegnet, und er hätte ihr ein dankbares Lächeln geschenkt. Seitdem bringe sie ihm ab und zu Essensreste aus dem Gasthaus und gebe der Wache etwas Geld, passe aber auf, dass niemand sie beobachte.

Die Magd schwieg und wartete. Matthew brauchte keine weiteren Erklärungen. Das Mädchen hatte sich offenbar in den Mann verliebt, und Matthew dachte kurz darüber nach, wie doch die Einsamkeit das Herz der Menschen öffnet. Er glaubte kaum daran, dass dieser angebliche Mörder jemals wieder seine Freiheit gewänne. Trotzdem forderte er das Mädchen auf, ihn zu dem Gefangenen zu führen. Gleichzeitig bat er sie, dem Kaufmann

Biener auszurichten, er möge zur Vesperzeit in der Herberge auf ihn warten.

Das Mädchen schöpfte sogleich Hoffnung und wies dem Mönch den Weg. Sie drückte ihm eine Geldmünze in die Hand, die er dem Wachsoldaten gebe solle, um zu dem Gefangenen vorgelassen zu werden. Matthew schämte sich zwar, nahm aber die Münze, denn seine Taschen waren leer.

Am Eingang zum Burgverlies, das sich in den Gängen unterhalb des Turms befand, verhandelte Matthew mit dem Soldaten, der die Münze entgegennahm und ihn dann eine steile und schmale Treppe hinunterführte. Die in Stein gehauenen Stufen waren glitschig von der Feuchtigkeit, die den Mönch wie einen kalten Mantel umfing. Übler Fäulnisgeruch lag in der Luft, die ihm die Kehle zuschnürte. Die einzige Lichtquelle war die Fackel, die der Soldat vor sich her trug. Sie beleuchtete schwach die schweren, mit langen dicken Eisenstangen verriegelten Holztüren.

»Hier ist dein Gefangener, Mönch. Wenn du fertig bist, ruf mich, aber laut, damit ich dich dort oben höre ...«

Verwirrt blieb Matthew auf der Schwelle stehen. Er brauchte eine Weile, um seine Augen an die Dunkelheit zu gewöhnen. Am hinteren Ende der Zelle sickerte von oben, durch einen waagrechten Schlitz in der Mauer, dünnes Licht. An den mit Schimmel überzogenen Wänden liefen zwei dicke, quiekende Mäuse entlang. Nichts konnte sie erschrecken. Sie blieben einen Augenblick vor dem Neuankömmling stehen und verschwanden dann langsam in einem Mauerloch.

Auf einem schmutzstarrenden Strohsack an der Wand kauerte der Gefangene. Matthew sprach ihn auf Englisch an:

»Ich bin Pater Matthew Willingtham und komme aus England. Man hat mir gesagt, du wärest ein Mörder, aber keiner hat je von dir gehört, was geschehen ist. Deshalb bitte ich dich, mit mir zu sprechen. Du kannst mir dein Herz ausschütten, und Gott wird dich hören, wenn du ihm ein Bekenntnis ablegst.«

Der Mann hörte die wohl vertraute Sprache, sprang auf und war mit ein paar Schritten bei dem Mönch. Er starrte ihn mit weit aufgerissenen Augen an. Aus seinem von einem langen, struppigen blonden Bart überwucherten Mund drang ein Röcheln, das wohl so etwas wie ein Ausruf des Erstaunens war. Dann streckte er seine zerschundenen Hände aus und berührte Gesicht und Schultern des Mönchs, als wolle er sich vergewissern, dass er nicht träume. Schließlich sank er auf die Knie und fing an zu weinen. Es war ein heiseres, krampfartiges Schluchzen.

Matthew hob ihn vorsichtig vom Boden auf und ermunterte ihn zu reden.

Er heiße John Plane, erzählte er, sei Zimmermann von Beruf und stamme aus einem kleinen Dorf in der Nähe von Rochester. Vor Jahren sei er im Gefolge des Baumeisters James St. Albert nach Châtel-Argent gekommen. Der dortige Lehnsherr habe den Baumeister, der in England einen guten Ruf genoss, für den Neubau seiner Burg geholt.

Abgesehen von den Zimmerleuten hatte St. Albert zwanzig weitere Handwerker aus seiner Heimat mitgebracht. Die Übrigen, die beim Bau der Burg halfen, waren Bauern aus der Umgebung, die ihrem Herrn Frondienste leisteten. Die Arbeit war zwar beschwerlich, aber Plane war ein tüchtiger Zimmermann, der zupacken konnte. Das einzige Problem war die Sprache, die er weder sprach noch verstand und nur mit großer Mühe erlernte. Deshalb war es ihm auch verwehrt, Freundschaft mit den Dorfbewohnern zu schließen. Er blieb ein Außenseiter, wie im Übrigen die meisten englischen Arbeiter. Abends saßen sie gewöhnlich im Gasthof oder gingen ins Bordell, wo man keine Worte brauchte, um sich verständlich zu machen.

Alles verlief normal, bis er eines Abends im August auf dem

Weg zu der Hütte, in der die Arbeiter schliefen, an dem Turm vorbeikam, den sie gerade bauten. Vom geböschten Sockel, der das Fundament bildete, drangen merkwürdige Geräusche an sein Ohr. Sie klangen wie Hilferufe, unterbrochen von Seufzern und dumpfem Grunzen. Plane dachte zuerst an ein wildes Tier, ein Wildschwein vielleicht oder einen Luchs, und schlich sich näher heran, konnte aber nichts sehen. Vorsichtig stieg er über einen Haufen bereits behauener Steine und erreichte über eine leicht ansteigende Fläche die Rückseite des Turms, wo hüfthohes Gestrüpp den Boden bis zur Mauer bedeckte. Unter einem Strauch entdeckte er zwei einander umklammernde Gestalten. Es waren Männer. Der eine – auf allen vieren – hatte im Mondlicht sein blasses Gesäß entblößt und erbebte unter den Stößen des hinter ihm Hockenden. Dieser war vollständig bekleidet, nur die Hose war heruntergelassen, und er stieß das Grunzen aus, das Plane aufmerksam gemacht hatte.

»Ich schäme mich, es zu sagen, aber als ich begriffen habe, was dort geschehen ist, bin ich mit offenem Mund stehen geblieben und habe das obszöne Schauspiel beobachtet. Dann habe ich einen Fehler begangen. Ich habe mich zum Gehen umgedreht, allerdings viel zu hastig. Vielleicht ist es das Knacken eines Zweigs oder das Knirschen von Kieselsteinen gewesen – ich weiß es nicht. Jedenfalls bemerkten mich die beiden und ließen hastig voneinander ab. Der Ältere von beiden richtete sich die Kleider und kam mit großen Schritten auf mich zu. Als er näher kam, erkannte ich, dass es St. Albert war! Der andere, der inzwischen ebenfalls aufgestanden und sich voller Hektik angekleidet hatte, war der junge blonde Schreiber, den der Baumeister aus England mitgebracht hatte, um die Pläne für die Burg zu zeichnen. St. Albert erkannte mich und fing an, mich mit bösen Worten zu beschimpfen, während der junge Mann, hysterisch schluchzend, auf den hinteren Turmeingang zurannte, der noch von schweren

Holzbalken gestützt wurde. Der Baumeister lief ihm nach und brüllte, er solle stehen bleiben, die Treppe sei noch nicht begehbar. Seine Stimme verhallte jedoch im Innern des Turms, in den der junge Mann geflüchtet war. Ich stand da, vor Angst wie gelähmt, bis ich einen entsetzlichen Schrei hörte, gefolgt von einem dumpfen, wie mir schien, ohrenbetäubenden Schlag, der mich wieder zu Bewusstsein brachte. Ich hätte fliehen können, aber ich – ein kompletter Idiot – stand da und rührte mich nicht vom Fleck. Nach einer Weile kam St. Albert aus dem Turm. Bleich wie ein Leichentuch hingen ihm die staubigen Haare ins Gesicht, und seine Augen funkelten wild wie die eines Dämons. Als er den Mund geöffnet hat, ist er kaum zu verstehen gewesen: ›Ich werde dich vernichten, John Plane‹, hat er gesagt, ›so wie du Humbert Wilford vernichtet hast.‹ Dann ist er davongegangen.«

Am folgenden Tag entdeckten die Arbeiter zu Füßen des Turms, halb versteckt zwischen den Büschen, den Leichnam des Schreibers. Die Nachricht von seinem Tod löste in der Burg große Bestürzung und Aufregung aus. Plane beschloss, noch in derselben Nacht zu fliehen, aber St. Albert kam ihm zuvor. Noch vor dem Abend schickte der Lehnsherr Soldaten, um den Zimmermann wegen Mordes zu verhaften. Nach zwei Tagen im Verlies von Châtel-Argent wurde er vor Gericht gestellt und für schuldig befunden. St. Albert hatte gegen ihn ausgesagt und behauptet, Plane hätte Humbert Wilford wegen einer Frau getötet. Sie war nach Aussage des Baumeisters dem Schreiber versprochen gewesen, aber vom Zimmermann verführt worden. Um den Rivalen auszuschalten, hätte Plane ihn durch einen Stoß vom Turm getötet. Die von St. Albert mit Geld bestochene Frau hatte das alles unter Tränen bestätigt, und Plane war zum Tod durch Erhängen verurteilt worden.

»So hat sich der Baumeister meiner entledigt. Ich hätte das Geheimnis seiner Laster mit ins Grab nehmen sollen. Ich versuchte nicht einmal, mich zu verteidigen, weil ich wusste, dass mir niemand geglaubt hätte. Wie du weißt, Mönch, steht auf Homosexualität zehn Jahre Strafe, und St. Albert ist ein bedeutender Mann. Eine solche Anklage hätte ihn seiner Ehre beraubt, und der Lehnsherr hätte auf seine Dienste verzichten müssen. Du bist der Erste, dem ich dies alles erzählen kann. Du weißt nicht, was für eine Last du mir von der Seele genommen hast ...«

Matthew war von der Geschichte verwirrt und zu Tode betrübt über das ungerechte Schicksal des armen Zimmermanns. Er fragte ihn, was weiter geschehen sei.

Plane berichtete, die Hinrichtung sei wegen eines Regensturms, der die Zugangsstraße zur Burg unpassierbar gemacht habe, um ein paar Tage verschoben worden. Er und ein weiterer Gefangener konnten im allgemeinen Chaos fliehen – auch deshalb, weil die Wachen angesichts des normalerweise leeren Verlieses von Châtel-Argent ihrer Aufsichtspflicht nicht nachkamen und sturzbetrunken waren.

Der Rest war rasch erzählt: Die beiden Flüchtlinge trennten sich; Plane irrte im Tal umher und versuchte, sich nach Mailand oder zumindest bis Vercelli durchzuschlagen; denn den Übergang über den Mont Joux, der schwierig und voller Hinterhalte war, konnte er nicht allein schaffen. Er hoffte, sich in der Ebene leichter verstecken zu können. Aber seine Rechnung ging nicht auf, weil das Kopfgeld, das auf seine Ergreifung ausgesetzt war, die Soldaten wachsam gemacht hatte. Deshalb hatten ihn vor zwei Jahren die Soldaten von Cly in einem Heuschober, wo er die Nacht verbracht hatte, aufgestöbert und gefangen genommen.

»Und nun?«, fragte Matthew und räusperte sich, um zu verbergen, wie sehr ihn die Geschichte mitgenommen hatte.

»Jetzt warte ich auf den Tod, und ich danke Gott, dass er dich zu mir geschickt hat, damit ich dir mein Herz ausschütten konnte ... Gib mir deinen Segen, Mönch, damit ich gereinigt von aller

Schuld und frei von allen Fehlern, die ich in meinem Leben begangen habe, vor Gott treten kann.«

Matthew rezitierte in lateinischer Sprache den Segensspruch, überlegte aber im Stillen, ob es ihm nicht irgendwie gelingen könnte, die Unschuld des Zimmermanns zu beweisen. Vielleicht sollte er die ganze Geschichte Otto erzählen, der in Bosones Gunst stand. Vielleicht würde auf seine Fürsprache hin Bosone das Urteil noch einmal überdenken. Der Mönch schöpfte Hoffnung und erläuterte Plane, was er vorhatte. Der Zimmermann allerdings schüttelte den Kopf, hustete und rang nach Luft.

»Nein, Mönch, es hat keinen Sinn. Bosone hat andere Sorgen, sein Ehrgeiz ist übermächtig, und seine Familie hat Beziehungen und Machtinteressen überall im Tal. Er wird sich doch nicht gegen den Herrn von Châtel-Argent stellen, nur um ein bereits gefälltes Urteil zu revidieren. Außerdem bin ich sterbenskrank und glaube nicht, dass mir noch viel Zeit zum Leben bleibt. Mein Schicksal ist besiegelt. Ich muss für meine Unvorsichtigkeit und Dummheit bezahlen.«

Der Mann kauerte sich wieder auf sein Strohlager, verbarg den Kopf in seinen Händen und fing an zu weinen. Matthew blickte ihn nur an. Er war unfähig, angesichts eines solchen Elends zu reagieren. Die Zeit verging, doch der Mönch brachte es nicht über sich, diese übel riechende Gruft zu verlassen. Er hatte zwar sein Werk der Barmherzigkeit getan, fühlte aber, dass der Mann noch ein Anliegen hatte. Er nahm die Hände des Gefangenen in die seinen und fragte, ob er noch etwas für ihn tun könne.

Plane hob seine Augen. Sie waren vom Weinen gerötet und sahen den Mönch durchdringend an. Als er dessen entschlossene und aufrichtige Miene sah, zögerte Plane nicht länger:

»Ja, du kannst etwas für mich tun, aber niemand darf es wissen, auch nicht dieses barmherzige Mädchen aus dem Gasthof, das mir so oft etwas zu essen bringt. Ich …«

Plane stockte, unschlüssig, ob er fortfahren solle.

»Du …?«, ermunterte ihn Matthew. Der Zimmermann stieß einen langen, bebenden Seufzer aus und sprach weiter.

»Ich habe dir nicht die ganze Wahrheit gesagt, Mönch. Verzeih mir, aber ich habe nicht gewusst, ob ich dir vertrauen kann, und ich habe mit meinen Worten nicht das Leben eines anderen Menschen in Gefahr bringen wollen. Wenn ich aus dem ersten Gefängnis habe fliehen können, dann nur dank einer Frau, einer Prostituierten, die ich in Châtel-Argent häufig aufgesucht habe. Sie hat die Wachen betrunken gemacht und mir den Weg gezeigt. Ihr Name ist Claudiana, und – auch wenn es dir merkwürdig erscheint – wir haben uns ineinander verliebt. Unsere Liebe ist ohne Worte gewachsen. Sie hat gewusst, dass ich unschuldig bin, ihr habe ich keine langen Erklärungen geben müssen. Wir sind geflohen, sind monatelang umhergeirrt, wie ich dir ja schon erzählt habe, haben uns in Heuschobern und in Ställen versteckt, etwas zu essen gestohlen oder erbettelt. Wir sind glücklich gewesen, trotz der Angst und des Hungers. Claudiana ist sehr schön; ihr rotblondes Haar umrahmt ihr Gesicht, und ihre grünen Augen sind wie zarte Frühlingsblätter. Das haben viele bemerkt auf unserer Flucht, und ich fürchte, dies ist einer der Gründe dafür, dass sie uns am Ende entdeckt haben. In der letzten Nacht, in jenem Heuschober, hat sie meine Hand auf ihren Bauch gelegt und mir in ihrer lustigen, aus den Worten verschiedenster Sprachen gemischten Redeweise zu verstehen gegeben, dass sie schwanger ist: ›John son‹, hat sie immer wieder gesagt und dabei gelacht und geweint: ›John son‹ … Dies war die glücklichste Nacht meines Lebens, Mönch. Und jetzt frage ich mich, wie ich bloß so einfältig sein konnte zu glauben, dass ich dieses Kind würde aufwachsen sehen! Am nächsten Morgen haben sie uns entdeckt. Das letzte Bild, das ich vor Augen habe, ist das von Claudiana, die von den Soldaten an den Haaren gezerrt und mit dem Griff einer Reitpeitsche geschlagen wird. Ihr verzweifelter Blick wird mich begleiten, solange ich lebe. Ich weiß nicht, was aus ihr geworden ist, ich weiß nicht, ob sie noch am Leben ist, ich wage gar nicht, an mein Kind zu denken, das sie in ihrem Schoß trug … Mönch, jetzt weißt du alles von mir. Ich habe keine Ahnung, wohin du unterwegs und warum du hier bist, doch ich bitte dich um einen Gefallen. Wenn du auf deinen Wegen einer rothaarigen Frau mit grünen Augen begegnest, dann frag, wie sie heißt. Wenn sie dir antwortet: ›Claudiana‹, so sag ihr, dass John Plane tot ist, aber dass sie für ihn das Wertvollste auf der Welt war. Und wenn sie ein Kind bei sich hat, so streiche ihm über den Kopf und gib ihm deinen Segen. Und dann sag ihr, sie soll fliehen, so weit wie möglich, nach Mailand, nach Venedig, nach Rom …«

Dem Zimmermann versagte die Stimme, sein ausgemergelter Körper wurde von Schluchzern geschüttelt. In das Mitleid, das Matthew mit diesem unglücklichen Mann empfand, mischte sich der Zorn auf die Ungerechtigkeit dieser Welt. Die Mächtigen mit ihren Privilegien fügten den Armen, die sie als Arbeitskräfte oder zum Kriegführen missbrauchten, unermessliches Unheil zu. Wieder einmal gingen seine Gedanken zu St. Albans und Mary. Hier wie dort konnte das Urteil nicht angefochten werden; die Strafe wurde nach der Willkür des Richters zugeteilt. Aber wie würde dereinst das Urteil des obersten Richters lauten? Wessen Schuld wog mehr, für wen würden sich die Pforten der Hölle öffnen?

Matthew riss sich aus seinen Gedanken. Er beugte sich über den Gefangenen, umarmte ihn und spendete ihm Worte des Trostes, um seine Verzweiflung zu lindern. Er versprach ihm, wenn er Claudiana begegnete, würde er sich um sie und ihr Kind kümmern. Nach einem letzten Bittgebet, das er gemeinsam mit dem Gefangenen sprach, verließ er die Zelle und rief nach der Wache. In völliger Dunkelheit stand er da und wartete. Matthew fragte sich, wie man nach einem einzigen Tag hier unten noch am Leben sein konnte. In völliger Finsternis hörte der Mönch zunächst erstickte Laute, Jammern und Wehklagen aus anderen Zellen und dann die betrunkene Stimme des Soldaten, der mit einem Lied auf den Lippen herunterkam und ihn herausließ.

Oben im Freien sog Matthew dankbar die frische Abendluft ein und ging zum Gasthof. Otto und die junge Magd erwarteten ihn schon. Dem Kaufmann erklärte er schnell den Grund für seine Abwesenheit, und der Magd gab er John Planes Erzählungen wieder – bis auf den letzten Teil. Der Mönch wollte sie nicht enttäuschen. Denn der Zimmermann bedurfte ihrer Barmherzigkeit auch weiterhin, und die wohltätige Illusion der Liebe machte das elende Leben als Magd in einer Herberge bestimmt erträglicher.

KAPITEL 12

Karl stand bewegungslos da und sah gebannt den Vorbereitungen für die Vorstellung zu, die demnächst stattfinden sollte. Sein Vater, der Tischler Leopold, hatte ihm erlaubt, die Werkstatt früher als sonst zu verlassen, weil der Junge ihm schon seit dem frühen Morgen geholfen hatte. Karl hatte zwei Butterkästen sorgfältig mit dem Hohleisen bearbeitet. Das Holz hatte lange im Stall gestanden und Feuchtigkeit aufgenommen, damit es weich und geschmeidig war, wenn die geübten Hände seines Vaters Blätter, Blumen und Monogramme hineinmeißelten. Die Aussicht, den Vorbereitungen für das Spektakel zusehen zu dürfen, hatte den Knaben angespornt und flink arbeiten lassen.

Auf dem leeren Platz vor dem Dorf stellte man soeben einen riesigen Käfig aus Eisenstangen auf, die von kräftigen Lederriemen und Holzträgern zusammengehalten wurden. Ein Flachwagen, bei dem das Ochsengespann fehlte, trug ein oben geschlossenes Holzgehege, aus dem müdes Knurren und Kettengerassel zu hören war.

Ein untersetzter, halb nackter Mann mit schulterlangem, grauem Haar, das von einer schmutzigen Hanfschnur zusammengehalten wurde, lief mit weit ausholenden Schritten vom Wagen zum Käfig und rief einmal dem eingesperrten Tier und dann dem Mohren, seinem Gehilfen, etwas zu.

Karl hatte noch nie einen Mann gesehen, dessen Haut so schwarz war wie verbranntes Holz. Die dunklen Arme und Beine des Mohren ragten unter einem kurzen, zerschlissenen Kittel hervor, und in seinem pausbäckigen Gesicht standen schwarze, scharfe Augen. Sein großer Mund mit den dicken Lippen entblößte ein paar gelbliche Zähne.

Das Knurren hatte jetzt aufgehört. Aber der Geruch des wildes Tieres, vermischt mit dem Gestank von Exkrementen, lag in der Luft und stieg auch Karl in die Nase. Doch der Knabe war viel zu sehr damit beschäftigt, zu verfolgen, was sich vor seinen Augen abspielte, als dass er darauf geachtet hätte.

Nachdem der Käfig aufgebaut war, begaben sich der Mohr und der Dompteur hinter den Wagen und kostümierten sich für die Vorstellung. Während aus dem Dorf die ersten Bewohner mit lärmenden Kindern an der Hand herbeiströmten, bemerkte Karl, dass weder das vertraute Gackern der Hühner noch das laute Blöken der Schafe zu hören war. Nur aus weiter Ferne drang das Gebell von Hunden an sein Ohr, die man eingesperrt hatte, um das wilde Tier nicht zu reizen.

Jetzt erschien wieder der Mohr; er trug eine Hose aus ausgebleichter gelber Seide, dazu einen roten Gürtel und ein weißes Wams. Um den Kopf hatte er einen Turban von der Farbe des Gürtels geschlungen. Um seine Schultern hing ein kleines Tamburin, und unterbrochen von rhythmischen Schlägen verkündete er mit tiefer Stimme die Wunderdinge, die gleich in der Vorstellung zu bestaunen wären.

»Der Löwe Cäsar, der König des afrikanischen Waldes, ist gekommen, um euch, den Bewohnern von Felik, seine ungeheure Kraft und seine gefährliche Wildheit vorzuführen! Ihr werdet vor Angst zittern und beben! Der große Dompteur Marcus aber, der diesen Löwen unter Einsatz seines Lebens eigenhändig gefangen hat, wird euch zeigen, wie geschickt er diese wilde Bestie gezähmt hat! Kommt, ihr Leute, kommt zur Vorstellung, es kostet nur einen Soldo!«

Der Platz füllte sich rasch. Ganz vorne in der ersten Reihe

drängten sich die Kinder, hielten sich jedoch vorsichtshalber am Rockzipfel ihrer Mütter fest, hin und her gerissen zwischen dem Wunsch, das wilde Tier möglichst aus der Nähe zu sehen, und der Angst, ihm allzu nahe zu kommen. Die Frauen unterhielten sich aufgeregt mit denen, die neben ihnen standen. Es war das erste Mal, dass sich ein Dompteur bis hierherauf wagte, und noch nie hatte jemand einen lebendigen Löwen gesehen. Zwar erzählten die Alten Geschichten von Sarazenen, die vor vielen Jahren die Straßen und Pässe der Umgebung unsicher gemacht hätten. Es hieß, diese Ungläubigen hätten aus fernen Ländern ebenfalls solche Bestien mitgebracht, wenn auch angekettet, und mit ihrer Hilfe Pilger und Wanderer überfallen.

Das Gemurmel der wartenden Menge wurde von einem wilden Trommelwirbel unterbrochen, gefolgt von schrillem Kettengerassel. In einer Öffnung im Holzgehege erschien der Löwe und schlich auf leisen Pfoten in den Eisenkäfig, wo der Dompteur ihn schon erwartete. Auf halbem Weg blieb das Tier stehen und blickte träge in die Menge. Beim Anblick der Bestie gab es erstaunte Rufe, die unter dem knallenden Peitschenschlag des Dompteurs schlagartig verstummten.

Der Löwe, dessen Fell fleckig und schorfig war, gehorchte seinem Herrn und stieg auf einen niedrigen Hocker. Sein fast kahler Schwanz schlug unruhig auf die gestampfte Erde, während seine Augen den Dompteur Marcus fixierten. Auf dessen Wink legte sich der Mohr, der inzwischen gleichfalls den Käfig betreten hatte, vor dem Hocker auf den Rücken. Der Dompteur rief einen Befehl, und der Löwe sprang hinunter. Wenige Schritte neben dem Mohr blieb er stehen und erwartete geduldig den zweiten Peitschenknall, dann legte er vorsichtig seine Vorderpfoten auf den Bauch des am Boden liegenden Mannes und stieß ein Furcht erregendes Brüllen aus.

Der Menge stockte der Atem. Auf den erneuten Befehl des

Dompteurs sprang der Löwe wieder auf den Hocker. Die Zuschauer schrien erleichtert auf und klatschten begeistert in die Hände. Es folgte weiteres Peitschenknallen und weitere Kunststückchen des wilden Tieres, das zwischendurch Darm und Blase entleerte. Sogleich war die Luft von einem scharfen Gestank erfüllt, und der Boden unter dem Käfig glich einem morastigen Stück Erde.

Um die sechste Stunde ging das Schauspiel auf sein Ende zu. Nach einem letzten ohrenbetäubenden Trommelwirbel verschwand der Mohr hinter dem Holzverschlag und tauchte mit dem Kadaver eines Schafes wieder auf. Der Löwe, der reglos im Käfig saß, witterte den Geruch und verfolgte aufmerksam die Bewegungen des Mannes. In einem Abstand von neun Fuß umkreiste der Mohr die Bestie, streckte ihr mehrmals das tote Schaf entgegen und zog es dann wieder zurück. Jedesmal hieb der Löwe mit seiner Pranke in die Luft und stieß dabei ein tiefes Brummen aus, ohne sich jedoch von der Stelle zu rühren. Als ihn der Mohr zum dritten Mal umkreiste, warf er das Aas vor den Löwen und zog sich dann an den Rand des Käfigs zurück. Der Löwe starrte das Schaf einen Augenblick an, ohne es jedoch zu berühren, und wartete ab. Da tauchte Marcus auf, rief einen weiteren rauen Befehl, öffnete mit beiden Händen das Maul des Löwen und legte seinen eigenen Kopf hinein. Der Löwe rührte sich nicht, doch aus seinem weit geöffneten Rachen tropfte zähflüssiger Speichel auf den Kopf des Dompteurs.

Ein Raunen ging durch die Menge. Die Frauen waren leichenblass, die Männer überspielten ihre Angst durch unsicheres Grinsen, und die Kinder schauten mit offenen Mündern dem Schauspiel zu.

Das Tamburin verstummte. Marcus zog seinen Kopf aus dem Rachen des Löwen und wandte sich dem Publikum zu, um den Beifall entgegenzunehmen. Erleichtert über den unblutigen Abschluss der Vorstellung, ließ die Menge Bravorufe hören, stampfte anerkennend mit den Füßen und hob jubelnd die Arme. Der Löwe, endlich von seinen schauspielerischen Verpflichtungen befreit, packte das Schaf mit dem Maul und schleppte es zu seinem Holzverschlag, wohin der Mohr ihn mit der Peitsche trieb.

Aufgewühlt von diesem Schauspiel, rannte Karl nach Hause, um seinem Vater alles über die wilde Kraft des Tieres und von diesem Mohren zu erzählen, der schwarz war wie verbranntes Holz. Vorher, noch zu Hause, hatte ihm sein Vater bereits gesagt, man brauche weder den Löwen zu fürchten, der im Käfig eingesperrt und deshalb ungefährlich sei, noch den Mann mit der dunklen Haut. Es sei nur eine Legende, hatte er ihm erklärt, dass sich in den Gesichtszügen des Mohren der Teufel verstecke. In Wirklichkeit seien Mohren die Bewohner eines fernen Landes jenseits des großen Meeres, wo die sengend heiße Sonne im Laufe der Jahrhunderte die Haut der Bewohner dunkel gemacht habe.

Vor der Türschwelle sah Karl, dass viele Kaufleute, darunter auch der Ammann, auf Hermanns Haus zustrebten. Das Kind ahnte, dass sich die Siedler zur Beratung versammelten, und fragte sich, warum sie nicht wie sonst üblich auf dem großen Platz zusammenkamen. Aufgeweckt und neugierig, wie Karl war, beschloss er, seinen Vater nach dem Grund zu fragen. Doch zuallererst wollte er ihm von dem Dompteur und seinem wilden Tier erzählen.

Die Kaufleute hatten sich in dem großen, an die Stube angrenzenden Saal versammelt. Hermanns Haus war das einzige im ganzen Dorf, das einen solchen Empfangsraum vorzuweisen hatte. Er ähnelte dem Audienzsaal der Lehnsherren, wenngleich er von weitaus bescheideneren Ausmaßen war. Ein großer Kamin, in dem jetzt kein Feuer brannte, nahm die Hälfte der nördlichen Wand ein, und kleine bestickte Gobelins aus ungefärbter Wolle hingen zu beiden Seiten der Fenster, in deren stabile Rahmen die venezianischen Glasscheiben eingepasst waren. In der Mitte des Raumes stand ein schöner Tisch aus hellem Lärchenholz, über den eine Decke aus flandrischem, mit Silberfäden durchwirktem Tuch gebreitet war. Die Sitzbänke standen, von der Wand weggerückt, halbkreisförmig um den Tisch, sodass die Kaufleute einander ansehen konnten. Hermann wartete, bis das Gesinde Brot, Käse und Becher mit Wein auf den Tisch gestellt hatte. Dann machte er Daniel ein Zeichen, die Versammlung zu eröffnen.

»Seit dem Überfall der Soldaten von Verretio ist ein Monat vergangen. Wir alle wissen, dass die Sache glimpflich ausgegangen ist, und dafür haben wir Gott, dem heiligen Petrus und dem heiligen Nikolaus gedankt. Trotzdem befürchten wir, dass sich ein solcher Vorfall wiederholen könnte. Allzu oft führen die Herren im Tal Krieg gegeneinander, und allzu oft wollen sie Ländereien und Burgen in ihren Besitz bringen und tragen Wirren und Leid in das geordnete Leben der Bauern und Kaufleute! Wir hier oben leben zwar abseits der viel befahrenen Wege und Straßen, aber deshalb sind wir vor solchen Übergriffen noch lange nicht sicher. Wir müssen also Mittel und Wege finden, unser Dorf besser zu schützen. Viele von uns sind oft auf Reisen; und wir lassen unsere Frauen und Kinder zurück, die wir nicht der Willkür derer überlassen dürfen, die sich unser Land aneignen wollen! Ich habe mit Hermann darüber gesprochen, und er hat vielleicht eine Lösung …«

Hermann blickte sich um, als wolle er abwägen, welche Bedeutung die anderen Kaufleute ihm zuerkannten. Dann sah er jeden Einzelnen an, ehe er begann:

»Was die Verteidigungsanlagen anbelangt, können wir nicht mehr tun, als bereits geschehen ist. Die schroffe Landschaft bietet an sich schon einen gewissen Schutz, aber da es zwei Zugangswege zum Dorf gibt, können wir unmöglich jeden Besucher kontrollieren, der zu uns kommt. Wir könnten zwar das Südtor schließen, doch wir und unsere Bauern benutzen es ja selbst ständig, wenn wir auf die Felder und in den Wald gehen. Das Nordtor ist der Haupteingang für alle, die von Canton des Allemands und von Verretio aus hierher kommen, und damit grundsätzlich gefährdeter. Wenn wir das Nordtor schließen würden, müssten wir einen neuen Weg durch den Wald schlagen – was unmöglich ist, denn wir müssten die bebauten Felder bergabwärts umgehen und dann auf der anderen Seite wieder hochsteigen. Damit aber würde sich der Weg auf unzumutbare Weise verlängern, und außerdem würde dann der Zugang zu unserem Dorf über Orsio führen, das ja, wie ihr alle wisst, den Herren von Vallesa gehört. Ich bezweifle, dass man uns die Passage gestatten würde, und wenn doch, so müssten wir Wegezoll bezahlen. Die einzige Möglichkeit ist ein Wachdienst, und zu diesem Zweck müssen wir die Palisade mit einem Laufgraben versehen, auf dem die Wachen ihre Runden drehen …«

Er wurde von Heinz Eisen unterbrochen, einem Kaufmann aus Canton des Allemands, der eine Frau aus Felik geheiratet und sich mit ihr im Dorf niedergelassen hatte, wo er einen regen Handel mit Stoffen betrieb.

»Aber wenn wir hier keine Möglichkeit haben, uns zu verteidigen, dann lasst uns doch woandershin ziehen! Verlagern wir unsere Märkte weiter ins untere Tal, in die Ebene …«

Sowohl Hermann als auch Daniel warfen ihm zornige Blicke zu, aber es war der Ammann, der das Wort ergriff:

»Wohin genau willst du denn gehen? Haben wir nicht gerade dargelegt, dass die politische Lage im gesamten Tal verworren ist? Glaubst du etwa, die anderen Kaufleute würden es einfach hinnehmen, wenn sich in ihrer Nähe neue Händler ansiedelten?

Sie haben sich ein festes Handelsnetz aufgebaut und müssen selbst zusehen, dass sie durch die Zölle der unersättlichen Herren nicht allzu sehr geschröpft werden. Zum Glück haben wir im Wallis mehr oder weniger feste Absatzmärkte und liegen in größtmöglicher Nähe von Praborno. Würdest du denn diese Märkte aufgeben wollen, wo wir mit unseren Waren inzwischen unentbehrlich sind?«

Gekränkt durch die feindseligen Blicke, die Daniels Worte begleiteten, schwieg Heinz. Und Hermann sprach absichtlich nicht über seinen Einwurf, als er fortfuhr:

»Es gibt noch eine andere Lösung. Ein paar von uns bleiben hier. Wir bringen unsere Waren abwechselnd zu den Märkten, und auf diese Weise könnte eine größere Zahl von Kaufleuten als bisher ständig hier sein ...«

Aufgeregtes und ungläubiges Gemurmel ging durch die Versammlung. Hermann hob abwehrend die Hand und führte weiter aus:

»Wie viele Kaufmannsfamilien gibt es eigentlich hier in Felik? Zwanzig, dreißig, vierzig? Wir handeln fast alle mit Wolle und Stoffen und haben deshalb auch gemeinsame Interessen. Ich will euch erklären, wie es die Kaufleute in Deutschland und Frankreich machen und was ich in vergangenen Jahren habe beobachten können. Sie haben so genannte Handelsgesellschaften gegründet. Alle Kaufleute, die mit denselben Waren handeln, haben sich zusammengeschlossen. Diese Gesellschaften wählen einen Repräsentanten, der nicht umherreist, sondern dort residiert, wo der Markt oder die Messe seiner Mitglieder stattfindet. Dort eröffnet er ein Lager und nimmt die Bestellungen seiner Kunden entgegen. Wenn der Kaufmann mit seinen Waren kommt, hat er schon einen ziemlich genauen Überblick darüber, wie viel er wahrscheinlich verkaufen wird. Wenn die Nachfrage groß ist, kann er höhere Preise verlangen oder sich mit anderen

Kaufleuten absprechen – zum Vorteil aller. Da es ein Warenlager gibt, können wir auch ausgedehntere Reisen unternehmen. Wir müssen uns jedenfalls so organisieren, dass wir eine gleich bleibende Menge von Waren transportieren. Zwar müssten wir neue Lasttiere kaufen und neue Treiber bezahlen, aber im Endeffekt wird der Gewinn steigen, und wir müssten sehr viel seltener auf Reisen gehen. Damit aber wären wir häufiger in Felik, könnten das Dorf schützen und auch unseren anderen Geschäften von hier aus besser nachgehen. Wir könnten zudem auf Kredit verkaufen. Das steigert den Umsatz, das garantiere ich euch, weil der Kunde – ob Bauer, Abt oder Adeliger – nicht immer flüssig ist ...«

»Aber wer garantiert uns, dass wir das Geld für unsere Waren auch tatsächlich bekommen?«, wollte ein Kaufmann wissen.

»Das ist ganz einfach, und aus diesem Grund habe ich ja davon gesprochen, dass wir abwechselnd reisen. Wir müssten nicht mehr das Geld mit uns herumtragen und befürchten, dass wir auf dem Rückweg ausgeraubt werden. Unsere Gesellschaft würde am Handelsplatz Wechsel ausstellen, also Zahlungsanweisungen, die bei den Geldwechslern in Asti oder Vercelli eingelöst werden können – Städte, die wir alle mehrmals im Jahr aufsuchen. Somit hätten wir einerseits die Garantie, dass wir unser Geld bekommen, andererseits wäre damit sichergestellt, dass unsere Waren auch tatsächlich verkauft werden. Die Handelsgesellschaft könnte darüber hinaus Anzahlungen entgegennehmen, das heißt, der Kunde gibt einen Teilbetrag sofort und bezahlt den Rest mit einem bestimmten Zinsaufschlag. Mit dem Geld könnten wir sofort wieder neue Waren kaufen, was uns bisher nicht möglich war. Mit diesem System müssten wir nicht mehr oder zumindest seltener bei den Messen selbst anwesend sein, da wir ja dort einen Agenten haben. Wenn einer von uns für einen bestimmten Zeitraum im Jahr das Dorf nicht verlassen kann, könnte ihn ein anderer vertreten, der dann nicht die Verantwortung hätte, das Geld sicher nach Hause zu bringen. Wir müssten also weniger reisen und würden gleichzeitig mehr verdienen …«

Hermann hielt inne und wartete auf die Reaktion der anderen Kaufleute. Einige waren skeptisch, andere schienen so gut wie überzeugt. Daniel ergriff das Wort und mahnte, eine Entscheidung müsse noch in dieser Versammlung gefällt werden, weil es lange dauere, bis die neue Organisation aufgebaut sei. Falls alle einverstanden seien, müsste man die Agenten bestimmen, die an den geeignetsten Messeorten präsent sind, man müsse Warenlager finden, die Kunden überzeugen und so weiter.

»Ein Becher Wein wird uns helfen, zu einer Entscheidung zu kommen. Bedient euch also, und lasst uns den Plan besprechen. Am Ende wollen wir dann darüber abstimmen.«

Die Männer standen auf, nahmen sich Brot und Käse, tranken den bereitstehenden Wein und unterhielten sich in kleinen Gruppen. Nur Heinz blieb allein, der nach all den Jahren im Dorf noch immer ein Fremdling war. Das vorhin erlebte Gefühl der Demütigung war einer heftigen Wut gewichen. Während er dachte, dass sich Hermanns Geiz auch daran zeigte, dass er seinen Gästen schon fast verdorbenen Wein vorsetzte, ging ihm durch den Kopf, wie schwierig es für ihn war, in dieser stolzen und in sich abgeschlossenen Gemeinschaft von Kaufleuten Anerkennung zu finden. Freilich gab es auch liebenswürdige Familien im Dorf, insbesondere die seiner Frau, die ihn vor Jahren freundlich aufgenommen hatte. Auch Conrad und Gertrud waren großzügige und hilfsbereite Dorfbewohner, aber sie handelten mit Vieh und standen nicht in Konkurrenz zu den reichen Tuchhändlern, die in Felik den Ton angaben. Conrad besuchte die Märkte in Macugnaga, er hielt sich an die Regeln des Dorfes und führte ansonsten ein abgeschiedenes Leben ohne große Scherereien.

Heinz argwöhnte, dass sich hinter Hermanns neuem Plan persönliche Interessen verbergen würden, beispielsweise sein allgemein bekannter Ehrgeiz, gesellschaftlich aufzusteigen. Schließlich war er der reichste Kaufmann von Felik und konnte sich jeder Neuerung entgegenstellen, ohne Schaden zu nehmen. Aber die anderen? Was, wenn die Agenten in der Ferne versuchen würden zu betrügen, wenn sie in heimlicher Absprache mit den Kunden einen Teil der Einkünfte in die eigene Tasche steckten? Wie würden dies die Kaufleute merken, wenn sie doch nur ein paar Mal im Jahr die Märkte besuchten? Nein, er, Heinz, würde gegen den Vorschlag stimmen, auch wenn die anderen ihn akzeptierten, was sie gewiss taten. Denn Hermann war gefürchtet, zum einen wegen seines aggressiven Charakters, zum anderen, weil er bei den wichtigsten Handelskontakten mit Praborno und den Handelsplätzen in Deutschland die Fäden zog.

Heinz beschloss, von Felik fortzuziehen. Mit seiner Familie und seinem Gesinde würde er nach Canton des Allemands zurückkehren. Sobald er sich dort kundig gemacht hätte, würde er in die Ebene hinunterziehen. Es ging das Gerücht, die Herren von Challant würden ihre Burg in Villa St.-Victor vergrößern, was Arbeit brachte und lukrative Handelsgeschäfte ermöglichte. Dort würde er sich niederlassen, an einem neuen Ort, wo niemand ihn hochmütig und verächtlich behandelte. Dort würde er ganz von vorne anfangen, gestützt auf seine Erfahrung und unter dem Schutz des Grundherrn von Challant.

Als über Hermanns Vorschlag abgestimmt wurde, fand er allgemeine Zustimmung – genau wie Heinz erwartet hatte. Zwar stimmten sieben Kaufleute dagegen, aber die Mehrheit war einverstanden. Hermann zeigte sich verärgert, dass sein Plan nicht einstimmig angenommen wurde, und bestimmte den nächsten Tag für eine weitere Versammlung, um über die Agenten und andere praktische Fragen im Zusammenhang mit dem neuen Plan zu beraten.

»In wenigen Tagen beginnt hier in Felik die Erntezeit, dann wird jede Arbeitskraft gebraucht. Der Ammann sagte mir, dass sich dieses Jahr wegen des Krieges zwischen dem Herrn von Bard und dem Visconte nur wenige Schnitter aus der Ebene als Erntehelfer zu uns heraufwagen. Wir müssen also sehen, wie wir alleine zurechtkommen; uns wird nichts anderes übrig bleiben, als das Hausgesinde auf die Felder zu schicken. Dies ist ein weiterer Grund, weshalb wir uns so schnell wie möglich neu organisieren müssen. Und dann müssen wir auch die Mauern befestigen und den Wachdienst einteilen.«

Darauf verabschiedete Hermann seine Gäste. Sie machten sich auf den Heimweg, noch immer heftig debattierend. Heinz ging zu seinem Stadel in der Nähe des Südtors.

Jenseits der Palisade ließ der Löwe ab und zu ein leises Knurren hören, während der Käfig abgebaut wurde. Der kleine Zirkus würde bald in ein anderes Dorf weiterziehen. Die Nachmittagshitze war vorüber, und zuweilen wehte ein frischer Wind. Auf der gestampften Erde des Vorplatzes wirbelte Staub, der sich sofort wieder legte.

KAPITEL 13

Sibilla half Leonhardt, die Falle aufzustellen. Vorletzte Nacht war in Orestes Stall ein Wolf eingedrungen und hatte ein Lämmchen gerissen. Das ängstliche Blöken der Schafe hatte das halbe Dorf geweckt, aber niemand hatte es vermocht, den Räuber zu erwischen, der mit seiner Beute in den Wald geflohen war. Nur eine lange Blutspur war zurückgeblieben.

Leonhardt schlug den letzten Pflock ein und reichte dann Sibilla das Ende einer langen Fangschlinge, die sie auf dem Boden auslegte, um sie an den niedrigen Holzpflöcken zu befestigen. Darüber häuften sie Zweige und Blätter. Leonhardt brachte dann einen Bogen mit eingesetztem Pfeil in Anschlag und verband die Waffe durch einen Strick mit der niedrigen Palisade, der den Mechanismus unter Spannung hielt. Der junge Mann begutachtete sein Werk. Jetzt musste er nur noch die mitgebrachten Innereien einer Ziege in die Umzäunung werfen. Ihr Geruch müsste den Wolf in die Falle locken, durch die Schlinge am Boden würde der Mechanismus ausgelöst und der Pfeil losschnellen.

Ringsherum verteilte Sibilla feuchten, übel riechenden Mist aus einem Sack. Der Sohn eines Stallknechts von Conrad hatte am Vortag den Kuhmist gebracht. Die üblen Gerüche sollten das Erdreich durchdringen und den Geruchssinn des Wolfs verwirren, damit er die Menschen nicht witterte.

Dann verließen Sibilla und Leonhardt den Waldrand, wo sie die Falle aufgestellt hatten. Ihre Holzschuhe versanken im hohen Gras, das ihre Schritte dämpfte. Leonhardt hielt einen Augenblick inne, um Luft zu schöpfen. Es war nicht das erste Mal, dass er eine Falle aufstellte, aber die Eile und die Angst vor dem Wolf hatten ihn ganz außer Atem gebracht. Vor ein paar Jahren war ein Wolf am helllichten Tag aus dem Wald ins Dorf eingedrungen und hatte einen Bauern, der ihn verfolgt hatte, lebensgefährlich verwundet. Auch Sibilla keuchte vor Anstrengung, ihr Gesicht war schweißbedeckt. Sie wandten den Blick hinunter auf die Roggenfelder, wo die Schnitter soeben mit der Mahd begonnen hatten.

Die hoch aufragenden Ähren fielen, niedergemäht von Sicheln, die in der Sonne glänzten. Hinter den Männern liefen Frauen, sammelten die Ähren, bündelten sie und legten die Garben am Feldrand nieder.

Die beiden jungen Leute stiegen noch ein Stück den Berg hinunter, um den Wald weit genug hinter sich zu lassen. Noch immer konnte ein Wolf unversehens hervorstürmen und sie angreifen.

»Wann wirst du gehen?«, fragte Sibilla und streifte zärtlich Leonhardts Hand. Der junge Mann sah sie an. Ihr schwarzes Haar war zerzaust, ihr Gesicht gerötet und glänzend; ihre Augen blickten ihn fragend an, während sie sich ein Lächeln abrang. In der frischen Brise, die ihnen jetzt übers Gesicht strich, schmiegte sich Sibillas Kleid eng an ihren Körper. Die vollkommene Rundung ihrer Brüste und die anmutige Form ihrer schlanken Gestalt zeichneten sich ab.

Leonhardt wurde von einer plötzlichen Lust überwältigt. Statt zu antworten, zog er sie an sich und küsste sie mit brennendem Verlangen. Seine Hände glitten unter ihren Rock. Sibilla flüsterte etwas, die Lippen fest auf die des Geliebten gedrückt, aber anstatt eine Antwort zu geben, zog er sie zu Boden. Eng umschlungen wälzten sie sich im hohen Gras, das sie vor fremden Blicken verbarg. Leonhardt kniete neben Sibilla nieder, öffnete behutsam ihr Kleid und entblößte ihre hellen, festen Brüste. Ein Schauder durchlief den Körper des Mädchens, und Leonhardt beugte sich hinunter und liebkoste ihre Brüste, während seine Hände sanft ihren Schoß streichelten. Der Atem des Mädchens ging schneller. Leonhardt zog sich aus, drückte seinen Körper eng an die Geliebte und liebkoste ihren Hals, ihre Brüste, ihren Bauch. Dann tasteten Mund und Zunge zu ihrer Scham hinunter. Sibilla stieß einen Schrei aus. Jetzt konnte Leonhardt nicht länger an sich halten und drang in sie ein. Das Mädchen sah ihrem Geliebten ins Gesicht. Zwischen seinen blonden Locken blitzte das grüne Gras, er hatte die Augen fast geschlossen. Seinen Mund umspielte ein kindliches Lächeln, und seine Miene war in Wollust angespannt. Sibilla drückte ihn fest an sich. Wie sehr brauchte sie doch seine Liebe, und wie groß war ihre Angst, ihn zu verlieren. Sie ließ ihn auch dann nicht los, als Leonhardt sich aus ihrem Geschlecht zurückzog. Erstaunt blickte er sie an. Tränen netzten ihre Wangen, und leise Schluchzer entrangen sich ihrer Brust. Leonhardt strich ihr übers Haar, und als er sie erneut küsste, schmeckte er das Salz auf ihrer schweißnassen Haut. Dann half er ihr, sich anzukleiden, und versuchte, sie zu trösten und ihr die Zuversicht zu geben, die er selbst nicht empfand.

»Weine nicht, Liebste. Ich werde nicht fortgehen. Meinem Vater wird es nicht gelingen, mich von dir zu trennen. Niemand kann mich zwingen, Agent von Hermann und seinen Freunden in Praborno zu werden. Glaubst du denn, ich habe nicht durchschaut, warum sie ausgerechnet mich für diese Aufgabe vorgesehen haben? Hermann will uns auseinander reißen. Er glaubt, wenn ich fortginge, würde ich dich vergessen, und er wäre zugleich frei, sein schändliches Techtelmechtel mit dieser Dirne in Canton des Allemands weiterzuführen. Als hätte ich seine Machenschaften nicht längst durchschaut, als hätte ich es nicht mit eigenen Augen gesehen, wo doch sogar meine Mutter weiß, was los ist … Nein, Sibilla, ich werde nicht fortgehen. Ich werde einen Ausweg finden, denn noch haben wir Zeit. Bis September wird in Felik alles so bleiben, wie es war. Ist die Erntezeit vorbei, dann gilt es zu warten, bis der Aufseher des Lehnsherrn die Garben gezählt hat, danach erst wird das Getreide in die Mühle gebracht und der Zehnt bezahlt … Es gibt noch so viel zu klären. Im Sommer kann keiner das Dorf verlassen, und auch wenn mein Vater die Faust in der Tasche ballt, wird er noch ein Weilchen warten müssen, bis er seine Ideen umsetzen kann. Bis September kann sich noch vieles ändern …«

»Hast du mit Costanza gesprochen?«, fragte Sibilla und trocknete sich das Gesicht mit ihrem Schürzenzipfel.

»Ja. Es ist mir sehr schwer gefallen. Ich habe Angst gehabt, weil ich zu meiner Mutter nie eine sehr enge Beziehung hatte. Seit meiner Geburt war es die Amme, die mich versorgte. Costanza ist in meinem Leben gar nicht vorgekommen, nur mein Vater hat mich mit seinen Vorwürfen und seinen Strafen traktiert. Da es sich aber um eine Entscheidung mit weit tragenden Folgen handelt, habe ich all meinen Mut zusammengenommen und sie um eine Aussprache gebeten.«

»Und was hat sie gesagt?«, fragte Sibilla und streckte sich im Gras.

»Sie hat mich schweigend angehört. Dann hat sie mir in die Augen gesehen, als sehe sie mich zum ersten Mal. Ich habe ihr die Gründe dargelegt, weshalb ich das Dorf nicht verlassen will, und gesagt, dass ich den Kaufmannsberuf noch gründlicher erlernen und auch an den Geschäften meiner Familie aus größerer Nähe Anteil nehmen wolle. Da ich der einzige Erbe bin, habe ich erklärt, wird es meine Pflicht sein, mich um alles zu kümmern, wenn mein Vater tot ist. Während der ganzen Zeit habe ich den Blick gesenkt und nicht gewagt, meiner Mutter ins Gesicht zu sehen. Ich fürchtete, zurückgewiesen zu werden. Aber sie lächelte. Es war ein vergnügtes Lächeln, das sie regelrecht verjüngte und schön erscheinen ließ, was sie wohl als junges Mädchen tatsächlich war. ›Glaubst du nicht, dass du einen Grund vergessen hast?‹, fragte sie dann, indem sie meine Hände ergriff und mich verstohlen musterte. Zuerst war ich furchtbar verlegen, dann aber, ermuntert durch ihren wohlwollenden Blick, erzählte ich ihr von uns beiden. Ich sagte ihr, dass nichts auf der Welt uns jemals würde trennen können, dass ich wünsche, du würdest meine Frau, und dass mir niemand etwas anderes aufzwingen könnte. Ich sagte, ich hätte zwar Verständnis für Hermann, hätte aber das Recht, mir meinen Lebensweg selbst zu wählen, genau wie er es vor vielen Jahren getan hatte. Wenn mein Vater auf seinen Forderungen bestünde, sähe ich mich gezwungen, mich von meiner Familie zu trennen und mit dir anderswohin zu ziehen, wo wir ganz von vorne anfangen würden. Meine Stimme zitterte, aber die Worte sprudelten nur so aus mir heraus, und vielleicht sagte ich mehr, als sich geziemt. Als ich fertig war, schloss mich Costanza in die Arme, und lange standen wir einfach nur so da. Mit strahlenden Augen sagte sie dann: ›Ich entnehme deinen Worten, dass du ein Mann geworden bist, und das macht mich glücklich. Ich habe verlernt, was Glück bedeutet, und jetzt bringst du es mir, mein Sohn. Ich kenne Sibilla, ich weiß, was für eine starke und unerschrockene Frau sie ist. Sie ist furchtloser, als ich es in ihrem Alter gewesen bin, und ich weiß, dass auch du ein mutiger junger Mann bist. Wenn Gott euch zusammengeführt hat, so deshalb, weil er möchte, dass eure Liebe Bestand hat. Ich werde alles tun, was in meiner Macht steht, um euch zu helfen. Mein Leben geht langsam zu Ende, und erst jetzt wird mir klar, was ich alles versäumt habe, um mich meinem Schöpfer als würdig zu erweisen. Er hat mir dieses Leben geschenkt …‹ Ich wollte widersprechen, aber sie machte eine Geste, dass ich schweigen solle. Dann sagte sie: ›So ist es, Leonhardt, und vielleicht ist es nicht allein meine Schuld. Ich habe viele Jahre meines Lebens deinem Vater geopfert, weil ich glaubte, seine Art zu leben sei die einzig richtige. Aber ich habe mich getäuscht: in ihm, in mir selbst und auch in dir. Was nützt der ganze Reichtum? Achtung erwirbt man sich nicht durch Prunk, sondern durch rechtschaffenes Verhalten. Das habe ich viel zu spät begriffen. Ich werde dir helfen, Leonhardt, ich werde mit deinem Vater sprechen, wenngleich ich bezweifle, dass er Verständnis für dich haben wird. Jedenfalls wirst du nicht nach Praborno gehen. Du wirst mit Sibilla hier bleiben und in meiner Nähe sein, wenn Gott mich zu sich rufen wird.‹ Ich habe nichts zu erwidern gewusst. Ich bin verblüfft gewesen. Nie zuvor habe ich meine Mutter in dieser Weise sprechen gehört. Zum Abschied hat sie mich umarmt und geküsst. Ich habe mich wieder als das Kind gefühlt, das ich einst war und das die mütterliche Liebe und Zärtlichkeit entbehren musste, die es so inbrünstig ersehnte. In jenem Augenblick habe ich ihr alles verziehen. Ich bin ungeheuer erleichtert gewesen und habe mich endlich von einer bedrückenden Last befreit gefühlt …«

Sibilla blickte Leonhardt an. In seinem Gesicht spiegelten sich heftige Gefühle. Erst jetzt begriff sie, wie sehr ihm seine Mutter gefehlt hatte. Ihre Gedanken gingen zu Karola, und Schmerz und Kummer überwältigten sie. Sie versuchte, das Bild der beiden Gräber auf dem Friedhof zu verdrängen, schlang die Arme um ihre Knie und zog den Rock bis zu den Knöcheln hinunter.

»Deine Mutter muss in ihrem Leben viel gelitten haben, auch wenn sie es niemals gezeigt hat. Du liebst sie sehr, nicht wahr, Leonhardt?«

»Ja«, nickte der junge Mann, »und ich bin mir dessen erst jetzt bewusst geworden. In all den Jahren konnte ich ihr meine Zuneigung nicht zeigen. Aber das war doch nicht meine Schuld, Sibilla, nicht wahr …?«

»Man kann niemandem Liebe schenken, der nicht fähig ist, sie entgegenzunehmen, Leonhardt. Auch ich habe viele Stunden und Tage ungenutzt gelassen, als meine Mutter noch am Leben war, ohne zu erkennen, wie sehr wir uns gegenseitig brauchten. Als ich es dann schließlich fühlte, war es zu spät. Du dagegen hast es noch rechtzeitig gemerkt. Die Zeit, die dir noch bleibt, darfst du nicht ungenutzt verstreichen lassen ...«

Die beiden sahen sich an. Es brauchte keine Worte, um sich ihrer Zärtlichkeit, ihres gegenseitigen Verständnisses und der Liebe zu vergewissern, die sie füreinander empfanden.

Sie standen auf und gingen Hand in Hand ins Dorf hinunter. Von Osten war heftiger Wind aufgekommen, der den Verwesungsgeruch der Ziegengedärme tiefer in den Wald getragen hatte. Und der Wolf witterte diesen verlockenden Geruch und wagte sich vorsichtig aus seinem Versteck.

KAPITEL 14

In der einen Hand trug Ingrid einen Korb mit Eiern, in der anderen ein paar Roggenähren. Die Eier waren für das Abendessen ihres Vaters bestimmt, das die Magd bald kochen würde; aus dem Roggen aber wollte Ingrid für Leonhardt einen Trank bereiten. Sie wusste, dass er am folgenden Tag ihren Vater aufsuchen würde, um mit ihm über das Amt des Agenten in Praborno zu sprechen. Das war die passende Gelegenheit, um Leonhardt einen Becher mit diesem Trank anzubieten.

Seit Daniel vor fünf Jahren Witwer geworden war, war seine Tochter Ingrid seine Betreuerin und Vertraute. Während ihr die Rolle als Betreuerin ganz und gar nicht zusagte, kam die Rolle als Vertraute ihrer natürlichen Neugier entgegen, und so war sie über alles, was im Dorf geschah, stets auf dem Laufenden. Was ihr der Vater verschwieg, das fand sie selbst heraus, denn Klatsch und Tratsch waren ihr Lebenselixier. Ihr gelang es immer, aus anderen Neuigkeiten herauszukitzeln, und sie liebte es, ihrerseits Gerüchte zu streuen.

Eine Magd, die nicht mehr im Dorf wohnte, hatte ihr von einem Liebestrank erzählt, der auch das Herz des widerspenstigsten Mannes schmelzen ließe. Sie hatte ihr versichert, selbst wenn der begehrte Mann am Ende nicht mit ihr die Ehe einginge, würde er sich doch in sie verlieben und viele Male mit ihr das Bett teilen.

Sie machte sich Daniels Abwesenheit zu Nutze und ging gleich ans Werk. In eine tiefe Holzschüssel goss sie einen Becher des besten Weines aus Chambave, den ihr Vater für hochrangige Gäste reserviert hatte. In einem Mörser zerstampfte sie neun Roggenkörner zu feinem Pulver und gab es in den Wein. Aus einem kleinen Zinngefäß kamen dann einige Tropfen ihres Menstruationsblutes hinzu, das sie erst diesen Morgen aufgefangen hatte. Es schwamm zunächst eine Weile auf der Weinoberfläche und bildete dunkle Flecken, bevor es auf den Boden der Schüssel sank. Dann gab Ingrid noch einen kleinen Löffel Honig hinzu und verrührte die Masse mit einem kurzen Holzspatel. Zufrieden mit dem rötlichen und harmlos aussehenden Getränk, goss sie die Flüssigkeit in einen fein ziselierten Becher, deckte ihn mit einem schweren Tuch zu und trug ihn in die kühle Speisekammer an der Nordwand des Hauses, wo Daniel die Weinschläuche aufbewahrte.

Lächelnd kehrte Ingrid in die Stube zurück und dachte an den folgenden Tag. Sie wollte bei Leonhardts Ankunft im Hause sein und nicht von der Seite ihres Vaters weichen, bis von geschäftlichen Dingen die Rede war. Sie würde Leonhardt den Wein und getrocknete, in Milch eingeweichte Esskastanien anbieten. Dann würde sie die beiden mit Wein gefüllten Becher hereintragen und genau darauf achten, welcher für Leonhardt und welcher für Daniel bestimmt war ... Sie würde noch einen Moment im Zimmer verweilen, um sich zu vergewissern, dass Leonhardt auch tatsächlich aus dem für ihn vorgesehenen Becher trank. Dann würde sie sich von den beiden Männern verabschieden und sich in ihr Zimmer zurückziehen.

Jetzt aber musste sie sich schön machen. Aus einem Ei und ein paar Tropfen des wertvollen Olivenöls, das sie zusammen mit ihrem Schmuck eifersüchtig in einem Kästchen aufbewahrte, wollte sie sich einen Brei bereiten und auf ihr Gesicht auftragen. Ihre Lippen würde sie mit einer dicken Honigschicht bestreichen und ihr Haar mit Walnussöl benetzen, das Glanz und eine kupferne Röte verlieh. Ingrid erinnerte sich noch, wie ihre Mutter diese Schönheitsrezepte bei sich selbst angewandt hatte. Ihre Mutter hatte die Schönheitsmaske auf ihr Gesicht aufgetragen, die Haare in ein Leinentuch gewickelt und stundenlang auf dem Bett gelegen. Sie wollte dasselbe tun. Sie würde sich in ihr Zimmer einsperren bis zum nächsten Morgen, um dann in ihren elegantesten Gewändern schön und geschmückt herauszutreten.

Bevor sie sich zurückzog, rief sie die Stallmagd. Sie trug ihr auf, ihrem Vater auszurichten, sie würde heute Abend nicht zum Essen herunterkommen, weil sie Magenschmerzen habe. Dann ging sie in ihr Zimmer, verriegelte sorgfältig die Tür und legte alles bereit, was sie benötigte, auch das Parfümflakon. Auf dem Bett sitzend, betrachtete sie sich in dem silbernen Spiegel, der einst ihrer Mutter gehört hatte. Wohlgefällig lächelte sie ihrem Abbild zu. Das schwache Licht des Spätnachmittags flutete durch die Fenster. Ingrid zündete eine kleine Kerze an, stellte sie auf die Truhe und machte sich daran, den Schönheitsbrei zu mischen.

Hermann war außer sich vor Wut. Er saß am Tisch des Saals und starrte auf die Tür, durch die Costanza soeben den Raum verlassen hatte. Seine Halsschlagader pulsierte sichtbar unter dem offenen Hemdkragen. Sein vor Zorn gerötetes Gesicht hatte einen wilden Ausdruck der Verstörung. Er konnte nicht verstehen, was plötzlich in seine Frau gefahren war. Wer war diese Frau, mit der er seit mehr als zwanzig Jahren Tisch und Bett teilte? Die Costanza, die er geheiratet und die ihm drei Kinder geboren hatte, konnte doch nicht dieselbe Person sein, die ihm soeben all diese schrecklichen Dinge gesagt hatte. Und schließlich: Wie konnte sie es wagen, sich ihm und seinen Entscheidungen entgegenzustellen, wo sie doch bisher immer gefügig und unterwürfig war? Er hatte sich über seine Frau nie beklagen können. Gewiss, sie war etwas prätentiös, sie hatte einen Teil seiner Einkünfte nutzlos verschleudert, aber insgesamt gesehen war sie stets eine treue und verständnisvolle Gattin. Um Vorwürfen aus dem Weg zu gehen, hatte es genügt, ihr ein klein wenig freie Hand zu lassen, damit sie ihr Luxusbedürfnis befriedigen konnte. Und jetzt hatte sie sich gegen ihn aufgelehnt, nur weil er seine Geschäfte neu organisieren wollte!

Hermann schenkte sich aus dem Krug einen Becher Wein ein und leerte ihn in einem Zug. Seine Kehle war trocken, und die bernsteinfarbene Flüssigkeit stillte seinen Durst nicht, sondern hinterließ einen bitteren Geschmack in seinem Mund. Er bekam einen Hustenanfall, der ihn zu ersticken drohte. Er trat ans Fenster, schob mit einer wütenden Geste den schweren Rahmen zurück, von dem diese nutzlosen Glasscheiben gehalten wurden, und sog die frische Abendluft ein. Ein Windstoß fuhr ins Zimmer und löschte die Kerze, die schon fast abgebrannt war und den Tisch nur schwach erhellt hatte.

Der Kaufmann stand im Dunkeln. Es war eine mondlose Nacht. Auch der Himmel, der kaum zu erahnen war, war tiefschwarz. Er lehnte sich an die Wand und legte die Hände auf das Fensterbrett, um sich zu beruhigen. Es war still im Haus, nur die gedämpften Schritte Costanzas im Obergeschoss waren zu hören. Seine Gedanken wanderten zurück in die Vergangenheit, verworrene Erinnerungen tauchten auf, und zukünftige Pläne schossen ihm durch den Kopf. Seine Frau hatte ihm alles Mögliche vorgeworfen – seinen herrschsüchtigen Charakter, seinen Geiz, seine Geldgier, seine Strenge und Gewalttätigkeit gegenüber Leonhardt … Welche Gewalttätigkeit meinte sie denn nur? Guter Gott! Jeder wusste doch, dass die jungen Leute störrisch wie Esel waren und man den Stock brauchte, um sie zur Vernunft zu bringen! Welcher Herr würde später seine Knechte befehligen können, wenn er nicht zuerst sich selbst in der Gewalt hatte? Die Wahrheit, dachte Hermann, war, dass Costanza nicht wollte, dass Leonhardt das Dorf verließ. Sie wünschte ihn bei sich, um ihn noch mehr zu verwöhnen und in den Fängen dieser Dirne Sibilla zu lassen, die seine ganze Familie noch ins Verderben stürzte.

Warum konnte sich seine Frau nicht klar machen, dass auch seine Kraft erschöpft war, dass er sich müde und leer fühlte. Begriff sie denn nicht, dass er weniger oft reisen müsste, wenn er den Sohn zu seinem Agenten in Praborno machte, dass er länger bei guter Gesundheit bliebe und die letzten Lebensjahre mit ihr teilen konnte? Hermann verzog den Mund zu einem höhnischen Grinsen. Das war es zwar, was er soeben Costanza ins Gesicht gebrüllt hatte, aber es war ganz gewiss nicht sein Hauptgrund. »Ich will aufrichtig sein, wenigstens mir selbst gegenüber«, murmelte er und ließ sich müde auf die Bank am Fenster fallen. Seine Gedanken gingen zu Maida. Es war Maida, die er gegen Ende seines Lebens um sich haben wollte. Aber das konnte er unmöglich Costanza sagen, auch wenn er, blind vor Zorn, drauf und dran gewesen war, ihr die Wahrheit ins Gesicht zu schreien. Und doch war er an einem bestimmten Punkt im Verlauf des Gesprächs unsicher geworden, ob seine Frau nicht etwas von seiner Affäre wusste. Ein versteckter, nur angedeuteter Hinweis auf seine langen Aufenthalte in Canton des Allemands und auf die Seitensprünge des armen Alart … Nein, es war vollkommen unmöglich, dass Costanza von seiner Beziehung zu der Herbergswirtin wusste. Wie hätte sie dies sonst all die Jahre klaglos ertragen können?

Ein Schauder lief Hermann über den Rücken. Und wenn er seine Frau unterschätzt hatte? Wenn sie alles gewusst und trotzdem geschwiegen hatte? Je mehr er darüber nachdachte, umso wahrscheinlicher erschien es ihm. Erst jetzt erinnerte er sich an ihre Blicke und ihr manchmal vorwurfsvolles Schweigen, wenn er von einer seiner Reisen nach Hause zurückkam. Wer also war

Costanza wirklich? Eine falsche Schlange, das war sie! Ja, eine falsche Schlange, die die ganze Ehe hindurch Intrigen gesponnen hatte und jetzt geduldig darauf wartete, dass er starb und ihr und dem Sohn sein ganzes Vermögen hinterließ!

Hermann wischte sich den Schweiß ab, der sich vor Aufregung auf seiner Stirn gebildet hatte. Wut gewann die Oberhand über alles Selbstmitleid. Er stand mit einem Ruck auf, schloss das Fenster und fasste den Vorsatz, sich von niemandem überrumpeln zu lassen. Costanza wollte Leonhardt hier bei sich haben? Gut, dann sollte sie ihn haben! Unfähig, für sich selbst zu sorgen, verführt von den Schmeicheleien einer so gewöhnlichen Frau wie dieser Sibilla … Er würde schon jemand anderen finden, der ihn in Praborno vertrat, und wenn der Gesandte des Lehnsherrn käme, um die Ernte zu begutachten, würde er mit ihm sprechen und ausloten, wie es mit der Übertragung einer verantwortungsvollen Aufgabe stünde. Sein Geld jedenfalls lag sicher in einem Versteck, das nur er allein kannte. Niemand konnte es forttragen, weder sein Sohn noch seine Frau.

Hermann war aufgewühlt und schweißgebadet, als er aus dem Haus trat. Zitternd stützte er sich an der Holzwand des Stadels ab, atmete tief die frische Nachtluft ein und versuchte sich zu beruhigen. Vor ihm, beinahe unsichtbar in der Dunkelheit, ragten bedrohlich und unüberwindbar die Gletscherberge auf. Hermann fasste sich, trat wieder ins Haus und ging ins Obergeschoss. Aus Costanzas Zimmer drang kein Laut. Hermann zog sich in das Zimmer daneben zurück, legte sich auf sein Strohlager, schloss die Augen und wartete auf den Schlaf.

Olivia hängte die frisch gewaschene Wäsche auf den Holzständer über dem Kamin. Sie hatte das Feuer angezündet, kurz bevor sie zum Wäschewaschen hinausgegangen war, und würde es wieder löschen, sobald die Wäsche trocken war, um nicht zu viel

Holz zu verschwenden. Seit zwei Tagen regnete es ununterbrochen – ungewöhnlich für diese Jahreszeit, aber die Wäsche musste dennoch gewaschen werden. Olivia war klatschnass, und bevor sie die Kittel, Hosen und Handtücher aufhängte, hatte sie ihr tropfnasses Kleid ausgezogen. Nun stand sie in einem alten abgetragenen Hemd von Gertrud da. Unter dem unregelmäßigen Hemdsaum staken ihre mageren Beine hervor. Sie zitterte, teils wegen der Nässe, teils vor Erschöpfung und Müdigkeit. Zum Glück sah sie niemand in diesen Lumpen. Gertrud und Conrad waren seit ein paar Stunden im Stall und halfen bei der besonders schweren Geburt eines Kalbs. Es würde noch eine Weile dauern, bis sie zurückkämen.

Olivia war schwanger. Sie wusste es seit einem Monat. Die Hoffnung, dass sie sich getäuscht hatte, hatte nur kurz gewährt. Bald hatte sie unter heftiger Übelkeit gelitten, und ihre Brüste waren voll geworden. Sie hatte es vor Gertrud verborgen – bis zu dem Tag, an dem der Geruch der Suppe, die sie gerade kochte, einen Brechreiz verursachte.

Gertrud, die neben ihr in der Küche stand, wusste augenblicklich, was es bedeutete. Obwohl sie selbst keine Kinder zur Welt gebracht hatte, kannte sie die Symptome einer Schwangerschaft sehr genau. Diese Übelkeit war ein sicheres und untrügliches Zeichen. Und insgeheim hatte sie wohl immer befürchtet, dass aus dieser schändlichen Vergewaltigung, deren Opfer Olivia geworden war, ein Kind hervorgehen würde.

Unter Tränen gestand Olivia ihr die bittere Wahrheit. Sie habe, erzählte sie Gertrud, lange nachgedacht und dann die Hebamme Malvina gebeten, ihr einen Trank zu bereiten, der sie von diesem ungewollten Kind befreite.

»Hast du Malvina gesagt, wer der Vater ist?«, fragte Gertrud und fürchtete bereits die Antwort.

»Das musste ich. Alle im Dorf wissen, dass ich noch nie einen

Mann gehabt habe. Wenn ich ihr Märchen erzählt hätte, hätte Malvina womöglich geglaubt, ich … ich … Ich weiß nicht, wie ich es sagen soll …«

»Dass Conrad der Vater ist!?« Als Gertrud den Satz aussprach, wurde sie hochrot im Gesicht. »Wolltest du das sagen?« Ihre Stimme klang schrill. Einen Augenblick lang war sie blind vor Zorn. Sie hob den Arm, als wollte sie zum Schlag ausholen, doch dann zögerte sie. Olivia war kreidebleich gegen die Wand gesunken und gab keinen Mucks.

Gertrud ließ die Hand sinken. Müde setzte sie sich auf die Bank und rief Olivia zu sich. Die Magd gehorchte, wagte es aber nicht, ihre Herrin anzusehen. Gertrud kannte Olivia gut und schämte sich ihres Wutausbruchs. Diese unglückselige Frau verdiente es nicht, auch noch von ihr böse behandelt zu werden. Schließlich war Olivia so mutig gewesen, Malvina diese entwürdigende Geschichte zu beichten, die alle im Dorf falsch deuten würden. Wie, so würde man sagen, hätte sie schwanger werden können, ohne selbst den Mann herauszufordern? Ärzte und Priester vertraten die Ansicht, eine Schwangerschaft sei unmöglich, wenn nicht auch die Frau beim Geschlechtsverkehr Genussgefühle hätte. Auch Malvina glaubte fest daran. Gertrud jedoch, die gewohnt war, mit ihrem eigenen Kopf zu denken, war sich dessen gar nicht so sicher. Und sie mochte ihre Magd viel zu sehr, als dass sie zugelassen hätte, sie als eine Hure zu verunglimpfen. Sie würde so bald wie möglich selbst mit der Hebamme sprechen und sich ihrer Diskretion vergewissern.

»Was hat dir Malvina geantwortet?«

»Sie hat gar nichts gesagt. Sie hat mir ein rötliches Pulver gegeben, das ›Safran‹ heißt, und dazu ein paar grüne, harte Blätter, die ich in dieser Gegend noch nie gesehen habe. Sie hat mir erklärt, ich müsse die Blätter zerstampfen, mit Wein zu einem dicken Brei vermischen und dann das Pulver hinzugeben. Diese Mischung müsse ich drei Abende hintereinander langsam im Mund zergehen lassen. Am vierten Tag, so hat sie mir erläutert, würde ich starke Bauchschmerzen bekommen und bluten, als ob ich die Regel hätte. ›Leg dich ins Bett‹, hat sie gesagt, ›und warte, bis die Koliken vorüber sind, doch hab keine Angst. Wenn sie vorbei sind, bist du die Leibesfrucht los. Aber mach es sofort, sonst wirkt es nicht mehr. Wenn du mich dann noch brauchst, weißt du ja, wo du mich findest.‹ Ich bin nach Hause gegangen, das Säckchen mit den Blättern unter meinem Kleid verborgen, und habe mich die Hausmauern entlanggedrückt, aus Angst, die Leute könnten mir mein Geheimnis und meine Scham vom Gesicht ablesen …«

»Und dann, was hast du dann gemacht?«, fragte Gertrud mit belegter Stimme.

»Nichts, bisher jedenfalls. Jeden Tag nehme ich das Kräuterbündel zur Hand und beschließe, dass ich am nächsten Tag anfangen werde. Dann verstecke ich es unter dem Strohsack, wasche mir immer wieder die Hände, die es berührt haben, und wische sie mir an meinem Kleid trocken. Jedes Mal habe ich das Gefühl, ich hätte mich beschmutzt … Ich habe Angst, Herrin, ich habe solche Angst, ich weiß nicht, was ich tun soll. Warum wollte Gott mir auch noch diese Prüfung auferlegen? Welche Schuld muss ich noch auf mich laden, bevor ich sterbe?«

Mit einem langen Seufzer der Erleichterung legte Gertrud ihre Hand auf Olivias Bauch, der bereits rundlich war. Dann sagte sie liebevoll zu ihrer Magd:

»Hör mich an, Olivia. Dich trifft nicht mehr Schuld als mich, denn ich habe dich bei der Ankunft der Soldaten hier im Haus allein gelassen. Wir haben beide gesündigt, weil wir unvorsichtig gewesen sind, und doch müssen wir – trotz allem, was geschehen ist – Gott danken, dass wir noch am Leben sind. Aber sag, bist du dir wirklich sicher, dass du dieses Kind nicht zur Welt bringen willst? Glaubst du nicht, dass ein Säugling ein wenig Freude in dieses Haus bringen könnte? Denn wenn du dich entschließen würdest, das Kind auszutragen, wird dich niemand von hier vertreiben, im Gegenteil, es wäre so, als wenn es unser aller Kind wäre. Ich werde mit Conrad darüber sprechen, aber ich bin sicher, dass er genauso denkt wie ich.«

Olivia wusste nicht, ob sie lachen oder weinen sollte. Sie hatte das Gefühl, von einer unsäglichen Last befreit zu sein. Sie dankte ihrer Herrin und sagte, eine solche Güte und Liebe hätte sie gar nicht verdient.

»Als ich ein Kind war, habt Ihr mir das Leben gerettet, und in all diesen Jahren habt Ihr mich wie Euer eigenes Kind behandelt, obwohl ich doch nur Eure Magd bin! Ich habe mich stets bemüht, mich für Eure Großmut erkenntlich zu erweisen, indem ich meine Arbeit getan habe und Euch gehorsam gewesen bin. Aber ich befürchte, wenn ich dieses Kind zur Welt brächte, würdet Ihr große Schwierigkeiten haben. Die Leute werden sagen, Ihr beherbergt eine Hure und habt Eure Freude daran, einen Bastard großzuziehen …«

»Ja«, erwiderte Gertrud, »die Siedler werden das Maul wetzen, aber das ist mir gleichgültig. Ich bin alt, Olivia, und ich habe in meinem Leben schon vieles erlebt. In diesem Dorf geben zwei, drei reiche Familien den Ton an, das weißt du ja. Alle anderen, die noch nicht so wohlhabend sind, streben nach nichts anderem, als Geld anzuhäufen. Gewiss, sie arbeiten hart, doch vor lauter Arbeit haben sie die grundlegenden Dinge des Lebens aus dem Blick verloren. Es gibt wenig Liebe hier in Felik und viel zu wenig Achtung. Die Siedler gehen nur an den großen Feiertagen in die Kirche. Selbst der Propst, der von den Kaufleuten dafür bezahlt wird, dass er ihren Kinder das Lesen und Schreiben beibringt, beschäftigt sich mehr mit dieser Tätigkeit als mit der Ausübung seines geistlichen Amts. Auch Conrad und ich gehören zu den Gründern des Dorfes, aber wie du siehst, genießen wir bei reichen Händlern wie Hermann wenig Achtung, nicht zuletzt deshalb, weil wir Kühe züchten, anstatt mit Stoffen zu handeln, die die feinen Herren diesseits und jenseits der Alpen tragen! Nein, Olivia, es interessiert mich herzlich wenig, was sie im Dorf über uns denken. Hermann hat andere Sorgen, ihn beschäftigt Leonhardts Liebe zu Sibilla und der Verkauf seiner Waren ... Es könnte höchstens sein, dass Costanza über uns klatscht. Weit mehr müssen wir uns vor dem Ammann und vor seiner hinterhältigen Tochter in Acht nehmen, die uns hasst, weil wir mit Sibilla verwandt sind und ihr in ihrem Unglück, das über sie gekommen ist, beistehen ... Aber hab keine Angst, Olivia, wir werden uns schon zu verteidigen wissen. Pass auf dich auf, und wirf dieses Kräuterbündel fort, das dir Malvina gegeben hat. Ich werde mit der Hebamme sprechen. Wenn nötig, werde ich mir ihr Stillschweigen erkaufen. Du wirst sehen, solange dein Bauch nicht dick ist, wird keiner davon erfahren.«

An jenem Abend hatte Olivia, auf ihrem Strohsack liegend, noch lange geweint. Ihre Tränen hatten die ganze Anspannung gelöst, die sich seit dem Tag der Vergewaltigung in ihr angestaut hatte. Ihre Dankbarkeit für Gertrud war grenzenlos. Sie hätte alles getan, um sich dieser Großmut würdig zu erweisen. Hätte sie sich nur getraut, hätte sie ihre Herrin so umarmt, wie eine Tochter ihre leibliche Mutter umarmt ...

Bevor sie in einen unruhigen Schlaf fiel, stellte sich Olivia vor, wie dieses Kind wohl aussehen würde. Würde es die bernsteinfarbenen Augen seines Vaters haben und die kastanienbraunen Haare seiner Mutter? Würde es ein Mädchen oder ein Junge sein? Als sie endlich einschlief, tauchten in ihrem Traum all jene Menschen auf, die sie in ihrem Leben gekannt hatte: zuletzt Richard La Font, der, den Hals von einem Pfeil durchbohrt, auf sie zukam und ihr in seinen blutigen Armen ein Neugeborenes entgegenstreckte.

Dieses Bild schreckte Olivia aus dem Schlaf. Sie keuchte atemlos. Es war fast schon hell. Bestimmt würde sie nicht mehr einschlafen können. Sie stand auf und ging noch im Dunkeln hinunter in die Stube, um einen neuen arbeitsreichen Tag zu beginnen.

Marcabrù lag in der wärmsten Ecke des Zimmers, den Kopf auf die Pfoten gebettet, und schien vor sich hin zu dösen. Die Tritthebel des Webstuhls hoben und senkten sich im Gleichtakt mit dem Geräusch des Schützen und der darin befindlichen Spule, der zwischen die Fäden hindurchgetrieben wurde. Es war ein gleichmäßiges Geräusch, fast wie eine Melodie. Sibilla summte eine alte Weise, ein Wiegenlied vielleicht, dessen Rhythmus mit dem des Webstuhls harmonierte.

Es war beinahe eine Woche vergangen, seitdem sie Leonhardt zuletzt gesehen hatte. An dem Tag, den sie für ihr folgendes Treffen vereinbart hatten, war er nicht erschienen. Besorgt hatte sie Gertrud gefragt, was mit ihm geschehen sein könnte, und diese hatte ihrerseits Olivia beauftragt, bei Anna, einer der freundlichsten und diskretesten Mägde Costanzas, Erkundigungen einzuholen. So erfuhr Sibilla, dass Leonhardt krank im Bett lag, mit Fieber, Bauchkrämpfen und Brechreiz. Niemand konnte sich den Grund dafür erklären. Malvina, die man sofort herbeiholte, fragte Leonhardt, ob er vielleicht Brot aus verdorbenem Mehl gegessen habe. Aber diese Möglichkeit wurde bald verworfen, weil die ganze Familie dasselbe gegessen hatte, ohne krank zu werden wie Leonhardt.

Malvina machte ihn mit gesäuertem Wein und einem Trank aus trockenem Schafskot, vermischt mit Pinienharz und Honig, wieder gesund. Nach zwei Tagen verschwand das Fieber, doch er hatte noch immer Magenkrämpfe und fühlte sich schwach. Sibilla war in großer Unruhe gewesen, bis sie endlich gestern von Leonhardt eine Nachricht erhalten hatte.

Karl, der Sohn des Tischlers, hatte sie ihr überbracht. Sibilla sah ihn auf ihr Haus zulaufen, während Marcabrù an ihm hochsprang und mit ihm spielen wollte. Keuchend blickte sich der Junge um, ob ihn jemand beobachtete, dann überreichte er ihr ein vergilbtes Papierröllchen. Leonhardt habe es ihm heute Morgen anvertraut, als er mit seinem Vater eine soeben fertig gewordene dekorierte Truhe zu Hermanns Haus gebracht habe. Der junge Mann habe ihn, Karl, zu sich gerufen und ihn gebeten, Sibilla diese Nachricht zu überbringen, dabei aber aufzupassen, dass ihn niemand beobachte. Er sei sofort losgelaufen.

Karl, der Sibilla gern mochte, weil sie ihm erlaubte, mit Marcabrù zu spielen, war also der Aufgabe mit großem Ernst nachgekommen. Sibilla dankte ihm und gab ihm ein frisch gebackenes Plätzchen, das sich der Knabe schmecken ließ. Marcabrù, der geduldig und erwartungsvoll neben ihm saß, bekam ebenfalls ein paar Krümel ab.

Nachdem Karl gegangen war, setzte sich Sibilla ans Feuer und entfaltete die kleine Papierrolle. Sie und Leonhardt konnten beide schreiben, hatten es aber auf unterschiedliche Weise gelernt. Leonhardt war als Kind der didaktischen Obhut des Priesters anvertraut worden, der den Kindern der Dorfbewohner Unterricht gab. Nicht allen freilich, denn viele Spielkameraden Leonhardts waren die Söhne von Bediensteten und Handwerkern, die kein Geld hatten, den Unterricht zu bezahlen. Sie vertrieben sich die Zeit mit Spielen oder halfen ihren Eltern bei der Arbeit. Leonhardt beneidete diese Kinder stets um ihre Freiheit, während er unter der eisernen Disziplin des Priesters Latein, Arithmetik und Recht lernte. Zwar hatte er keine großen Schwierigkeiten beim Lesenlernen, aber das Schreiben fiel ihm nicht leicht. Seine kleine Kinderhand konnte nur mit Mühe die große Gänsefeder halten und mit der richtigen Neigung über das Blatt gleiten lassen. Die lateinischen Wörter blieben nur schwer in seinem Gedächtnis haften. Doch am Ende von drei Jahren Unterricht konnte Leonhardt jedes Schriftstück flüssig lesen, er verstand die Bedeutung der lateinischen Gebete, die bei der Messfeier gesprochen wurden, er war in der Lage, Maße, Gewichte und den Gewinn korrekt zu berechnen, und vor allem konnte er flink und gewandt schreiben.

Sibilla dagegen hatte es von Karola gelernt. Abends saßen Mutter und Tochter im Schein einer Talgkerze in der Stube am Tisch. Karola öffnete ein kleines, abgegriffenes Buch und las Sibilla mit unendlicher Geduld Gedichtverse vor. Nachdem sie ihrer Tochter die Bedeutung jedes Begriffs erklärt hatte, ließ sie sie die Wörter aufschreiben. So lernte Sibilla, die Buchstaben voneinander zu unterscheiden und zu schreiben. Ein paar Jahre später, als sie den Sinn dessen verstand, was in dem Büchlein geschrieben stand, fragte sie ihre Mutter, wer denn diese hübschen Verse verfasst hatte. Und Karola erklärte ihr, es seien alte Texte provenzalischer Troubadoure, die man gesammelt und in ihre Sprache übersetzt hatte. Das Büchlein sei ein Geschenk ihres Vaters, der vor vielen Jahren auf seiner Reise durch Frankreich einen jener fahrenden Sänger kennen gelernt hatte. Sibilla gefiel die eigentümliche Musikalität dieser Verse, und sie wollte die Sprache von ihrer Mutter lernen, in der diese Verse ursprünglich geschrieben waren. Mit Leichtigkeit hatte sie diese neue Sprache gelernt, was sich ein paar Jahre später als sehr nützlich erweisen sollte, als französische Kaufleute durch Felik kamen. Mehr als einmal hatte man sie geholt, um ein Schriftstück in der fremden Sprache abzufassen, die im Dorf zwar viele mündlich beherrschten, aber kaum jemand schreiben konnte.

Sibilla las also Leonhardts mit schwarzer Tinte geschriebenen

Brief. Das Blatt war eng mit regelmäßigen Lettern beschrieben, als sollte die Gänsefeder die Finger des jungen Mannes ersetzen, um die Hände der Geliebten an jeder Stelle zärtlich zu streicheln. Leonhardt erzählte kurz von seiner plötzlichen Erkrankung, deren Ursache er nicht kannte, obwohl er einen Verdacht hatte, den er Sibilla bei ihrer nächsten Begegnung mitteilen würde. Er fühle sich schon kräftiger und glaube, am folgenden Tag wieder auf den Beinen zu sein. »Übermorgen, zur Zeit der Komplet, warte ich an der Walkmühle auf dich«, schrieb er. »Es wird schon dunkel sein, und niemand wird uns sehen.« Leonhardt berichtete weiter, er habe Daniel aufgesucht, um ihm mitzuteilen, dass er in Felik bleiben werde – gegen den Willen seines Vaters, der ihn als Agenten nach Praborno schicken wolle, rechtlich gesehen seinen Sohn jedoch nicht zwingen könne, gegen seinen Willen dorthin zu gehen. Daniel blieb nichts anderes übrig, als Leonhardts Entscheidung zu akzeptieren. Er sagte, er würde eine erneute Versammlung der Siedler einberufen, um festzulegen, wer an Leonhardts Stelle dieses Amt antreten könne. Damit war das Blatt so gut wie voll. Leonhardt hatte freilich auch das letzte freie Plätzchen voll geschrieben, mit winzigen Buchstaben: »Du fehlst mir, Liebste, ich kann ohne dich nicht sein. Noch eine Nacht und ein Tag, und dann werde ich endlich wieder den Duft deiner Haare riechen, ich werde deine Augen und deine Lippen küssen und wieder anfangen zu leben.«

Marcabrù hatte sich zu Sibillas Füßen gesetzt. Gelegentlich sah er zu ihr hoch, um festzustellen, ob sie endlich damit fertig sei, das Stück Papier immer und immer wieder neu aufzurollen. Das Feuer im Kamin erlosch allmählich. Nur noch ein einziges Holzscheit brannte. Marcabrù stupste Sibillas Knie mit einer Pfote, als wolle er sie daran erinnern, dass Essenszeit war. Das Mädchen lächelte ihn an, trocknete sich die feuchten Augen und kraulte ihm den Rücken. Marcabrù sprang auf und lief schwanzwedelnd zu seinem Holzschüsselchen, das leer in einer Ecke der Stube stand.

Draußen regnete es noch immer – es war wie ein feiner Novemberregen, ungewöhnlich für die sommerliche Jahreszeit. Es war bereits dunkel, als Sibilla von ihrem Webstuhl aufstand. Sie nahm sich vor, die Arbeit bis zum übernächsten Tag, dem ihres Treffens mit Leonhardt, zu beenden.

Als sie die letzten Fäden verknotete, lächelte Sibilla glücklich und zufrieden vor sich hin. Die vom Regen verdeckte Sonne würde bald hinter dem Bätt-Pass untergehen. Sibilla wusch sich die rauen Hände in einer Schüssel Wasser neben dem Kamin und kämmte sich die langen schwarzen Haare, um sie von der Wolle zu befreien, die sich beim Weben darin verfangen hatte. Dann schüttelte sie die Fäden und Wollflusen aus ihrem Kleid und schlang sich einen Ledergürtel um die Hüfte.

Marcabrù spürte, dass Sibilla ihn allein lassen wollte, und fing an zu winseln. Sibilla kraulte ihm freundlich tröstend die Ohren, trat dann hinaus in die Dunkelheit und schloss die Haustür hinter sich ab. Marcabrù kratzte noch einmal verzagt an der Haustür, dann war es still im Stadel.

KAPITEL 15

Wie ein abgetragener Pelz hing der Wolf zwischen den beiden Pflöcken, die aus einem Haufen Steine ragten. Seine Augen waren von den kleinen Tieren des Waldes gefressen worden, seine Zunge hing schwarz aus dem geöffneten Maul, und dort, wo die Pfeilspitze seinen Rumpf durchbohrt hatte, klaffte ein tiefes Loch, das die grauen Eingeweide sehen ließ.

Man hatte das wilde Tier auf dem Platz aufgehängt, damit die Dorfbewohner es bewundern konnten, die aus den Werkstätten und Häusern herbeiströmten. Werner, Leonhardts bester Freund, hatte den Wolf ins Dorf gebracht. Als er von Leonhardts Erkrankung erfahren hatte, hatte er sich erboten, die Falle zu kontrollieren. Wenn der Wolf in die Falle gegangen und tot war, sei es, so meinte er, äußerst unklug, mit der Bergung des Kadavers lange zu warten, denn Raubvögel und andere Aasfresser des Waldes würden den Wolf bald zerfleischen und damit auch das Fell zerstören. Leonhardt stimmte ihm schweren Herzens zu, denn er wusste, dass der Freund Recht hatte. Niemand jedoch wollte Werner zum Waldrand begleiten, denn alle kannten die Gefahr. Wenn der Wolf lediglich verletzt war, lauerte er womöglich im Hinterhalt und war für jeden, der sich ihm näherte, eine große Gefahr.

Doch der Gestank des verwesenden Fleisches, der Werner schon von weitem in die Nase stieg, verschaffte ihm frühzeitig die Gewissheit, dass die Falle ihren Zweck erfüllt hatte. Der Wind, der nach fünf Tagen ununterbrochenen Regens aufgekommen war, trug den Verwesungsgeruch weit über den Waldrand in Richtung Dorf. Leise und vorsichtig näherte sich der junge Mann der Falle. Auf Grund des Gegenwinds wurde der Fuchs, der sich in der Nähe des Wolfes aufhielt, erst im letzten Moment seiner gewahr. Er flüchtete fast noch schneller als die beiden kleinen Raubtiere, die nur darauf warteten, zu verspeisen, was der Fuchs übrig ließ. Der Pfeil war tief in den Wolfskörper eingedrungen. Als Werner ihn herauszog, sah er, dass die offene Wunde von Larven wimmelte. Dann schleppte er den Kadaver zum Bach, wo die reißende Strömung die widerlichsten Spuren des Todes wegwusch. Er legte den Wolfskadaver in einen Sack, lud ihn sich auf die Schulter und ging damit ins Dorf. Am Tag darauf wurde der Tierkadaver auf dem Platz zur Schau gestellt.

Viele Dorfbewohner umkreisten die Trophäe und bestaunten die Kraft des Wolfes. Es war ein männliches Tier mit dichtem, silbrig glänzendem Pelz. Daniel beglückwünschte Leonhardt zu seinem Geschick als Fallensteller. Der junge Mann, inzwischen wieder bei vollen Kräften, bedankte sich lächelnd, während seine Augen Sibilla suchten. Sie war allerdings nirgends zu sehen. Der Ammann bestimmte, dass der Wolfspelz – wie es üblich war – demjenigen gehörte, der das Tier gefangen hatte. Doch da in diesem Fall Werner mitgeholfen hatte, sollten sich die Freunde untereinander einig werden.

Leonhardt hatte mit Werner bereits darüber gesprochen und nickte zerstreut, während sein Blick weiter umherstreifte.

Doch statt Sibillas blauen Augen traf sein Blick die matten Augen Ingrids, die ihn eifersüchtig ansahen. Leonhardt blickte ruckartig zur Seite. Obwohl er sich vorgenommen hatte, Daniel nicht zu kränken, wollte er mit Ingrid nichts mehr zu tun haben. Er erinnerte sich noch mit Unbehagen an den Morgen, an dem er zum Ammann gegangen war, um mit ihm über die Vertretung in Praborno zu sprechen. Seine Tochter war da gewesen, geschminkt und herausgeputzt wie die Dirnen in der Stadt. Ihr Kleid aus grüner Seide war voller Flecken, ihre Haare waren klebrig und von unnatürlich gelblicher Farbe. Das sowieso schon runde Gesicht war aufgedunsen und glänzend, mit Schminke dick beschmiert; ihre Augenlider waren bis zu den Schläfen blau angemalt, ihr Mund violett wie eine verdorbene Kirsche. Bei jeder ihrer Bewegungen umwehte sie eine widerliche Parfümwolke. Ingrid umschwirrte ihn, Leonhardt, wie eine lästige Fliege, bis er diesen Becher mit dem schrecklichen Wein austrank. Nach einem eindringlich schmachtenden Blick zog sie sich endlich in ihr Zimmer zurück.

Bis vor kurzem hatte Leonhardt gar nicht bemerkt, wie sehr sich Ingrid um seine Gunst bemühte; viel zu sehr war er damit beschäftigt gewesen, seine Liebe zu Sibilla gegen alle Angriffe zu verteidigen. Zwar hatte er die spöttischen Blicke seiner Freunde sehr wohl bemerkt, als sie sich im Winter mit anderen jungen Männern des Dorfes um das Feuer versammelt, sich Geschichten und Schwänke erzählt und romantische Pläne geschmiedet hatten; aber er hatte dem nicht weiter Beachtung geschenkt. Er hatte die Spötteleien über seine Person dem Wettstreit mit Worten zugeschrieben, in dem sich die jungen Leute miteinander gemessen hatten. Irgendwann hatte ihm dann Werner gesagt, wie die Dinge lagen. Und seither vermied es Leonhardt, mit Ingrid allein zu sein, und wahrte Distanz zu ihr. Doch trotz seiner Bemühungen, sie von ihren unverhohlenen Nachstellungen abzubringen, bekam er immer wieder mit ihr zu tun, und oft trug sie dabei dieses süßliche, dumme Lächeln zur Schau. Niemals hätte er gedacht, dass er sie bei einem Gespräch in Daniels Haus antreffen würde, und ihre Anwesenheit machte ihn wütend. Vielleicht war es dieser unterdrückte Zorn gewesen, der ihn mit Übelkeit erfüllt hatte, nachdem er gegangen war. Doch er fürchtete, dass der Grund für sein Fieber ein anderer war.

Werner hatte ihm erzählt, dass die Frauen im Dorf seltsame Getränke brauten, mit denen sie die Liebe widerspenstiger Männer gewinnen wollten. Werner wusste auch, dass Ingrid viel mit einer Magd zusammengesteckt hatte, die den Ruf besaß, eine Hexe zu sein. Sie war deshalb aus Felik verbannt worden. Dass Leonhardt verdorbenen, widerlich schmeckenden Wein getrunken hatte, ließ Werner sofort den Verdacht schöpfen, Ingrid habe seinem Freund einen vermeintlichen Zaubertrank gemischt, um dessen Liebe zu gewinnen. Zunächst erschien Leonhardt, der von Fieberkrämpfen geschüttelt wurde, dieser Verdacht dermaßen absurd, dass er darüber schmunzeln musste. Als er aber wieder gesund war und klar denken konnte, erinnerte er sich an den Geschmack des Getränks und vor allem an Ingrids Benehmen. Jetzt hielt er es für wahrscheinlich, dass er das Opfer ihrer Möchtegernhexereien geworden war.

Am liebsten hätte er sie deswegen zur Rede gestellt und ihr all seine Wut und Verachtung ins Gesicht geschleudert. Aber er wusste, dass er so etwas unmöglich tun konnte, weil Daniel im Dorf viel zu einflussreich war, besonders jetzt, wo die Neuorganisation des Handels anstand. Er hatte auch mit Sibilla darüber gesprochen, und sie hatte ihm geraten, Ingrid gegenüber nichts zu sagen, sondern sie nur zu ignorieren.

Leonhardt beschloss, das Feld zu räumen. Er verabschiedete sich höflich vom Amman und herzlich von seinen Freunden, die gekommen waren, ihn zu feiern. Dann ging er mit Werner davon. Am nächsten Tag würde der Beauftragte des Herrn von Quart nach Felik kommen, um wie üblich nach der Ernte die Anzahl der Garben zu kontrollieren. Die beiden jungen Männer wollten daher die Felder abschreiten und sich vergewissern, dass die Getreidegarben nach dem heftigen Regen noch ordentlich standen. Zusammen mit den anderen Siedlern würden sie dem Abgesandten einen angemessenen Empfang bereiten. Die Frauen würden Essen kochen, das im Haus des Ammanns aufgetragen werden sollte, und der Priester hielte eine kurze Dankfeier in der Kirche ab. Im Rahmen dieses Erntedankfestes würde der Abgesandte des Lehnsherrn wie jedes Jahr den Dorfbewohnern den feierlichen Gruß Giacomos von Quart überbringen und sagen, dass der Lehnsherr zufrieden sei.

Leonhardt wusste, dass diesmal der Besuch für die Dorfgemeinschaft von besonderer Bedeutung war. Denn es kursierte das Gerücht, dass auf Betreiben des Bischofs von Sion der Lehnsherr von Quart die Absicht habe, die Siedler ihrer Vasallenpflicht zu entbinden und ihnen die Abgabe des Zehnten zu erlassen: Dann wären sie frei von allen Verpflichtungen und von aller Dienstbarkeit. Vielleicht hatte nicht zuletzt der Angriff aus Verretio Giacomo von Quart in dieser Entscheidung bestärkt. Überdies war der Zehnt, den die Leute von Felik erbrachten, verglichen mit den Erträgnissen aus anderen Dörfern des Lehnsgebiets gering. Wahrscheinlich war dem Lehnsherrn Felik auch viel zu abgelegen und unzugänglich – auf Grund der Lage im Hochgebirge konnten seine Truppen oder Vasallen das Dorf nur schwer kontrollieren. Die Kaufleute hofften, dass der Abgesandte ihnen die ersehnte Nachricht überbringen würde, und daher wurde dessen Ankunft mit einer gewissen Euphorie erwartet. Insbesondere Hermanns unbotmäßiger Zorn schien wie verflogen, allen gegenüber zeigte er sich kühl und distanziert. Leonhardt und Costanza wussten jedoch, dass dies nur die Ruhe vor einem neuerlichen Sturm war, der erst nach der Abreise des Gesandten ausbrechen würde.

Der Platz leerte sich allmählich, und auch den Wolfskadaver hatte man inzwischen fortgetragen.

Ingrid, fahl im Gesicht, sah Leonhardt nach. Sie stand reglos da, die Hände betasteten mechanisch den Gürtel ihres Kleides, und Tränen traten aus ihren geschwollenen Augen. Besinnungslos vor Wut und Enttäuschung, wurde ihr plötzlich bewusst, dass sie allein war. Alle waren fort. Mit einem Ruck drehte sie sich um, fast wäre sie getaumelt. Sie schluckte ihre Tränen hinunter und lief nach Hause.

KAPITEL 16

»Endlich, dort ist die Brücke! Beeilen wir uns, bevor der Fluss noch weiter anschwillt!«

In seinem durchnässten Mantel brüllte Otto den Mitreisenden Befehle zu. Nur langsam kamen die Kaufleute auf den glitschigen Steinen vorwärts; vom Berg ergossen sich Rinnsale auf den Weg, und die Maultiere versanken mit den Hufen im Schlamm. Seit drei Tagen regnete es ununterbrochen. In nicht allzu weiter Ferne sah man in der diesigen Luft die römische Brücke, deren Zugang, verglichen mit dem schmalen Weg, den sie bisher benutzt hatten, breit und bequem anmutete.

Matthew am Ende des Zuges führte das Maultier mit dem lahmen Bauern am Zügel; den Blick am Boden, achtete er darauf, wohin er seinen Fuß setzte. Sandalen waren ganz gewiss nicht das geeignete Schuhwerk für dieses Waten durch den Schlamm. Die Regenrinnsale, die dem Mönch von der Kapuze ins Gesicht liefen, trübten seinen Blick, und der Bauer, der längst wieder bei Bewusstsein war, jammerte fortwährend. Der Schmerz an seinem Fuß ließ nicht nach, sondern wurde durch die Erschütterungen des Maultiers immer schlimmer. Vor dem Aufbruch in Cly hatte Matthew den Verband gelöst, um die Verletzung zu begutachten, und mithilfe der Magd aus der Herberge hatte er den Fuß neu verbunden. Er war zwar jetzt nicht mehr so stark geschwollen, sodass die Gefahr eines Wundbrands gebannt schien. Aber der Knochen wuchs nicht richtig zusammen, wie Matthew hatte feststellen müssen. Der Mönch hatte Otto gesagt, der Bauer könne diesen unbequemen Marsch nicht mehr lange durchhalten und man müsse ihn so schnell wie möglich jemandem übergeben, der ihn pflege. Kurz hinter der römischen Brücke, hatte der Kaufmann erklärt, liege die Kirche S. Vincenzo, deren Propst bestimmt eine gute Seele finden würde, die bereit wäre zu helfen.

Unter ihnen toste bedrohlich der Fluss, als die Kaufleute die Brücke überquerten. Auf der anderen Seite angekommen, mussten sie an der Zollstation warten, um Wegegeld zu zahlen, bevor sie und die Tiere Unterschlupf finden würden.

»Siehst du die Kirche dort?«, wandte sich Otto an Matthew. »Während wir den Wegezoll bezahlen, wird dich einer meiner Knechte dorthin begleiten und dir helfen, dem Propst die Sache zu erklären. Sag dem Propst, dass ich nachkomme und ihm die flandrischen Spitzen für den Altar bringe, um die er mich gebeten hat.«

Während er darüber nachdachte, dass auch in diesem Landstrich – so nahe bei Rom, aber so weit entfernt von der Armut Christi – alles seinen Preis hatte, machte sich Matthew auf den Weg zur Kirche. Der Propst, ein hagerer Mann mit väterlicher Miene, begrüßte den Mönch und den verletzten Bauern freundlich und versprach Heilung und Hilfe.

»Ich werde dich wieder auf die Beine bringen, du wirst schon sehen!«, sagte er aufmunternd und tätschelte ihm dabei den Rücken. »Und wenn du wieder gesund bist, kannst du, wenn du willst, hier bei uns bleiben …«

»Wirklich?«, antwortete der Bauer mit Tränen in den Augen und mit Rührung in der Stimme. »Meint Ihr wirklich? Kann ich hier bleiben? Aber ich …«

Der Priester, dem Ottos Knecht die Wahrheit über das unglückliche Schicksal des Mannes gesagt hatte, sah ihn lächelnd an und meinte: »Hab keine Angst, ich weiß, wie du in diese Notlage gekommen bist, aber für mich spielt das keine Rolle. Ab heute beginnt für dich ein neues Leben. Lass das alte hinter dir. Manchmal will uns Gott prüfen, er lässt uns leiden und nimmt uns alles, was wir haben. Doch das gehört zu seinem Plan. Wir brauchen hier einen Mann wie dich. Hinter der Kirche gibt es einen Gemüsegarten, und das, was wir dort anbauen, ernährt nicht nur uns, sondern auch die Armen und Reisenden, die häufig hierher in die Pfarrei zur Rast kommen. Im Dorf lebte ein alter Mann, der sich um diesen Garten kümmerte, der säte, pflanzte und Unkraut jätete und die kleinen Äpfel aufsammelte, die unsere Bäume tragen. Seit er vor zwei Monaten gestorben ist, lastet diese ganze Arbeit auf mir. Meine Verpflichtungen in der Pfarrei erlauben es mir allerdings nicht, mich auch noch in dem Maße um die Landwirtschaft zu kümmern, wie ich es gern möchte. Wenn du willst, überlasse ich dir die Pflege des Gartens, denn schließlich bist du Bauer. Vielleicht bist du ja tüchtiger als unser alter Jean und steigerst die Qualität und die Erträge der Obstbäume. Ich werde dich dafür bezahlen; wohnen kannst du in einem der Holzhäuser hinter der Kirche …«

Jetzt weinte der Bauer wie ein Kind, er brachte kein Wort heraus und konnte sich nicht einmal bei seinem Gastgeber bedanken. Auf das gesunde Bein gestützt, humpelte er auf den Priester zu, kniete sich vor ihm nieder, lüftete den Saum seines Gewandes und küsste ihn. Der Propst, der seine Verlegenheit über diese überraschende Geste der Dankbarkeit zu verbergen trachtete, hob ihn vom Boden auf und führte ihn mit Hilfe von Ottos Knecht ins Haus.

»Richte Otto aus, dass ich auf ihn warte«, sagte er zu Matthew und verabschiedete sich von ihm, während er noch den Arm des Bauern stützte. »Und du, Mönch, pass gut auf dich auf. Du hast, wie mir scheint, noch einen weiten Weg vor dir. Ich weiß nicht, wohin du unterwegs bist und warum, aber ich spüre deine Furcht. Halte diese Furcht von dir fern, Mönch. Der Herr steht dir zur Seite und wird dich auf deinem Weg bis ans Ende geleiten. Bewahre dir deinen Glauben, halte ihn ganz fest! Ich weiß, dass es sehr viel einfacher ist, den Glauben im Kloster zu bewahren statt in den Wirren und Gefahren der Welt, aber vertrau nur auf Gott, dann wirst du deinen Auftrag erfüllen.«

Daraufhin erteilte er Matthew in lateinischer Sprache seinen Segen und zeichnete ihm mit der freien Hand ein Kreuz auf die Stirn. Mit seiner menschlichen Last am Arm verschwand er dann im Haus.

Der Mönch war ganz glücklich über diesen Segen, nachdem er so oft anderen seinen Segen erteilt hatte. Er stand wie versteinert da und dachte über die Worte des Propstes nach. Was wusste dieser Mann von ihm? Wie hatte er wissen können, dass er einen Auftrag zu erfüllen hatte? Wie hatte er seinen inneren Aufruhr gespürt? Niemand außer Otto kannte seine Geschichte, und dieser hatte mit dem Priester noch nicht gesprochen …

Jetzt bereute es Matthew, dass er den Propst so vorschnell verurteilt hatte, als der Kaufmann von den flandrischen Spitzen für den Kirchenaltar gesprochen hatte. Er bat Gott um Verzeihung für seine Missgunst und unterdrückte die Versuchung, sich dafür zu rechtfertigen. Gewiss, so ging es ihm durch den Kopf, nicht alle Geistlichen, die er nach Pater Edmondo im Hospiz von Mont Joux kennen gelernt hatte, verdienten seine Bewunderung. Angefangen bei dem schleimigen und unaufrichtigen Prior von Verdun bis zu dem unbedeutenden Propst von Cly schienen alle mit sehr weltlichen Angelegenheiten beschäftigt, was sich mit ihrem Hirtenamt nur schwer vertrug.

Matthew wischte diese billigen Rechtfertigungen beiseite und verließ die Kirche genau in dem Augenblick, als Otto eintraf. Er erkundigte sich sofort, was mit dem Bauer geschehen sei. Als er erfuhr, wie die Sache ausgegangen war, schien er zufrieden und zog unter seinem Mantel ein Päckchen hervor.

»Dann werde ich ihm also die flandrischen Spitzen zu einem Sonderpreis überlassen«, rief er dem Mönch nach, während er sich in Richtung Pfarrhaus entfernte. »Ich wusste, dass er ein guter Priester ist, und außerdem hat er uns wirklich von einer Last befreit, indem er uns diesen Bauern abgenommen hat!«

Während sich Ottos Lachen im Geräusch des Regens verlor, der ihm ins Gesicht peitschte, kehrte Matthew zum Zollhäuschen zurück, um sich der Karawane anzuschließen. Sie mussten noch vor der Vesper aufbrechen, um einen Pass zu erreichen, der, wie ihm die Kaufleute erklärten, die Verbindung zum Tal von Canton des Allemands darstellte. Es war ein steiler und gewundener Weg, und alle hofften, die Nacht in einer Hütte zu verbringen, die kurz vor dem Berg lag.

Der Platzregen war inzwischen zu einem Nieselregen geworden. Doch die tief herabhängenden Wolken gaben den Blick nur auf die unmittelbar an den Weg angrenzenden Bergmatten frei. Ein grauer Schleier umfing Menschen und Tiere, und die Feuchtigkeit kroch auch in die Waren.

»Was für ein verfluchtes Wetter, mein Gott!«, schimpfte Otto und zog an seinem Maultier. »Ein klein wenig Regen lasse ich mir auch im Sommer gefallen, aber das hier ist entschieden zu viel! Vier Tage strömender Regen und eine undurchdringliche Wolkendecke … Was ist das bloß für ein Jahr?«

Matthew ging im Zug unmittelbar hinter dem Kaufmann, senkte die Lider und tat, als hätte er nichts gehört. Ihm war aufgefallen, dass Ottos Laune sich nach seinem Besuch beim Propst verschlechtert hatte. War er vorher fröhlich und guter Dinge, wirkte er jetzt ärgerlich und ungenießbar. Matthew wollte eigentlich etwas Genaueres über den Priester erfahren, wagte aber nicht, das Wort an Otto zu richten. So hatten sie sich an den

Aufstieg gemacht, einer hinter dem anderen, schweigend und jeder in seine Gedanken vertieft.

Es ging steil und in engen Kurven bergauf. Die Matten rechts und links waren, soweit man sehen konnte, abschüssig und mit Büschen und immer höher aufragenden Bäumen bewachsen. Als die Kaufleute endlich aufgebrochen waren, war die neunte Stunde soeben vorüber gewesen. In Anbetracht der schlechten Witterung, die den Aufstieg verlangsamte, rechneten sie damit, zur Vesperzeit in der Hütte unterhalb des Col du Joux anzukommen. Am folgenden Morgen würden sie den Pass überqueren und dann ins Tal des Flusses Evançon hinuntersteigen.

Otto schien es eilig zu haben. Er trieb Knechte und Tiere an und ging selbst mit Riesenschritten an der Spitze der Karawane voran, vor sich nur den Wachsoldaten. Die anderen Kaufleute hatten es längst aufgegeben, mit ihm Schritt zu halten. Verwundert fragten sie sich, was in ihn gefahren sei. Auch Matthew fiel zurück, denn ein heftiger Hustenanfall, der seinen ganzen Körper erschütterte, raubte ihm den Atem; er zitterte, seine Augen glänzten fiebrig, und immer wieder überkam ihn ein Schwindelgefühl.

Allmählich verzogen sich die Wolken und ließen hier und da ein Stück blauen Himmels sichtbar werden. Immer mehr Felsen säumten rechts und links den Weg, und je höher sie hinaufkletterten, desto schroffer wurde die Landschaft. In nicht sehr weiter Ferne konnte man die Umrisse eines riesigen Berges wahrnehmen, unterhalb dessen sich eine weite, mit Pinien bestandene Hochebene ausbreitete.

Ein gutes Stück vor der angepeilten Zeit erreichte die Gruppe die Schutzhütte. Vielleicht hatten die Kaufleute, wenn auch widerwillig, ihr Tempo beschleunigt, um Otto und die Eskorte nicht aus den Augen zu verlieren. Bis zur Vesper war noch eine gute Stunde Zeit, die sie nutzen konnten, um sich in der Hütte die besten Schlafplätze zu sichern. Es gab nur wenige Strohmatten, die sich gewöhnlich diejenigen nahmen, die zuerst kamen. Die später Kommenden mussten auf dem blanken Boden schlafen.

Die Knechte entzündeten das Feuer in einem Kamin aus aufeinander geschichteten Steinen. Es dauerte eine Weile, bis das feuchte Holz brannte. Nachdem die Kaufleute die Waren abgestellt und die Tiere versorgt hatten, warfen sie ihre Reisesäcke auf die Strohmatten und setzten sich um das Feuer, um etwas zu essen. Einige unterhielten sich, andere aßen schweigend. Alle aber wirkten erschöpft und fröstelten. Ihre feuchten Kleider hatten sie zum Trocknen neben das Feuer gelegt. Die Wärme, die die Flammen spendeten, durchdrang die Kleidungsstücke, und bald hing ein widerwärtiger Geruch nach feuchter Wolle in der Luft.

Lustlos kaute Otto an einem Stück Hartkäse und bot auch dem Mönch davon an, der fast nichts hinunterbrachte und immer heftiger zitterte.

»Es geht dir schlecht, Mönch«, sagte der Kaufmann und sah Matthew an. »Dein Husten verspricht nichts Gutes, und du siehst aus, als ob du Fieber hättest. Trink einen Schluck Wein, und versuch zu schlafen. Dieser verfluchte Regen! Auch ich fühle mich am Ende ... Diese Feuchtigkeit ... und dann all die Jahre, die ich auf dem Buckel habe ...«

Der Mönch schaute Otto an, und plötzlich fiel ihm wieder jener andere Abend in der Schutzhütte unterhalb des Mont Joux ein, als er dem Kaufmann seine ganze Geschichte erzählt hatte. So wie damals, warf auch jetzt das Feuer bizarre Schatten auf Ottos Gesicht.

Der Kaufmann reichte dem Mönch einen Schluck Wein. Dabei wanderte sein Blick durch den Raum, als suchte er etwas. Trotz seines Fiebers merkte Matthew, dass Otto sich Sorgen machte, was er von ihm gar nicht kannte. Schon öfter hatte der

Engländer einen Wutanfall des Kaufmanns miterlebt, aber diese Beklemmung, die seine Gesichtszüge verzerrte und seinen Blick trübte, war etwas völlig Fremdes. Nach einem neuerlichen Hustenanfall wandte er sich vorsichtig an ihn.

»Was hast du, Otto? Seitdem wir von der Kirche St. Vincenzo aufgebrochen sind, bist du ganz anders ... Bedrückt dich irgendein Kummer?«

Der Kaufmann sah Matthew an, und einen Moment schien es, als packe ihn die Wut. Dann senkte er den Blick auf seine Stiefel und begann, mit dem Saum seines Mantels darüber zu wischen. Die braunen Erdkrümel beschmutzten seine rauen Hände.

»Vor dir kann man wohl gar nichts verbergen? Du kennst mich erst seit einer Reihe von Tagen und glaubst, schon alles von mir zu wissen! Ja, es stimmt, ich bin beunruhigt und kann es gar nicht erwarten, nach Hause zu kommen. Und weißt du auch, warum? Weil mir dieser verflixte Propst gesagt hat, er hätte eine Vision gehabt, eine böse Vorahnung ...«

»Ein Priester, der Visionen hat ... Das gibt es doch gar nicht!«, gab Matthew verblüfft zurück. Otto lächelte bitter und sagte: »Ausgerechnet du sagst das? Wo du doch selbst Erfahrungen mit Träumen, Halluzinationen und Gespenstern hast!«

Der Mönch errötete und murmelte beschämt eine Entschuldigung. Otto hob die Hand zum Zeichen, dass er schweigen solle, und fuhr fort:

»Als wir unterwegs über mich, meine Tätigkeit und mein Dorf gesprochen haben, habe ich dir etwas Wichtiges verschwiegen. Meine Frau ist schwanger. Ich habe es dir deshalb verschwiegen, weil ich mich geschämt habe, denn ich bin eigentlich schon zu alt, um noch Vater zu werden, und ich habe gedacht, du würdest mich auslachen ... Aber ich habe spät geheiratet, und meine Frau ist sehr viel jünger als ich. Wir haben noch keine Kinder und hatten nach all der Zeit schon begonnen, uns damit abzufinden. Doch im vergangenen Winter haben wir dieses Geschenk des Himmels bekommen. Als mir meine Frau gesagt hat, sie sei schwanger, habe ich mich wie neugeboren gefühlt! Wir waren glücklich wie Kinder, wir fingen an, in der Stube zu tanzen, und fassten uns an den Händen, als gäbe es nichts weiter auf der Welt … Als ich nach Sion aufbrach, ging es Margreth gut, und ihr Bauch wurde allmählich rund. Ein Ballen des feinen Tuchs, das ich Beatrice von Challant gezeigt habe, will ich Margreth mitbringen. Sie soll daraus Kleidung für mein Kind machen …«

»Aber was hat denn der Propst mit alldem zu tun?«, fragte Matthew, der befürchtete, die Antwort bereits zu kennen.

»Dieser Priester ist, wie du ja selbst gesehen hast, ein großzügiger und tüchtiger Mann, der sich für das Wohlergehen anderer engagiert. Er hat viel für seine Pfarrei getan, aber er hat auch eine beunruhigende Seite. Man sagt, er sei ein Seher. Hier im Tal ist er bekannt für seine Prophezeiungen, die nicht selten wahr geworden sind. Es heißt, er habe das Erdbeben vorausgesagt, das vor ein paar Jahren hier in den Bergen gewütet hat, und immer wieder warnt er vor einer drohenden Gefahr. Ich kenne ihn seit vielen Jahren und kann ihn gut leiden. Jedoch hätte ich mir niemals träumen lassen, was er mir heute gesagt hat. Er sah mir fest in die Augen, und seine Stimme bebte, als er mir riet, so schnell wie möglich nach Hause zurückzukehren. Margreth sei in Lebensgefahr … Guter Gott, Mönch, verstehst du jetzt, warum ich Angst habe. Ich möchte Flügel an den Füßen haben, um so schnell wie möglich in Canton des Allemands zu sein! Aber warum, so frage ich mich, will mich der Himmel so hart bestrafen … nach einem Leben voller Mühsal … jetzt, wo ich endlich den lang ersehnten Nachkommen haben könnte? Und welche Schuld habe ich auf mich geladen? Ich möchte meine Frau nicht verlieren, Matthew, sie ist jung, sie muss leben, sie muss unser

Kind zur Welt bringen. Ich dagegen bin alt, ich wäre bereit zu sterben …«

Die Tränen liefen Otto über beide Wangen, und nur mit Mühe unterdrückte er ein Schluchzen. Unfähig weiterzusprechen, sah der Kaufmann Matthew mit einem Ausdruck tiefster Verzweiflung an. Ottos gotteslästerliche Schimpftiraden nahm der Mönch schon gar nicht mehr zur Kenntnis. Er empfand aufrichtiges Mitleid für diesen stattlichen, kräftigen Mann, der da saß und hemmungslos weinte. Er nahm dessen Hände in die seinen und drückte sie fest. Nachdem er einen Hustenanfall unterdrückt und sich bemüht hatte, auch ein plötzliches Schwindelgefühl zu beherrschen, sagte Matthew, der Propst habe sich womöglich geirrt, und in wenigen Tagen sei er ohnehin zu Hause.

»Du könntest deine Waren doch einem mitreisenden Kaufmann anvertrauen und schon vorausgehen«, schlug er ihm vor. »Dann wärest du früher daheim, vielleicht schon morgen Abend zur Vesper.«

Otto schlug die Augen auf und sah den Mönch an. Mit dem Ärmel seines Gewandes trocknete er seine Tränen ab und fasste sich.

»Du hast Recht, Matthew, das könnte ich tun. Dann käme ich vielleicht noch rechtzeitig, wenn der Propst sich nicht geirrt hat – und Gott weiß, wie sehr ich mir wünsche, dass er sich geirrt hat! Aber … was wird dann aus dir? Ich habe dir doch versprochen, dir den Weg zu zeigen und von den Bewohnern von Felik zu erzählen … Wenn ich aufbreche und dich hier lasse, bleibt dafür keine Zeit mehr. Wie wirst du dann gesund und wohlbehalten dort oben ankommen? Unterwegs lauern noch viele Gefahren. Überall gibt es Straßenräuber, die dich ja schon in Frankreich überfallen und ausgeraubt haben. Und auch hier in den Bergen sind Wölfe, wie am Mont Joux …«

Matthew lief ein Schauder über den Rücken, und zwar nicht

nur wegen der Kälte und des Fiebers. Bei dem Gedanken, die Sicherheit und den Schutz der Kaufmannsgruppe aufgeben zu müssen, schlug das Bangen, das bisher sein ständiger Begleiter war, in Furcht um. Zutiefst verstörte ihn auch die Vorstellung, von Otto Abschied nehmen zu müssen. Plötzlich ging es Matthew auf, dass dieser Mann, den er vor kurzer Zeit noch gar nicht gekannt hatte, für ihn wie ein Bruder geworden war – wie ein Freund, auf den man sich in den dunkelsten Momenten des Lebens verlassen konnte. Ungeachtet seiner mürrischen und jähzornigen Art war Otto mitfühlend und frei von Heuchelei, und die Aufrichtigkeit seiner Taten und Worte waren für Matthew ein Quell des Trostes.

Der Mönch zwang sich zu einem Lächeln, das Otto und auch ihm selbst Zuversicht und Mut geben sollte. Er zwang sich außerdem, das Zittern seiner Stimme zu unterdrücken, und sagte:

»Mach dir keine Sorgen. Mit Gottes Hilfe werde ich es schon schaffen. Ich werde vorsichtig sein …«

Otto aber traute diesem, wie ihm schien, etwas unbedarften Mönch nicht besonders viel Vorsicht zu und dachte fieberhaft nach, welche wichtigen Hinweise er ihm geben musste, um weiteres Unglück zu verhindern. Er erklärte ihm den Weg und ließ ihn die Namen der Dörfer aufschreiben, die er unterwegs passierte; er sagte ihm, wo er eine Herberge oder eine Kirche finden würde. Er riet ihm, nicht in der Nähe oder gar am Rande eines Waldes Rast zu machen, wo Wölfe und Banditen auf leichte Beute lauerten. Und schließlich warnte er ihn vor dem hartherzigen und wenig gastfreundlichen Charakter der Bewohner von Felik und prophezeite ihm, dass man ihn dort nicht gut aufnehmen würde.

»Die Siedler von Felik mögen die Fremden nicht, nicht zuletzt deshalb, weil sie meistens schlechte Nachrichten bringen – genau wie du. Sieh dich vor, mit wem du sprichst; und wenn du deinen Auftrag erfüllt hast, verlass das Dorf sofort, ich bitte dich …«

Während Otto diese letzten Worte mit belegter Stimme sprach, merkte er, wie sehr dieser sonderbare Mönch ihm doch ans Herz gewachsen war. Er konnte sich zwar nicht erklären, warum, aber Matthews Nähe erfüllte sein Herz mit Zuversicht und Freude. Die Vorstellung, dass ihm etwas zustoßen könnte, und die Aussicht, ihn nicht mehr wiederzusehen, wenn er Felik verließ, bedrückten ihn. Während der Mönch ihm mit fiebrig glänzenden Augen aufmerksam zuhörte, kam ihm ein Gedanke, der ihn aufrichtete und ein breites, aufrichtiges Grinsen auf sein Gesicht zeichnete.

»Wenn du den Dorfbewohnern Marys Weissagung übermittelt hast, dann komm doch zu mir nach Canton des Allemands! Du darfst nicht auf demselben Weg zurückkehren, den du jetzt nimmst, sondern steigst hinauf bis zum Bätt-Pass bei Felik. Von da zweigt der Weg ab, der in mein Dorf führt. Es ist nur eine halbe Tagesreise, und der Weg ist gut ausgeschildert, du wirst ihn also auch allein finden. Mein Haus steht dir offen, mein Tisch wird dich nach den Anstrengungen der Reise stärken, und meine Frau wird sich freuen, dich kennen zu lernen …«

Ihm brach die Stimme. Vor lauter Begeisterung, dass er eine Möglichkeit gefunden hatte, den Mönch noch eine Weile bei sich zu haben, hatte er Margreth und die düstere Prophezeiung des Propstes kurzzeitig völlig vergessen. Matthew beobachtete auch, wie sich die Miene seines Begleiters schon wieder verfinsterte, und beeilte sich zu versichern, dass er Ottos Einladung annehmen werde und sie sich bestimmt bald wiedersehen würden. Von Müdigkeit überwältigt, hüllte er sich sodann in den alten Wolfspelzmantel, den ihm der Kaufmann geschenkt hatte, und streckte sich auf seinem Strohsack aus.

Otto blieb neben dem Feuer sitzen und grübelte. Dass Matthew ihn so abrupt unterbrochen hatte, war gewiss dem Fieber zuzuschreiben, das wohl stärker war, als er angenommen hatte. Er betrachtete den Mönch auf seinem Nachtlager. Selbst aus einiger Entfernung sah er, dass Matthew von heftigen Krämpfen geschüttelt wurde. Zwar schlief er, aber der Husten quälte ihn. Otto holte aus seinem Reisesack einen Lederbeutel und entnahm ihm ein Häuflein getrocknete Blätter, Blüten und Wurzeln, das er in ein Stück Leinen wickelte. Dann rief er den einzigen seiner Knechte herbei, der noch wach war, und trug ihm auf, das Bündel am folgenden Morgen dem Mönch zu geben. Es handle sich, so erklärte er ihm, um eine Mischung aus Huflattich und Odermennig, aus dem sich der Mönch einen Sud gegen den hartnäckigen Husten bereiten solle. Dann ging der Kaufmann leise auf den Strohsack zu, auf dem Alfred ruhte, ein Stoffhändler aus seinem Dorf. Otto hoffte inständig, dass der Mann noch nicht schlief. Alfred war tatsächlich wach, und als er Otto auf sich zukommen sah, drehte er sich zur Seite und flüsterte ihm zu: »Was ist denn, Otto, warum schläfst du nicht?«

»Dasselbe könnte ich dich fragen!«, erwiderte Otto grinsend. »Hör zu. Ich werde noch heute Nacht aufbrechen, denn ich habe mit dem Burgherrn von Graines eine dringende Angelegenheit zu besprechen. Du weißt ja, die Burg liegt etwas abseits von unserem Weg nach Canton des Allemands, und deshalb benötige ich einen Tag länger. Ich brauche meine Waren nicht mit nach Graines zu nehmen, denn es geht nur um eine Unterredung über acht Scheffel Land in der Nähe von Fiery. Ich möchte dich bitten, dich um meine Maultiere und Knechte zu kümmern und sie wohlbehalten ins Dorf zu bringen. Du weißt ja, wo du die Tiere und die Waren unterstellen musst, wenn ihr früher als ich ankommt. Falls ich zuerst da bin, erwarte ich euch. Glaubst du, du könntest das für mich tun, Alfred?«

»Aber ja, mach dir keine Sorgen. Ich werde deine Sachen hüten, als wären es meine eigenen … Aber sag, was wird aus dem Mönch?«

»Der ist krank und kann sich nicht von der Stelle rühren. Ich habe ihm empfohlen, ein paar Tage hier zu bleiben, und ihm Heilkräuter dagelassen, damit er sein Fieber kurieren kann. Ich habe ihm auch den Weg genau beschrieben. Er wird ganz bestimmt nachkommen. Schließlich ist er kein Dummkopf, und falls er Hilfe braucht, wird er gewiss jemanden finden …«

Alfred war zwar überrascht von dieser Neuigkeit, erklärte sich aber bereit, für Otto diesen Dienst zu tun, und nachdem er ihm beteuert hatte, gut auf seine Waren und Leute aufzupassen, drehte er sich auf die andere Seite, um endlich zu schlafen.

Bald lagen alle in tiefem Schlaf. Wer keinen Strohsack mehr gefunden hatte, lag in seinen Mantel gehüllt auf dem nackten Boden. Otto verschloss sein Gepäck, warf sich den schweren Mantel aus Eichhörnchenfell über die Schultern und entzündete im Kaminfeuer eine kleinen Fackel. Dann ging er zur Tür, zögerte dann aber, öffnete seinen Reisesack und holte ein paar Geldmünzen heraus. Leise ging er zu Matthew, lüftete dessen Mantel, öffnete die kleine Geldbörse, die Matthew um die Kutte gebunden trug, und ließ ein Dutzend Münzen hineingleiten. Der Mönch schlief tief und merkte nicht, was geschah. Behutsam deckte ihn Otto wieder zu und blickte sich um, ob ihn jemand gesehen hatte. Aber lautes Schnarchen erfüllte den ganzen Raum. Otto ging nach draußen.

Es war noch tiefe Nacht, aber es hatte aufgehört zu regnen. Als Otto am Stall vorüberging, schrie eines der Maultiere, durch den schwankenden Schein der Fackel aufgeschreckt. Der Kaufmann begann mit dem Aufstieg. Die Müdigkeit lag wie Blei in seinen Gliedern, aber sein Geist war hellwach. Für einen Moment waren die gelben Augen eines Fuchses auf ihn gerichtet, der unter einer Pinie kauerte, dann verschwand er im Dunkeln. Von irgendwoher unten aus dem Tal kam das Glockenläuten zur Matutin. Bald würde der Tag anbrechen.

KAPITEL 17

Der Tümpel war trübe und still. Dicke graue Wolken hingen über der Wiese. Kein Lüftchen regte sich.

Im Wasser schwamm eine aufgerollte, aufgedunsene Ringelnatter, ihre schwärzliche Haut war rissig wie eine zu heiß gekochte Wurst. Der Kopf, schwerer als der restliche Körper, war ein Stück weit ins Wasser hinabgesunken. Leichter Fäulnisgeruch stieg auf.

Matthew beobachtete den Kadaver. Die Schlange der Genesis, dachte er. Obwohl kräftig und Furcht einflößend, war auch sie der Banalität des Todes ausgeliefert. »Die Verwesung ist das Schicksal aller Geschöpfe«, murmelte er und kauerte sich am Ufer des Tümpels nieder.

Nach vier Tagen, die er in der Schützhütte verbracht hatte, war das Fieber endlich verschwunden. Nach dem Aufbruch der Karawane hatte er versucht aufzustehen, aber er war viel zu krank gewesen, um weiterzureisen. Seine Beine trugen ihn nicht, und er konnte kaum die Augen offen halten. Er musste sich wieder hinlegen, und sein unruhiger Schlaf wurde von Husten- und Schüttelfrostanfällen unterbrochen. Sein Husten hatte sich zwar etwas gebessert, aber sein Hals war trocken und brannte. Es verursachte ihm Schmerzen, die kleinen Bissen Brot hinunterzuschlucken, die er ab und zu kaute. In diesen vier Tagen hatten zahlreiche Kaufleute in der Schutzhütte übernachtet, und einige hatten sich über seine Anwesenheit hier gewundert. Insbesondere einer von ihnen machte sich um die Gesundheit des Mönchs

Sorgen und bot ihm an, ihn zur Burg Graines mitzunehmen, wohin er reiste. Als Matthew höflich, aber entschieden ablehnte, sagte er, er werde zumindest dem Kaplan Guillaume Bescheid sagen, dass sich in einer Hütte auf dem Weg nach Graines ein kranker Mitbruder befände. Falls er wolle, könne er, Matthew, für ein paar Tage in Graines Aufnahme finden. Bei seinem Aufbruch ließ der Kaufmann dem Mönch getrocknetes, schon leicht ranziges Fleisch und einen kleinen Vorrat Wein zurück.

Unter dem bleischweren Himmel, der neuerlichen Regen ankündigte, überschlugen sich nunmehr Matthews Gedanken. Die tote Natter, die vor seinen Augen im schlammigen Wasser schwamm, brachte ihm wieder ins Bewusstsein, dass das Leben aller Geschöpfe wie ein Windhauch war. »Wir sind Sternschnuppen im ewigen Kreislauf der Welt, aber alle bleiben wir Teil des göttlichen Plans«, murmelte er, während er zwischen den Sträuchern am Rand des Wassers verharrte. Seine Gedanken gingen zu Mary Bychance und zu ihrem entbehrungsreichen und leidgeprüften Leben, das zu einem sinnlosen und ungerechten Tod geführt hatte. Er sah sie vor sich, am Galgen baumelnd wie eine traurige Stoffpuppe … Und dann Marthine mit ihrem grotesk bemalten Gesicht, in dem die nackte Angst geschrieben stand. Ob sie sich wohl in Sicherheit hatte bringen können? Ob es ihr gelungen war, sich zu verstecken? … Wie viel Zeit war seither vergangen! Seit wie vielen Monaten war er jetzt unterwegs? Aber war es denn tatsächlich eine Pilgerschaft oder nicht vielmehr die Flucht aus einem Leben, das inzwischen in weite Ferne gerückt war, verworren und fremd? Was war seine eigentliche Existenz: jenes arbeitsreiche und der Mildtätigkeit gewidmete Leben in St. Albans oder diese unendlich scheinende Fußreise durch die Täler eines ihm unbekannten Landes, wo er vom Mitleid und der Barmherzigkeit anderer abhängig war? Plötzlich sah er das verzweifelte Gesicht Ottos vor sich … die letzte Nacht in der Schutzhütte. Er verspürte einen heftigen Stich im Magen. Ob der Kaufmann wohl noch rechtzeitig ins Dorf gekommen war und seine Frau noch lebend angetroffen hatte? Matthew ertappte sich bei dem wehmütigen Gedanken, welches Glück diejenigen hatten, die ihr Leben mit einem anderen teilen konnten. Eine Frau als Gefährtin – das bedeutete Liebe und Zuneigung, Geben und Nehmen, Beistand im Unglück, Hilfe in der Krankheit, Kinder, die man großzog … und noch etwas, das Matthew sofort aus seinen Gedanken zu verbannen suchte, ohne dass es ihm so recht gelingen wollte. Das Gelübde der Keuschheit einzuhalten, das er vor vielen Jahren abgelegt hatte, war ihm anfangs sehr schwer gefallen, als er noch ein gesunder junger Mann mit normalen Begierden gewesen war. Dann, im Laufe der Zeit und in der Routine des Klosterlebens, hatte er sich irgendwie damit abgefunden. Die Stunden des Tages waren aufgeteilt gewesen in Arbeit und Gebet, und der willkommene Schlaf hatte jede Versuchung vertrieben.

Nun aber, in der Normalität des weltlichen Lebens, ertappte sich Matthew gelegentlich, wie seine Gedanken um fleischliche Gelüste kreisten. Im Fieberdelirium vor zwei Tagen hatte er einen wirren Traum gehabt, in dem er mit einer unbekannten Frau geschlafen hatte. Er war aufgewacht, schweißgebadet und am ganzen Körper zitternd. Sofort hatte er Gott um Verzeihung gebeten, aber die Scham darüber ließ ihn noch immer nicht los. Trotzdem, auch hier, während er auf einem feuchten und moosüberwachsenen Stein saß, driftete sein Geist immer wieder ab …

In tiefster Verwirrung schleuderte Matthew mit aller Kraft einen Stein ins Wasser. Inmitten der konzentrischen Kreise, die sich auf der Wasseroberfläche bildeten, geriet die Natter etwas in Bewegung. Ein Mückenschwarm flog auf.

»Ich bin Pater Matthew Willingtham, und ich habe mein

Leben Gott geweiht. Weiche, Satan! Dämon, hinweg von mir!«

Matthew hatte laut geschrien, und seine aufgewühlte Stimme echote wie ferner Donnerhall.

»Wo ist der Dämon? Und warum kommt mir deine Sprache bekannt vor?«

Der Mönch wandte sich ruckartig um, überrascht und erschrocken. Hinter ihm stand eine Frau. Sie trug ein Kleid aus grober Wolle, zwar etwas verschlissen, aber sauber, und ihr Haar hatte die Farbe von Herbstlaub. Ihre klaren Augen blickten scharf und wachsam. Unweit von ihr stand reglos ein Kind, das einen Ball aus Lumpen in seinen Händen hielt.

»Wer bist du?«, stammelte Matthew. Das Herz schlug ihm bis zum Hals, und plötzlich durchzuckte ihn ein Verdacht.

»Und du, mit wem hast du eben gesprochen – in dieser fremden Sprache? Was macht ein englischer Mönch hier auf dem Berg, der mit dem Teufel Zwiesprache hält und meinen Sohn erschreckt?«, erwiderte schroff die Frau.

»Woher weißt du, dass ich Engländer bin?«, fragte der Mönch und wurde immer aufgeregter.

»Ich habe jemanden gekannt, der aus deinem Land gekommen ist und ungefähr so wie du gesprochen hat, wenn er sich in seiner Sprache ausgedrückt hat. Und jener ›Devil‹, von dem du soeben gesprochen hast, hat ihn durch das ganze Tal verfolgt und schließlich umgebracht …«

Ihr versagte die Stimme. Die Frau sank in sich zusammen, ihr Mund verzog sich schmerzlich, und sie war den Tränen nahe. Das Kind, durch den rauen Ton ihrer Stimme verschreckt, lief zu seiner Mutter und nahm ihre Hand.

»Du bist Claudiana, stimmt's?«, sagte der Mönch und machte einen Schritt auf sie zu.

Die Frau riss vor Erstaunen die Augen auf. Sie ließ das Kind los und trat näher zu Matthew.

»Ich … Aber woher weißt du? … Wer bist du? … Oh, mein Gott, jetzt …«

Die Frau sank auf die Knie ins Gras. Ihre Unerschrockenheit, die sie soeben noch zur Schau gestellt hatte, war der nackten Angst gewichen, und ihr Mund zitterte.

Als der Mönch sie so sah, spürte er Mitleid. Er ging in die Hocke und strich dem Kind übers Haar, das sich stumm an den Arm seiner Mutter klammerte.

»Und dieses Kind ist Johns Sohn, nicht wahr?«, fragte Matthew leise.

Claudiana antwortete nicht. Sie war bildschön, ihr Gesicht beinahe faltenlos und ausdrucksvoll. Sie sah dem Mönch in die Augen, ohne etwas sagen zu können. Ihr Blick war misstrauisch, ängstlich und erwartungsvoll zugleich, voller Verzweiflung und Hoffnung. Das Kind, das den inneren Aufruhr seiner Mutter spürte, drängte sich noch näher an sie heran und fing leise, lautlos fast, an zu weinen.

Claudiana stand auf und legte den Arm um ihr Kind, das sich sofort beruhigte. Nur mit Mühe gelang es ihr, ihre Aufregung zu beherrschen, und in dem schroffen Ton von vorher fragte sie:

»Wer bist du? Wer hat dir gesagt, dass dies mein Name ist? Woher kommst du? Und von welchem John sprichst du überhaupt? Was …«

»Halt ein, Claudiana, sei einen Augenblick still, und hab keine Angst vor mir. Lass dir erklären …«

In diesem Moment fielen die ersten dicken Regentropfen und klatschten dumpf auf die glatte Wasserfläche des Tümpels. Binnen weniger Minuten war die eh schon feuchte Erde mit Wasser durchtränkt. Matthew und Claudiana suchten Schutz unter einer großen Pinie und warteten darauf, dass das Unwetter aufhörte. Hinten in den Bergen zuckten helle Blitze.

Matthew sagte, die Gefahr, vom Blitz getroffen zu werden, sei unter einem Baum besonders groß. Nach kurzem Zögern forderte sie ihn auf, ihr zu folgen. Ihr Haus befinde sich nicht weit weg von hier, erklärte sie, es liege direkt unterhalb des Berggipfels und sei nur eine halbe Meile entfernt. Die Frau hob das Kind auf ihren Arm, bedeckte es mit dem Saum ihres Kleides und rannte los. Matthew folgte ihr.

Sie gelangten zu einer kleinen Gruppe von dicht nebeneinander stehenden *Rascards* – Häusern, die den Stadeln ähnelten. Aus den Ställen drang das Muhen der verängstigten Kühe.

Claudiana betrat einen Rascard und führte den Mönch in einen winzigen, an den Stall grenzenden Raum im hinteren Teil des Hauses. Aus den anderen Räumen waren Frauenstimmen zu hören, und in der Luft hing der schwere Geruch der Tiere und des Essens, vermischt mit dem harzigen Duft des frischen Holzes, aus denen die Wände gezimmert waren. Claudiana zündete eine Talgkerze an und stellte sie auf den kleinen Tisch. Im schwachen Licht, das den Raum erhellte, entdeckte Matthew ein einfaches Bett und eine aus groben Holzbrettern gezimmerte Wiege. Neben dem Tisch befand sich eine schiefe Bank, und auf einem Schemel standen zwei Holzteller und ein Becher. Auf dem Bett lagen sorgsam zusammengefaltet einige Kinderhemdchen aus abgetragener Wolle, die an mehreren Stellen geflickt waren.

Während Claudiana ihr Kind trockenrieb und ihm ein neues Leibchen anzog, musste Matthew wieder stark husten. Das schnelle Laufen im Regen hatte ihn außer Atem gebracht, und die Feuchtigkeit seiner durchnässten Kutte drang ihm bis in die Knochen.

Die Frau bemerkte, wie er beim Husten die Hand auf die Brust presste. Wortlos setzte sie ihr Kind auf dem Boden ab und ging aus dem Zimmer. Der Mönch hörte, wie sie mit einer Frau im Nebenzimmer ein paar Worte wechselte. Das Kind saß derweil mit gespreizten Beinen auf dem nackten Holzfußboden. Vor ihm waren in Reih und Glied grob geschnitzte Holzfigürchen aufgestellt, Spielzeugsoldaten vielleicht. Das Kind bewegte die Figuren hin und her und murmelte dazu etwas vor sich hin, ohne jedoch den Mönch aus den Augen zu lassen, der von dem quälenden Husten schon ganz rot im Gesicht war.

Es dauerte nicht lange, bis Claudiana zurückkam; sie hielt eine Hose und eine Weste aus grober Wolle in der Hand.

»Hier«, sagte sie und reichte Matthew die Kleider. »Zieh dich um. Deine Sachen sind klatschnass, ganz gewiss nicht das Richtige, um deine Krankheit auszukurieren … Etwas anderes habe ich nicht finden können. Ich habe die Kleider von Esther bekommen, die mich hier bei sich aufgenommen hat. Es sind die Kleider ihres verstorbenen Mannes. Probier sie an, vielleicht passen sie dir. Wenn du fertig bist, gib mir deine Kutte. Ich hänge sie zum Trocknen auf.«

Dann nahm Claudiana ein langes Hemd aus Wolle von einem Haken an der Wand und legte es vor sich auf das Bett. Mit raschen Bewegungen zog sie ihr durchnässtes Kleid aus und ließ es auf den Boden fallen. Nun trug sie nur noch eine Unterhose aus feinem Leinen, die in seltsamem Kontrast zu dem Kleid stand, das sie ausgezogen hatte. Ihre langen rotblonden, gelockten Haare fielen über ihren nackten Rücken. Oberhalb der Hüfte verlief quer über ihre weiße Haut eine graue Narbe. Ihre langen Beine waren wohl geformt.

Matthew saß reglos und mit offenem Mund da, die frische Kleidung in der Hand. Es war das erste Mal in seinem Leben, dass sich eine Frau vor ihm auszog, und vor Verlegenheit war er wie erstarrt. Er wollte Claudiana Vorhaltungen machen wegen ihres Mangels an Schamgefühl, aber er brachte kein Wort heraus. Die Entrüstung, die er angesichts tadelnswerter Situationen gewöhnlich unumwunden zum Ausdruck brachte, blieb ihm diesmal gleichsam im Halse stecken. Matthew konnte den Blick nicht von der Frau wenden. Im Zimmer war es nahezu still, nur das Prasseln des Regens draußen und das verhaltene Gemurmel des Kindes waren zu hören. Plötzlich merkte der Mönch, dass er, ohne es zu wollen, sehr erregt war. Verwundert und voller Scham senkte er den Blick auf seine Kutte, um zu sehen, ob die Zeichen seiner körperlichen Lust sichtbar waren. Seine Verlegenheit wuchs, als er merkte, dass er mehr und mehr Lust verspürte, und so beeilte er sich, die verräterische Stelle mit dem Kleiderbündel zu verdecken.

Claudiana drehte sich um und fuhr sich mit den Händen durchs nasse Haar.

»Du sitzt ja immer noch da?«, rief sie erstaunt Matthew zu. »Andere Kleidungsstücke habe ich dir leider nicht anzubieten.«

Es kostete Matthew ungeheure Anstrengung zu sprechen.

»Ich … ich wollte warten, bis du fertig bist … Ich … Wie soll ich mich umziehen … hier, vor dir … Ich …«

Claudiana, die der Umgang mit Männern gelehrt hatte, nicht nur die körperlichen Signale der Leidenschaft zu erkennen, sondern auch in den Blicken zu lesen, verstand sofort. Und sie machte sich Vorwürfe, dass die Gewohnheit die Oberhand über Diskretion und Respekt gewonnen hatte. Sie errötete leicht, raffte ihr nasses Kleid zusammen und verließ das Zimmer.

Matthew stand auf und zog, an die Tür gelehnt, seine Kutte aus. In fieberhafter Eile löste er die Bänder und schlüpfte in Ärmel und Hosenbeine seiner neuen Kleidung. Unter der nassen Unterhose, die ihm am Körper klebte, war das Zeichen seiner Erregung noch deutlich sichtbar. Ihm schien, als ob auch das Kind, dessen Gemurmel verstummt war, genau diese Stelle fixierte. Zum Glück waren ihm die Kleider von Esthers Mann viel zu weit und zu groß.

Kaum war er mit dem Umkleiden fertig, trat Claudiana ein, fast als hätte sie hinter der Tür gestanden und gewartet. Sie sah ihn mit strahlenden Augen an, und der Schatten eines Lächelns huschte über ihr Gesicht.

»Wer würde jetzt noch glauben, dass du ein Mönch bist? Du siehst aus wie ein Bauer hier aus dem Tal … Gib mir deine Kutte. Ich bin gleich wieder da.«

Matthew setzte sich wieder. Allmählich beruhigte er sich und gewann wieder seine Selbstbeherrschung. Das Kind stand vom Boden auf, holte aus einer Ecke den dorthin gerollten Ball aus Lumpen und ging damit auf den Engländer zu. Die Kleidung, die der Mönch nun trug, war dem Kleinen offenbar bekannt und flößte ihm Vertrauen ein.

Mit ernstem Blick und einem schüchternen Lächeln, das die wenigen Zähnchen entblößte, die er im Mund hatte, reichte der Junge Matthew den Ball.

»Ball«, sagte das Kind zaghaft in englischer Sprache. »Ball … Ball …«

Matthew nahm den Ball und warf ihn auf den Boden, von wo der Kleine ihn aufhob und erneut dem Mönch brachte.

»Ball … Ball …«

»Ich versuche, ihm die paar englischen Wörter beizubringen, die ich von John gelernt habe«, sagte Claudiana, die in diesem Moment hereinkam. »Ich will, dass er zumindest die Sprache seines Vaters kennt, da er ihn ja selbst nie kennen lernen wird …«

»Wie heißt er?«, fragte Matthew.

»John natürlich, wie sonst? Hier denken alle, er würde Jean heißen, und ich lasse sie in diesem Glauben. Damit gehe ich Fragen aus dem Weg …«

Die Frau setzte sich vor dem Mönch auf einen Schemel. Während sie weiter ihre feuchten Haare ordnete, sah sie ihn offen an und sagte:

»Jetzt aber erzählst du mir alles. Woher weißt du von mir und meinem Sohn? Woher kommst du, wohin gehst du? Und was hast du auf dem Berg gemacht, als du mit den Sträuchern am Wasser geredet hast.«

Matthew, den die Entschiedenheit Claudianas noch immer verstörte und einschüchterte, überlegte rasch, was er ihr erzählen konnte. Er fuhr sich mit der Hand durch das widerspenstige, borstige Haar, seufzte tief und fing an zu erzählen. Er schilderte seine Begegnung mit Plane, vermied es aber rücksichtsvoll, die junge, verliebte Magd zu erwähnen. Er sagte ihr, John sei zwar zum Tod verurteilt worden, aber das Urteil habe man noch nicht vollstreckt. Was der Mönch allerdings verschwieg, waren die erbärmlichen Umstände der Gefangenschaft; denn er wollte Claudianas Schmerz nicht unnötig vergrößern. Schließlich sagte er, was ihm der Mann aufgetragen hatte: dass er sie innig liebte und ihr empfahl, nach Süden zu fliehen.

Während sie ihm zuhörte, veränderte sich ihr Mienenspiel. Die anfängliche Entschlossenheit, die er in ihren grünen Augen gelesen hatte, wich zunächst der Verblüffung und dann der leidenschaftlichen Zärtlichkeit. In ihren tränennassen Augen blitzte Rebellion auf, als sie seinen Rat hörte zu fliehen, und vor Empörung wurde sie rot im Gesicht.

»Und warum sollte ich fliehen, wenn John noch am Leben ist? Nein, Mönch, das fällt mir nicht im Traum ein! Ich werde vielmehr zu ihm zurückkehren und versuchen, ihn zu retten. Ich könnte die Wachen bestechen, ich könnte mit Bosone sprechen, ich könnte dem Lehnsherrn meinen Körper anbieten im Tausch für Johns Freiheit … Ich bin geübt darin, weißt du, die Männer zu befriedigen; das habe ich jahrelang gemacht …«

Matthew kniff die Augen zusammen. Er musste gar nichts sagen. Der harte Blick, mit dem er Claudiana ansah, genügte, um ihr verstehen zu geben, dass sie etwas ungeheuer Dummes und Grobes gesagt hatte. Verwirrt senkte sie die Lider und verschränkte die Arme vor der Brust.

»Verzeih mir, Mönch, ich wollte ... Nein, ich werde zu dieser schmutzigen Tätigkeit nicht mehr zurückkehren, die ich so lange verrichten musste. Jetzt habe ich einen Sohn, ich muss an ihn denken. Ich will nicht, dass er sagt, seine Mutter ist eine Prostituierte ... Aber irgendetwas muss ich doch für Johns Rettung tun, ich kann ihn doch nicht in einem Verlies schmachten lassen! Was könnte ich tun, Mönch, sag du es mir! Was könnte ich machen?«

Ihre Stimme war nur noch ein Flüstern, sie schluchzte leise. Das Kind hatte aufgehört, mit dem Ball zu spielen, und sah seine Mutter mit angstgeweiteten Augen an. Auch wenn der Kleine den Sinn der Unterhaltung nicht verstand, spürte er doch die Spannung, die im Raum herrschte. Er machte ein paar Schrittchen auf Claudiana zu und zog sie stumm und mit Tränen in den Augen am Ärmel.

Claudiana wischte sich die Augen trocken, lächelte das Kind an, nahm es in die Arme und wiegte es zärtlich. Der kleine John beruhigte sich sofort, warf aber Matthew einen vorwurfsvollen Blick zu. Dieser Fremde hatte die ruhige Gleichförmigkeit des Alltags gestört, er hatte seine Mutter zum Weinen gebracht, und nicht zuletzt strömte er auch noch einen unangenehmen Geruch aus, denn er roch nach verdorbener Milch.

Matthews Sinnenrausch hatte sich inzwischen endgültig gelegt. Er war jetzt nur noch von Mitleid erfüllt – ein Gefühl, das dem Mönch sehr viel vertrauter war, seinen Geist vom Irrweg abbrachte und ihn wieder zu seiner ruhigeren Aufgabe als Mann Gottes zurückfinden ließ.

»Ich weiß nicht, ob du etwas tun kannst«, sagte er. »Denn das Urteil steht fest. Jemand müsste sich für John einsetzen, der in Bosones Gunst steht oder dem er etwas schuldet. Aber ich bezweifle, ob ein so wichtiger Lehnsherr sich persönlich mit dem Schicksal eines armen, für den Galgen bestimmten Zimmermanns beschäftigt ... Ich jedenfalls kenne niemanden hier im Tal. Eine

Zeit lang bin ich mit einem großartigen Mann gereist, einem Kaufmann aus Canton des Allemands. Vielleicht hätte er dir helfen können, aber er ist schon vor ein paar Tagen abgereist, in tiefer Sorge um seine Familie, und er wird nicht so bald wieder hierher kommen.«

Claudiana sah ihn unsicher an, ihre Augen waren trocken. Das Kind war in ihren Armen eingeschlafen. Leise stand sie auf, legte es in die Wiege und deckte es mit einer dicken Wolldecke zu. Dann setzte sie sich wieder zu Matthew und begann erneut zu reden – jedoch im Flüsterton, um den Schlaf ihres Kindes nicht zu stören.

»Ich weiß immer noch nicht, wer du bist, Mönch. Du kennst meine Geschichte, aber ich weiß nichts von dir. Sag mir, was du hier tust, so weit weg von deinem Land und deinem Kloster! Was machst du hier? Hier im Tal gibt es viele Ketzer, die gewöhnlich allein umherziehen, genau wie du, bis sie einen Dummkopf finden, der ihnen zuhört … Wenn man sie aufspürt, nehmen sie ein schlimmes Ende – und mit ihnen jene, die ihnen gefolgt sind. Ich möchte in meinem leidgeprüften Leben nicht auch noch ein solches Unglück erleben!«

Matthew hatte diese Frage bereits befürchtet. Ihm war klar gewesen, dass die Frau früher oder später fragen würde, was er in einem fremden Land zu suchen hätte. Und noch ehe er sich's versah, fing er an, stockend zu erzählen. Claudiana wandte ihre grünen Augen, die denen Marys so ähnlich waren, keine Sekunde von ihm ab, während er von den Monaten seiner Pilger- und Wanderschaft sprach. Matthew verschwieg nichts – nicht einmal den wahren Grund seines Hierseins. Während er redete, erinnerte er sich an Ottos Rat, niemandem seine Geschichte zu erzählen. Aber er konnte einfach nicht noch einmal lügen, obwohl er wusste, welcher Gefahr er sich aussetzte, wenn er dieser Frau die Wahrheit offen legte. So wie Christus die Ehebrecherin vor der Steinigung durch das Volk gerettet hatte, ging es ihm durch den Kopf, könnte doch auch er, Gottes niedriger Knecht, versuchen, dieser Prostituierten zu helfen, die sich ihm als so großmütig erwiesen hatte. Und wenn er sich dadurch in Gefahr begab, dann war auch dies ein Teil seines Auftrags.

Als er endete, war auch das Unwetter vorbei. Es war dunkel geworden, und in den Wohnräumen herrschte Stille. Auch im Stall regte sich kein Laut.

Claudiana sah ihn stumm und fragend an. Dieser Mann machte sie neugierig. Obwohl er verdreckt und schmutzig war, schien er klug zu sein und aufrichtig, und in seinem Blick lag ein tiefes Mitgefühl. Und schließlich war das, was er ihr erzählt hatte, ja auch gar nicht so unwahrscheinlich. Claudiana hatte ebenfalls in ihrem Leben Beispiele menschlicher Boshaftigkeit, List und Tücke erlebt. Sie konnte sich gut vorstellen, dass auch im fernen England die Mächtigen ihre Macht missbrauchten und den Schwächeren gegenüber Gewalt ausübten. Überdies hatte sie keine besonders hohe Meinung von den geistlichen Herren, die im Allgemeinen schamlose Heuchler waren. Wie oft hatte sie im Bordell von Châtel-Argent das Bett mit Priestern und Äbten geteilt. Sie hatten zu den Kunden gezählt, die sie am meisten angewidert hatten. Scheinheilig und in höchstem Maße lüstern, verlangten sie bizarre und oftmals widernatürliche Dienste, und wenn sie fertig waren, zeigten sie sich geringschätzig und anmaßend, ließen nur ein geringes Entgelt zurück oder bezahlten überhaupt nicht. Dieser Mönch hier war anders. Sie hatte gleich gemerkt, dass sie ihn ungewollt sinnlich erregt hatte, als sie sich ihm halb nackt gezeigt hatte. Er aber hatte schüchtern und verwirrt seine Begierde unterdrückt und ihr Respekt entgegengebracht, den sie bisher nur selten erfahren hatte.

»Man kann ja nicht gerade sagen, dass du ein ruhiges Leben geführt hast!«, scherzte Claudiana und lächelte Matthew an. Ermuntert von der Warmherzigkeit, die er in der Stimme der Frau spürte, schenkte er ihr seinerseits ein – wenn auch verlegenes – Lächeln. Ohne dass Matthew sie drängte, fing nunmehr Claudiana an zu reden. Sie erzählte ihm, wie die Soldaten sie nach Johns Gefangennahme misshandelt und ihr eine hässliche Narbe am Rücken zugefügt hatten, sodass sie hatte befürchten müssen, eine Fehlgeburt zu erleiden. Nachdem sie sie mehrmals vergewaltigt hatten, führten sie sie ins Bordell des Dorfes Montjovet außerhalb ihres Lehnsgebiets und zwangen sie, ihnen zu Willen zu sein, wann immer sie wollten. Falls sie nicht gehorche, drohten sie ihr, würden sie sie zu Bosone bringen, wo der sichere Tod auf sie warte. Also blieb sie, übte das Gewerbe der Unzucht weiter aus und fürchtete doch um ihr Leben, fast bis zum Zeitpunkt der Geburt. Wie in allen Freudenhäusern fand einmal im Monat eine Inspektion statt. So kam eines Tages ein Beauftragter des Lehnsherrn ins Bordell, um die gesundheitliche Verfassung der Freudenmädchen zu überprüfen und zu kontrollieren, dass im Bordell weder Speisen noch Getränke serviert wurden.

»Der Herr möchte in seinen Bordellen keine Betrunkenen, um unwürdige Auseinandersetzungen zwischen den Soldaten zu vermeiden, die sie aufsuchen!«, sagte Claudiana und verzog höhnisch das Gesicht. Sie erzählte weiter, dass an jenem Tag der Abgesandte des Lehnsherrn von einem Soldaten begleitet wurde, den sie nie zuvor gesehen hatte. Er war zwar nicht mehr besonders jung, aber stark und kräftig, und eine lange Narbe entstellte sein Gesicht, die von der Stirn quer über das rechte Auge bis zum Mund reichte. Sie war das Andenken an eine erbitterte Schlacht, die vor wenigen Jahren in der Nähe stattgefunden hatte. »Als er mich, die einzige Schwangere, dort sah«, erinnerte sich Claudiana, »zeigte seine mürrische Miene Mitgefühl, und er fragte mich, ob ich diesen Ort für den geeigneten Aufenthaltsort für eine Frau betrachte, die bald ein Kind zur Welt bringe … Ich brach in Tränen der Verzweiflung aus.« Nach ein paar Tagen kam der Soldat wieder, und nachdem er die Kupplerin fürstlich bezahlt hatte, nahm er Claudiana mit. Auf dem Rücken eines Maultiers führte er sie durch das lange Evançon-Tal zur Burg Graines.

»Er sagte mir, er heiße Laurent und stamme aus Brusson. Er sei vor drei Jahren in den Dienst des Herrn von Montjovet getreten, der seine Wachsoldaten gut entlohne, da er tüchtige Männer brauche, die seine Burg gegen die Gier der anderen Herren im Tal verteidigten. Er sagte, ich sei zu schön, um mein Leben in einem Bordell zuzubringen, und mein Kind habe das Recht auf eine gesunde und starke Mutter. Ich weiß nicht, warum er mir geholfen hat, vielleicht ist er einfach nur ein guter Mensch ... Jedenfalls hat er nie etwas von mir gewollt und hat die Dankbarkeit, die ich ihm schulde, niemals ausgenutzt.« In der Burg vertraute er sie Esthers Obhut an, der Witwe des Jägers Bernard, mit dem Laurent oft die Wälder durchstreift und Wild für die Bankette des Burgherrn gejagt hatte. Als die beiden zu Esther kamen, war sie gerade im Begriff, Graines zu verlassen und sich mit ihrer Schwägerin und den Kindern in den kleinen Rascard zurückzuziehen, den ihr Mann wenige Jahre zuvor als Jagdhütte erbaut hatte. In diesem Haus wollte Esther von dem bisschen Geld leben, das Bernard beiseite gelegt hatte, und von den Erträgen eines Stück Landes, das sie mit ihren Verwandten bestellte.

»Esther hat mich wie eine Mutter aufgenommen«, fuhr Claudiana fort. »Sie kannte meine Vergangenheit, aber sie hat mir nie irgendwelche Vorwürfe gemacht. Als das Kind zur Welt kam, ertrug sie klaglos mein Stöhnen und meine Angst und half mir bei der langwierigen und schmerzhaften Entbindung.«

»Und seitdem lebst du hier?«, fragte Matthew.

»Ja. Esther hat mir geholfen, ein normales Leben zu führen. Sie hat mir beigebracht, mein Kind großzuziehen, zu kochen, das

Haus sauber zu halten – vor allem aber, in Frieden mit mir selbst zu leben. Es war schwer für mich, John zu vergessen, und ich hatte es fast schon geschafft … Doch dann bist du hier aufgetaucht …«

Claudiana senkte den Blick und schwieg. Matthew ertappte sich bei dem Gedanken, dass es, nach allem, was er unterwegs erlebt hatte, den Anschein hatte, als besäßen die Frauen mehr Mut und Kraft als die Männer. Er fragte sich auch, ob dieser Umstand dem göttlichen Plan entsprach oder ob es nicht vielmehr die Unterdrückung war, die die Frauen so geduldig und anpassungsfähig gemacht hatte. Im Kloster hatte er gelernt, dass die Frauen weniger intelligent waren als die Männer und sich im Wissen und in der Bildung nicht mit ihnen messen konnten. Nachdem er in St. Albans einige Jahre als der für karitative Aufgaben zuständige Mönch gearbeitet hatte, waren ihm schon dort Zweifel gekommen. Er hatte sie jedoch für sich behalten. Die Bäuerinnen, denen er begegnet war, die Ehefrauen der reichen Kaufleute des Dorfes, die vagabundierenden Frauen, ja selbst Mary erschienen ihm alles andere als dumm. Gewiss, sie wussten nicht, was in den Büchern stand, sie konnten weder lesen noch schreiben, aber ihnen war eine andere Weisheit zu eigen, die nicht weniger wertvoll war: die Weisheit des Herzens. Keine von ihnen konnte auf einem Kriegsross in die Schlacht reiten, doch viele dieser Frauen erwiesen sich als tapfere Kämpferinnen, wenn es darum ging, das Leben ihrer Kinder zu verteidigen.

Claudiana hob den Blick und sah den Mönch an, erstaunt über sein langes Schweigen. Matthew riss sich aus seinen Grübeleien.

»Wenn es Gottes Wille war«, sagte er und nestelte nervös an dem Kreuz über seiner Weste herum, »dass sich meine und deine Wege kreuzen, so ist dies Teil seines göttlichen Plans, dessen Sinn uns vorerst noch verborgen ist. Ich will damit sagen: Glaubst du, dass der Allmächtige deine Rettung zugelassen hätte, wenn er nicht gewollt hätte, dass du John wiedersiehst? Glaubst du, dass er zugelassen hätte, dass wir uns begegnen, wenn diese Begegnung für dich und für mich nicht eine Bedeutung hätte? Er hat uns die Möglichkeit gegeben, etwas zu unternehmen, und wir müssen jetzt Mittel und Wege finden ...«

Matthew bemühte sich, in seine Worte, an deren Wahrheit er selbst nicht so recht glaubte, einen überzeugenden Ton zu legen, und lächelte Claudiana aufmunternd an. Sie ließ ihren Blick nachdenklich durchs Zimmer schweifen und betrachtete zärtlich die Wiege, in der das Kind schlief. Dann wandte sie sich wieder dem Mönch zu und sagte:

»Ich muss mit Esther darüber sprechen. Sie kennt alle Bewohner der Burg Graines, vielleicht kann sie mir einen Rat geben. Sie weiß, ob es eine Möglichkeit gibt, an Bosone heranzukommen. Ich könnte auch Laurent ... Hör zu, Mönch, wir machen es so: Du bleibst bis morgen hier; dann ist auch deine Kutte trocken. Ich spreche unterdessen mit Esther, die dir bestimmt heute Nacht Unterkunft gewährt. Du könntest im obersten Geschoss schlafen, auf dem Getreidespeicher, dort gibt es zwei Strohsäcke und andere, leere Säcke, mit denen du dich zudecken kannst.«

Claudianas Worte ließen keinen Widerspruch zu. Die Frau schien einen festen Entschluss gefasst zu haben; Hoffnung flammte in ihren Augen auf. Sie stand auf und ging energisch die schmale Treppe hinauf, die unters Dach führte. Matthew folgte ihr schweigend. Sie zeigte ihm sein Nachtlager, sah ihn eindringlich an und sagte:

»Danke, Pater Matthew Willingtham. Wenn Johns Leben gerettet wird, so verdankt er es dir, und wenn ich mich heute als Frau geachtet und nicht als Prostituierte fühle, so verdanke ich es ebenfalls dir. Du bist kein Mönch wie all die anderen, die ich kennen gelernt habe. Du bist ein gerechter Mann. Ich glaube, ich habe deine Großzügigkeit nicht verdient, so wie ich auch Laurents Güte nicht verdient habe. Vielleicht hast du Recht, wenn du sagst, allem liegt ein göttlicher Plan zu Grunde. Wenn es tatsächlich so ist, ist die Barmherzigkeit Gottes unendlich viel größer als die der Menschen. Danke, Mönch, dass du mir das gezeigt hast …«

Ohne Matthew Zeit zu geben, darauf zu antworten, drehte sich Claudiana um und lief die Treppe hinunter. Matthew lächelte vor sich hin und schickte ein stilles Dankgebet zu Gott. Dann deckte er sich notdürftig mit einem groben Sack zu und schlief auf seinem Strohlager fast sofort ein.

KAPITEL 18

Die nächtliche Feuchtigkeit hing noch in der Luft. Ein silbriger Dunst, den die Strahlen einer den Sommer ankündigenden Sonne durchdrangen, lag über den Wiesen und verschleierte die Sicht ins Tal. Das Maultier, auf dem Claudiana und ihr Kind saßen, lief wendig den Abhang hinunter. Ihnen folgte Matthew, dem ein erquickender Schlaf die verlorenen Kräfte wiedergeschenkt hatte.

Nach einem Bad in Esthers einladendem Waschbottich hatte der Mönch seine altgewohnte Kutte wieder angezogen und beschlossen, mit Claudiana nach Graines aufzubrechen. Esther hatte ihnen geraten, sich an den Kaplan Guillaume zu wenden, der den Burgherrn gut kannte und wusste, welche Möglichkeiten es gab, John vor dem Galgen zu retten. »Ich habe gehört«, hatte Esther gesagt, »dass Aimone, der Herr von Graines, mit Bosone von Cly noch eine Rechnung offen hat, aber ich weiß nicht, wie die Sache momentan steht. Jedenfalls kennen sich die beiden gut, und der Herr von Challant hat ein Interesse daran, sich mit dem Repräsentanten des Klosters St.-Maurice gut zu stellen, da seine Familie ein begehrliches Auge auch auf diese Burg geworfen hat.« Matthew erfuhr, dass die Burg Graines neben zahlreichen anderen Besitzungen im Tal dem Kloster St.-Maurice im Wallis gehörte und dass Nantelmo, der gegenwärtige Abt, Aimone die Herrschaft über die Burg übertragen hatte. Einmal im Jahr, auf seiner Reise durch die von Walsern bewohnten Gebiete, kam Nantelmo auch nach Graines. Auf dieser Reise traf er sich mit den mächtigsten Herren des Augusta-Tals, um Feindseligkeiten zu schlichten und Schaden von seinen Besitzungen abzuwenden. »Aimone ist Nantelmos Neffe, und er besitzt großes diplomatisches Geschick, genau wie sein Onkel«, hatte Esther gesagt. »Wenn euch jemand helfen kann, dann er.« Gestärkt durch diese Hoffnung, hatte Claudiana beschlossen, unverzüglich aufzubrechen. Esther hatte ihr zum Abschied versichert, ihr und dem kleinen John stünde ihr Haus offen, wenn sie aus Graines zurückkämen.

Es versprach, ein warmer Tag zu werden, und bald sahen sie die Burg vor sich liegen. Bis Brusson war es stetig bergab gegangen, aber nun befanden sie sich auf einem schmalen Weg, der zur Burg hinauf steil anstieg. Von unten gesehen schien es eine mächtige Burg. Sie war auf einem Felsvorsprung errichtet und beherrschte das ganze Tal. Ihre Lage über dem schroffen Abgrund entmutigte jeden Angreifer. Die wuchtige Burgmauer wurde von einem quadratischen Turm überragt.

Als es bergauf ging, wurde Matthew von Hustenanfällen gequält. Claudiana war aufgeregt wie ein Kind und plauderte, auf dem Rücken des Maultiers sitzend, unablässig mit dem keuchenden Mönch. Er jedoch bekam nicht einmal genügend Luft, um zu antworten.

Nachdem sie den Torwall passiert hatten, der den Eingang zur Burg schützte, wurden sie von einem Wachsoldaten angehalten, der sie nach dem Grund ihres Besuches fragte. Matthew erklärte, er werde von dem Kaplan Guillaume erwartet, und folgte damit den Worten jenes Kaufmanns, dessen Bekanntschaft er am Col du Joux gemacht hatte. Der Soldat schickte jemanden aus, um die Aussage bestätigen zu lassen, und ließ die drei dann passieren. Er zeigte ihnen den Weg zur Kapelle, die sich nicht weit vom Turm befand.

Guillaume wartete schon auf der Schwelle. Er war groß gewachsen, kräftig gebaut und hatte scharfe, fröhliche blaue Augen und ein sonnengebräuntes, bäuerliches Gesicht. Seine blonden, kurz geschnittenen Haare waren an einigen Stellen von grauen Strähnen durchzogen, und seine weiße, makellos saubere Kutte hob sich eindrucksvoll von der dunklen Kirchentür ab.

»Du musst der Mönch sein, von dem mir der Kaufmann erzählt hat, der vor ein paar Tagen hier vorbeigekommen ist. Ich habe schon auf dich gewartet. Aber ich wusste nicht, dass du in Begleitung kommst!«

Der freundliche Blick des Mönchs wanderte von Matthew zu Claudiana, die mit ihrem Kind auf dem Arm dastand. Der Kleine sah sich neugierig in der ungewohnten Umgebung um.

»Ich bin Matthew Willingtham, Benediktinermönch aus dem Kloster St. Albans in England, und auf der Pilgerreise nach Rom«, erwiderte Matthew und verspürte dabei ein unangenehmes Gefühl, wie jedes Mal, wenn er lügen musste. »Die Krankheit, an der ich litt, als ich den dir bekannten Kaufmann kennen lernte, habe ich beinah überwunden. Ich bin also nicht hier, um Aufnahme und Pflege zu erbitten, sondern um Hilfe für diese Frau hier … Es ist eine lange Geschichte, die wir erzählen müssen …«

»Später, später. Jetzt kommt erst einmal mit. Ein bisschen Käse und ein Becher frischen Weines wird euch nach der beschwerlichen Reise bestimmt gut tun. Es ist heiß heute, nicht wahr? Gott sei Dank beginnt endlich der Sommer, nach all dem Regen der vergangenen Tage!«

Claudiana und Matthew folgten dem Mönch in ein Häuschen aus Stein unmittelbar neben der Kapelle. Hier setzte ihnen Guillaume ein einfaches, aber wohl schmeckendes Mahl vor. Der kleine John trank frisch gemolkene, noch lauwarme Milch und lief dann mit tapsigen Schritten durch das Zimmer, zwischen Bänken und Regalen, von Guillaume mit wohlwollenden Blicken bedacht. Während der Kleine spielte, legte Matthew dem Kaplan den Grund dar, der sie nach Graines geführt hatte. Da er nicht wusste, wie weit das Mitgefühl und die Verständnisbereitschaft des Augustinermönchs ging, sparte er sich vorsichtshalber genauere Erklärungen über Claudianas Vergangenheit.

Der Kaplan hörte aufmerksam zu. Als Matthew fertig war, senkte Guillaume nachdenklich den Kopf. Claudiana, die ungeduldig auf eine Antwort oder wenigstens auf eine Bemerkung wartete, warf Matthew einen fragenden Blick zu, als fordere sie eine Erklärung für das lange Schweigen. Matthew machte ihr rasch ein Zeichen, geduldig zu sein. Nach einer Weile, die den beiden Gästen wie eine halbe Ewigkeit erschien, hob Guillaume den Kopf und sah Claudiana an.

»Es ist schwierig, dass ein Todesurteil, so ungerecht es auch immer sein mag, aufgehoben und der Gefangene freigelassen wird. Denn schließlich kennen wir nur die Aussagen des Zimmermanns über den Hergang des Geschehens, und es gibt Zeugen, die gegen ihn ausgesagt haben. Du, Frau, warst ebenfalls nicht dabei, auch wenn du den Worten des Verurteilten Glauben schenkst. Könnte es nicht sein, dass dich das Gefühl der Zuneigung für ihn in die Irre führt?«

Die weit aufgerissenen Augen, mit denen Claudiana Guillaume ansah, füllten sich mit Tränen, und sie sank in sich zusammen. Sie hatte die Hände so fest zusammengepresst, dass sie ganz blau geworden waren.

»Weine nicht, Frau. Ich sage ja nicht, dass es aussichtslos ist, ich will dir nur begreiflich machen, dass es nicht einfach ist. Auch wenn der Mönch, der dich hierher gebracht hat, mir nicht sein vollstes Vertrauen geschenkt und mir etwas aus deinem Leben verschwiegen hat, werde ich Aimone dein Anliegen vortragen. Wenn überhaupt jemand in dieser Sache bei Bosone von Cly vorsprechen kann, dann ganz gewiss er …«

Bei Guillaumes letzten Bemerkungen war Matthew errötet und setzte schon an, Rechtfertigungen vorzubringen, aber der andere kam ihm zuvor:

»Du brauchst dich nicht zu entschuldigen«, sagte er lächelnd. »Schließlich kennst du mich nicht, und deine Vorsicht ist daher ganz natürlich. Wenn ich dir helfe, dann deshalb, um Gott meine Dankbarkeit für das Leben zu erweisen, das er uns allen geschenkt hat, auch diesem kleinen Bengel, der sich an meinen Paramenten zu schaffen macht!«

Dabei warf er dem Kleinen einen gestrengen Blick zu. Der kleine John saß seelenruhig auf dem Boden und strich mit seinen kleinen Händchen gerade über ein weißes Messgewand, das reich mit Gold bestickt war. Als John spürte, dass er beobachtet wurde, wandte er ruckartig den Kopf, und als er Guillaumes ernste Miene sah, erschrak er, stand auf und lief zu seiner Mutter. Der Mönch brach in ein herzliches Gelächter aus, nahm den Kleinen in die Arme, hob ihn hoch und legte ihn seiner Mutter in die Arme.

»Vertraut mir«, sagte er ernst und sah seine Gäste eindringlich an. »Noch heute werde ich mit Aimone sprechen. Ich muss ihn sowieso aufsuchen, um andere Fragen zu erörtern. Ich kann euch nichts versprechen, aber habt Vertrauen in Gott … Heute Nacht und solange ihr wollt, könnt ihr hier bleiben. Der Hospitalar wird euch verköstigen und euch ein Nachtlager herrichten.«

Claudiana und Matthew verstanden, dass er sie damit entließ, bedankten sich, standen auf und gingen hinaus auf den Platz und in Richtung Burgmauer. Dort befand sich die Herberge für die Reisenden, wo Pater Teodoro sich um sie kümmerte.

Nachdenklich saß Aimone auf dem Stuhl, der mitten im Audienzsaal aufgestellt war. Der mit biblischen Szenen bestickte Gobelin hinter ihm teilte den Raum in zwei Hälften. Hinter dem

Gobelin stand ein großer Tisch mit Bänken, der bald mit feinstem Leinen und wertvollem Besteck und Geschirr gedeckt werden würde. In zehn Tagen kam einer der mächtigsten Vasallen Gotofredos zu Besuch, und der Empfang, der ihm bereitet werden würde, sollte dem Visconte die unveränderte Bedeutung der Burg Graines vor Augen führen.

Aimone war allein und dachte im Halbdunkel des Saales über die Worte des Kaplans nach, der soeben gegangen war, und über die merkwürdige Geschichte des englischen Zimmermanns. Ein bitteres Grinsen zeichnete sich auf seinem Gesicht, als ihm durch den Kopf ging, dass die Sünde der Homosexualität auch in den Ländern der Christenheit weit verbreitet war. Es hieß, die Kreuzritter hätten diese abscheulichen Praktiken vor zweihundert Jahren aus dem Heiligen Land mitgebracht, wo sie sie von den Ungläubigen gelernt hätten. Aimone jedoch war überzeugt, dass die Homosexualität schon immer hier verbreitet war, obwohl sie von der Kirche scharf verurteilt wurde. Wie er den Werken lateinischer Verfasser entnommen hatte, gab es im Altertum unzählige solcher unanständigen Beziehungen. Und die ausgezeichneten Lehrer, die sein Onkel Nantelmo ihm zu seiner Unterweisung geschickt hatte, waren peinlich berührt gewesen, als sie ihm die entsprechenden Abschnitte hatten übersetzen müssen. Es fiel dem Herrn von Graines daher nicht schwer, den Schilderungen jenes englischen Mönchs Glauben zu schenken, umso mehr, als dieser mit dem Gefangenen in dessen Muttersprache hatte sprechen und sich ein eigenes Urteil hatte bilden können. Wie auch immer die Wahrheit lautete, Aimone kam zu dem Schluss, dass er dieses kühne Gnadengesuch durchaus zu seinen eigenen Gunsten nutzen konnte.

Voller Zorn erinnerte er sich daran, wie ihm Bosone vor einem Jahr auf hinterhältige Weise dreißig Scheffel Land entrissen hatte. Der frisch gepflügte und zur Aussaat bereite Hang, um den es seinerzeit ging, gehörte, wie viele andere Ländereien der Gegend, dem Kloster St.-Maurice. Eines Tages hatte Bosone ohne jede Vorankündigung seine Soldaten geschickt, diesen Hang zu besetzen, und Aimone mitgeteilt, dass die Felder, Berge und Bäume von nun an zum Lehnsgebiet des Herrn von Cly gehörten. Bosone hatte vor, einen Kanal zu bauen, der das Wasser von Arcesaz, das zu Graines gehörte, in die Nähe der Burg Villa leitete, einem der Residenzen des Visconte. Unweit davon wollte Bosone nämlich einen neuen Signalturm errichten lassen, und für den Bau dieses Turms würde viel Wasser benötigt.

Aimone hatte sich diesen Übergriff nicht gefallen lassen wollen, aber Nantelmo, dessen Ratschlag er unverzüglich eingeholt hatte, riet dem Neffen zu Bedachtsamkeit. Die Macht der Familie Challant, erklärte er ihm, breite sich wie ein Ölfleck im ganzen Tal aus und er befürchte, dass Gotofredo in nicht allzu ferner Zukunft auch die Besitzungen von Graines an sich reißen werde. Das Kloster St.-Maurice lag schließlich jenseits der Alpen. Und obwohl die Burg von einer großen Zahl Soldaten geschützt wurde, war Nantelmo der Meinung, eine direkte Konfrontation mit dem Visconte könne nur Schaden anrichten und Gotofredo den Vorwand liefern, seinen Anspruch auf die Besitzungen des Lehens von St.-Maurice anzumelden.

Aimone hatte das eingesehen und sich darauf beschränkt, dem Visconte einen empörten Protestbrief zu schicken, der ihn daraufhin gebeten hatte, dem Übergriff seines Bruders mit Nachsicht zu begegnen. Er selbst, hatte Gotofredo ihm versichert, wolle sich dafür einsetzen, dass sein Bruder das Land Aimone zurückgebe. Aber Bosone hatte inzwischen vollendete Tatsachen geschaffen, wollte er doch den Turm so schnell wie möglich bauen.

Aimone, dem der subtile, einschüchternde Unterton von Gotofredos Botschaft durchaus nicht entgangen war, hatte es dabei belassen. Jedoch hatte er sich vorgenommen, den Kredit, den er dem Visconte gewährt hatte, bei nächster Gelegenheit zurückzufordern, und sei es nur, um den Challants zu zeigen, dass der Burgherr von Graines sich von niemandem Gewalt antun ließ.

Während er noch in Gedanken versunken dasaß, spürte Aimone, dass sich zu seinen Füßen etwas bewegte. Eine der Katzen, die im Turm lebten, war leise in den Saal gekommen, strich ihm jetzt um die Beine und wollte gestreichelt werden. Der Burgherr kraulte sie hinter dem Ohr. Zufrieden über die Aufmerksamkeit, sprang sie mit einem geschmeidigen Satz auf seinen Schoß, und nach ein paar Drehungen um sich selbst rollte sie sich auf Aimones besticktem Gewand zusammen, um ein Nickerchen zu machen. Lächelnd kraulte Aimone das Tier weiter, während ihm durch den Kopf ging, dass die Politik im Grunde einer Schachpartie ähnelte, jenem Spiel, das er so innig liebte und bei dem er sein ganzes taktisches Geschick zeigen konnte. Er würde, so beschloss er, am folgenden Tag Gotofredo eine Botschaft schicken und ihn um Gnade für den englischen Zimmermann bitten. Zwischen den Zeilen würde er dem Visconte zu verstehen geben, dass dieser es sich nicht leisten könne, die Gewalttätigkeiten seines Bruders noch länger hinzunehmen, und dass er andernfalls Gefahr laufe, sich ihn, Aimone, zum Feind zu machen. Im Übrigen, so wollte er weiterhin schreiben, wisse er ganz sicher, dass der Zimmermann unschuldig sei, während der wahre Schuldige an dem Verbrechen in Châtel-Argent gesucht werden müsse, wo er unter dem Schutz des Burgherrn unbehelligt lebe.

Aimone hoffte inständig, dass die Geschichte, die der Mönch dem Kaplan erzählt hatte, wahr sei. Er selbst hatte keine Möglichkeit, sie nachzuprüfen. Er musste sie akzeptieren und zu seinem Vorteil nutzen, um Macht und politische Bedeutung zu demonstrieren. Gotofredo und sein Bruder Bosone mussten Respekt gegenüber dem kleinen Lehen Graines lernen und ein für alle Mal begreifen, dass Aimone keinen weiteren Übergriff hinnehmen würde. Schließlich legten die Challants größten Wert auf die Wertschätzung durch die Kirche, und wenn bekannt würde, dass Bosone einen Unschuldigen anstelle eines widerlichen Homosexuellen hatte hinrichten lassen, nur um einem befreundeten Lehnsherrn einen Gefallen zu tun, würde dadurch unzweifelhaft der Ruf der Familie beschädigt und die Beziehung zur Kirche nachteilig beeinflusst.

Zufrieden mit seinem strategischen Plan, stand Aimone auf. Die Katze, aus ihrem bequemen Ruheplatz aufgescheucht, sprang mit einem wütenden Miauen zu Boden. Sie sah Aimone fragend an, drehte sich dann um und schritt gravitätisch zu dem großen Kamin im hinteren Teil des Saals.

Claudiana schrubbte kräftig ein Hemd im Waschtrog. Ein ganzer Eimer schmutziger Wäsche wartete zu ihren Füßen. Schon fünf Tage lang wohnten sie, Matthew und der kleine John in der Herberge der Burg und wurden wie die anderen Pilger von Pater Teodoro verköstigt und mit allem Lebensnotwendigen versorgt. Der Kaplan hatte ihnen gesagt, Aimone habe ihr Hilfsgesuch angenommen und einen Boten mit einem eigenhändig von Aimone geschriebenen Brief nach Augusta geschickt, in dem er Gotofredo gedrängt habe, Planes Verurteilung zu prüfen. Guillaume hatte ihnen gesagt, wenn der Visconte dem zu Besuch erwarteten Vasallen keine Antwort mitgäbe, könne es noch eine Weile dauern, bis sie überhaupt etwas hörten. Sie könnten aber problemlos länger hier in Graines bleiben. Claudiana war es nicht gewohnt, die Hände in den Schoß zu legen, und hatte Pater Teodoro gefragt, ob sie sich nicht nützlich machen und für die erwiesene Gastfreundschaft erkenntlich zeigen könne. Teodoro hatte das ehrbare Angebot der Frau sofort zu schätzen gewusst und sie schüchtern gefragt, ob sie ihm nicht behilflich sein wolle, die Herberge in Ordnung zu bringen. Claudiana hatte zugestimmt und hinzugefügt, sie werde außerdem die tägliche Wäsche waschen.

Der kleine John hatte diesen Mönch ins Herz geschlossen, der zu seiner Mutter so freundlich war. Er lief jetzt sogar seltener seiner Mutter als Teodoro nach, der zwischen seinen vielen Verpflichtungen immer wieder Zeit fand, dem Kleinen eine Geschichte zu erzählen.

Mit Ausnahme der direkt Eingeweihten kannte niemand in der Burg den Grund für die Anwesenheit von Claudiana und Matthew. Der Kaplan hatte ihnen empfohlen, über diese heikle Geschichte, in die ja jetzt auch der Burgherr verwickelt war, mit niemandem zu sprechen. Matthew verbrachte seine Tage im Gebet in der kleinen Burgkapelle und schöpfte neue körperliche und vor allem spirituelle Kraft. Schon viel zu lange hatte sich seine Beziehung zu Gott auf stumme Stoßgebete beschränkt; und viel zu lange hatte er einen geweihten Ort entbehrt, an dem er sich sammeln konnte. Die Teilnahme an den Andachten, die in regelmäßigen Abständen über den Tag verteilt stattfanden, hatte Matthew in der Gewissheit bestärkt, dass er auf dem richtigen Weg war, und ihm Zuversicht und Gelassenheit geschenkt.

Nach den Laudes an jenem Morgen hatte Guillaume den Mönch beiseite genommen und ihm gesagt, Aimone wolle ihn sprechen. Matthew fragte sich beunruhigt nach dem Grund für diese Unterredung. Vielleicht wollte der Burgherr wissen, was der Zweck seiner Reise sei. Ob er seine Lüge von einer Pilgerschaft nach Rom wohl geglaubt hatte? Oder vermutete er, dass er und Claudiana Ränke schmiedeten? Obwohl sich Matthew schon im nächsten Augenblick wegen seiner Furchtsamkeit tadelte, wuchs in den Stunden vor der Begegnung mit Aimone seine Aufregung.

Um die neunte Stunde begab sich der Mönch, beklommen vor Angst, zum Turm. Eine Wache geleitete ihn in den Audienzsaal.

An dessen Ende, unter einem der beiden Fenster, die nicht viel breiter waren als Schießscharten, sah Matthew einen Mann auf einem niedrigen Hocker sitzen, vor sich einen Tisch, auf dem ein Schachspiel aufgebaut war. Der Mann trug ein einfaches, aber gut sitzendes Gewand, hatte das Kinn in eine Hand gestützt und betrachtete nachdenklich die Figuren auf dem Brett.

Matthew trat ein paar Schritte näher, während die Wache sein Kommen mitteilte. Der Burgherr hob die Augen und sah seinen Gast an, und nach einem letzten Blick auf das Schachbrett stand er auf und ging dem Mönch entgegen. Ein verhaltenes Lächeln straffte die senkrechten Falten auf seiner Stirn. Seine grauen Augen musterten Matthew neugierig.

»Sei gegrüßt, Mönch. Ich danke dir, dass du gekommen bist. Wie dir mein Kaplan ja schon gesagt hat, möchte ich mit dir sprechen. Komm mit, ein Weilchen wird uns niemand stören.«

Mit einer einladenden Geste ging Aimone dem Mönch voraus zu den Hockern, die zu beiden Seiten des Tisches standen, und machte ihm ein Zeichen, Platz zu nehmen. Matthew war erleichtert über die Höflichkeit und Zuvorkommenheit des Burgherrn, setzte sich und betrachtete aufmerksam die Stellung der Figuren auf dem Tisch.

»Kannst du etwa Schach spielen?«, fragte Aimone verwundert, als er sah, wie der Mönch das Schachbrett studierte.

»Ja, Herr, obwohl ich schon seit geraumer Zeit nicht mehr gespielt habe …«

»Und wo hast du es gelernt?«, wollte der Burgherr mit noch größerem Erstaunen wissen.

»In meinem Kloster, als Kind. Der alte Mönch, der mich als Oblaten erzog, hat mir neben Latein und Mathematik auch dieses Strategiespiel beigebracht. Er hatte es von einem anderen Mönch gelernt, der von der Insel Lewis weit oben im Norden inmitten des Ozeans gekommen war und sich mehrere Jahre lang in unserem Kloster aufgehalten hatte. Die beiden Geistlichen sprachen zwar nicht dieselbe Sprache, aber mit Hilfe des Lateinischen und auf Grund ihrer Leidenschaft für dieses Spiel verstanden sie sich prächtig. Der alte Mönch von St. Albans, der nach der Abreise des Inselmönchs keinen Partner zum Spielen mehr hatte, konnte es selbst kaum glauben, dass es ihm gelang, mir Schach beizubringen und einen starken Gegner zu bekommen, den er schlagen konnte …«

»Und hat er dich oft geschlagen?«

»Nicht immer, um ehrlich zu sein, aber er war so glücklich darüber, einen Schüler in dieser Disziplin gefunden zu haben, dass es ihm auch nichts ausmachte, wenn ich ihn schlug. Vielmehr ermunterte er mich, noch besser zu werden …«

»Nun, und was sagst du zu der Position, in der sich Schwarz befindet?«, fragte Aimone und sah den Mönch herausfordernd an.

Matthew verstand, dass der Burgherr ihn auf die Probe stellte. Der Magen krampfte sich ihm zusammen, und seine Furcht wuchs von neuem. Aber er zwang sich zur Ruhe, betrachtete sehr genau die Schachfiguren und ihre Stellung auf den weißen und schwarzen Feldern.

»Ich glaube, dass der weiße Bauer gleich den schwarzen Turm nehmen wird …«

»Und dann?«

»Wenn Schwarz gewinnen will, muss es seinen Turm opfern und sich mit seinem Bischof der Dame in den Weg stellen, damit sie den König nicht schachmatt setzt …«

Aimone betrachtete aufmerksam das Gesicht des Mönchs. Der Mann konzentrierte sich so sehr, dass sich um den Mund Falten bildeten, und sein Gesicht verriet Intelligenz und Leidenschaft für dieses Spiel, das er, Aimone, zu seinem Leidwesen immer allein spielen musste. Da sich niemand in der Burg auf

Schach verstand, spielte Aimone mit einem imaginären Gegner. Für ihn stellte dieses Spiel mehr als ein Zeitvertreib dar; es war eine geistige Übung, die ihm innere Ruhe schenkte, wenn die Pflichten und die Probleme der Burg an seinen Nerven zerrten. Aimone erkannte, dass das Spiel sich genau so weiterentwickeln würde, wie es der Mönch beschrieben hatte, und lächelte, und diesmal verrieten auch seine Augen, wie sehr er sich freute. Zufrieden stellte der Burgherr die Figuren auf ihre Ausgangspositionen zurück, sah Matthew an und sagte:

»Gut! Es hat keinen Sinn, das Spiel zu beenden. Und für ein Weilchen wird dies auch die letzte Partie sein, die ich allein gespielt habe! Ich habe dich gerufen, weil ich eine Aufgabe für dich habe, Mönch, aber jetzt, da ich entdeckt habe, dass ich in dir einen würdigen Gegner gefunden habe, fürchte ich, dass ich sogar zweierlei für dich zu tun habe! Solange du hier in Graines weilst, wirst du von nun an jeden Tag um diese Uhrzeit zu mir kommen, damit ich endlich meiner heimlichen Leidenschaft frönen kann …«

Verblüfft blickte Matthew Aimone an. Der Burgherr bemerkte das Erstaunen des Mönchs, brach in ein wohlwollendes Gelächter aus und erhob sich.

»Wundere dich nicht, Mönch, und sei dankbar für das Wohlwollen, das dir und der Frau gewährt wurde, die du ins Herz geschlossen hast. Solange ihr hier seid, steht ihr unter meinem Schutz. Was den Zimmermann betrifft, so werden wir sehen, wie die Antwort des Visconte ausfallen wird. Ich sage dir aber im Vertrauen, dass ich die nicht geringe Hoffnung habe, ihn tatsächlich retten zu können … Doch ich habe noch eine Aufgabe für dich. Ich möchte, dass du, solange du dich hier in der Burg aufhältst, meinem Sohn Latein beibringst und – wo wir schon dabei sind – auch gleich noch das Schachspiel. Vielleicht schaffst du es ja, es ihm schmackhaft zu machen, denn von mir will er es nicht lernen!«

Während er auf die Tür zuging, die den Audienzsaal von den anderen Gemächern des Burgturms abtrennte, sagte Aimone, sein Sohn Bartolomeo sei zehn Jahre alt und seine Bildung lasse sehr zu wünschen übrig.

»Meine Frau, Gott segne sie, ist bei seiner Geburt gestorben«, fuhr der Burgherr fort, »und ich habe mein Bestes getan, ihn allein großzuziehen. Als er klein gewesen ist, hat sich seine Amme um ihn gekümmert. Dann habe ich begonnen, ihm dies und das beizubringen, aber wie du dir denken kannst, hat ein Burgherr zu viele Verpflichtungen, um auch noch als Lehrer tätig zu sein. Seit ein paar Jahren kümmmert sich der Kaplan um seine Bildung, und inzwischen hat mein Sohn lesen, schreiben und rechnen gelernt. Ich habe ihm beigebracht, wie sich ein Adeliger zu benehmen hat, ich habe ihm das Reiten beigebracht … Aber das ist mir nicht genug. Er soll wenigstens Grundkenntnisse der alten Sprache Roms erwerben, damit er die Schriften der Redner und die Dichter der lateinischen Klassik lesen und verstehen kann. Ich weiß weder, was einmal aus ihm wird, noch, wie lange wir hier in Graines bleiben werden. Vielleicht möchte Nantelmo, dass er eine geistliche Laufbahn einschlägt … Wie auch immer, es kann nicht schaden, wenn er Latein beherrscht, je früher, desto besser. Ich könnte es ihm zwar beibringen, denn ich hatte in St.-Maurice ausgezeichnete Lehrer, aber mir fehlt es an Zeit und auch an Lust … Der Kaplan kennt nur die Sprache der Liturgie, die nicht ausreicht, um Cicero und Vergil zu lesen! Also, was sagst du, Mönch? Willst du wenigstens ein paar Monate lang der Lehrer meines Sohnes Bartolomeo sein? Ich würde sagen, deine Pilgerschaft nach Rom kann bis zum Herbst warten, meinst du nicht?«

Matthew hatte Aimone mit wachsender Verblüffung zugehört und brachte kein Wort heraus. Mit ungläubigem Staunen sah er den fröhlich dreinblickenden Burgherrn an, während ihm ganz heiß wurde. Als er merkte, dass er rot geworden war, versuchte er, seine Verlegenheit dadurch zu verbergen, dass er das Wort ergriff. Aber er war so aufgeregt, dass ihm nur englische Worte über die Lippen kamen.

»Was sagst du? Die Sprache Englands verstehe ich bedauerlicherweise nicht, Mönch …«, sagte Aimone spöttisch lächelnd. Er amüsierte sich darüber, wie sehr sein Vorschlag den Mönch in Verlegenheit gebracht hatte. Die Schüchternheit, dachte er, würde es dem Mönch unmöglich machen, ihm seine Bitte abzuschlagen, und weder er noch die Frau würden in der Lage sein, Bedingungen zu stellen, da sie in eine politische Intrige zwischen zwei Burgherren hineingeraten waren. Die Figuren des Spiels waren in Stellung gebracht, jetzt galt es, abzuwarten und dann den richtigen Schachzug zu tun. Anschließend würde man sehen, wer das Spiel gewann.

Matthew hatte Aimones Erpressung durchschaut. Am liebsten hätte er aufbegehrt. Wie er es während seiner Reise immer wieder hatte erfahren müssen, gewährten die Herren nie etwas umsonst, vielmehr versuchten sie, jede sich bietende Gelegenheit für ihre Zwecke auszunutzen. Darin, so dachte Matthew, waren sie wirklich geübt. Nicht durch Kriege oder Schlachten wurde die Macht der Lehnsherren vermehrt, sondern durch das Geschick der kleinen Burgherren oder der großen Viscontes, komplizierte Abhängigkeitsverhältnisse zu schaffen.

Doch Matthew schluckte seine Empörung hinunter und sprach Worte des Dankes, der Verbindlichkeit und Diensteifrigkeit.

»Herr, wenn Ihr glaubt, ein niedriger Mönch sei in der Lage, Eurem Sohn das beizubringen, was Ihr mit Eurer großen Bildung nicht zu schaffen glaubt, so bin ich bereit. Ich hoffe nur, Euren Erwartungen zu genügen und in Eurem Sohn einen bereitwilligen Schüler zu finden. Ich habe noch einen weiten Weg vor mir, und ein paar Monate Aufenthalt hier in Eurer Burg werden mich nicht daran hindern, ihn fortzusetzen. Ich bitte Euch nur, mich abreisen zu lassen, bevor der Winter die Straßen mit Eis überzieht, die mich noch von meinem Ziel trennen, damit mein Weg nicht allzu beschwerlich wird ...«

»Du wirst weiterreisen, Mönch, keine Angst ... Wenn die Zeit gekommen ist, wirst du deinen Weg fortsetzen. Bis dahin bist du mein Gast. Bereite dich auf deine Aufgabe vor. Ich werde dir durch einen meiner Diener die lateinischen Texte und eine Grammatik schicken, mit der ich selbst gelernt habe. Morgen wirst du mit dem Unterricht beginnen, und du wirst sehen, dass Bartolomeo ein aufmerksamer Schüler ist. Und, ich bitte dich, sei ein strenger Lehrer. Der Sohn des Burgherrn ist ein zehnjähriges Kind, das Strenge und Entschlossenheit braucht.«

Damit entließ Aimone den Mönch. Matthew verbeugte sich ehrerbietig und wandte sich dann verwirrt und aufgeregt zum Gehen. Dabei stieß er gegen die Tür. Verlegen über seine Ungeschicktheit, wollte er sie öffnen, als der Burgherr ihm belustigt nachrief:

»Und vergiss nicht unser Schachspiel morgen! Ich erwarte dich zur neunten Stunde ...«

Der Mönch nickte wortlos. Die Luft, die noch die Hitze des Tages in sich trug, wirkte stärkend und belebend. Aimones Forderungen hatten ihn beklommen und ängstlich gemacht. Während er auf die Herberge zuging, bedrängten ihn alle möglichen Fragen. Würde der Zimmermann gerettet werden? Würde er selbst jemals nach Felik kommen? Wie würden ihn die Bewohner aufnehmen? Was war aus Ottos Frau geworden? Wann würde er Otto wiedersehen? Würde er eines Tages nach St. Albans zurückkehren können? Warum hatte Gott zugelassen, dass Mary Bychance ausgerechnet zu ihm gekommen war, und damit seinem Leben diese Wendung gegeben? Warum hatte seine Mutter ihn der Obhut des Klosters übergeben? Wie viel einfacher wäre sein Leben, wenn er das Land bebauen würde, wie es seine Eltern vor ihm getan hatten! … Bei der Kapelle angelangt, blieb Matthew gedankenverloren stehen und trat dann ein. Claudiana, die seine Rückkehr mit Bangen erwartete, würde sich noch eine Weile gedulden müssen. Zuerst würde er beten und von Gott jenen Trost und Beistand erflehen, den er so dringend brauchte. Erst dann würde er mit der Frau sprechen und ihr Mut und Hoffnung für sich und den kleinen John machen.

KAPITEL 19

Auch das Fest des heiligen Jakobus war vorüber. Der Abgesandte des Herrn von Quart war vor zwei Tagen gekommen, um den Zehnten abzuholen und die Ernteerträge zu kontrollieren. Dem Lehnsherrn standen der elfte Teil des Roggens und der zehnte Teil der Ziegen, Schafe und des geschleuderten Honigs zu. Die Siedler hatten den Beauftragten um Zahlungsaufschub für die Pachtgelder bis Mariä Geburt im September gebeten, weil die Ernte dieses Jahr so schlecht ausgefallen war. Die Instandsetzungsarbeit nach dem Überfall der Soldaten von Verretio hatte die finanziellen Reserven der Gemeinde erschöpft und die schlechte Witterung des vergangenen Monats die vollständige Reifung des Getreides verhindert, von dem ein Fünftel ungenießbar war. Trotz der eindringlichen Erklärungen des Ammanns hatte der Abgesandte der Bitte nicht stattgegeben und die sofortige und vollständige Zahlung der Abgaben gefordert. Giacomo von Quart, hatte er gesagt, beabsichtige, den Bewohnern von Felik in einigen Jahren die Abgaben vollständig zu erlassen. Bis dahin jedoch müssten alle Verpflichtungen fristgerecht eingehalten werden. »Euer Herr«, hatte er hinzugefügt, »hat darüber hinaus beschlossen, dass Hermann Wiesel für die Dauer von zwei Jahren sein Vasall wird. Deshalb wird Hermann auf eigene Kosten einen kleinen Spähturm errichten, und zwar etwas außerhalb des Dorfes unterhalb des Bätt-Passes. Dort wird ein Wachbataillon stationiert werden, das Giacomo von Quart zur Verfügung stellt und das euch vor möglichen Angriffen schützen wird.

Die Kosten für die Verpflegung der Soldaten werden unter allen Bewohnern des Dorfes aufgeteilt und ab dem kommenden Jahr vom Zehnten abgezogen. Nach Ablauf der zwei Jahre seid ihr dann frei. Die Vasallenschaft läuft aus, aber der Turm wird stehen bleiben zum Zeichen der großen Wertschätzung, die der Herr für euer Dorf hat. Hermann wird seinen Adelstitel behalten; er kann frei darüber verfügen und wird ihn an seinen Erstgeborenen weitergeben. Ihr aber werdet zu den ersten Gemeinden des Tals gehören, die von den Lehnsverpflichtungen befreit sind.«

Mit Ausnahme von Hermann waren die Siedler enttäuscht. Nur die Jüngeren, die sich nach Abwechslung in dem ewigen Einerlei sehnten, bekundeten ihre Begeisterung über die versprochene Lehnsfreiheit, die ihnen neue Möglichkeiten und neue Wege öffnen würde. Die Alten im Dorf dagegen, gegenüber den Versprechungen der Herren grundsätzlich misstrauisch, da sie in der Vergangenheit schon viele Enttäuschungen erleben mussten, hätten es lieber gesehen, wenn alles so bliebe, wie es war. Was für eine Bedeutung hatten denn diese Veränderungen für sie, die nur noch wenige Jahre zu leben hatten, wenn ein schlechtes Jahr wie das vergangene ausreichte, die Ersparnisse vieler Jahre zunichte zu machen? Insbesondere unter den Bauern und kleinen Handwerkern war die Enttäuschung groß. Die Kaufleute verfügten über andere Einnahmequellen und konnten sich auf die wachsenden Märkte verlassen, durch die in einer Periode des aufblühenden Handels ihr Kapital rasch vermehrt wurde.

Die Verleihung der Vasallenwürde hatte Hermann keineswegs sonderlich überrascht. Er hatte sich in den zurückliegenden Monaten so sehr darum bemüht, hatte Giacomo von Quart unmissverständliche Botschaften geschickt, dass es schon erstaunlich gewesen wäre, wenn man seiner Bitte nicht entsprochen hätte. In seinen Briefen hatte er die Gefahr neuerlicher Angriffe seitens anderer Feudalherren beschworen. Der Priester, der im Auftrag Hermanns gehorsam und verängstigt die wertvollen Pergamentbögen an Giacomo beschrieben hatte, war peinlich berührt gewesen, derart übertriebene Dinge aufschreiben zu müssen, die mit der Wirklichkeit nicht das Geringste zu tun gehabt hatten. Hermann hatte behauptet, das Dorf sei von den Soldaten Verretios beinahe dem Erdboden gleichgemacht worden, und nur der Zähigkeit der Siedler und der finanziellen Mittel seiner Familie sei es zu verdanken, dass das Leben im Dorf seinen gewohnten Gang weitergehen konnte. Er hatte über eine große Zahl von Verwundeten unter den Dorfbewohnern geklagt und behauptet, für die Arbeit auf den Feldern und die Handelsreisen würden lange Zeit viele Hände fehlen. Ein Teil des Viehs sei infolge des Brandes geflohen, und allein ihm, Hermann, sei es zu verdanken, dass die Angreifer vernichtet wurden. »Ich habe Richard La Font getötet«, ließ er den Lehnsherrn wissen, »den Anführer der Soldaten, und ich war es, der unter den Siedlern die Führung übernahm und sie ihrer Verzweiflung entriss, die beinahe in einen Aufstand gegen Euch, Giacomo von Quart, umgeschlagen wäre. Die Bewohner haben Euch vorgeworfen, das Dorf nicht gut genug geschützt zu haben!« Hermann erklärte sich außerdem bereit, die Aufgabe eines Vasallen zu übernehmen – weniger aus persönlichem Ehrgeiz, wie er versicherte, als vielmehr, um dem Lehnsherrn die Sicherheit und Stabilität von Felik zu garantieren. Seine Reisen nach Praborno und in die Ebene würden ihn nicht daran hindern, die Kontrolle über das Dorf auszuüben, nicht zuletzt, weil es seine feste Absicht sei, einen Großteil seiner Geschäfte einem Agenten zu übertragen, dessen Wahl aus der Dorfgemeinschaft bevorstünde.

Giacomo hatte natürlich gewusst, wie er mit einem potenziellen Feind umzugehen hatte, dessen vielfältige Verbindungen inner- und außerhalb des Tals sich zum Nachteil seines Lehens auswirken könnten. Deshalb hatte er schweren Herzens der Verleihung der Vasallenschaft zugestimmt, die aber durch die Begrenzung auf zwei Jahre praktisch wertlos war. Wenn dieser reiche und anmaßende Kaufmann sich einen Titel aneignen wollte, der ihm nie und nimmer zustand, dann nur zu! Schließlich war es sein Geld. Er, Giacomo, hätte nie auch nur einen Soldo investiert, und nach zwei Jahren würde er dieses weit entfernte Dorf inmitten der Gletscherberge loswerden, das ihm letztlich doch nur Unannehmlichkeiten bereitete.

Als der Abgesandte fort war, gab es kein Fest. Alle in Felik hatten erwartet, dass Hermann anlässlich seiner neuen Aufgabe ein Bankett veranstalten würde, zu dem er alle ihm genehmen Dorfbewohner einladen würde, aber nichts geschah. Hermann, der seit der Versammlung einen Monat zuvor immer schweigsamer und einsamer geworden war, feierte nicht, sondern beschränkte sich darauf, Anordnungen zum Bau des neuen Turms zu geben. Auch Daniel, der Hermann aufsuchte, um mit ihm über die zukünftige Aufgabenverteilung im Dorf zu sprechen, wurde brüsk und ohne weitere Erklärung abgewiesen. Der Ammann beharrte nicht weiter darauf, denn er wollte keinen Streit. Sein Amt lag ohnedies vorwiegend im Bereich der Rechtsprechung und Verwaltung, und deshalb kam er mit Hermanns neuer Rolle nicht in Konflikt. Der berüchtigte Jähzorn des alten Kaufmanns wurde zusehends schlimmer, sodass er von vielen gemieden wurde. Doch auch denjenigen, die bis vor kurzem versuchten, ihm aus dem Weg zu gehen, blieb jetzt nichts anderes übrig, als seine neue Rolle als Vasall anzuerkennen. Hermann hatte endlich erreicht, was er sich sein Leben lang ersehnt hatte. Aber, so ging es Daniel durch den Kopf, wohin hatte ihn sein Ehrgeiz gebracht? Jetzt, da er alt wurde, war er einsam, und alle fürchteten ihn. Er verfügte zwar über ein ansehnliches Vermögen, das aber am Ende seinem Sohn gehören würde, der ihn nicht liebte und für den er kein Verständnis aufbrachte. Würde die Freude über einen Adelstitel Hermanns Leben verlängern? Und vor allem: War der alte Händler wirklich geeignet, in Felik die Macht auszuüben, oder würde es mit ihm nicht vielmehr zu größeren Spannungen zwischen den Dorfbewohnern kommen? Daniel wusste darauf keine sichere Antwort, und so beschloss er abzuwarten. Bis der Turm fertig war, würde es Monate dauern, und bis dahin würde sich so manches von selbst klären. Er musste einfach abwarten.

Costanza trat aus Alarts Stadel. Nach dem Besuch bei Ida wirkte die frische Morgenluft geradezu belebend auf sie. Zwar betrachtete sie es als eine Pflicht, die Witwe des Kaufmanns einmal in der Woche zu besuchen, aber es war eine Pflicht, die zu erfüllen ihr immer schwerer fiel. Ida hatte den Verstand verloren. Nach Alarts Tod war sie mehr und mehr in eine Apathie versunken, die niemand zu durchdringen vermochte. In letzter Zeit aß sie so gut wie gar nichts mehr und war vollständig auf die Hilfe ihrer treuen Dienstmagd angewiesen. Seit Wochen wusch sie sich nicht mehr das Gesicht, wechselte ihre schmutzigen Kleider nicht, schlich wie betäubt durchs Haus und führte Selbstgespräche. Ab und zu brach sie in ein irres Gelächter aus, gestikulierte und sprach mit imaginären Gesprächspartnern, dann wieder setzte sie sich ans Feuer und starrte stundenlang auf die brennenden Holzscheite. Obwohl ihre Kinder den Zustand ihrer Mutter zu verheimlichen suchten, wusste das ganze Dorf, dass Ida verrückt geworden war. Costanza war mit ihr aufgewachsen und hatte von der Freundin schon viele gute Ratschläge erhalten. Jetzt war sie darüber verzweifelt, ohnmächtig mit ansehen zu müssen, wie Ida geistig immer mehr verfiel. Als sie gemerkt hatte, dass der Wahnsinn ihrer Freundin unaufhaltsam fortschritt, hatte sie das einzig Mögliche getan: Alle drei Tage besuchte sie die Witwe in ihrem Stadel, setzte sich zu ihr, sprach mit ihr in sanften Worten und erzählte vom Leben im Dorf, von ihrem Sohn, von den neuen Kaufleuten, die nach Felik kamen – von Dingen also, die den Geist der Freundin, wie sie hoffte, noch einmal zum Leben erwecken würden. Ida hörte geduldig zu, sah Costanza geistesabwesend an – und schwieg. Zwar war sich Costanza nicht einmal mehr sicher, dass Ida sie erkannte, aber sie spürte, dass diese Monologe für die Freundin ein Trost waren. Nach jedem Besuch drückte die Witwe ihr fest die Hände, schüttelte den Kopf und murmelte unverständliche Worte vor sich hin. Costanza wusste, dass Ida trotz ihrer geistigen Umnachtung diese Begegnungen ungeduldig herbeisehnte, und obwohl der Kummer über das Los der Freundin sie niederdrückte, versäumte sie keinen dieser Besuche.

Zum Glück stand ihr heute eine zweite, freudigere Zusammenkunft bevor. Zur sechsten Stunde würde sie Sibilla aufsuchen, um ihr ein paar Bahnen roten Wollstoffs abzukaufen. Vor einiger Zeit hatte das Mädchen damit begonnen, die gewebten Stoffe leuchtend scharlachrot zu färben, was ihnen eine außergewöhnliche Schönheit verlieh und sie besonders kostbar machte. Außerdem war Wolle für den harten Winter im Dorf besser geeignet als die leichte, aus dem Orient importierte Seide. Costanza hatte den Wollstoff bei Gertrud gesehen, die sich daraus ein prachtvolles Festtagskleid genäht hatte. Es war so weich und elegant, dass sie beschloss, sich ebenfalls rote Tuchbahnen zu kaufen. Darüber hatte sie kein Wort zu Hermann gesagt, mit dem sie im Übrigen so gut wie gar nicht mehr redete. Ihr Mann ging voll und ganz in der neuen Aufgabe auf, die ihm Giacomo von Quart übertragen hatte. Da auch die Ernennung des Vertreters der Kaufleute nur langsam voranging, fragte sich Costanza, wie Hermann dies alles schaffen wollte, ohne seine Handelsaktivitäten zu vernachlässigen. Aber was ging sie das eigentlich an? Dieser jähzornige Mann war längst nicht mehr ihr Ehemann, sie hatte ihn schon vor vielen Jahren verloren, als seine körperliche Leidenschaft für die Ehefrau in der Routine erstarrte. Ihr blieb jetzt nur noch der Sohn und ein Säckchen mit Wiener Denaren, das sie gut versteckt hatte. Diesen Teil der Mitgift ihres Vaters hatte sie Hermann verschwiegen. Costanza betrachtete das Geld als eiserne Reserve. Nun, da sie alt wurde, würde sie es gut gebrauchen können, sollte Hermann auf irgendeine neue Wahnidee verfallen.

»Seid gegrüßt, Costanza, ich habe Euch schon erwartet …« Sibilla bemühte sich zwar, ihrer Stimme Festigkeit zu geben, brachte aber nur ein zaghaftes, unsicheres Stottern heraus. Zum ersten Mal betrat Leonhardts Mutter ihren Stadel. Wie würde Costanza sie beurteilen, was würde sie von ihr halten, wenn sie ihr persönlich gegenüberstand, fragte sich Sibilla. Den ganzen Vormittag hatte sie in fieberhafter Aufregung das ganze Haus aufgeräumt und überlegt, wie sie ihre roten Stoffe möglichst vorteilhaft präsentieren konnte. Schließlich hatte sie sie auf einer langen Bank neben dem Webstuhl ausgebreitet, dort, wo das Licht eines kleinen Fensters von schräg oben fiel und die leuchtenden Farben besonders zur Geltung brachte. Da sie nicht wusste, was Costanza von einem Hund im Haus halten würde, hatte sie Marcabrù, trotz des protestierenden Blökens der Schafe und Muhens der Kuh, anfangs in den Stall gesperrt. Dann jedoch hatte sie überlegt, dass Blöken und Muhen kein angemessener Empfang darstellen würden, und den Hund draußen vor dem Haus an einen Pfosten gebunden. Für Marcabrù war das lange Hanfseil zunächst nur ein neuartiges Spiel. Er sprang im Kreis, biss in das Seil und verhedderte sich mit den Pfoten. Als er schließlich merkte, dass er festgebunden war, fing er an, leise zu winseln, und sah Sibilla flehentlich an.

Als Costanza kam, wurde sein Winseln und Jaulen nachdrücklicher. Sibilla warf ihrem Hund immer wieder gestrenge Blicke zu. Ihre Verlegenheit war mit Händen zu greifen.

»Warum bindest du denn das arme Tier nicht los?«, fragte Costanza, und ein breites Lächeln verjüngte ihr Gesicht. »Sieh doch, wie es leidet! Meinetwegen musst du es nicht anbinden. Hermann hat mir zwar nie erlaubt, die Tiere von draußen ins Haus zu lassen, aber ich mag Hunde. Ich erinnere mich, dass ich als Kind zwei Hunde gehabt habe, ein Männchen und ein Weibchen, mit denen ich immer gespielt habe. Wie oft bin ich mit ihnen um die Wette gelaufen! Und einmal haben sie mich sogar vor einer tollwütigen Wildsau gerettet, die mich bis hinunter zum Fluss verfolgt hat! Wenn sie sie mit ihrem Gebell nicht vertrieben hätten, wäre ich bestimmt ertrunken! Ach, mein Gott, wie viele Jahre sind seither vergangen ...«

Costanza hatte sich in Feuer gesprochen, ihre Wangen glühten. Sibilla glaubte, im Gesicht dieser Frau die Spuren einer längst verblichenen Schönheit zu entdecken. Und wenn diese inzwischen auch verblüht war, sprach aus Costanzas Blick immer noch ein wacher Verstand. Ihre Augen waren braun wie die Rinde der jungen Tannen, die im Tal wuchsen, und sie waren mit mütterlicher Zärtlichkeit auf Sibilla gerichtet. Sibilla wollte sich von dieser Freundlichkeit nicht täuschen lassen. Sie wandte sich abrupt ab und band Marcabrù los, der sich für seine wiedergewonnene Freiheit bedankte, indem er an Sibilla und bald auch an Leonhardts Mutter hochsprang. Costanza konnte sich seines Begeisterungssturmes kaum erwehren: Der Hund legte die Pfoten auf ihre Brust und leckte ihr das Gesicht. Sie brach in ein fröhliches, befreites Lachen aus. Sibilla war zwar durch diese Unbeschwertheit erleichtert, aber noch immer nicht bereit, ihr Misstrauen vollständig abzulegen. Sie versuchte einfach, Marcabrù zu beruhigen. Doch Costanza, die keuchend lachte und sich die Tränen aus den Augen wischte, kauerte bereits neben dem Hund, der ungeduldig hochsprang. Er wollte gekrault werden.

»Dein Hund hat viel weniger Angst vor mir als du, Sibilla!«, meinte Costanza, während sie sich aufrichtete, sich den Staub vom Kleid wischte und verschmitzt lächelte. »Schließlich bin ich nicht gekommen, um ein Urteil über dich zu fällen, sondern nur, um dir ein paar Bahnen Stoff abzukaufen … Willst du ihn mir nicht zeigen?«

Wortlos ging Sibilla in den Stadel voraus, führte Costanza in das Webzimmer und zeigte auf die Bank.

»Das ist ja ein wunderbarer Stoff! Wie weich er sich anfühlt! Als ich Gertruds Kleid gesehen habe, konnte ich mir gar nicht vorstellen, dass er so anschmiegsam ist und sich so schön in Falten legt … Sag, Sibilla, was ist das Geheimnis dieser Farbe, und woher kennst du es?«

Während das Mädchen erzählte, wie man die Wolle walkte, woher es die Farbe hatte und wie man sie fixierte, schlang sich Costanza ein Stück Stoff um die Schulter und stellte sich auf Zehenspitzen, um den Faltenwurf zu begutachten.

»Hast du keinen Spiegel?«, fragte sie schließlich. Sie war aufgeregt wie ein Kind, das soeben ein neues Spielzeug bekommen hat. Sibilla benutzte nur selten einen Spiegel. Sie nickte und ging ins Nebenzimmer. Aus der alten Fichtenholztruhe holte sie einen silbernen Spiegel hervor. Die glänzende Oberfläche wurde von einem Rahmen aus geschnitztem Horn mit Blattwerkornamenten gehalten. Es war das einzige Wertvolle, das ihre Mutter je besessen hatte. Ihr Vater hatte es seiner Frau kurz nach der Hochzeit geschenkt, als er von einer seiner Reisen nach Frankreich zurückkam. Ihre Mutter hatte diesen Spiegel gehütet wie ihren Augapfel, hatte ihn immer wieder poliert und dann, eingeschlagen in ein schützendes Wolltuch, wieder in der Truhe verstaut. Seit Karolas Tod hatte Sibilla den Spiegel nicht mehr benutzt, und als sie ihn nun in der Hand hielt, schnürte sich ihr die Kehle zu. Tränen traten ihr in die Augen. Vorsichtig brachte sie ihn Costanza. Ihr entging nicht die Gefühlswallung des Mädchens. Sie sah, wie behutsam Sibilla den Spiegel hielt und wie liebevoll sie über seinen Rahmen strich, und wusste gleich, dass er für das Mädchen einen besonderen Schatz darstellte.

»Er gehörte deiner Mutter, stimmt's?«, sagte sie verständnisvoll und betrachtete lächelnd die feinen Ornamente. »Er ist sehr schön. So etwas findet man hier kaum. Es ist das Einzige, was dir von Karola geblieben ist, nicht wahr?«

Sibilla nickte und bemühte sich, ihre Tränen zu unterdrücken. Doch ihre Kehle war wie zugeschnürt, und sie brachte kein Wort heraus. Costanza sah das Mädchen an, dann ließ sie den Stoff zu Boden fallen, legte den Spiegel vorsichtig beiseite und umarmte Sibilla in stummem Mitgefühl. Diese unerwartete Geste der Zuneigung brach die letzten Widerstände des Mädchens, und es fing lautlos zu weinen an. Marcabrù verfolgte von einer Ecke des Zimmers wachsam das Geschehen, und als er Sibilla weinen sah, spitzte er die Ohren, sprang auf und war mit einem Satz bei ihr. Er stupste sie mit weichen Pfoten und winselte leise.

»Du brauchst keine Wachposten hier im Haus, wenn ich sehe, wie dich dein Hund verteidigt und auf dich aufpasst!«, rief Costanza fröhlich, während Sibilla sich aus der Umarmung löste. Das Mädchen lächelte und kraulte Marcabrù hinter den Ohren. Dann bückte sie sich, hob den Stoff vom Boden auf und reichte ihn Costanza.

»Du brauchst mir keine weiteren Stoffe mehr zu zeigen, ich habe mich entschlossen, drei Bahnen davon zu kaufen. Der Stoff ist viel zu schön, als dass ich ihn allein Gertrud überlassen möchte! Außerdem werden die Kaufmannsfrauen bei dir Schlange stehen, um diesen Stoff zu erwerben, wenn sie sehen, was für wunderschöne Kleider man daraus machen kann. Da bin ich sicher!«

Ermuntert durch Costanzas Warmherzigkeit und Aufrichtigkeit, fand Sibilla endlich ihre Sprache wieder.

»Ich danke Euch, Costanza, ich bin glücklich, dass Euch der Stoff gefällt … Ich meine, ich bin glücklich, dass er Leonhardts Mutter gefällt … dass … dass Ihr gekommen seid, um ihn zu kaufen … und dass Ihr mich nicht als …«

»Ich schätze dich, Sibilla, als eine starke und mutige Frau. Schenke den bösen Zungen im Dorf keine Beachtung, hör einfach nicht hin. Das Leben ist lang und kurz zugleich. Am Ende wird unser Herrgott über das richten, was wir getan haben … Ich gebe dir meinen Segen. Leonhardt liebt dich, und ihr sollt ein gemeinsames Leben führen. Hermann wird bestimmt versuchen, dies zu verhindern, aber er ist alt geworden und hat andere Sorgen, die seine Aufmerksamkeit beanspruchen. Leonhardt wird Kaufmann werden wie sein Vater, doch er ist noch jung. Er hat Zeit, seine Frau in den Schoß unserer Familie zu führen. Welche Schwierigkeiten auch immer es geben wird, ihr sollt wissen, dass ich auf eurer Seite stehe und euch unterstützen werde. Die Frau meines Sohnes ist für mich wie meine eigene Tochter …«

Sibillas leuchtend blaue Augen weiteten sich vor Überraschung. Sie strahlte ein kindliches Lächeln aus, als sie Costanza diese tröstlichen Worte in voller Überzeugung sagen hörte. Dann sank Sibilla in einer altmodischen Geste ehrfurchtsvoller Unterwerfung vor Leonhardts Mutter auf die Knie und umschlang mit beiden Armen ihre Beine. Überrascht und verlegen hob Costanza sie auf.

»Genug. Jetzt wollen wir über den Preis sprechen! Ich kann schließlich nicht den ganzen Vormittag damit zubringen, einen Hund zu streicheln und eine junge Weberin zu trösten!«

Nachdem sie handelseinig geworden waren, faltete Sibilla die drei Bahnen Stoff behutsam zusammen und versprach Costanza, sie ihr noch am selben Tag durch Karl zu schicken. Noch einmal, diesmal kürzer und fast formell, verabschiedete sich Costanza auf der Türschwelle mit einer Umarmung. Sibilla stand da und blickte ihr nach, als sie ging. Marcabrù holte unterdessen das Seil, mit dem er festgebunden worden war, und trug es in seinem Maul in den Stadel, wo er anfing, es eifrig zu benagen.

Ingrid war Costanza aus der Ferne gefolgt. Ihre klatschsüchtige Magd hatte ihr von Costanzas Besuch bei Sibilla erzählt, und Ingrid hatte ihre Neugier nicht bezähmen können. In der Nähe des Bretterzauns hatte sie Stellung bezogen, dort, wo sie durch einen Erdwall vor den Blicken anderer geschützt gewesen war. Doch nachdem sie die beiden Frauen im Stadel hatte verschwinden sehen, war ihre Geduld auf eine harte Probe gestellt worden. Sogar dieser große räudige Hund, der im Dorf überallhin pinkelte, war mit ihnen im Haus verschwunden und nicht wieder aufgetaucht. In ihrer unbequemen Stellung schliefen ihr bald die Beine ein, und sie wollte schon aufgeben, als sie sah, wie sich die Tür öffnete. Costanza verabschiedete sich von Sibilla, ja sie umarmte sie sogar, während der schwarze Hund um sie herumsprang.

Ingrid streckte in aller Eile ihre schmerzenden Beine, umrundete den Erdwall und tat so, als käme sie rein zufällig vorbei. Mit gleichgültiger und geistesabwesender Miene schlenderte sie Costanza entgegen, die sich gerade auf den Heimweg machte.

»Seid gegrüßt, Costanza, was für ein unerwarteter Zufall, Euch nach so langer Zeit zu begegnen!? Ihr scheint bei bester Gesundheit, und ich hoffe, auch Eure Familie ist wohlauf …«

Costanza konnte an einen Zufall nicht glauben, und sie musterte die junge Frau von oben bis unten. Ihre geröteten Wangen und ihr atemloses Keuchen zeigten ihr, dass Ingrid schnell gelaufen sein musste, auch wenn sie sich jetzt den Anschein gab, gemächlich und ziellos umherzuschlendern. Die Heiterkeit nach der Begegnung mit Sibilla war wie weggefegt. Dieses verlogene und schmeichlerische Geschöpf! Zwar ärgerte sie sich, dass sie sich von Ingrid die gute Laune verderben ließ, doch bemühte sie sich, höflich und reserviert zu bleiben.

»Danke, Ingrid, es geht uns allen gut, und ich hoffe, auch Daniel ist nach seiner schlimmen Schulterverletzung durch die Soldaten von Verretio wieder ganz gesund ...«

»Oh, ja, ja, es geht ihm wieder gut. Ich bin zuversichtlich, dass so etwas nie wieder vorkommen wird – jetzt, da Euer Mann Vasall geworden ist. Dieser Schutz war für uns alle ein Geschenk des Himmels!«

Costanza war angewidert von der übertriebenen Schmeichelei, wollte sich verabschieden und weitergehen, aber Ingrid hatte sich vor ihr aufgepflanzt und ließ nicht locker.

»Ich begleite Euch ein Stück, wollt Ihr? Wo wir doch denselben Weg haben ... Sagt, seid Ihr bei Sibilla gewesen und habt ihre bunten Stoffe begutachtet? Ich habe sie auch gesehen, als sie sie auf der Wiese zum Trocknen ausgelegt hat. Wie findet Ihr sie? Dieses grelle Rot ist doch ein bisschen vulgär, noch dazu bei einem so groben Stoff ... Kein Vergleich mit den leuchtenden Farben der Seiden- und Brokatstoffe, die die Kaufleute aus Venedig mitbringen. Eine Frau wie Ihr hat doch etwas Besseres verdient als Kleidung aus Schafwolle!«

Costanza war zu verblüfft über Ingrids Dummheit und Überheblichkeit und ging einfach weiter, ohne etwas zu antworten. Sie hoffte, ihr Schweigen nähme Ingrid den Mut weiterzureden. Aber das Mädchen ließ sich durch Costanzas frostige Reaktion keineswegs einschüchtern. Sie lief weiter neben ihr her und fuhr fort:

»Hier im Dorf sagen die Leute, Rot sei die Farbe der Prostituierten, und keine anständige Frau würde es jemals wagen, Kleider in dieser Farbe zu tragen. Ich habe mich oft gefragt, wie Sibilla darauf kommt, ihre Stoffe ausgerechnet rot zu färben.

Wenn man freilich Karolas Herkunft in Betracht zieht, wird es verständlich ...«

Costanza blieb abrupt stehen und sah Ingrid empört an. Wie konnte es diese dumme Göre wagen, so zu sprechen? Hatte sie beobachtet, wie sie Sibilla auf der Türschwelle ihres Hauses umarmt hatte? Jetzt war sich Costanza ganz sicher, dass Ingrid ihr nachspioniert hatte, auch wenn sie noch nicht wusste, warum. Falls Ingrid erwartet hatte, dass sie sich bei Leonhardt für sie einsetzen würde, müsste sie spätestens jetzt einsehen, dass sie keine Chance hatte – angesichts der Zuneigung, die sie, Costanza, der jungen Weberin entgegenbrachte. Wie konnte ein Mensch bloß so dumm und gehässig sein? Die Wut, die in ihr aufstieg, gab ihrer Stimme eine heisere Färbung.

»Kein Wort mehr, Ingrid!«, sagte sie, bemüht, ihren Zorn zu bezwingen. »Wie kannst du es wagen, mir, Leonhardts Mutter und Sibillas zukünftiger Schwiegermutter, solche Verleumdungen ins Gesicht zu schleudern! Ja, das weißt du noch nicht, niemand im Dorf weiß es bis jetzt, aber mein Sohn wird dieses Mädchen heiraten, und darüber freue ich mich, ja, ich bin glücklich darüber ... Und jetzt geh, sag es allen weiter, deiner Magd, deinen Freundinnen, sag es meinetwegen auch Hermann, dass Costanza diese Heirat befürwortet und dass niemand sie daran hindern kann!«

Ingrid war leichenblass geworden. Mit offenem Mund stand sie da. Sie trat einen Schritt zurück und wollte gerade etwas entgegnen, aber Costanza kam ihr zuvor. Die Worte, die sie Ingrid entgegenschleuderte, waren wie Ohrfeigen.

»Glaubst du, nur weil du die Tochter des Ammanns bist, bist du etwas Besseres? Es stimmt, dein Vater ist reich, aber er wird dir mit Geld nicht die Liebe und Achtung meines Sohnes erkaufen können! Selbst als Hure wärest du außer Stande, Leonhardt deinen Körper zu verkaufen! Und, glaub mir, so manche Dirne ist ehrlicher und großmütiger als du! Schäm dich für deine Boshaftigkeit und deine plumpen Verleumdungen! Kein Mensch, der auch nur einen Funken Verstand hat, glaubt an das, was du über Sibilla und ihre Familie herumerzählst. Ihre Mutter war eine unbescholtene, ehrbare Frau, auch wenn sie im Leben viel Unglück erlebt hat, und Sibilla hat viel von ihr gelernt. Es fehlt ihr nicht an Mut und auch nicht an Lebenskraft. Ich bin stolz, dass mein Sohn sich dieses Mädchen als Frau ausgesucht hat, das sollst du wissen, ein für alle Mal!«

Ohne Ingrid auch nur eines weiteren Blickes zu würdigen, ging Costanza davon. Sie zitterte. Sie hatte weiche Knie. Allmählich wich ihre Wut einer ungeheuren Müdigkeit. Von weitem sah sie Gertrud auf dem Weg zu Sibillas Stadel. Am liebsten wäre sie hingelaufen und hätte mit ihr gesprochen, aber ihre Beine waren bleischwer. Wie das Alter an ihren körperlichen Kräften zehrte! Costanza schleppte sich nach Hause. Sie bereute ihre harten Worte und spürte gleichzeitig, dass sie sich von einer Last befreit hatte, die ihr allzu lange das Herz beschwert hatte. Auch Hermann hatte sie ganz deutlich zu verstehen gegeben, dass sie sich ihm nicht länger sklavisch unterwerfen würde. Ingrid war ein dummes und gefährliches Mädchen, vor dem sich Leonhardt hüten musste, und sie hatte das Gefühl, ihr das in aller Deutlichkeit gesagt zu haben.

Zu Hause lehnte sie das von Anna bereitete Essen ab und ging gleich in ihr Zimmer hinauf. Sie zog ihren Mantel aus, kniete vor dem silbernen Kreuz nieder, das über ihrem Bett hing, und betete. Dann warf sie sich erschöpft aufs Bett und schlief sofort ein.

Wie versteinert blickte Ingrid Costanza nach. Sie rang nach Luft, die Arme hingen ihr schlaff herunter, ihr Gesicht war aschfahl. So stand sie da, bis ihr ein Windstoß die Haube vom Kopf wehte. Sie bückte sich, um sie aufzuheben, und konnte nur mit Mühe das Schluchzen unterdrücken, das ihr die Kehle zuschnürte. Dann drehte sie sich mit einem Ruck um und lief los. Wie besinnungslos rannte sie in den Wald. Mit ihren Stoffpantoffeln rutschte sie im hohen Gras aus und drohte bei jedem Schritt das Gleichgewicht zu verlieren. Die Dornen zerkratzten ihre Beine und zerrissen ihr Kleid. Ingrid stieg immer weiter bergauf, wo der Wald immer dichter wurde, bis ihr ein riesiger Felsblock den Weg versperrte. Sie lehnte sich dagegen. Die Kälte des Steins durchdrang ihre schweißnasse Haut. Sie erschauderte und fröstelte. Von hier oben, halb verdeckt zwischen den Bäumen, konnte sie das Dorf drunten sehen. Die Dächer aus Lärchenholz, die Mühle, die Kapelle ... Etwas weiter unten trugen Knechte und Zimmerleute Steine und Holz zu der neuen Baustelle, wo ein Turm errichtet wurde. Das lange unterdrückte Schluchzen entlud sich jetzt in Tränen der Wut. Ingrid ließ sich zu Füßen des Felsens ins Gras sinken, zog die Beine an und hämmerte mit den Fäusten wie wild auf den Boden. Die Vögel ringsum waren verstummt. Ein Murmeltier versteckte sich erschrocken in seinem Bau tief im Erdinnern hinter dem Felsblock. Ingrids Schluchzen verwandelte sich jetzt in markerschütterndes Kreischen, ihr Körper wurde von heftigen Zuckungen geschüttelt.

Sie konnte keinen klaren Gedanken fassen und sah nur verschwommene und verworrene Bilder vorüberziehen: eine Erinnerung an das schmerzverzerrte Gesicht ihrer Mutter auf dem Sterbebett; Leonhardts Lächeln bei ihrer ersten Begegnung auf einem winterlichen Tanzfest; Sibillas Augen, die sie bei diesem Fest anstarrten; das schwärzliche Rot auf dem Grund des Bechers, in dem sie ihren Zaubertrank gemischt hatte; Costanzas wütender Blick und ihre Worte ... Was hatte Costanza eigentlich gesagt? Ingrid wusste es nicht mehr. So sehr sie sich bemühte, sich zu erinnern ... Ihr tönte nur eine heftige Schimpftirade im Ohr – aus einem faltigen, zitternden Mund hervorsprudelnde

Sätze –, und sie sah den flammenden Blick der älteren Frau. Ingrid konnte sich nicht mehr an den Grund für diesen Angriff erinnern, trotzdem stieg eine dumpfe Wut in ihr auf. Ihre Tränen versiegten, und mit dem letzten Schluchzer spürte sie, wie erschöpft und kraftlos sie war.

Langsam richtete sie sich auf, strich sich das Kleid glatt und säuberte es von Gras und Erde. Dann setzte sie ihre Haube auf und machte sich an den Abstieg. Die Bäume standen hoch und dicht auf dem Bergrücken und verbargen das Dorf. Sie bewegten sich im Wind, der aufgekommen war. Plötzlich nahm Ingrid im dichten Unterholz einen Schatten wahr. Sie fuhr zusammen und blieb stehen. Ängstlich blickte sie sich um. Weit und breit war nichts zu sehen. Sie stand reglos da und horchte. Es herrschte Totenstille, nicht einmal die gewohnten Geräusche der kleinen Tiere des Waldes waren zu hören. Der Wind strich leise über die Wipfel der Tannen. Diese unwirkliche Stille ängstigte Ingrid noch mehr. So leise wie möglich ging sie weiter. Schon nach wenigen Schritten tauchte eine Furcht erregende massige Gestalt auf. Ein riesiger Bär stand bedrohlich vor ihr und versperrte den Weg. Seine Vorderpfoten mit den langen schwarzen Krallen ruhten auf einem Stein. Seine längliche Schnauze trug die Narbe einer alten Verletzung, das Fell war an dieser Stelle nicht mehr nachgewachsen. Mit seinen kleinen Augen starrte er die seltene menschliche Beute an.

Schlagartig begriff Ingrid den Grund für diese tödliche Stille der Natur. Sie war zwar unfähig, sich zu bewegen, aber ihr Geist war hellwach. Ohne den Kopf zu wenden, suchte sie aus den Augenwinkeln ihre Umgebung nach einem Fluchtweg ab. Die einzige Rettung bestand darin, an dem Bär vorbei auf den Pfad zu gelangen, der unmittelbar unterhalb des steilen Abhangs verlief. Dort war der Fluss, und dort lagen die Felder des Dorfes.

Ingrid starrte das Tier wie gebannt an. Es hatte Witterung aufgenommen und war schon ein Stück näher gekommen. Nur noch etwa zwanzig Schritte trennten sie von dem Bär. Ein scharfer, Ekel erregender Geruch stieg Ingrid in die Nase. Es war dieser Geruch, der blankes Entsetzen in ihr auslöste. Sie fing an zu schreien; es war mehr der verzweifelte Schmerzensschrei eines verletzten Tieres als ein menschlicher Laut.

Der Bär aber stutzte nur kurz und kam dann mit schwerfälligen, behäbigen Schritten noch näher. Da machte Ingrid mit angstgeweiteten Augen einen Satz nach vorne und rannte – ohne die Folgen dieser kopflosen Flucht abzuwägen – auf das Tier zu. Sie stürzte an ihm vorbei. Der Bär sah ihr zunächst nach, dann stieß er ein tiefes Brummen aus, drehte sich um die eigene Achse und setzte zur Verfolgung an. So schnell ihre Beine sie trugen, lief sie auf den Bach zu, der von den Bergen stürzte und in den Fluss mündete.

Ingrid hörte nur sein unaufhörliches Rauschen und dazu ein rhythmisches, dumpfes Stampfen wie von einem mit Stoff überzogenen Schlaginstrument. Als sie den Berggipfel überwunden hatte, blieb sie stehen, um Luft zu schöpfen. Sie drehte den Kopf und wusste sofort, woher dieses Geräusch kam. Der Bär setzte ihr in gemächlichem Trab nach, seine Schritte ließen den Boden unter seinen Füßen erzittern. Plötzlich vernebelte sich ihr Blick, ihr wurde schwindelig, sie verlor das Gleichgewicht und stürzte, raffte sich aber sofort wieder auf. Es erschien ihr wie eine Ewigkeit, bis sie wieder auf den Beinen war. Sie drehte den Kopf. Der Bär war nur noch wenige Schritte hinter ihr.

Sie vermochte nicht einmal zu schreien. Die Brust war wie zugeschnürt und schmerzte, als sie versuchte, Luft zu holen. Sie raffte ihren Rock hoch und lief weiter. Wieder stürzte sie, stand erneut auf und stolperte über Stock und Stein. Jeden Augenblick konnte sie von den Pranken des Bären getroffen werden. Sie rannte, ohne sich umzudrehen.

Jetzt war sie am Sturzbach angelangt. Mit weißen Schaumkronen rauschte er in die Tiefe. Bis zum anderen Ufer waren es nicht mehr als zwanzig Schritte, und die aus dem Wasser ragenden Steine machten den Übergang leicht. Aber Ingrid hatte keine Zeit, sich genau zu überlegen, wohin sie treten sollte; sie stürzte sich in das eiskalte Wasser und hastete vorwärts. Kurz bevor sie das andere Ufer erreichte, hörte sie ein furchtbares Brüllen. Sie drehte sich um. Der Bär stand am Ufer, hoch aufgerichtet, mit aufgerissenem Maul. Vor Schreck stand Ingrid einen Augenblick wie gelähmt da, dann eilte sie weiter. Sie tat nur wenige Schritte – da rutschte sie mit ihren Stoffpantoffeln auf einem moosüberwachsenen Stein aus. Der Pantoffel glitt ihr vom Fuß. Es schmerzte. Sie verlor das Gleichgewicht, strauchelte, taumelte ins Wasser und schlug mit dem Kopf gegen einen spitzen Stein am anderen Ufer. Furchtbares Tosen war in ihrem Kopf, und ihr wurde schwarz vor den Augen. Mit letzter verzweifelter Kraft versuchte sie sich noch einmal aufzuraffen – vergeblich. Sie nahm den scharfen Geruch des wilden Tieres wahr, dann verlor sie das Bewusstsein.

Der Bär machte einen Sprung ins kalte Wasser und näherte sich seiner Beute, die reglos am Ufer lag. Ingrids Haare bewegten sich in der Strömung des Wassers; ihre zerkratzten Beine lagen bloß. Der Bär beschnüffelte den leblosen Körper. Mit seiner Pranke drehte er ihn auf den Rücken. Ingrid rührte sich nicht, ihre Augen starrten weit aufgerissen zum Himmel. Der Bär schnupperte erneut, dann drehte er sich um und watete ans andere Ufer zurück. Er schüttelte sich, sah sich noch einen Moment wachsam um und trottete dann zu seiner Höhle zurück.

Ingrids Haube, die sich in den Zweigen eines frisch erblühten Rhododendrons verfangen hatte, bewegte sich lautlos im Wind des frühen Nachmittags. In der Nähe begann ein Specht gegen den Stamm eines Tannenbaums zu hämmern.

KAPITEL 20

Olivias langes Haar war wirr und verklebt. Bei jeder Bewegung ihres schweißnassen Körpers fielen trockenes Laub und Piniennadeln aus dem aufgerissenen Strohsack und verschwanden zwischen den Ritzen des Holzfußbodens. Nachdem Olivia von Ingrids Tod erfahren hatte, war sie erst spät in einen unruhigen Schlaf gefallen.

Nach einem quälenden Dämmerschlaf hatte sie einen Traum: Sie kauerte an der Wand und flocht einen Weidenkorb, als plötzlich eine Frau vor ihr stand. Sie war dick, die Haare weiß wie die von Malvina, mit der sie aber sonst keinerlei Ähnlichkeit hatte. Sie sah Olivia böse an und zeigte auf ihren Schoß. Olivia erschrak und versuchte zu fliehen, aber ihre Beine waren schwer wie Blei. Die Frau machte unflätige Bemerkungen, riss Olivia dann das Kleid vom Leib, entblößte ihren von der Schwangerschaft runden Bauch und krallte sich mit beiden Händen in Olivias nacktes Fleisch. Olivia wollte um Hilfe rufen, aber kein Schrei entrang sich ihrer Kehle. Die Frau riss ihr den Bauch auf, aus dem etwas Schwarzes kam: Marcabrù, Sibillas Hund. Während das Bild der Alten langsam aus ihrem Blick schwand, warf sich Olivia hin und her und streckte die Arme aus, um diese schrecklichen Visionen abzuwehren. Doch Marcabrù verschwand nicht. Er blieb vor ihr sitzen, blickte sie treuherzig an und fing plötzlich an zu sprechen: »Du musst fort von hier, Olivia«, sagte er mit tonloser Stimme, »du musste fort von den Gletscherbergen …« Beruhigt von dem menschlichen Klang aus der Kehle des Hundes, streckte Olivia die Hand aus, um sein dunkles Fell zu streicheln, als sich Marcabrùs braune Augen in die goldgelben Augen Richard La Fonts verwandelten. In voller Ritterrüstung stand ihr der Vergewaltiger gegenüber. Olivia erstarrte im Traum – genau wie seinerzeit in der Wirklichkeit – und erwartete einen neuerlichen gewalttätigen Angriff. Aber La Font blickte zärtlich, lächelte ihr zu, streichelte ihr Gesicht und sprach mit Marcabrùs Stimme: »Du wirst von hier fortgehen und meinen Samen mitnehmen. Du wirst hinunter ins Tal gehen, an einen Ort, wo die Sonne dein Haar wärmt …« Damit streckte er die Hand aus und ließ ihr Haar zärtlich und liebevoll durch seine Finger gleiten.

Olivia erwachte mit schreckgeweiteten Augen. Es dauerte eine Weile, bis sie wusste, wo sie war. So lebendig war der Traum gewesen, dass sie sich umblickte und in der Dunkelheit nach Richard La Font suchte. Sie hatte eine Vision gehabt, und das machte ihr Angst. Zitternd und schweißgebadet fuhr Olivia hoch. Was hatte dieser Traum zu bedeuten? Was für ein neues Unheil wartete auf sie? Sie stand auf und öffnete das kleine Fenster. Es war eine mondlose Nacht. In der Dunkelheit waren nicht einmal die Schatten der Nachbarhäuser zu erkennen. Ein frischer Windhauch ließ Olivia frösteln. Sie schlang sich die Decke um die Schultern und setzte sich auf die Bank neben dem Strohsack. Sie würde in dieser Nacht keinen Schlaf mehr finden, so viel war sicher. Sie schenkte sich Wasser in einen Becher und trank gierig. Heute fand Ingrids Begräbnis statt, und sie musste die Trauergewänder Gertruds und Conrads herrichten, die wie die anderen Kaufleute des Dorfes an der Beerdigung teilnahmen.

Die Morgendämmerung war noch fern, und so blieb ihr noch viel Zeit, diese Arbeit zu erledigen. Sie holte das Nachtgeschirr unter der Bank hervor, entleerte sich und goss dann den Inhalt aus dem Fenster. Ein leichter Krampf in ihrem Bauch rief ihr in Erinnerung, dass sie nicht allein war. Der Anflug eines Lächelns zeigte sich auf ihrem Gesicht, während sie ihre Arbeitskleidung anzog. Leise und auf Zehenspitzen ging sie hinunter und entzündete das Feuer.

Ingrids offener Sarg stand mitten im Raum. Der Priester war mit der Aussegnung fertig. Nachdem er den Wacholderzweig in das Weihwasser getaucht und die Tote gesegnet hatte, trat er nun zur Tür, wo Daniel mit leerem Blick die Gäste der Trauerzeremonie empfing. Langsam trafen die Kaufleute und ihre Familien ein. Gertrud und Conrad waren als Erste gekommen, gefolgt von Costanza und Hermann und vielen anderen. Leonhardt stand mit gesenktem Kopf neben einer Bank und kämpfte mit einer Übelkeit, die ihm den Magen umdrehte. Werner und die anderen jungen Leute aus dem Dorf versammelten sich vor dem großen Kamin. Ingrids Magd, die ihr Festkleid trug, weinte untröstlich in einer Ecke des Raumes. Sie war es gewesen, die ihre Herrin nach langer Suche am Waldrand gefunden hatte. Sie hatte am Ufer des Flusses gelegen. Auf ihrem zerrissenen Kleid war ein Blutfleck gewesen, den das Wasser des Flusses fast ausgewaschen hatte. Das Blut stammte aber nicht von ihrer tödlichen Wunde. Malvina, die man geholt hatte, um den Leichnam zu untersuchen, hatte gesagt, dass Ingrid mit dem Kopf gegen einen Stein gestoßen sein musste. Ein riesiger Bluterguss im Nacken zeugte von der Heftigkeit des Aufpralls. Malvina hatte aber auch erkannt, dass die Kratzwunden an der Schulter von Bärenkrallen herrührten. Zunächst war sie unsicher gewesen, ob sie es nicht besser für sich behalten sollte. Dann hatte sie Daniel ihren Verdacht mitgeteilt, dass sich ein Bär im Wald aufhielt. Bei allem tiefen Schmerz war sich der Ammann seiner Verantwortung für die Sicherheit der Dorfbewohner bewusst gewesen und hatte zwei junge Männer von Haus zu Haus geschickt, um die Leute vor dem Bär zu warnen. Es war wirklich ein unglückseliges Jahr. Alle im Dorf empfanden dies so. Der Priester schlug vor, einen Bittgottesdienst abzuhalten und den Beistand des Schutzpatrons zu erbitten.

Ingrids Gesicht war aufgedunsen und wachsbleich, beinahe grau von der Arsen-Paste, mit der Malvina die Tote einbalsamiert hatte, um den Verwesungsprozess hinauszuzögern. Daniel hatte seiner Tochter Haare und Fingernägel geschnitten, wie es das Ritual erforderte, und in einer letzten Bekundung väterlicher Liebe die Hebamme gebeten, die Tote so herzurichten, wie es sonst nur bei Königen und großen Herren üblich war. Man hatte der Toten den Unterkiefer behutsam hochgebunden und alle Körperöffnungen mit Leinenbinden verschlossen, die in wohlriechende Essenzen getaucht waren, um den Verwesungsgeruch zu überdecken. Die blonden Haare hatte man sorgfältig gekämmt und unter einer wertvollen, mit Silber und Gold bestickten Haube aus Brokat versteckt. Die Augen der Toten, die trotz aller Bemühungen Malvinas nicht ganz geschlossen waren, schienen auf die Seidenpantoffeln gerichtet, die mit kleinen rosaroten Perlen kranzförmig bestickt waren. In den geschwollenen, bereits schwarz verfärbten, gefalteten Händen hielt sie ein kleines Silberkreuz.

Es war bereits die dritte Stunde, also Zeit zum Aufbruch. Daniel trat an den Sarg der Toten, beugte sich hinunter, küsste sie auf die Stirn und murmelte Worte, die fast keiner verstand: »Du wirst nicht lange allein bleiben, bald komme ich nach …« Und mit tränenverschleiertem Blick gab er seinen Knechten das Zeichen, den Sarg hinauszutragen.

Costanza stand totenbleich und starr an eine Wand gelehnt. Trotz ihres eleganten Seidenkleides schien ihr Körper geschrumpft, abgezehrt. Sie zitterte. Ihre Miene war bitter, und ihre zu Fäusten geballten Hände hielten den Saum ihres Mantels fest. Als Werner gekommen war, um Leonhardt die Nachricht von

Ingrids gewaltsamem Tod zu überbringen, war sie in der Nähe gewesen und hatte Werners Worten gelauscht, der vor Aufregung nur gestammelt hatte. Als sie und Leonhardt endlich verstanden hatten, was geschehen war, waren sie stumm vor Entsetzen gewesen. Costanza war wie versteinert gewesen. Das Unbehagen, das sie bei ihrer Rückkehr nach Hause empfunden hatte, hatte sich schlagartig in ein quälendes Gefühl der Schuld verwandelt. Niemand würde ihr jemals einen Vorwurf machen können, niemand hatte ihre heftigen Beschuldigungen mit angehört. Und doch hatten ihre Worte das Mädchen tief verstört. Warum war Ingrid in den Wald gegangen und hatte sich so weit vom Dorf entfernt? Und wann? Die Ahnung, dass Ingrid besinnungslos vor Wut in den Wald gelaufen war, war für Costanza immer mehr zur Gewissheit geworden. Und wenn es stimmte, wer war dann für ihren Tod verantwortlich, wenn nicht sie, Costanza, mit ihrer Unbarmherzigkeit und ihren harten Worten? Seit zwei Tagen tat Costanza kein Auge mehr zu, sie konnte nichts essen und zermarterte sich den Kopf mit einem einzigen Gedanken: Sie allein war schuld am Tod des Mädchens, und diese Schuld war die bittere Krönung eines ungenutzten Lebens. Selbst im Alter war sie nicht weise geworden, hatte sie sich nicht mäßigen können. Vom Extrem der Unterwürfigkeit war sie zum anderen der Maßlosigkeit gewechselt, von der Gefügigkeit zur Gewalttätigkeit. Eine so unerbittliche Strafe hatte Ingrids törichte Boshaftigkeit nicht verdient. Wie Daniel hatte auch Costanza, wenn auch aus völlig anderen Beweggründen, ihren Lebensmut verloren. Sie allein trug Schuld, und die kurze Freude über die Begegnung mit Sibilla war dahingeschmolzen wie Schnee in der Sonne.

»Los, gehen wir, Costanza. Siehst du denn nicht, dass sich der Trauerzug zum Friedhof schon formiert hat.«

Hermanns barsche Worte rüttelten Costanza aus ihren Gedanken. Sie blickte in das undurchdringliche Gesicht ihres Mannes und fragte sich, ob Hermann den Aufruhr in ihrem Innern auch nur erahnte.

Zusammen mit den anderen Trauergästen traten sie hinaus auf den Platz und gaben der Toten das letzte Geleit. Leonhardt schritt leichenblass neben Werner und den anderen jungen Männern des Dorfes zum Friedhof. Von weitem sahen sie Sibilla, die es nicht gewagt hatte, das Haus des Ammanns zu betreten. Sie ging mit gesenktem Kopf am Ende des Trauerzugs, in der Hand einen Strauß Butterblumen.

In Daniels verlassenem Stadel, in dem Raum, in dem die Tote aufgebahrt war, verbreiteten die erloschenen Totenkerzen einen scharfen Geruch, der sich mit dem süßlichen Geruch des Nanfa vermischte, der einzigen Spur, die von Ingrids irdischem Leben noch übrig war.

Hermann stopfte den Sack mit seinen Kleidern voll. Er hatte eines seiner elegantesten Gewänder ausgewählt, eines aus grüner Seide, dessen Ärmel mit Silberfäden spiralmusterförmig bestickt waren. Zwar war sein pelzgefütterter Mantel das einzige herrschaftliche Gewand, das seinen Reichtum und seine Vornehmheit gegenüber den Leuten in Vercelli angemessen zum Ausdruck hätte bringen können. Doch es wäre zu schwer gewesen für das Ziel, zu dem er sich aufmachte. Auch ein Paar fein gearbeitete Ledergamaschen packte er ein, die er unten in der Ebene anstelle der hölzernen Reiseschuhe tragen würde. Zwei Tage nach seinem Aufbruch, begleitet nur von einem Knecht und zwei Maultieren, würde er mit den Banken Verhandlungen über die Errichtung einer Agentur in Praborno aufnehmen. Der Bau des Turms war nunmehr in vollem Gange, seine Anwesenheit in Felik also nicht mehr unbedingt erforderlich. Binnen weniger Wochen würde er mit dem Vertrag in der Tasche zurückkehren, zuvor aber noch in Canton des Allemands Halt machen, um Maida einen Besuch abzustatten. Schon seit Monaten war er nicht mehr ihr Bettgenosse gewesen. Beim letzten Mal hatte Leonhardts Gegenwart das Beisammensein mit der Geliebten verhindert. Nach so langer Zeit und nach all den neuen Entwicklungen war sein Verlangen nach ihr übermächtig.

Ingrids Tod hatte Trauer über das ganze Dorf gebracht. Seit dem Begräbnis hatte seine Frau das Haus, ja ihr Zimmer nicht mehr verlassen. Hermann verstand nicht, warum sie so verstört war. Schließlich hatte Costanza Ingrid nicht gemocht, und auch wenn der tragische Tod des Mädchens sie schockierte, sah er keinen Grund, weshalb sie so tief verstört sein sollte. Er hätte viel mehr Grund gehabt zu trauern, denn Ingrids Tod hatte seine Hoffnung auf eine Verbindung zwischen ihr und Leonhardt zunichte gemacht. Die Hoffnung auf eine Ehe zwischen dem Erben des reichsten Kaufmanns im Dorf mit der Tochter des Ammanns hätte seiner Familie viele neue Möglichkeiten eröffnet. Nun, da sie keine Rivalin mehr hatte, würde diese kleine Hure Sibilla ganz gewiss Leonhardt nicht mehr loslassen. Mit Unterstützung Costanzas, die Sibilla inzwischen offen in Schutz nahm, würde das Mädchen binnen eines Jahres seinen Sohn heiraten. Aber er hatte nicht vor, sich so leicht geschlagen zu geben, umso weniger jetzt, da er eine so bedeutsame Aufgabe übernommen hatte. Er würde mit Maida besprechen, wie er vorgehen sollte. Zunächst würde er unter den jungen Mädchen von Felik eine andere Braut für seinen Sohn suchen. Beim Begräbnis hatte er unter den jungen Mädchen Veronica entdeckt, die zweite Tochter von Simeone Vinzent, Pelzhändler wie Alart. Veronica war ein schmächtiges blondes, fünfzehnjähriges Mädchen. Sie hatte noch kindliche Gesichtszüge, aber sie würde bestimmt bald erwachsen sein. Ihr Vater war reich, vielleicht noch reicher als Daniel, und seine Geschäfte liefen gut. Veronica brächte also eine große Mitgift in die Ehe, die das bereits ansehnliche Vermögen der Familie Wiesel weiter vergrößern und Investitionen in den Handel diesseits und jenseits der Alpen möglich machen würde.

Hermann hatte es eilig. Der Knecht wartete bereits draußen vor dem Stadel mit den beladenen Maultieren. Er brauchte niemandem Lebewohl zu sagen. Von Costanza hatte er sich bereits am Abend zuvor mit dürren Worten verabschiedet, die seine Frau mit einem Kopfnicken quittiert hatte. Leonhardt hatte er erst am Vortag von seiner bevorstehenden Reise informiert. Sein Sohn hatte wenig Interesse gezeigt, was in Hermann Wut und Enttäuschung ausgelöst und seine Wertschätzung für Leonhardt weiter verringert hatte. Der Kaufmann bestieg sein Pferd und machte sich auf den Weg, gefolgt von seinem Knecht. Vor den Mauern des Dorfes würde ein Soldat auf ihn warten, der ihn und seinen Knecht hinunter in die Ebene begleiten und beschützen sollte.

Als er am Turm vorbeikam, machte Hermann Halt, um den Stand der Bauarbeiten zu begutachten. Dank der fleißigen Arbeiter und der milden Witterung schritt der Turmbau zügig voran. Neben seinen eigenen Knechten halfen auch einige Bauern mit, die dem neuen Vasallen Giacomos von Quart – wenn auch nur widerstrebend – Frondienst leisteten. Es hatte heftige Proteste gegeben, die Hermann jedoch schon im Keim erstickt hatte, indem er jedem den Ausschluss aus der Gemeinschaft angedroht hatte, der am Bau des Turms nicht mitarbeitete. Um dessen Fertigstellung noch weiter zu beschleunigen, hatte er aus der Ebene ein Dutzend bezahlte Arbeiter und Zimmerleute geholt, die mit ihrer großen, beim Bau herrschaftlicher Häuser im Tal gewonnenen Erfahrung die Arbeiten koordinieren sollten. Lange hatte er mit ihnen über den Tagelohn verhandelt, den er entsprechend einer mit dem Herrn von Quart getroffenen Regelung selbst zahlen musste. Es war zu einer Einigung gekommen, die Hermann als halsabschneiderisch empfand, doch danach hatten die Bauarbeiten endlich begonnen.

Mit einer starken Seilwinde wurden die Steinblöcke über das Fundament gehievt, das bereits so gut wie fertig war. Die Zimmerleute stützten den Bau mit schweren Holzbalken, für die die Bauern mächtige Lärchenbäume gefällt hatten. Zufrieden mit dem Fleiß der Arbeiter, machte sich Hermann in Richtung Bätt-Pass auf den Weg, aber dutzende hasserfüllter Augen starrten ihm nach. Einer der Dorfbewohner spuckte hinter Hermann auf den Boden, andere taten es ihm nach. Doch Hermann war schon zu weit entfernt, als dass er diese Geste der Verachtung bemerkt hätte – zu seinem Glück, denn er hätte gar nicht verstanden, was hinter diesem Unmut steckte. Der alte Kaufmann bildete sich vielmehr ein, die ganze Gemeinschaft, insbesondere die weniger vermögenden Familien, wären ihm dankbar für die Ehre und die Wertschätzung, die der Lehnsherr mit der Ernennung eines neuen Vasallen dem gesamten Dorf erwiesen hatte. Es war doch letztlich sein ureigenes Verdienst, dass Felik von nun an über ein Korps von Wachsoldaten verfügte, das ihnen die Selbstverteidigung erleichterte. Ein paar Monate Frondienst der Bauern und ein geringfügiges finanzielles Opfer seinerseits würde in Zukunft allen größere Sicherheit geben. Daher machte sich Hermann mit heiterem Gemüt – und im Bewusstsein seiner Großzügigkeit – auf die Reise nach Vercelli. Der Himmel versprach gutes Wetter, eine leichte Brise strich durch das Gras. Wenn nichts dazwischenkam, würde er am übernächsten Tag zur Vesperzeit in der Ebene ankommen.

KAPITEL 21

Karl bückte sich und untersuchte das Erdreich unter den Heidelbeersträuchern. Bevor er die Hand nach den süßen Früchten ausstreckte, musste er sich vergewissern, dass sich zwischen den kleinen Blättern nicht etwa eine Schlange versteckt hielt. Sein Vater hatte ihm erzählt, dass vor einigen Jahren ein Bauer von Felik beim Pflücken von Heidelbeeren von einer Viper gebissen und gestorben war.

»Sei vorsichtig, Karl!«, rief ihm Werner zu, der nicht weit entfernt ebenfalls Beeren suchte. »Hier unter den Steinen halten sich gern Schlangen versteckt! Du musst mit den Holzschuhen fest aufstampfen, wenn du auf den Strauch zugehst. Dadurch erschreckst du sie, und sie fliehen, bevor du in ihre Nähe kommst!«

Es war das erste Mal, dass Karl Heidelbeeren sammelte. Lange hatte er bitten und betteln müssen, bevor Leopold ihm erlaubt hatte, an dieser vergnüglichen, wenngleich nicht ungefährlichen Arbeit teilzunehmen. Als sein Vater aber dann erfahren hatte, dass Werner seinen Sohn begleiten würde, hatte er zugestimmt, nicht ohne ihm tausend Empfehlungen mit auf den Weg zu geben.

»Weißt du, was mein Vater gesagt hat?«, sagte Karl, während er mit klopfendem Herzen vorsichtig die Zweiglein des ersten Heidelbeerstrauchs festhielt, um die kleinen blauen Beeren zu pflücken. »Er sagte, er will einen großen Holzkamm anfertigen, um damit die Beeren vom Strauch zu streifen. Dann müssten wir nicht mehr in den Strauch hineingreifen. Ist das nicht eine großartige Idee?«

»Ja, großartig ...«, antwortete Werner kleinlaut. Eine Viper war soeben unter einem Stein hervorgeschlüpft und blitzschnell zwischen den Sträuchern verschwunden. Da er Karl nicht unnötig erschrecken wollte, sagte er jedoch nichts und beschloss lediglich, den Aktionsradius der Beerensuche zu verlegen.

»Gehen wir ein Stück weiter ins Tal hinunter, Karl, ich glaube, hier gibt es nicht so viele Beeren ... Siehst du, dort unten, an der Lichtung, sind viel mehr Sträucher. Dort kommt auch mehr Sonne hin. Dann sind die Beeren süßer!«

Karl zeigte sich wenig begeistert von dieser Unterbrechung – er hatte gerade einen Strauch mit dicken, saftigen Beeren vor sich –, gehorchte aber und folgte Werner den steilen Pfad abwärts. Auf dem Weg probierte er ein paar der soeben gesammelten Beeren und genoss deren leicht säuerlichen Geschmack.

»Ein paar müssen wir nach Hause mitbringen!«, warnte ihn Werner lachend, als er den rot verschmierten Mund des Knaben sah.

»Na gut, dann werde ich keine mehr essen«, erwiderte Karl zerknirscht. »Aber wie weit ist es denn noch bis zu dieser Lichtung?«

»Nur noch ein paar Schritte. Von hier sieht man sie nicht, aber es ist dort hinter dem Hang. Gleich sind wir da!«

»Aber wenn ich meinen Korb voll habe, darf ich doch ein paar davon für mich behalten? Oder muss ich alles Malvina abliefern für ihre Medizin?«, fragte er sehnsüchtig und etwas enttäuscht.

»Aber natürlich darfst du, Dummerchen! Wir müssen allerdings so viel wie möglich pflücken, denn Malvina will die Beeren trocknen und im Mörser zerstampfen, um ein Heilmittel daraus herzustellen. Was übrig bleibt, gibst du deinem Vater. Der wird Gertrud bitten, köstlichen Sirup zu pressen. Du hast keine Ahnung, wie großartig er schmeckt, wenn man ihn mit Honig und Wein mischt! Leopold wird dich aber ganz bestimmt auch ein paar Beeren naschen lassen!«

Der Junge vertraute Werner vollkommen und war durch seine Worte getröstet, wollte aber noch wissen, welche Krankheiten die Medizin der Hebamme heilte.

»Genau weiß ich es auch nicht«, erwiderte Werner, »aber die Frauen im Dorf sagen, ein Aufguss aus getrockneten Heidelbeeren hilft bei Darmbeschwerden, besonders älteren Menschen, die eine schwache Blase haben und überall hinpinkeln, wie die Hunde … Leonhardt hat mir gesagt, dass sein Vater sich einen riesigen Furunkel auf der Nase mit einem Brei aus Heidelbeeren und Mehl bestrichen hat, und der war über Nacht ausgetrocknet und verschwunden!«

Karl staunte über diese Auskünfte. Sie waren beinahe in der mit grünen Sträuchern übersäten Senke angekommen, als sie am Rand der Lichtung eine menschliche Gestalt entdeckten, die gleich darauf verschwunden war.

Werner blieb stehen, machte Karl ein Zeichen, sich ruhig zu verhalten, und ging dann ein paar Schritte weiter, während er sich vorsichtig nach allen Seiten umblickte. Seine Sinne waren hellwach. Womöglich war es ein Räuber, und dass sich der Unbekannte sofort geduckt hatte, als er sie gesehen hatte, versprach nichts Gutes. Werner nahm Witterung auf wie ein Hund beim Aufspüren eines Fuchses und spitzte die Ohren wie eine Katze, die das Nagen einer Maus hört. Er streifte sich die Holzschuhe von den Füßen und schlich in geduckter Haltung barfuß weiter. Ein Stück weiter unten, kurz vor der Lichtung, versteckte er sich hinter einem Baum. Karl schlug das Herz bis zum Hals. Er folgte dem Älteren wie ein Schatten. Minutenlang standen sie beide reglos und stumm da, dann plötzlich tauchte unmittelbar vor ihnen hinter einem Felsen ein Mensch auf.

»Erbarmen, habt Erbarmen mit einem armen Kranken! Tut mir nichts, ich bitte Euch! Der Himmel hat mich für meine Sünden schon genug gestraft, tötet mich nicht … Erbarmen!«

Verblüfft traten Werner und Karl aus ihrem Versteck und gingen ein paar Schritte auf den Mann zu, um ihn sich genauer anzusehen. Der Mann trug eine graue, unförmige Jacke, die schmutzig und zerrissen war. Unter einer zerlöcherten Stoffhose lugten geschwollene und mit Pusteln übersäte Füße hervor. Über der Schulter trug er einen halb leeren Sack, und sein Stock, auf den er sich soeben noch gestützt hatte, lag jetzt am Boden. Während Werner näher trat, ließ sich der Mann mit gesenktem Kopf flehentlich auf die Knie fallen. Erst als Werner nur noch wenige Schritte entfernt war, wagte es der Mann, den Kopf zu heben. Werner sah ihm ins Gesicht und versteinerte: Die blauen hellen Augen des Mannes verrieten, dass er noch jung war, aber sein Gesicht war das eines alten Mannes. Wangen, Nase, Augenlider, Hals und Ohren waren von roten, teils eitrigen, teils schorfigen Geschwüren entstellt, und seine Haut war von tiefen, trockenen und bräunlichen Falten durchzogen. Auch der Mund war eine eitrige Wunde, doch seine Zähne waren kräftig und gesund.

»O mein Gott, ein Leprakranker!«, murmelte Werner entsetzt, trat einen Schritt zurück und stieß mit Karl zusammen, der ihm auf dem Fuß gefolgt war.

»Nein, Herr, ich bin kein Leprakranker! Ich bitte Euch, lauft nicht weg, ich brauche Hilfe …«

»Was heißt das – kein Leprakranker! Dein Gesicht straft deine Rede Lügen!«, rief Werner mit matter Stimme. Vor Angst zitterte er am ganzen Körper.

»Nein, mein Herr, glaubt mir. Nicht die Lepra zerfrisst mir das Gesicht, sondern die Skrofulose! Seht Euch meine Hände an, seht Euch meine Füße an. Fehlt mir etwa eine Gliedmaße, die abgefallen ist wie eine reife Frucht vom Baum? Wenn ich leprakrank wäre, wäre ich dann etwa bis hierher gekommen, hätte Dörfer durchquert und wäre Menschen begegnet, ohne dass man mich in ein Lazarett gebracht hätte? Nein, mein Herr, Ihr könnt ruhig noch näher kommen. Mein Fluch überträgt sich nicht auf Euch, die Strafe hat einzig und allein mich getroffen …«

Die Augen des Mannes füllten sich mit Tränen, die ihm bald über beide Wangen liefen und auf der schorfigen Haut bizarre Rinnsale bildeten. Werner war zwischen Mitleid, Hilfsbereitschaft und der Angst vor einer ansteckenden Krankheit hin und her gerissen und rührte sich nicht vom Fleck. Karl zupfte ihn am Ärmel und flüsterte ihm schüchtern ins Ohr:

»Frag ihn doch, was er hier macht. Und wie er hierher gekommen ist?«

Karls Worte brachten Werner wieder in die Wirklichkeit zurück. Er schämte sich seiner Ängstlichkeit und bewunderte Karls Mut. Dann raffte er sich auf, und mit um Festigkeit bemühter Stimme fragte er:

»Was machst du hier in unseren Wäldern, und warum versteckst du dich, wenn es stimmt, dass du nicht leprakrank bist?«

Der Mann stand auf. Mit einem Rest jener Würde, die er früher wohl besessen hatte, trat er auf Werner zu und sah ihm offen ins Gesicht:

»Wie alt seid Ihr, junger Mann, und wer seid Ihr?«, fragte er ihn.

»Zweiundzwanzig, und ich bin der Sohn eines Kaufmanns aus Felik.«

»Ich heiße Edeltredo und komme aus Pè de Mud, einem Dorf linker Hand des Flusses Sesia jenseits der hohen Berge in deinem Rücken. Bis vor wenigen Jahren bin ich Gastwirt gewesen. In meinen Gasthof sind Kaufleute und Soldaten gekommen, die Wein, Speisen und, wenn sie wollten, auch nette Gesellschaft bei mir bekommen haben. Ich weiß zwar, dass ich unter meinem

Dach keine Prostituierten hätte beherbergen dürfen, aber meine Gäste verlangten danach, und hätte ich ihren Wunsch nicht erfüllt, ich hätte nichts verkauft. Dies war vielleicht meine größte Sünde, für die mich Gott der Allmächtige bestraft hat, aber ich wusste ja nicht … Ich hätte nie gedacht … Alles ging gut bis zu der Nacht, als meine Frau bei der Entbindung starb und auch das Neugeborene mit in den Tod riss. An diesem Tag war mein Leben zu Ende. Ich konnte nicht mehr arbeiten, ich konnte nicht mehr schlafen. Meine Brüder versuchten, mir zu helfen, aber es nützte nichts. Ich vernachlässigte den Gasthof, die Gäste blieben aus, und schließlich – als wäre das große Unglück, das mich getroffen hatte, nicht schon genug – wurde ich krank. Wochenlang lag ich da, vom Fieber geschwächt; meine Beine trugen mich nicht mehr, mein Gesicht wurde rot und überzog sich mit Schorf. Alle Mittel, die mir der Wundarzt gab, halfen nichts. Nach sechs Monaten dieser Hölle holten meine Brüder einen berühmten Arzt aus dem Tal Alagna herbei, der mich untersuchte und mir die schreckliche Gewissheit verschaffte, dass es Skrofulose ist, eine unheilbare Krankheit. Überflüssig zu sagen, dass ich längst den Gasthof schließen musste, da mir die Kraft fehlte zu arbeiten. Alle mieden mich, denn sie hatten Angst vor mir und vor meinem verunstalteten Gesicht. Ich konnte das Haus nicht mehr verlassen, ich konnte nicht mehr arbeiten. Wie oft schleuderte ich in der Einsamkeit meines Zimmers Gott meinen Zorn und meine Wut entgegen! Jeden Morgen stand ich auf und betrachtete mich im Spiegel, den mir meine Frau hinterlassen hatte, um zu sehen, ob nicht eine Pustel verschwunden war, und jedes Mal entdeckte ich neue! Ich hätte ganz gewiss den Verstand verloren, wenn dieser Gott, den ich törichterweise verfluchte, nicht eines Tages eine fromme Frau zu mir geführt hätte, die sich eine Zeit lang im Dorf aufhielt. Sie war zusammen mit einigen Mitschwestern aus Deutschland gekommen und blieb eine Weile in Pè de Mud, um mildtätig zu wirken. In ihrem Land, erzählte sie mir, hießen sie Beginen, aber sie seien gar keine richtigen Nonnen, vielmehr unverheiratete Frauen oder Witwen, die ihr Leben der Pflege der Kranken und den Bedürftigen widmen und ab und zu Pilgerreisen in weiter entfernte Gegenden unternehmen. Diese Frau, Mathilda mit Namen, stand mir monatelang voller Nächstenliebe und aufopferungsvoll bei und half mir, mein schreckliches Schicksal anzunehmen. Eines Tages, nach einem neuen Krankheitsschub, sagte sie zu mir: ›Warum gehst du nicht nach Frankreich?‹ Ich hatte von einem Ludwig noch nie etwas gehört und sah sie an, als sei sie verrückt geworden, als sie lächelnd fortfuhr: ›Es heißt, Ludwig IX., der König von Frankreich, sei ein Heiliger. Er legt, sagt man, wie unser Herr Jesus Christus den Kranken die Hände auf und hat schon viele Krankheiten geheilt, besonders Skrofulose. Warum gehst du nicht von hier fort und unternimmst eine Pilgerreise nach Paris? Wenn du Glück hast, wirst du mit anderen Kranken zu ihm vorgelassen; und wer weiß, vielleicht macht er dich ja gesund! Was hast du schon zu verlieren?‹ Die Worte der frommen Frau waren für mich wie eine Erleuchtung, und ich beschloss, ihrem Rat zu folgen. Zwei Wochen später, nachdem das Fieber etwas abgeklungen war, verließ ich das Dorf und brach nach Frankreich auf. Auf meinem Weg überwand ich Bergpässe, kam durch Marktstädte und dicht besiedelte Dörfer. Kein Räuber hat mich angegriffen, weil die Angst vor Lepra auch Bösewichter befällt. Offensichtlich hat mein Gesicht alle Räuber abgeschreckt, denen ich bisher begegnet bin … Doch aus demselben Grund habe ich auch niemanden gefunden, der bereit gewesen ist, mir zu helfen. Alle sind vor mir geflohen; die Kinder sind weggelaufen, sobald sie mich gesehen haben, oder haben mich mit Steinen beworfen. In den zehn Tagen, die ich unterwegs gewesen bin, habe ich mich von dem harten Käse und dem getrockneten Fleisch ernährt, die ich von zu Hause mitgenommen habe, aber jetzt sind meine Vorräte aufgebraucht, und seit zwei Tagen esse ich nur Beeren. Ich kann nicht einmal mehr meine Schleuder benutzen, um kleine Wildtiere zu jagen, weil meine Hände so stark zittern …«

»Aber wie willst du in diesem Zustand bis nach Frankreich kommen?«, mischte sich plötzlich Karl ein. Er trat einen Schritt nach vorne und erntete dafür einen strengen Blick von Werner.

Der Mann taumelte, als sei ihm plötzlich schwindlig. Er bückte sich und griff nach seinem Stock, um sich darauf zu stützen. Dann verzog er den schorfigen Mund zu einem gequälten Grinsen, sah den Knaben liebevoll an und sagte:

»Wenn alle Kinder, denen ich unterwegs begegnet bin, wie du wären, wäre meine Reise vielleicht weniger beschwerlich! Sag, Kind, von wem hast du so viel christliche Nächstenliebe gelernt? Und Ihr, junger Mann, Ihr seid schon erwachsen und kennt die Verhältnisse hier im Tal. Glaubt Ihr, dass ich nach Paris gelangen werde, oder werde ich unterwegs sterben? Werde ich von einem Straßenräuber getötet werden, der listiger sein wird als alle anderen, oder wird mich die Krankheit verzehren, bevor ich mein Ziel erreichen werde?«

Während der Mann sprach, überlegte Werner angestrengt, ob das armselige Geschöpf, das da vor ihnen stand, tatsächlich die Wahrheit sprach. Vielleicht stimmte es sogar, dass er nicht an Lepra erkrankt war, aber wer konnte wissen, ob nicht die Skrofulose ebenfalls ansteckend war? Wer garantierte ihm, dass die durch den Atem ausgehauchte Körperflüssigkeit des Mannes die Krankheit nicht auch auf ihn und den kleinen Karl übertrug? Zwar hatte er Mitleid mit dem armen Vagabunden, aber er hatte auch große Angst.

Er packte Karl an den Schultern und zog ihn ein Stück zurück. Bemüht, die bange Frage des Mannes zu beantworten, sagte er:

»Bis Frankreich ist es freilich noch weit, aber wenn du ab und zu in einem Hospiz Unterschlupf findest, kannst du neue Kraft sammeln und deinen Weg fortsetzen. Die Mönche in den Klöstern gewähren den Reisenden und Kranken Unterkunft. Das größte Hospiz in unserer Region, in dem du gewiss längere Zeit bleiben und dich in gesunder Luft erholen kannst, ist das vom Mont Joux, das jedoch von hier noch ein gutes Stück entfernt ist. Dazwischen liegen noch drei Täler, und ob du es in deinem Zustand so weit schaffst, wage ich zu bezweifeln …«

Karl, der bis zu diesem Augenblick aus Angst vor Werners Vorwürfen geschwiegen hatte, konnte jetzt nicht länger an sich halten und rief: »Ja, und? Du wirst doch den Gastwirt nicht allein und hungrig hier lassen? Noch dazu, wo ein Bär im Wald umherstreift?!«

»Ein Bär? … O mein Gott, du hast mich schon genug gestraft, lass mich mein Leben nicht in den Klauen eines Bären aushauchen!«

»Beruhige dich, Edeltredo, und du, Karl, halt deinen Mund! Keiner hat das Tier gesehen, alle vermuten nur, dass ein Bär hier ist. Es könnte durchaus sein, dass er längst weitergezogen ist, und außerdem sind überall im Unterholz Fallen aufgestellt. Das eigentliche Problem ist ein anderes. Das erste richtige Hospiz befindet sich in Augusta. Es ist das Krankenhaus St.-Jean de Rumeyran, das viele Meilen entfernt ist …«

»Dann muss ich also hier in diesen Bergen mein Leben beenden?«, murmelte Edeltredo mit einem bangem Seufzer .

»Nein«, erwiderte Werner. Angesichts der großen Verantwortung, die er auf einmal zu tragen hatte, wurde er langsam mutiger. »Du wirst nicht sterben, wenn du tust, was ich dir sage. Zuallererst brauchst du etwas zu essen und ein Dach über dem Kopf. Mach dir keine Hoffnung, dass jemand unten im Dorf dich aufnimmt. Aber hundert Fuß weiter bergab steht ein Stall für die Schafe meines Vaters; er ist im Augenblick leer. Dort kannst du heute übernachten. Es sind nur vier Bretter, es ist eigentlich gar kein richtiger Stall, aber er hat immerhin ein Dach und eine Tür. Niemand wird erfahren, dass du dort bist; du kannst dich also sicher fühlen. Morgen Früh bringe ich dir etwas zu essen und etwas Wein zur Stärkung. Wenn du dich ausgeruht und deinen Hunger gestillt hast, kannst du deinen Weg fortsetzen. Ich erkläre dir, wie du nach Augusta kommst. Hast du ein gutes Gedächtnis?«

»Ja, Gott sei Dank, ich erinnere mich sogar viel zu gut an meine Sünden …«

»Gut, dann nenne ich dir die Namen der Dörfer, in denen du bei barmherzigen Geistlichen Aufnahme finden wirst. Aber Vorsicht, du musst die höher gelegenen Wege benutzen, die die Täler miteinander verbinden, und aufpassen, dass du nicht zu weit auf die Römische Straße hinunterkommst. Dort unten tummeln sich nämlich zurzeit Räuber und Halsabschneider, und man ist seines Lebens nicht sicher. Wenn du in Augusta ankommst, vertraue dich nur der Obhut der Mönche des Krankenhauses an, die sich um dich kümmern und dir sagen werden, auf welchem Weg du deine Reise fortsetzen musst.«

In Wirklichkeit dachte Werner, dass die Mönche von Rumeyran mit Sicherheit erkennen würden, an welcher Krankheit Edeltredo litt, und dass sie ihn, falls sie glaubten, er habe Lepra, in das nahe gelegene *Leprosorium* Maladière in St.-Christophe bringen würden, wo der Ärmste lernen müsste, sein Schicksal geduldig zu ertragen.

Edeltredo konnte Werners Gedanken nicht lesen. Er ahnte nicht einmal, dass Werner nach wie vor misstrauisch war, und zeigte sich zutiefst bewegt. Er wurde hochrot im Gesicht, seine Augen glänzten vor Aufregung, und er lächelte glücklich. Er stammelte ein paar Worte des Dankes und folgte Werner hinunter zum Stall. Karl ging ein Stück voraus, froh darüber, dass sein Freund eine so gute Lösung gefunden hatte, um das Leben des

Gastwirts zu retten. Er malte sich gerade aus, wie er seinen Spielkameraden von diesem ungewöhnlichen Erlebnis erzählen würde, als Werner ihn einholte, ihm die Hand auf die Schulter legte und streng und eindringlich sagte:

»Ich verbiete dir, mit irgendjemandem im Dorf über diesen Mann zu sprechen! Niemand darf es wissen! Sonst könnte es sein, dass sie ihm etwas Böses antun. Der Ammann wird sofort eine Versammlung einberufen, um uns für unsere Unvorsichtigkeit zu bestrafen … Ich werde ihm etwas zu essen und zu trinken besorgen, und ich allein werde ihm die Speisen und den Wein bringen. Du bist noch ein Kind, Karl, und deshalb kann ich nicht zulassen, dass du dich unnötig in Gefahr bringst. Hast du mich verstanden?«

Karl war zwar etwas gekränkt über die Strenge, die Werner ihm gegenüber an den Tag legte, aber er nickte, wenn auch sichtlich enttäuscht. Dann sah er seinen Freund herausfordernd an und fragte:

»Und die Heidelbeeren? Was soll ich meinem Vater sagen, wenn er den leeren Korb sieht?«

»Du sagst ihm, dass wir für heute aufgehört haben, Beeren zu sammeln, weil wir einen Hasen gejagt haben, weil es zu wenige Beeren gab, weil … Ach, dir wird schon etwas einfallen!«

Der Knabe sah Werner ernst an. Bemüht, seinen Ärger hinunterzuschlucken, gab er zurück: »Mein Vater hat mir gesagt, ich darf nicht lügen, und ich werde nicht ausgerechnet jetzt damit anfangen …«

Insgeheim war Werner voller Bewunderung für Karls Charakterstärke, aber er schnaubte doch wütend und verächtlich. Es fiel ihm schwer, ein Lächeln zu unterdrücken, als er sagte: »Also gut, dann werde eben ich mit Leopold reden! Aber du musst mir versprechen: Zu niemandem ein Wort!«

Beruhigt ging der Knabe weiter. Werner wandte sich noch einmal um, ob Edeltredo ihnen folgte. Gestützt auf seinen Stock, hatte er sie beinahe eingeholt. Werner zeigte ihm mit der Hand die Richtung, und dann ging er mit Karl weiter bergab zu dem Stall, dessen Dach bereits unten am Hang zu sehen war.

KAPITEL 22

Mehr noch. Wir rühmen uns ebenso unserer Bedrängnis, denn wir wissen: Bedrängnis bewirkt Geduld.« Die Worte des Priesters drangen vom anderen Ende des Kirchenraums gedämpft an Sibillas Ohr. Nur mit Mühe verstand sie die Worte aus dem Brief des heiligen Paulus an die Römer, den der Priester den Gläubigen in der Sonntagsmesse vorlas. Es war nicht nur die Entfernung zum Altar und die leise Stimme des alten Propstes, die es ihr schwer machten, aufmerksam zuzuhören. Sie hatte in der vergangenen Nacht einen Traum gehabt, der sie zutiefst beunruhigt hatte.

Nachdem Sibilla den ganzen Tag lang an ihrem Bottich mit der Farblauge gestanden hatte, war sie schlafen gegangen. Es war bereits dunkel gewesen. Ihr Rücken hatte geschmerzt, und die Hände waren taub gewesen, so schwer hatten die mit Farbe voll gesogenen Wollstoffe gewogen. Sie war sofort eingeschlafen und danach aber von schrecklichen Albträumen gequält worden.

Mehrmals wachte sie auf und nickte wieder ein; doch dann, gegen Morgen, schreckte sie nach einem furchtbaren Traum aus dem Bett hoch.

Es war fast eine Vision: Sibilla stand am Fuß der Gletscherberge. Ein schneidend kalter Wind peitschte ihr ins Gesicht und zerzauste ihr das Haar. Plötzlich wurde es stockdunkel. Sibilla wandte sich um und sah auf das Dorf hinunter. Am Nordtor sah sie eine lange Menschenschlange, und jeder hielt eine brennende Fackel in der Hand. Eine schier endlose Kette kleiner Flammen rückte immer näher auf sie zu, aber der Schein der Fackeln vermochte das dunkle Tal nicht zu erhellen. Langsam stieg die Prozession zum Gletscher hinauf, während eine unbekannte Litanei erklang. Sibilla wollte näher treten, um zu sehen, wer diese Leute waren, aber der immer stärker werdende Wind drängte sie zurück und brachte sie aus dem Gleichgewicht. Der Menschenstrom zog an ihr vorüber, aber niemand nahm von ihr Notiz. Aber endlich erhellte der Schein der Fackeln die Gesichter der Menschen. Mit wachsender Unruhe erkannte Sibilla Bewohner des Dorfes: Costanza, Daniel, Hermann, Gertrud, Conrad, Ingrid, Franz und viele andere, darunter auch Kinder, Knechte, Dienstmägde und den Priester. Aus Unruhe wurde Entsetzen, als sie am Ende der Prozession Karola und ihren Vater erkannte, der jung und stark war, wie sie ihn aus ihrer Kindheit in Erinnerung hatte. »Mutter! Ich bin hier!«, schrie sie gegen den Wind, aber Karola hörte sie nicht und ging mit den anderen weiter, hinauf ins Gebirge. Aus ihrem ohnmächtigen Rufen wurde wütendes Weinen. Sie wollte losrennen, ihrer Mutter nach, aber ihre Füße bewegten sich nicht. Wie angewurzelt blieb sie stehen. Ihr Entsetzen wuchs, als sie erkannte, dass sich in der Bergwand eine riesige Höhle öffnete und die Bußprozession genau dem Eingang der Grotte zustrebte. »Mutter, Vater, Gertrud, wohin geht ihr! Bleibt doch stehen!« Sie wollte verzweifelt schreien, aber es kam nur ein Flüstern aus ihrem Mund – Worte, die sie selbst nicht hören konnte. Ohne dass sich irgendwann jemand umdrehte, verschwanden alle Teilnehmer dieses absurden Zuges in der Finsternis, vom Berg verschluckt. Nur eine junge Frau, die Sibilla noch nie gesehen hatte, drehte sich einmal nach ihr um, bevor sie hinter den anderen in den Schlund der Höhle trat. Volles rotes Haar umrahmte ihr schönes Gesicht, das von der Fackel in ihrer Hand erleuchtet wurde. In der anderen Hand trug sie ein neugeborenes, schlafendes Kind und lächelte Sibilla zu. Plötzlich legte sich der Wind. Öde und still lag das Tal da. Der Berg erhob sich mächtig, reglos, ohne eine Spur von Leben.

Nur mit Mühe kam Sibilla zu Bewusstsein. Sie vermochte sich nicht von dem Albtraum zu befreien, ihre Wangen und ihr Haar waren mit Tränen benetzt. Ihre letzten Seufzer hatte sie selbst gehört, und zwar so, als wären sie die einer Fremden. Marcabrù saß längst neben ihrem Strohsack und winselte verängstigt. Sibillas erschrockenes Weinen hatte ihn aus seinem leichten Schlaf geschreckt. Die Gegenwart des Hundes machte Sibilla endlich klar, dass sie alles nur geträumt hatte. Beruhigt hatte sie im Dunkeln eine Hand nach dem Tier ausgestreckt, und Marcabrù war sofort näher gekommen. Sibilla hatte ihm das vor Angst gesträubte Fell gekrault, und der Hund hatte ihr das Gesicht geleckt, als habe er die Tränen trocknen wollen.

Die Predigt des Priesters drang kaum in Sibillas Bewusstsein, viel zu tief war sie in die Erinnerung an den schrecklichen Traum versunken. Sie war überzeugt, dass es eine Vorahnung war, die sie jedoch nicht zu deuten vermochte. Von wem kam diese Vision? Von Gott, wie Josefs Traum vor der Flucht nach Ägypten, oder vom Teufel, wie bei den Hexen? Und was hatte dieser Traum zu bedeuten? Wer war die Frau mit roten Haaren wie eine Löwenmähne, deren engelgleiches Gesicht sie so verstört hatte? In letzter Zeit hatten sich im Dorf viele ungewöhnliche Ereignisse zugetragen, darunter auch dramatische wie Ingrids Tod. In den Augen der Siedler war es ein Unglücksjahr. Sibilla bekam Angst. Sie würde Leonhardt von ihrem Traum erzählen, vielleicht konnte er ihn deuten. Diesmal würde sie ihm von ihren Ängsten erzählen. Die Einsamkeit machte ihr in letzter Zeit immer mehr zu schaffen, denn ihr Leben wurde immer schwieriger. Sibilla war innig mit dem Dorf verbunden, in dem sie sorglose Kindheitstage verbracht und in dessen Wäldern sie die leidenschaftlichsten Augenblicke ihrer Liebe zu Leonhardt erlebt hatte. Und doch schien ihr, als läge seit einiger Zeit ein Fluch über Felik, und wie viele andere Dorfbewohner war auch Sibilla voll böser Ahnungen eines bevorstehenden großen Unheils.

Der Gottesdienst war zu Ende. In Begleitung Gertruds ging Sibilla nach Hause. Später erwartete sie auch Leonhardt zu Besuch. Unterwegs erzählte Gertrud, dass Olivia seit einigen Tagen in großer Unruhe sei. Es war nicht nur der Tatsache zuzuschreiben, dass sich ihr Bauch immer mehr rundete; vielmehr hätte sie einen verstörenden Traum gehabt. Während Gertrud weiterredete, spürte Sibilla auch ihre Unruhe wachsen, aber sie vertraute sich Gertrud nicht an. Auf der Türschwelle wurden sie von Marcabrù freudig begrüßt. Er sprang an ihnen hoch, sodass Staubwolken von der ausgedörrten Erde aufwirbelten.

Karl saß auf der Vortreppe seines Stadels und sah neidvoll und sehnsüchtig seinen Freunden zu, die auf dem Dorfplatz mit Kegeln spielten. Sein rechter Fuß war am Knöchel mit einer Binde umwickelt und tat sehr weh. Als er vor nunmehr einer Woche aus dem Wald gerannt war, um mit Werner den Aussätzigen zu treffen, war Karl gestolpert und hatte einen Pantoffel verloren. Dabei war er in einen Strauch gefallen, dessen spitze Dornen sich tief ins Fleisch gebohrt hatten. Zwei dieser Dornen konnte Leopold herausziehen, der dritte jedoch blieb stecken. Sein Vater sagte, er müsse Geduld haben, aber als dann der Knöchel anschwoll und blau wurde, bestrich er ihn mit einer Salbe aus in Butter geschmolzenem Fichtenharz. Während sein Vater Karls Fuß verband, ermahnte er seinen Sohn, weder zu laufen noch zu spielen, bis der Dorn herausgeeitert war. »Du wirst sehen, in ein paar Tagen kannst du wieder laufen wie ein Hase, hinter dem ein Hund her ist! So lange bleibst du hier bei mir und hilfst dabei, diese Butterförmchen fertig zu stellen …« Während Karl nun also mit flinken Händen die Schnitzereien ausführte, die sein Vater entworfen hatte, schweifte sein Geist zu dem, was in den vergangenen Tagen geschehen war.

Edeltredo war weitergezogen. Werner hatte sein Versprechen gehalten und ihm getrocknetes Murmeltierfleisch, Brot und einen kleinen Weinschlauch gebracht, den er heimlich aus der Speisekammer entwendet hatte. Außerdem hatte er unter den Heilkräutern, die sein Vater in einem Kästchen neben der Feuerstelle aufbewahrte, Schachtelhalm gefunden. Werner erinnerte sich noch, dass er einmal als Kind im Gesicht mit roten Pusteln bedeckt gewesen war. Seine Mutter, die nur ein Jahr später an Fieber gestorben war, hatte ihm das Gesicht mit einem aus Schachtelhalm bereiteten Sud betupft, und binnen weniger Tage war der Ausschlag verschwunden gewesen. Vielleicht, so überlegte Werner, konnte diese Medizin auch Edeltredo helfen. Schaden würde sie ihm ganz gewiss nicht, obwohl seine Krankheit natürlich sehr viel schlimmer war. Mit dem Essen brachte er ihm daher auch getrockneten Schachtelhalm und erklärte ihm, wie er daraus den Sud bereiten sollte. Er müsse den Schachtelhalm in Flusswasser einweichen und dann den Sud über einem Feuerchen erhitzen. Nachdem er ihm noch einmal ans Herz gelegt hatte, den Weg zwischen den Tälern zu nehmen und nur ja nicht zu weit hinunter auf die Römische Straße zu kommen, zählte er ihm die Namen der Dörfer und Klöster auf, die er unterwegs passieren würde, und ließ sie Edeltredo wiederholen, damit sie sich ihm einprägten.

Werner hatte Karl berichtet, der Mann habe beim Abschied geweint wie ein Kind und instinktiv die Arme ausgebreitet, um ihn zu umarmen, dann aber innegehalten. Er ahnte, wie groß Werners Furcht noch immer war, ließ die Arme sinken und sah ihn resigniert an. Da schämte sich der junge Mann seiner Feigheit, nahm die Hand des Kranken, drückte sie und murmelte ein paar aufmunternde Worte, wofür ihm Edeltredo ein dankbares

Lächeln schenkte. Dann ging er mit langsamen, müden Schritten davon, drehte sich aber immer wieder nach Werner um und winkte ihm zu.

Werner hatte über die Begegnung im Wald mit niemandem gesprochen, und er mahnte Karl erneut, Stillschweigen zu bewahren. Obwohl dem Knaben der Grund dafür nicht einsichtig war, versprach er zu schweigen. Die Weigerung der Dorfbewohner, den Aussätzigen aufzunehmen, vertrug sich, wie er fand, schlecht mit den Predigten des Priesters in der heiligen Messe. Hieß es denn nicht im Evangelium, man solle den Kranken, Notleidenden und Witwen helfen? Und wenn der Mann litt, warum fürchtete man sich dann vor ihm? Doch da Karl seinen Freund Werner nicht verärgern wollte, der sich schon genügend Sorgen wegen der Geschichte machte, sagte er nichts, nahm sich aber vor, ihn später, wenn sich seine Laune gebessert hätte, genauer auszufragen. Vorerst hoffte er, dass der Dorn so schnell wie möglich herauseiterte, damit er wieder mit seinen Freunden spielen und Wettkämpfe austragen konnte. Er war der Beste beim Kegeln, und das wusste er genauso wie seine Freunde, die sich freuten, dass ihr gefährlichster Konkurrent – wenn auch nur kurzzeitig – außer Gefecht gesetzt war.

KAPITEL 23

Matthew war müde. Zwar hatte er in diesem Monat, den er auf der Burg Graines verbracht hatte, dank der abwechslungsreichen und wohlschmeckenden Kost, die er zusammen mit Pater Teodoro aß, neue Kraft geschöpft, doch er war unruhig und unzufrieden. Die Anstrengung, die es ihn kostete, seinen Tatendrang zu zügeln, machte ihn nervös. Er hätte sich am liebsten sofort nach Felik aufgemacht, aber da eine Antwort von Gotofredo noch immer ausstand, verzögerte sich seine Abreise immer wieder aufs Neue. Aimone hatte ihm gesagt, der Vasall, der vor zwanzig Tagen hier gewesen wäre, hätte nichts Schriftliches mitgebracht, sondern ihm nur mündlich Gotofredos Zusicherung gegeben, das Gnadengesuch für den englischen Zimmermann zu prüfen. Der Burgherr hatte seine Zuversicht zum Ausdruck gebracht und den Mönch um Geduld gebeten. Sogar Claudiana hatte er zu sich kommen lassen und ihr aufmunternde Worte zugesprochen. Die Frau, die nicht erwartet hatte, jemals persönlich mit Aimone sprechen zu können, hatte ihre Verlegenheit versteckt und ein gesittetes, einer Hofdame würdiges Auftreten an den Tag gelegt. Matthew hatte sie begleitet. Ihm war nicht entgangen, dass der Burgherr von Claudianas Schönheit ganz angetan gewesen war. In seinen Augen war ein Funke der Leidenschaft aufgeblitzt, den er rasch in ein wohlwollendes, aufmunterndes Lächeln umgemünzt hatte. Claudiana wiederum waren Aimones begehrliche Blicke gleichfalls nicht entgangen, aber sie hatte so getan, als hätte sie nichts bemerkt, und eine unterwürfige und ehrerbietige Haltung bewahrt. Doch hatten sie die Versprechungen des Burgherrn getröstet; und sie hatte sich in Geduld geübt und war zu ihrem täglichen Arbeitsrhythmus zurückgekehrt. Der kleine John hatte begonnen, mit den anderen Kindern des Dorfes zu spielen, stets jedoch unter den wachsamen Augen Pater Teodoros, der sich wie ein Großvater zu dem Kleinen verhielt.

Bartolomeo war, wie sich bald herausstellte, ein aufgeweckter und fleißiger Junge, der Matthews Unterricht aufmerksam folgte und schnell lernte. Neugierig war er außerdem. Er begnügte sich nicht damit, Deklinationstabellen und Vokabeln auswendig zu lernen, sondern interessierte sich für die Geschichte der Römer, insbesondere für ihre Eroberungen. Um sein klassisches Latein aufzufrischen, das sich von der gesprochenen Sprache und vom Latein der liturgischen Texte so grundlegend unterschied, musste Matthew selbst viele Stellen in der Grammatik nachschlagen. Daher bat er Aimone, ihm einige Geschichtstexte zur Verfügung zu stellen, die in der gut ausgestatteten Bibliothek des Burgherrn zum Glück vorhanden waren. Hätte ihm jemand vor einem Jahr gesagt, er würde einmal der Privatlehrer des Sohnes eines Adeligen, er hätte dies als absurde Spinnerei eines kranken Geistes abgetan. Doch im Grunde genommen missfiel ihm diese geistige Tätigkeit gar nicht so sehr, lenkte sie ihn doch nicht zuletzt von der Angst ab, die ihn überkam, wenn er an seinen Auftrag dachte, den er in Felik zu erfüllen hatte.

Was ihn jedoch am meisten forderte, war die tägliche Schachpartie mit Aimone. Der Burgherr war ein routinierter Spieler, dessen taktische Fähigkeiten Matthew zu einer Konzentration zwangen, die alle anderen Gedanken in den Hintergrund drängte. Manchmal gewann er ein Spiel, aber häufiger setzte Aimone ihn schachmatt. Manchmal zog sich eine Partie über zwei Tage hin, da der Burgherr für diesen Zeitvertreib nicht mehr als zwei

Stunden täglich erübrigen konnte. Am späten Nachmittag, wenn dem Mönch in der sommerlichen Hitze die schwere Kutte an seinem verschwitzten Körper klebte, empfand er es geradezu als Wohltat, den schattigen Turm aufsuchen und in den Saal treten zu können, wo Aimone ihn schon erwartete. Die dicken Burgmauern hielten die glühende Hitze des Tages ab und verschafften Mensch und Tier eine angenehme Kühle. Auch die Zahl der Katzen war dort gewachsen. Die Augusthitze, die in den Gassen des Dorfes stand, war einfach allen Lebewesen unerträglich.

Während der Mönch zum Vespergebet in die Kapelle ging, musste er schmunzeln. Nach drei Niederlagen in Folge hatte er endlich die heutige Partie gewonnen. Aimone zeigte sich ehrlich verblüfft, blieb aber bemüht, sich seine Enttäuschung nicht anmerken zu lassen. Als guter Verlierer, der seine Fehler einsah, beglückwünschte er Matthew zu seinem Sieg. »Morgen werde ich gewinnen!«, rief er aus und funkelte den Mönch drohend und mit einem Augenzwinkern an. Matthew hatte inzwischen gelernt, Aimones rüden Ton nicht allzu ernst zu nehmen. Dieser Adelige gefiel ihm nicht schlecht. Hinter der Maske des gebieterischen Landesherrn verbarg sich ein feinfühliger Mensch mit scharfem Verstand, der den Interessen seiner Untergebenen ebenso Geltung zu verschaffen wusste, wie er sich für den politischen Vorteil seines kleinen Herrschaftsgebietes einsetzte. Der Mönch wünschte sich, der Sohn möge werden wie sein Vater. Auch Bartolomeo war bereits eine starke und entschlossene Persönlichkeit, und unter Aimones strenger Erziehung, die von inniger väterlicher Liebe diktiert war, würde er ein tüchtiger Mann werden, fähig, noch bedeutsamere Aufgaben als der Vater zu übernehmen.

»Ein wichtiger Besuch nähert sich der Burg. Gebt Aimone Bescheid!« Der Bauer, schweißgebadet und über und über mit Stroh bedeckt, war auf den Platz gelaufen und rief mit lauter Stimme.

Eine Burgwache trat auf ihn zu, befahl ihm zu schweigen und wies ihn zurecht: »Was glaubst du, was wir dort oben auf den Burgmauern machen? Etwa die Ähren auf den Feldern zählen?! Wir haben ihn längst entdeckt, deinen Ritter, und Aimone bereits benachrichtigt! Jetzt verschwinde, du Tölpel, und säubere dich vom Stroh ... Wenn man dich so ansieht, könnte man meinen, du hättest mehr Getreide als alle Bauern im Tal zusammen!«

Gedemütigt und mit leisem Murmeln zwischen den Zähnen, trollte sich der Mann davon. Als er die Mauern verließ, sah er fünf Männer auf Pferden durch das Burgtor reiten. Vier Bewaffnete eskortierten einen prächtig gekleideten Ritter auf einem mächtigen Streitross. Die reich bestickte Schabracke des Pferdes war zwar staubig, ließ aber das Emblem des Visconte deutlich erkennen. Der Mann auf dem Pferd hielt das Zaumzeug mit eisernem Griff, und das Pferd warf den Kopf hin und her, um sich davon zu befreien.

Nachdem der Reiter dem Hauptmann der Wache das Beglaubigungsschreiben überreicht hatte, trat er mit seiner Eskorte in den Burghof. Begleitet von zwei seiner Soldaten begab er sich zum Turm. Der Burgherr erwartete ihn bereits.

Auch Claudiana hatte von weitem die Ankunft des Reiterzugs auf dem Platz verfolgt. Sie stand vollkommen erstarrt. Sie ließ das Wäschestück, das sie in der Hand hielt, in den Zuber fallen, strich sich mit der nassen Hand die Haarsträhnen aus dem Gesicht und kniff die Augen zusammen, um besser zu sehen, wer der Reiter war. Als sie den prachtvollen Harnisch des Pferdes sah, das in den nahe gelegenen Stall geführt wurde, wusste sie, dass es der Gesandte des Visconte war. Ihr stockte das Herz. Mit zitternden Händen nahm sie Kleider, Hosen und Hemden aus dem Wasser, wrang sie notdürftig aus, häufte sie zu einem Bündel, das sie an die Brust drückte, und lief damit zum Holzständer hinter der Herberge.

Hastig hängte sie die Wäschestücke zum Trocknen auf, als Teodoro mit einem Korb voller Rüben und Äpfel aus dem Obstgarten kam. Er sah sie erstaunt an.

»Was ist denn passiert, Claudiana?«, fragte er und hob ein triefnasses Wäschestück vom Boden auf, das Claudiana aus dem Arm gefallen war.

»Ich muss mich beeilen, ich muss mich beeilen!«, erwiderte Claudiana, ohne sich umzudrehen. »Der Bote des Visconte ist gekommen … Ich muss mich beeilen, ich muss Pater Matthew aufsuchen, um ihm zu sagen … Ich muss wissen … Wo ist mein Sohn? O mein Gott, was wird aus uns werden?«

»Beruhige dich, meine Tochter. Du wirst sehen, alles wird gut. Der kleine John ist in der Mühle und spielt mit dem Sohn des Müllers, dort findest du ihn. Jetzt geh und trockne dich, und lass das hier liegen. Ich hänge die Wäsche weiter auf.« Ohne eine Antwort abzuwarten, stellte der Mönch seinen Korb ab und fing an, die Wäsche aufzuhängen. Claudiana dankte ihm und lief in die Herberge. Während sie sich ein frisches Kleid anzog, wurde ihr bewusst, was sie eben so unbedacht ausgeplaudert hatte. Pater Teodoro sollte doch nichts erfahren von dem Gnadengesuch und dem wahren Grund, weshalb sie und ihr Sohn hier in Graines waren. Es überfiel sie die Angst, dass sie mit ihren unüberlegten Worten Schaden angerichtet hatte. Sie würde mit Matthew darüber sprechen, nahm sie sich vor, und machte sich auf den Weg in die Kapelle, wo sie hoffte, den Mönch anzutreffen.

Die Non war soeben zu Ende. Nachdem Matthew mit den anderen Mönchen die Psalmen und das Kyrie gesungen hatte, verließ er das Gotteshaus. Die Sonne hatte längst ihren Zenit überschritten, aber es war noch hell. Das Tageslicht blendete. Matthew schloss die Lider, um die Augen langsam an die Helligkeit zu gewöhnen, und bemerkte eine ungewöhnliche Aufregung auf dem Platz. Soldaten liefen hin und her, und den Wachen, die an den Toren postiert waren, wurden kurze Befehle erteilt. Während er sich noch fragte, was das wohl zu bedeuten hatte, sah er Claudiana kommen. Ihr schönes rotbraunes Haar hatte sie im Nacken zusammengebunden, und ein paar einzelne Strähnen fielen ihr ins Gesicht.

»Was ist denn los, Claudiana? Ist mit deinem Sohn etwas passiert?« Er war beunruhigt über die Aufregung, die der Frau ins Gesicht geschrieben stand.

»Siehst du denn nicht die vielen Soldaten? Ich glaube, Gotofredos Gesandter ist eingetroffen! Ein prächtig gekleideter Mann hat gerade den Turm betreten, und die Soldaten seiner Eskorte sitzen unten im Gasthof … Ihre Pferde hat man in den Stall gebracht – alles andere als Ackergäule! O Pater, ich muss wissen, was er für eine Nachricht bringt! Wie kann ich es bloß erfahren?«

»Bleib ruhig! Und zügle deine Ungeduld! Wir müssen warten, bis Aimone uns Bescheid gibt. Du glaubst doch nicht, dass ich einfach zum Burgherrn gehen und ihn im Beisein des Gesandten bitten kann, mir Auskunft zu erteilen! Du kennst die Regeln hier im Tal doch viel besser als ich. Ich bin nur ein einfacher Mönch und nicht befugt zu erfahren, was zwischen dem Lehnsherrn und einem Abgesandten des Visconte gesprochen wird. Wir sind hier wegen eines Gnadengesuchs, das hoffentlich angenommen wird. Einzig und allein das ist es, was uns interessieren sollte. Die Art und Weise, wie dieser Beschluss zustande kommt, geht uns nichts an. Aimone war schon großzügig genug. Verlangen wir nicht etwas, was er uns nicht geben kann. Weder du noch ich sind ihm gleichgestellt, vergiss das nicht, Claudiana. Wenn John Plane freikommt, dann nur, weil das Gnadengesuch in irgendeiner Weise auch dem Burgherrn nützt. Aimone ist ein kluger Politiker und ein auf Ausgleich bedachter Mann, aber wir wollen nicht vergessen, dass er die oberste Autorität in seinem kleinen Herrschaftsgebiet ist und sich dementsprechend verhalten muss. Zügle deine Neugier! Du wirst sehen, spätestens morgen werden wir von Johns Schicksal erfahren.«

Claudiana wusste genau, wie vernünftig die Antwort Matthews war, und nickte. Sie bemühte sich, die Ruhe und Gelassenheit zu zeigen, die sie noch nicht wieder erlangt hatte. Matthew empfahl ihr, zu ihrer Arbeit zurückzukehren. Er versprach, sie sofort zu informieren, sobald er etwas wusste. Die Frau lief zur Mühle, um ihren Sohn zu suchen und in die Herberge zurückzubringen. Matthew dagegen kehrte in die Kapelle zurück und schickte ein flehentliches Gebet zu Gott, er möge Claudiana und John ein gemeinsames Leben gewähren. Während er die Kirche verließ, kam der Diener des Burgherrn zu ihm: Das Schachspiel am heutigen Nachmittag müsse leider ausfallen, Bartolomeo dagegen erwarte ihn zur gewohnten Stunde zum Lateinunterricht.

Obwohl er wenig Hoffnung hegte, fühlte sich Matthew durch diese Nachricht beinahe erleichtert. Wenn die Unterredung mit dem Abgesandten so lange dauerte, bestand vielleicht, so überlegte er, eine vage Chance auf ein positives Ergebnis. Eine brüske Ablehnung war schnell überbracht, die Gewährung einer Begnadigung dagegen nahm mehr Zeit in Anspruch. Im Falle einer Zustimmung würde man Gründe formulieren müssen, die beiden Seiten halfen, das Gesicht zu wahren, und das hieß, dass sich die Unterredung noch länger hinziehen würde.

Nachdem er mit seinen Schlussfolgerungen sich selbst Trost gespendet hatte, beschleunigte er seine Schritte. Bartolomeo erwartete ihn binnen kurzem, und er musste in den Geschichtsbüchern noch die Daten von Cäsars Gallischem Krieg nachschlagen. Nach all den Jahren hatte er die genaue Abfolge der historischen Ereignisse vergessen, von denen er seinem kleinen Schüler erzählen wollte.

»Nun, Pater Matthew, und wer wird heute gewinnen?«

Aimone sah seinen Gegner, der mit gewohnt ernster Miene vor ihm am Schachbrett saß, amüsiert an. Der Burgherr hatte die tägliche Schachpartie abgewartet, um dem Mönch die Nachricht zu überbringen. Ihn eigens zu sich zu rufen war ihm nicht opportun erschienen, denn das wäre aufgefallen. Auch hinter dicken Burgmauern gab es Diener mit langen Ohren und flinker Zunge. Und Aimone lag sehr daran, dass niemand in der Burg erfuhr, wie es ihm gelungen war, sich für Bosones Hochmut zu rächen. Den Burgbewohnern musste es genügen zu erfahren, dass Gotofredo mit dem Herrn von Graines einen Nichtangriffspakt geschlossen und sich schriftlich verpflichtet hatte, keine weiteren Territorien an sich zu reißen. In den Augen der Dorfbewohner und der Soldaten würde das Verdienst dafür allein Aimone gebühren. Nur der Kaplan kannte die Hintergründe, die zu diesem Meinungsumschwung des Visconte geführt hatten. Guillaume jedoch war ein vertrauenswürdiger Mann, der das Geheimnis für sich bewahren würde. Aimone hatte nicht zu hoffen gewagt, dass sein Gnadengesuch für den englischen Zimmermann ihm so viel einbringen würde. Doch wie der Gesandte zwischen den Zeilen zu verstehen gab, hatte sich Gotofredo auf Grund der in Châtel-Argent durchgeführten Nachforschungen sowie seiner politischen Weitsicht veranlasst gesehen, größere Zugeständnisse zu machen, als Aimone verlangt hatte. Die Begehrlichkeit des Hauses Challant auf Besitzungen im Tal hatte freilich fettere Beute in Aussicht als die kleine Burg Graines, mit der es besser war, in gutem Einvernehmen zu leben. Der Abt Nantelmo jenseits der Alpen war schließlich ein einflussreicher Mann, und womöglich würde ihn eines Tages auch Gotofredo als Verbündeten brauchen. Bosone seinerseits würde seine Lektion lernen und von nun an vorsichtiger sein, ehe er sich ohne das Einverständnis des mächtigeren Bruders als Richter aufspielte.

Matthew konnte freilich Aimones Gedanken nicht lesen und fragte sich, was wohl der Grund für die gute Laune und die spöttische Miene des Burgherrn war. Er hoffte, dass dahinter nur der Wunsch steckte zu gewinnen, nicht jedoch die Absicht, ihm eine schlechte Nachricht zu übermitteln, indem er versuchte, die Sache herunterzuspielen. Auf der anderen Seite aber wagte es der Mönch auch nicht, ihn direkt zu fragen. Noch nicht. Er würde sich gedulden, bis Aimone anfing, von sich aus über den Zimmermann Plane und seine Verurteilung zu berichten.

»Ich weiß es nicht, Herr«, erwiderte Matthew mit unsicherem Lächeln. »Das hängt von Eurem und meinem Geschick ab. Ich bin müde heute, die Hitze, an die ich nicht gewöhnt bin, macht mir schwer zu schaffen …«

»Gut, gut! Dann wird der Sieg also mir gehören! Du bist am Zug, Mönch …«

Enttäuscht über die Wendung, die das Gespräch genommen hatte, rückte Matthew mit dem Königsbauern zwei Felder vor. Während er auf Aimones Gegenzug wartete, verglich er im Geist die Schachfiguren mit denen, die er in St. Albans beim Spiel mit seinem alten Lehrer verwendet hatte. Diese hier waren zwar gleichfalls aus Horn geschnitzt, aber sie waren dunkler, glänzend und fein gearbeitet. Die eleganten Figuren von König und Dame überragten alle anderen, die wendigen Springer ebenso wie die schlanken Bauern. Die Figuren waren schön, ohne Zweifel, und sehr viel aufwändiger geschnitzt als diejenigen im Kloster. Voller Wehmut dachte er nun an die Figuren, die er in der Eile seines Aufbruchs vergessen hatte mitzunehmen. Diese grob geschnitzten alten Figuren aus seiner Heimat im Norden wirkten wie in Stein gehauen. Die Figur des Königs unterschied sich nur durch den Bart und ein angedeutetes Schwert von der Dame. Die Reiter mit ihren riesigen Schilden saßen auf Pferden mit Zaumzeug, während der Bischof, den man hier eigentümlicherweise »Läufer« nannte, in feierlicher Haltung einen langen Stab hielt.

»Mönch, bist du etwa eingeschlafen?«, fragte Aimone und blickte Matthew an, der seinen Erinnerungen nachhing.

Die Bemerkung riss ihn aus seinen Gedanken, und nach kurzem Überlegen rückte er den Turmbauern um zwei Felder vor.

»Aber was …? Na, dafür, dass du müde bist, bist du aber ganz schön risikofreudig! Hast du keine Bedenken bei diesem Zug? Pass auf, Mönch, ich rochiere jetzt, und dann bin ich in Sicherheit!«

Matthew schwieg einfach. Aimone hatte die Angewohnheit, jeden Zug zu kommentieren, die eigenen Züge wie auch die des Gegners. Der Mönch aber, gewohnt, sich ganz aufs Spiel zu konzentrieren, wie er es von seinem alten Lehrer gelernt hatte, konnte das Geplapper und die Kritik nur schwer ertragen und verfolgte stumm seine Strategie. Worte lenkten ihn nur ab und hinderten ihn daran, die weiteren Züge des Gegners vorauszuberechnen. Vielleicht plapperte Aimone deshalb, dachte der Mönch, weil er wusste, wie wichtig für ihn, Matthew, die Bedenkzeit war, und versuchte, ihn mit provokanten Bemerkungen und Scherzen durcheinander zu bringen. Verärgert versenkte sich der Mönch in das Spiel und vergaß alle seine Sorgen.

Das Tageslicht, das durch zwei kleine Fenster fiel, wurde immer schwächer. Hinter dem Diener, der leise in den Saal gekommen war, um die Fackeln an den Wänden zu entzünden, schlich die große weiße Katze herein, um sich wie gewöhnlich auf Aimones Schoß zu setzen. Mehr als einmal hatte sie es sich bereits bei Matthews Ankunft auf dem Schoß des Burgherrn bequem gemacht. Meistens kam sie erst bei Einbruch der Dunkelheit. Aimone streichelte sie, er zeigte sich nicht im Mindesten von ihr belästigt. Ganz im Gegenteil: Matthew hatte bemerkt, dass die Katze Aimones Wohlbefinden steigerte und ihn aufheiterte, wenn er ein Spiel verloren hatte.

Sie buckelte auf Aimones Knien und blickte herausfordernd über das Brett. Dann, nach manchen Drehungen auf der Stelle, legte sie sich hin und rollte sich zusammen.

Das Spiel nahm seinen Verlauf. Aimone war felsenfest überzeugt, dass diesmal er gewinnen würde, und ging schon bald zum Angriff über, ohne die Schwachstellen seiner Strategie eingehender zu bedenken. Er wollte das Spiel rasch beenden, um dem Mönch endlich von der bevorstehenden Freilassung des Zimmermanns zu erzählen. Er hätte es ihm natürlich auch zuvor sagen können, gleich bei seiner Ankunft. Aber er hatte diesen Augenblick noch etwas hinauszögern wollen, weil er wusste, dass sonst der Mönch zu aufgeregt und vom Spiel abgelenkt gewesen wäre.

»Verflixt, Mönch, du wirst doch nicht auch heute gewinnen wollen?!«, rief der Burgherr aus, als er merkte, dass er soeben einen schlechten Zug mit seinem Springer gemacht hatte. Matthew lächelte und machte schweigend seine Züge. Aber Aimone war viel zu sehr mit den Bauern beschäftigt, um auf den Mönch zu achten. Er änderte die Verteidigungstaktik, aber viel zu spät. Zwar versuchte er, seine Positionen zu halten, verschob den König, dann einen Bauern und den Turm. Doch nun war er in Gefahr, schachmatt gesetzt zu werden.

»Verflixt, du mit deiner weißen Dame!«, schimpfte der Burgherr, dessen Gesicht rot geworden war, und stand mit einem Ruck auf. Die Katze versuchte, sich in seinem Gewand festzukrallen, und zerriss dabei den kostbaren Stoff. Sie sprang herunter und flüchtete mit eingezogenem Schwanz zur Tür. Aimone sah erschrocken auf sein Gewand, hob es hoch und begutachtete den Schaden. Matthew befürchtete eine heftige Reaktion des Burgherrn. Er stand seinerseits auf und sah ihn ängstlich an. Der

Mönch konnte nicht begreifen, wie man wegen einer Niederlage im Spiel derart in Wut geraten konnte, und setzte an, sich für seinen Sieg zu entschuldigen. In diesem Augenblick brach jedoch Aimone in schallendes Gelächter aus. Das Gewand bis zu den Knien hochgehoben, versuchte er, sich wieder zu fassen. Er hatte Tränen in den Augen.

»Du liebe Güte, Mönch, wann habe ich zum letzten Mal so gelacht?! Da musstest ausgerechnet du kommen, damit ich wie ein Tollpatsch dastehe! Wie dumm muss man sein, um sich wegen einer Schachpartie so aufzuregen … Und mein Gewand … Da genügt schon eine dumme Katze, dass ich wie ein einfacher Bauer dastehe, der seine Unterhosen zur Schau stellt! Ach, Mönch, der Himmel hat dich geschickt, um meinem Stolz und meiner Eitelkeit einen Dämpfer zu versetzen …«

»Aber was redet Ihr da, Aimone, es ist doch nur ein Spiel. Heute habe ich gewonnen, morgen werdet Ihr gewinnen …«

»Nein, nein, Pater Matthew, du spielst besser als ich, aber das ist gar nicht der Punkt.« Der Burgherr hatte sich inzwischen wieder beruhigt. Keuchend ließ er sich auf seinen Stuhl am anderen Ende des Saals fallen. »Tatsache ist: Wenn man sich erst einmal daran gewöhnt hat, von allen verehrt zu werden, fällt einem das Eingeständnis schwer, dass man unter dem kostbaren Gewand ein Mensch wie alle anderen ist. Wenn Respekt aus Furcht gezollt wird und allzu oft in Schmeichelei umschlägt, fühlt man sich zwangsläufig unbesiegbar und schlauer als alle anderen …«

Matthew hörte Aimones freimütigem Bekenntnis zu und staunte nicht schlecht. Er war noch nie einem Adeligen begegnet, der so offen und demütig die eigenen Fehler eingestanden hätte. Es verwirrte ihn regelrecht, und er suchte nach einer Antwort, als der Burgherr ihm ein Zeichen machte, näher zu treten.

»Versuch nicht, mir zu schmeicheln, denn ich weiß, dass ich Recht habe. Ich will keine schönen Worte, schon gar nicht aus deinem Mund ... Ich muss dir über den englischen Zimmermann berichten; ich weiß ja, mit welchem Bangen du und Claudiana auf die Antwort des Visconte warten. Nun, Gotofredo hat ihn begnadigt!«

Matthew stockte der Atem. Er faltete die Hände vor der Brust zum Gebet, seine blauen Augen leuchteten und wurden feucht vor Rührung, und sein Mund zeigte ein Lächeln. Die Stimme versagte ihm fast. Er warf sich vor Aimone auf die Knie und stammelte Dankesworte.

»Los, los, steh auf! Hier gibt es keine Altäre, warum kniest du dich also hin? Steh auf, und hör mir zu! Der Gesandte des Visconte hat mich über alles in Kenntnis gesetzt. Das Gnadengesuch ist angenommen worden, weil es die einzige formelle Möglichkeit ist, deinem Zimmermann die Freiheit zu gewähren. Gotofredo hat die Feier der Geburt seines jüngsten Sohnes zum Anlass genommen, ein paar Kriegsgefangene zu begnadigen, die in den Verliesen seiner Burgen schmachten. Ganz beiläufig hat er auch Planes Namen eingestreut, und mit Sicherheit ist es niemandem aufgefallen, bis auf Bosone und den Herrscher von Châtel-Argent. Ich weiß nicht, worauf sich der Visconte und sein Bruder geeinigt haben. Doch was Châtel-Argent betrifft, so habe ich gehört, dass Gotofredo Untersuchungen eingeleitet hat, die die Version des Engländers offenbar bestätigt haben. Es scheint, dass die falsche Zeugenaussage der Klägerin unter dem Druck des Beauftragten des Visconte schnell in sich zusammengebrochen ist. Er hat ihr eine Gefängnisstrafe angedroht, falls sie einen Meineid leisten würde. Da Plane ja unschuldig ist, handelt es sich in seinem Fall außerdem nicht um eine Begnadigung, sondern um die Anerkennung eines Justizirrtums, wovon, wie du dir vorstellen kannst, Gotofredo nichts wissen will. Auch wenn es nicht sein Gericht gewesen ist, das Plane verurteilt hat, so will er sich einen Herrscher, mit dem er in enger Beziehung steht, natürlich nicht zum Feind machen. Der Herr von Châtel-Argent wiederum möchte gewiss nicht, dass das ganze Tal erfährt, dass der Architekt seiner Burg ein Homosexueller ist! … So kommt im Einvernehmen aller der Zimmermann frei und kann zu dieser Frau und zu seinem Sohn zurückkehren. Was meinst du, Mönch, können wir zufrieden sein?«

Matthew hatte die Beherrschung wiedergefunden. Er blickte Aimone treuherzig an, ehe er antwortete.

»Ich bin glücklich, Herr, und noch glücklicher als ich wird Claudiana sein. Mir fehlen die Worte, Euch zu danken. Ohne Eure Hilfe würde Plane wohl schon am Galgen hängen, und es gäbe ein Waisenkind mehr auf der Welt. Ich hoffe nur, dass Ihr Eure Großmut nicht bereuen müsst und Eure Beziehungen zum Visconte keinen Schaden erleiden …«

»Du willst also wissen, was ich bei dieser ganzen Geschichte gewinne! Ich sag dir eins, Mönch: Wenn du nicht deine Pilgerreise fortsetzen müsstest, würde ich dir den Vorschlag machen, hier bei mir in Graines zu bleiben und mein persönlicher politischer Berater zu werden! Mit der Bedachtsamkeit deiner Worte und deiner scharfsinnigen Analyse wärest du ein ausgezeichneter Diplomat … Pater Matthew, wir haben so viele Schachpartien zusammen gespielt, und dabei habe ich deine Intelligenz zu schätzen gelernt! Deine Neugier ist verständlich, und da ich dich sehr schätze, will ich offen sein: Es war für mich ein kleiner politischer Triumph, wie ich mir den Respekt des Visconte für die Zukunft gesichert habe. Bosone ist ein anmaßender Herrscher, der lediglich durch den guten Willen seines Bruders die Herrschaft über Cly innehat. Er ist keineswegs dumm, er umgibt sich mit Vasallen und hat sich viel Unterstützung gesichert, aber trotz seiner Fähigkeiten ist und bleibt er ein arroganter, kleiner Tyrann. Dass er sich in dieser Sache seinem mächtigeren Bruder beugen musste, gibt uns die Garantie, dass er sich uns gegenüber keine weiteren Übergriffe erlauben wird. Verstehst du jetzt, Mönch, warum ich mich bereit erklärt habe, Claudiana zu helfen? Wie du siehst, ist meine Großmut, wie du es nennst, gar nicht so besonders groß … Aber nimm dich in Acht, Matthew. Das, was wir soeben besprochen haben, darf nicht die Mauern dieses Turms durchdringen. Nicht einmal Claudiana darf die Motive erfahren, die mich bewogen haben, ihr zu helfen …«

Matthew nickte. Er hätte Aimone so vieles sagen wollen. Aber er spürte, dass nach dieser aufrichtigen Erklärung des Burgherrn weitere Worte überflüssig waren. Aimones Wertschätzung schmeichelte ihm fraglos. Indes empfand der Mönch gegenüber den taktischen Spielen, wie sie hinter den Kulissen der Mächtigen üblich waren und deren unfreiwilliger Mitspieler er geworden war, einen gewissen Widerwillen. Deshalb beschränkte er sich darauf, Aimone noch einmal zu danken und ihm sein Schweigen zuzusichern.

Aimone erhob sich. Während er den Mönch zur Tür geleitete, sagte er noch, einer seiner Wachsoldaten würde den Zimmermann in drei bis vier Tagen nach Graines bringen. Wenn Claudiana und Plane in der Burg bleiben wollten, könnten sie es tun, vorausgesetzt, sie bauten sich ein Haus. Hier in diesem Gebiet, meinte Aimone, würden Zimmerleute immer gebraucht, an Arbeit für John bestünde also kein Mangel. Falls sie aber das Tal für immer verlassen wollten, würde er sie nicht aufhalten.

Als sie an der Türschwelle anlangten, zögerte Aimone noch einen Augenblick. Er blickte Matthew in die Augen und sagte: »Jetzt, da die Sache erledigt ist, wirst du aufbrechen. Es ist wohl richtig so. Mein Sohn wird einen ausgezeichneten Lehrer verlieren und ich einen Freund. Kann ich den Lauf deines Lebens verändern, Mönch? Nein, ich glaube nicht, dass ich so viel Macht über dich besitze, so wenig wie ich so recht an deine Bußwallfahrt glauben kann. Wenn du mir eines Tages sagen willst, was dich tatsächlich hierher geführt hat, werde ich dir zuhören wie ein Bruder. Falls aber die Last, die du zu tragen hast, zu schwer ist, um sie mit jemandem zu teilen, so ist es besser, dass niemand davon erfährt. Wie auch immer, Gottes Wille geschehe.«

Matthew hatte schon lange geahnt, dass es ihm nicht gelungen war, Aimone über den Zweck seiner Reise zu täuschen. Er wollte etwas sagen, schloss aber gleich wieder den Mund. Schamröte stieg ihm ins Gesicht. Er schlug die Augen zu Boden. Aimone zeigte ein müdes Lächeln und legte ihm eine Hand auf die Schulter.

»Geh, Mönch, geh. Claudiana wartet auf Nachricht. Du musst jetzt an sie denken. Wir haben später noch Zeit zu sprechen ...«

Matthew trat ins Freie. Es war inzwischen vollständig dunkel. Die Nacht wurde nur von den wenigen Fackeln entlang der Mauern erhellt. Etwas Kerzenlicht fiel auch aus der offenen Tür der Herberge. Claudiana wartete auf ihn. Sie stand gleich neben der Tür. Im flackernden Lichtschein der kleinen Tischkerze sah der Mönch, mit welch fiebernder Spannung sie auf ihn gewartet hatte. Claudiana war blass, hatte dunkle Ränder um die Augen, und ihr Mund zitterte. Matthew fasste ihre Hand, und sie setzten sich.

»Er ist frei. John wird zu dir zurückkommen.«

Claudianas Jubelschrei drang durch die dünnen Wände in den Abend. Er glich fast dem Schrei eines Tiers. Im Stall wandte ein Pferd unruhig den Kopf. Seine Nüstern bebten, dann schlief es weiter, umfangen von der abendlichen Stille.

KAPITEL 24

In jener Nacht brachte ein heftiges Unwetter endlich ein wenig Abkühlung. Die ausgetrocknete Erde des Platzes sog das Wasser in sich auf und verwandelte sich in klumpigen Schlamm, der an den Holzpantoffeln und Schuhen kleben blieb.

Auf dem Weg von der Kapelle zur Herberge atmete Matthew tief die frische morgendliche Brise ein, die das Gewitter gebracht hatte. Auf der Türschwelle empfing ihn das Weinen eines Kindes. Es musste der kleine John sein, der schon in den letzten Tagen reizbar und unruhig war. Zu viele neue Eindrücke waren auf ihn eingestürmt und hatten sein gemächliches Leben in der Herberge durcheinander gebracht – jene Tage, die mit Essen, Nachlaufen sowie anderen Spielen und Pater Teodoro ausgefüllt waren. Mit einem Schlag hatte sich alles verändert. Eines Abends war ein unbekannter Mann aufgetaucht, zerlumpt und schmutzig, mit einem langen Bart und Augen wie ein Verrückter. Er hatte ohne ersichtlichen Grund nach seiner Mutter gefragt. Als Claudiana ihn gesehen hatte, hatte sie ihn umarmt und war in Tränen ausgebrochen. Der Mann hinkte ein wenig und hätte beinahe das Gleichgewicht verloren. Claudiana hielt ihn jedoch fest, und ihre Tränen vermischten sich mit den seinen, während er unverständliche Sätze murmelte. Der kleine John stand reglos und verängstigt da und fragte sich, wer wohl dieser schmutzige und stinkende Mann sei, der seine Mutter zum Weinen brachte. Sie ließ den Mann auf der Bank Platz nehmen und führte dann den erschrockenen Kleinen zu ihm. Im Schein der Kerze blickte der

Junge in ein ausgemergeltes, Furcht einflößendes Gesicht, das jenen steinernen Figuren ähnelte, die das Eingangsportal zur Kapelle schmückten. Der Mann streckte seine mageren Arme aus und forderte ihn auf, näher zu kommen, aber John rührte sich nicht vom Fleck. Da schob Claudiana ihn sanft vorwärts und flüsterte, dies sei sein Vater, der ihm einen Kuss geben wolle. Ohne den Sinn der Worte zu begreifen, folgte das Kind. Die Lider gesenkt, machte es ein paar verkrampfte Schritte auf den Mann zu und blieb dann erwartungsvoll stehen. Plane zog es zu sich heran, und mit der geringen Kraft, die ihm noch geblieben war, hob er es auf seine spitzen Knie und drückte es an sich. Sein struppiger, stinkender Bart zerkratzte ihm die dicken Wangen, und seine knochigen Hände umklammerten seine Schultern. Da hielt der kleine John es nicht länger aus; er weinte vor Angst, versuchte, sich ihm zu entwinden und streckte die Ärmchen nach seiner Mutter aus. Claudiana lächelte, tröstete ihn und wiederholte, dies sei sein Vater, der ihn lieb habe. In jener Nacht schlief der Kleine unruhig, und Claudiana musste ihn immer wieder beruhigen und schließlich zu sich auf ihr Strohlager holen.

Am folgenden Morgen, als er aufwachte, war der fremde Mann immer noch da und saß neben Claudiana. Er sah jetzt weniger Furcht erregend aus, und auch der abscheuliche Geruch war verschwunden. Bart und Haare waren kurz geschnitten. Statt der zerlöcherten, schmutzverkrusteten Hose trug er einen unförmigen Kittel aus grober Wolle, der seinen mageren Körper verhüllte. Der kleine John blickte ihn noch immer ängstlich an und beobachtete alles, was geschah, mit großer Wachsamkeit. Pater Teodoro brachte frisch gemolkene Milch, die Plane in kleinen Schlucken zu sich nahm, als hätte er Schwierigkeiten zu trinken. Der Pater sagte Claudiana, er würde an diesem Tag die Arbeiten in der Herberge allein erledigen, damit sie sich um Plane kümmern könne. Da verstand Claudiana, dass Teodoro über sie beide Bescheid wusste.

Der Zimmermann war völlig erschöpft. Seine erschreckende Magerkeit zeugte von spärlichster Kerkerkost. Nur seine fiebrig wachen Augen zeigten, dass noch Leben in ihm war. Nach den ersten Momenten unbändiger Freude merkte Claudiana, dass das Leben ihres Geliebten an einem seidenen Faden hing. Bis sein katarralischer Husten und das unablässige Zittern auskuriert wären, würde viel Zeit vergehen. Nachdem sie am vorigen Abend ihr Kind in den Schlaf gewiegt hatte, hatte sie Plane stundenlang umsorgt. Als sie ihn gewaschen hatte, war sie entsetzt gewesen über die tiefen Wunden an seinem Körper. Nur mit Mühe hatte sie es vermocht, ihm Haare und Bart zu schneiden, die verlaust und unentwirrbar wie ungesponnener Hanf gewesen waren. Sie hatte ihm ein kurzes Wollgewand übergestreift, das ihm bei leichtestem Hautkontakt Schmerzen verursachte, sodass er laut aufstöhnte. Erschöpft war Plane dann auf dem schmalen Strohlager niedergesunken, auf dem schon der kleine John schlief. Claudiana blieb noch wach und fragte sich, ob der Mann neben ihr jemals wieder der werden würde, den sie einmal gekannt hatte.

Als Matthew ihr vor einigen Tagen die frohe Nachricht von Planes Freilassung überbracht hatte, hatte er sie auch auf den schlechten Gesundheitszustand Planes vorbereitet; seine Worte jedoch waren vorsichtig und taktvoll gewesen. Nun erst verstand Claudiana, dass der Mönch sie nicht hatte erschrecken und ihr nicht alle Hoffnung hatte rauben wollen. Beim Einschlafen nahm sie sich vor, den Mönch zu fragen, was sie für Plane tun könne, damit er bald wieder gesund würde. Sie selbst kannte nur wenige Heilkräuter und Arten von Umschlägen, die ganz gewiss nicht ausreichten, um diesen Mann ins Leben zurückzubringen, der nur noch ein Schatten seiner selbst war.

Das Unwetter vor einer Woche hatte zu einem Wetterumschwung geführt. Es war nicht mehr so drückend heiß; und gelegentliche Platzregen vertrieben die Schwüle.

»Wie geht es heute?«, fragte Matthew John in der gemeinsamen Muttersprache und lächelte.

Der Zimmermann saß etwas gebückt auf einem Stein im Garten hinter der Herberge und flocht mit unsicheren Händen den Rand eines Weidenkorbs. Neben ihm hockte der kleine John im Gras. Aus einem Stoß von Weidenruten suchte er diejenigen aus, die sich am besten zum Flechten eigneten, und reichte sie seinem Vater. Das Kind wirkte konzentriert und in seine Tätigkeit versunken; es zeigte keine Angst mehr.

»Ganz gut, Pater Matthew, ganz gut … Wenn ich nicht dasitzen und Frauenarbeiten verrichten müsste, ginge es mir noch besser! Aber siehst du, wie meine Hände immer noch zittern? Und meine Beine … Ich kann mich kaum auf den Beinen halten. Wie soll ich jemals wieder meinem Beruf nachgehen? Womit soll ich meinen Sohn großziehen?«

»Was wäre gewesen, wenn der Allmächtige dir das Leben versagt hätte?«, erwiderte Matthew mit vorwurfsvollem Blick. »Hättest du dich denn, am Galgen hängend, um John kümmern können? Anstatt zu jammern, solltest du Gott danken, der dich vor dem Tod gerettet hat!«

Plane errötete, senkte die Lider und entschuldigte sich für sein unschickliches Gejammer.

»Aber war es denn nicht so, Mönch? Ich war einmal ein Mann …«

»Du wirst es wieder werden, John, hab Geduld. Du willst doch nicht, dass dein Sohn Schwäche von dir lernt … Du wirst nur dann gesund werden, wenn Gott es will. Und warum sollten wir an seiner Güte zweifeln, wenn er dich bis hierher geführt hat?«

In diesem Moment kam Claudiana mit einem Bottich frisch

gereinigter Wäsche aus dem Waschhaus, um sie zum Trocknen aufzuhängen. Sie hatte die letzten Sätze auf Englisch gehört und wandte sich verdrießlich lächelnd an den Mönch.

»Was verheimlicht ihr mir, ihr beiden? John muss die Sprache dieses Tals lernen, wenn er hier bleiben will. Also, Pater, vereitle nicht meine Bemühungen, indem du mit ihm in seiner Muttersprache redest!«

Matthew machte ein überraschtes Gesicht.

»Habt ihr euch dafür entschieden, in Graines zu bleiben?«

Claudiana trat neben John, stellte den Wäschezuber ab und legte ihrem Geliebten zärtlich und beschützend den Arm um die Schulter.

»Ja, Pater Matthew, wir werden hier leben, zumindest so lange, bis unser Sohn etwas größer geworden ist. Kaplan Guillaume meinte, die Kirche müsse dringend restauriert werden, und er hat John vorgeschlagen, für ihn zu arbeiten. Wenn sich zeigt, dass er tüchtig ist, wird der Kaplan ihm die Leitung der Arbeiten anvertrauen, denn der alte Bauaufseher ist vor einem Monat zur Burg Villa weitergezogen. Wenn wir uns in ein paar Jahren eine so lange Reise zutrauen – und wenn John es will –, werden wir nach England gehen, in die Grafschaft, in der er geboren worden ist …«

»Ich freue mich über diese Entscheidung«, rief Matthew. »Ich denke, es ist die richtige! Aber da ist, glaube ich, noch etwas, worüber Pater Guillaume mit euch gesprochen hat …«

Claudiana sah den Mönch traurig an.

»Als der Kaplan sein großzügiges Angebot unterbreitet hat, habe ich schon geahnt, dass es an Bedingungen geknüpft ist. Es tut mir Leid, wenn dich diese Worte kränken, denn auch du trägst ja das Gewand der römischen Kirche. Aber du sollst wissen, dass ich Guillaumes Forderung nur sehr ungern erfülle. Ich verstehe, dass es für ihn und für den Burgherrn von großer

Wichtigkeit ist, zu wissen, dass unser Ehebund vor Gott geschlossen ist. Wir wissen, wenn wir unverheiratet bleiben, werden wir nicht in die Gemeinde von Graines aufgenommen. Aber glaube mir, Pater, auch wenn wir uns dieser Zeremonie unterwerfen – es hat für mich wenig Bedeutung …«

»Was redest du da, Claudiana, das ist Gotteslästerung!« Matthews Stimme donnerte zornig. Das Kind hob den Kopf und starrte unversehens in das wütende Gesicht des Mönchs. Auch John, der den Sinn des Gesprächs in dieser ihm noch immer fremden und schwierigen Sprache nicht ganz verstanden hatte, sah Matthew verblüfft an. Er verstand nicht den Grund für diesen Wutausbruch.

»Mäßige deinen Zorn«, erwiderte Claudiana mit einem müden Lächeln, »und versuche zu verstehen. Ich bin dem Allmächtigen dankbar, dass er mich wieder mit John zusammengeführt hat, und dir werde ich ein Leben lang dafür dankbar sein, dass du – ohne zu zögern – deinen Auftrag zurückgestellt hast, um mir zu helfen. Aber das wird mich nicht daran hindern, die Liturgie als eine formelhafte Abfolge von Gebräuchen und Regeln zu betrachten, die nichts mit dem zu tun haben, was Christus uns gelehrt hat. Mein Bund mit John wurde durch die Geburt unseres Kindes geheiligt, und die Liebe, die uns verbindet, braucht keinen Kaplan, der uns seinen Segen erteilt …«

»Frau, du redest irre, du sprichst wie eine Ketzerin!« Erschrocken über Claudianas standhafte Rede war Matthew rot geworden und blickte sich ängstlich um, ob ihnen jemand zugehört hatte.

Mit trotzigem Blick lag die Frau vor ihm auf den Knien und verzog den Mund zu einem bitteren Lächeln. Ihre Stimme klang hart, als sie sagte:

»Ich bin eine unwissende Frau, Pater. Glaubst du, dass ich für die Tätigkeit, die ich ausgeübt habe, die Heilige Schrift studieren musste? Sag mir also, wie ich eine Ketzerin sein kann, wo ich von der Religion Roms doch nur ein paar Gebete kenne, die ich als Kind gelernt habe? Glaubst du, dass die Prostituierten in der Kirche Aufnahme finden, dass sie Seite an Seite mit den Hofdamen an den Gottesdiensten teilnehmen dürfen? Nein, Pater, ich habe keine Ahnung von Irrlehren, aber eins weiß ich genau: Nur der Allmächtige kann in meinem Herzen lesen, sonst niemand, auch du nicht.«

Claudiana blickte den Mönch noch immer herausfordernd an und wartete zugleich zitternd auf eine gestrenge Antwort. Matthew, verblüfft über ihre harten Worte, sah sie sprachlos an. Hatte er sich etwa in dieser Frau derart geirrt? Und doch, als er versprochen hatte, ihr zu helfen, hatte er genau gewusst, was er tat. Wie hatte er aber so dumm sein können, sich einzubilden, dass eine Prostituierte ebenso gottesfürchtig sein könnte wie eine ehrbare Frau? Die bittere Wahrheit lautete, dass er sich von ihrer Schönheit hatte behexen lassen. Verwirrt und voller Scham erbleichte Matthew. Ein plötzliches Schwindelgefühl packte ihn, und er taumelte. Claudiana ahnte, dass sie den Mönch mit ihren Worten tief verstört hatte, und bereute schon ihre Worte. Voller Mitgefühl streckte sie den Arm aus, um ihn zu stützen.

»Verzeih mir, Pater«, flüsterte sie. »Ich wollte dich nicht kränken oder dem Kleid, das du trägst, meinen Respekt versagen. Ich sollte meine Zunge besser im Zaum halten, aber ich habe dir nur mein Herz geöffnet. Ungeachtet dessen, was ich denke, werden John und ich in jedem Fall heiraten. Es ist ein Opfer, das ich bringen werde, weil ich dir Dank schulde, so wie ich dem Burgherrn Gehorsam schulde, der mir sein Vertrauen geschenkt hat. Ich darf auch Pater Teodoro nicht enttäuschen, der in all dieser Zeit wie ein Vater zu mir war.«

Matthew war noch immer wie betäubt und brachte kein Wort heraus. Sein Blick schweifte von den angstgeweiteten Augen des

Kindes zu der fragenden Miene Johns und dann zu Claudianas stolzer Miene. Eine leichte Brise war aufgekommen und fuhr durch das rote Haar der Frau.

»Es wird wieder ein Gewitter geben«, sagte der Mönch mit tonloser Stimme. Dann drehte er sich um und ging mit unsicheren Schritten zur Kapelle. Er wollte beten und hoffte, dass Gottes unendliche Güte ihm half, zu verstehen und eine Last zu tragen, die von Tag zu Tag schwerer wurde.

Claudiana sah ihm traurig nach. Sie ahnte, wie beschwerlich der Weg war, den sie selbst noch vor sich hatte.

KAPITEL 25

Er muss gehen, Bartolomeo, wir können ihn nicht für immer hier behalten. Pater Matthew muss seine Pilgerreise zum Abschluss bringen …«

»Aber Vater, kannst du ihn nicht bitten, bis nächstes Frühjahr zu bleiben? Du weißt doch, dass ich neben Latein auch seine Muttersprache lerne. Wenn ich sie gut beherrsche, kann ich, sobald ich Ritter sein werde, deine Botschaften in die fernen Grafschaften Englands bringen …«

»Ja, bis nach England! Und welche Botschaften willst du den Engländern von der Burg Graines überbringen?! Immer mit der Ruhe, mein Sohn. Bis du ein Mann bist, ist es noch ein weiter Weg …«

Aimone und Bartolomeo spazierten die Mauer entlang – einer der seltenen Augenblicke, in denen der Burgherr Zeit fand, sich seinem Sohn zu widmen. Unterhalb von ihnen fiel der Felshang, auf dem die Festung gebaut war, steil ab. Die Straße, die sich ins Tal hinunterwand, lag in einem leichten frühherbstlichen Nebel.

Bartolomeo war traurig. Die Nachricht von Pater Matthews bevorstehender Abreise hatte ihn betrübt. Vorbei waren also die morgendlichen Stunden der Buchlektüre, die er mehr liebte als den Aufenthalt in den Stallungen. Von nun an musste er die Geschichte Roms allein studieren und auf Matthews Unterweisungen verzichten. Der Knabe war von den Erzählungen des Mönchs stets fasziniert gewesen: von den Ereignissen im alten Rom, den Intrigen und der Raffsucht der Mächtigen, die die

Grenzen des Römischen Reichs fast über die ganze Welt ausgedehnt hatten. Manchmal, wenn dem Mönch ein Wort in der Sprache des Tals nicht einfiel, sagte er es auf Latein, dann auf Englisch. So fand Bartolomeo allmählich Gefallen an dieser merkwürdigen Sprache mit ihren gutturalen Lauten, die zu sprechen ihm letztendlich großen Spaß machte; und ihre Wörter und grammatischen Konstruktionen erlernte er schnell.

»Aber sag, kannst du mit deinem Vater eine Partie Schach spielen?«, fragte Aimone und lächelte seinen Sohn an, der mit der Schuhspitze gedankenverloren Schnörkel in den Staub zeichnete. In Wirklichkeit wusste der Burgherr, dass sich der Knabe gewiss tapfer schlagen würde. Matthew hatte ihm gesagt, Bartolomeo könne zwar noch kein Spiel gewinnen, kenne aber die taktischen Kniffe bereits sehr genau. Der Mönch hatte Aimone geraten, seinen Sohn beim Schachspiel ab und zu auch einmal gewinnen zu lassen, damit sein Eifer beflügelt würde.

»Ja, Vater, wenn du möchtest. Aber bestimmt wirst du gewinnen, genau wie Pater Matthew …«

»Das ist nicht gesagt, mein Junge, das ist nicht gesagt … Du hast inzwischen viel Übung. Aber morgen fangen wir an!«

Aimone legte seinem Sohn den Arm um die Schulter, und gemeinsam gingen sie zum Turm. Am Nachmittag stand ihm eine lange Unterredung mit dem Mönch bevor. Es war ein Abschied, gewiss, aber er wollte ihm auch einen Vorschlag für die Zukunft machen und ihn einladen, zu ihm zurückzukommen, wenn ihn die Ereignisse wieder auf den Weg nach Graines führten.

Claudiana war damit beschäftigt, ein neues Leibchen für ihren Sohn zu nähen. Der herbe Harzgeruch der jungen Fichtenholzbretter, aus denen ihr Häuschen gezimmert war, berauschte sie. Allein in dem kleinen Zimmer, summte sie ein altes Lied vor sich hin, während ihre Finger geschickt die Nadel führten. Ihr Mann hatte vor kurzem angefangen, in der Kapelle zu arbeiten. Zwar schmerzte ihn sein Bein immer noch sehr, und er würde wohl sein Leben lang leicht hinken. Doch dank der Heilkräuter des Mönchs und der frischen Luft in Graines hustete er immer weniger. Sehr viel schneller als erwartet war John zu neuen Kräften gekommen. Und dank der Großzügigkeit Pater Teodoros hatten sie ausreichend zu essen: Der fette Käse, das Obst und der Wein bewirkten, dass John wieder Fleisch auf die Knochen bekam, und sein hübsches nordisches Gesicht nahm allmählich wieder den stolzen Ausdruck an, den Claudiana einstmals an ihm kannte. Johns Arbeit an der Instandsetzung der Kapelle würde ihnen ein Auskommen ermöglichen. Er bekam zwar keinen hohen Lohn, aber er würde zum Leben reichen. Auch waren sie dem Tischler Joseph einiges schuldig, der ihnen über einen Monat lang beim Bau ihres Hauses geholfen hatte. Ohne seine Hilfe hätte es John, der vom Fieber und vom Husten ausgezehrt war, niemals geschafft. Zwar wollte Joseph nichts für seine Arbeit nehmen, aber Claudiana nahm sich vor, ihm seine Hilfsbereitschaft zu vergelten, sobald sie etwas Geld übrig haben würden.

Claudiana stach sich mit der Nadel, und ein Tropfen Blut fiel auf das Hanfleinen. Dieser Fleck erinnerte Claudiana an den Morgen, an dem sie vor nunmehr fast einem Monat geheiratet hatten. Auch damals war ihr Kleid blutbefleckt gewesen: Ihr Sohn war auf einem Stein ausgerutscht, hatte sich weinend in ihre Arme gestürzt und mit seinen blutenden Knien ihr Kleid mit kleinen, inzwischen nachgedunkelten Streifen beschmutzt. Immer wieder hatte sie das Kleid gewaschen, aber die Flecken waren nicht verschwunden. Bevor sie zur Kapelle gegangen waren, hatte ihr John ein Sträußchen Blumen aus dem Garten geschenkt, das sie sich um den Gürtel gebunden hatte, um die bräunlichen Schmutzstellen zu verstecken. Pater Guillaume hatte sie in aller Frühe getraut. Die Zeremonie war zusammen mit Pater Matthew vollzogen worden. Sonst war niemand zugegen gewesen. Der kleine John hatte noch geschlafen, und Pater Teodoro hatte schweren Herzens darauf verzichtet, an der Trauung teilzunehmen, um sich um den Kleinen zu kümmern, sobald er aufgewacht war. Es war eine kurze Zeremonie gewesen, an deren Ende ihnen Guillaume mit zufriedener Miene den Segen erteilt hatte, während sich Matthew scheu im Hintergrund gehalten hatte. Nachdem das frisch getraute Paar in die Herberge zurückgekehrt war, hatte es sich vor dem Mönch niedergekniet und um seinen besonderen Segen gebeten. Erstaunt und mit bebender Stimme hatte Matthew ihnen den Segen erteilt, während Teodoro mit einer großen, mit Honigplätzchen gefüllten Holzschale herbeigeeilt war. Der gute Mönch hatte zur Feier des Tages auf einem Tischchen vier Becher und einen Krug guten Weines bereitgestellt. Wenig später war auch der kleine John gekommen, noch ganz verschlafen, und obwohl er den Anlass für das Fest nicht begriffen hatte, hatte er lauthals seinen Anteil an den Plätzchen und auch einen Schluck Wein gefordert.

Claudiana seufzte wehmütig. Bald würde Matthew abreisen. Dieser Mann hatte drei Menschenleben gerettet, ohne dafür etwas einzufordern. Er war dem Befehl des Burgherrn gefolgt, der ihn länger als vorgesehen bei sich behalten hatte, ohne sich je darüber zu beklagen. Jetzt musste er mit Mut und Hingabe einen Auftrag erfüllen, der sein Leben in Gefahr brachte – das ahnte Claudiana. Wie würde sie sich ihm jemals erkenntlich zeigen können? Wie konnte sie ihm helfen? Sie würde versuchen zu beten, auch wenn sie es nicht gewohnt war, Gott anzurufen. Das Gebet war vielleicht das einzige Geschenk, das sie »ihrem« Mönch machen konnte. Zur Vesper würde sie in die Kapelle gehen und den Allmächtigen bitten, ihn in den harten Prüfungen zu beschützen, die auf ihn warteten.

»Gestern haben wir unsere letzte Schachpartie gespielt, und endlich habe ich wieder einmal gewonnen!«

Aimone lächelte amüsiert. Jetzt saßen sie nicht am Schachtisch, sondern am Esstisch, auf dem der Diener dunkles, in Scheiben geschnittenes Brot und eine dampfende silberne Schüssel mit Wildbret bereitgestellt hatte. Zwei wertvolle, mit Blattwerk- und Zweigenmotiven verzierte Pokale standen neben einem mit Wein gefüllten Eichenfässchen.

Aimone entließ den Diener, nahm den Oberschenkel eines Rebhuhns aus der Schüssel, biss herzhaft hinein und forderte Matthew auf, sich gleichfalls zu bedienen. Während der Mönch ein Gebet murmelte, um Gott für Speis und Trank zu danken, wurde die Miene des Burgherrn ernst. Mit seinen grauen Augen sah er den Mönch eindringlich an.

»Und was für ein Spiel musst du jetzt gewinnen?«

Der Bissen, den Matthew im Begriff war hinunterzuschlucken, blieb ihm im Hals stecken. Er musste husten, um Luft zu bekommen. Dann räusperte er sich und sah Aimone verwirrt an.

»Was meint Ihr damit, Herr? Von welchem Spiel sprecht Ihr?«

Ohne zu antworten, wischte sich der Burgherr Mund und Hände mit einer großen Leinenserviette ab. Mit langsamen, genau bemessenen Bewegungen goss er sich Wein in den Becher und nahm einen kräftigen Schluck. Dann heftete er erneut den Blick auf Matthew.

»Hör mir gut zu, Matthew. Wir kennen uns nun schon seit geraumer Zeit, und ich habe dir bereits gesagt, wie sehr ich dich schätze. Du warst ein ausgezeichneter Lehrer meines Sohnes, du warst ein tüchtiger Gegner in dem einzigen Zeitvertreib, den ich mir gönne. Du bist ein Mann mit scharfem Verstand, aber auch ich bin kein Dummkopf. Ich kenne die wahren Gründe nicht, die dich in diese Täler geführt haben, weil du sie mir nicht nennen wolltest …«

»Aber … Herr, ich habe Euch doch erklärt …«

»Nein, warte, lass mich erst zu Ende sprechen. Ich kann nicht glauben, dass du auf Pilgerreise nach Rom bist, allein und ohne jeden Zeitplan, und dass du auf diesen Nebenstraßen unterwegs bist und nicht auf der Römischen Straße, wo es von Pilgern wie dir nur so wimmelt. Ja, ja, ich weiß …«, schnaubte Aimone und hob abwehrend die Hand. »Du hast mir gesagt, dass man dir geraten hat, diesen Weg zu nehmen, weil die Herren von Bard Krieg führen, aber das ist kein plausibles Motiv. Du bist ein Geistlicher, glaubst du nicht, dass du unterwegs genügend Mitbrüder finden würdest, die dir Gastfreundschaft gewähren und dich auf deinem Weg beschützen? Entlang der Straße durch Frankreich, die du genommen hast, und entlang der Römischen Straße gibt es viele Hospize, Abteien und Klöster … Nein, Mönch, nicht die Reliquien des heiligen Peter sind dein Ziel! Ich kann und ich will dich nicht nach den Gründen deiner Reise fragen. Auch die Offenheit hat ihre Grenzen, und manchmal richtet eine lässliche Lüge weniger Schaden an als naive Ehrlichkeit. Kein Mensch ist unschuldig, jeder von uns hat etwas zu verbergen … Ich bin überzeugt, dass du gewichtige, ernst zu nehmende Gründe hast, die dich zwingen zu schweigen, sonst hättest du mir längst dein Vertrauen geschenkt. Ich rate dir jedenfalls zur Vorsicht. Wohin immer du unterwegs bist und was immer du zu tun hast, lass dich nicht wie ein Lamm von den Wölfen zerfleischen. Verteidige dich! Wenn der Allmächtige deine Schritte lenkt, so heißt das, er braucht dich, um seinen Plan auszuführen …«

Matthew hörte Aimone zu, den Blick auf die große Brotscheibe gesenkt, auf der ein Stück Fleisch lag. Er hatte nichts mehr angerührt. Nun, nach den letzten, tröstlichen Worten des Burgherrn, blickte er auf. Auch Aimone aß nicht mehr. Seine Stirn hatte sich in tiefe Falten gelegt, und sein Blick ruhte unverwandt auf dem Mönch. Matthew stieß einen tiefen, kummervollen Seufzer aus, und während seine kalten Finger nach dem Kreuz auf seiner Brust griffen, suchte er nach den richtigen Worten, um Aimone zu antworten.

»Ich bin nur ein einfacher Mönch, Herr, dem Gott eine Aufgabe übertragen hat, die seine Kraft übersteigt … Ich bin verwirrt und müde, und einzig das Gebet gibt mir die Kraft zum Weitermachen … Auch ich habe große Schuld auf mich geladen, und diese Pilgerreise mag mir helfen, sie abzutragen. Ich kann Euch nichts anderes sagen, Herr, noch nicht. Wenn ich eines Tages wieder hierher zu Eurer Burg komme und mein Auftrag erfüllt ist, dann werde ich es Euch sagen.«

Aimone nickte, und der Anflug eines Lächelns huschte über sein Gesicht.

»Iss ein paar Bissen, Mönch, und trink einen Schluck Wein. Du hast noch eine lange Reise vor dir. Es ist besser, wenn du mit vollem Bauch und wohl genährt aufbrichst. Morgen Früh wird ein Maultier im Stall für dich bereitstehen, das dir deine Reise erleichtern wird.«

»Aber, Herr, ich kann nicht bezahlen …«

»Wie, habe ich denn etwas dafür verlangt? Betrachte es als Dank für den Unterricht, den du Bartolomeo erteilt hast. Und wenn du hierher zurückkommst, wird das Maultier in meinen Besitz übergehen.«

Matthew gab keine Antwort. Schweigend beendeten sie das Mahl. Beide dachten darüber nach, wie schwer doch der Abschied war. Schließlich erhob sich Aimone vom Tisch, und stumm schloss er den Mönch in seine Arme und verharrte lange so. Matthew erwiderte die Umarmung, und auf Bitten des Burgherrn, der sich auf den Boden gekniet hatte, erteilte er ihm seinen Segen.

In der Herberge stand ihm noch ein schwerer Abschied bevor.

Langsam wandte sich der Mönch zum Gehen. In der milden Nachmittagsluft lag schon eine Ahnung des bevorstehenden Herbstes.

KAPITEL 26

Matthew brachte das Maultier zum Stehen. Bis jetzt hatte der Weg zwischen Felsen und Tälern immer nur steil aufwärts geführt. Immer höhere Berge verstellten den Blick auf den Himmel. Die Mauern von Graines waren längst nicht mehr zu sehen. Die Luft wurde allmählich dünn, und es roch nach Wald und Wildnis.

Der Mönch stieg ab und ließ das Tier ein paar Grasbüschel fressen. Vor ihm in der Ferne stieg zwischen den Bäumen Rauch auf, ein Zeichen, dass in dieser Richtung eine Siedlung lag. Matthew machte ein paar Schritte vorwärts, um über den Berghang hinauszusehen. Weiter vorne machte die Straße eine scharfe Kurve und wand sich dann rechter Hand den Berg hinauf.

Er packte das Maultier am Halfter und ging in gleichmäßigem Tempo, um nicht zu ermüden. Zwar war seine Gesundheit nach den zwei Monaten Aufenthalt in Graines wieder vollständig hergestellt, aber Matthew wusste, dass der Weg beschwerlich war und er seine Kräfte schonen musste. Beim Abschied hatte Claudiana ihm den Weg nach Felik genau beschrieben. Er musste den Berg Ranzola überqueren, der die Täler der Flüsse Evançon und Lys teilte; Letzterer schoss ungestüm von den Gletschern oberhalb von Felik herab. Claudiana hatte ihn ermahnt, vorsichtig zu sein, denn die Wege seien sehr einsam, und überall lauerten Räuber und Wölfe. Sie hatte darauf bestanden, Matthew zu seiner Verteidigung ein Messer zu schenken, das er nach einigem Zögern schließlich genommen hatte. Es hing am Gürtel und baumelte zwischen den Falten seiner Kutte. Claudiana hatte ihn auch ermahnt, niemandem sein Ziel zu verraten. Falls ihn jemand nach dem Grund seiner Reise in östliche Richtung frage, solle er antworten, er sei zu einem der zahlreichen Klöster im Tal von Macugnaga unterwegs.

Nachdem er die vier kleinen Holzhäuser der Siedlung hinter sich gelassen und den Gruß einiger Frauen erwidert hatte, die auf den kargen Feldern arbeiteten, bestieg er wieder sein Maultier. Es ging zu dem Alpenpass hinauf. Ein beißend kalter Wind kam auf, der von den Bergen herunterwehte und durch das Gras am Wegrand fuhr. Obwohl es erst die sechste Stunde war und die Sonne noch hoch am Himmel stand, fröstelte der Mönch. Er zog seine Kutte fester um sich und überlegte, ob sich in dem Reisesack wohl noch der alte, von Motten zerfressene Wolfspelzmantel befand, den ihm der Kaufmann Otto geschenkt hatte. Er wollte soeben nachschauen, als hinter einem Felsen ein Junge hervortrat. Er trug eine Hose und eine Weste aus grober Wolle und kam langsam auf ihn zu. Seine blonden Haare fielen ihm in großen Locken bis zu den Schultern, sein Kinn zeigte einen beginnenden Bartwuchs, und in seinem lebhaften Gesicht standen zwei blaue, neugierige Augen, die freundlich lächelten.

»He, Mönch, was machst du allein auf dieser Straße?«, fragte der Junge und kam näher. Matthew zog die Zügel des Maultiers an und sah den Knaben erst ganz genau an, bevor er antwortete. Er sah nicht aus wie ein Straßenräuber, aber auch nicht wie ein junger Bauer. Außerdem trug er allem Anschein nach keine Waffe bei sich. Seine Arme hingen am Körper herunter, und in den Händen hielt er nichts, was andere verletzen könnte.

»Ich bin ein Benediktinermönch und muss ins Lys-Tal hinunter. Ist es noch weit bis dorthin?«

»Nicht besonders. Aber ich fürchte, heute Nacht gibt es ein Unwetter. Besser, du beeilst dich; oben auf der Passhöhe ist eine

Hütte, in der du und dein Maultier Schutz finden können ... Hier unterwegs vom Blitz überrascht zu werden ist alles andere als angenehm! Aber du ... du stammst nicht von hier, nicht wahr? Deine Sprache hat einen merkwürdigen Klang, als wärst du ein Fremder ...«

Matthew verfluchte insgeheim seinen noch immer verräterischen Akzent und antwortete, er käme aus dem Norden und besuchte Mitbrüder im Tal von Macugnaga.

»Aha, das dachte ich mir! Deshalb bist du also allein unterwegs ... Aber sag, kennst du wirklich den Weg? Brauchst du nicht vielleicht einen Führer?«

Matthew war noch immer unschlüssig, was er von dem Jungen zu halten hatte, und zog es vor, nicht darauf einzugehen. Er sagte, sein Führer sei Gott der Allmächtige, in den er all seine Zuversicht setze, seinen Weg bis ans Ende zu gehen.

Der Junge schwieg und musterte aufmerksam den Mönch, das Muli und den Reisesack auf dem Rücken des Tieres.

»Wie du willst. Jedenfalls nehme ich denselben Weg, und wenn du nichts dagegen hast, gehe ich dir ein paar Schritte voraus und zeige dir, wo's langgeht, wenigstens bis zum Gipfel ...«

Matthew wog den Vorschlag ab. Immerhin war es besser, wenn der Junge vorausginge. So hatte er ihn stets im Blick. Er nickte und ging zügig weiter. Der Junge lief also voran; er schien die Gegend bestens zu kennen. Je höher sie stiegen, desto kälter wurde es. Der Wind peitschte ihnen ins Gesicht, und große graue Regenwolken zogen von Osten heran und bedeckten bald den ganzen Himmel.

Der Mönch stieg von seinem Lasttier und kramte in seinem Sack nach dem Wolfspelzmantel. Während er sich den Mantel anzog, sah er den Jungen an einen Baumstamm gelehnt dastehen und auf ihn warten. Matthew dachte unwillkürlich an Claudianas Ermahnungen zur Vorsicht. Ihm wurde langsam unbehaglich. Zwar weckte der Junge noch immer keinen Verdacht, aber der Mönch wäre lieber allein weitergegangen. Er nahm daher das Maultier an den Zügeln, führte es bis zum Baum und fragte den Jungen, wohin er denn unterwegs sei.

»Ich muss zur Verdoby-Alm oberhalb des Flusses Lys. Dort besitzt der Bruder meines Vaters ein paar Felder und eine Hütte, die vor einer Woche abgebrannt ist. Mein Onkel hat meinen Vater gefragt, ob ich ihm nicht helfen könne, das Dach zu erneuern. Also habe ich mich aufgemacht, und ich hoffe, morgen Abend dort zu sein.«

»Und wo lebt deine Familie?« Matthew war sich zwar bewusst, wie neugierig er sich verhielt, aber seine Unruhe hatte sich keineswegs gelegt, und diese letzte Frage war ihm wie von selbst über die Lippen gekommen. Der Junge lächelte. Seine unschuldigen Augen blitzten amüsiert.

»Du traust mir nicht, Mönch. Glaubst du etwa, ich bin ein Räuber, der ein Opfer sucht? Soll ich meine Hosentasche ausleeren, damit du siehst, dass ich kein Messer oder sonst irgendeine Waffe habe?«

Matthew errötete. Er wollte sich eben für sein Misstrauen rechtfertigen, als der Junge ihm zuvorkam.

»Schon gut, schon gut … Ich bin in Ponteil geboren und aufgewachsen; so heißen die paar Häuser dort unten gleich hinterm Wald auf der Straße nach Graines. Meine Mutter hat mir dieses Bündel mitgegeben; darin ist ein Mittag- und ein Abendessen, sonst nichts. Willst du sehen, Mönch?«

Mit diesen Worten öffnete der Junge sein Bündel und holte ein Stück dunkles Brot heraus, trockenes Fleisch und einen alten Käse. Matthew spürte die Verärgerung des Jungen und wollte etwas erwidern, als ganz in der Nähe ein Blitz einschlug. Das bläuliche Licht blendete. Im selben Augenblick ertönte ein Krachen, als bräche ein riesiger Ast. Es war ein fürchterliches Geräusch, die Luft bebte. Schwer und kalt fielen erste Regentropfen. Das Maultier schrie und machte ein paar unsichere Schritte vorwärts.

»Besser, wir beeilen uns«, sagte der Junge und schnürte hastig sein Bündel. »Sonst schaffen wir es nicht mehr bis zur Hütte, bevor es richtig losgeht. Kann dein Maultier traben?«

Matthew hoffte es inständig, während er aufstieg. Das Maultier machte einen Satz, sodass Matthew fast heruntergefallen wäre.

Der restliche Weg bis zur Schutzhütte glich einem Wettlauf. Der Junge rannte mit großen Schritten voraus, sprang leichtfüßig über spitze Steinbrocken und Rinnsale. Das Maultier hinter ihm trabte, so schnell es konnte, und oft am Rand des abschüssigen Wegs, unter dem sich ein steiler Abgrund auftat. Der Mönch schließlich, betäubt von der schwindelnden Tiefe der Schluchten und durchgeschüttelt von den Bewegungen des Maultiers, klammerte sich an den Zügeln fest und versuchte mit aller Kraft, sich im Sattel zu halten. Der Regen wurde immer stärker. Er peitschte Matthew eiskalt ins Gesicht, das die Kapuze mehr schlecht als recht schützte.

Matthew hätte nicht genau sagen können, wie spät es war. Trotz der tiefen Dunkelheit konnte es nicht später sein als die neunte Stunde, als sie oben auf dem Berg ankamen. Der Junge wandte sich zum Mönch und rief: »Dort ist die Hütte! Beeil dich, Mönch, mach schnell!« Das Erste, was Matthew durch den Regenschleier wahrnahm, war ein Montjoie. Seine aufeinander geschichteten Steine wurden von einem Holzkreuz gekrönt, wie es der Mönch auf seiner Reise durch Frankreich immer wieder gesehen hatte. Wenige Fuß weiter unten stand eine niedrige, überdachte Holzhütte, angelehnt an einen großen, einzeln stehenden Fels.

Der Junge war bereits im Innern der Hütte verschwunden, als

Matthew es endlich geschafft hatte. Er stieg von seinem Maultier, führte es hinein und befreite es von seinem triefenden Packsattel. In der Mitte des Raums lagen die verkohlten Überreste eines Feuers, und an der Wand befanden sich ein paar Strohsäcke als Schlaflager. Matthew ließ sich auf einen Strohsack fallen. Ganze Wolken von Piniennadeln stoben heraus. Ein scharfer Schimmelgeruch lag in der Luft. Bevor sich der Junge setzte, stieß er mit dem Fuß ein paar Mal gegen seinen Strohsack, unter dem drei winzige, quietschende Mäuse herausschossen.

»Verdammte Biester! Die sind einfach überall«, rief lachend der Junge und streckte sich auf dem Lager aus.

Auch Matthew begann, die Vorsichtsmaßnahmen seines Begleiters nachzuahmen und seinen Strohsack zu untersuchen, fand aber keine Spur der lästigen Tiere. Beruhigt streckte er sich aus und deckte sich mit dem Pelzmantel bis zum Kinn zu. Kleine Rinnsale sickerten an manchen Stellen der unverfugten Dachbalken ins Innere der Hütte, und ihr dünnes Plätschern reichte aus, dass Matthew die Kälte bis in die Knochen spürte.

Donnerschläge hallten noch immer durch das Tal, und es schüttete.

»Seltsam«, sagte er Junge. Er war aufgestanden, hatte die schief in den Angeln hängende Tür geöffnet und hinausgesehen. »Du wirst es nicht glauben, aber es hagelt! Noch nie hat es im Oktober gehagelt! Was ist das bloß für ein Wetter?!«

Auch Matthew schaute hinaus. Alles überzog sich allmählich mit einer weißen Hagelschicht. Zahllose Eiskörner, groß wie Haselnüsse, prasselten auf die Erde herab oder prallten wie kleine Kieselsteine von den Felsen und den Ästen der wenigen Bäume ab.

»Ich glaube nicht, dass wir bald wieder aufbrechen können. In ein paar Stunden wird es finster, und es ist nicht ratsam, den Biel in der Dunkelheit zu überqueren. Es ist ein wilder Sturzbach, und wer weiß, ob die Brücke nach diesem Sturm noch steht ... Es ist besser, die Nacht hier zu bleiben und morgen Früh aufzubrechen. Was meinst du, Mönch?«

Matthew überlegte kurz. Unter den gegebenen Umständen konnte er unmöglich allein aufbrechen, noch dazu auf einem Weg, der ihm völlig unbekannt war. Außerdem war die Landschaft mit Hagelkörnern übersät, und nach Einbruch der Dunkelheit bestand die Gefahr, sich zu verirren und womöglich in eine Schlucht zu stürzen. Hier in der Hütte zu übernachten war die einzige vernünftige Lösung. Der Mönch studierte das Gesicht des Jungen aufmerksam und versuchte, in dessen Zügen etwas Hinterhältiges zu lesen. Aber sein Begleiter blickte nur mit unschuldiger Miene zurück und wartete auf Antwort.

»Ich glaube, du hast Recht. Bei diesem Wetter kann ich nicht weiter. Ich bleibe heute Nacht hier, wie du.«

Der Junge war zufrieden. Er ging zu seinem Lager, schnürte sein Bündel auf, zog ein Stück Brot und Käse heraus und fing an zu essen. Auch Matthew, der seit dem Morgen keinen Bissen mehr zu sich genommen hatte, merkte nun, wie hungrig er war. Außer dem Käse und dem trockenen Fleisch, das ihm Teodoro gegeben hatte, fand sich ein halbes gebratenes Rebhuhn in seinem Reisesack. Offenbar hatte der Burgherr die Reste des gemeinsamen Mahls zu den anderen Essensvorräten geben lassen. Matthew bot dem Jungen ein Stück davon an. Das Fleisch war zwar kalt und etwas zäh, aber es schmeckte aromatisch nach Wild. Aus dem kleinen Schlauch, den das Maultier auf seinem Rücken getragen hatte, füllte Matthew einen Becher mit dem Rotwein, den ihm Aimone geschenkt hatte. Den einfachen Becher hatte Plane aus Holz geschnitzt und dem Mönch als Zeichen seiner Dankbarkeit zum Abschied geschenkt. Er teilte auch den Wein mit seinem Begleiter, der mit der Zunge schnalzte, um seine Bewunderung für den Rebensaft auszudrücken.

Es hörte nicht auf zu hageln. Die auf das Holzdach der Hütte trommelnden Eiskörner verursachten eigenartige Klanggeräusche, mal dumpf, mal scharf.

Matthew schnürte seinen Proviantsack zu, wickelte sich in seinen Mantel und versuchte zu schlafen. Der Junge hatte irgendwo in der Hütte einen halb leeren Sack gefunden, den er sorgfältig aufschüttelte und als Decke benutzte.

»Gute Nacht, Mönch …«

»Gute Nacht …«

Matthew schlief beinahe sofort ein, in den Schlaf gewiegt vom rhythmischen Trommeln des Hagels und vielleicht auch von Aimones Wein. Draußen heulte der Wind. Der Junge aber lag hellwach und lauschte. Mit kaltem, gezieltem Blick wartete er, bis es stockdunkel war. Lautlos wie eine Katze stand er auf und schlich sich auf Zehenspitzen zu Matthews Lager. Der Mönch lag in tiefem Schlummer. Zufrieden lächelnd ging der Junge in den hinteren Teil des Raumes. Er hielt sogar die Luft an, um das Maultier nicht nervös zu machen, als er das Zaumzeug vom Pfosten losband. Dann lud er dem Tier Matthews Sack auf den Rükken und öffnete leise die Tür.

Dicke, schwere Tropfen fielen gleichmäßig auf Matthews Kopf. Mit einem unangenehmen Gefühl von Nässe fuhr er hoch. Er schlug die Augen auf und überlegte krampfhaft, wo er sich befand. Sein Geist, an die wohlige Behaglichkeit der Herberge von Graines gewöhnt, fand sich im ersten Moment nicht zurecht. Die Zugluft von der halb offenen Tür brachte ihm schließlich zu Bewusstsein, wo er die Nacht verbracht hatte. Er rieb sich mit einer Hand die Augen, massierte mit der anderen seine eiskalten Füße und sah sich um. Er war allein.

Mit einem Schlag war er hellwach. Er sprang auf. Der Strohsack des Jungen war leer. Ein furchtbarer Verdacht beschlich ihn, und er wandte den Kopf zur hinteren Wand der Schutzhütte, wo er sein Maultier festgebunden hatte. Es war verschwunden. Er erschauderte, lief zur Tür und riss sie auf, in der Hoffnung, dass der Junge und das Maultier draußen stünden. Die Morgenröte eines kalten und klaren Tages blendete ihn. Ringsum war alles mit Hagelkörnern bedeckt.

Von den ersten Strahlen der Sonne beschienen, funkelten sie wie riesige Diamanten. Die Stille wurde nur von den Schreien einiger Raubvögel unterbrochen, die in den Ästen der Bäume saßen, und vom stetigen Geräusch der Tropfen, die durchs Dach der Hütte fielen.

Von dem Jungen samt Maultier fehlten jede Spur. Matthew war voller Ärger über sich selbst. Er ging in die Hütte zurück, um nachzuschauen, ob der hinterhältige Dieb ihm wenigstens seinen Doppelsack gelassen hatte. Die eine Hälfte, in der sich sein Essen befunden hatte, lag leer hinter der Tür, auch der Weinschlauch war verschwunden. Die andere mit der frischen Wäsche, die ihm Pater Teodoro bei der Abreise mitgegeben hatte, befand sich unter dem Strohsack, wo ihn Matthew am Abend versteckt hatte. Seine Schläfen pochten. Er hatte plötzlich Kopfschmerzen und tastete hastig seine Kutte ab. Claudianas Messer war an seinem Gürtel. Auch der kleine Beutel mit dem bisschen Geld, das er noch besaß, hing um seinen Hals, verborgen unter dem Skapulier aus grober Wolle.

Matthew sank auf den Boden. Der Kopf fiel ihm schwer auf die Brust, und seine Arme sanken kraftlos herab. Der Mönch seufzte tief, seine Schultern hoben und senkten sich, und wütend merkte er, dass er den Tränen nahe war.

»Warum, Gott, warum schickst du mir alle diese Prüfungen? Warum hast du dir nicht jemanden gesucht, der weniger dumm ist als ich, um deinen Plan auszuführen? Wie hattest du annehmen können, dass ein armer Mönch wie ich die Hinterhältigkeiten dieser Welt überwinden könnte? Warum hast du mir das angetan, Gott, warum? …«

Jetzt liefen ihm Tränen übers Gesicht und vermischten sich mit den Regentropfen, die durch die Dachritzen fielen. Er schluchzte, hielt den Kopf zwischen den Händen und weinte dann wie ein Kind. Die Wut über seine Leichtgläubigkeit und das Bewusstsein, nichts ändern zu können, steigerten seine Verzweiflung noch mehr. Wäre er nicht eingeschlafen, hätte er den Diebstahl des Maultieres verhindern können. Aber dann hätte er womöglich sein Leben aufs Spiel gesetzt, denn der Junge hätte ihn bestimmt angegriffen, um das Tier in seinen Besitz zu bringen … Wie konnte er nur so einfältig gewesen sein, die Absicht des Jungen, ihn auszurauben, nicht zu durchschauen? Wie hatte er sich bloß durch das Äußere und die Worte seines Begleiters täuschen lassen können? Würde er jemals seinen Auftrag erfüllen? Und um welchen Preis?

Allmählich beruhigte sich Matthew. Er fand sogar zu einer fast beängstigenden geistigen Klarheit. Plötzlich wurde er durch ein Rascheln vor der Tür aus seinen Gedanken gerissen. Drohte neues Unheil? Er stand lautlos auf, warf sich den Wolfspelz über und schlich zur Tür. Dabei hielt er sich im Schatten und glitt die Holzwand entlang. Er tastete zu seinem Gürtel, bereit, im nächsten Augenblick das Messer zu zücken. Zwar war Matthew angst und bange, aber er war entschlossen, sich nicht ein zweites Mal unterkriegen zu lassen. Da, schon wieder dieses Rascheln, diesmal in größerer Nähe. Schritte knisterten auf dem mit Hagelkörnern übersäten Untergrund.

Reglos stand der Mönch hinter der weit geöffneten Tür. Er wagte nicht hinauszutreten, spähte jedoch durch einen Spalt im Türpfosten. Nur ein von der Sonne beleuchtetes Stück Erde und ein feucht glänzender Felsen lagen in seinem Blickfeld. Jetzt waren keine Schritte mehr zu hören. Matthew zückte das Messer, umklammerte den Griff und war nunmehr bereit, vor die Tür zu treten. Mit angehaltenem Atem und halb geschlossenen Augen, um nicht von der Sonne geblendet zu werden, trat er über die Türschwelle. Seine Bein- und Armmuskeln schmerzten vor Verkrampfung und auf Grund der Anspannung, womöglich einem weiteren Angriff ausgesetzt zu sein und ihn abzuwehren.

Nicht weit entfernt auf der Erde kauerte ein Hund und sah Matthew mit aufgestellten Ohren und zitternder Schnauze an. Auf seinem weißen Fell befanden sich dunkle Flecken. Die beiden Augen, die von unterschiedlicher Farbe waren, blickten hell und wachsam. Nach kurzem Zögern, während er gierig in der Luft schnupperte, stand der Hund auf und lief auf den Mönch zu. Eines seiner Hinterläufe lahmte, und so bewegte er sich etwas unbeholfen. Er strich Matthew um die Beine und beschnüffelte eifrig den Wolfspelzmantel. Zwei kräftige Nieser beendeten seine Untersuchungen. Winselnd setzte er sich vor den Mönch und sah ihn erwartungsvoll und fragend an, den Kopf leicht zur Seite geneigt.

Matthew war verblüfft. Dass der Grund für seine Angst nur ein Hund gewesen war … Er blickte sich unruhig um. Vielleicht war der Hund der Begleiter eines Kaufmanns – oder eines Räubers … Als er ringsum niemanden entdeckte, atmete er endlich auf. Seine Muskeln erschlafften, und das war so schmerzhaft wie zuvor die Anspannung. Der Hund jedoch sah ihn weiterhin unverwandt an. Nach einem letzten sichernden Blick machte Matthew auf dem Absatz kehrt und ging in die Hütte zurück. Der Hund stand auf und folgte ihm. Während Matthew den Pelzmantel in seinem Sack verstaute, um sich dann auf den Weg zu machen, schnüffelte der Hund in allen Ecken und Winkeln. Ein Weilchen verharrte er in der Ecke, wo das Maultier gestanden hatte, und tauchte die Nase in das feuchte Stroh. Müde ging Matthew zur Tür. Seine Verzweiflung war jetzt einer tiefen Traurigkeit gewichen. Er war nicht im Stande, Gott für seine wütende Anklage um Verzeihung zu bitten, und grübelte über sein Schicksal nach, dass ihm immer düsterer erschien. Bilder von seinem Leben im Kloster, die so klar waren wie die Miniaturmalereien in einem Messbuch, zogen an ihm vorüber und erfüllten ihn mit tiefer Wehmut.

Der Hund lief ihm humpelnd ein paar Schritte voraus, drehte sich immer wieder nach ihm um und wartete auf ihn. Matthew streichelte ihm den Rücken.

»Woher kommst du, Hund? Hast du kein Herrchen? Geh zu ihm, bleib nicht hier. In den Bergen hausen wilde Tiere, und mit deinem lahmen Lauf bist du nicht schnell genug, um einem Wolf oder Bär zu entkommen! Geh, und überlass mich meinem Schicksal …«

Das Tier sah hoch und rührte sich nicht. Der Mönch fröstelte. Die Luft war kalt, obwohl die Sonne schien, und die Sandalen, die in den Hagelkörnern versanken, boten den eiskalten Füßen keinen Schutz. Schwanzwedelnd lief der Hund weiter durch Eis und Gras, drehte sich aber von Zeit zu Zeit um, um zu sehen, ob der Mönch ihm folgte.

Matthew überlegte, welchen Weg er wohl ins Lys-Tal nehmen musste. Weit unten entdeckte er eine Talenge, die sich zwischen zwei Berghängen hindurchschlängelte. Dies war bestimmt der richtige Weg. Und zu seinem großen Erstaunen erkannte er, dass dies genau die Richtung war, die auch der Hund eingeschlagen hatte.

Ein tiefer Seufzer entrang sich Matthews Brust. Vielleicht hatte der Allmächtige ihn doch nicht ganz verlassen. Er schämte sich seiner Undankbarkeit und schickte ein Reuegebet zum Himmel. Der Hund ließ ein ungeduldiges Bellen hören, als wolle er den Mönch drängen, sich zu entscheiden. Da endlich musste Matthew lächeln. Er warf sich den Sack über die Schulter und folgte den Spuren des neuen Reisegefährten.

Ohne die Führung des Hundes hätte Matthew niemals in das angrenzende Tal gefunden. Zwar begannen die Hagelkörner in dem feuchten, rutschigen Gras bereits zu schmelzen, aber der Wegverlauf war kaum zu erkennen. Matthew keuchte und beeilte sich, mit dem Hund Schritt zu halten, der trotz seines lahmen Laufs zügig vorwärts eilte. Er hoffte, unterwegs jemandem zu begegnen, einem Kaufmann vielleicht oder einem Schafhirt mit seiner Herde. Doch merkwürdigerweise traf er niemanden.

Er war etwa eine halbe Stunde gegangen, als er eine Weggabelung erreichte. Vor ihm, nach Osten zu, schien sich ein Tal zu öffnen. Es war aber noch nicht genau zu erkennen, sondern lag verborgen hinter einem steilen, dicht bewaldeten Berggrat. Der Hund blieb stehen. Mit aufgestellten Ohren und bebenden Nüstern schien er etwas zu wittern. Er drehte sich um und fing an zu winseln, bis Matthew neben ihm war.

»Was ist, Hündchen, tut dir dein Lauf weh?«

Die Hinterpfote des Hundes zitterte zwar, aber das war wohl kaum der Grund für sein Verhalten. Kaum hatte Matthew gesprochen, lief der Hund wieder los und blieb nach dreißig Schritten vor einem Abhang stehen. Die Pfoten auf einem Felsblock, der ins Nichts abfiel, sah der Hund hinunter.

Vorsichtig näherte sich Matthew. Er hielt sich an einem Baumstamm fest, dessen Wurzeln über den Abhang hinausgriffen, und blickte neugierig hinunter.

»O mein Gott!«, rief er aus und wurde bleich. Ein Schwindel erfasste ihn. Am letzten Ast eines sturmgebeutelten Baumes, direkt über dem Abgrund, baumelte der kleine Dieb, den nur ein Stofffetzen seiner Hose vor dem Sturz in die Tiefe bewahrte. Mit der einen Hand klammerte er sich an einen Ast, der so dünn wie ein Schilfrohr und auch nicht sehr viel robuster war; mit dem anderen Arm ruderte er in der Luft. Der Junge sah nach oben. Jede Spur von Dreistigkeit und Verstellung war aus seinem Blick verschwunden. Die Augen lagen tief in den Höhlen, und das Gesicht war aschfahl. Er versuchte, etwas zu sagen, aber seiner Kehle entrang sich nur ein Stöhnen.

»Beweg dich nicht, sonst zerreißt der Stoff!«, rief Matthew. Das Herz schlug ihm bis zum Hals. Mit fliegender Hast band er seinen Sack auf und tastete nach dem Hemd, das ihm Teodoro mitgegeben hatte. Mit Claudianas Messer schnitt er es in Streifen, die er zu einem langen Strang zusammenband. Dann suchte er sich eine Stelle, um das Seil festzubinden. Eine halb aus dem Erdreich des Weges ragende Baumwurzel bildete einen natürlichen Haken. Matthew schlang das eine Ende der Leine zwei Mal um die Wurzel und befestigte es dann mit einem Knoten. Um die Festigkeit zu prüfen, zog er mit ganzer Kraft am Seil. Die Wurzel bewegte sich nicht. Gott sei Dank waren die Bäume kräftig, und das Seil machte einen guten Eindruck. Dann ließ Matthew es zu dem Jungen hinab. Er postierte sich neben den Baumstamm und versuchte, das Gefühl der Übelkeit zu überwinden, das ihn bei dem Blick in den Abgrund überkam.

»Ich lasse jetzt das Seil zu dir runter. Mit der freien Hand ergreifst du es und wickelst es dir um das Handgelenk! Dann packst du es mit der anderen Hand und bewegst dich so, dass deine Hose freikommt. Wenn du fertig bist, werde ich dich hochziehen!«

Der Junge nickte stumm. Mit zitternden Händen ließ der Mönch das Seil hinunter, bis es vor dem großen Ast baumelte. Erst beim dritten Versuch bekam es der Junge zu fassen, und er musste sich dabei regelrecht verrenken. Mit ganzer Kraft umklammerte er die Leine und versuchte, sich so weit hochzuziehen, dass seine Hose freikam. Schließlich zerriss der Stoff, die Hose glitt seine Beine hinunter und verschwand im Abgrund.

»Gut«, rief Matthew. Er hatte jede Bewegung des Jungen atemlos verfolgt. »Und jetzt zieh ich dich hoch. Du versuchst, dich mit den Füßen an der Felswand abzustützen und dich festzuhalten!«

Der Mönch trat zwei Schritte zurück, stützte sich mit der ganzen Kraft seines Körpers auf einen Felsen und zog am Seil. Schweiß trat ihm auf die Stirn, und die Sandalen gaben ihm nicht gerade den besten Halt, aber langsam bekam er immer mehr vom Seil zu fassen und wickelte es um sein Handgelenk. Der Hund stand regungslos am Abgrund und verfolgte das Schauspiel. Er winselte sogar leise, wenn es für den Jungen gefährlich zu werden drohte.

Nach einer Weile, die Matthew endlos erschien, tauchte der Lockenkopf des Jungen auf. Er stützte sich mit den Armen ab, hievte sich nach oben und ließ sich erschöpft auf die Erde fallen. Der Hund lief zu ihm, beschnüffelte ihn und zog ihn dann mit seinem Maul etwas weiter zu dem Felsen, wo der Mönch war. Mit verzerrtem Gesicht und tauben Armen ließ sich nunmehr auch Matthew auf den Boden fallen. Er stöhnte und keuchte.

Der Junge versuchte aufzustehen, aber eine plötzliche Übelkeit zwang ihn in die Knie. Sein nacktes, bleiches Gesäß und die blassen Oberschenkel glänzten. Als er sich seiner Nacktheit bewusst wurde, setzte er sich auf und bedeckte mit beiden Händen seine Scham.

»Warum schämst du dich, Junge?«, fragte ihn Matthew ironisch lächelnd, während er in seinem Sack nach einer Hose kramte. »Gott hat uns nackt und unschuldig geschaffen, du aber hast deine Unschuld unter einer dicken Schicht Bosheit begraben! Hier, nimm«, sagte er und warf ihm das Kleidungsstück zu. »Zieh es an, aber du sollst auch wissen, dass ich jetzt nichts mehr besitze, dessen du mich berauben könntest ...«

Hastig schlüpfte der Junge in die Hose. Er war kreidebleich im Gesicht und schien durch den Schrecken schlagartig um Jahre gealtert. Schweigend massierte er sich die vom Seil aufgeschürften Hände und warf dem Mönch einen verstohlenen Blick zu. Die

Verärgerung stand Matthew deutlich ins Gesicht geschrieben. Verdrießlich raffte er zusammen, was von seinem Hemd noch übrig war, und stopfte es in seinen Sack.

»Hör mich an, Mönch …«, begann der Junge stotternd, als er sah, dass Matthew aufstand und sich anschickte, seinen Weg fortzusetzen. »Ich … ich weiß nicht, wie ich es sagen soll … Aber wenn du nicht gewesen wärest, dann wäre ich jetzt tot und … Na ja … Danke …«

Matthew blieb vor dem Jungen stehen, der am Boden kauerte und die Augen niederschlug. Er wurde feuerrot im Gesicht.

»Nicht mir musst du danken, sondern dem Allmächtigen, der dein Leben geschont hat. Wie du siehst, ist sein Erbarmen grenzenlos, wenn er einen Spitzbuben wie dich am Leben lässt, statt dich in der Schlucht zu zerschmettern und den wilden Tieren zum Fraß vorzuwerfen«

»Aber ich kann dir erklären, Mönch …«

»Was für Lügen willst du mir noch auftischen?!«, fuhr ihn Matthew an und beugte sich wütend zu ihm hinunter. Der Junge verschränkte die Arme vor der Brust und fing plötzlich an zu zittern. Dann holte er tief Luft und sah den Mönch eindringlich und ernst an.

»Ich schwöre, dass das, was ich dir jetzt sage, die Wahrheit ist. Ich habe gelogen, als ich gesagt habe, ich käme aus Ponteil. In Wirklichkeit bin ich nirgendwo zu Hause. Ich bin das uneheliche Kind eines Kaufmanns aus Nus, einem Dorf an der Römischen Straße. Kennst du es? Meine Mutter war seine Dienstmagd, und nachdem er sie geschwängert hatte, musste sie gehen. Wir kamen nach Bard, da wurde sie Prostituierte. Ich blieb bei ihr, bis sie vor vier Jahren starb. Einer ihrer Kunden, ein Söldner des Herrn von Bard, hat mir angeboten, mich ihm anzuschließen. Ich sollte mich um sein Pferd kümmern und ihn bei seinen Zügen begleiten. Ich war erst vierzehn, Mönch, und ich hatte keine andere Wahl, also nahm ich an. Ich habe Pferdemist aufgesammelt und sein stinkendes Tier gestriegelt, das mir aus Dankbarkeit Fußtritte versetzt hat. Die Verletzungen kann ich dir noch zeigen. Auf langen nächtlichen Fußmärschen bin ich also hinter meinem ›Wohltäter‹ hergetrottet … Ich habe das alles ertragen, bis mich vor einem Jahr der Söldner brutal verprügelt hat. Ich ließ sein Pferd auf einer Wiese Gras fressen, das das Pferd krank machte. Zwei Nächte lang habe ich Schläge erduldet, aber als ich gewusst habe, dass das Pferd nicht überleben würde, bin ich geflohen. Ich bin einmal hier, einmal da gewesen, habe da und dort etwas gestohlen. Nach drei Jahren im Dienst eines Söldners lernt man zu überleben! Gegen Ende des Sommers bin ich in die Nähe dieses Passes gekommen und habe gemerkt, dass hier viele Reisende vorbeikommen, auch kleine Gruppen von Kaufleuten. Ich habe mich also im Wald versteckt und mehr oder weniger alle ausgeraubt, die hier durchgereist sind, aber – ich schwöre es dir, Mönch – niemandem habe ich etwas zu Leide getan! Als ich dich, einen einsamen Mönch auf seinem Maultier, habe kommen sehen, habe ich plötzlich gedacht, jetzt wären alle meine Probleme gelöst. Ich wollte das Maultier unten im Lys-Tal, vielleicht bei Ussima, verkaufen, wo mich niemand kennt, und dann hätte ich jeden Tag zu essen gehabt. Jetzt weißt du alles, Mönch …«

Matthew wollte ihm erwidern, dass es ein Verbrechen gegen Gott sei, einen Menschen auszurauben, doch dann dachte er daran, was für ein Leben dieser Junge bis zu diesem Tag geführt hatte, und sparte sich seine Worte. Gewiss hatte ihm niemand beigebracht, wie man sich Gott und den Menschen gegenüber zu verhalten hatte. Für den Jungen wären es nur Worte einer beliebigen Strafpredigt. Gleichzeitig bedauerte er, dass es ihm nicht gelungen war, seinem gerechten Zorn eine angemessene Bestrafung folgen zu lassen. Also setzte er wenigstens eine strenge Miene auf und sah den Jungen an, der längst angefangen hatte zu weinen.

»Und wo ist mein Maultier? Ist es etwa vor dir in den Abgrund gestürzt?«

Der Junge hob die verweinten Augen und sah den finster dreinblickenden Mönch an. Er wischte sich mit dem Ärmel das Gesicht ab: »Nein, Mönch, das Maultier ist geflohen! Es ist schuld daran gewesen, dass ich in den Abgrund gefallen bin. Vielleicht bin ich zu ungeduldig gewesen und habe es zu schnell angetrieben, aber als sich ein Adler auf uns hat stürzen wollen, hat das Maultier auf einmal gebockt. Es ist stehen geblieben, sodass ich das Gleichgewicht verloren habe – unmittelbar vor dem Abgrund. Was dann geschehen ist, weiß ich nicht mehr, doch ich glaube, es hat Angst bekommen und ist geflohen …«

Matthew musste sich zwingen, den Worten des Jungen zu glauben. Er seufzte tief und richtete sich wieder auf. Der Rücken tat ihm weh nach der schweren Anstrengung. Der Hund, der bisher neben ihm gesessen hatte, sprang auf. Er wedelte mit dem Schwanz, als wollte er den Mönch drängen weiterzugehen.

»Steh auf, Junge, und komm mit mir …«

»Wirst du mich anzeigen, Mönch? Wirst du mich in das Gefängnis eines der Herren im Tal werfen lassen?« Dem Jungen versagte fast die Stimme, indes gehorchte er sogleich. Seine Hände hielten die viel zu große Hose fest.

»Nein, ich übergebe dich keinem. Du wirst mir den Weg zeigen, zumindest bis dahin, wo die Straße besser ausgeschildert ist. Dann kannst du gehen, wohin du willst, aber nimm dich in Acht: Wenn du fortfährst, Leute auszurauben oder Gewalttaten zu verüben, wirst du dein Leben lang auf der Flucht sein. Und wenn der Tod kommt, wirst du nicht einmal gemerkt haben, dass du gelebt hast … Überall werden Arbeitskräfte gebraucht. Hier wohnen fleißige Menschen, die viel zu tun haben. Wenn du beschließt, dein Leben zu ändern, wird dir niemand eine Arbeit und ein Dach über dem Kopf verweigern. Es liegt ganz allein bei dir.«

Der Junge sah Matthew voller Überraschung an. Er konnte gar nicht glauben, dass dieser Mann so großmütig war. Alles Mögliche und Unmögliche ging ihm durch den Kopf, und er machte ein verwirrtes Gesicht.

»Du weißt nicht einmal, wie ich heiße …«, sagte er kleinlaut.

»Dann sag es mir doch!«, ermunterte ihn der Mönch, und der Anflug eines Lächelns zeigte sich auf seinem Gesicht.

»Ich heiße Joseph, meinen Nachnamen kenne ich nicht … Meine Mutter hat ihn mir nicht gesagt …«

»Gut, Joseph, gehen wir also. Der Tag ist schon vorgerückt, und wir haben noch einen weiten Weg vor uns.«

Joseph ging seinem Reisegefährten ein Stück voraus. Der Hund war längst weitergelaufen und schon hinter dem Abhang verschwunden.

KAPITEL 27

Das fordernde Weinen des kleinen Arthur drang durch das Holzgebälk des Stadels ins Freie. Otto, der nach seinem Gebet in der Kapelle des heiligen Jakobus nach Hause zurückkehrte, hörte es schon von weitem. Er lächelte zufrieden. Das Kind war inzwischen zwei Monate alt, und dank seines gesunden Appetits und Margreths reichlicher Milch war es schnell gewachsen.

Die Freude über ein gesundes Kind und eine gesunde Frau war nicht ungetrübt. Er erinnerte sich an die Eindrücke, die ihn bei seiner Ankunft in Canton des Allemands fast überwältigt hätten. Die Prophezeiung des Priesters von St. Vincenzo hatte sich bewahrheitet. Als er Mitte Juli nach einem beschwerlichen Aufstieg auf kürzestem Weg ins Dorf gekommen war und sein Haus betreten hatte, hatte er eine verzweifelte Situation vorgefunden. Margreth hatte zwei Mal beinahe das Kind verloren, und nur die hingebungsvolle Pflege der Hebamme, die jeden Tag gekommen war, um nach dem Rechten zu sehen, hatte das Schlimmste verhütet. Margreth, die Otto bei seiner Ankunft umarmte, war nur noch ein Schatten der Frau, die er einmal geheiratet hatte. Ihr sich vorwölbender Bauch stand in einem grotesken Missverhältnis zu ihrem ansonsten auffallend mageren Körper. Margreth war zu schwach, um zu sprechen, und aus eingefallenen Augen blickte sie Otto an. Sie hatte Angst.

Von der Hebamme wusste Otto, dass seine Frau ständig Blut verlor. Dieser Blutverlust musste so schnell wie möglich gestoppt werden, wenn Frau und Kind am Leben bleiben sollten. Die Hebamme erklärte, sie brauche dringend die Rinde eines Baumes aus dem Orient, der »Schneeball« hieße und bei Fehlgeburten helfe. Soweit sie wisse, sei es ein sehr teures Mittel, das neben anderen Spezereien, Düften und seltenen Heilkräutern nur die Herren im Tal für ihre Frauen kauften. Der Kaufmann wollte wissen, wo genau dieses Mittel aufzutreiben sei, aber die Hebamme gab nur vage das untere Tal an, wo häufig Karawanen mit Waren aus dem Orient vorbeikämen. Ohne auch nur einen Augenblick zu zögern, war Otto in Begleitung eines Knechtes noch in derselben Nacht aufgebrochen, um dorthin zurückzukehren, von wo er soeben gekommen war. Er brauchte vier Tage – in denen er in fliegender Hast von einer Karawane zur nächsten eilte –, bis er schließlich in der Nähe von Arnad an der Römischen Straße einem venezianischen Kaufmann begegnete, der zum Hof von Augusta unterwegs war und die wertvolle Rinde mit sich führte. Und mit ungeahnter Geschwindigkeit erreichte Otto auf dem Rücken seiner geschundenen, unterwegs ausgewechselten Maultiere in nur einem einzigen Tag wieder Canton des Allemands. Die Hebamme bereitete sofort das Mittel, von dem Margreth regelmäßig trinken sollte.

Es vergingen fast zwei Wochen, bevor eine leichte Besserung eintrat. Während dieser Zeit gewöhnte sich Otto an, täglich zur Kapelle des heiligen Jakobus hinaufzusteigen und den Heiligen zu bitten, das Leben der beiden Menschen zu schonen, die ihm auf Erden die liebsten waren. Er war nie ein besonders frommer Christ gewesen, ging aber pflichtgemäß in die Gottesdienste, wie es die römische Kirche vorschrieb. Jetzt aber tröstete ihn das Gebet und verschaffte ihm die unbestimmte Gewissheit, alles würde sich dadurch zum Besseren wenden. Die Tage an der Seite Pater Matthews hatten ihn eine andere Sicht der Dinge gelehrt. Matthews Geduld, die Bereitschaft, sein Leben in die Hände des

Allmächtigen zu legen, aber auch sein glühender Wunsch nach Pflichterfüllung, so erkannte Otto inzwischen, waren ohne Gottes Beistand unerreichbar. Er, der sich in seinem bisherigen Leben nur selten flehentlich an Gott gewandt hatte, erbat nun Hilfe von einem Apostel, der zum Zeugnis für das Wort Christi den Märtyrertod auf sich genommen hatte. Wer, so überlegte der Kaufmann, war besser geeignet als ein Märtyrer, seine Bitten zu erhören? Und dort in Compostela, am Grab des Heiligen, geschahen viele Wunder, wie er gehört hatte. Vielleicht gelangte auch seine Bitte aus weiter Ferne zum Grab des Apostels …

In der Nacht zum fünfundzwanzigsten Juli, dem Fest des Heiligen, hatte Otto nach einem langen Tag an der Seite seiner vor Schmerzen stöhnenden Frau vom heiligen Jakobus geträumt. Der Heilige hatte auf einem Pferd im Tal von Fiery gesessen und gesagt: »Deine Frau wird am Leben bleiben, und ebenso dein Sohn. Gib ihr neben dem Aufguss von dem Weihwasser zu trinken, auch noch fünf Tage nach der Geburt ihres Kindes …« Die Vision war so schnell verschwunden, wie sie gekommen war, aber Otto hatte getan, was der Heilige ihm aufgetragen hatte, und Margreth den ganzen folgenden Monat lang aus einem geweihten Becher das Weihwasser des heiligen Jakobus trinken lassen. Allmählich hatten Schmerzen und Blutungen nachgelassen und bald ganz aufgehört. Langsam war die Blässe einer gesunden Röte gewichen, und sie hatte außerdem ein bisschen zugenommen.

Zum vorgesehenen Zeitpunkt brachte Margreth ohne starke Wehen ein hübsches, wenn auch etwas schmächtiges Kind zur Welt, dem sie den Namen Arthur gaben. Die Mutter erholte sich so rasch, dass selbst die Hebamme staunte. Margreth war bald wie neugeboren. Ihre Brüste waren voll nahrhafter Milch, und dank ihres gesunden Appetits kam sie rasch zu neuen Kräften.

Eines Tages Ende Oktober, nachdem sie in aller Ruhe Arthur gestillt hatte, sagte Margreth mit bebender Stimme zu Otto:

»Ich glaube, es war ein Wunder, Otto. Mein Kind und ich, wir sind dem Tod nahe gewesen, als du gekommen bist. Wenn du dich nicht wie ein Verrückter auf die Suche nach dem Mittel gemacht hättest, wäre ich heute nicht mehr hier … Aber ohne die Hilfe des heiligen Jakobus hätte vielleicht auch dieses Mittel nichts genützt!«

»Du hast Recht.« Otto streichelte die schmalen Hände seiner Frau. »Der Heilige hat meine Gebete erhört und mir die größte Freude meines Lebens geschenkt …«

»Ja«, sagte Margreth schüchtern, »und deshalb dachte ich, wir sollten dem heiligen Jakobus danken …«

»Ja«, nickte Otto, voller Stolz auf das, was er seiner Frau jetzt sagen würde. »Wie du weißt, habe ich dem Priester schon ein Säckchen mit Geldmünzen geschenkt, um das Dach der Kapelle reparieren zu lassen. Außerdem habe ich vor, die Apsis von einem Maler ausschmücken zu lassen, der sich in Brusson oder Graines, das weiß ich jetzt nicht mehr, einen guten Ruf erworben hat …«

»Aber das reicht noch nicht aus, Otto. Meine lebensgefährliche Schwangerschaft war womöglich die Sühne für Sünden, die wir begangen haben, ohne uns dessen bewusst zu sein … Und obwohl alles gut ging …«

»Aber was redest du da, Margreth, was für Sünden könntest du begangen haben? Du bist doch rein wie ein Lamm. Und außerdem … Glaubst du nicht, dass du durch dein Leiden alle deine Vergehen gegen Gott längst gesühnt hast?« Der Kaufmann war vor zorniger Erregung ganz rot geworden.

Margreth wusste, wie sehr sie Otto damit empörte, aber sie sah ihm fest in die Augen und fuhr fort:

»Wir müssen nach Santiago pilgern, Otto! Wir müssen eine Pilgerreise ans Grab des Heiligen machen, um ihm zu danken und uns das ewige Leben zu verdienen!«

Otto sah seine Frau entgeistert an. Er brachte kein Wort hervor. Seine Hände, die die ihren eben noch liebevoll gehalten hatten, waren plötzlich steif. Nach einer langen Schreckenspause stand Otto plötzlich auf und sah seine Frau voller Befremden und Unbehagen an.

»Du bist verrückt, Frau! Nach Santiago pilgern … Was glaubst du denn, wer ich bin. Ich bin doch nicht dieser vagabundierende Mönch, dem ich im Tal begegnet bin! Ich bin ein Kaufmann, ich muss meine Termine und Verpflichtungen einhalten und einen Sohn großziehen, an dessen Zukunft ich zu denken habe!«

Otto hatte fast geschrien und war nun puterrot im Gesicht. Er schimpfte unaufhörlich und lief wild gestikulierend durchs Zimmer. Margreth kannte diese so harmlosen wie vorübergehenden Wutausbrüche ihres Mannes nur zu gut; sie senkte bloß das Kinn und wartete ab, bis Otto sich beruhigt hatte. Sie hoffte nur, dass seine laute Stimme das Baby nicht weckte. Als Otto merkte, dass seine Frau nicht reagierte, verließ er das Haus und schlug die Tür hinter sich zu.

Während er nunmehr zu seinem Haus zurückging, erinnerte sich Otto schon mit einem Lächeln des Bedauerns an diesen Wutanfall. Er war lange mit sich zu Rate gegangen. Zwar hatte er mit Margreth nie mehr darüber gesprochen, aber er hatte über sein Leben nachgedacht. Je tiefer er mit sich ins Gewissen ging, desto öfter stieß er auf Dinge, die ihn hatten schuldig werden lassen – oftmals in gutem Glauben, manchmal aber auch ganz bewusst. Seine Gedanken gingen immer wieder zu Matthew und dessen naiver Fürsorglichkeit für andere, über die er, Otto, sich so oft geärgert hatte. Jetzt erkannte er, welche innere Kraft in diesem Mönch steckte, dessen Glaube an Gott so unerschütterlich war und der ihm, der noch auf der Suche war, so eigentümlich und fremd vorkam.

Inzwischen aber hatte Otto einen Entschluss gefasst und alle

Vorbereitungen getroffen, ihn in die Tat umzusetzen. Er fühlte sich erleichtert und von neuer Kraft beseelt. Trotz der Last seiner Jahre war er noch gesund und rüstig und fühlte sich durchaus in der Lage, eine so lange Reise zu unternehmen. Seine Frau hatte Recht: Es war seine Pflicht, nach Santiago de Compostela zu wallfahren, um dem Heiligen seine Dankbarkeit zu bezeigen. Auf seinen vielen Handelsreisen war er immer wieder Kaufleuten begegnet, die sechs Monate oder sogar ein ganzes Jahr opferten, um eine Wallfahrt an den Ort der Reliquien eines Heiligen zu machen. Das würde auch er tun, allerdings allein. Es war ausgeschlossen, dass Margreth und der kleine Arthur die Beschwerlichkeiten einer solchen Reise auf sich nähmen … Seine Geschäfte würde er Edgard übergeben, dem treuesten und tüchtigsten seiner Knechte. Edgard stand seit vielen Jahren in seinen Diensten und verfügte über so viel Erfahrung beim Kauf und Verkauf, dass er das Zeug hätte, selbst Kaufmann zu werden, wenn er nur über genügend Kapital verfügen würde. Otto vertraute ihm voll und ganz, zumal er ihm eine großzügige Gewinnbeteiligung zugesagt hatte.

Noch heute Abend würde er mit seiner Frau darüber sprechen. Wenn das Wetter noch eine Zeit lang hielt, konnte er vielleicht noch vor Einbruch des Winters aufbrechen. Doch vorher würde er Nachricht über Pater Matthew einholen. Das Schicksal dieses Mannes lag ihm am Herzen, und die Gewissheit, dass er an seinem Zielort Feindseligkeit und Hass erleben würde, machte Otto traurig und unruhig. Es gab nur eine einzige Möglichkeit, sich zu überzeugen, dass es dem Mönch gut ging: Er, Otto, musste nach Felik gehen. Es gab noch einen weiteren Grund, dieses Dorf jenseits des Tales aufzusuchen. In den letzten Monaten hatte er immer wieder gehört, dass Sibilla – die Tochter von Karola und Wilfried, mit dem er häufig nach Flandern gereist war – eine neue Methode des Färbens von Wollstoffen anwandte. Alle, die ihre Stoffe gesehen hatten, schwärmten davon, und Otto überlegte, ob es für diese purpurroten Stoffe nicht einen Markt geben könnte. Er nahm sich also vor, bei Sibilla vorbeizuschauen und ihr den Vorschlag zu machen, mit diesen Stoffen zu handeln. Otto wusste, dass sie ein Mädchen von scharfem Verstand und mit gutem Herzen war. Vielleicht konnte sie ihm etwas über Matthew sagen.

Zufrieden mit seinen Plänen, betrat der Kaufmann seinen Stadel. Oben schrie das Baby und verstummte, als ihm seine Mutter die Brust gab. Otto lächelte. Mit leichten Schritten nahm er die Treppe, um mit seiner Frau zu sprechen.

KAPITEL 28

Ein Füchslein lauschte vorsichtig im hohen Gras vor dem Schafstall. Die Nacht wich bereits dem Tag, und das Rauschen des Windes vermischte sich mit dem Plätschern des Wildbachs, der etwas weiter unten vorbeirauschte. Ein Rascheln in der Hütte erschreckte das Tier, das nach kurzem Zögern mit aufgestellten Ohren leise verschwand.

Als Matthew aufstand, stieß er mit dem Kopf an die Decke der niedrigen Hütte. Er raffte seinen Pelzmantel und den Sack zusammen und begab sich gebückt zur Tür. Draußen versuchte er, die schmerzenden Muskeln zu lockern, und räkelte sich. Wohl kannte er inzwischen die Kälte und Feuchtigkeit der Nächte in diesen abgelegenen Orten. Doch auch wenn sein Geist sich mit den Unannehmlichkeiten abgefunden hatte, machten sie seinem Körper immer noch zu schaffen.

Er sah sich um, konnte aber im schwachen Licht des anbrechenden Tages kaum etwas erkennen. Die Bäume, zu deren Füßen man das unruhige Plätschern des Wassers erahnen konnte, zeichneten dunkle Silhouetten in den Himmel. Wo der noch fahle Himmel die Erde berührte, ragten die mächtigen Gipfel der Gletscher in den Horizont. Die steilen Wände des bläulich schimmernden Gletschereises bildeten eine gewaltige, strenge Kathedrale.

Matthew erschauderte. Diese Gipfel, die vor zwei Tagen bei seiner Ankunft im Dorf Alpenzu wie aus dem Nichts vor ihm aufgetaucht waren, erfüllten ihn mit einer merkwürdigen Unruhe.

Er hatte noch nie so hohe Berge gesehen; wahrscheinlich war das die Ursache für sein Unbehagen. Zum ersten Mal, seit er St. Albans verlassen hatte, fühlte er sich einer feindseligen Natur gegenüber. Und seine Furcht vor dem, was ihn erwartete, wurde durch Ottos Warnung vor dem schwierigen Charakter der Bewohner von Felik nicht geringer.

Kurz vor seinem Abschied hatte ihm der Kaufmann noch gesagt, dass das Dorf, zu dem er unterwegs war, in einer grünen Mulde lag, am Fuße hoher vergletscherter Berge. Matthew kniff die Augen zusammen, um weiter in die Ferne zu sehen, aber er konnte nichts erkennen, was auf die Anwesenheit menschlicher Bewohner hätte schließen lassen. Wohin er auch den Blick schweifen ließ, überall erblickte er nur Bäume, Gras und Felsen. Seinen Schätzungen zufolge würde es bis Felik nicht länger als einen Tag Fußmarsch dauern. In Alpenzu hatte man ihm bestätigt, dass er nur noch wenige Meilen von seinem Ziel entfernt war. Aber der Weg dorthin sei steil und beschwerlich.

Das kleine Dorf, das er soeben hinter sich gelassen hatte, bestand aus vier Stadeln und einem Backofen zum Brotbacken. Es war unversehens inmitten einer Waldlichtung aufgetaucht. Nach einem langen Marsch über den Bergrücken waren er und Joseph um die sechste Stunde hier angekommen. Davor hatten sie den Fluss Biel, der wegen des Unwetters in der Nacht zuvor angeschwollen und voller Schlamm und Geröll gewesen war, und noch weitere Gebirgsbäche überwunden, die zwischen tief in den Fels eingeschnittenen Schluchten schäumend ins Tal schossen. Der Hund war ihnen trotz seiner kranken Pfote die ganze Zeit vorausgegangen, um hier und da im nassen Gras zu schnüffeln, als sei er einer Spur gefolgt. Auf einmal war er losgespurtet und verschwunden.

Matthew dachte schon, er hätte sie verlassen, als sie plötzlich hinter einer Wegkrümmung das Bellen hörten. Joseph und der

Mönch rannten den Hang hinunter und entdeckten den Hund. Er bellte und winselte und starrte auf etwas, das vom Stamm einer großen Lärche halb verborgen war. Vorsichtig trat Matthew näher und erkannte bald den Grund für die Aufregung des Hundes.

»Das Maultier! Joseph, wir haben das Maultier gefunden!«, schrie er aus Leibeskräften und machte dabei Freudensprünge. Das Tier stand reglos hinter dem Baum, ganz erschrocken über das Gebell des Hundes. Als der Mönch näher kam, lief das Maultier auf ihn zu und sah ihn mit sanften Augen an. Matthew packte es am Zügel und zog es auf den Weg.

»Ich habe doch gesagt, dass es abgehauen ist!«, rief Joseph. »Aber ich hätte nie gedacht, dass es hier heraufkommt! Ich dachte, es ginge hinunter ins Tal ...«

Matthew antwortete nicht. Während er einmal das Maultier und dann den Hund streichelte, richtete er ein stilles Dankgebet an den Allerhöchsten, der ihm trotz aller Gefahren wieder einmal seine väterliche Fürsorge erwiesen hatte. Nach kurzer Rast gingen sie weiter. Der Weg ging jetzt leicht bergauf. Matthew achtete darauf, nicht auf dem feuchten, schlüpfrigen Gras auszurutschen, und schmunzelte vor sich hin. Er fragte sich, warum ihm das Schicksal so viele Tiere als Reisegefährten zugedacht hatte. Sie waren anspruchsloser als Menschen und viel geduldiger. Zufrieden, wenn man sie streichelte und ihnen etwas zu fressen gab, waren sie treue Begleiter und taten alles, um ihrem Besitzer die Mühe zu erleichtern. Matthew ertappte sich beim Gedanken, dass die Tiere, auch wenn sie keine Seele hatten, Gott vielleicht manchmal näher waren als manche Christen. Sie waren rein und ohne Berechnung, selbst in ihren natürlichsten Bedürfnissen. Sie wollten einfach überleben. War es denn nicht elementarer Hunger gewesen, der den Wolf am Mont Joux dazu getrieben hatte, ihn anzugreifen? Und folgten nicht die Mäuse auf dem Berg nur ihrer Natur, wenn sie alles anknabberten, was sich in ihrer Reichweite befand? Und Marys Hündchen, das mit seiner Herrin geopfert worden war, sowie der Hund, der ihm in Frankreich den Weg gezeigt hatte, und jener andere, der ihn momentan begleitete, als würde er ihn schon immer kennen? Keiner der Texte, die der Mönch während seines Studiums gelesen hatte, hatte ihm darüber Aufschluss gegeben …

Matthew war so in seine widerstreitenden Gedanken vertieft, dass er ihr Eintreffen in einer Siedlung gar nicht bemerkt hatte. Joseph musste ihn aus seinen Grübeleien wachrütteln. Er drehte sich um und rief ihm zu, sie seien in einem Dorf angelangt.

Die Bewohner von Alpenzu nahmen sie freundlich auf. Sie gaben ihnen reichlich zu essen und zu trinken und waren erstaunt, den Hund wiederzusehen, der vier Tage zuvor aus einem Stadel verschwunden war. Er gehörte einem Bauern aus dem Dorf. Überglücklich, seinen Jagdhund wiederzuhaben, bot er den beiden Reisenden ein Nachtquartier an. Vorher zeigte er Matthew stolz die kleine, im Bau befindliche Kapelle. Die Bauarbeiten seien nach der plötzlichen Erkrankung seines Vetters, der die Grundmauern errichtet hatte, ins Stocken geraten. »Es ist schade«, fügte er hinzu, »denn wir haben damit gerechnet, dass die Kapelle vor Einbruch des Schnees fertig ist. Die Balken liegen schon bereit, sie müssen nur noch aufgerichtet werden. Wir sind nur wenige Bewohner und haben viel zu tun. Es fehlt uns an Zeit. Keiner von uns kann seine Arbeit liegen lassen und sich ausschließlich mit dem Bau der Kapelle beschäftigen …«

Zur Vesper – vor dem Abendessen, das der Bauer den beiden vorsetzte – nahm Matthew Joseph beiseite und schlug ihm vor, hier zu bleiben und am Bau der Kapelle mitzuarbeiten. »Ich habe versprochen, dich nicht anzuzeigen, und daran werde ich mich halten. Aber du musst zusehen, dass du dein Leben änderst. Wenn du gelernt hast, Pferdemist aufzusammeln, wirst du auch

Zimmermannsarbeiten erlernen! Hier wird eine arbeitswillige Kraft gebraucht. Betrachte es als Frondienst für den Allmächtigen, der dir das Leben gerettet hat!«

Nach einigem Zögern willigte Joseph ein. Er konnte jetzt nicht mehr frei umherziehen. Andererseits hatte ihn die Angst, früher oder später von seinem früheren Herrn aufgespürt zu werden, nie losgelassen. Wenn er hier blieb, musste er schwer arbeiten, aber zur Frühlingszeit würde er aus diesem Bergdorf fortgehen und wieder frei sein. Bis dahin würde der Mönch, der Zeuge seiner Missetaten war, längst weitergezogen sein.

Am darauf folgenden Morgen konnte Matthew seinem Gastgeber mitteilen, dass Joseph bereit war, hier zu arbeiten, schwieg aber wohlweislich von der Vergangenheit des neuen Zimmermannsgehilfen. Der Bauer war hellauf begeistert, dass Gott ihnen einen Helfer geschickt hatte. Ohne lange nach den Gründen für Josephs Entschluss zu fragen, nahm er den Jungen als Arbeitskraft auf. Die Dringlichkeit, die Bauarbeiten vor dem Wintereinbruch zu beenden, war groß. Bei allen Zweifeln, die ihm blieben, gaben die praktischen Erwägungen den Ausschlag. Als er erfuhr, dass der Mönch ins Tal von Macugnaga unterwegs war und einige Monate später zurückkäme, bot er zudem an, das Maultier bei sich zu behalten. »Nicht alle Wege, die du nehmen wirst, sind für ein Maultier geeignet. Es wird dir eine große Last sein. Besser, du lässt es hier, und wenn du zurückkommst, wirst du es wohlbehalten vorfinden und kannst dann hinunter ins Tal reiten. Vielleicht kommst du ja gerade rechtzeitig, um die neue Kapelle einzuweihen!« Matthew war einverstanden. Er wollte dem Bauern einen Teil des wenigen Geldes, das ihm noch geblieben war, für das Futter des Maultiers geben. Aber der Bauer lehnte ab und meinte, das Maultier könne Baumaterial transportieren und sich auf diese Weise seine Nahrung verdienen.

Als Matthew aufbrach, gab ihm der Bauer Käse und zwei

Laibe frisch gebackenes Brot mit auf den Weg. Der würzige Duft machte den Mönch glücklich. Seit Monaten hatte er nur altes und schimmeliges Brot gegessen. Nur der Abschied von Joseph beunruhigte Matthew. Dessen unschuldiger Blick erinnerte ihn an ihre erste Begegnung. Der Mönch ermahnte ihn streng, sich anständig zu betragen. Daraufhin dankte er dem Bauern für seine Gastfreundschaft, machte sich auf den Weg und bat Gott, den Verstand des Knaben zu erleuchten. Der Hund folgte ihm humpelnd ein Stück des Weges. Er kehrte erst ins Dorf zurück, nachdem Matthew ihn ein letztes Mal gestreichelt und zum Dank dafür ein Schwanzwedeln bekommen hatte.

Der Weg war tief in die Felsen eingeschnitten und führte sachte bergab, Richtung Sturzbach. Sein Rauschen war bald deutlich zu hören. Die vergletscherten Gipfel lagen außer Sichtweite, verschwunden hinter den hohen Wipfeln der Bäume und dem Gebirgskamm. Im Vertrauen auf sein inneres Gespür ging Matthew weiter. Der grasüberwucherte Weg war oft nur zu erahnen. Die ersten Sonnenstrahlen flammten noch nicht zwischen den Lärchenbäumen des gipfelumsäumten Landes auf, aber im Osten war eine zarte Helligkeit auszumachen. Es genügte zur Orientierung.

KAPITEL 29

Olivia hatte ihre Bütte mit Stallmist gefüllt, den sie wie die andere Mägde und Bäuerinnen auf die Felder trug, wo die Männer ihn als Dünger verteilten.

Trotz ihres weiten Kittels war ihr dicker Bauch nunmehr deutlich zu sehen und behinderte sie bei der Arbeit. Jede Tätigkeit kostete sie unendliche Mühe, und der Kummer über ihre Situation drückte sie nieder. Doch die Scham war schließlich der Gewöhnung gewichen. Jetzt machte es ihr nichts mehr aus, wenn die anderen Frauen sich höhnisch über sie lustig machten, nicht zuletzt, weil Gertrud ihr Unglück offen gelegt und klargestellt hatte, dass ihre Magd in ihrem Haus bleiben würde. Auch der Hohn und Spott der Dorfbewohner ließ nach. Man nahm ihr Unglück hin, auch wenn man sie immer wieder als »Franzosendirne« bezeichnete.

Auf die Anstrengung, sich die Bütte auf den Rücken zu heben, reagierte das Kind in ihrem Bauch mit heftigem Protest und Fußtritten, die sie vor Schmerz aufstöhnen ließen. Mit geschwollenen Beinen schleppte sich Olivia zu dem Feld unmittelbar hinter Gertruds Stall.

»Ist es nicht besser, du bleibst im Stadel und füllst die Hanfsäcke mit Kiefernnadeln und trockenem Laub? Das wäre eine Tätigkeit, die deinem Zustand angemessener ist!« Die Stimme Giudittas, deren Feld an Gertruds Parzelle grenzte, traf sie wie ein Hieb. Olivia war der sarkastische Ton der Frau, die mit ihrer stinkenden Mistbütte hinter ihr herkam, nicht entgangen. Giuditta war eine der missgünstigsten und intrigantesten Frauen im ganzen Dorf. Nicht zufällig war sie eine von Ingrids Freundinnen gewesen, obwohl sie von ihrer gesellschaftlichen Stellung her keineswegs zu ihr gepasst hatte. Olivia war sicher, dass Giuditta alle möglichen perfiden Lügen über sie erzählte, wenn sich nur jemand fand, der ihr zuhörte. Olivia warf ihr einen kalten Blick zu und lief schneller, ohne sie einer Antwort zu würdigen.

Wenn sie den Mist auf das Feld würde gebracht haben, würde eine weitere Tätigkeit auf sie warten, die zwar körperlich weniger anstrengend war, ihr aber Übelkeit verursachte. Gertrud würde ihre Hilfe brauchen, um die Schultern und Schlegel der vor kurzem geschlachteten Schafe in Salz einzulegen. Seit einiger Zeit verursachte Olivia der Anblick und der Geruch von Fleisch heftige Übelkeit und Erbrechen, das sie zu bekämpfen suchte, indem sie Hahnenfußwurzeln kaute. Sie wusste, dass die Prozedur des Einpökelns mehrere Tage dauerte, und war daher am ersten Morgen – vor Beginn dieser Arbeit – hinunter ans Flussufer gegangen, wo der Hahnenfuß wuchs, hatte einen ganzen Korb voll gepflückt und in die Speisekammer gestellt, damit die Pflanzen frisch blieben. Nach vierzehn Tagen im Pökelsalz eingelegt, würde das Fleisch zum Trocknen im Dachgebälk aufgehängt. Gertrud hatte ihr versichert, einen Teil des wertvollen Nahrungsvorrats für Olivia beiseite zu legen, damit sie nach der Entbindung wieder zu Kräften käme.

Olivia wusste es zu schätzen, wie sehr sich Gertrud um sie kümmerte, und um nichts auf der Welt hätte sie ihr ihre Hilfe bei einer so langwierigen Prozedur verweigert. Mit der Übelkeit würde sie schon fertig werden. Erneut kam eine Brise auf, ein feuchter und kalter Wind. Olivia leerte den Mist am Feldrand ab, lud sich die leere Kiepe auf den Rücken und ging erleichtert zurück in den Stall.

»Und was wird dein Vater jetzt machen?«

Sibillas Augen waren fragend auf Leonhardt gerichtet. Um sie herum waren die großen scharlachroten Stoffstücke auf der Wiese zum Trocknen ausgelegt – die Ecken mit Steinen beschwert – und bildeten ein ganz besonderes Schachbrettmuster. Sibilla hatte hart gearbeitet, bis diese Menge Wolle gefärbt gewesen war, aber die Mühe hatte sich gelohnt, denn allmählich begann ihre Arbeit Früchte zu tragen. Bald würde sie ihre roten Stoffe auch in anderen Tälern zum Verkauf anbieten. Mauleseltreiber würden die Waren im Gefolge anderer Kaufleute des Dorfes an ihr Ziel transportieren. Wenn ihre, Sibillas, Stoffe großen Anklang fänden, würde sie sich weitere Märkte erschließen und bald auf Bestellung arbeiten. Die regelmäßigen Einkünfte würden ihr Unabhängigkeit garantieren und ihr Respekt verschaffen. Gelegentlich ertappte sie sich dabei, wie sie mit Bedauern daran dachte, wie stolz Karola auf sie und ihren Unternehmergeist sein würde. Ach, wenn ihre Mutter doch noch am Leben wäre!

Leonhardt war soeben aus Brusson zurückgekehrt, wo er Seide und Brokat von einem florentinischen Kaufmann gekauft hatte, dem die Reise hinauf nach Felik zu beschwerlich gewesen war. Er sah Sibilla schweigend an, während er mit einem dünnen Zweiglein spielte, das er vom Boden aufgehoben hatte und das auf einmal laut knackend zerbrach. Die winzigen Teile wurden vom Wind fortgetragen. Er seufzte tief und begann endlich zu sprechen.

»Ich müsste lügen, wenn ich dir sagen würde, dass ich genau weiß, wie es weitergeht. Sicher ist nur, dass mein Vater außer sich vor Wut ist. Dass die Bank in Vercelli ihm einen Kredit verweigert hat, hat ihn erschüttert. Ich kann mir auch nicht erklären, warum man ihn nicht für kreditwürdig hält; vielleicht hat mein Vater sich überschätzt, vielleicht haben der Bank auch die Sicherheiten nicht genügt. Schließlich wohnen wir weit oben in den

Bergen in einer abgelegenen Gegend. Mein Vater ist überzeugt, dass jemand schlecht über ihn gesprochen hat. Ich weiß nicht, ich kann mir das gar nicht vorstellen. Wer sollte so etwas tun?«

»Könnte es nicht sein, dass dein Vater eine schriftliche Bestätigung seiner Zahlungsfähigkeit vom Landesherrn benötigt?«

»Mag sein. Aber wir wissen doch, dass Giacomo von Quart Hermann nur deshalb zu seinem Vasallen gemacht hat, um sich seiner militärischen Verpflichtungen gegenüber dem Dorf zu entledigen. Ihm ist es egal, dass die Kaufleute von Felik ihre Reichtümer vermehren wollen, indem sie weit entfernt Repräsentanzen aufbauen. Er hat andere Sorgen! Die Wahrheit ist, dass mein Vater in seinem Hochmut die Absichten des Lehnsherrn missverstanden hat und seine Bedeutung völlig überschätzt, die ihm durch die Übertragung dieser vermaledeiten, völlig nutzlosen Vasallenschaft zukommt. Das Ergebnis ist doch, dass wir jetzt noch mehr Mäuler füttern müssen – man weiß ja, dass Soldaten ganz besonders hungrig und durstig sind! Hoffen wir nur, dass wir im Ernstfall auch wirklich in der Lage sein werden, uns zu verteidigen …«

Leonhardt blickte traurig und beunruhigt drein.

»Aber was machst du jetzt? Wirst du hier in Felik bleiben können, um die Geschäfte deines Vaters zu führen, oder musst du die Vertretung in Praborno nun doch übernehmen?«

»Im Augenblick weiß ich es nicht. Mein Vater lässt nicht locker, und ich widersetze mich ebenso hartnäckig. Sobald das Frühjahr kommt, wird es jedenfalls ernst. Der Winter steht vor der Tür, da werden wir, wenn die Wege zugeschneit sind, nicht weit über den St.-Teodulo-Pass hinauskommen. Bis nächstes Jahr werden unsere Handelsgeschäfte auf Canton und das untere Tal beschränkt sein. Dorthin hat mein Vater, wie du ja weißt, keine großen Verbindungen, umso weniger jetzt, wo die Bank ihm nicht entgegenkommt.«

Sibilla öffnete den Mund, um etwas zu sagen, dann besann sie sich eines Besseren. Dies war nicht der richtige Augenblick, noch nicht. Was sie Leonhardt zu sagen hatte, war viel zu heikel, als dass es so nebenbei in ein Gespräch über Geld und Macht hätte eingeflochten werden können – Dinge, mit denen sie im Grunde nichts zu tun hatte. Sie würde noch warten. Das Wichtigste war, dass Leonhardt hier blieb, hier bei ihr. Für das andere war später noch Zeit.

Die beiden jungen Leute standen auf. An ihren Kleidern klebten trockene Grashalme. Sie küssten sich, bevor sie wieder zu ihrer Alltagsarbeit zurückkehrten.

Leonhardt ging nach Hause, wo er die soeben eingekauften Waren aufteilen musste, und Sibilla fing an, die inzwischen trockenen Stoffstücke aufeinander zu legen. Dann würde sie sie auf dem Dachboden lagern, wo es trocken war und die Mäuse nicht hinkamen, bevor die Tuche auf die Maultiere geladen und verkauft würden.

KAPITEL 30

Der Weg, der sich zwischen den steil aufragenden Berghängen entlangschlängelte, wurde immer beschwerlicher. Hin und wieder tat sich eine Lichtung auf, die die Hoffnung aufkeimen ließ, bald am Ziel zu sein; aber dann ging es bald erneut steil bergauf, zwischen Bäumen hindurch, die sich an die steilen Hänge klammerten. Ihre Wurzeln, die oft aus dem Erdreich und zwischen dem Felsgestein hervortraten, sahen aus wie riesige Finger, die sich festkrallten und Halt suchten.

Matthew blieb stehen. Trotz der Kälte schwitzte er vor Anstrengung. Seine zum Bergsteigen denkbar ungeeignete Kutte verfing sich im niedrigen Gestrüpp und behinderte ihn beim Gehen. Keuchend sah er sich um, ob er nicht schon irgendwo das Dorf entdeckte. Doch auch hier verhinderte die Vegetation die freie Sicht hinunter ins Tal.

Matthew schob die unteren Zweige einer jungen Tanne beiseite und machte ein paar Schritte nach vorn, bis er auf einer natürlichen Aussichtsplattform stand, unter der sich eine tiefe Schlucht auftat. Linker Hand, jenseits der Felsen, stürzte ein Wasserfall von den Bergen herunter, der beim Aufprall weiße Gischt aufschäumen ließ. Das Wasser schoss hinunter ins Tal, und ganz unten konnte Matthew ganz deutlich einen mächtigen Fluss erkennen. Bisher hatte er auf dem ganzen Weg nirgendwo den Fluss Lys gesehen, und als nun die engen Flusswindungen vor ihm lagen, die das Tal durchschnitten, ging ihm durch den Kopf, wie sehr sich die Wasserläufe im Augusta-Tal von den ruhigen, trüben und langsamen Flüssen seiner Heimat unterschieden.

Die Wolken im Norden, die den Himmel bedeckt hatten, verschwanden rasch, als ein starker Wind aufkam. Je weiter die Wolken Richtung Osten zogen, desto klarer enthüllte sich die Kette der Gletscher in all ihrer Pracht. Beeindruckt von solcher Majestät, blieb der Mönch voller Bewunderung stehen. Seine Augen füllten sich mit Tränen der Rührung, und er setzte sich auf einen Felsen und dankte Gott für das Werk seiner Schöpfung, das er in seiner unendlichen Güte den Menschen geschenkt hatte.

Er ließ den Blick dorthin schweifen, wo die verschneiten Felsen allmählich in Almen übergingen. Die Flecken, die er dort unten entdeckte, schienen nicht Felsen, sondern Häuser zu sein. So sehr er sich auch bemühte, er konnte nichts Genaues erkennen. Doch der Wind, der die Richtung geändert hatte, trug den Geruch von Rauch zu ihm. Mit dem tröstlichen Gedanken, bald am Ziel zu sein, nahm Matthew seinen Weg wieder auf. Er hatte Hunger, wollte aber noch ein Weilchen warten, bevor er das wohlriechende, knusprige Brot aus Alpenzu aus seinem Reisesack hervorholte. Eine letzte Rast wollte er erst machen, wenn er Felik in den Blick bekam.

Karl beobachtete seinen Vater, der mit kräftigen Axthieben einen Baumstamm spaltete. Holzsplitter sprangen bei jedem Hieb in alle Richtungen.

»Halte dich etwas abseits, Karl«, sagte Leopold. »Was glaubst du, wie gefährlich es ist, wenn mir die Axt aus der Hand rutscht!«

»Das ist unmöglich, Vater«, erwiderte der Sohn und trat ein paar Schritte zurück. »Wo du doch so treffsicher bist. Aber wozu brauchst du dieses Holz?«

»Ich muss eine Kommode und eine Wiege für Olivia bauen.

Es ist ein Auftrag von Conrad und Gertrud; sie wollen es ihr zur Geburt des Babys schenken …«

»Aber wie kann Olivia schwanger sein, wo sie doch gar keinen Mann hat?«, fragte Karl verunsichert. Leopold, der eine solche peinliche Frage von seinem Sohn nicht erwartet hatte, hielt in der Bewegung inne und blickte Karl an. Der Junge erwiderte den Blick arglos und erwartungsvoll. Ach, wenn doch seine Frau noch am Leben wäre, sie war so klug und ausgeglichen gewesen. Sie hätte gewusst, wie man sich in derartigen Situationen am besten verhalten sollte. In diesem Augenblick wurde sich Leopold wieder einmal schmerzlich bewusst, wie schwer es war, ein Kind allein großzuziehen. Mit einem tiefen Seufzer ließ er die Axt sinken und täuschte Müdigkeit vor.

»Hör zu, Karl, ich habe jetzt keine Zeit. Ich bin müde und muss auch noch nach der Kuh im Stall sehen … Warum hilfst du Sibilla nicht ein wenig beim Beladen der Maultiere?«

Karl war enttäuscht, dass sein Vater die Frage unbeantwortet gelassen hatte. Doch er gehorchte und machte sich auf den Weg zu Sibillas Stadel. Er würde sie nach dem Grund für diese merkwürdige Schwangerschaft fragen. Sibilla konnte seine Neugier ganz bestimmt befriedigen.

Kurz bevor er an der Palisade angelangt war, sah er durch das Südtor eine dunkle Gestalt eintreten. Er näherte sich ihr ein Stück und ließ sie nicht aus den Augen. Es war ein Mann, genauer gesagt, ein Mönch. Die schwarze, staubige und verdreckte Kutte schlotterte um seinen mageren Körper. Sein Gesicht, umrahmt von einem hellblonden Bart, war von Falten zerfurcht.

Karl stand regungslos da und beobachtete ängstlich die zerlumpte Gestalt, die aussah, als käme sie von weit her. Matthews blaue Augen trafen die des Knaben. Der Mönch sah ihm an, dass er Angst vor ihm, einem Fremden, hatte. Matthew machte ein paar Schritte auf ihn zu, lächelte und fragte: »Ist dies hier das Dorf Felik?«

»Ja. Aber wer bist du?«, fragte Karl. Der seltsame Akzent des Mannes hatte ihn neugierig gemacht.

»Ich bin ein Benediktinermönch und komme von weit her. Kannst du mir sagen, ob es hier eine Kapelle gibt und einen Priester? Ich habe eine lange Reise hinter mir und bin sehr müde. Deshalb möchte ich mich ein Weilchen ausruhen, bevor ich meinen Weg fortsetze ...«

»Ja, die Kapelle ist dort hinten, auf dem Dorfplatz, aber heute ist der Priester nicht da, und die Kirche ist geschlossen. Pater Anton musste nach Ussima zu einem Verwandten, der dort lebt und seit langem krank ist. Du könntest in der Herberge ... Oder nein, komm mit mir, wir fragen Sibilla, was das Beste ist!«

Karls Furcht war verschwunden; er fasste den Mönch an der Hand und zog ihn mit sich fort. Erstaunt über die Lebhaftigkeit und Ungezwungenheit des Knaben, folgte ihm Matthew. Wer wohl diese Frau war, die diesen mythischen, ungewöhnlichen Namen trug? Auf dem Weg zu Sibillas Stadel wurde Matthew von misstrauischen Blicken beäugt. Mancher Bewohner hätte Karl gern gefragt, wer denn dieser Mönch war, aber der Knabe lief so schnell, dass dafür gar keine Zeit blieb.

»Und wo ist dieses England?«, fragte Karl mit großen Augen, als er Matthew gegenübersaß, der ein Stück Brot verzehrte.

Der Mönch, den Sibilla in die Stube gebeten hatte, umfasste einen Becher Wein mit seinen kalten Händen. Auf dem Tisch standen neben Brot auch Käse und frische Walnüsse, deren grüne Schale noch nicht getrocknet war.

»Karl, lass Pater Matthew in Ruhe! Siehst du denn nicht, wie müde er ist?«, wies Sibilla den Knaben vorwurfsvoll zurecht. Er verzog das Gesicht, und um seine Enttäuschung zu verbergen, beugte er sich zu Marcabrù hinunter, der die Brotkrümel am Boden fraß.

Als Matthew vor einer halben Stunde in den Stadel gekommen war und sich wieder einem Hund gegenübergesehen hatte, hatte er schmunzeln müssen. Ohne genau zu wissen, warum, war er erleichtert gewesen. Das Tier hatte Karl begeistert begrüßt. Dann war es vor Matthew stehen geblieben und hatte ihn lange und mit hängendem Schwanz angesehen.

Während Sibilla den Mönch in die Stube bat, beschnupperte ihn der Hund, bevor er sich zu seinen Füßen setzte, die Ohren gespitzt und mit wachsamem Blick. Erst als das Brot kam, sprang er auf und legte seine riesigen Vorderpfoten auf Karls Knie, um ein paar Bissen zu erbetteln.

»Ist kein Problem. Ich bin zwar müde, aber es ist nicht schwer, diesem neugierigen Kleinen seine Frage zu beantworten! Lass mich aber vorher ein paar Bissen von dem köstlichen Essen nehmen, das mir Sibilla vorgesetzt hat. Ihre Großzügigkeit ist fast so groß, wie mein Magen leer ist! … Und außerdem würde ich jetzt noch in Felik umherirren, wenn ich Karl nicht getroffen hätte …«

»Aber wie kommt es, dass du einen solchen Hunger hast und so mager bist?«, fragte der Knabe, ermuntert durch die Freundlichkeit des Mönchs.

»Karl!«, fuhr Sibilla dazwischen und runzelte vorwurfsvoll die Stirn. Das herzliche Lachen des Mönchs tröstete den Knaben, der aus Scham über seine zudringliche Frage errötet war. Nachdem sich Matthew mit dem Ärmel den Mund abgeputzt hatte, stellte er den noch vollen Becher ab und erklärte Karl den Grund für seinen Hunger. Er habe eine lange und beschwerliche Reise hinter sich und nicht immer so frische und schmackhafte Speisen zu essen gehabt. England, erklärte er, befände sich jenseits eines großen Meeres, und man müsse viele Tage wandern und fremde Länder durchqueren, um dorthin zu kommen.

»Dann hast du also denselben Weg gemacht, den unsere Kaufleute auf ihren Reisen nach Flandern, Deutschland und in die Länder des Nordens nehmen!«, rief der Knabe voller Aufregung.

»Mehr oder weniger«, erwiderte Matthew und kaute weiter.

»Und warum bist du hierher gekommen?«

»Jetzt reicht es aber wirklich, Karl«, mahnte Sibilla entschieden. »Lass den Mönch in Ruhe. Geh raus, und spiel mit Marcabrù!«

Matthew, der diese Frage mit Bangen erwartet hatte, brachte nur mit Mühe seinen letzten Bissen hinunter. Der Knabe stand auf, warf Sibilla einen ärgerlichen Blick zu und ging schweigend hinaus. Der Hund trottete hinter ihm her.

Der jungen Frau war die Verlegenheit des Mönchs nicht entgangen. Sie beschloss jedoch, einstweilen nicht weiter nach dem Grund für seinen Aufenthalt hier in Felik zu fragen. Dafür würde später noch Zeit sein. Vorerst musste sie einen Schlafplatz für Matthew finden. Sie als allein lebende junge Frau konnte ihn nicht bei sich beherbergen, wo man sich im Dorf sowieso schon das Maul über ihr Verhalten zerriss. Die Kapelle war auch die beiden nächsten Tage geschlossen, und das Gasthaus war gewiss nicht der richtige Ort für diesen Mönch aus einem fremden Land. Während sie noch fieberhaft überlegte, klopfte es an der Tür.

Sibilla öffnete. Auf der Türschwelle, im Gegenlicht, stand eine imposante Gestalt.

»Sei gegrüßt, Sibilla. Erinnerst du dich noch an mich?«

Das Mädchen fand nicht einmal die Zeit zu einer Antwort, denn hinter ihr wurde die Bank mit einem Ruck umgestoßen. Sie zuckte zusammen, drehte sich um und sah den Mönch mit ausgebreiteten Armen und völlig verblüfftem Gesichtsausdruck zur Tür kommen.

»Otto!«

Als der Kaufmann seinen Namen von der ihm wohl bekannten Stimme ausgesprochen hörte, machte er einen Satz nach vorn und hätte um ein Haar Sibilla umgerannt.

»Pater Matthew!«

Die Worte hallten durch den Stadel. In Gegenwart der sprachlosen Sibilla umarmten sich die beiden Männer und schluchzten vor Rührung und Freude.

»Du hast es geschafft, endlich! Ganz allein! Und ich dachte, dass du ohne mich weiß der Himmel wo landen würdest ... Seit wann bist du hier, und wie kommt es, dass Sibilla dich bei sich aufgenommen hat? Hast du schon ...?«

Trotz der Wiedersehensfreude wusste Matthew, was Otto im Begriff war auszusprechen. Mit einer raschen Geste und einem viel sagenden Blick hinderte er den Kaufmann, weiter nachzubohren, und antwortete hastig:

»Ich bin erst seit kurzer Zeit hier, und dieses Mädchen hat mich großzügig verköstigt. Im Augenblick ist die Kapelle geschlossen, und ich muss eine Unterkunft finden ... Aber du, was machst du hier? Deine Frau ...?«

Bei den letzten Worten zögerte Matthew, fürchtete er doch eine unheilvolle Antwort, aber das strahlende Lächeln auf dem Gesicht des Kaufmanns beruhigte ihn.

»Margreth ist wohlauf und unser Sohn auch, Gott sei Dank! Aber ich versichere dir, wenn dieser Priester von St. Vincenzo mich nicht rechtzeitig gewarnt hätte, hätte ich beide verloren!«

Sibilla ließ verwirrt den Blick von einem zum anderen schweifen und versuchte, sich aus dem, was sie sprachen, einen Reim zu machen. Auch Karl, der wieder hereingekommen war, verfolgte die Szene mit großen Augen.

Endlich wurde sich Otto der Anwesenheit Sibillas und des Knaben bewusst. Er entschuldigte sich und erklärte, dass er und der Mönch einen Teil der Reise zusammen gemacht hatten und dass dank der Prophezeiungen eines Mönchs im Tal seiner Frau und seinem Kind das Leben gerettet wurde. Er sei nach Felik gekommen, um ein paar Bahnen dieses rot gefärbten Wollstoffs zu erwerben und jenseits der Alpen weiterzuverkaufen. Bei seiner Ankunft sei er ein paar Treibern mit beladenen Maultieren begegnet, und nachdem er sich von ihnen ein Stoffmuster habe zeigen lassen, habe er sie gebeten, mit dem Aufbruch noch ein paar Stunden zu warten. Die Männer hätten ihm versprochen, im Gasthof zu warten und etwas zu essen und zu trinken, würden aber aufbrechen, wenn sie von der Weberin keine Nachricht erhielten.

»Verzeih mir, Sibilla, vielleicht war es unrecht, mich in deine Geschäfte einzumischen. Aber sag, hast du einen Händler, der dir deine Stoffe abkauft? Wenn nicht, so garantiere ich dir sichere Absatzmärkte. Vielleicht erinnerst du dich nicht, denn du warst ja noch ein Kind, doch dein Vater und ich haben oft dieselben Märkte und dieselben Höfe aufgesucht ... Viele Frauen bei Hof wären glücklich, deine scharlachroten Stoffe zu tragen, und ich bin sicher, dass es dir an Bestellungen nicht mangeln wird, wenn sie sie erst einmal gesehen haben ...«

Während der Kaufmann noch sprach, überlegte Sibilla. Nach kurzem Zögern nahm sie Karl beiseite und bat ihn, zur Taverne zu laufen und den Maultiertreibern zu sagen, bis zur Ankunft des Kaufmanns Biener zu warten. Er würde sie nach Canton des Allemands und von dort aus zu einem anderen Markt führen. Über Ottos Tüchtigkeit als Händler hegte Sibilla keinerlei Zweifel. Ihre Mutter hatte ihr oft von ihm und seiner Rechtschaffenheit und Ehrlichkeit erzählt – Tugenden, die in diesem Beruf selten anzutreffen seien. Da Otto die Märkte sehr genau kannte, würde er ihr helfen, ihre Stoffe zu einem besseren Preis zu verkaufen. Vorerst würde sie ihm einen Großteil ihrer Stoffe anvertrauen, und je nach Verkaufserfolg würde sie danach entscheiden, wie es im folgenden Jahr weiterging. Damit hätte sie in diesem schwierigen

Abschnitt ihres Lebens eine Sorge weniger. Auch wenn sie augenblicklich unter den gegebenen Umständen etwas überstürzt entscheiden musste, war sie doch überzeugt, dass Leonhardt ihren Entschluss billigen würde.

Während Karl aus dem Stadel eilte, stellte Sibilla noch einen Becher und weitere Speisen auf den Tisch. Otto drückte sein Bedauern über Karolas plötzlichen Tod aus. Er hatte sie als kluge und ungewöhnlich gebildete Frau in Erinnerung. »Deine Mutter«, sagte er, »hätte neben den Damen, die in den Burgen auf gepolsterten Stühlen sitzen, keine schlechte Figur abgegeben, ja viele von ihnen hätte sie mit Leichtigkeit überflügelt!« Er lobte den unternehmerischen Geist Sibillas und ihre großartige Idee, die Wolle zu färben, und erkundigte sich, ob ihre Zukunftspläne auch die Heirat mit einschlössen. Sibillas vage und unsichere Antwort sowie ihr trauriger Blick gaben dem Kaufmann zu verstehen, dass er dieses Thema besser nicht weiter vertiefte.

Matthew hatte bisher schweigend zugehört. Marcabrù hatte ihn immer wieder gestupst, um gestreichelt zu werden. Plötzlich spürte der Mönch, wie müde er war. Es fiel ihm zunehmend schwerer, den Schilderungen des Kaufmanns zu folgen, und er war sich bewusst, dass seine Erschöpfung nicht nur körperliche Ursachen hatte, sondern zum größten Teil seiner Furcht und seiner inneren Anspannung zuzuschreiben war. Das Bewusstsein, endlich am Ziel seines langen Weges angelangt zu sein, machte ihn unsicher. Er war unschlüssig, wie er seine düstere Prophezeiung übermitteln und an wen er sich zuerst wenden sollte. Sicher war er sich jedoch, dass man ihn verlachen und aus dem Dorf jagen würde.

Otto rüttelte ihn aus seinen Grübeleien. Der Kaufmann erklärte Sibilla gerade, dass das Ziel von Matthews Pilgerreise eines der Benediktinerklöster im Tal von Macugnaga sei und mit dem Besuch der Reliquien des heiligen Petrus in Rom ihren Abschluss finden sollte. »Er wird nur kurze Zeit hier in Felik bleiben«, sagte Otto und blickte von der verblüfften Sibilla zu dem bangen Mönch. »Und ich hoffe, die Bewohner nehmen ihn mit der Barmherzigkeit auf, die ein so weit gereister Pilger verdient hat ... Zunächst allerdings müssen wir für die nächsten Tage eine Unterkunft finden ...«

»Aber ich ... ich kann auch in einem Stall ...«

»Nein, Mönch«, mischte sich Sibilla ein. »Deine Kutte ist schon viel zu schmutzig, um auch noch durch das Stroh im Stall in Mitleidenschaft gezogen zu werden! Ich werde Karl fragen. Er und sein Vater wohnen allein und haben unter dem Dach viel Platz. Dort könnten sie dir Unterschlupf geben, wenigstens für diese Nacht. Leopold ist ein großzügiger und gottesfürchtiger Mensch, und Karl hast du ja bereits kennen gelernt ... Sie freuen sich bestimmt, dich beherbergen zu können.«

Otto pflichtete Sibilla bei, und nachdem sie über den Verkauf der Stoffe handelseinig geworden waren, verabschiedete er sich. Karl, der unterdessen zurückgekommen war, eilte gleich nach Hause. Er war ganz aufgeregt über das, was er seinen Freunden vom englischen Mönch erzählen konnte, der so überraschend im Dorf aufgetaucht war und bei ihm übernachten würde. Schließlich war er sich sicher, dass sein Vater Pater Matthew gern bei sich aufnehmen würde. Zu Hause würde er ihn in Ruhe über seine ferne Heimat ausfragen können.

KAPITEL 31

Mit dem Dorfvorsteher soll ich sprechen? Nein, Otto, er würde es nicht verstehen ... Besser, ich warte, bis der Priester wieder da ist; ihm allein könnte ich sagen, was ich auf dem Herzen habe ... Schließlich ist er ein Mann Gottes. Er wird sich einem Mitbruder nicht verschließen.«

»Das glaubst du«, erwiderte der Kaufmann und sah Matthew ernüchtert an. »Nimm dich in Acht, Mönch. Ich habe dir schon einmal gesagt: Diese Leute hier sind schwierig, und soweit ich weiß, stellt der Priester keine Ausnahme dar. Pater Anton ist alt und müde und will so wenig wie möglich belästigt werden. Die Bewohner achten ihn seines Gewandes wegen, aber für ihn als Seelenhirten haben sie nicht besonders viel übrig. Wenn du dich ihm anvertraust, wird er erschrecken, und alles endet nur in allgemeiner Verwirrung.«

Matthew und Otto saßen am Ufer des Bachs, in dem sich der Mönch flüchtig gewaschen hatte, bevor er zu Leopolds Haus aufbrechen wollte. Das eiskalte Wasser, in das Matthew seine Füße tauchte, linderte seine Schmerzen. Auch seine Kutte hätte er waschen sollen, aber da er nichts anderes zum Anziehen hatte, musste er sich damit begnügen, sie oberflächlich zu reinigen. Der Mönch ließ seinen unruhigen Blick umherschweifen. In seinen Augen lag ein Fieber, das der Kaufmann nur allzu gut kannte. Als Otto merkte, dass Matthew mit seiner Antwort zögerte, sah er ihn an und schnaubte ungeduldig.

»Du wirst doch ausgerechnet jetzt nicht aufgeben! Wo ist dein

Mut? Muss ich dich daran erinnern, dass du einen Auftrag zu erfüllen hast? Wie oft hast du mir gesagt, dass dein Leben in Gottes Hand liegt und dass dir mit seiner Führung gar nichts passieren kann? Schließlich bist du doch hierher gekommen, um diesen Leuten die Möglichkeit zu geben, sich zu retten! Dies ist der Augenblick, da du deinen Glauben unter Beweis stellen kannst …«

Matthew sah den Kaufmann eindringlich an. Seine Worte erfüllten ihn zuerst mit Scham, bald jedoch mit einer tiefen Furcht. Wieder einmal fühlte er sich der Aufgabe, die er zu erfüllen hatte, nicht gewachsen. Zugleich begriff er, wie nichtig seine Sorge um das eigene körperliche Wohlergehen in Anbetracht des Heilsplans Gottes war, der ihn zum Werkzeug seines Auftrags erwählt hatte. Er sah auf die Gletscher, die von dichten weißen Wolken verhüllt waren, und erschauderte.

Da Otto keine Antwort bekam und ahnte, welchen inneren Kampf der Mönch auszufechten hatte, beschloss er, einfach weiterzusprechen – von praktischen Dingen, um sein Gegenüber abzulenken.

»Ich bleibe bis morgen Früh hier. Wenn du deine Sachen bei Leopold abgestellt haben wirst, werde ich dich zum Dorfvorsteher begleiten. Es heißt, er ist ein Mann des Ausgleichs, und er könnte dieses Amt bestimmt nicht bekleiden, wenn er nicht eine gewisse Ruhe und Gelassenheit besäße. Ich habe gehört, dass er kürzlich seine einzige Tochter verloren hat, die im Wald von einem Bären getötet worden ist. Hoffentlich hat ihn dieses furchtbare Unglück nicht um den Verstand gebracht … Eine andere Möglichkeit gibt es nicht … Nachdem Gespräch mit dir beruft er, wenn er es für notwendig hält, eine Versammlung ein, damit alle Bewohner die Prophezeiung erfahren. Das ist der schwierigste Teil deiner Mission, denn sie wollen es gewiss aus deinem Munde hören. Du musst ruhig und entschlossen auftreten, ohne Zögern und Zaudern. Du musst ihnen den genauen Wortlaut deiner Vision mitteilen, und auch wenn sie nähere Erklärungen verlangen, darfst du nichts mehr hinzufügen. Lass dich nur nicht von ihrem Zorn beirren, der fürchterlich sein wird. Sobald du kannst, brichst du nach Canton des Allemands auf, wo ich dich als Gast in meinem Haus erwarte. Dort kann dir niemand mehr etwas zu Leide tun.«

Matthew hörte genau zu und griff dabei, wie es immer häufiger geschah, mechanisch nach dem silbernen Kreuz auf seiner Brust. Otto seinerseits, der sein bisheriges Gesprächsthema abschließen wollte, um endlich auf eine Herzensangelegenheit von ihm zu sprechen zu kommen, befingerte nervös die Schwellung hinter seinem Ohr. Als er Blut spürte, wischte er sich die Finger an seinem Mantel ab und verschränkte die Arme vor der Brust.

»Du wirst als Gast in meinem Haus bleiben, bis ich aufbreche ...«, begann er unbeholfen.

»Wohin führt dich deine nächste Reise? Wieder nach Frankreich?«

»Nein, Matthew, ich werde nach Santiago pilgern ...«

Matthew blickte ihn sprachlos an. Ihm stockte der Atem. Ein kalter Schauder lief ihm über den Rücken, bevor er sprechen konnte.

»Was sagst du da?!«, stammelte er endlich. Otto war errötet.

»Ich sage, ich habe beschlossen, nach Santiago zu wallfahren ... ans Grab des heiligen Jakobus«, erwiderte der Kaufmann schüchtern. »Zum Dank für die große Gnade, die mir zuteil geworden ist ... dass meine Frau und mein Sohn am Leben geblieben sind. Ich bin nicht sicher, ob ich diese Gnade auch wirklich verdient habe, aber das Einzige, was ich tun kann, ist, zum Grab des Heiligen zu wallfahren und ihm für seine Fürsprache beim Allerhöchsten zu danken ...«

»Und was wird aus deinen Geschäften und aus deiner Frau?«

»Margreth war es, die diese Idee hatte, und ich konnte sie bisher nicht davon überzeugen, zu Hause zu bleiben. Was meine Geschäfte betrifft, habe ich bereits alles Notwendige veranlasst, damit mir kein Schaden entsteht …«

Matthew war erstaunt. Wo war der mürrische Kaufmann, den er auf dem verschneiten, gewundenen Pfad des Mont Joux kennen gelernt hatte? Wo war seine Ruppigkeit geblieben, derentwegen er den verletzten Bauern von Cly am liebsten seinem Schicksal überlassen hätte? Und wieder verwunderte den Mönch die brüderliche Verbundenheit, die er für diesen Mann empfand. Doch jetzt kam das Bewusstsein hinzu, dass sie beide, obgleich auf unterschiedlichen Wegen, dem gleichen Ziel zustrebten: dem ewigen Seelenheil. Eine tiefe Freude erfüllte ihn, seine Augen leuchteten, und sein Mund verzog sich zu einem Lächeln. Auch Otto, der eine ungläubige Aburteilung Matthews gefürchtet hatte, lächelte verlegen.

»Gott segne dich, Otto. Dies ist eine wichtige Entscheidung, und ich bin glücklich darüber, dass du sie getroffen hast!«

»Ich dachte …«, fuhr der Kaufmann fort, erleichtert durch die zustimmende Reaktion des Mönchs, »ich dachte, du … du würdest vielleicht mit mir nach Santiago pilgern … wenn du deinen Auftrag hier in Felik erfüllt hast … Was wirst du tun? Wenn ich dich recht verstanden habe, hat dir dein Abt verboten, in dein Kloster zurückzukehren, ehe du nicht eine richtige Bußwallfahrt gemacht hast. Und welches Ziel könnte besser sein als Santiago? Du könntest sagen, dass dich dein Wunsch, Sühne zu tun, veranlasst hat, deine Pilgerreise bis nach Spanien fortzusetzen …«

Otto hatte schnell und atemlos gesprochen, fürchtete er doch die Zweifel seines Gegenübers. Doch Matthew hüllte sich zunächst in Schweigen. Er sah den ängstlich dreinblickenden Kaufmann an. Obwohl dessen Gesicht die tiefen Falten des Alters aufwies, war er noch immer rüstig. Seine großen, schwieligen Hände hatte er vor der Brust wie zum Gebet gefaltet. Otto sah den

Mönch an wie ein Kind, das ängstlich darauf wartet, wie der Erwachsene auf seinen Streich reagieren wird, und eine gerechte Bestrafung fürchtet.

»Die Regel des heiligen Benedikt empfiehlt Mäßigung als Mutter aller Tugenden«, erwiderte endlich der Mönch. »Wenn einer von uns vor eine schwierige oder unmögliche Aufgabe gestellt wird, haben wir die Pflicht, besonnen und ohne Aufbegehren zu gehorchen. Dies, und nichts anderes, habe ich bisher getan, und ich werde es weiter so halten, bis mein Auftrag erfüllt ist. Auch wenn wir uns dessen nicht bewusst sind, so sind wir doch wie der Samen, der vom Wind fortgetragen wird. Gott allein weiß, wohin die Reise geht. Und wenn er will, dass ich dich nach Santiago begleite, so wird er mir ein Zeichen geben, dass ich erkenne, was ich zu tun habe … Jedenfalls danke ich dir, Otto, für deine Zuneigung und Fürsorge. Ich habe das große Glück gehabt, dich kennen zu lernen. Ich habe in dir einen Bruder gefunden, und das hätte ich mir niemals erträumt …«

Mit einem tiefen Seufzer hielt Matthew inne, um seine Rührung zu verbergen. Seine Gefühlsbekundungen machten Otto verlegen, der sich zugleich aber auch glücklich fühlte, weil sein Angebot nicht ein für alle Mal ausgeschlagen worden war. Er bemühte sich, zu seiner gewohnt griesgrämigen Art zurückzufinden, und gab dem Mönch einen freundschaftlichen Klaps auf die Schulter.

»Komm, gehen wir zu Leopold. Du musst dich ausruhen, bevor du dem Ammann gegenübertrittst. Siehst du? Es hat angefangen zu regnen …«

Matthew blickte zum Himmel. Die milchigen Wolken von vorhin hatten sich verzogen. Dunkel drohende Wolken, die vom Gebirge herankamen, standen am Himmel. Das ganze Dorf befand sich unter einer grauen Glocke. Alles lag fahl und düster da. Der Mönch fröstelte und folgte dem Kaufmann zügig zum Haus des Tischlers.

»Der Mann ist ja von Sinnen!«

Wütend und mit weit ausholenden Schritten ging Hermann auf und ab. Der Ammann allerdings saß ruhig auf seiner Bank neben dem häuslichen Feuer und betrachtete ihn mit müdem Blick.

»Wir müssen ihn aus Felik verjagen! Hat man je gehört, dass ein Mönch, noch dazu ein Fremder, hier heraufkommt, um uns zu sagen, dass wir Bösewichter sind, unverschämt reich, keine Furcht vor Gott haben und daher bestraft werden?! Wer ist dieser Kerl, dass er auf diese Weise mit uns reden darf, und was will er von uns?! Und dann dieser Fluch! Was bedeutet ›sanfter Schleier des Himmels‹ und ›rote Tränen des Blutes‹! Er ist ein Ketzer, ganz bestimmt, er ist ein Ketzer! Er ist einer dieser vermaledeiten Bettelmönche, die überall umherstreifen und mit ihren lächerlichen Prophezeiungen Bauern und Landesherren in Angst und Schrecken versetzen. Ja, er ist einer dieser schwarzen Unglücksvögel ... Aber hier bei uns ist er an der falschen Adresse, oh ja, er hat sich getäuscht! Wir sind hier keine Idioten wie die Bewohner der Ebene! Wir werden Mittel und Wege finden, ihn zu vertreiben, und zwar auf der Stelle ...«

»Aber ...«, mischte sich Daniel müde ein, »aber er ist doch ein Mönch, seine Kutte verbietet es uns ...«

»Zum Teufel mit seiner Kutte! Woher sollen wir wissen, dass er kein Räuber ist, der sich als Mönch verkleidet hat?!«

»Aber seine Worte, seine Art zu sprechen ...«

»Hör mir bloß damit auf! Abgesehen davon, dass man auf Grund seiner vertrackten Aussprache nur die Hälfte von dem versteht, was er sagt – glaubst du denn, es ist so schwer, sich wie ein Geistlicher zu benehmen? Und wenn er wirklich ein Ketzer ist? Weißt du denn, was diese Ketzer tun? Sie versammeln sich an geheimen Orten und beratschlagen, wie sie das Wort des Antichrist verbreiten können, sie treiben Unzucht miteinander und geben sich widernatürlichen Lastern hin … Weißt du, dass der Papst in Frankreich, in Toulouse, ein Tribunal gegen sie eröffnet hat? Wir müssen ihn als Ketzer entlarven und den Behörden übergeben. Ich werde ihn persönlich bei Giacomo von Quart anzeigen! Wir überstellen ihn den Soldaten, die ihn vor das Gericht des Lehnsherrn bringen werden. Ich bin sein Vasall, ich habe die Pflicht, die Sicherheit der Dorfbewohner zu gewährleisten. Wenn wir die Anwesenheit dieses Mannes hier bei uns dulden, machen wir uns selbst der Ketzerei schuldig, und dann … Das hätte uns noch gefehlt, unser Handel wäre damit am Ende!«

Hermann rang nach Luft. Sein Gesicht war zu einer Fratze verzerrt, seine blutunterlaufenen Augen traten aus den Höhlen, geifernder Speichel tropfte ihm aus dem Mund, und seine verschwitzten Haare hingen ihm wirr in die Stirn.

Alles – die Nachricht von der Ankunft des Mönchs, seine finstere Prophezeiung und die am Tag darauf eiligst einberufene Versammlung – hatte die Dorfbewohner in Aufruhr versetzt. An der Versammlung hatten alle Bewohner teilgenommen. Sie hatten die Arbeit ruhen lassen, auch die Frauen und Kinder, um verstört den Worten dieses zerlumpten, schmutzigen und stinkenden Mönchs zu lauschen. Man hatte sich in der Kapelle versammelt. Pater Anton war nach der Beerdigung seines am Fieber verstorbenen Neffen aus Ussima zurückgekehrt. Unterdessen hatte der Regen nicht nachlassen wollen. Der Mönch hatte sich kurz gefasst. Er hatte von einer Vision gesprochen, die auf Tod und Verwüstung des Dorfes Felik hindeutete.

Auf die vielen Fragen wollte er nicht antworten, vielmehr hüllte er sich in ein beharrliches Schweigen. Selbst der Priester, so erschöpft er auch von seiner Reise nach Ussima war, forderte den Mönch auf, die genaueren Umstände seiner Vision zu erläutern, obwohl er sehr wohl wusste, dass der kirchlichen Lehre zufolge Prophezeiungen über die Zukunft oftmals Gottes Willen offenbarten. Das Einzige, was der Mönch noch sagte, waren die Worte: »War es nicht Gott, der Herr, der Josef im Traum erschien und ihm sagte, er solle nach Ägypten fliehen?« Inmitten des Stimmengewirrs und der finsteren Mienen, die eher eines Marktplatzes als eines Gotteshauses würdig waren, stand der Mönch in geduckter Haltung, als würde er von einer schweren Last niedergedrückt. Pater Anton fürchtete bereits um das Leben des Mönchs, drängte ihn zurück und beschwor ihn, sich in der Krypta unter der Kapelle zu verstecken. Dann ermahnte er die Dorfbewohner zur Ruhe und entließ sie nach Hause. Nur Hermann und Daniel hielt er zurück. Er, der Pfarrer von Felik, so erklärte er ihnen mit strenger Miene, werde es trotz seiner Gebrechlichkeit und seines hohen Alters nicht zulassen, dass man diesem fremden Mönch auch nur ein Haar krümme, auch wenn er der Überbringer unheilvoller Nachrichten sei. Gott der Allmächtige werde sie vielleicht verschonen, wenn sie wenigstens jetzt ein Fünkchen christlicher Nächstenliebe zeigten. Pater Anton riet ihnen, die Dorfbewohner nicht in Unruhe zu versetzen, und sagte, dass der Mönch in den kommenden Tagen bei ihm, in seiner kleinen Unterkunft neben der Kapelle, wohnen würde.

»Andererseits«, murmelte nunmehr Daniel, sprang auf und rang nervös die Hände, »hat uns auch der Propst mit seinem Gerede über die Strafe Gottes Angst gemacht. Was wird geschehen, wenn wir den Mönch tatsächlich aus dem Dorf jagen?«

Hermann sah ihn mitleidig an. Dieser Mann hat keinen Funken Verstand mehr, dachte er. Der Tod seiner Tochter hat ihn um den Verstand gebracht und ihm alle Tatkraft geraubt. Es lohnte nicht die Mühe, noch weiter mit ihm zu diskutieren. Hermann beschloss, auf eigene Faust vorzugehen. Es gab wenig auf dieser Welt, vor dem er Angst hatte, und am allerwenigsten fürchtete er den göttlichen Zorn. Dieser war in seinen Augen eh nur eine Erfindung der Priester, um die menschliche Gier in all ihren Erscheinungsformen besser im Zaum zu halten. Er, Hermann, konnte doch nicht zulassen, dass die Leistungen eines ganzen Lebens, die in der Verleihung der Vasallenschaft gipfelten, durch die Fantastereien eines schwärmerischen Mönchs zunichte gemacht wurden! Jetzt gleich würde er den Hauptmann der Wachsoldaten aufsuchen und ihn beauftragen, den Mönch fortzuschaffen und nach Quart zu bringen. Dort sollte man ihn der weltlichen Gerichtsbarkeit übergeben, die ohne Zweifel schnellere Urteile fällte und leichter beeinflussbar war als die geistliche.

KAPITEL 32

Das Holz knisterte im Feuer. Helle Flammen züngelten und verbreiteten eine wohlige Wärme in der Stube. Da Sibilla das Rauschen des Regens nicht mehr hörte, stand sie auf, öffnete die Tür und warf einen Blick hinaus.

»Sieh mal, Leonhardt, es schneit!«, rief sie verblüfft aus. Ein heftiger Windstoß fegte durch die Stube und brachte dicke weiße Schneeflocken mit.

»Wie ist das möglich?«, wunderte sich der junge Mann und trat neben Sibilla auf die Türschwelle. »Wir haben doch erst Ende Oktober! Sieh mal …«, rief er und streckte die Hand hinaus. »Das ist gar kein Schnee, das ist Eis!«

Marcabrù schnupperte in der kalten Luft und lief dann schleunigst zurück in die Stube, um sich die Feuchtigkeit aus dem Pelz zu schütteln.

»Es war ein schlechtes Jahr«, sagte Leonhardt und wischte sich die nasse Hand an der Hose ab, »hoffen wir, dass der St.-Teodulo-Pass und die benachbarten Alpenübergänge noch eine Weile passierbar sind! Mein Vater möchte vor Einbruch des Winters noch eine Reise nach Praborno machen …«

»Und wirst du ihn begleiten?«, fragte Sibilla.

»Ja, wenn es nicht anders geht. Du weißt doch, wie hartnäckig er ist. Aber seit der englische Mönch hier aufgetaucht ist, haben wir nicht mehr darüber gesprochen. Die Sache kostet Hermann seine ganze Energie. Er kommt mir wie ein Verrückter vor, ständig redet er Daniel ins Gewissen, erteilt den Soldaten Befehle, die er eine Stunde später widerruft … Er hat sogar versucht, meine Mutter in seine Entscheidungen mit einzubeziehen, mit der er so lange kein Wort gesprochen hat. Sie hat Partei für den Mönch ergriffen und davor gewarnt, ihm gegenüber Gewalt auszuüben …«

»Mich wundert, dass er den Mönch nicht auf eigene Faust aus dem Dorf vertreibt. Vielleicht hat er ja doch Angst vor der göttlichen Strafe, auch wenn er mit seiner Unerschrockenheit prahlt … Aber was glaubst du, Leonhardt, was diese Prophezeiung zu bedeuten hat? Und was hältst du von dem Mönch?«

»Ich weiß nicht, wie ich ihn einschätzen soll. Anfangs fand ich, er spricht wie ein Irrer, aber jetzt verteidigt ihn auch Pater Anton. Natürlich hoffe ich nicht, dass er mit seiner Vision Recht behält.«

»Weißt du, Leonhardt«, murmelte Sibilla und blickte in die Flammen, »ich habe ebenfalls vor kurzem einen Traum gehabt, der mich sehr verstört hat. Ich habe gesehen, wie die Bewohner von Felik von einem Berg verschluckt worden sind. Unter ihnen sind auch meine Eltern und alle anderen gewesen, die schon längst tot sind. Sie haben eine Prozession gebildet, die in einer dunklen Höhle verschwunden ist. Und dann habe ich eine Frau mit einem Neugeborenen im Arm gesehen, die immerzu gelächelt hat …«

Sibilla erschauderte, als sie sich an diese beklemmende Vision erinnerte. Ratlos nahm Leonhardt ihre Hand und bemühte sich, das Unbehagen zu verbergen, das Sibillas Traum auch in ihm ausgelöst hatte. Es sei bestimmt nur ein Albtraum gewesen, meinte er, und ihrer Überarbeitung zuzuschreiben.

»Und wenn mein Traum ebenfalls eine Prophezeiung war?«, fragte Sibilla und sah Leonhardt ängstlich an. »Wenn dieser Traum bedeutet, dass wir alle von dem Berg verschlungen werden? Und jetzt ist dieser Mönch hier heraufgekommen, um uns vor einer Gefahr zu warnen … Ach, Leonhardt, ich habe Angst! Noch nie in meinem Leben hatte ich dieses Gefühl, aber jetzt habe ich solche Angst!«

Leonhardt sah ungläubig in Sibillas angespanntes Gesicht. Es war das erste Mal, dass er sie in einer solchen Gemütsverfassung erlebte, und es verstärkte noch seine eigene Furcht. Während er nach tröstenden, beschwichtigenden Worten suchte, murmelte das Mädchen:

»Leonhardt, ich bin schwanger …«

Der junge Mann sprang auf. Er war ganz bleich, wie vom Donner gerührt. Sein Mund war trocken, er brachte kein Wort heraus. Selbst Marcabrù spürte, dass etwas in der Luft lag, denn sein Fell sträubte sich, und das Spiel der Ohren war besonders unruhig.

»Aber wie? … Wann? … Ich … O mein Gott, Sibilla, was sagst du da? … O mein Gott, bist du sicher? …«

Sibilla seufzte tief. All ihre Sorgen der vergangenen zwei Monate hatten sich Luft gemacht. Endlich hatte sie es gesagt, und erst mit diesem leise ausgesprochenen Satz war ihr Zustand zu einer unabänderlichen Wirklichkeit geworden. Erleichtert und mit neuer Kraft erfüllt, legte sie die Hände in den Schoß und sah ihren Geliebten an. Sie nickte. Sibilla wartete auf eine Liebeserklärung. Doch sie blieb aus.

Leonhardt war viel zu geschockt, um etwas sagen zu können. Seine Gedanken überschlugen sich, verwirrten und verschränkten sich wie die Fäden eines Hanfstrangs. Eiskalter Schweiß lief ihm über den Rücken, und das Knistern des Feuers dröhnte laut und schrill in seinem Kopf. Er sah Sibilla an, und in ihren Gesichtszügen fand er einen Moment lang die gestrenge Miene ihrer Mutter wieder. Leonhardt ließ die Hände der jungen Frau los, ballte die Hand zur Faust und schlug sich an die Stirn, um dieses Bild aus seinem Kopf zu verbannen.

»Und nun, was machen wir nun?«, fragte er endlich und schluckte, um den Kloß im Hals loszuwerden.

Sibilla sah ihn nur an. Sie war ernüchtert und enttäuscht von Leonhardt, und eine dumpfe Wut stieg in ihr auf, die ihr die Brust zuschnürte. Sie spürte, wie ihr die Tränen kamen, aber sie schluckte sie tapfer hinunter. Sie hatte sich immer wieder vorgestellt, wie Leonhardt die Nachricht von ihrer Schwangerschaft aufnehmen würde, und hatte natürlich damit gerechnet, dass zu seiner Überraschung auch eine gewisse Sorge hinzukäme; aber nie und nimmer hätte sie es sich träumen lassen, dass er derart erschrocken und verängstigt reagierte – dass er sich kein bisschen freute und ihr keine Liebe zeigte. Auf ihrer Zunge lag ein bitterer Geschmack, und sie hatte das Gefühl, erbrechen zu müssen. Sie ging hinaus, und Marcabrù folgte ihr.

Der Windstoß, der in die Stube fuhr, ließ das Feuer auflodern und rüttelte Leonhardt wach, der mit verschleiertem Blick ins Feuer starrte. Plötzlich merkte er, dass er allein war, und trat ins Freie. Draußen wurde das Schneetreiben immer dichter, sodass man kaum mehr eine Spanne weit sehen konnte. Sein Blick suchte Sibilla, aber vergeblich. Er ging um den Stadel herum, und da entdeckte er sie, keuchend und triefend nass. Er ging auf sie zu, umarmte sie wortlos und küsste sie auf den Mund.

»Verzeih mir, Liebste, verzeih mir … Verzeih mir meine Feigheit«, flüsterte er und strich ihr über das schneebedeckte Haar. »Ich bin ein Dummkopf, ein Trottel, ein Verrückter … Ich liebe dich, Sibilla, und das ist das Einzige, was wirklich zählt. Ich könnte ohne dich nicht leben. Verzeih mir meine erste Reaktion, das ist vorbei. Erst jetzt wird mir bewusst, dass ich dich wie ein Junge geliebt habe – und nicht wie ein Mann … Die Liebe erlernt man erst allmählich, und bisher war meine Zuneigung für dich die eines Kindes, das endlich das heiß ersehnte Objekt seiner Sehnsucht gefunden hat. Aber jetzt wird alles anders. Dieses Kind ist die Frucht einer unauflöslichen Verbindung, die nun sehr viel früher, als wir dachten, durch Gott und durch die Kirche gesegnet werden wird …«

Im Zwielicht des hereinbrechenden Abends blickte Sibilla in das fahle Gesicht ihres Geliebten. Leonhardt hielt sie an den Schultern fest umarmt, wie um ihr seine Entschlossenheit zu zeigen. Sein Blick war fiebrig und suchte in Sibillas Augen ein Zeichen der Bestätigung und der Vergebung. Die junge Frau sah ihn lange an, ohne etwas zu sagen. Dann löste sie sich zitternd aus seiner Umarmung und ging zurück in den Stadel.

Der Wind hatte sich gelegt, und der Schnee fiel nunmehr ganz leise. Ihre Fußspuren waren binnen kurzem mit frischem Schnee überdeckt, und bald lag eine gedämpfte Stille über dem Stadel und dem ganzen Dorf.

Pater Anton erhob sich mühsam von der Kniebank, die neben dem Bett stand. Seine schmerzenden Kniegelenke knackten hörbar, und er stöhnte. Die Beschwerden des Alters verfluchend, schleppte sich der Priester zu dem kleinen Fenster, das er noch nicht verriegelt hatte. Er blickte hinaus, um zu sehen, ob es inzwischen aufgehört hatte zu schneien. Es war stockdunkel, und eisige Flocken wirbelten ihm ins Gesicht. Schon seit zwei Tagen schneite es ununterbrochen. Die Dorfbewohner fingen bereits an, sich zu beunruhigen. Der Bätt-Pass war von einer dicken Schneeschicht bedeckt, die eine Überquerung unmöglich machte. Jenseits der Mauern des Dorfes konnte man kaum mehr den Sockel des Turms erkennen, den Hermann hatte bauen lassen. Das Bauwerk stand einsam an einer Straße, die von den umliegenden Feldern und Almen inzwischen nicht mehr zu unterscheiden war, obwohl die Wachsoldaten sich bemühten, den Weg zum Dorf freizuhalten.

Der Priester seufzte tief. Die nächtliche Stille wurde nur durch die gedämpften Schritte des fremden Mönchs unterbrochen, der in dem kleinen Zimmer nebenan hin und her ging. Die Holzbretter knarrten leise. Pater Anton ahnte, dass auch der Mönch von Unruhe erfasst war. Er klopfte leise an die Tür, die ihre Zimmer miteinander verband.

»Du findest wohl auch keinen Schlaf?«, fragte er Matthew, der sofort geöffnet hatte, mit einem müden Lächeln.

»Nein, Pater Anton, ich bin viel zu nervös, um schlafen zu können. Selbst das Gebet hilft mir nicht ...«

»Ach, Mönch, du bist noch viel zu jung, um so etwas sagen zu können ... Wenn du wüsstest, wie oft ich in meinem Leben hier oben verzweifelt war, von allen verlassen, auch vom Himmel, Gott möge mir verzeihen ... Und dennoch – in dem Augenblick, in dem die Verzweiflung am größten war, wenn ich dachte, meine Mission bei diesen Bergbewohnern und Kaufleuten sei vergeblich, schickte mir der Allmächtige ein Zeichen, antwortete auf meine Bitten und zeigte mir den rechten Weg ... Wir dürfen nicht aufhören zu beten, Bruder, vor allem nicht in der Drangsal!«

Matthew schwieg verunsichert. Er hätte gern mit Pater Anton gesprochen, hätte ihm sein Herz ausgeschüttet, denn er spürte, dass trotz der Gebrechlichkeit seines Alters und trotz der wenig schmeichelhaften Gerüchte, die über ihn im Umlauf waren, dieser Mann die Tugend der Besonnenheit besaß. Wie hätte er sonst dreißig Jahre lang unter den Bewohnern von Felik leben können? Otto hatte Recht: Es waren harte Menschen, verschlossen und misstrauisch gegenüber jedem, der nicht zu ihrer Gemeinschaft gehörte. Mit Schaudern wurde ihm bewusst, wie treffend Marys Prophezeiung doch gewesen war. Ob dieser arme Bergpriester den Sinn der Worte, die ihm im Traum gesagt worden waren, genauso deutete wie er? Ob Matthew ihm wohl seine Beunruhigung über den nicht nachlassenden Schneefall anvertrauen konnte? Als er in das Gesicht von Pater Anton blickte, in diese gutmütigen Augen, fasste er Vertrauen. Er wusste, dass er ihm sein Herz ausschütten konnte. Doch der Priester kam ihm zuvor.

»Scheue dich nicht, dich mir anzuvertrauen, Mönch. Ich kenne, glaube ich, den Grund für deine Beunruhigung, denn auch ich mache mir Sorgen. Dieser Schnee ... Erinnerst du dich an die Worte der Genesis: ›Da ließ der Herr auf Sodom und Gomorra Schwefel und Feuer vom Himmel herabregnen‹? Ist dies nicht der Sinn deiner Prophezeiung?«

Matthew sah Pater Anton verblüfft an. Er hatte ganz ruhig gesprochen, ohne Furcht und Bangen. Der Mönch fragte sich, ob dieser Mut der Weisheit des Alters entstammte oder nicht vielmehr die Ergebenheit in ein unvermeidliches Schicksal war. Eine tiefe Zuneigung für diesen alten Priester erfasste ihn. Viele Jahre lang und mit unendlicher Geduld hatte er Gott und den Menschen gedient, in völliger Herzenseinsamkeit. Und nun, am Ende seines irdischen Lebens, kündigte sich ein Unheil an, das ihm als Seelenhirten noch einmal alles abverlangte.

Pater Anton, der Matthews Unsicherheit spürte, lächelte. Er rieb sich die schlaffen, geschwollenen Augenlider und fuhr fort:

»Hab keine Angst, Pater Matthew! Nichts, was geschieht, ist Zufall. Gottes Wille ist oftmals unerklärlich, aber, glaub mir, er hat stets ein Ziel. Es ist unsere Pflicht, uns diesem Willen Gottes zu fügen, immer und in jedem Fall. Was nicht bedeutet, dass wir uns passiv unseren Ängsten hingeben sollen. Wir müssen kämpfen und uns bemühen, die Last des Schicksals zu erleichtern ... Morgen werde ich die Dorfbewohner in der Kapelle versammeln und ihnen zu erklären versuchen, dass dieser Schnee die göttliche Strafe für unsere Verfehlungen sein könnte, dass uns aber der Allmächtige eine letzte Möglichkeit zur Reue und Besserung gegeben hat. Ich werde ihnen sagen, dass dein Auftauchen hier oben diesen Sinn hat und niemand dich aus dem Dorf vertreiben darf. Vielmehr sollten sie dir dankbar sein für deinen Mut und deine Entschlossenheit. Vorher möchte ich dich jedoch um eines bitten: Sag mir die ganze Wahrheit über die Umstände, unter denen dir diese Vision zuteil geworden ist. Du hast niemandem erzählt, wann und warum du diese Vision gehabt hast, und ich verstehe, dass die Angst, missverstanden zu werden, dir die Zunge lähmt. Aber ich denke, es ist mein Recht als Mann der Kirche, mehr darüber zu erfahren, nicht zuletzt, um für die Dorfbewohner die richtigen und überzeugenden Worte zu finden.«

Obwohl Matthew fürchtete, das Vertrauen Pater Antons zu verlieren, wusste er, dass er keine andere Wahl hatte. Bisher hatte sich der Pfarrer verständnisvoll und tolerant gezeigt, ohne an ihm zu zweifeln. Bevor er anfing, ihn als Ketzer zu verdächtigen, musste Matthew die volle Wahrheit sagen. Er umklammerte sein Kreuz auf der Brust, senkte den Blick und begann, seine ganze Lebensgeschichte vor dem Priester auszubreiten. Er erzählte vom Kloster St. Albans, von Mary Bychance, von seiner Vision und seiner Wanderschaft auf der Suche nach dem Dorf.

Bis weit in die Nacht hinein redete Matthew. In der Stille rauschte nur hin und wieder der Wind, der an den Angeln des kleinen Fensters rüttelte. Pater Antons müde, alte Augen waren auf den Mönch gerichtet. Aufmerksam beobachtete er jede Regung seines Gesichts. Als der Mönch schließlich fertig war, stand der Priester von seiner Bank auf, stützte sich an der Wand ab und streckte die taub gewordenen Beine.

»Ich danke dir, Mönch, für das Vertrauen, das du mir geschenkt hast. Ich glaube dir, weil Träume und Visionen oftmals von Gott kommen, und auch, weil es für dich keineswegs ungefährlich ist, mir dein Herz zu öffnen. Daher glaube ich nicht, dass du mich belogen hast. Das, was ich schon lange befürchtet habe, geschieht jetzt. Ich hoffe, dass die Worte, die ich an die Dorfbewohner richten werde, die Dinge wenden. Doch Gottes Wille geschehe.«

Matthew war ebenfalls aufgestanden. Er öffnete dem alten Priester die Tür zu dessen Zimmer. Doch bevor er die Schwelle überschritt, drehte sich Pater Anton noch einmal um und klopfte Matthew väterlich auf die Schulter. »Ich bin jetzt ruhiger, denn ich bin von der Last des Misstrauens befreit. Und du von der Bürde des Schweigens. Du wirst sehen, dass du jetzt schlafen kannst. Morgen beginnt für uns beide ein schwerer Tag. Wir müssen uns ausruhen.«

Matthew machte leise die Tür zu und legte sich nieder. Nachdem er eine Weile in die Dunkelheit gestarrt hatte, schloss er die Augen und fiel in einen tiefen Schlaf.

KAPITEL 33

Olivia legte vorsichtig ein paar Holzscheite ins Feuer. Conrad hatte ihr nahe gelegt, sparsam zu heizen, trotz der eisigen Kälte, die mit dem Schnee eingesetzt hatte. Zu dieser Jahreszeit gingen die Männer aus dem Dorf gewöhnlich in den Wald, um Holz zu fällen und Heizvorräte für den Winter anzulegen. Aber diese unheimlichen Schneefälle erlaubten es nicht einmal, den Wald zu betreten. Der Schnee lag mehr als sechs Fuß hoch und bedeckte bereits die unteren Fenster; und alle Dorfbewohner mussten Schnee räumen. Wenn ein Adler im Tiefflug über das Dorf geflogen wäre, hätte er nur ein merkwürdig anmutendes Netz von Gängen auf einer gleichmäßig weißen Fläche wahrgenommen, dazwischen die Dächer der Häuser, den Kirchturm, den oberen Teil der Palisade und, etwas weiter abseits, den Sockel des Turms. Rechts und links der Wege durch das Dorf häufte sich der Schnee. Die Räder der Mühle, halb bedeckt mit der weißen Schneedecke, standen längst still. Eine unwirkliche Ruhe lag über allem, unterbrochen nur hier und da vom Bellen eines Hundes und von gedämpftem Glockengeläut. Fast alle gewohnten Tätigkeiten ruhten. Auch die Wachsoldaten hatten ihren Turm verlassen und saßen untätig im Gasthaus, da der Weg zu ihrem Posten nicht mehr passierbar war. Bei diesem Schnee würde sowieso niemand ins Dorf gelangen, vor allem nicht von Norden, und damit war es sinnlos, vor den Mauern Posten zu beziehen.

Wenige Tage zuvor hatte Pater Anton die Dorfbewohner in

der Kapelle versammelt, um sie zur Buße und Umkehr aufzurufen. Als er die Befürchtung geäußert hatte, die Prophezeiung verweise auf eine schwere göttliche Strafe, war ein heftiger Streit ausgebrochen. Nie zuvor war es an einem heiligen Ort zu einem solchen Krawall und einer solchen Empörung gekommen. Kaufleute und Bauern hatten gebrüllt, den englischen Mönch verflucht und auch den Priester bedroht.

Olivia erinnerte sich, dass Pater Anton angesichts dieser hassverzerrten Fratzen kreidebleich wurde und einer Ohnmacht nahe war. Aber seine Schwäche dauerte nur einen kurzen Augenblick. Schon im nächsten Moment fasste er das Kreuz fester und rief mit mächtiger Donnerstimme und Strenge im Blick: »Es ist schade, dass ihr nicht erkennt, was gut und böse ist! Auch wenn der Beruf, den die meisten von euch ausüben, verlangt, um alles zu feilschen, so wisset doch, dass sich mit Gott nicht um euer Seelenheil feilschen lässt! Ihr könnt nicht so tun, als würdet ihr seine Warnung nicht kennen, als wüsstet ihr nicht, wie groß sein Erbarmen ist, wenn er euch die Möglichkeit zur Umkehr gewährt! Bereut also, und zwar schnell! Oder gibt es unter euch einen, der im ewigen Feuer der Hölle schmachten möchte? Denn dies wird geschehen, wenn ihr keine Buße tut! Befragt also euer Herz, und bleibt hier in der Kapelle. Ich werde da sein und euch die Beichte abnehmen. Wir werden unsere Reue vor Gott tragen, um uns dereinst den Zutritt ins himmlische Jerusalem zu verdienen!«

Trotz ihres Schreckens über die Worte des Priesters verließen fast alle Dorfbewohner die Kirche. Jeder murmelte mit seinem Nachbarn. Zu den wenigen, die nicht fortgingen, zählte auch Costanza. Leonhardt und Werner blieben bei ihr. Gertrud war mit Conrad hinausgegangen, nun aber kehrte sie zurück. Sie nahm neben Karl und seinem Vater Platz und wartete. Sibilla saß mit gesenktem Kopf ganz vorne in der Bank und rührte sich nicht. Olivia drückte sich in den dunkelsten Winkel der Kapelle, wohin nicht einmal der flackernde Schein der Kerzen reichte.

Pater Anton hatte ihr als Letzter die Beichte abgenommen. Dieses persönliche Bekenntnis, das etwas ganz anderes war als das gemeinschaftliche Sündenbekenntnis, das die Gemeindemitglieder einmal im Jahr ablegen mussten, hatte Olivia getröstet und mit sich selbst versöhnt. Der Priester hatte sich verständnisvoll gezeigt und ihr die göttliche Gnade versprochen: Gott der Allmächtige werde auch dieses noch ungeborene Schaf in seine Herde aufnehmen.

Draußen, inmitten des sich immer höher auftürmenden Schnees, hatte Gertrud gestanden und auf Olivia gewartet. Die unter dem Kinn gebundene Stoffhaube war tief in ihre von Sorgenfalten zerfurchte Stirn gefallen. Sie waren gemeinsam in den Stadel zurückgekehrt; und da sie auf der glatten Schneedecke geschlittert und immer wieder ausgeglitten waren, hatten sie sich gegenseitig stützen müssen und waren nur langsam vorwärts gekommen.

Nach jener Versammlung hatte Pater Anton nicht mehr mit den Dorfbewohnern gesprochen und sich ihnen lediglich bei den Gottesdienstzeiten in der Kapelle gezeigt. Während Olivia nunmehr versuchte, das Feuer wieder anzufachen, fragte sie sich, ob über ihrem Dorf nicht tatsächlich ein Fluch lag: zuerst der Überfall der Soldaten von Verretio, dann diese von Hermann verursachten Turbulenzen, schließlich die unheilvolle Prophezeiung und jetzt dieses Unwetter … Auf dem Nachhauseweg hatte sie bemerkt, dass der Schnee seltsame rote Spuren zeigte, als ob üble Ausdünstungen zwischen den Kristallen austräten. Sie hatte es nicht gewagt, Gertrud darauf aufmerksam zu machen, denn sie blickte schon ängstlich genug.

Erschöpft ließ sich Olivia auf die Sitzbank fallen. Auch an diesem Tag hatte sie geschuftet, und bevor der Tag zu Ende ging, musste sie noch das Abendessen vorbereiten. Ihre Herrin erwartete bei ihrer Heimkehr ein reichliches und wohl schmeckendes Mahl. Die Magd stützte die Hände in den schmerzenden Rücken, stand auf und ging in die Speisekammer. Während sie einen Krug mit Wein füllte, fiel ihr plötzlich ein, dass sie auf dem Dachboden noch nach dem zum Trocknen aufgehängten Fleisch sehen musste. Gertrud hatte es ihr heute Morgen aufgetragen, aber sie hatte es ganz vergessen. Hastig entzündete sie eine kleine Fackel und stieg die Treppe hoch. Die geringe Wärme, die das schwache Feuer der Stube spendete, gelangte nicht nach oben, und sie fror.

»Ein Fest! Ich habe mich entschieden, dass wir ein großes Fest feiern! Es muss Schluss sein mit dieser Angst wegen ein paar lächerlicher Schneeflocken, Schluss mit diesen Unkenrufen des Mönchs, Schluss mit den abgedroschenen Predigten des Priesters! Es schneit, na und? Wir können unseren normalen Tätigkeiten nicht nachgehen, wir können uns nicht von der Stelle rühren. Gibt es eine bessere Gelegenheit, um den Beginn des Winters zu feiern, auch wenn er dieses Jahr etwas früh kommt? Wir haben die Gründung des Dorfes nie feierlich begangen und nur anlässlich von Begräbnissen und Hochzeiten Bankette gefeiert. Jetzt, da ich der Vasall des Lehnsherrn bin, ordne ich an, ein Fest zu veranstalten. Auf diese Weise zeigen wir, dass uns unsere Arbeit und der Reichtum, den wir angehäuft haben, von jedermann unabhängig machen, ja, von jedermann, selbst von Giacomo von Quart! Ja, selbst von Giacomo, der in seiner Einfalt glaubte, wir würden uns mit einer kläglichen Vasallenschaft zufrieden geben. Er soll wissen, dass wir hier in Felik auch ohne ihn zurechtkommen!«

Hermann sprach weinselig und mit gelöster Zunge. Er hatte getrunken, bevor er die Versammlung der Kaufleute eröffnet hatte. Er merkte gar nicht, in was er sich verstrickte, während er die kleine Gruppe zu beherrschen suchte, die in dem großen

Raum seines Stadels zusammengekommen war. Mit blutunterlaufenen Augen und wild gestikulierend schwadronierte er über die Maßnahmen, die man gegen Angst und Unruhe zu ergreifen habe. Leonhardt, der neben der Tür stand und zuhörte, musste seine Wut zügeln. Ein Fest! Das war alles, was sein Vater den Siedlern in einem so schwierigen Augenblick vorschlug! Leonhardt selbst hatte lange mit Sibilla diskutiert, und sie waren sich einig geworden, wie die Prophezeiung des Mönchs interpretiert werden musste: der »sanfte Schleier des Himmels« war der Schnee, und die »roten Tränen des Bluts« – das waren diese beunruhigenden Flecken im Schnee. Noch nie war in Felik roter Schnee gefallen! Was konnte dies anderes bedeuten als eine göttliche Strafe, die auf das Blut der Bewohner verwies, das bald vergossen würde? Und angesichts dieser furchtbaren Wahrheit faselte sein Vater von einem Fest! … Noch gestern Abend, als Hermann ihn in seine Absichten eingeweiht hatte, hatte Leonhardt versucht, ihn zur Vernunft zu bringen und davon zu überzeugen, dass sich die Prophezeiung tatsächlich auf den unablässigen Schneefall und dessen Folgen beziehe. Doch Hermann hatte ihn nicht ausreden lassen. Er hatte ihn als Versager und Weichling beschimpft. Dieser Mönch müsse aus dem Dorf verschwinden, hatte sein Vater gesagt und gedroht, selbst dafür zu sorgen. Er werde überdies eine Möglichkeit finden, auch Pater Anton aus dem Dorf zu weisen, der viel zu alt und verblödet sei, um die Kapelle von Felik zu führen. Und Leonhardt, sein Sohn, lasse sich von der Angst anstecken, statt Charakterstärke zu zeigen, ja, er sei sogar der Forderung des vermaledeiten Priesters nach einer Einzelbeichte nachgekommen: ausgerechnet die Einzelbeichte, die der Lehre der römischen Kirche widerspreche!

»Sowieso«, fuhr er fort, »habe ich von dir nicht mehr erwartet, verblendet wie du bist durch deine so genannte Liebe zu dieser Dirne Sibilla – und unfähig, dem Weg zu folgen, den ich dir seit

Jahren vorgezeichnet habe! Die Wahrheit ist, dass du wie deine Mutter bist, dumm und eitel. Es reicht, dass eine Dirne kommt und den Mann in dir weckt, dann rutscht dir das Hirn in die Hose …«

Wutentbrannt und mit klopfendem Herzen konnte sich Leonhardt nicht mehr beherrschen: »Und was hast du vor vielen Jahren mit Costanza gemacht? Hast du sie etwa nicht geheiratet, um unter deinem Dach eine Frau zu haben, die deine sinnlichen Gelüste befriedigt? Wozu sonst hast du meine Mutter gebraucht, wenn nicht dafür? Auch wenn sie dir bald, wie jedermann weiß, nicht mehr gut genug war und du anderswo deine Bedürfnisse befriedigt hast – und bis heute befriedigst …«

Hermann verschlug es vor Überraschung die Sprache. Er starrte seinen Sohn an. Eine tiefe Röte überzog sein Gesicht. Nach langem Schweigen packte er den fast leeren Becher, schleuderte ihn mit aller Kraft gegen die Wand und verließ die Stube. Leonhardt rang nach Luft. Nach diesem Wortwechsel war ihm ganz schwindlig, und er musste sich an der Wand abstützen. Aus Furcht, seine Mutter könnte im Obergeschoss seine Worte gehört haben, ging er die Treppe hinauf, um sie zu suchen, traf sie aber nicht an. Später sagte ihm die Magd, Costanza sei zu Ida gegangen, um ihr Trost zuzusprechen. Offenbar hatte Alarts Witwe nicht mehr aufgehört, herumzujammern und den Namen ihres Mannes zu rufen, seit es begonnen hatte zu schneien.

Nachdem Hermann den Kaufleuten ein paar Becher Wein gereicht hatte, waren sie mit seinem Vorschlag einverstanden. Ja, sie würden ein Fest veranstalten und zu diesem Anlass ihre Speisekammern plündern. Auch die Soldaten und die Bauern wären eingeladen, und einer von ihnen sollte die Gastwirtin bitten, ein paar Mädchen zur Befriedigung der fleischlichen Gelüste zu schicken, die der Weingenuss wecken würde. Die drei Söhne des Kaufmanns Franz, die Laute und Flöte spielten, sollten musizieren, und die Frauen des Dorfes würden in ihrer festlichsten Tracht und mit ihrem wertvollsten Schmuck erscheinen. Die Feier sollte den ganzen Tag und die ganze Nacht dauern und in den Häusern der Kaufleute stattfinden, die bereit waren, Gäste zu bewirten.

Als die Männer halb betrunken und begeistert gegangen waren, blieb Hermann allein zurück. Auch sein Sohn war verschwunden. Der Wein stieg ihm hoch, er musste aufstoßen. Und wenn schon … Er trat vor die Tür, um nach dem Wetter zu sehen. Der schmale, von den Kaufleuten ausgetretene Weg zu seiner Haustür lag tief eingebettet zwischen hohen Schneewänden. Voller Wut ballte Hermann die Fäuste. Ein kleiner rötlicher Schneeblock stürzte herunter. Gleich war er von Schneeflocken bedeckt.

»Pater Matthew, du musst zu Sibilla gehen und ihr meine Botschaft übermitteln. Geh sofort los, und bring mir Antwort. Sie hat sich so gequält, das arme Ding …«

Pater Anton lag ausgestreckt auf seinem Bett. Sein rechtes Bein war mit einer dicken Bandage umwickelt. Als vor zwei Tagen die Kaufleute in Hermanns Haus ihre Versammlung gehalten hatten, hatte er Sibilla aufsuchen wollen, war aber gestolpert, auf seine wackligen Knie gestürzt und unglücklich gefallen. Wäre in diesem Augenblick nicht Werner vorbeigekommen und hätte ihm geholfen, wäre er hilflos liegen geblieben. Der junge Mann hatte ihn gestützt und nach Hause gebracht, wo Matthew ihn hatte verarzten können. Eine Salbe aus Heilkräutern und Murmeltierfett und eine dicke Bandage linderten zwar seine Schmerzen, aber er konnte nicht mehr stehen. Der Mönch hatte ihm geraten, das Bein wenigstens ein paar Tage ruhen zu lassen.

Ausgerechnet jetzt unterwegs zu sein, wo die Vorbereitungen zum großen Fest in vollem Gange waren, war Matthew zwar nicht angenehm, aber er gehorchte dem Wunsch des alten Priesters. Pater Anton hatte ihm gesagt, Sibilla und Leonhardt wollten so schnell wie möglich heiraten, am besten noch vor dem Nikolaustag. Die große Eile erklärte ihm der Priester damit, dass die jungen Leute Hermanns Widerstand gegen ihre Verbindung ein Ende setzen wollten. Das wahre Motiv verschwieg Pater Anton, fiel es doch unter das Beichtgeheimnis. Zwar verurteilte die Kirche die geschlechtliche Vereinigung vor der Ehe, aber der alte Priester hatte Mitleid mit der jungen Sünderin und vergab ihr. Sie hatte kein leichtes Leben gehabt, und diese übereilte Heirat würde den Zorn von Leonhardts Familie auf sie ziehen. Sehr wahrscheinlich würden die beiden deshalb schon bald das Dorf verlassen, um anderswo ein neues Leben zu beginnen. Undenkbar, dass Hermann sie weiterhin in Felik wohnen ließe, wenn sie ihm die Schmach antun würden zu heiraten.

Matthew hatte in den vergangenen Monaten mehr gesehen und erlebt, als er zugeben wollte. Er glaubte, auch das zu wissen, was Pater Anton ihm verschwiegen hatte. Doch er überließ das Urteil der göttlichen Barmherzigkeit. Pater Anton nannte ihm Datum und Zeitpunkt – die Nachricht, die er Sibilla zu überbringen hatte –, und er machte sich auf den Weg. Nur wenige Pfade waren vom Schnee geräumt.

»… Bacchus mentem feminae solet sic lenire
cogit eam citius viro consentire
a qua prorsus coitum nequit impetrare
Bacchus illam facile solet expugnare …«

Mit schallendem Gelächter endete der Gesang. Die Kaufleute und Soldaten brüllten aus vollem Halse und begleiteten die schlüpfrigen Worte mit obszönen Gesten. Kaum einer konnte Lateinisch, aber jeder kannte den Sinn dieser Verse zu Ehren Bacchus'. In allen Gasthäusern wurden sie gegrölt.

Der Weinschlauch war beinahe leer, und Hermanns Bedienstete holten neuen Wein aus der Vorratskammer. Auch die Frauen waren betrunken. Ihre Seidenkleider hatten jeden Glanz verloren, waren zerknittert und durchgeschwitzt. Hier und da sah man eine nackte Brust, die Perlen waren längst aus dem Haar gelöst, das ihnen fettig und schwer auf die ältlichen bleichen Schultern fiel.

Hermann hatte bereits vor geraumer Zeit den Saal verlassen. Im Unterschied zu seinen Zechkumpanen hatte er an diesem Abend nicht viel getrunken. Er musste bei klarem Verstand bleiben, um tun zu können, was er sich für diese Nacht vorgenommen hatte. Dabei kam ihm die Abwesenheit Leonhardts und Costanzas nur gelegen. Die Gastwirtin hatte ihm Edvina geschickt, eines ihrer besten Mädchen, das jetzt vor ihm stand. Das bis zu den Hüften herabwallende Haar war mit Henna gefärbt, aber was kümmerte ihn das. Für das, was er vorhatte, käme auch ein Krüppel infrage … Die Gastwirtin hatte das blutjunge, hübsche Mädchen angepriesen. Mit ihm käme Hermann ganz bestimmt auf seine Kosten.

»Knie nieder vor dem Vasall!«, befahl er und zog Edvina an den Haaren.

Sie gehorchte. Auf ihrem nackten Körper zeichnete der Fackelschein helle Reflexe, die sich in ihrem wallenden, rötlich gelben Haar verloren. In Honig gebadete, weiche Hände liebkosten Hermanns Schenkel. Der Kaufmann zog die Hose aus. »Und jetzt lutsch!«, befahl er.

Und Edvina tat, wie ihr befohlen. Hermann, mit geschlossenen Augen an der Wand gelehnt, konzentrierte sich auf den bevorstehenden Genuss. Sein Körper bewegte sich im Rhythmus von Edvinas Mund. Zwar verspürte er ein Prickeln im Rücken, aber die Lust wollte sich nicht einstellen. Er öffnete die Augen und blickte auf das zerzauste Haar des Mädchens, das sich vergeblich abmühte. Mit wütendem Knurren packte er Edvina an den Haaren und zog sie hoch.

»Was tust du denn da, zum Teufel! Siehst du nicht, dass du es nicht mal schaffst, ihn hochzukriegen!«

Die junge Frau versuchte, sich zu rechtfertigen. Sie zitterte vor Schreck und Kälte, aber Hermann hörte nicht auf, zu schimpfen und zu fluchen.

»Du bist eine Idiotin! Glaub nur nicht, dass du mir so leicht davonkommst! Ich weiß genau, was euch Huren mehr als alles andere gefällt, und das bekommst du jetzt von mir. Du wirst es genießen, o ja, und morgen wirst du deiner Wirtin sagen, dass der Vasall dir den verdienten Lohn hat zukommen lassen!«

Hermann zog sie an den Haaren zum Strohlager. Er spürte eine neue Erregung, packte Edvina an den Brüsten und stieß sie bäuchlings auf das Bett. Sie erahnte Hermanns Absicht und versuchte, sich zu befreien, doch der Kaufmann hielt sie mit seinem Knie fest. Sollte sie nur schreien, der Lärm war so stark, dass niemand sie hören würde. Er befeuchtete seine Finger mit Spucke, tauchte sie zwischen Edvinas Gesäßbacken und stieß kräftig zu. Seine routinierten Gesten verrieten, dass er einer alten Gewohnheit nachkam. Edvina schrie und weinte. In ihrem kurzen Dasein als Prostituierte war dies das erste Mal, dass jemand sie von hinten nahm, und sie hatte furchtbare Schmerzen. Hermann bewegte sich zuerst langsam, dann immer heftiger. Schweiß trat ihm auf die Stirn und lief ihm den Rücken hinunter. Heftig keuchend, stieß er ein unverständliches Gemurmel aus und rief bei jedem Stoß Maidas Namen. Schließlich, nach einem letzten, heftigen Krampf, war Edvinas Tortur zu Ende. Hermann ließ von ihr ab und sank auf den Fußboden, wo er einen Augenblick wie tot liegen blieb.

Die junge Frau drehte sich um, und während ihr Körper von heftigen Schluchzern geschüttelt wurde, schlich sie zu ihren Kleidern und zog sich hastig an. Dabei ließ sie Hermann, der zu schlafen schien, nicht aus den Augen. Als sie leise aus dem Zimmer schlich, hörte sie hinter sich die heisere Stimme des Kaufmanns:

»Sag deiner Wirtin, dass du den verdienten Lohn erhalten hast! Sag es ihr, du kleine Hure!«

Lautlos schloss sich die Tür. Allein im Zimmer, brach Hermann in ein schallendes Gelächter aus, gefolgt von einem Hustenanfall, an dem er zu ersticken drohte. Er wischte sich den Speichel aus den Mundwinkeln, stand auf, kleidete sich an, öffnete das Fenster und atmete die feuchte Schneeluft ein. Es war Mitternacht, und dem Grölen unten im Saal nach zu urteilen war das Fest noch immer in vollem Gange. Sollen sie essen und trinken, bis sie platzen, dachte Hermann. Dann merkt wenigstens keiner, was ich noch zu tun habe, um Felik den Frieden zurückzubringen!

KAPITEL 34

Schwankend trat der Hauptmann der Wache aus dem Stadel des Eisenhändlers Vinzent. Auch dort war gefeiert worden, aber mit schlechtem Wein. Der Hauptmann bedauerte, dass er sich nicht für Hermanns Haus entschieden hatte, wo die Gäste bestimmt besser bewirtet wurden. Er rülpste laut und hob die Fackel höher. Der schmale Pfad zwischen den Schneewänden wand sich nach links zu einer offenen, schneebedeckten Fläche, die einmal der Dorfplatz gewesen war. Aus den Häusern hörte man gedämpft Musik, Gegröle und Gejohle. Unterwegs zum Gasthaus begegnete der Soldat mehreren Kaufmannsfamilien auf dem Weg nach Hause. Männer und Frauen, deren dicke Pelzmäntel die Schneewände entlangstrichen, torkelten auf unsicheren Beinen. Im flackernden Schein der Fackeln wirkten ihre Gesichter fahl und müde. Er machte bestimmt auch keinen besseren Eindruck, sinnierte er und spürte, wie es in seinem Bauch rumorte. Wie sinnlos dieses Fest doch letztlich war! Der Vasall war ein Dummkopf, wenn er sich einbildete, es wäre so leicht, die Furcht vor der Prophezeiung zu verscheuchen! Aber, zum Teufel, hatte er nicht wenigstens ein Fünkchen Gottesfurcht und ein klein wenig Respekt vor diesem armen Mönch, der sich wie eine Maus im Haus des Priesters verstecken musste! Der Soldat begriff nicht, warum Giacomo diesen Kaufmann zu seinem Vasallen gemacht hatte. Er hatte lange in Quarts Wachkorps gedient; und obwohl er die politische Klugheit des Lehnsherrn schätzte, ergab diese Ernennung zum Vasallen für ihn keinen Sinn. Hermann war ein geiziger Kaufmann und ein jähzorniger Mensch; es fehlte ihm an der inneren Ausgeglichenheit, die man für die Ausübung eines solchen Amtes benötigte. Und was den Mönch anging: Warum sollte er sich in diese Höhle des Löwen wagen, wenn er nicht durch eine übernatürliche Kraft dazu gedrängt wurde? Dafür waren Geistliche und Mönche doch schließlich da, oder etwa nicht? Damit sie den Menschen das Wort Gottes übermittelten ... Und wenn Gott befohlen hatte, die Bewohner von Felik sollten Buße tun, dann mussten sie eben Buße tun! Was kostete es schon, ein Reuegebet zu sprechen, um den armen, alten Priester zufrieden zu stellen, der jetzt zu allem Übel auch noch lahm war ... Aber nein, hochmütig, wie sie waren, widersetzten sie sich und gaben sich der Völlerei hin! Auch er und seine Soldaten hatten an dem Fest teilgenommen, aber was war ihnen anderes übrig geblieben? Wenn diese grobschlächtigen, geizigen Dorfbewohner ein einziges Mal ihre Speisekammern öffneten, wäre es reichlich dumm gewesen, sich diese Gelegenheit entgehen zu lassen! Er würde bald von hier fortgehen. Seine Dienstzeit war zu Ende, und sobald dieser vermaledeite Schnee aufhörte und der Bätt-Pass wieder frei wäre, würde er nach Quart zurückkehren.

Das Schneetreiben ließ nach. Ein leichter, warmer Wind kam auf und ließ die Fackel aufflammen. Als der Hauptmann an der Mühle vorbeikam, senkte er die Fackel, um den zwischen dem Mühlrad und dem angeschwollenen Fluss verlaufenden Pfad besser zu sehen. Er beugte sich hinunter, um die Spuren im Schnee zu lesen, da fiel sein Blick auf ein großes pelziges Bündel, das an der geschützten Wand der Mühle lag und von weitem aussah wie ein riesiges wildes Tier. Neugierig, aber mit großer Vorsicht, pirschte er sich heran. Als er mit der Fackel in den Schnee leuchtete, erkannte er verblüfft, dass es ein auf dem Bauch liegender Mann war.

Wahrscheinlich, so dachte er, handelte es sich um einen der vielen Betrunkenen, die am folgenden Tag für ihre Maßlosigkeit büßen würden. Er packte den Mann an der Schulter und drehte ihn auf den Rücken. Halb geöffnete Augen starrten ihn an. Aus Hermanns schmerzverzerrtem Mund tropfte weißlicher Speichel. Erschrocken beugte sich der Soldat hinunter und nahm den Kopf in seine Hände. Der Kaufmann sah seinen Retter mit schweren Lidern an und murmelte unverständliche Worte, dann musste er erbrechen.

Der Soldat versuchte, Hermann hochzuheben und unter den Achseln zu stützen, aber so kam er nicht weit. Fluchend sah er sich nach Hilfe um und beschloss dann, allein ins Gasthaus zu gehen, wo er gewiss ein paar Soldaten anträfe. In der Dunkelheit und auf dieser matschigen Schneefläche hatte er jedoch bald das Gefühl, sich verlaufen zu haben. Jedenfalls brauchte er unendlich lange, bis er schließlich zur Taverne gelangte. Sie war voll von Bauern und Soldaten.

»Der Vasall!«, rief er. »Der Vasall!« Es dauerte eine Weile, bis seine Stimme den Lärm der grölenden Zecher übertönte und er gehört wurde. Stille trat ein. Die Männer stierten ihn ausdruckslos an, als er ihnen sein Anliegen zu erklären versuchte: Hermann liege draußen neben der Mühle im Schnee! Er sei zwar verletzt, aber noch am Leben, und er, der Hauptmann der Wache, bräuchte ein paar Männer, um ihn nach Hause zu tragen. Drei Soldaten sprangen auf und folgten ihrem Kommandanten ins Freie. Die Bauern, die noch halbwegs gerade stehen konnten, torkelten in die Höhe und wankten zur Tür. Draußen in der Dunkelheit sah man nur den flackernden Schein der Fackeln, mit denen die Soldaten den Weg zur Mühle beleuchteten.

»Langsam, zum Teufel, langsam! Seht ihr nicht, dass dieses Schwert in meiner Brust steckt? Nein, kein Schwert, sondern ein

Pfeil … Nein, nein, es war ein Stein, der mir die Brust und den Arm zerschmettert hat. Warum spüre ich denn meinen Arm nicht mehr, hat ihn mir jemand abgeschnitten? Au weh, mein Kopf. Dieser Schmerz in meinen Schultern! Langsam, zum Teufel, langsam, sag ich! … Wo bin ich, wer hält meine Beine fest? Und der Mönch, wo ist der Mönch? Ich muss mein Werk vollenden, lasst mich los … der Dolch … Wo ist der Dolch? Gerade eben hatte ich ihn doch noch in der Hand, und jetzt ist er weg … Ach ja, vielleicht ist er noch unter dem Mantel versteckt, ja, ja, da muss er sein … Wenn ich doch nur aufstehen und ihn packen könnte … Lasst mich los, zum Teufel! Ich muss zu dem Mönch, ich muss ihn töten, bevor es hell wird … Aber warum höre ich mich nicht? Ich schreie und höre meine Stimme nicht? Warum antwortet mir niemand? Warum gehorcht niemand dem Vasallen? … Und dieses Licht, woher kommt dieses Licht? Was ist das für ein Blitzstrahl, der aus dem Himmel direkt in meine Augen schießt? Und was bedeutet dieses Hufgeklapper, das mir in den Ohren dröhnt? Sind die Soldaten aus Verretio zurückgekommen? Seid ihr die Soldaten aus Verretio? Ihr müsst von hier fort, schnell, und die Leiche des Mönchs mitnehmen … Aber warum sagt keiner etwas zu mir? So sage doch einer etwas, zum Teufel! … Mein Mund, ich kann meinen Mund nicht mehr bewegen … Was ist geschehen? Hört mir zu, um Himmels willen, ich spüre meine Beine nicht mehr! Nur dieser Stein auf meiner Brust … Er ist so schwer … Ich kann nicht …«

Wie versteinert blickte Costanza den regungslos auf dem Strohsack liegenden Hermann an. Er atmete zwar noch, aber sonst war kein Lebenszeichen zu erkennen. Seine Arme und Beine bewegten sich nicht, und auch der zur Seite geneigte Kopf war reglos auf das Lager gebettet. Die Falten auf der Stirn und um die geschlossenen Augen wirkten weniger tief eingegraben. Sein schlaffes Kinn zitterte und zuckte. Aus dem halb geöffneten Mund sickerte Erbrochenes, dessen widerlicher Geruch das ganze Zimmer erfüllte.

Als man ihn nach Hause gebracht hatte, waren die wenigen noch verbliebenen Gäste erschrocken und verwirrt auseinander gelaufen. Einer war zu Idas Haus gerannt, wo Costanza hatte übernachten wollen. Wenig später war auch Leonhardt gekommen. Auf dem Heimweg von Sibillas Stadel war er einem Wachsoldaten begegnet, der ihm vom Unglück seines Vaters erzählt hatte. Als er feststellte, wie schlimm es um seinen Vater stand, weckte er Malvina und brachte sie zu ihm. Auch sie hatte an dem abendlichen Festgelage teilgenommen, und es war nicht einfach, ihr begreiflich zu machen, dass er ihre Hilfe brauchte. Doch ihre Betrunkenheit verschwand schlagartig, als sie Hermann wie tot daliegen sah. Er hätte einen Schlaganfall gehabt, meinte sie, gegen den es, soweit sie wisse, kein Mittel gebe außer Gebeten und kalten Schneeumschlägen auf der Stirn.

Costanza wartete auf die Rückkehr ihres Sohnes. Er war nach draußen gegangen, um eine Schafsblase mit Schnee zu füllen. Sie stand da und blickte auf ihren bewusstlosen Mann. Sie sah und hörte alles, was um sie herum geschah, fühlte sich aber nicht wirklich anwesend. Sie roch das Erbrochene, hörte Hermanns Röcheln, doch ihr schien, als sei sie durch einen dünnen Schleier von allem getrennt. Ihre Gedanken schweiften ab. Sobald sie eine Erinnerung festhalten wollte, entglitt sie ihr wieder, und so folgte ihr Geist immer wieder neuen Spuren, wie eine Fliege, die in einem Zimmer umherirrt, ohne ins Freie zu gelangen.

Ihr Mann würde sterben, das wusste sie, und dann wäre auch ihr Leben zu Ende. Nichts war ihr geblieben. Ihr Sohn würde seinen eigenen Weg gehen, auf dem sie ihm nur eine Last bedeutete. Sie konnte nicht einmal mehr weinen, jede Gefühlsregung in ihr war abgestorben. Sie schickte ein Stoßgebet zum Himmel und bat um Verzeihung für diese innere Stumpfheit, trat ans Fenster und öffnete den Flügel ein Stück weit. Bald würde der Tag anbrechen. Schon ließ ein schwaches Licht die Umrisse der Hausdächer erkennen. Es hatte aufgehört zu schneien. Die Luft war jetzt ungewöhnlich mild. Costanza sah hinauf zu den Gletscherbergen, und plötzlich überlief sie ein Schauder. Sie schloss das Fenster und horchte. Das Knacken der Holztreppe kündigte Leonhardt an, der mit seinem nutzlosen Heilmittel zurückkam.

Karl besah sich eines der sonderbaren Objekte, die sein Vater soeben fertig gestellt hatte. Es bestand aus zwei nach oben gebogenen Holzbrettern, die etwas länger als ein menschlicher Fuß waren, und drei Querleisten, die die beiden gekrümmten Latten miteinander verbanden. An zweien der Querbretter waren kräftige Lederschlaufen genagelt, die über die ganze Breite der Konstruktion verliefen. Es seien Schneeschuhe, hatte Leopold seinem Sohn erklärt, mit denen man im Schnee gehen könne, ohne zu versinken. In seiner Kindheit jenseits der Alpen, woher seine Familie stammte, hätten die Jäger solche Geräte im Winter häufig getragen. Neugierig hatte Karl gefragt, wie man sie benutzte, und sein Vater hatte es ihm gezeigt. Zunächst kam auf die Längsseite des Schuhs ein Stück Lammfell in passender Größe. Danach glitt der Fuß samt warmem Überschuh unter die Lederbänder. Die Oberfläche, mit der man auf der Schneeschicht auftrat, war jetzt größer, und man konnte nicht versinken. Das Schaffell wiederum verhinderte, dass man rückwärts abrutschte.

Karl hatte wissen wollen, wer solche Schuhe wohl gebrauchen könne. Jeder, hatte Leopold geantwortet. Wenn es weiter so stark schneite, käme man mit normalen Holzschuhen nicht weit, schon gar nicht ins nächste Dorf. Neun Paar dieser Schneeschuhe hatte er bereits gefertigt und auch schon die entsprechenden Schaffellstücke zugeschnitten. Sie standen an der Stallwand aufgereiht, bereit zum Gebrauch.

Karl horchte. Von oben war kein Geräusch zu hören. Sein Vater schlief also noch, erschöpft nach dem Zechgelage in den Häusern der Kaufleute am Vorabend. Leise nahm er ein Paar Schneeschuhe, klemmte sie sich unter den Arm und öffnete die Tür. Er warf einen verstohlenen Blick in die Gasse und schlüpfte hinaus, Richtung Südtor, wo zwischen den Schneewänden ein Weg freigeräumt war. Keuchend blickte er sich um, ob ihm jemand gefolgt war, aber er entdeckte niemanden. Glücklich und erleichtert duckte er sich hinter der Palisade und zog die Schneeschuhe an. Er war furchtbar aufgeregt, aber nach mehreren Versuchen hatte er es endlich geschafft. Er versuchte zu gehen, zuerst langsam und vorsichtig, denn die Schuhe waren ihm viel zu groß; dann, als er sich etwas sicherer fühlte, holte er weiter aus und glitt mit großen Schritten Richtung Wald. Was würde er seinen verblüfft dreinschauenden Freunden zu erzählen haben! Sie würden ihm mit offenen Mündern zuhören, wenn er von seinem Ausflug außerhalb des Dorfes berichtete! Er blickte hinauf zu den Bergen. Endlich brach die Sonne durch, die gerade aufgegangen war. Wenn sie ein Stück höher am Himmel stand, würde er schnell umkehren. Er wusste genau, dass ihm sein Vater niemals erlaubt hätte, die Schneeschuhe allein auszuprobieren; kein Bitten und Betteln hätte da geholfen. Wollte er also nicht ausgeschimpft werden, durfte er nicht allzu lange bleiben.

KAPITEL 35

Matthew verließ Hermanns Stadel, begleitet von Leonhardt und den misstrauischen Blicken der Bediensteten. In aller Frühe war der junge Mann, dessen Gesicht von einer durchwachten Nacht gezeichnet war, mit der Bitte zu ihm gekommen, für den lahmen Pater Anton einzuspringen und Hermann einen Krankenbesuch abzustatten. Matthew hatte nicht ablehnen können. Der Kaufmann war ihm zwar sehr feindselig gesonnen, aber als Mönch und Geistlicher blieb er verpflichtet, dieser Bitte nachzukommen und alle Bedenken zu überwinden. Der Kaufmann allerdings konnte jetzt niemandem mehr gefährlich werden. Er lag zitternd auf seinem Strohlager. Offensichtlich dämmerte er nur noch vor sich hin. Trotzdem war Matthew von einer tiefen Unruhe erfüllt, während er am Krankenbett stand und betete. Er verweilte lange und sprach lateinische Bittgebete, während Hermanns Ehefrau und Sohn neben dem Lager knieten.

Nach der Segnung des Kranken dankte ihm Costanza herzlich und drückte ihm ein kleines, mit fünf Rubinen geschmücktes Kreuz aus getriebenem Silber in die Hand. Sie sagte, dieses Kreuz sei Teil ihrer Mitgift und sie möchte es ihm gern als Zeichen ihrer Dankbarkeit schenken. »Hermann hat dich zu Unrecht verfolgt. Trotzdem bist du gekommen, um den Allmächtigen zu bitten, dass er gesund wird …«, erklärte sie dem verlegen dreinblickenden Matthew. Als sie sich mit einem müden Lächeln von ihm verabschiedete, bat sie ihn, am nächsten Tag wiederzukommen.

Später, auf dem gemeinsamen Weg zu Sibillas Haus, entschuldigte sich der Sohn für das Verhalten seines Vaters. Er versuchte, die allgemeine Reaktion der Dorfbewohner auf die Prophezeiung zu erklären, ohne etwas zu beschönigen. Es sei pure Angst, die hinter ihrem Verhalten stecke. Der Mönch hörte schweigend zu und stellte zufrieden fest, dass jene innere Ausgeglichenheit, die Hermann fehlte, der Sohn besaß. Wegen der feindseligen Blicke, die Matthew auf seinem Weg durchs Dorf begleiteten, hatte er dennoch ein unbehagliches Gefühl. Sibilla wartete gewiss schon. Sie hatte beschlossen, Pater Anton ein wohl schmeckendes und nahrhaftes Essen zu bereiten. Es sollte eine willkommene Abwechslung in dessen sonst eher frugalen Speiseplan bringen. Sie wollte zuerst Matthew beköstigen und ihn dann bitten, Pater Anton die gekochten Speisen zu bringen.

Es war die sechste Stunde, und die Sonne stand hoch am endlich wieder strahlend blauen Himmel. In der Nacht zuvor hatten sich die letzten Wolken verzogen, aber die Luft war feucht und mild, ungewöhnlich für diese Jahreszeit. Die wenigen Bauern, die bei der Zecherei vom Vortag nüchtern geblieben waren, schaufelten den Schnee vor ihren Häusern weg, doch die Fenster der meisten Häuser waren noch verriegelt.

Leonhardt ging dem Mönch voraus. Trotzig hielt er den verächtlichen Blicken der wenigen Bewohner stand, denen sie unterwegs begegneten. Er war nicht bereit, sich der allgemeinen Meinung anzuschließen, nach der der Mönch ein Unheil bringender Dämon war. Und indem er Matthew begleitete, konnte Leonhardt zudem allen zeigen, dass er anders dachte als sein Vater.

Natürlich wusste der junge Mann, dass seine Haltung im Dorf auf heftige Kritik stoßen würde, umso mehr, als Hermann zu Hause schwer krank darniederlag. Dieses unerwartete Unglück hatte Leonhardt allerdings auch die Augen geöffnet. Vielleicht kam die göttliche Strafe, deren Bote der Mönch war, nicht über alle Bewohner von Felik, sondern nur über seinen Vater. Als er ihn regungslos und ohne Bewusstsein auf dem Strohlager hatte liegen sehen, war er ihm ganz fremd gewesen. Und statt Schmerz hatte er Mitleid mit ihm empfunden.

Erst in dem Moment, in dem Leonhardt die Verzweiflung der Bediensteten und Kaufleute ringsum erlebt hatte, war er sich bewusst geworden, dass er seinen Vater nie geliebt, sondern einzig und allein erduldet hatte. Im glasigen Blick seiner Mutter hatte er dieselbe Schuld gelesen. Allein Mitleid war es, was sie beide mit diesem alten, kranken Mann verband – und nicht Liebe. Während der Mönch seine lateinischen Litaneien betete, schweiften Leonhardts Gedanken in die Vergangenheit ab, zu den raren Augenblicken, als ihn sein Vater gelobt hatte. Es war ein unbewusster Versuch, seine Gefühlskälte zu verurteilen. Aber es gelang ihm nicht, Reue zu empfinden, und plötzlich wusste er: Er war erwachsen geworden. Bis dahin war sein Leben wie ein ruhender Teich gewesen, in den andere Steine hineingeworfen hatten. Wellen über Wellen waren entstanden, bis die Teichmulde mit Steinen gefüllt und das Wasser übergelaufen war. Nun würde das Wasser endlich zu fließen beginnen, sich eine neue Richtung bahnen. Wenn Gott wollte, dass er durch den Tod seines Vaters zum Mann wurde, so würde er, Leonhardt, diese Prüfung annehmen. Die Reue, die gewiss folgte, wäre seine Sühne – auch für Hermanns Sünden. Bald würde er selbst Vater werden, und an der Seite Sibillas konnte es vielleicht gelingen, die gleichen Fehler zu vermeiden.

»Lauf, Leonhardt, lauf!« Plötzlich war Werner vor ihnen aufgetaucht. Seine sonst so unbeschwerte Miene war angespannt und besorgt.

»Was ist denn schon wieder los?«, fragte Leonhardt, der den Mönch untergehakt hatte. Er befürchtete fast einen Hinterhalt der Siedler.

»Es geht um Karl! Er ist verschwunden! Sein Vater sucht ihn schon seit Stunden, ohne Erfolg … Es sind auch ein Paar Schneeschuhe verschwunden, und Leopold hat den Verdacht, dass der kleine Schlingel sie außerhalb des Dorfes ausprobieren wollte!«

»Sollen wir ihm bei der Suche helfen, Werner? Könnte der Junge nicht in den Wald gegangen sein?«

»Das meint Leopold auch … Ich habe dich gesucht, denn wir müssen einen Suchtrupp zusammenstellen. Der Tischler ist schon bei Sibilla mit mehreren Paar Schneeschuhen. Von dort aus beginnen wir mit der Suche, denn ihr Stadel liegt dem Südtor am nächsten. Wenn Karl in den Wald gegangen ist, muss er durch dieses Tor gegangen sein …«

Ohne ein weiteres Wort liefen die drei los. Sibilla und Leopold waren bereits dabei, sich die Schneeschuhe anzuschnallen, und Marcabrù umkreiste sie aufgeregt.

»Du wirst doch nicht mitwollen?!«, fragte Leonhardt, als er sah, wie Sibilla an den Lederriemen nestelte. »In deinem Zustand …«

Das Mädchen blitzte ihn warnend an und rollte wortlos den Saum ihres Kleides bis zur Hüfte hoch. Leonhardt biss sich auf die Lippen und sah verstohlen die anderen an, ob sie etwas gemerkt hatten. Leopold, blass und angespannt, machte nicht den Anschein, dass er zugehört hatte, sondern war damit beschäftigt, sich die Schuhe anzuschnallen. Der Mönch, dem niemand gezeigt hatte, wie man dieses ihm völlig unbekannte Schuhwerk benutzt, besah sich die Schuhe mit verwirrter Miene. Nur Werner, zum Aufbruch bereit, warf ihm ein verschwörerisches Lächeln zu und legte zum Zeichen seiner Verschwiegenheit den Zeigefinger auf den Mund.

Matthew beobachtete die anderen beim Anlegen der Schuhe und schaffte es schließlich ebenfalls.

»Mönch, ich weiß nicht, ob es nötig ist, dass du mitkommst«, sagte Leopold. »Du kennst die Berge nicht; du könntest dich leicht verirren und dich unnötig in Gefahr bringen …«

»Wenn ihr findet, dass ich euch eine Last bin, bleibe ich natürlich hier«, erwiderte der Mönch mit finsterer Miene. »Aber Karl bin ich hier im Dorf als Erstem begegnet. Ohne seine Hilfe hätte ich die erste Nacht nicht bei dir wohnen können, Tischler, und ich hätte niemals die wenigen großherzigen und gottesfürchtigen Menschen kennen gelernt, die dieses Dorf bewohnen … Wie kann ich den Gedanken ertragen, dass er in Gefahr ist, ohne etwas zu unternehmen, um ihn zu retten?«

»Lass ihn mitkommen«, mischte sich Leonhardt ein. »Dann haben wir ein Augenpaar mehr. Wenn dieser Mann ganz Frankreich durchquert, den Mont Joux überwunden, das untere Tal durchzogen und es hierherauf geschafft hat, wird er wohl keine Schwierigkeiten haben, ein Stück Wald zu durchqueren. Und vielleicht werden die Gebete eines Mönchs ja schneller erhört als die unsrigen, damit wir Karl gesund und munter wiederfinden …«

Das war fest und klar gesprochen, und Sibilla suchte verwundert den Blick ihres Geliebten. Er sah ihr wortlos in die Augen und lächelte. Marcabrù sprang schon von einem zum anderen. Er freute sich auf einen Ausflug im Schnee, zwischen den Bäumen des Waldes.

Die Sonne hatte ihren Höchststand bereits überschritten, und sie war immer noch warm. Die weiße Pracht wurde durchscheinend und feucht, die oberste Schneeschicht begann bereits zu tauen. Von den Zweigen der gewaltigen Lärchen sackten immer wieder schwere Schneeladungen mit einem dumpfen Schlag auf den Boden und stürzten als kleine Lawinen den Hang hinunter.

Die Fußstapfen, die Karl mit seinen Schneeschuhen hinterlassen hatte, waren rätselhaft. Bis zum Waldrand ergaben sie eine gleich bleibende Spur, aber inmitten der dicken Bäume, die aus dem Schnee ragten, bildeten sie ein heilloses Durcheinander, als ob der Knabe kreuz und quer gelaufen sei.

Leopold war verzweifelt. Er wusste, wie unternehmungslustig sein Sohn war. Er fürchtete längst, dass sich Karl bis an den Waldrand vorgewagt hätte, aber nie hätte er gedacht, dass der Junge noch weiter gegangen war. Er hatte den Namen seines Sohnes so oft gerufen, bis er ganz heiser geworden war. In seinen vom glitzernden Sonnenlicht geblendeten Augen standen Tränen, und er konnte nur ein paar Spannen weit sehen.

Leonhardt und Werner, die mit Pfeil und Bogen bewaffnet waren, folgten ihm auf dem Fuß und erweiterten den Radius ihrer Suche über den Waldweg hinaus. Sibilla ging neben ihnen her und achtete auf Spuren von Tieren im Schnee. Es konnte schließlich möglich sein, dass Karl aus Neugier einem Waldtier gefolgt war, ohne zu merken, dass er sich gefährlich weit vom Dorf entfernt hatte.

Matthew keuchte schwer. Er war weder an die Fußbekleidung aus Stoff noch an die schweren Schneeschuhe gewöhnt und kam nur langsam voran. Außerdem ging es immer steiler bergauf, und die Kutte erschwerte ihm das Vorwärtskommen. Er beneidete Sibilla, die ganz ungeniert ihre Rockschöße hochgebunden hatte. Hätte er dasselbe getan, wäre es höchst unschicklich gewesen. Der Saum seiner Kutte war bereits triefend nass.

Marcabrù, der die Witterung aufgenommen hatte, eilte allen voraus und suchte nach Spuren im Schnee. Er sprang mehr, als dass er lief, um nicht im Schnee zu versinken. Ab und zu kehrte er um, weil er eine bereits gefundene Spur noch einmal beschnuppern wollte. Danach sah er sich stets mit aufgerichteten Ohren und aufgestelltem Schwanz um und setzte seinen Weg fort.

Matthew blieb stehen, rang nach Luft und blickte ins Tal. Im

Dorf, das nun weit unten lag, war eine gewisse Geschäftigkeit zu beobachten. Männer, in der Entfernung winzig klein, liefen zwischen den Schneewänden umher. Mit Bitterkeit dachte der Mönch daran, dass mit dem Ende des Schneefalls das Dorf in seinen alten Trott zurückfiel und seine Reise bisher völlig sinnlos verlaufen war. Die Prophezeiung hatte sich als falsch erwiesen und unter den Bewohnern nur Verwirrung gestiftet. Die alte beklemmende Angst befiel ihn wieder. Was würde er tun? Ein ganzes Jahr lang war er vergeblich einer Vision nachgelaufen, hatte eine Menge Menschen in seinen Wahn hineingezogen und stolz und anmaßend, wie der persönliche Deuter von Gottes Willen, das Gelübde des Gehorsams gebrochen ... Tränen der Wut trübten seinen Blick. Fast hätte er das Gleichgewicht verloren. Er wandte sich mit einem Ruck um und ging weiter.

Marcabrù, der vorausgerannt war, stand plötzlich wie gebannt. Mit gesträubtem Fell fixierte er etwas irgendwo im Dickicht des Waldes. Sibilla kam und streichelte ihn. Ihre Hand fühlte die gespannten, leicht zitternden Muskeln.

»Was ist, Marcabrù? Hast du etwas gehört?«

Der Hund antwortete mit lang anhaltendem, dumpfem Knurren. Leopold trat neben sie und fragte, ob sie wisse, was der Hund habe.

»Ich weiß nicht, ich sehe nur Bäume und Schnee, vielleicht ist dort ein wildes Tier oder ...«

Sibilla hatte den Satz noch nicht zu Ende gesprochen, da wurde ein Geräusch laut, das das Blut in den Adern gefrieren ließ. Noch ehe sie ihn sahen, hörten sie ihn. Ein ohrenbetäubendes Brüllen erfüllte die Luft. Vor ihnen, auf einem schneebedeckten Felsvorsprung, stand ein Bär. Zu seiner riesigen Größe aufgerichtet, sah er die Gruppe an und stieß immer wieder sein bedrohliches Gebrüll aus.

Marcabrù machte ein paar vorsichtige Schritte auf den Bären

zu, der auf allen vieren näher kam. Vor Entsetzen schrie Sibilla laut auf. Leonhardt packte sie am Arm und brachte sie zu Matthew, der sich weiter im Hintergrund hielt. Dann gab er Werner ein Zeichen, nahm den Bogen, den er über der Schulter trug, und setzte einen langen Pfeil ein. Werner tat dasselbe, und gemeinsam näherten sie sich dem Bären. Leopold war wie versteinert auf die Knie gesunken und rührte sich nicht mehr. Nur seine Augen irrten fiebrig umher und suchten verzweifelt nach einer Spur seines Kindes.

Eine Augenblick lang herrschte völlige Stille. Ein kleiner Schneerutsch glitt ins Tal herab und berührte Marcabrùs Pfoten, der zusammenzuckte, ohne seinen Blick von dem Bären zu lassen.

Und plötzlich, in dieser überirdischen, angespannten Stille, war das Weinen eines Kindes zu vernehmen, zuerst entfernt, dann immer näher. Leopold erkannte sofort die Stimme seines Sohnes. Er sprang auf; und ohne auf das wilde Tier zu achten, lief er in die Richtung, aus der das Weinen kam – nach Süden, zwischen den Bäumen, die am Felsabhang Wurzeln geschlagen hatten. Hinter dem Baumstumpf einer gefällten Lärche tauchte Karl plötzlich auf: feuerrot im Gesicht, tränennass, und seine Kleidung war zerrissen. Er trug nur noch einen Schneeschuh, und der Fuß ohne winterliches Schuhwerk versank im tiefen Schnee. Leopold rannte seinem Sohn entgegen, riss ihn mit aller Kraft an die Brust und weinte.

»Vater, ach, Vater, verzeih mir … Ich wollte nicht … Der Bär … Ich bin dem Bären begegnet … Ich bin geflohen, ach, Vater …«

Beide weinten. Doch dann verstummten sie: wieder dieses bedrohliche Gebrüll des wilden Tieres, und kurz darauf verzweifeltes Hundegebell.

Costanza hielt Hermanns erschlaffte Hand. Neben dem Bett kniend, sah sie in seine erloschenen Augen. Ehe er starb, hatte er sie für einen kurzen Moment aufgeschlagen und seine Ehefrau angeblickt. Sie waren nach wie vor weit geöffnet, als ob noch Leben in ihm wäre. Wie gern hätte Costanza geglaubt, dass Hermanns letzter Blick ihr gegolten hatte. Aber sie wusste, dass er schon längere Zeit nicht mehr bei Bewusstsein gewesen war. Mit der freien Hand schloss sie seine Lider und strich ihm – eine späte Geste der Liebe – über die weißen Haare. Sein Körper war noch warm. Costanza faltete ihm die Hände über der Brust – ein alter, barmherziger Brauch. Sie tat es langsam, als wolle sie dadurch den Abschied von ihrem toten Ehemann hinauszögern. Sie war allein im Zimmer. Die Bediensteten hatten andere Aufgaben zu erledigen. Sie stand auf, und ohne eine Träne zu weinen, betrachtete sie den reglosen Körper, nach dem sie sich als junge Frau in schamerfülltem Schweigen oft gesehnt hatte – ein Verlangen ohne Erfüllung. Sie öffnete das Fenster, um den süßlichen Geruch des Todes entweichen zu lassen, der allmählich das Zimmer erfüllte. Aber die Luft von draußen war zu feucht, um eine reinigende Wirkung zu haben. Costanza raffte ihr Haar im Nacken zu einem Knoten, verbarg es unter einer grauen Haube und ging zur Tür. Sie würde die Treppe hinuntergehen und nach der Magd rufen, die dafür sorgte, dass der Tote gewaschen und angekleidet würde. Auf der Türschwelle drehte sie sich um und warf Hermann einen letzten Blick zu. Endlich hatte er seinen Frieden gefunden.

Olivia schob den hölzernen Wäschestab über dem Feuer zur Seite. Ihre Arbeit konnte sie nur unbeholfen verrichten, denn ihr dicker Bauch behinderte sie bei jeder Bewegung. Nachdem sie einen Stoß Holzscheite von draußen hereingeholt hatte, begann sie, Ruß und Asche aus der Kaminöffnung zu kratzen. Dazu musste sie ein Stück weit hineinkriechen. Olivia hasste diese Arbeit, bei der man sich Gesicht und Kleidung schmutzig und die Finger schwarz und wund machte. Sie begann ganz oben. In dicken Schichten fiel der Ruß ab und stäubte zu Boden. Der feine Staub legte sich auf ihr Gesicht, reizte die Augen und verstopfte die Nase. Sie musste sich regelrecht verrenken, und ihr dicker Bauch erleichterte ihr die Arbeit nicht gerade. Nachdem sie mit dem oberen Teil des Kamins fertig war, bückte sie sich. Zumindest die Stiche im Rücken ließen nun nach. Mit einem kleinen eisernen Hammer schlug sie die hartnäckigen Verkrustungen los. Die Schläge hallten in der Kaminöffnung und dröhnten ihr in den Ohren. Beim letzten Schlag erstarrte sie und horchte.

Etwas anderes war in der Luft, drang durch die geschlossene Tür der Stube und füllte den Kaminschacht. Olivia kannte dieses Geräusch, und obwohl sie damals noch ein Kind gewesen war, hatte sie es niemals mehr vergessen. Starr vor Schreck, konnte sie nur den Kopf heben, aber im ersten Augenblick begriff sie nicht, was geschah. Ein feines weißes, erstickendes Pulver drang ihr in Mund, Augen und Ohren. Der ganze Stadel erzitterte und erbebte. Olivia taumelte und stürzte bewusstlos gegen die Rückwand des Kamins.

Auch Otto hatte das Dröhnen gehört. Er blickte zum Himmel, aber da stand kein Wölkchen. Erst im Osten, jenseits der hohen Berge, die das Tal teilten, war eine Spur weißer, dünner Schleierwolken zu erkennen. Es sah mehr wie Nebel aus, der sich bergabwärts bewegte. Er wunderte sich noch, wie dieses Naturphänomen einen solchen Lärm verursachen konnte, und fuhr fort, sein Maultier zu beladen. Da erschütterte ein zweiter, stärkerer Donnerschlag die Luft, und die Erde bebte unter Ottos Füßen. Er kniff die Augen zusammen. Die Wolke schoss wie ein Pilz in die Höhe. Da begriff er, was geschah, und alle anderen in seiner Nähe begriffen es auch. Zuerst waren alle nur verwirrt, dann schrien und fluchten sie durcheinander. Es war ein einziges Hin-und-her-Gerenne. Otto packte das Maultier am Zaumzeug und zog es in den Stall.

KAPITEL 36

Das Brüllen des Bären erstarb. Leonhardt hatte sich hingekniet und nahm das Tier ins Visier. Werner war bereit, den zweiten Pfeilschuss abzugeben, falls der erste sein Ziel verfehlte. Auch Marcabrù fixierte gebannt den wuchtigen Bären und war bereit zum Sprung.

In dem Augenblick, als Leonhardt den Pfeil abschoss, bewegte sich das Raubtier zur Seite. Der lange, spitze Pfeil verfehlte sein Ziel und sirrte weiter durch die Luft. Das Tier drehte den Kopf, etwas hatte seinen Hals gestreift. Mit wütenden kleinen Augen richtete es sich auf und stieß erneut ein markerschütterndes Brüllen aus, das plötzlich in einem Winseln verebbte. Der Bär ließ sich auf die Vorderpfoten sinken, machte blitzschnell kehrt und verschwand im Schnee zwischen den Bäumen.

»Aber was zum Teu…«

Leonhardt konnte den Satz nicht zu Ende sprechen. Ein ohrenbetäubender Donner erschütterte das Tal. Alle hoben den Blick zum wolkenlosen Himmel, um zu sehen, woher dieses fremdartige Geräusch kam.

»Seht mal …«, rief Werner und zeigte auf den Gletscher. Aus der steilen Felswand stieg eine weiße Wolke, die direkt aus dem Berg zu kommen schien. Die Wolke erhob sich zum Gipfel, wuchs immer mehr und bedeckte bald den Himmel.

»Mein Gott, das ist eine Lawine!«, schrie Leopold und drückte Karl fest an seine Brust.

»Gehen wir höher hinauf, schnell, höher hinauf!«, brüllte

Leonhardt und nahm Sibilla an der Hand. »Du auch, Mönch, schnell!«

Matthew war unfähig, auch nur einen einzigen Muskel zu bewegen, und beobachtete die Wolke jenseits des Tals. Erst Marcabrù rüttelte ihn mit seinem lauten Bellen wach. Mehr stolpernd als laufend, stieg der Mönch hinter den anderen den Berg hoch. Sie waren nur wenige Schritte vorwärts gekommen, als ein zweiter, noch heftigerer Donnerschlag die Luft erschütterte. Alle blickten zu dem Gletscher. Seine Basis, die soeben noch kompakt und gleichförmig ausgesehen hatte, schien nunmehr von einem gewaltigen Riss durchzogen zu sein, von dem sich ein gigantischer Eisblock löste. Die weiße Masse, die im Sonnenlicht eigentümlich rosarot schimmerte, rutschte mit zunehmender Geschwindigkeit bergab und riss immer mehr Schnee mit sich ins Tal.

Die Lawine raste mit wachsender Schnelligkeit in die Tiefe. Über die schneebedeckten Hochalmen legte sich eine neue weiße, dicke Schicht. Krachend wurden Bäume entwurzelt. Wie eine Flutwelle begrub der Schnee die Äcker unter sich und spülte über die Palisade von Felik hinweg. Augenblicklich waren die nächstliegenden Stadel begraben, die Dächer hinweggefegt. Die Mauern stürzten ein und verschwanden. Schnee fegte durch das ganze Dorf, begrub unter sich die Kirche, die Mühle, den Backofen, das Gasthaus und die Ställe. Er drang in die Küchen, die Vorratskammern, stieg die Treppen hinauf und begrub Betten und Möbel unter sich, wirbelte Kleider und Schmuck hinweg, zerfetzte Getreidesäcke und zerstörte Türen und Treppengeländer, zerschmetterte das Mühlrad und brandete fast ungebremst gegen den anderen Berghang.

Eine dicke weiße, erstickende Wolke fegte mit der Gewalt einer Meereswelle über den Hang. Leonhardt und Sibilla wurden umgerissen, Werner gegen den Stamm einer Lärche und

Matthew an den Rand einer Felsschlucht geschleudert, während Leopold und Karl bergabwärts rutschten. Marcabrù, der sich verzweifelt festzukrallen suchte, schlitterte immer weiter, bis er in einer schneebedeckten Senke liegen blieb. Da lagen sie, ohnmächtig den Elementen ausgeliefert, während das weiße, eiskalte Pulver ihnen den Atem raubte und Hören und Sehen vergehen ließ. Sie verloren das Bewusstsein, und der Schnee deckte sie zu.

Keiner von ihnen hörte das Beben der Erde, das auch dann nicht aufhörte, als die Lawine zur Ruhe gekommen war. Der dichte Schneestaub legte sich, und zurück blieb ein trüber Nebel. Eine unwirkliche Stille legte sich über das ganze Tal.

Marcabrù stand auf und bewegte die schmerzenden Vorderpfoten. Er schüttelte den Schnee aus dem Fell, und nachdem er sich mühsam aus dem Schneeloch herausgewälzt hatte, sah er sich nach seinen Begleitern um. Unter einer dünnen Schneeschicht entdeckte er Karl und Leopold, und sofort fing er an, sie auszubuddeln. Leopold erwachte aus seiner Ohnmacht und setzte sich auf. Nach einem letzten Augenblick der Benommenheit rüttelte und massierte er Karl, bis dieser unter schwachem Stöhnen endlich die Augen aufschlug. Weiter oben torkelte Werner hinter einem Baumstumpf hervor, der ihm Schutz geboten hatte. Sein Blick irrte umher, auf der Suche nach seinem Freund Leonhardt. Sibilla erlangte vor ihrem Geliebten das Bewusstsein wieder. Sie löste sich aus den Armen Leonhardts, der sie noch immer fest hielt, und stand hustend auf. Als Marcabrù die vertrauten Geräusche hörte, lief er hinkend auf Sibilla zu und weckte mit seinem Winseln auch Leonhardt.

»Der Mönch, wo ist der Mönch?«, keuchte Werner.

Benommen sahen sich alle um. Unter ihnen, an einem Felssporn, hing ein dunkler, im eiskalten Schnee gefrorener Stofffetzen. Karl kroch auf allen vieren darauf zu, gefolgt von Werner und Marcabrù. Matthew lag bäuchlings am Rande des Abgrunds, kaum bedeckt von Schnee. Seine Augen waren geschlossen, und seine ausgebreiteten Arme lagen regungslos.

»Hier!«, riefen Werner und Karl gleichzeitig. »Hier ist er!«

Doch Matthew hörte nicht die Rufe seiner Gefährten. Seine Gedanken folgten Marys Schatten, der sich über sein Bett in der Mönchszelle von St. Albans beugte und leise zu ihm sprach: »Du hast es vollbracht, Pater Matthew, du hast dein Werk vollbracht …« Aus der Ferne erklangen die Stimmen der Mitbrüder, die das Kyrie anstimmten. Ein tiefer Friede durchströmte ihn, wie er ihn lange nicht gefühlt hatte. Die Mauern der Zelle öffneten sich, und Mary verschwand. Matthew wurde von grellem Licht geblendet.

»Da, er wacht auf, er wacht auf … Der Mönch lebt!«, rief Karl mit vor Angst kreischender Stimme.

Matthew öffnete langsam die Augen. Der Knabe sah ihn besorgt an, und der Hund leckte ihm die Hand. Als Matthew versuchte aufzustehen, wurde er von einem plötzlichen Schwindel erfasst. Schwankend stützte er sich auf Werner, mit dessen Hilfe er erste Schritte machte. Die anderen, die etwas weiter unten standen, blickten wie erstarrt ins Tal. Eine gleichmäßige weiße Decke lag über dem Dorf. Die Spitze des Kirchturms ragte ein paar Spannen weit aus dem Schnee, sonst war weit und breit kein Haus zu erkennen, bis auf das Dach eines einzigen Stadels. Von Hermanns Turm im Norden war keine Spur geblieben.

Sibillas Schluchzen zerriss die Stille. Erst ganz langsam begriff sie, was geschehen war. Als aber ihr Geist das Bild aufgenommen hatte, entrang sich ihrer Brust ein Schrei der Verzweiflung, der vom Tal als dumpfes Echo widerhallte. Dann erstarb ihre Stimme, und ihr Schmerz entlud sich in leisen Schluchzern.

Keiner konnte sprechen. Alle blickten wie betäubt hinunter auf das ausgelöschte Dorf. Leonhardt drückte Sibilla an sich, die zitterte und unzusammenhängende Sätze murmelte. Marcabrù tapste ein paar Schritte hinunter ins Tal. Vorsichtig umging er unsichtbare Schneelöcher und schnupperte nach vertrauten Gerüchen. Matthew stand an den Stamm einer großen Lärche gelehnt und stemmte die nassen Füße in den Schnee, damit das Zittern seiner Beine aufhörte. In den Mienen der Gefährten lag ungläubiges Staunen, das erst allmählich dem Entsetzen wich. Sibillas Augen blickten leer, über ihr leichenblasses Gesicht fiel das Haar wie ein schwarzer Trauerschleier. In der unwirklichen Stille war ab und zu das Knacken eines Astes zu hören, der unter der Schneelast brach.

Wortlos löste sich Leonhardt von Sibilla und machte Werner ein Zeichen, und gemeinsam begannen sie den Abstieg ins Tal. Langsam folgten die anderen. Ohne die Schneeschuhe kamen sie nur mühsam voran und sanken bei jedem Schritt tief ein. Sie versuchten sich in einer Landschaft zurechtzufinden, die neu und ungewohnt war. Der Hang stellte eine einzige kompakte Decke dar; weiter unten, wo einst das Dorf an den Wald angrenzte, erstreckte sich eine gleichförmige Fläche.

»Bleib stehen, Marcabrù, warte!«

Leonhardts Stimme durchschnitt die Stille wie ein Peitschenhieb und rüttelte die anderen wach. Der Hund gehorchte, drehte sich allerdings nur kurz um und setzte dann unbekümmert seinen Weg hinunter nach Felik fort. Eine andere, drängendere Stimme, die bloß er hören konnte, rief ihn. Es galt, sich zu beeilen.

KAPITEL 37

Olivia schlug die Augen auf. Es kostete sie einige Mühe, denn ihre Lider waren eisverkrustet. Sofort war sie bei Bewusstsein. Sie öffnete den Mund und versuchte zu atmen. In völliger Dunkelheit bemühte sie sich, ihre Beine zu bewegen, aber vergeblich. Sie hob die Hände vom Bauch zur Brust. Als sie die Ellbogen bewegte, stellte sie fest, dass sie seitlich etwas Spielraum hatte und den Oberkörper in eine andere Position bringen konnte. Wenn sie sich mit den Füßen etwas abstützte, stieß sie mit dem Rücken gegen etwas Hartes. Sie führte eine Hand nach hinten und tastete umher. Nur ein schwacher, schmaler Lichtstrahl war zu sehen. Ihre Finger erfühlten eine raue, unebene Fläche. Olivia drehte etwas die Schultern, hob die Hand vors Gesicht und roch daran: Ruß. Das Bewusstsein, dass sie noch immer in der Kaminöffnung steckte, traf sie wie ein furchtbarer Schlag. Panik befiel sie. Sie blinzelte und sah vor sich einen schwachen Lichtschein. Der spontane Impuls, auf dieses Licht zuzustürzen, wurde von einer lautlosen, aber entschiedenen Bewegung in ihrem Bauch vereitelt. Olivia unterdrückte ein Schluchzen. Ein Gefühl der Mutlosigkeit bemächtigte sich ihrer, und sie versuchte, ihr rasendes Herzklopfen zu beruhigen. Sie atmete langsam und sparsam, um möglichst wenig Luft zu verbrauchen; und nach einer kleinen Pause, die ihr wie eine Ewigkeit erschien, begann sie erneut, Arme und Beine zu bewegen, um sich langsam und vorsichtig aus der Kaminöffnung herauszuwinden. Sie ertastete eine Art Gang, der sich immer mehr verbreiterte, und schob sich, ungeachtet der Schmerzen an ihrem ganzem Körper, Schritt um Schritt weiter auf die Helligkeit zu, bis sie verschwommene Umrisse wahrnahm. Das zersplitterte spitze Ende des hölzernen Wäscheständers, der vor kurzem noch über dem Kamin hing, tauchte über ihrem Kopf auf. Aus der undurchdringlichen Schneewand neben ihr ragten Teile von Möbelstücken und zertrümmertes Geschirr hervor. Beim Anblick dieser alltäglichen Gebrauchsgegenstände, die an ein untergegangenes Leben erinnerten, konnte Olivia einen Aufschrei nicht unterdrücken. Er dröhnte ihr dumpf in den Ohren, ohne nach draußen zu gelangen. In diesem Moment packte sie blankes Entsetzen. Panisch begann sie zu rudern, um der Lichtquelle näher zu kommen, die ganz in der Nähe sein musste. Das durchnässte, eiskalte Kleid klebte ihr am Körper, und sie zitterte und keuchte. Nach einiger Zeit, die ihr wieder endlos lang erschien, gelangte sie zu einer Art Schacht. Von oben sickerte schwaches Licht herein, und zwischen zwei Balken entdeckte sie einen dünnen Streifen Himmel. Olivia ging auf die Knie, öffnete den Mund und atmete gierig die frische Luft ein. Jetzt erst begriff sie, dass ihr Fluchtweg hier endete. Ringsherum versperrten hohe Schneewände jeden Ausgang.

Als hätte auch das Kind in ihrem Schoß dies erkannt und begehrte gegen dieses böse Schicksal auf, spürte Olivia wütende Fußtritte in ihrem Bauch. Ein ums andere Mal schrie sie laut. Sie weinte und stöhnte, kratzte mit den Fingern an der Schneemauer, bis sie bluteten. Sie versuchte auch, zur Jungfrau Maria zu beten, aber ihre Verzweiflung war zu groß, als dass sie ein Gebet zustande brachte. Erschöpft ließ sie sich zu Boden fallen. Eine barmherzige Müdigkeit überfiel sie, trübte ihren Verstand und lähmte alle Glieder.

Mit aufgerichteten Ohren und hängender Zunge blieb Marcabrù vor einem unförmigen grauen Haufen stehen, aus dem Holzbalken und Steine hervorragten. Der schnelle Lauf ins Dorf hatte ihn erschöpft. Seine schneeverkrusteten Vorderpfoten zitterten. Aus dem dichten schwarzen Fell, das sich am Bauch zu lichten begann, tropfte Blut. Die leichte Verletzung hatte er sich zugezogen, als er den Abhang hinuntergeschlittert und dabei gegen einen zersplitterten Baumstumpf geprallt war.

Marcabrù lauschte. Die Stimme klang nun schon sehr viel näher, doch sie wurde immer schwächer. Er hatte es bereits oben im Wald gehört: ein ersticktes Geräusch, das die noch immer schneegeschwängerte Luft kaum weitertrug. Er drehte sich um: Sibilla und die anderen kämpften sich mühsam den Abhang herunter. Leonhardt freilich war den anderen immer ein Stück voraus. Gleich würde er bei ihm sein. Marcabrù schritt zaghaft auf einen Schneehügel zu, der höher war als die anderen, die er soeben umkreist hatte. Die Stimme war nun nicht mehr zu hören. Doch der feine Geruchssinn des Hundes unterschied noch etwas, etwas Einzigartiges in dieser Schneewüste, die weit und breit nur nach Feuchtigkeit roch. Er ging näher heran und lief auf den Schneehügel. Der Geruch wurde stärker. Mit den Vorderpfoten stellte er sich auf den Rand eines Balkens, der aus dem Schnee herausragte, und steckte die Schnauze in eine schmale Öffnung in dem zersplitterten Holzbalken. Sein Geruchssinn hatte ihn nicht getäuscht. Dort unten war jemand. Zwar konnte er im Dunkeln nur undeutliche Umrisse ausmachen, aber der Geruch war ganz eindeutig. Er fing aufgeregt an zu bellen, entfernte sich und näherte sich dann erneut diesem dunklen Schacht.

Da kam auch schon Leonhardt, gefolgt von Werner. Seine Hose und Weste waren zerrissen und die festen Lederschuhe voll weißem Matsch. Schweiß stand ihm auf der Stirn, und seine fiebrigen Augen irrten in der weißen Wüste umher auf der Suche nach bekannten Orten und Einzelheiten. Einzig die Kirchturmspitze ragte unversehrt aus dem Schnee. Leonhardt schluckte. Er wischte sich über die Augen, um nicht weinen zu müssen, und wandte seine ganze Aufmerksamkeit dem Hund zu. Marcabrù bellte einen weißen Schneekegel an, auf den er immer wieder sprang, sich dann um sich selbst drehte und einen Augenblick verstummte, Leonhardt ansah und erneut zu bellen anfing, immer lauter und immer entschiedener.

»Ob dort unten jemand ist?«, fragte Werner ganz außer Atem, der seinen Freund inzwischen eingeholt hatte. Leonhardt sah ihn an, unterdrückte ein Schaudern und antwortete: »Alle sind dort unten. Und alle sind tot …« Leonhardts glasiger Blick erschreckte Werner. Einen Augenblick fürchtete er, der Freund habe den Verstand verloren. Marcabrùs nervöses Bellen war unterdessen in ein beharrliches Winseln übergegangen. Er war erneut den Hügel hinaufgelaufen und steckte jetzt die Schnauze in den Schnee.

Werner packte Leonhardt am Arm und führte ihn, ohne seine Antwort abzuwarten, zu Marcabrù, der – zufrieden, endlich ihre Aufmerksamkeit gewonnen zu haben – um die beiden herum und zwischendurch immer wieder zum Schneehügel lief. Werner war als Erster an der Schachtöffnung.

»Gott im Himmel! Da drin ist jemand!«, rief er.

Mit entsetzter Miene stieg Leonhardt ebenfalls hinauf, aber vor Aufregung machte er eine ungeschickte Bewegung. Ein kleiner Schneeblock löste sich und stürzte unter dem unheimlichen Krachen zersplitternden Holzes in die Tiefe der Schachtöffnung.

»Langsam, Leonhardt, sonst stürzt alles ein!«, schimpfte Werner und tastete sich behutsam vor. Leonhardt nickte und tat es seinem Freund gleich. Als er neben ihm angelangt war, streckte er den Hals und warf einen Blick in die Öffnung. Da war etwas, das sich an der dunklen Wand abzeichnete. Ab und zu hörte er ein schwaches Stöhnen, das aber zu leise war, um auszumachen, woher es kam.

»Ist da jemand? Hörst du uns? Wer bist du? Antworte!«

Nichts. Werner und Leonhardt sahen einander an, und in ihrem Blick lag der sehnsüchtige Wunsch, wenigstens einer möge überlebt haben. Langsam und vorsichtig untersuchten sie die Öffnung und den Schnee. Sie überlegten, wie sie am besten zu dem Eingeschlossenen vordringen konnten, ohne dass der ganze restliche, unterm Schnee begrabene Stadel einstürzte.

»Was macht ihr da? Was ist los?«

Sibillas Frage ließ die beiden jungen Männer vor der halb verschütteten Öffnung zusammenzucken.

»Hier unten ist jemand, der womöglich noch am Leben ist ...«

»O mein Gott ... Und wer?« Die Worte erstarben Sibilla auf den Lippen, ihr Gesicht wurde blutleer. Leonhardt sah sie eindringlich an.

»Irgendjemand, aber wir werden es nicht schaffen, ihn zu retten. Wir haben keine Schaufeln und auch sonst kein Werkzeug zum Graben«, gab er ernüchtert zurück. »Verstehst du nicht? Alle sind tot, und auch dieser Mensch hier unten, wer immer es ist, wird bald sterben.« Die letzten Worte sprach er fast schreiend. Dann kam nur noch ein Schluchzen aus seiner Kehle. Sibilla war überrascht von diesem unerwarteten Wutanfall. Sie bewegte die Lippen, brachte aber keinen Ton heraus.

Als Leonhardt merkte, dass er mit diesen aus Angst, Schmerz und Wut geborenen Worten Sibilla wehgetan hatte, verstummte er. Dann fuhr er müde fort: »Vorsichtig, Sibilla, denn alles kann einstürzen ... Aber steig vor allem nicht hier hoch.«

Leopold hatte Karl vom Arm genommen, ging vorsichtig auf Leonhardt zu und besah sich die beiden Holzbalken, die den Schneehügel trugen.

»Wenn die Balken unter der Wucht der Lawine nicht zusammengebrochen sind, bedeutet das, dass sie durch etwas anderes, Solideres getragen werden. Vielleicht die Steine des Kamins, die durch einen glücklichen Zufall verhindert haben, dass das ganze Gebäude eingestürzt ist. Wir müssen einen Zugangsweg finden, aber an dieser Stelle können wir nicht graben, sonst würde alles in sich zusammenstürzen …«

Während Leopold sprach, sahen ihn die anderen aufmerksam an. Sie wussten, dass er Recht hatte, schließlich war er ein erfahrener Tischler. Auch Karl hatte seinem Vater zugehört. Er sah zwar müde und erschöpft aus, aber sein Blick war hellwach. Überwältigt von Erschöpfung und Bestürzung, hatte sich Matthew in den Schnee gekniet, um zu beten.

»Aber wenn der Kamin den Einsturz des ganzen Hauses verhindert hat«, wandte Leonhardt ein, »dann müsste doch irgendwo der Kaminschacht sein …«

»Aber natürlich!«, rief Werner. »Und er hat für genügend Luft gesorgt. Deshalb konnte hier unten überhaupt jemand überleben …«

»Genau«, nickte Leopold, »aber das Problem bleibt: Wie kommen wir da rein?«

Als hätte Marcabrù den Sinn dieser Überlegungen verstanden, sprang er vom Hügel. Etwa zehn Fuß entfernt schnupperte er und scharrte mit der Vorderpfote.

Karl verfolgte neugierig jede Bewegung des Hundes. Mit seinen scharfen Krallen kratzte Marcabrù im Schnee, bis er auf etwas Hartes stieß.

»Kommt hierher!«, rief Karl. »Marcabrù hat etwas entdeckt!«

Noch bevor die anderen herbeigeeilt waren, hatte der Knabe bereits begonnen zu scharren.

»Halt! Warte!«, riefen Leonhardt und Werner gleichzeitig und liefen zu ihm. Der Tischler war zuerst bei Karl, und nachdem er einen kurzen Blick auf die raue, ungleichmäßige Oberfläche geworfen hatte, wusste er Bescheid.

»Das ist Holz und Stein!«, rief er mit erstickter Stimme. Er ließ das Kind und den Hund etwas zurücktreten und kratzte dann langsam und vorsichtig den Schnee ab, bis er das zersplitterte Ende eines Lärchenholzbalkens freigelegt hatte, das auf einer unregelmäßigen Steinunterlage lag. Nachdem er den sichtbaren Teil des Balkens und die raue Oberfläche der Steine vollständig vom Schnee gesäubert hatte, stand Leopold auf und betrachtete kurz seine Arbeit. Dann umrundete er einmal den Schneehügel und winkte Werner herbei.

»Hattest du nicht ein Paar Schneeschuhe dabei, als wir aus dem Wald herunterstiegen?«

Unsicher nickte der junge Mann. Er hatte sie in der Hand gehalten, bis sie in diese weiße Schneewüste gekommen waren, dann aber ein Stück von dem Schneehügel entfernt fallen lassen, als er zu Leonhardt gelaufen war. Karl, der die Schneeschuhe gesehen hatte, lief mit seinen kurzen Beinen hin und brachte sie seinem Vater.

»Ausgezeichnet«, nickte Leopold und wandte sich erneut Werner zu. »Und hast du auch noch das Hanfseil, das du neben den Pfeilen und dem Bogen mitgenommen hast, als wir aufgebrochen sind, um meinen Sohn zu suchen?«

Wortlos hob Werner den zerrissenen Saum seines Rockes und tastete am Gürtel seiner Hose nach dem aufgewickelten Seil, dessen Gewicht er in der Eile des Abstiegs nicht einmal mehr gespürt hatte.

»Da ist es!«, sagte er zu Leopold. »Aber … was hast du damit vor?«

»Das weiß ich noch nicht, doch wir brauchen etwas, mit dem wir den Verschütteten herausziehen können. Und jetzt hilf mir, die Schneeschuhe zu zerlegen. Mit den hölzernen Schaufeln können wir graben.«

Die anderen starrten Leopold an; sie waren verblüfft von seiner Ruhe und eisernen Entschlossenheit. Der Tischler achtete nicht darauf und zerlegte bereits einen der beiden Schneeschuhe. Werner tat es ihm nach, und bald schon hatte jeder eine kurze Holzschaufel in den Händen.

Leopold zeigte, wie sie das Werkzeug halten mussten, und behutsam schaufelten sie den Schnee von der Stelle weg, wo sie einen Zugang zu dem Verschütteten vermuteten. Bald schon kamen weitere Steine und Balkensplitter zutage. Inmitten anderer Trümmer entdeckten sie eine beinahe intakte Stufe der Holztreppe: ein erster stummer Zeuge des dörflichen Alltagslebens. Und sie schaufelten mit frischer Kraft weiter, ungeachtet der aufgeschürften Finger und des Schweißes, der ihnen in die Augen tropfte.

Die Sonne hatte bereits den Zenit überschritten, als die Öffnung breiter wurde. Die kräftigen Holzbalken waren fest im Schnee verankert und wurden von einer Schneekuppel überwölbt.

»Wenn bisher noch nichts eingestürzt ist«, meinte Leopold keuchend, »so bedeutet das, dass wir es vielleicht schaffen können. Es fehlt wohl nicht mehr viel, bis wir unten angelangt sind. Denn die Schneeschicht ist dünner hier. Mir scheint, hier drunter ist ein Vakuum, vielleicht die Kaminöffnung. Jetzt mache ich allein weiter; ich versuche, mit meinem Messer die Wand abzukratzen.«

»Aber Vater ...«, murmelte Karl kleinlaut. »Und wenn die Balken einstürzen? Und wenn ...« Der Knabe sah seinen Vater angsterfüllt an. Der Tischler lächelte seinen Sohn an, und während er sich mit sicherer Hand das Hanfseil um die Hüfte band, sprach er ihm tröstliche Worte zu.

»Sag, Karl, weißt du noch, wie oft wir im Wald die Felsen hinaufgeklettert sind, angeseilt und stets mit sicherem Halt unter unseren Füßen? Und wie wir uns dann hinuntergleiten ließen? Siehst du, hier ist es genau dasselbe, nur dass es sehr viel einfacher ist, weil ich nicht erst hinaufklettern muss ... Mach dir keine

Sorgen, Karl, ich schaffe es schon. Du und die anderen, ihr müsst das Seil jetzt ganz fest halten.«

Mit einer Zuversicht, die er nicht wirklich empfand, warf Leopold Werner das Ende des Seils zu, der es an die anderen weiterreichte, sodass alle eine Kette bildeten. Als der Tischler in der Öffnung verschwand, stemmten sich alle fest in den Boden.

Der Schrei eines Adlers durchbrach die Stille. Fünf Augenpaare richteten sich gleichzeitig in den Himmel. In ruhigem, gleichmäßigem Flug kreiste der Raubvogel weiträumig über dem Dorf. Marcabrù schenkte ihm weiter keine Beachtung, aber auch er spürte, dass ein Raubvogel über ihnen kreiste. Mit gesenktem Schwanz knurrte er böse, zuerst leise, dann immer lauter und zorniger. Da flog der Adler in Richtung der vergletscherten Berge davon. In der folgenden angespannten Stille war nur noch das dumpfe Kratzen von Leopolds Jagdmesser zu hören.

Das Seil, das vor allem Leonhardt und Werner mit beiden Händen fest hielten, spannte sich immer mehr. Als sie schon befürchteten, es sei nicht lang genug, hörten sie Leopolds erstickte Stimme. Da keiner verstand, was er rief, reichte Werner sein Stück Seil Leonhardt zum Halten und ließ sich vorsichtig in die Öffnung hinuntergleiten. Als von außen nur noch seine löchrigen Schuhsohlen zu sehen waren, hörte man ein gedämpftes Murmeln.

Nach einer kleinen Ewigkeit tauchten Werners Beine wieder auf. Noch bevor er ganz herausgekrochen war, wandte er den Kopf zu seinen Gefährten und rief ihnen mit vor Aufregung und Anstrengung zitternder Stimme zu: »Es ist Olivia, und sie lebt!«

»Deo gratias!« Inmitten der plötzlichen Stille erhob sich Matthews Stimme, um dem Allerhöchsten zu danken. Sibilla hatte gehofft, Gertrud aus diesem Eisgefängnis zu befreien. Sie stieß einen Klageruf aus und sank dann kraftlos nieder. Werner nahm sein Stück Seil aus Leonhardts Händen und befahl allen, bis dreihundert zu zählen und dann langsam zu ziehen.

»Leopold hat gesagt, er braucht etwas Zeit, um Olivia festzubinden. Dann wird er sie herausziehen – mit unserer Hilfe. Er hat gesagt, wir sollen langsam ziehen und keinesfalls zerren, denn die Öffnung ist so eng, dass eine Person kaum hindurchpasst.«

Alle murmelten halblaut die Zahlen vor sich hin. Karl musste bei dreißig aufgeben, weil er nicht weiterwusste. Matthew dagegen zählte in seiner Muttersprache, um sich nicht zu vertun. Als sie fertig waren, begann Werner das Seil einzuholen. Bald war es fest gespannt. Behutsam, aber mit ganzer Kraft zogen sie, reichten jeweils eine Handbreit des Seils von einem zum nächsten weiter. Karl, der Letzte in der Reihe, legte es ordentlich, zu einer Spirale aufgerollt, in den Schnee.

»Da sind sie, da sind sie!«, rief Werner, als er Leopold mit gebeugtem Rücken aus der Öffnung auftauchen sah. Mit Knien und Füßen stützte er sich ab und hievte sich heraus.

Hinter ihm waren zuerst Olivias lange, offene Haare zu sehen. Sie waren mit Schnee verklebt und hingen ihr zottelig in das von Entsetzen entstellte Gesicht. Ihre Augen waren vor Schmerz und Erstaunen geweitet, und ihr bläulich roter Mund klappte auf und zu, ohne einen Laut herauszubringen. Leopold hatte das Seil unter ihren Achselhöhlen festgebunden und über Brust und Oberkörper geschlungen. Ihr dicker Bauch wölbte sich deutlich. Was von ihrem Kleid übrig war, hing ihr wie ein steifer Sack um die Hüften und entblößte ihre Beine, die durch die zerfetzte Hose kaum bedeckt waren.

»Los, los, weg von hier!«, rief Leopold mit vor Anstrengung heiserer Stimme, als er sah, dass alle auf Olivia zueilen wollten. »Wir müssen weiter nach unten, Richtung Waldrand. Wir wissen nicht, was hier drunter ist, der Boden könnte nachgeben …

Helft mir, diese arme Frau und, so Gott will, auch ihr Kind zu tragen!«

Nachdem sie das Seil gelöst hatten, trugen Leonhardt und Werner Olivia abwechselnd auf den Schultern. Sie gingen in westliche Richtung, gefolgt von den anderen. Keiner sprach ein Wort. Ihre Gedanken waren viel zu sehr damit beschäftigt, sich in Sicherheit zu bringen, und sie beeilten sich, so gut sie konnten. Bei jedem Schritt versanken sie tief im nassen Schnee. Leopold war durch die Anstrengungen bei der Rettung Olivias vollkommen erschöpft. Trotzdem hob er sein Kind auf den Arm und folgte den anderen. Matthew ging vor ihm her. Er hatte sich die Schöße seiner Kutte hochgebunden und konnte sich endlich freier bewegen. Seine grobe, völlig durchnässte Hose schlotterte ihm um die Oberschenkel, seine nackten knochigen Knie und Unterschenkel waren blau gefroren. Sibilla, die neben ihm ging, blieb ab und zu stehen. Die Verbitterung, die sie in sich spürte, machte sich nunmehr auch körperlich bemerkbar. Aus ihrem Magen stieg ein gallig bitterer Geschmack auf und verursachte einen schwer zu unterdrückenden Brechreiz.

Marcabrù wusste instinktiv, was Menschen sich erst mühsam klar machen müssen. Als er gesehen hatte, dass Olivia in Sicherheit gewesen war, war er den anderen vorausgeeilt. So gelangte er als Erster an die Stelle, wo es in den Wald ging. Er kauerte sich in den Schnee, leckte sich die Bauchwunde und reinigte sie vom angetrockneten Blut.

Nachdem sie beim ersten großen Lärchenbaum angelangt waren, blieben sie stehen. Hier am Waldrand war das Terrain uneben. Blöcke schmutzigen Schnees und abgebrochene Äste bedeckten die weiße Wüste. Von den Spitzen der Bäume rieselte ab und zu Schnee.

Eingehüllt in Werners Jacke, betteten sie Olivia auf den Boden. Sibilla kniete sich hinter sie, hielt ihren Kopf in ihrem Schoß und massierte ihr die Schläfen. Als Matthew sah, dass Olivias Beine blau angelaufen waren, kauerte er sich neben sie und rieb ihr die Füße warm. Karl beobachtete den Mönch eine Weile und fragte seinen Vater, ob er nicht auch mithelfen könne. Darauf fing er an, Olivias Arme und Schultern fest zu reiben. Seine kleinen Hände bewegten sich schnell hin und her, und vor Anstrengung wurde er ganz rot im Gesicht.

Keiner sprach ein Wort. Alle Blicke waren auf Olivias leblose Augen gerichtet. Es waren jedoch nicht die Bemühungen ihrer Retter, dank deren sie das Bewusstsein wiedererlangte, sondern der feste Lebenswille ihres Kindes. Es wurde unruhig im Leib seiner Mutter und ließ sie zusammenzucken. Ihr Gesicht verzerrte sich vor Schmerzen, sie kniff die Augen fest zusammen und schlug sie dann auf. Ihr Blick wanderte von einem zum anderen, und ein leises Wehklagen erstarb auf ihren Lippen, bevor sie anfing zu schluchzen. Ihre Hände tasteten hinunter zu ihrem Schoß, als wolle sie das Leben schützen, das darin war. Jetzt lächelten alle erleichtert. Karl klatschte in die Hände, Leonhardt und Werner klopften Leopold abwechselnd auf die Schulter, glücklich über die erfolgreiche Rettung. Sibilla strich Olivia übers Haar – mit derselben Zärtlichkeit, mit der sie ein erschrockenes Kind gestreichelt hätte. Marcabrù wedelte aufgeregt mit dem Schwanz, winselte und leckte Olivia das Gesicht.

Die Sonne war bereits hinter den Bergen untergegangen, und nur noch ein letztes Abendrot hinter dem Bergkamm kündete vom vergangenen Tag. Es beleuchtete die Turmspitze der Kirche von Felik, der stummen Zeugin des schrecklichen Geschehens.

KAPITEL 38

Marcabrù und der Hund des Bauern jagten zwischen den Häusern von Alpenzu fröhlich hintereinander her. Es war dieser Hund gewesen, der am Abend zuvor den Bewohnern des kleinen Dorfes die Ankunft der merkwürdigen Gruppe von zerlumpten und verfrorenen Wanderern angekündigt hatte. Er hatte so lange gebellt, bis die Bewohner unruhig vom Abendbrottisch aufgestanden waren. Den ganzen Tag hatten sie mit Bangen den Abgang der Lawine verfolgt, und alle hatten angespannt gelauscht, ob sich nicht eine neuerliche Katastrophe ankündigte. Die Gipfel des Gletschers waren schließlich nicht besonders weit entfernt, und obwohl das Dorf auf der anderen Seite des Tals lag, ging in den Häusern die Angst um. Ein feiner Schneestaub war bis ins Dorf gelangt und hatte sich auf die Äste der Bäume, auf die Dächer und Wege gelegt.

Die Leute hier kannten die Bewohner von Felik gut. Auch wenn man in Alpenzu ein völlig anderes Leben führte, das dem Rhythmus der Jahreszeiten und der Bestellung des Bodens folgte, standen doch die reichen Kaufleute weiter oben im Tal in hohem Ansehen. Man wusste, mit welcher Mühe und mit welchem Fleiß sie das Gebiet urbar gemacht hatten und wie tüchtig sie als Händler waren. Allerdings trübte der Eindruck von Hochmut das Bild ihrer Wertschätzung. Die Bauern von Alpenzu hatten ohnmächtig zusehen müssen, wie die Lawine mit gewaltiger Wucht den Berg hinuntergedonnert war und den nördlichen Teil des Tals überrollt hatte. Das Entsetzen über das

Schicksal der Menschen, die dort wohnten, stand allen ins Gesicht geschrieben. Man konnte nicht hoffen, dass es noch Überlebende gab.

Trotzdem hatte man sich in Alpenzu darauf geeinigt, am darauf folgenden Tag einen Hilfstrupp loszuschicken. Groß war daher das Erstaunen gewesen, als dieses Grüppchen verzweifelter und zerlumpter Überlebender auftauchte. Das Erstaunen wuchs, als Joseph in der zitternden Gestalt, die an der Spitze ging, den fremden Mönch erkannte. Der Hund des Bauern, der Matthew ein Stück des Weges begleitet hatte, erinnerte sich an seinen Geruch und beschnupperte ihn daher nur kurz, bevor er ihn vor lauter Wiedersehensfreude beinahe umgeworfen hätte. Nachdem die Dorfbewohner den Ankömmlingen zu essen und zu trinken gegeben hatten, bot man ihnen trockene Kleider und ein Nachtlager. Olivia und Sibilla wurden bei der Frau eines Schafhirten untergebracht, die nicht nur die Herde hütete, sondern auch die Kräuterheilkundige des Dorfes war. Die Frau erkannte sofort, dass nicht nur Olivia, sondern auch Sibilla schwanger war. Daher gab sie Sibilla ebenfalls einen selbst zubereiteten Sud zu trinken und sicherte ihr ihre Hilfe und Diskretion zu.

In jener Nacht schliefen alle unruhig. Matthew träumte von seinem Kloster, das allerdings an einem ganz anderen Ort stand. Die Zellen der Mönche reihten sich entlang eines grünlich schimmernden Sees und waren nicht eingefriedet. Der Kapitelsaal glich einem verfallenen antiken Tempel und war von allen vier Seiten offen, und die Mitbrüder liefen lärmend hin und her. Daher glich der Raum mehr einem Marktplatz als einem dem Nachdenken und der Beratung geweihten Ort. Im Dämmerschlaf hatte auch Leonhardt albtraumhafte Visionen, eine schrecklicher als die andere. Obwohl sein Vater erst gestorben war, nachdem Leonhardt den Stadel verlassen hatte, träumte er von ihm als Totem: Er lag schon im Sarg, schlug aber plötzlich die Lider auf und sah seinen

Sohn mit blutunterlaufenen Augen an, während ein höhnisches Grinsen sein Gesicht verzerrte … Leonhardts Mutter stand in Festtagskleidung neben ihm und lächelte ihm traurig zu. Nach einer letzten Liebkosung ging sie in Richtung der Gletscherberge fort, in der Hand einen Schneeschuh. Sie war zielstrebig, taub für seine Rufe. Er lief ihr nach. Plötzlich gelangten sie an einen tiefen Abgrund und stürzten beide hinein. Am Ende seines Traumes schreckte er hoch und blieb danach aufrecht sitzend auf seinem Strohlager: Es dauerte einige Zeit, bis er begriff, wo er war. Karl lag neben ihm in den Armen seines Vaters und stöhnte leise.

Als die Morgenröte einen klaren Tag ankündigte, machten sich alle gesunden Männer von Alpenzu bereit, nach Felik aufzubrechen. Sie waren mit Seilen, Schaufeln und Äxten ausgerüstet und hofften, vielleicht doch noch Überlebende zu finden.

Um die dritte Stunde – der Hilfstrupp war schon eine Weile unterwegs –, tauchten am Dorfeingang zwei Maultiere auf, denen weitere folgten. Männer stiegen ab und wunderten sich, dass sich im ganzen Dorf kein Leben regte. Sie gingen zum Backofen, wo sie jemanden anzutreffen hofften. Als sie an den Fundamenten der Kapelle vorbeikamen, entdeckte einer der Männer eine Gestalt, die vor dem Kreuz niederkniete, das an der Umfassungsmauer des Gebäudes aus einem Steinhaufen aufragte.

»Pater Matthew!«

Es war mehr ein Aufschrei als ein Ausruf des Erstaunens. Der Mönch zuckte zusammen. Er hatte sich hierher zurückgezogen, um seine Matutin zu beten, erkannte aber sofort Ottos Stimme. Sein Blick fiel auf die stattliche Gestalt des Kaufmanns, und eine geradezu kindliche Freude überwältigte ihn. Die beiden Männer fielen sich in die Arme, und Tränen liefen ihnen über die Wangen.

»Du bist gerettet, mein Gott, du bist gerettet! Ich hatte zu Margreth gesagt, es kann einfach nicht sein, dass du unter der Lawine begraben bist … Nicht du, nein, nicht du …! O mein Gott, Matthew, wie bin ich glücklich!«

Otto sprach abgehackt, und seine Sätze wechselten sich mit den verwirrten Fragen des Mönchs ab.

»Aber woher wusstest du …? Wieso bist du hier? Was …«

Als sich der Kaufmann wieder gefasst hatte, setzte er sich auf einen Eckstein der zukünftigen Kapelle und erzählte, dass sie von dem benachbarten Tal aus das Donnern der Lawine gehört und zudem gesehen hatten, wie eine Schneewolke in den Himmel aufgestiegen war. Otto, der Matthew eindringlich ansah, senkte die Stimme: »Ich habe gewusst, was das bedeutet, verstehst du? Ich bin der Einzige gewesen, der es geahnt hat. Deine Prophezeiung hat sich bewahrheitet; durch dieses Unglück ist sie erfüllt worden. Auch bei uns hat es in den vergangenen Wochen geschneit, aber nicht so viel, dass man ein ähnliches Unglück hat befürchten müssen. Die Straßen sind passierbar, nur die höchsten Berggipfel sind schneebedeckt … Ich war nicht sicher, ob du noch in Felik bist, ich wusste nicht, was die Anführer des Dorfes nach deiner Ankündigung unternommen hatten, kurzum, ich wusste nicht, was aus dir geworden war. Du kannst dir vorstellen, wie groß meine Angst war, die Angst um dich und um alle, die ich kenne und die meine Freunde sind. Wer ist gerettet worden? Costanza, Conrad, Sibilla, Franz … Was ist mit ihnen? Denn einige sind doch gerettet worden, nicht wahr, Mönch …«

Otto sah den Mönch mit fiebrigem Blick an und suchte in dessen Gesicht nach einer Antwort.

»Im Augenblick sind wir nur zu siebt: Sibilla, Leonhardt, Werner, Leopold und sein Sohn, Olivia und ich.« Während Ottos Gesicht immer trauriger wurde, fuhr Matthew mit seinem Bericht fort: »Und auch wir haben uns nur durch einen Zufall retten können. Karl, der Sohn des Tischlers, hat sich im Wald verirrt, und wir fünf sind ihn suchen gegangen, kurz bevor die Lawine auf

Felik niedergegangen ist. Wir waren zu weit oben, als dass uns die Schneemassen unter sich hätten begraben können, obwohl auch wir den Druck zu spüren bekamen. Es ist ein Wunder, dass wir am Leben sind. Aber nein: Das wahre Wunder ist, dass wir Olivia aus den Trümmern ihres Stadels herausholen konnten … Wer weiß, vielleicht gibt es dort noch weitere Überlebende.«

Matthews Stimme hatte sich gesenkt und war nur noch ein Flüstern, und Otto blickte ihn stumm an. Hundegebell rüttelte die beiden Männer aus ihren Gedanken. Der Kaufmann stand auf und blickte zum Himmel hinauf. Still und gewaltig erhoben sich die Gletscher am Horizont. Ottos Begleiter, die von den Frauen inzwischen erfahren hatten, dass die Männer von Alpenzu nach Felik unterwegs waren, wollten sich ihnen anschließen und waren bereits im Aufbruch begriffen.

»Schwör mir, dass du dich nicht von hier fortbewegst, bis wir zurück sind! Ich darf dich nicht noch einmal verlieren, und wenn dies alles hier vorbei ist, kommst du mit mir!«

In Ottos Stimme lag eine Besorgnis, die sein mürrisches Lächeln kaum zu verbergen vermochte. Matthews Antwort klang traurig.

»Unsere Regel besagt: ›Schwöre niemals, damit du nicht eidbrüchig wirst.‹ Ich kann dir nichts schwören, Otto, aber ich kann dir versprechen, dass ich auf dich warten werde, nicht zuletzt deshalb, weil ich noch sehr schwach bei Kräften bin. Ich bete unablässig zu Gott, mir ein Zeichen zu geben und mir den rechten Weg zu weisen, um ins himmlische Jerusalem zu gelangen … Ich habe im vergangenen Jahr zu oft gelogen und damit gegen eine Grundregel des heiligen Benedikt verstoßen. Zwar redete ich mir ein, es diene einem guten Zweck, aber ich bin mir dessen jetzt nicht mehr sicher. Darf ich mich noch als Mönch einer klösterlichen Gemeinschaft betrachten, oder bin ich nicht vielmehr schon ein Häretiker, der sich die Lehre nach seinen Bedürfnissen zurechtlegt? Wie viele Menschen habe ich mit meinen Lügen betrogen? Wie kann mein Mund Gott loben und gleich darauf die Unwahrheit sagen? Was würde geschehen, Otto, wenn keiner die Wahrheit sagen würde, so wie ich schon seit einiger Zeit?«

»Du meinst wohl, was würde geschehen, wenn alle Menschen immer die Wahrheit sagen würden?« Das Gesicht des Kaufmanns war vor Zorn wieder einmal glühend rot geworden. Er bemühte sich, seine Stimme zu senken, damit die anderen Kaufleute in der Nähe ihn nicht hören konnten, und fuhr fort: »Ich sage dir, die Welt wäre längst in die Brüche gegangen. Verstehst du denn nicht, dass es die Wahrheit als solche gar nicht gibt, sondern nur tausende von Abstufungen der Wahrheit? Wenn alle die Wahrheit sagen würden, gäbe es viel mehr Kriege, wir Kaufleute könnten unsere Waren nicht mehr verkaufen, der Sohn würde seinen Vater töten ... Dein Abt zum Beispiel ... Glaubst du denn, er war offen und ehrlich zu dir, als er dich aus dem Kloster verwies? Glaubst du nicht vielmehr, dass er dich aus einem anderen gewichtigen Grund hinauswies – nämlich weil er sein persönliches Ansehen schützen wollte? Schließlich wäre dein Verweilen im Kloster für die Honoratioren deines Dorfes peinlich und schwer zu verkraften gewesen ... Nein, Mönch, es ist nicht richtig, dass du dich quälst. Du hast alles getan, was in deiner Macht stand, um die Bewohner von Felik zu warnen, aber sie haben dir nicht zugehört. Du hast deinen Auftrag erfüllt. Du selbst musst entscheiden, was du als Nächstes tust. Aber ich bin sicher, dass der Allerhöchste dir den Weg weisen wird ...«

Mit einem tiefen Seufzer beendete Otto seine Rede. Matthew hatte schweigend zugehört, senkte den Kopf und sagte: »Sein Wille geschehe.« Zufrieden gab der Kaufmann dem Mönch einen Klaps auf den Rücken, und nachdem er ihn ein weiteres Mal ermahnt hatte, nur ja auf ihn zu warten, begab er sich zu der Gruppe, die bereit war, zu den Gletscherbergen aufzubrechen.

Joseph hatte die Begegnung der zwei Männer von weitem verfolgt, jedoch kein Wort der Unterhaltung verstanden. Er wunderte sich über die Vertrautheit zwischen den beiden. Er kannte den Grund dafür nicht, vermutete aber, dass es zwischen ihnen ein Geheimnis gab. Dieser Mönch war ihm sowieso nie ganz geheuer gewesen – so großzügig und so anders als all die strengen Geistlichen, die er bisher kennen gelernt hatte. Er jedenfalls würde seinen eigenen Weg gehen. Bald würde er sich ins untere Tal aufmachen. Er hatte nicht die geringste Absicht, noch länger in diesem Dorf am Ende der Welt zu bleiben und beim Bau der Kapelle zu schwitzen und zu schuften! Sobald sich die Lage etwas beruhigt hatte und der Mönch abgereist war, würde er schon einen Weg finden, um zu verschwinden. Der Weg nach Venedig war zwar weit, aber wenn er erst einmal dort war, würde er ein Schiff besteigen. Wenn er es gelernt hatte, Pferdekot einzusammeln, würde er sich auch daran gewöhnen, eine Schiffsbrücke zu reinigen. Er wollte zur See fahren. Auf dem Meer würden neue und unbekannte Abenteuer auf ihn warten. Und vor allem: Nie würde ihn jemand finden.

KAPITEL 39

Ich danke euch allen! Ihr wart so großmütig und hilfsbereit, aber jetzt ist es an der Zeit, selbst etwas zu tun. Wir haben beschlossen, unser Dorf neu zu gründen. Werner und ich haben unten, wo der Lys breiter wird und ruhiger fließt, ein Stück Land entdeckt. Die Flussufer sind reich an fruchtbarer Erde, und eine natürliche Wegkreuzung ermöglicht den Aufstieg zum Bätt-Pass, aber auch den Abstieg hinunter ins untere Tal oder den Weg über den Berg nach Osten in Richtung Alagna. Wir werden ein Stück Wald roden, Wege und Maultierpfade anlegen und mit Hilfe des tüchtigen Tischlers Leopold auch Häuser bauen. Es wird nicht einfach sein, ganz von vorne anzufangen wie unsere Väter bei der Gründung ihres Dorfes, aber wir haben keine Wahl. Wir haben lange darüber gesprochen und sind zuversichtlich, dass wir es mit Geduld und Ausdauer schaffen werden. Giacomo von Quart werden wir wissen lassen, dass wir Helfer brauchen und dass neue Siedler willkommen sind. Auf einer meiner letzten Reisen nach Praborno habe ich gehört, dass auch andere Walser vorhaben, sich in Felik niederzulassen. Mein Vater hätte sich ihnen ganz gewiss entgegengestellt, aber jetzt …«

Leonhardt versagte die Stimme. Die Bewohner von Alpenzu, die sich vor den Grundmauern der Kapelle versammelt hatten, sahen ihn schweigend an, bewunderten aber insgeheim die innere Kraft und den Mut dieses jungen Mannes. Viele von ihnen hatten geglaubt, dass die Überlebenden von Felik diesem unseligen Tal für immer den Rücken kehren würden, da ihr Dorf zu einem Massengrab geworden war. Sie alle hatten lange im Schnee gegraben, ohne Mühen und Gefahren zu scheuen. Doch sie hatten nur Tote entdeckt. Männer, Frauen, Kinder und Tiere waren unterschiedslos unter dieser weißen Lawine begraben worden. Leonhardt und Werner, Sibilla und Leopold hatten geweint, sie hatten ihre Verzweiflung zum Himmel hinaufgeschrien, als aus dem Schnee nur tote Körper geborgen worden waren. Alles Leben in den Augen war erloschen gewesen. Conrad fand man neben dem Kadaver einer seiner Kühe, doch von Gertrud fehlte jede Spur. Dasselbe galt für viele Bauern. Auch Leonhardt konnte die Leichen seiner Eltern nicht bergen. Erst im nächsten Frühjahr, wenn die unteren Schneeschichten tauten, würde der Berg weitere Leichen hergeben. Für die wenigen Toten, die gefunden wurden, feierte man ein schlichtes Begräbnis, an dem auch die Kaufleute von Canton des Allemands teilnahmen. In aller Eile legte man hinter der Kapelle von Alpenzu einen kleinen Friedhof an, auf dem die Toten begraben wurden, begleitet von den Gebeten Pater Matthews.

Während sich die kleine Versammlung nach Leonhardts Rede langsam auflöste, gingen einige der Bauern auf den jungen Mann zu, um genauere Auskünfte über seine Pläne zu erfragen und ihre Hilfe anzubieten.

Einige Tage zuvor hatten Sibilla und Leonhardt den Mönch gebeten, sie zu trauen. Die vierzigtägige Trauerzeit war vorüber, und die beiden jungen Leute wollten ihrer Verbindung endlich auch den kirchlichen Segen geben. Der Mönch war dazu bereit, äußerte aber Zweifel daran, ob eine Eheschließung ohne Trauungszeremonie und vor allem ohne die Anwesenheit eines Priesters oder Abts überhaupt gültig sei. Bevor er den beiden eine endgültige Antwort gab, holte er sich bei Otto Rat, der sich anschickte, in sein Dorf zurückzukehren. Der Kaufmann hatte ihm geraten, Sibillas Wunsch nachzukommen. »Es sind tüchtige junge Leute, und sie lieben sich. Sie haben alles verloren und müssen ganz von vorne anfangen, sich ein Leben aufzubauen. Es ist besser für alle, wenn sie jetzt schon durch das Band der Ehe verbunden sind. Gemeinsam werden sie stärker und auch geachteter sein. Ich werde den Priester von Canton des Allemands bitten, hierhin heraufzukommen und mit dir die Trauungszeremonie zu feiern, damit das Ganze einen offiziellen Anstrich hat. Es ist nicht weit, und der Weg ist derselbe, den auch wir genommen haben. Unterhalb der Berge, die wir Loasche nennen, muss man einen Pass überwinden, der von Canton nach Alpenzu führt. Unser Propst ist dick und wohl genährt und hat schon eine ganze Weile das Dorf nicht verlassen. Ein bisschen Bewegung wird ihm gut tun, vorausgesetzt, dass das Maultier ihn tragen kann. Eine freundliche Bitte wird er ganz bestimmt nicht ablehnen … Und was die Kirche angeht: Die Fundamente und das Kreuz werden wohl ausreichen, um der Zeremonie Gültigkeit zu verschaffen, meinst du nicht auch?«

Matthew war einverstanden gewesen. Nachdem Otto abgereist war, der binnen einer Woche mit dem Priester wieder hier sein wollte, hatte der Mönch die Kapelle geweiht und die Steine und Holzbalken gesegnet. In aller Eile hatte Leopold aus den Resten der Lärchenholzbalken, die als Dachstuhl der Kirche bestimmt waren, einen groben Altar gezimmert. In das Holz des Kreuzes hatte er schließlich eine Christusfigur geschnitzt, und bei den Feinarbeiten hatte auch Karl geholfen.

Olivia hatte sich zum allgemeinen Erstaunen rasch erholt. Nach wenigen Tagen intensiver Betreuung durch die Frau des Schafhirten waren ihr Körper und Geist wieder zu Kräften gekommen. Sobald sie wieder auf den Beinen war, dankte sie ihren Rettern mit großer Rührung und der Würde einer Dame. Durch den immer dicker werdenden Bauch war sie in ihren Bewegungen zwar eingeschränkt, aber sie ging dennoch den Frauen im

Dorf zur Hand und zeigte sich auf diese Weise dankbar für alles Gute, das man für sie getan hatte. Den Schmerz über Gertruds Tod versteckte sie unter einem Lächeln. Sie wusste, dass die Leute sie schon bald wieder als die betrachten würde, die sie war: eine vergewaltigte Magd, die einen Balg zu füttern hatte. Einzig Arbeit und Fleiß konnten sie aus ihrem unglückseligen Leben herausreißen, und wenn sie weiterhin in einer Dorfgemeinschaft leben wollte, war ein Lächeln gefälliger als eine Leidensmiene. Nur nachts, auf der Einsamkeit ihres Strohlagers, ließ sie ihren stummen Tränen freien Lauf – Tränen der Trauer über die Toten aus alter und jüngst vergangener Zeit, Tränen der Wut und der Scham, der Hoffnung und der Resignation.

Karl schloss sich ihr oft an, fast genauso oft wie seinem Vater. Der Knabe hatte durch das Lawinenunglück alle seine Freunde verloren und keinen Spaß mehr an kindlichen Spielen. Er folgte der Einladung der jüngeren Bewohner von Alpenzu nicht, sich ihnen anzuschließen. Karl versuchte zwar, mit ihnen um die Wette zu laufen, zu springen oder mit Kegeln zu spielen, aber dabei erfüllte ihn eine schmerzliche Traurigkeit. Er vermisste seine alten Spielgefährten; diese Kinder hier waren ihm fremd, und sie ließen ihn nur aus Gefälligkeit mitspielen … Er brauchte kein Mitleid. Es war besser, sich Werner und Olivia anzuschließen und natürlich seinem Vater Leopold bei der Arbeit zu helfen. Und schließlich würden sie ja auch nicht mehr lange bleiben. Den Gesprächen zwischen Leonhardt und seinem Vater hatte er entnommen, dass sie noch in diesem Jahr ein neues Haus haben würden. Die beiden hatten zudem gesagt, dass von weit entfernten Orten Leute kommen würden, um das neue Dorf mit aufzubauen. Vielleicht würden ja auch Kinder dabei sein! Ihnen würde er alles zeigen, die Berge und die Tiere des Waldes, und ihnen würde er sein Abenteuer mit dem Bär erzählen … Vorerst war es jedenfalls besser, Olivia zu helfen, Walnüsse zu schälen und Säcke zu flicken, und bald würde er auch den kleinen Walser zu Gesicht bekommen, den die Frau in ihrem Bauch trug.

Matthew legte behutsam die wenigen noch verbliebenen Habseligkeiten in seinen Reisesack: das Messer, das Kreuz mit den Rubinen, das ihm Costanza geschenkt hatte, und das Gebetbüchlein. Als er sich mit den anderen aufgemacht hatte, um den kleinen Karl zu suchen, hatte er alle diese Gegenstände wie immer in der kleinen Wandertasche mitgenommen, die er unter seiner Kutte trug. Alles andere – die Wäsche, Ottos Wolfspelzmantel und die Wasserflasche – befand sich in dem Quersack, den er bei Pater Anton gelassen hatte und der jetzt irgendwo unter der Schneelawine verschüttet lag. Der neue Reisesack, den er behutsam behandelte, war aus Leder und ein Geschenk des Bauern, der ihm auch ein paar alte, robuste Lederschuhe gegeben hatte. Die Frauen von Alpenzu hatten eine Hose und ein Hemd für ihn genäht, sodass er nach seiner Abreise etwas zum Wechseln haben würde. Auch seine Kutte war frisch gewaschen und geflickt und machte jetzt einen einigermaßen sauberen und ordentlichen Eindruck. Bei Tagesanbruch würde er sich auf den Weg machen. Joseph hatte ihm schon das Maultier fertig gemacht, das er zu Aimone nach Graines bringen würde. Diesmal war er nicht allein. Otto begleitete ihn.

Als der Kaufmann vor drei Tagen mit einem keuchenden und entsetzten Priester nach Alpenzu gekommen war, hatte Matthew vor Staunen der Mund offen gestanden. Denn auf dem letzten Maultier des Zuges hatte eine Frau gesessen. Und wie war er verblüfft, als er sah, dass die Frau ein neugeborenes Kind im Arm hielt, das er aus der Ferne für ein Kleiderbündel gehalten hatte. Otto stellte ihm mit einem Blick, in dem sich Stolz und Freude mischten, seine Frau und seinen Sohn vor. Sie hätten beschlossen, erklärte er ihm, nun doch gemeinsam nach Santiago de Compostela zu pilgern. Den Winter würden sie bei Verwandten seiner Frau verbringen, die in der Nähe von Gettaz ein Stück Land bebauten, und mit Beginn der schönen Jahreszeit würden sie sich nach Spanien aufmachen. Bis dahin sei das Kind auch etwas größer und könne die Mühsal der Reise besser überstehen. Es sei sinnlos, erläuterte Otto, den Kleinen der Eiseskälte von Canton des Allemands auszusetzen, wenn sie in einer milderen Gegend überwintern könnten. Ihr Entschluss sei unverrückbar. Margreth habe nicht allein mit Arthur zu Hause bleiben wollen und den Wunsch geäußert, den Kleinen zu den Reliquien des Heiligen mitzunehmen. Er, Otto, habe seine Geschäfte für ein Jahr geregelt und könne es sich leisten, seinem Haus und seinen Geschäften fernzubleiben. Da sie denselben Weg hätten, fügte der Kaufmann hinzu, könnten er und seine Frau doch den Mönch ein Stück begleiten. Sie würden ihm den bequemsten Weg hinunter ins Tal zeigen, und falls sich in der Zwischenzeit Matthew noch entscheiden würde, sich ihnen nach Compostela anzuschließen, wären beide überglücklich.

Von lauter Rührung hatte Matthew zunächst nichts zu sagen gewusst. Er war sich noch immer nicht im Klaren über seinen weiteren Weg. Zwar wuchs das Heimweh nach seinem Kloster, aber er wusste, dass er nicht mehr dorthin zurückkehren konnte. Er würde mit Aimone darüber sprechen, und diesmal würde er ihm die Wahrheit nicht verhehlen. Gewiss hatte der Herr von Graines mittlerweile von dem Lawinenunglück in Felik erfahren. Klug und scharfsinnig, wie er war, wusste er gewiss auch, dass Matthew mit diesem schrecklichen Unglück in Verbindung stand. Der Mönch hoffte auf sein Verständnis und auf sein Urteilsvermögen und baute darauf, dass ihm sein Rat die Entscheidung erleichtern würde.

Zwei Tage zuvor war Sibillas und Leonhardts Hochzeit mit

einer schlichten Zeremonie gefeiert worden. Die Brautleute gehörten zwar nicht zur Dorfgemeinschaft, aber die Bewohner von Alpenzu hatten ihnen eine kleine, bescheidene Feier ausgerichtet. Angesichts des unermesslichen Unglücks, das die beiden getroffen hatte, hatte sich ein ausgelassenes Fest verboten. Die Hochzeitsgewänder hatten ihnen die Dorfbewohner geliehen. Sibilla trug ein Kleid aus feinem Stoff, das mit bunten Bordüren besetzt und mit Silberstickerei verziert war. Es war das prachtvolle Hochzeitskleid einer älteren Bäuerin im Dorf. Ein langer weißer Schleier aus Leinen, der mit einem Krönchen aus verschlungenen Bändern gehalten wurde, bedeckte ihr zu zwei dicken Zöpfen geflochtenes Haar. Leonhardt trug eine rot verbrämte Jacke aus weichem grauem Stoff, einen Ledergürtel, eine Hose und lange Wollstrümpfe, wie man sie zu festlichen Gelegenheiten anzog.

Da auch in Alpenzu keine Blumen mehr blühten, hatten die Frauen die zartesten Tannenzweige mit noch nicht getrockneten Getreideähren zu einem Kranz geflochten, den die Braut in Händen hielt. Es war ein klarer, kalter Tag, und die Hochzeitszeremonie dauerte nicht lange. Anschließend wurden die auf einem langen Tisch aufgereihten Holzteller mit großen Scheiben dunklen Brots, getrocknetem Ziegenfleisch und Hartkäse gefüllt. Zum feierlichen Anlass wurde auch ein kleiner Weinschlauch geöffnet, von dem jeder Bewohner einen Becher zu trinken bekam, während dem Brautpaar Walnüsse gereicht wurden, die ihnen Glück bringen sollten. Joseph versetzte mit seinem Flötenspiel alle in Erstaunen, und seine fröhlichen Weisen umrahmten das ländliche Mahl. Versöhnt durch die Aussicht auf ein schmackhaftes Essen und die baldige Rückkehr nach Canton, legte schließlich auch der Propst seine mürrische Miene ab.

Diese ungewohnte Reise hatte ihn erschöpft und verärgert. Er hatte gar nicht so recht begriffen, warum seine Anwesenheit eigentlich nötig gewesen war. Alles wegen der Trauung zweier Menschen, die er nicht kannte und die er aller Wahrscheinlichkeit nie mehr wiedersehen würde. Überdies hatte er die Liturgie mit diesem fremden Mönch feiern müssen, der so zurückhaltend und verschlossen war und auf seine Frage, was er hier im Tal, so weit von seinem Kloster entfernt, zu suchen habe, nur einsilbig geantwortet hatte. Nur widerwillig hatte er Ottos Bitten nachgegeben. Allerdings hatte der Kaufmann in allen Belangen der Pfarrei stets Großzügigkeit bewiesen, und hätte der Propst seine Bitte abgelehnt, hätte er sich ihn für immer zum Feind gemacht. Noch dazu hatte Otto ihn eindringlich gebeten, ihm obendrein einen schweren Säckel mit Geld in die Hand gedrückt und ihm die baldige Pilgerreise nach Santiago angekündigt. Das hatte ihn wirklich verblüfft, da ein solcher Entschluss zu Ottos Charakter gar nicht passte. Aber der Propst hatte nicht weiter in ihn dringen wollen, einfach das Geld genommen und sich bereit erklärt, mit ihm in dieses verlassene Dorf zu reisen. Auch dieses Opfer würde, wie so viele andere, zur größeren Ehre Gottes gereichen.

Am Tag nach der Trauung war der Priester in Begleitung der anderen Kaufleuten aus Canton des Allemands abgereist. Otto und seine Frau dagegen waren in Alpenzu geblieben. Großzügig hatten die Bewohner des Dorfes die Überlebenden von Felik in ihre Häuser aufgenommen. Sibilla und Leonhardt hatte man sogar einen ganzen Getreidespeicher zur Verfügung gestellt, wo sie als Frischvermählte die erste Hochzeitsnacht hatten verbringen können. Leopold und Werner hatten unverzüglich mit der Arbeit auf dem Gelände des zukünftigen Dorfes begonnen. Sie hatten Bäume gefällt und Holz gesammelt, und Freiwillige aus dem Dorf hatten ihnen geholfen. Die Tage wurden immer kürzer, und die Kälte trieb sie an, immer schneller zu arbeiten. Sie wussten, dass sie sich beeilen mussten, denn bald würde der strenge Winter kommen. Sie wollten zumindest die vier Mauern und den Kamin eines Hauses fertig stellen, wo sie alle zusammen den Winter verbringen und für das kommende Frühjahr Pläne schmieden konnten. Otto ließ Leonhardt einen Brief aufsetzen, in dem er Giacomo von Quart bat, kräftige Männer zu schicken, die beim Aufbau des Dorfes mithelfen konnten. Er bat auch um die Gewährung eines Darlehens, damit die Überlebenden ihre Handelsgeschäfte wieder aufnehmen konnten. Im Laufe eines Jahres sollte die Summe samt der vereinbarten Zinsen zurückgezahlt werden. Otto hatte den Brief einem Kaufmann mitgegeben, der mit ihm nach Alpenzu gekommen war. Sein Reisegefährte hatte versprochen, den Brief binnen einer Woche dem Lehnsherrn persönlich zu überreichen.

Während Matthew nun seinen Reisesack zuband, hörte er ein Rascheln hinter sich. Erschrocken drehte er sich um. Vor ihm stand Sibilla. Die schwarzen Haare fielen ihr auf die Schultern, und sie trug noch keine Haube. Das Licht des anbrechenden Tages beleuchtete ihr verschlafenes Gesicht.

»Ich bin gekommen, um mich von dir zu verabschieden, Pater Matthew, und dir für alles zu danken, was du für uns getan hast. Wenn dieses Unglück nicht geschehen wäre, wärst du vielleicht bei uns in Felik geblieben, wenn du gewollt hättest … Vielleicht hätten Hermann und die anderen Kaufleute ihre Vorbehalte dir gegenüber abgelegt … Der arme Pater Anton war zu alt und krank, um noch für unser geistliches Wohl sorgen zu können, er hätte eine Unterstützung gut gebrauchen können …«

Sibilla versagte die Stimme, Tränen rollten ihr über die Wangen.

»Nicht weinen«, sagte Matthew und nahm ihre Hand. »Was geschehen ist, ist Gottes Wille, wenn es uns sündigen Menschen auch noch so schrecklich erscheint. Wir können Gottes Willen nicht immer ganz begreifen, aber wir müssen ihn akzeptieren. Die Regel des Ordens, dem ich angehöre, lautet, zu beten und zu arbeiten und all unsere Hoffnung in Gott zu setzen. Das sollte jeder gute Christ tun. Vergiss dies nie – und vor allem: Überlass dem Allerhöchsten das Urteil über die Dinge dieser Welt. Ich weiß, das ist nicht leicht, aber das Urteil der Menschen ist trügerisch, allein Gottes Urteil ist unparteiisch und richtig. Wir haben kein Recht, zu beurteilen, was wir nicht kennen. Gott allein kennt alles. Wie ein guter Weber, so webt er langsam und stetig. Er achtet darauf, dass die Schussfäden exakt in die Kettfäden eingeflochten werden, sodass ein gleichmäßiges Webmuster entsteht … Versuche also auch du, eine gute Weberin, Gott nachzueifern. Stell dir vor, dass dein Leben ein langes Gewebe ist, das jeden Tag ohne Hast und Leichtfertigkeit ein Stück weitergewebt wird. Wenn es an einer Stelle reißt, muss es sofort geflickt werden. Am Ende wird es der Allmächtige für dich färben, mit der Farbe seiner Gnade …«

Sibilla sah Matthew mit großen Augen an. Niemals hätte sie gedacht, dass dieser so unsicher wirkende und armselig aussehende Mönch wie ein Bischof sprechen könnte! Sogar sein fremdländischer Akzent war kaum mehr herauszuhören, während er diese Worte des Trostes und der Ermahnung sprach! Sie sank auf die Knie, neigte den Kopf und bat Matthew um seinen Segen. Der Mönch war nicht weniger überrascht als das Mädchen, in dem salbungsvollen Predigtton seines Abts gesprochen zu haben. Er hob die Augen zum Himmel und dankte Gott in einem stummen Gebet, dass er ihm diese Sätze eingegeben hatte. Dann nahm er das Kreuz, das er auf der Brust trug, und erteilte Sibilla seinen Segen.

In geringer Entfernung, halb versteckt hinter der Wand des Backofens, hatte Karl die Szene verfolgt. Er hielt ein kleines, grobes Holzkreuz in der Hand, das er eigenhändig für den englischen Mönch geschnitzt hatte. Er wollte es ihm zum Abschied schenken. Verschüchtert durch Matthews feierliche Miene, wagte er aber nicht, aus seinem Versteck zu treten. Er wollte gerade weglaufen, als Marcabrù und der Hund des Bauern, die sich um einen heruntergefallenen Ast stritten, ihm den Weg versperrten, sodass er stolperte. Bei seinem Aufschrei hob der Mönch den Kopf, und als er den Knaben am Boden liegen sah, lief er auf ihn zu.

»Karl! Ich habe mich schon gefragt, wo du wohl steckst! Ich freue mich, dich noch einmal zu sehen. Ich hätte nicht aufbrechen wollen, ohne dich ein letztes Mal zu umarmen!«

Der Knabe errötete heftig und reichte ihm wortlos das Kreuz. Vor Rührung schnürte es Matthew die Kehle zu. Stumm hob er Karl hoch und schloss ihn fest in seine Arme.

»Wir werden uns wiedersehen, dessen bin ich sicher!«, sagte der Mönch, während er ihn absetzte. »Dann wirst du groß sein und ein tüchtiger Tischler, wie dein Vater …«

Karl nickte weinend, unfähig, ein Wort herauszubringen. Auch die Hunde hatten mit ihrer Balgerei aufgehört. Aus einem der etwas weiter entfernten Häuser traten Olivia und Leopold heraus. Auch sie erbaten Matthews Segen, den er ihnen nicht vorenthielt. Hinter ihnen tauchten plötzlich Werner und Leonhardt auf, der das Wort ergriff.

»Es tut mir Leid, Mönch, dass wir dir nichts geben können, weder Essen noch Geld. Wir besitzen nichts mehr … Nur die bittere Erinnerung an unser Unglück nimmst du mit. Doch wenn dir das ein Trost sein kann, so will ich dir sagen, dass wir dir danken, dass du unseren Schmerz mit uns geteilt und die Ungerechtigkeit mit uns ertragen hast.«

Matthew antwortete nicht. Der Schmerz über all die Toten, von denen viele unschuldig waren, und das Unbehagen gegenüber diesen Überlebenden, die vom Gefühl der Schuld und der Angst vor einer ungewissen Zukunft erfüllt waren, zermarterten ihn. Während er Gott um Verzeihung für seine Schwachheit bat, suchte sein Blick Otto, der ihn endlich von diesem leidvollen Ort wegbringen würde.

Als ob er seine Gedanken erraten hätte, tauchte der Kaufmann auf. Er saß schon auf dem Rücken seines Reittiers, und hinter ihm trotteten ein Muli mit seiner Frau und eines für Matthew.

»Nun, Mönch, kann es losgehen? Bis Graines ist es zwar nicht weit, aber wir werden trotzdem fast den ganzen Tag unterwegs sein. Und wir wollen doch nicht nach der Vesper ankommen.«

Erleichtert über den barschen Ton des Kaufmanns, der ihm den qualvollen Abschied erleichterte, stieg Matthew auf sein Maultier. Die Sonne hatte bereits die östlichen Berggipfel überwunden und erstrahlte in vollem Glanz, ohne jedoch Wärme zu spenden. In der Ferne glänzte der feindselige Schnee der Gletscher, die zum Teil von dichten dunklen Wolken verhangen waren.

KAPITEL 40

Es war noch tiefe Nacht, als Matthew aufwachte. Er hatte unruhig geschlafen und fühlte sich unausgeruht. Die Reise nach Graines am Vortag war durch heftige Regenfälle erschwert worden, die unmittelbar hinter dem Berg Ranzola begonnen hatten. Durchnässt und frierend waren sie in der Burg angekommen. Der kleine Arthur, in den Mantel seiner Mutter gehüllt, hatte vor Hunger und Müdigkeit geschrien.

Zwar war das Tageslicht schon fast erloschen, aber Pater Teodoro hatte den Mönch sofort wiedererkannt. Er umarmte ihn herzlich und hüpfte auf und nieder, als hätte die Freude des Wiedersehens ihn so überwältigt, dass er seine Beine nicht mehr beherrschen konnte. Er führte die kleine Gruppe in die Herberge, wo ein Nachtlager und warmes Essen bereitstanden. Während Matthew die heiße Suppe schlürfte, erzählte Otto von Felik und vom Abgang der Lawine, die das ganze Dorf verschüttet hatte. Teodoro wollte alles genau wissen. In der Burg waren nur ungenaue und bruchstückhafte Nachrichten eingetroffen. Er versprach, so bald wie möglich den Kaplan zu bitten, eine Messe für die armen Seelen dieser Toten zu halten, dann zog er sich zurück. Aber vorher erzählte er Matthew noch, dass Aimone sich gelegentlich nach ihm erkundigt hätte, voller Sorge über sein Schicksal.

Die Aussicht, den Burgherrn wiederzusehen, weckte in dem Mönch widersprüchliche Gefühle. Einerseits freute er sich, Aimone alles zu berichten, da er wusste, dass er in ihm einen klugen und verständnisvollen Zuhörer finden würde. Andererseits scheute er sich, dem Burgherrn sein Herz ganz zu öffnen, denn er fürchtete, für die Schuld, die er auf sich geladen hatte, verurteilt zu werden. Je mehr Tage vergingen, desto strenger ging Matthew mit sich ins Gericht; und inzwischen fand er an seinem Verhalten unendlich vieles auszusetzen. Aus falschem Stolz und aus Angst um das eigene Leben, so warf er sich vor, hatte er für die Rettung der Bewohner von Felik zu wenig getan. Aimone, davon war er überzeugt, würde zum selben Schluss kommen und ihn fragen, mit welchem Recht er eigentlich die Mönchskutte trage. Diesmal aber würde er, Matthew, darauf verzichten, sich zu rechtfertigen, und das Urteil des Burgherrn als die gerechte Strafe für seine Überheblichkeit annehmen, so demütigend es auch war.

Matthew trat auf die Türschwelle der Herberge. Noch immer fiel dichter Regen. Von der Burg sah man nur den Widerschein der Fackeln, die die Wachsoldaten auf ihrem Rundgang in der Hand trugen. Der Mönch ging ein Stück in den Garten und hob den Blick zum dunklen Himmel. Der Regen nässte sein Gesicht, seinen Bart und seine Haare, und er war überrascht, wie gut ihm das tat – als würde er dadurch geläutert werden, als würde sein schlechtes Gewissen reingewaschen. »Mein Gott, steh mir bei«, flüsterte er. »Hilf mir, den rechten Weg zu finden, hilf mir, ich bitte dich, denselben Weg wie dein Sohn zu gehen, und gib mir dessen Kraft. Hilf mir, ich bitte dich, dass ich die Gabe …«

Ein schriller Schrei und der aufflackernde Schein einer Kerze taten kund, dass der kleine Arthur Hunger hatte und gestillt werden wollte. Matthew schüttelte den Regen aus seiner Kutte und ging wieder in die trockene Stube. Bald würde die Matutin beginnen, die er mit Pater Teodoro und dem Kaplan Guillaume zusammen beten würde.

Aimone erwartete ihn im Audienzsaal. Regungslos stand der Herr von Graines vor seinem hohen Stuhl. Bartolomeo neben ihm konnte kaum an sich halten. Er scharrte unruhig mit den Füßen, während sein Blick auf die Tür gerichtet war, wo alsbald der Mönch auftauchen würde.

Als Matthew eintrat, angekündigt von einem Pagen, ging ihm der Burgherr mit ausgebreiteten Armen und einem breiten Lächeln auf dem Gesicht entgegen.

»Endlich bist du zurückgekommen! Du kannst dir gar nicht vorstellen, wie glücklich ich bin! Ich dachte, vor Einbruch des Winters würde ich dich nicht wiedersehen, denn der Weg nach Rom ist lang und beschwerlich!«, rief Aimone aus und umarmte den Mönch überschwänglich. »Aber ich habe mich getäuscht. Offensichtlich legt ihr englischen Mönche die Meilen schneller zurück, als ein Müller Mehl mahlt …«, fügte er mit boshaftem Augenzwinkern hinzu, während er Bartolomeo ein Zeichen gab, näher zu treten.

Matthew nickte verlegen. Seine Augen wanderten zu dem Knaben, der seine Scheu und seine Aufgeregtheit nur schwer verbergen konnte. Der Mönch ergriff zur Begrüßung seine beiden Hände.

»Sei gegrüßt, Bartolomeo! Wie geht's mit dem Lernen? Und mit dem Schachspielen? Hast du deinen Vater inzwischen schon einmal geschlagen?« Gerührt von der Scheu des Knaben, waren die Worte aus Matthew nur so hervorgesprudelt. Nun erst merkte er, dass er es dem Lehnsherr gegenüber am nötigen Respekt hatte mangeln lassen. Er hätte die ersten Worte an Aimone statt an dessen Sohn richten müssen. Er errötete und wollte sich schon entschuldigen, aber der Burgherr schien diesen Fehler zu ignorieren, denn sein Blick war voller Stolz, und anstelle Bartolomeos rief er mit dröhnender Stimme: »Von wegen, er schlägt mich, dieser Lausbub! Von drei Spielen gewinnt er drei! Ich glaube, du hast ihm die Taktik des Schachspiels allzu gut beigebracht, Mönch! Jedenfalls habe ich in ihm einen Gegner, der mich mehr fordert, als ich dachte … Und du, mein Sohn, erzähl Pater Matthew von deinen Erfolgen in Latein und Geschichte! Oder nein, du erzählst ihm morgen davon. Lass uns jetzt lieber allein. Wir haben zu reden.«

Folgsam entfernte sich der Knabe mit einem Lächeln, hinter ihm trottete die große weiße Katze her, die neben dem Kamin gelegen hatte. Als sich die Tür hinter seinem Sohn geschlossen hatte, setzte sich Aimone auf die Bank vor seinem Schachbrett und lud Matthew ein, ebenfalls Platz zu nehmen.

»Ich glaube, du schuldest mir einige Erklärungen«, sagte er mit plötzlichem Ernst. »Möchtest du es gleich hinter dich bringen oder lieber noch damit warten?«

Matthew sah ihn eindringlich an. Die scharfen Augen des Burgherrn studierten ihn, zeigten aber weder Unmut noch Groll. Ermuntert durch diesen aufrichtigen Blick, in dem nichts als geduldige Erwartung lag, fing Matthew an zu sprechen.

»Er ist zurück, Claudiana, der englische Mönch ist zurückgekehrt! Er ist gestern mit einem Kaufmann aus Canton des Allemands gekommen! Im Moment ist er bei Aimone, aber er wird wieder hierher kommen …«

Mit diesen Worten empfing Teodoro Claudiana und ihren Sohn, die vom Markt in Brusson zurückgekehrt waren und ihm das Leinentuch mitbrachten, das der Kaplan für die neuen Paramente bestellt hatte.

Die Frau fand keine Worte, und nachdem sie das Päckchen mit dem Tuch auf den Tisch gelegt hatte, lief sie schnell zu ihrem Mann nach Hause, um ihm die Neuigkeit mitzuteilen. Die Erleichterung darüber, dass der Mönch wohlbehalten war, wich bald übermächtiger Freude. Claudiana hatte John den wahren

Grund für Matthews Pilgerreise erzählt, ihn aber gebeten, dieses Geheimnis für sich zu behalten, und der Zimmermann, der inzwischen die Sprache des Tals gut beherrschte, hatte ihr versprochen, mit niemandem darüber zu reden. Sie beschlossen, den Mönch noch am selben Abend zu sich nach Hause einzuladen. Claudiana begann sofort, den Hasen zuzubereiten, den sie von Esther geschenkt bekommen hatte, und schickte den kleinen John zu Teodoro, um etwas Gemüse und Obst zu erbitten.

Während John Holz ins Feuer legte, dachte er über die Zufälle des menschlichen Schicksals nach. Ihre Lebenswege hatten sich gekreuzt – zufällig, wie es schien. Doch vielleicht war es ein Werk der göttlichen Vorsehung. Als hätte er laut gedacht, hielt Claudiana plötzlich in ihrer Tätigkeit inne und lächelte ihn an. Ihr Gesicht erstrahlte in alter Schönheit. In diesem Augenblick kam der kleine John herein; in den hochgerafften Schößen seiner Jacke lagen Rüben und Äpfel. Er blickte seine Mutter überrascht an und meinte: »Warum lachst du, Mama?« Sie lachte wohl viel zu selten, ging es ihr durch den Kopf, wenn ihr Sohn meinte, sie würde ihn auslachen. Sie ging zu ihm, half ihm, seine Schätze auf den Tisch zu legen, hob ihn hoch und gab ihm einen zärtlichen Kuss. »Weil ich glücklich bin, mein Sohn!«, antwortete sie. »Weil ich sehr sehr glücklich bin …«

Aimones Miene war wie versteinert. Er sprach kein Wort, während Matthew ihm seine Geschichte erzählte. Selbst dann, wenn dem Mönch die richtigen Worte in der Sprache des Tals nicht einfielen oder er vor Verlegenheit und Scham nur noch stammelte, bewegte der Burgherr nicht die Lippen. Er sah Matthew mit undurchdringlicher Miene an, das Kinn mit dem grau melierten Bart in die rechte Hand gestützt. Der Mönch, der sich zu Beginn seines Berichts zu einer Ruhe gezwungen hatte, die ihm schwer fiel, wurde immer aufgeregter. Er vermochte es nicht, Aimone in die Augen zu sehen, und sein Blick irrte ruhelos umher. Seine Schläfen pochten, und er bekam kaum Luft. Erst als er fertig war, wagte er es, in stummer Erwartung den Burgherrn anzusehen.

Schweigend hatte Aimone die Ellbogen auf die Armlehnen der Bank gestützt und die Augen geschlossen. Nach einer Weile, die Matthew unendlich lang erschien, erhob sich Aimone und trat an den Kamin. Von trockenem Holz genährt, züngelten die Flammen, und ab und zu sprühte ein Funke empor und erlosch in der Kaminöffnung. Ohne sich nach Matthew umzudrehen, begann der Burgherr zu sprechen:

»Hör mir zu, Mönch, und versuche, meine Worte gut zu verstehen, auch wenn das, was ich dir sagen werde, nicht genau mit dem übereinstimmt, was man dich in deinem Kloster gelehrt hat. Ich glaube, dass das Bewusstsein für das Böse, das wir begangen haben, und das Böse, das uns angetan wurde, wie das Wasser in einem See ist. Während die Oberfläche, die deine Augen erblicken, ruhig daliegt, gibt es in der Tiefe doch Strömungen und gefährliche Strudel. Kein Mensch würde sich freiwillig in einen solchen Strudel stürzen, außer wenn er seinem Leben ein Ende setzen möchte, nicht wahr? Ich glaube also, dass wir nicht nur die Oberfläche des Sees betrachten und uns an dem Frieden erfreuen sollten, den uns seine offensichtliche Reglosigkeit vermittelt. Wir wissen ja, dass darunter Abgründe verborgen sind, die uns verschlingen können. Aber um vorwärts zu kommen, müssen wir diese Gefahren ignorieren, ohne sie jedoch zu vergessen. Das Leben endet mit dem Tod: Wir kennen unser Schicksal, Mönch, das uns allen bevorsteht, den Adeligen wie den Entrechteten, den Bischöfen wie den Prostituierten. Aber niemand von uns kennt den Zeitpunkt, zu dem es sich erfüllt! Du zermarterst dich in der Pein über das, was du erlebt und was du getan hast. Doch damit läufst du Gefahr, dass du dich ein Leben lang in Schuldgefühlen verzehrst und dich selbst in einen Strudel von Reue und Gewissensbissen hinabziehst … Du hast dich nicht versündigt, Mönch, und du darfst dich nicht für etwas bestrafen, was du nicht begangen hast. Ja, ich weiß, es klingt ketzerisch, die Kirche Roms lehrt etwas anderes! Aber hier kann uns niemand hören, und ich denke, ich kann dir vertrauen. Dem Evangelium zufolge hat Christus häufiger vergeben als verurteilt. Deshalb glaube ich, dass niemand von uns ein strengerer Richter sein sollte als er … Wenn du jetzt hier bei mir bist, weil dich die Lawine verschont hat, bedeutet dies, dass der Allmächtige es so gewollt hat, meinst du nicht?«

Der Burgherr hatte sich umgedreht und sah nunmehr den Mönch fragend an.

»Wir wissen nichts, Mönch«, fuhr Aimone fort. »Wir vermeinen etwas zu wissen, aber in Wahrheit wissen wir nichts. Wir tauschen Meinungen aus, überlegen Strategien und schmieden Pläne, aber das wahre Wesen unserer Existenz bleibt uns verschlossen. Das Leben stellt uns tagtäglich vor immer neue Probleme, heute vor diese, morgen vor jene … Und die Antworten? Manchmal finden wir welche, vielleicht in einem Jahr, in zehn Jahren … Aber meist finden wir keine. Doch deshalb dürfen wir nicht aufhören weiterzugehen. Ich habe keine Ahnung, was mir die Zukunft bringt. Ich hatte eine Frau, die ich liebte, und sie wurde mir genommen; ich habe einen Sohn, den ich innig liebe, aber ich weiß nicht, ob aus ihm einmal ein tüchtiger Burgherr wird; die Macht, die ich als Burgherr von Graines ausübe, entschädigt mich nicht für die Einsamkeit und den Schmerz, den ich in meinem Herzen trage. Und trotzdem kann ich nicht stehen bleiben, ich habe Verpflichtungen gegenüber dem Lehen und gegenüber meinen Bauern, so wie du Pflichten gegenüber Gott und deinen Mitmenschen hast. Dein Leben, Mönch, ist in weit größerem Maße als das meine eine *Imitatio Christi*, und ich danke

Gott, dass ich dich kennen gelernt habe. Unvollkommenheit – auch die deine – ist ein grundlegender Bestandteil des Menschseins und macht uns zu Brüdern auf unserem beschwerlichen Weg zum ewigen Leben.«

Als wäre der Steinblock, der seit Monaten auf seinem Herzen lag, mit einem Mal weggewälzt, fühlte sich Matthew auf einmal leicht und frei. Er seufzte tief, und aus seinen Augen traten befreiende Tränen. Aimone trat zu ihm und umarmte ihn fest. Matthew weinte sich an der Schulter des Burgherrn aus. Er weinte um sich selbst, der als kleines Kind viel zu früh seiner Familie entrissen worden war; er weinte um Mary, die ihr Leben um eines absurden Aberglaubens willen verloren hatte; er weinte um seine Mitbrüder, unwissende Gefährten einer unschuldigen Jugend, erstarrt in Gewohnheit; er weinte um die Toten von Felik, die Anmaßenden und die Sanftmütigen, die Dummen und die Verständigen; er weinte aus Dankbarkeit gegenüber Aimone, der trotz seiner Sorgen als Lehnsherr Zeit fand, ihn anzuhören, der ihm Anteilnahme zeigte und ihm Ratschläge gab.

Ohne die geringste Verlegenheit und ohne Hast verharrte Aimone in dieser Umarmung und ließ den Mönch sich ausweinen. Umstandslos ergriff er sodann Matthews Hände und wartete geduldig, bis sich der Mönch beruhigt hatte. Als Matthews Tränen versiegt waren und das Schluchzen aufhörte, fand er endlich seine Sprache wieder.

»Ihr seid so gut zu mir, Aimone, und ich schulde Euch meinen Dank und meinen Respekt. Eure Worte haben mich getröstet, und Euer mitmenschliches Verständnis wird mir die Kraft geben, die mich verlassen hat. Mein Leben ist viel zu unbedeutend, als dass man es als eine Imitatio Christi bezeichnen könnte, aber ich werde dem Flüstern Gottes lauschen, der mir den rechten Weg zeigen wird …«

»Allerdings …«, unterbrach ihn der Burgherr und lächelte verschmitzt, »bevor du deinen Weg fortsetzt, hoffe ich, dass du auch einen Wunsch deines Gastgebers erfüllen wirst. Sag, Mönch, hast du nicht Lust auf eine Schachpartie?«

Matthew suchte noch immer nach den richtigen Worten, um Aimone seine Dankbarkeit zu zeigen. Überrascht von dieser unerwarteten Wendung des Gesprächs, hob er jetzt die Lider. Der gutmütige, spöttische Blick des Burgherrn beruhigte ihn sofort, und gleich erstrahlte sein Gesicht in einem breiten Grinsen. Glücklich, die Spannung gelöst zu haben, lächelte auch Aimone, klopfte Matthew freundschaftlich auf die Schulter und ging zu dem Tisch, auf dem das Schachspiel stand.

»Siehst du, Mönch? Die Figuren warten schon ... Das letzte Mal, als ich gespielt habe, hat mich Bartolomeo haushoch geschlagen! Die Wahrheit ist, ich werde langsam alt, Mönch ... Wer weiß, ob ich dich nicht diesmal schlage, wo du doch so müde bist!«

Aimones Gelächter hallte von den steinernen Wänden des Saales wider. Auch Matthew lachte, nicht nur dem Burgherrn zum Gefallen. Nach langen Monaten der Sorge und Unruhe hatte sich seine Seele endlich der Hoffnung geöffnet. Die beiden Männer traten zur Tür, jeder froh über die brüderliche Verbundenheit, die er bei dem anderen spürte.

»Morgen kommst du wieder, Mönch, und dann treten wir in den Wettkampf. Mein Sohn wird uns zuschauen, und danach wird er dir erzählen. Er hat dir viel zu sagen, und solange du in Graines bleibst, möchte ich ihm deine Gegenwart nicht vorenthalten, die er so lange entbehren musste ...«

Als Matthew ins Freie trat, sah er weit hinten vor der Kirche Otto mit dem Kaplan in ein Gespräch versunken. Er ging zu ihnen, in der Hoffnung, dass Guillaume ein wenig Zeit für ihn hätte. Seit Monaten hatte er nicht mehr gebeichtet, und obwohl dies nicht seine Schuld, sondern den äußeren Umständen zuzuschreiben war, spürte er das Bedürfnis danach. Die Gewissenserforschung würde ihm auch helfen, zu sich selbst zu finden und vielleicht den tieferen Sinn seiner Pilgerschaft zu erkennen.

Nach drei Tagen Regen war der Himmel endlich wieder wolkenlos. Zu Füßen der Burg erstreckte sich das Tal. Sobald die Sonne etwas höher stand, würde der Wind, der schon nach Winter roch, den Nebel auflösen, der in Richtung des Flusses Dora die Straßen und Felder mit einem Schleier bedeckte. In der Burg waren die üblichen Geräusche zu hören, die einen normalen Arbeitstag ankündigten: das nervöse Getrappel der Pferde, die im Stall gestriegelt wurden, das Kreischen und Hämmern aus der Schmiedewerkstatt, das rhythmische Klappern der Webstühle, die Hiebe der Äxte, mit denen die Bauern die frisch gefällten Bäume hackten, das Geplapper der Dorfbewohner, die in den Gassen der Burg ihren Beschäftigungen nachgingen, und ab und zu das Weinen eines Kindes.

All dies hörte Matthew, während er sein Maultier für die Reise herrichtete. Er nahm die Geräusche gierig in sich auf – es waren für ihn die letzten Momente einer tröstlichen Normalität, die viel zu kurz gewährt hatte und die er für lange Zeit würde entbehren müssen. Sein nächstes Ziel war Vercelli. Aimone hatte ihm gesagt, dass sich in unmittelbarer Nähe der Stadt ein der heiligen Brigida geweihtes Hospiz befand, das »Hospitale Scotorum«, das vor rund siebzig Jahren gegründet worden war, um Pilgern von den britischen Inseln Unterkunft zu gewähren. Hier, hatte ihm der Burgherr geraten, sollte er den Winter verbringen, im Kreise von Mitbrüdern, die die Sprache seines Landes sprachen. In der Ruhe, die er gewiss dort finden würde, sollte er in sich gehen und überlegen, was er in Zukunft tun würde. Auch Otto hatte ihm zugeraten. Nach wie vor hoffte der Kaufmann, dass Matthew ihn und seine Frau nach Santiago begleitete. Er hatte ihm angekündigt, im Laufe des Winters ein paar Mal nach Vercelli zu kommen. In dieser Stadt, nicht mehr als eine halbe Tagesreise vom Augusta-Tal entfernt, gäbe es noch einiges mit den dortigen Handelsgesellschaften zu klären. Anlässlich dieser Besuche, hatte Otto vorgeschlagen, könnten sie sich treffen und noch einmal über die Pilgerreise nach Santiago sprechen.

Matthew war noch unschlüssig über sein nächstes Ziel. Er zog eine Pilgerreise nach Rom in Erwägung. Aimone hatte ihn gewarnt. Es sei eine äußerst lange Reise. Immerhin würde er vielen Büßern begegnen, die genau wie er zu den Reliquien des heiligen Petrus pilgerten. »Wenn du Pavia und den großen Fluss Po hinter dich gebracht hast«, hatte ihm der Burgherr gesagt, »kommst du nach Piacenza. Hinter dieser Stadt musst du einen weiteren Berg überwinden, den Monte Bardone. Dann wird der Weg leichter. Du wirst auch Klöster deines Ordens sehen, beispielsweise die Abtei in Badia a Isola in der Nähe von Siena. Entlang der so genannten Via Francigena kommst du an Bolsena vorbei, wo die Reliquien der heiligen Christina aufbewahrt werden, und nur wenige Tage später siehst du den Monte Mario, einen der Hügel Roms.«

Während Matthew Proviant und Wäsche in seinem Reisesack verstaute, stieß er auf etwas Hartes, Spitzes. Er zog es heraus und hielt ein langes, in zwei Teile zerlegtes Wacholderzweiglein in der Hand. Matthew traute seinen Augen nicht. Er glaubte, Opfer einer weiteren Halluzination zu sein. Das Zweiglein, das er auf seiner ganzen Reise bis nach Felik bei sich getragen hatte, war unter der Lawine begraben worden. Wie konnte es also hier sein? Da bemerkte er, dass es sich um einen frisch gebrochenen Zweig handelte. Aber wie kam er in seinen Reisesack? Matthew wusste, dass dem Volksglauben zufolge der Wacholder vor den bösen Kräften der Hexen schützt und Knochenkrankheiten heilt … Vielleicht hatte Pater Teodoro, der die Heilwirkung von medizinischen Kräutern kannte, dieses Zweiglein in seinen Sack gesteckt, weil er befürchtete, dass der bevorstehende Winter seinen Knochen schaden würde. Oder hatte Claudiana, die Mary Bychance so ähnlich sah, ihm dieses Mittel zum Schutz gegen Hexen zugesteckt, an deren Existenz und unheilvolles Wirken er selbst schwere Zweifel hegte? Matthew seufzte. Er hatte keine Zeit mehr, der Sache nachzugehen; der Augenblick des Aufbruchs war gekommen. Vorsichtig legte er das Wacholderzweiglein obenauf, damit die Beeren nicht abfielen.

Nach einem letzten Blick auf den Burgplatz bestieg er sein Maultier und gab ihm vorsichtig die Sporen. Das Tier setzte sich gehorsam in Bewegung und trottete durch das Burgtor hinunter in Richtung Tal.

Durch eine in die dicke Burgmauer geschlagene Schießscharte beobachtete Aimone Matthews Aufbruch. Er lächelte still in sich hinein, als er sich vorstellte, wie Matthew wohl beim Anblick des kleinen Wacholderzweiges zusammengezuckt war. Der Burgherr hatte ihn eigenhändig in den Sack gelegt. Der Mönch würde mit Sicherheit nicht ihn als Urheber dieses magischen Geschenks verdächtigen ... Bei aller Skepsis gegenüber so manchen volkstümlichen Bräuchen hatte Aimone in seiner Sorge um Matthews Schicksal nichts unversucht lassen wollen. Schließlich hatte ja die ganze Geschichte mit einer Hexe begonnen! Warum sollte er dann den Mönch nicht vor bösen Kräften schützen? Als er ihn so seiner Wege ziehen sah, spürte der Burgherr eine fremdartige Sehnsucht. Er hatte lange über den Grund für seine Zuneigung für Matthew nachgedacht, ohne zu einem Ergebnis zu kommen. Dieser Mönch hatte rein zufällig seinen Weg gekreuzt, ihre Lebensgeschichte war völlig unterschiedlich, und doch spürte er, dass ihn etwas mit ihm verband. Plötzlich, während er das Maultier in der Ferne entschwinden sah, rückte alles in ein klares Licht. Ja, bestimmt war es das: Dieser arme, verschreckte Mönch gehörte nicht in diese Zeit. Sein Geist war seiner Zeit weit voraus, weit in der Zukunft. Dieser Mönch war ein Mann des Zweifels. Er zermarterte sich in Schuldgefühlen, weil es ihm nicht möglich war, auferlegte Regeln sklavisch zu befolgen. Dieser Mann analysierte die Ereignisse, er ging ihnen auf den Grund und versuchte, Gerechtes und Ungerechtes zu unterscheiden. Gewalt und Übergriffe duldete er nicht, von niemandem. Ungerechtigkeit und törichte Gewohnheiten, die nur deshalb richtig schienen, weil sie immer schon ausgeübt worden waren, konnte er nicht ertragen. Plötzlich wurde sich Aimone bewusst, dass er selbst genau so dachte und empfand, wenngleich er unter dem Druck seiner Verpflichtungen als Burgherr stand. Darin bestand die Ähnlichkeit zwischen ihnen, daher rührte ihre brüderliche Verbundenheit! Aimones Lächeln wurde noch breiter. Endlich hatte er es begriffen, endlich konnte er hoffen, nicht die einzige missratene Frucht eines offensichtlich gesunden Baumes zu sein … Plötzlich wich das quälende Unbehagen so vieler Jahre, die Pflichten, die andere ihm auferlegt und die ihn seiner Jugend beraubt hatten, nicht angemessen erfüllt zu haben. Das neue Bewusstsein schenkte ihm frische Kraft. Ab heute würde er versuchen, er selbst zu sein, ohne Angst und ohne Zaudern. Er würde sein kleines Lehen anders regieren als die anderen Herrscher, aber er würde im Einklang mit sich selbst leben. Seinen Sohn Bartolomeo würde er lehren, dass Machtgier den Geist vernebelt, wenn man ihr nachgibt. Von nun an würde sein Sohn einen Vater haben, der mehr Zeit für ihn hatte und nicht zuließ, dass man ihm seine Kindheit raubte und ihn frühzeitig ins Erwachsenenleben stieß.

Die Sonne beschien die Straße in Richtung des Flusses Dora, auf der der Mönch davonritt. Aimone sah ihn hinter dem ersten Berggrat verschwinden. Ein kleiner schwarzer Hund folgte dem Maultier, sprang fröhlich zwischen den Steinen am Wegrand und schnupperte im Gebüsch.

Das Aosta-Tal ist – wie viele Alpentäler – reich an Sagen. Die »Legende der Stadt Felik« zählt zu den ältesten des Gressoney-Tals. Dem vorliegenden Roman lag der Wunsch zu Grunde, eine Geschichte zu erfinden, die diesen Mythos mit den historischen Begebenheiten des Volkes der Walser verbindet, das bereits seit 1200 in diesem Territorium ansässig ist.

Zu der lange Zeit umstrittenen Frage, woher die Walser eigentlich stammen, hat man in den vergangenen Jahren maßgebliche Forschungen betrieben, die mit der Veröffentlichung zahlreicher Bücher zu diesem Thema auch einer größeren Öffentlichkeit zugänglich wurden.

Die verfügbaren historischen Dokumente wurden bei der Abfassung dieses Romans zu Rate gezogen, und im Verlauf der Erzählung werden immer wieder Bräuche und Besonderheiten dieses Volkes geschildert. Die Walser waren von Anfang an Kaufleute, die insbesondere mit Stoffen handelten. Die extreme Abgeschiedenheit ihres Siedlungsgebiets hinderte sie nicht daran, ihre Waren in ganz Europa zu verkaufen. Gleichzeitig führte die erzwungene Isolation von den anderen Völkern des tief eingeschnittenen Tals dazu, dass die ersten Siedler neben ihren Handelsaktivitäten eine vollkommen autonome Subsistenzwirtschaft betrieben, die ihnen das Überleben sicherte – angefangen von der Bebauung des Bodens über die Viehzucht bis zur Herstellung handwerklicher Erzeugnisse.

Der Roman spielt in der ersten Hälfte des 13. Jahrhunderts,

also rund dreißig Jahre nach Gründung der ersten Siedlung, die in den Chroniken des Tals zuverlässig dokumentiert ist.

Auf der Suche nach den historischen Quellen zu Gesellschaft und Alltagsleben im Mittelalter wurden zahlreiche, in Bibliotheken und Universitätsinstituten verfügbare Schriften sowie weitere allgemein zugängliche Publikationen konsultiert, um die sozialen und wirtschaftlichen Besonderheiten, die Sitten und Gebräuche dieses Jahrhunderts möglichst getreu wiederzugeben.

Zwar ist der vorliegende Roman ein Werk der Fiktion; zahlreiche kriegerische Ereignisse, von denen darin die Rede ist, sowie auch die Namen einiger aristokratischer Persönlichkeiten sind jedoch historisch verbürgt: Mit der Familie Challant, die mehr als zweihundert Jahre lang das Tal beherrschte, haben sich die Historiker immer wieder beschäftigt.

Dass einige Vertreter des Adels jener Zeit der dichterischen Fantasie entsprungen sind, ist der Notwendigkeit zuzuschreiben, der Handlung eine stärkere Geschlossenheit zu geben. Die Eigennamen der Personen sind frei erfunden und haben mit den tatsächlichen Bewohnern der in dem Roman auftauchenden Orte nicht das Geringste zu tun. Einige der erwähnten Burgen sind heute verfallen. Für den Handlungsverlauf des Romans aber haben sie große Bedeutung. Im Mittelalter spielten diese Burgen eine herausragende politische und militärische Rolle.

Die »Prozession der Toten«, mit der die »Legende der Stadt Felik« ursprünglich endete und die in den Handlungszusammenhang des Romans eingebettet ist, taucht auch in zahlreichen anderen mittelalterlichen Mythen auf. Erzählungen von solchen Totenprozessionen gibt es selbst in europäischen Kulturen, die sich weitab vom Gressoney-Tal befinden und keine engen Kontakte zu seiner Sprache und seinen Traditionen besessen haben.

Auf die Ortsbezeichnung »Gressoney« wurde im Roman verzichtet, da sie erst in späterer Zeit geläufig ist.

Der Legende zufolge entstand die Stadt Felik am Ort des gleichnamigen Gletschers in mehr als 3000 Meter Höhe. Da eine solche Stadtgründung auf Grund der enormen Höhe eher unwahrscheinlich ist, habe ich mich entschlossen, das Dorf etwa in dem 2000 Meter hohen Gebiet der heutigen Alp Cortlys anzusiedeln, eine immer noch beachtliche Höhenlage. Zuverlässige Quellen belegen, dass zumindest im frühen Mittelalter bis in diese Höhen der Alpen Roggen und andere landwirtschaftliche Produkte angebaut wurden. Der Grund dafür liegt wahrscheinlich in den bis ins 13. Jahrhundert hinein relativ milden klimatischen Bedingungen.

Dieselben klimatischen Verhältnisse machten es möglich, dass zu jener Zeit der Colle del Teodulo und andere Alpenpässe, die die noch höher gelegenen Orte um den Monte Rosa mit der Schweiz und mit anderen benachbarten Tälern verbanden, von Handels- und Pilgerkarawanen durchzogen waren. Die Pässe, die wegen ihrer Vergletscherung heute unpassierbar sind, waren zu jener Zeit auf Grund der niedrigeren Schneegrenze gangbar. Spuren und Zeugnisse alter Maultierpfade sind an einigen Stellen zwischen dem Gressoney-Tal und anderen benachbarten Tälern noch heute sichtbar.

Um den Leser nicht durch allzu detaillierte Beschreibungen abzulenken und zu ermüden, habe ich auf Fußnoten im Text vollständig verzichtet. Für ein vollständiges Verständnis des Romans erscheint mir jedoch die Klärung einiger spezifischer Ausdrücke der Walser-Kultur, die sich im geschichtlichen Wandel verändert haben, unerlässlich. Wenigstens grob möchte ich auch einige Begriffe aus dem Münzwesen sowie Gewichtsbezeichnungen erläutern, die in diesem Tal geläufig waren und die es heute nicht mehr gibt. Mit den Währungsbezeichnungen, die dem Herkunftsort der Handelsprodukte und den verschiedenen Handelsströmen folgten, variierten zudem die Benennungen für das Münzgeld.

Auch die aus dem Lateinischen stammenden Maßangaben bleiben ohne die Hilfe eines zumindest bescheidenen Glossars unverständlich. Selbst der Tag wurde nicht, wie heute üblich, nach Stunden, sondern nach den liturgischen Gebeten der Kirchen und Klöster eingeteilt.

Noch ein Hinweis zur Sprache: Zu jener Zeit gab es in Europa bekanntlich nur eine schwach ausgeprägte sprachliche Einheit. Es wurden zahllose Dialekte frankonormannischer und germanischer Herkunft gesprochen; in Italien war es das *Volgare*, die Volkssprache. Die einzige gemeinsame Sprache war das Lateinische, das vom Klerus und bisweilen auch vom Adel als *Lingua franca* benutzt wurde. Auf Grund der regen Handelsströme, die den Kontinent von Süden nach Norden und von Norden nach Süden durchzogen, beherrschten die meisten Kaufleute mehr als eine Sprache. Das im Aosta-Tal gebräuchliche Idiom war frankofonen Ursprungs, das Volk der Walser jedoch benutzte einen germanischen Dialekt, der sich mit dem lokalen Idiom nicht vermischte.

Bezeichnungen der Walser

Seelabalga: kleines Fenster in Form eines Kreuzes oberhalb der Eingangstür zum Stadel. Wenn ein Mensch starb, wurde es geöffnet, damit die Seele des Toten entweichen konnte, und dann wieder geschlossen, damit sie nie mehr zurückkehrte.

Stadel: typisches Bauwerk der Walser, das in seiner ältesten Form Wohnhaus, Stall und Getreidespeicher zugleich war. Der Stadel wurde aus Holzbalken gebaut, die auf pilzförmigen Steinpfeilern ruhten. Damit lag er erhöht über dem Boden und hielt gefräßige Nagetiere fern. In den ebenerdigen Räumen spielte sich ein Großteil des alltäglichen Lebens ab; unmittelbar daneben befand sich zumeist der Stall, der nur durch eine niedrige Holzwand von dem von Menschen bewohnten Teil abgetrennt war. Im ersten Stock, zu dem eine Treppe im Innern des Hauses hinaufführte, befanden sich die Schlafräume; um den Getreidespeicher im obersten Stock verlief ein durch eine Balustrade abgetrennter Bereich, wo Getreide und Heu zum Trocknen ausgebreitet wurden. Die einzige Herdstelle des Hauses im Erdgeschoss beheizte den gesamten Wohnbereich. Auf der Nordseite befand sich nicht selten eine Vorratskammer. Im frankofonen Teil des Aosta-Tals und im heutigen Wallis wurden ähnliche, aber baulich nicht ganz identische Bauten »*Rascard*« genannt.

Maße und Gewichte

Klafter: Längen-, Flächen- und Raummaß. Als Längenmaß entsprach der Klafter zwei Meter, als Flächenmaß dreieinhalb Quadratmeter, als Raummaß (für Holz und Heu) sechseinhalb Kubikmeter.
Scheffel: Flächenmaß entsprechend hundert Klafter oder rund dreihundertfünfzig Quadratmeter. Es wurde auch als Hohlmaß für Trockengut wie Roggen und Weizen verwendet, wobei ein Scheffel etwa elf Liter entsprach.
Cargia: Mengenmaß für Stoffe, Waffen, Werkzeug und Wachs.
Pfund und Unze: Gewichtsmaß für Flüssigkeiten (Wein) und feste Stoffe (Pfeffer).

Münzen

Soldo, Denar, Wiener Denar: entsprechend den im Tal um 1270 nachgewiesenen Wechselkursen.

Mittelalterliche Gesellschaft

Oblaten: Kinder, die von ihren Eltern (seltener Bauern, häufiger Adeligen) einem Kloster übergeben wurden, um zum Mönchsleben erzogen zu werden.
Frondienst: Dienstleistungen eines Bauern auf dem Besitz des Grundherrn.
Vasall: ein Freier von relativ niedrigem sozialen Rang, der sich in ein Schutz- und Treueverhältnis zu einem Feudalherrn begab. Er leistete ihm militärische oder beratende Dienste im Tausch gegen Grundbesitz oder Burgen.

Tageseinteilung

Vigil: Morgengrauen
Terz: die dritte Stunde, neun Uhr
Sext: die sechste Stunde, zwölf Uhr mittags
Non: die neunte Stunde, fünfzehn Uhr
Vesper: Sonnenuntergang
Komplet: die erste Stunde nach Sonnenuntergang
Nokturn: Mitternacht
Matutin: nach Mitternacht

DANKSAGUNGEN

Ich danke all jenen, ohne die dieses Buch nicht hätte geschrieben werden können. Bei der historischen Dokumentation leisteten mir Joseph Rivolin, Leiter des Historischen Archivs des Aosta-Tals, sowie Elide Squindo, Vorsitzender des Walser-Dokumentationszentrums, gute Dienste. Neben Eugenio Squindo und Paolo Vincent machte mich auch Elide Squindo mit den Sitten und Gebräuchen des Gressoney-Tals vertraut. Davide und Mariuccia David sowie Arturo und Oreste Squinobal brachten mir die Walser-Kultur in vielen Einzelheiten nahe; der aus dem Aosta-Tal stammende Arzt Ruggero Dujany stellte mir Erinnerungen und bibliografisches Material zur Verfügung; John Anderson, Inhaber des Lehrstuhls für Englische Soziolinguistik an der Fakultät für Politische Wissenschaften der Universität Mailand, stand mir in allen Zweifelsfragen zur englischen Sprache im 13. Jahrhundert mit Rat und Tat zur Seite; der Leiter des Kantonsarchivs im schweizerischen Sion stellte mir Materialien über die Titularbischöfe des 13. Jahrhunderts zur Verfügung. Mein besonderer Dank gilt Fabio für seine unermüdliche Ermutigung sowie meinem Agenten Mauro Cerana, der als Erster auf die Idee kam, dass dieser Roman Leser finden könnte. Last, but not least danke ich meiner Familie für ihre Geduld und Liebe, mit der sie die Entstehung dieses Buches begleitet haben. Ich danke meinem Mann Giulio für seine unglaubliche Fähigkeit, scheinbar unauffindbare Publikationen aufzuspüren, sein außergewöhnliches bibliografisches Gedächtnis kam ihm dabei zu Hilfe; ich danke meiner

Tochter Elisabetta, die mit Strenge und Scharfsinn Kapitel für Kapitel des gesamten Romans las und mir half, dunkle Stellen zu erhellen; ich danke Mattia, der mit Respekt und Anteilnahme Elisabetta bei der Durchsicht des Manuskripts behilflich war; ich danke meiner Mutter für ihre liebevollen Ratschläge; und schließlich danke ich Skye, der mir die Verhaltensweisen sowie die Psychologie des Hundes nahe brachte und dem ich mit diesem Roman ein Denkmal gesetzt habe.

November 1475. Die reiche Handelsstadt Landshut steckt mitten in den Vorbereitungen für eine der größten Hochzeitsfeiern, welche die Christenheit je erlebt hat. Zur Vermählung von Georg von Wittelsbach mit Jadwiga von Polen hat sogar der Kaiser sein Kommen zugesagt. Doch offenbar sind nicht alle am Zustandekommen dieser Verbindung interessiert. Jeden-falls könnte der mysteriöse Mord an der polnischen Gräfin, die in der Baustelle der großen Kathedrale erwürgt aufgefunden wird, darauf angelegt sein, die Hochzeit doch noch zu vereiteln...
Held der Geschichte ist der Tuchhändler Peter Bernward. Als Detektiv wider Willen gerät er in den Bann einer längst vergessen geglaubten Tragödie...

Ein mitreißender historischer Roman um die Intrigen der Fürsten, die Schattenseiten der Macht und den Mut eines einzelnen Mannes.

ISBN 3-404-12935-1

BASTEI LÜBBE

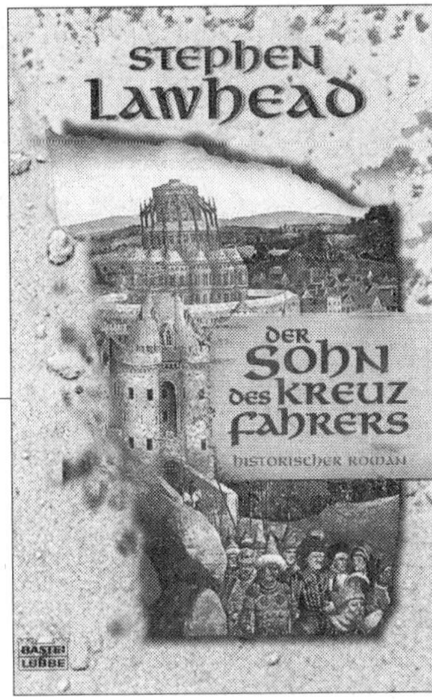

Ein großer historischer Roman für alle Freunde des MEDICUS und der SÄULEN DER ERDE

Schottland 1096: Papst Urban hat die Gläubigen aufgerufen, ins Heilige Land zu ziehen und das Grab Christie zu befreien. Drei der Kreuzfahrer sind der Gutsherr Ranulf und seine Söhne von den fernen Orkney-Inseln. Nur Murdo, der Jüngste, bleibt zurück. Doch als ein gieriger Bischof und ein korrupter Abt Murdo und seine Mutter von Haus und Hof vertreiben, muss der Junge seine eigene Pilgerfahrt antreten. Eine abenteuerliche Reise durch das mittelalterliche Europa beginnt, die ihn bis vor die Tore Jerusalems führt – und mitten hinein in den Schrecken des Krieges. Alleine muss Murdo den Kampf um sein Glück und das Erbe seiner Familie aufnehmen. Dabei gelangt er in den Besitz eines der größten Schätze der Christenheit, der ihn zum Begründer einer geheimen Tradition macht, die über die Jahrhunderte bis in die Gegenwart reicht.

ISBN 3-404-14729-4

BASTEI LÜBBE

Erstes Buch der neuen Reihe
von Bestsellerautorin Anne Perry

Die Welt scheint in Ordnung für den Vikar Joseph Reavley und seine beiden Schwestern, bis ihnen ihr Bruder Matthew eine schlimme Nachricht überbringt: Die Eltern der vier Geschwister sind bei einem merkwürdigen Autounfall ums Leben gekommen. Matthew, der für den britischen Geheimdienst arbeitet, hatte von seinem Vater ein streng geheimes Dokument in Empfang nehmen wollen. Doch das Dokument ist im Autowrack nicht zu finden. Hatte es etwas mit dem Tod der Eltern zu tun? Joseph und seine Geschwister wollen der Sache nachgehen, und eine unglaubliche Geschichte nimmt ihren Lauf ...

ISBN 3-404-15087-2

BASTEI LÜBBE